Complicado como querer você

Complicado como querer você
Copyright © 2025 by Julie Castro
Copyright © 2025 by Novo Século Editora Ltda.

Direção Editorial: Luiz Vasconcelos
Produção editorial: Mariana Paganini
Preparação: Equipe Novo Século
Diagramação: Marília Garcia
Revisão: Bruna Tinti
Capa: Luísa Fantinel

Texto de acordo com as normas do Novo Acordo Ortográfico da Língua Portuguesa (1990), em vigor desde 1º de janeiro de 2009.

Dados Internacionais de Catalogação na Publicação (CIP)
Angélica Ilacqua CRB-8/7057

Castro, Julie
  Complicado como querer você / Julie Castro. -- Barueri, SP : Novo Século Editora, 2025.
  368 p

ISBN 978-65-5561-919-5

1. Ficção brasileira 2. Ficção romântica I. Título

25-1085   CDD-B869.3

Índice para catálogo sistemático:
1. 1. Ficção brasileira

ns
uma marca do
Grupo Novo Século

GRUPO NOVO SÉCULO
Alameda Araguaia, 2190 – Bloco A – 11º andar – Conjunto 1111
CEP 06455-000 – Alphaville Industrial, Barueri – SP – Brasil
Tel.: (11) 3699-7107 | E-mail: atendimento@gruponovoseculo.com.br
www.gruponovoseculo.com.br

Julie Castro

Complicado como querer você

:ns

São Paulo, 2025

ALERTA DE GATILHO:
Transtorno alimentar

Este livro é dedicado à memória viva de dois amigos que partiram cedo demais, mas que jamais deixarão de estar comigo: Adriana e Cristian.

Di, você sempre soube como se fazer presente, mesmo quando a distância nos separava. Obrigada por permanecer tão perto, mesmo longe. Guardo com carinho cada lembrança das nossas risadas e das brincadeiras naqueles dias que nunca vão se apagar.

Cris, não existe um único dia em que minha alma não sinta sua falta. Desde a nossa infância compartilhada, você foi, é e sempre será a amizade mais bonita que a vida já me deu.

Como disse Mario Quintana: "A amizade é um amor que nunca morre". Vocês são eternos em meu coração.

> A noite é mais pura do que o dia, é melhor para pensar, amar e sonhar.
> À noite, tudo é mais intenso, mais verdadeiro. O eco das palavras que foram
> ditas durante o dia assume um significado novo e mais profundo.
> (Elie Wiesel)

Conversas noturnas

Setembro havia chegado, trazendo consigo a primavera em todo o seu pleno esplendor. As ruas da capital brasileira parecem quadros vivos, pintados com os tons vibrantes dos ipês amarelos, dos brancos e dos rosa, que contrastam com o céu azul cristalino. Apesar de a estação ser um espetáculo que encanta turistas e moradores, Ayumi tem sentimentos conflitantes sobre ela. Por mais que ame a beleza efêmera das flores, a primavera também traz o calor abrasador e a secura implacável que roubam seu ânimo.

Os lábios rachados ardem, mesmo cobertos pelas grossas camadas de protetor labial que ela passa, além de se besuntar com creme hidratante sem efeito aparente. E a sensação constante de suor grudando na pele só faz com que seja impossível ignorar o desconforto, especialmente durante as noites abafadas, como é o caso.

Ayumi está deitada na cama, o lençol embolado a seus pés enquanto o ventilador gira preguiçosamente no teto, impotente contra o calor que irradia das paredes de seu quarto.

Ela se vira de lado pela quinta ou sexta vez, agoniada, sentindo o suor escorrer pela nuca. No entanto, seu desconforto não é apenas físico. Há um nó dentro dela, uma mistura de ansiedade e pensamentos inquietos que não a deixam em paz. Sua mente, rebelde, insiste em vagar até Dinho.

Dinho.

O nome é uma presença silenciosa que parece vibrar em seu subconsciente desde aquela noite no Strike!, quando ele a ajudou. A imagem do rapaz surge nítida, quase como se estivesse projetada no teto acima dela. Dinho, com seus olhos castanhos intensos e acolhedores, com a voz baixa que carrega sempre um tom de curiosidade, como se ele realmente quisesse entender quem ela é. Até alguns dias atrás, ele não passava de uma figura periférica em sua vida – o irmão mais velho de Leo, seu melhor amigo. Educado, bonito, o tipo que dizia "oi" com um sorriso polido, sem nunca realmente se fixar nos detalhes.

Mas agora... agora é diferente.

Há algo no jeito como ele a olhou naquele dia – como se, de alguma forma, enxergasse tudo o que ela lutava para esconder. Suas dores, suas inseguranças. Seu segredo mais sombrio. Desde então, a aproximação entre os dois acontece quase sem esforço, como se um laço intangível já os unisse antes mesmo que percebessem.

O olhar intenso e acolhedor de Dinho a puxa para ele, irresistível. Talvez seja a conexão tácita que compartilham, o reconhecimento mútuo de quem carrega feridas causadas por relações complicadas com os pais. No caso dela, com a mãe. Esse fio invisível que os liga faz Ayumi desejar ser mais para ele. Ser alguém que ocupe seus pensamentos, nem que seja por um breve instante, antes de dormir.

Um suspiro frustrado escapa de seus lábios antes que ela enterre o rosto no travesseiro.

– Que droga... – murmura, a voz abafada.

Ela se senta na cama bruscamente, o colchão rangendo em protesto. O relógio digital na mesinha de cabeceira pisca: 00:13. Nesse momento, Dinho provavelmente está dormindo, completamente alheio à tempestade que causa nela. Talvez esteja ao lado de Daniela. Uma Daniela que, claro, é tudo o que Ayumi não é: linda, confiante, popular.

Ela ergue o olhar, observando as sombras que dançam no quarto sob a luz pálida da Lua filtrada pelas cortinas entreabertas. Sabe que não conseguirá dormir agora. Não enquanto aquela sensação familiar emerge. Uma coceira nos recantos da mente, um impulso irresistível que já conhece bem. A necessidade urgente de afogar a confusão em algo doce.

É sempre assim quando se sente ansiosa, deprimida ou incapaz de dormir. Desde pequena, a madrugada se tornou sua cúmplice – o único um momento em que o apartamento está livre de olhares julgadores, especialmente os de Yoko.

Com passos discretos, atravessa o corredor, guiando-se pelo toque na parede. A cada movimento, o coração parece bater mais rápido, como se estivesse prestes a ser pega. E talvez esteja. No fundo, sabe que isso é proibido. Não se atreve a ligar a lanterna do celular, temendo que qualquer facho de luz desperte sua mãe, cujo sono nunca foi dos mais pesados.

Ao chegar à cozinha, Ayumi abre o congelador com a precisão de quem já fez isso muitas vezes. Seus olhos brilham ao encontrar o pote de sorvete que parece chamar por ela. Chocolate com pedacinhos de *brownie*, seu preferido.

Ela pega uma colher na gaveta do armário e se senta à mesa redonda. Com cuidado, abre a tampa e mergulha a colher no sorvete, enchendo-a antes de levá-la à boca. No instante em que o frescor doce se espalha por sua língua, fecha os olhos, permitindo-se o raro momento de felicidade. Uma felicidade breve, passageira, mas intensa o bastante para fazê-la se esquecer do peso em seu peito – pelo menos por uma fração de segundo.

Enquanto come furtivamente, como se a escuridão pudesse escondê-la de todas as suas preocupações, Ayumi sente o vazio comprimir seu peito. A madrugada sempre foi sua cúmplice, mas, também, sua pior inimiga. É no silêncio que seus pensamentos ganham força, que as vozes em sua cabeça sussurram verdades que ela não quer ouvir.

E, inevitavelmente, eles a levam até Dinho. Sua mente a conduz para um devaneio inevitável. Ela se imagina como namorada de Dinho. Aquela com quem ele divide cachorros-quentes em quermesses, com quem troca mensagens até tarde da noite, com quem vai a encontros românticos aos finais de semana. Na fantasia, Dinho sorri para ela de um jeito especial, do jeito que nunca sorriu para ninguém. E, quando ele fala, sua voz é um abraço, um refúgio seguro.

O coração de Ayumi aperta. Porque, quando o vê sorrir de verdade, quando ouve sua voz reconfortante na realidade, não consegue conter o que sente. A vontade de beijá-lo, de afagar-lhe os cabelos, de ouvi-lo sussurrar palavras doces em seu ouvido.

A garota agita a cabeça em uma tentativa de espantar esses pensamentos. Merda, está carente demais! Apaixonou-se só porque ele a trata com gentileza? Não, não é só isso. Dinho a trata bem de um jeito que ninguém nunca tratou. Pequenos gestos que talvez fossem insignificantes para qualquer outra pessoa, mas que, para ela, fazem toda a diferença.

Ele sempre abre a porta e espera que ela passe primeiro. Sempre a cumprimenta nos corredores do Sartre, mesmo que esteja rodeado pelos outros estagiários. E, acima de tudo, sempre presta atenção no que ela diz – como se cada palavra fosse importante, como se ela fosse importante. E, ainda assim, é incapaz de perceber o óbvio: que Ayumi está perdidamente apaixonada por ele.

Ela sabe que isso não é racional, muito menos sensato. Mas não consegue evitar. De certa forma, esses pequenos rituais diários fazem com que se sinta especial. Como se, por alguns instantes, tivesse um papel na vida dele que não fosse apenas o de uma amiga qualquer.

Além disso, Dinho sempre a procura quando precisa desabafar. Sobre os problemas com o pai. Sobre as brigas a namorada (e são muitas, pelo que Ayumi percebe). Ela tenta aconselhá-lo da melhor forma possível, mesmo sem experiência alguma em relacionamentos – afinal, nunca namorou. Mas, no fundo, tudo o que quer dizer a ele é que Daniela não vale a pena. Que ele merece mais. Que talvez o que ele esteja buscando está em *outra pessoa*.

E, ainda assim, mesmo sabendo que torce secretamente pelo fim daquele namoro, ela escuta. Porque é isso que faz por ele.

O celular vibra suavemente sobre a mesa, cortando o silêncio da madrugada. Ayumi abaixa a colher devagar, sentindo o coração errar uma batida.

Dinho.

Seus dedos tremem um pouco ao pegar o aparelho. Ele está mandando mensagem no meio da madrugada?

> Oi, pessoa. Está acordada?

Ayumi adora a forma como ele a chama afetuosamente de *pessoa*. Pelo que percebeu, Dinho não usa esse apelido com mais ninguém – só com ela. E isso não deveria significar tanto quanto significa. Mas significa. Muito.

Seus lábios se curvam num sorriso involuntário, largo demais, impossível de conter. O peito se aquece, mesmo que a lógica insista em dizer que é só um jeito carinhoso de falar, nada demais.

Ela responde à mensagem quase imediatamente, incapaz de disfarçar a excitação.

> Sim, estou. Aconteceu alguma coisa?

A resposta vem rápida.

> Posso te ligar?

O coração dela tropeça no próprio ritmo.

> Pode.

O celular vibra em suas mãos alguns segundos depois. Ayumi encara a tela e respira fundo. Espera que toque três vezes antes de atender, numa tentativa falha de parecer despreocupada.

— Oi – sussurra, sentada no escuro, o pote de sorvete esquecido sobre a mesa.

— Oi – Dinho devolve, com aquela sua voz, quase íntima. – Desculpa ligar tão tarde.

— Não tem problema – Ayumi se apressa em dizer. – Eu estava pensando em você.

O silêncio se estende por um segundo a mais do que deveria. Droga.

— Quer dizer... não te vi no Sartre hoje e fiquei me perguntando se tinha acontecido alguma coisa.

A resposta vem com um tom descontraído, mas um pouco cansado.

— Ah, tive um imprevisto na UnB e acabei não conseguindo ir. Mas nada demais.

Ele hesita. Ayumi sente que há algo mais.

– Liguei porque preciso desabafar com alguém e... – Dinho pausa, como se estivesse organizando o raciocínio. – Pra ser honesto, você foi a primeira pessoa em quem pensei.

O coração de Ayumi dá um salto.

– Quer dizer, tem os rapazes da faculdade, mas...

Ele deixa a frase morrer no ar. Como se houvesse algo ali que ele não soubesse exatamente como dizer.

Ayumi aperta o celular contra a orelha, sentindo o coração martelar. O que ele quer dizer com isso?

Dinho solta um suspiro pesado.

– O que eu quero dizer é que... não sei se eles entenderiam. Quando tento falar dessas coisas com o Murilo, ele só ri e diz que estou exagerando. E o Filipe... bom, ele sempre fala pra eu terminar de uma vez. Parece fácil pra eles, sabe? Mas é complicado.

Ayumi sente uma pontada no peito. Já sabia que ele tinha problemas com Daniela, mas ouvir a frustração na voz dele faz algo dentro dela se apertar.

– Com você é diferente, pessoa – continua Dinho, a voz mais baixa agora, quase um sussurro. – Você escuta de verdade. Quando eu falo com você, sinto que... você me entende.

A voz dele parece arrastar Ayumi para um abismo do qual ela não tem mais forças para escapar. Ela quer dizer que sim, que entende, que ele pode desabafar com ela sempre que quiser. Mas, ao mesmo tempo, sente um gosto amargo na boca. Porque sabe que, no fim, ele sempre volta para Daniela.

Dinho faz uma nova pausa, imerso em seus pensamentos. Sua mente retorna à discussão mais recente com a namorada. Os dois já estavam se preparando para dormir quando, sem perceber exatamente como, a conversa tomou um rumo estranho. Talvez tenha sido quando falavam sobre a "síndrome de adolescente" do pai dela, que, desde o divórcio, passou a frequentar baladas que, segundo Daniela, "não combinavam com a idade dele".

– Pelo menos o seu pai se importa com você. – Dani disse, cheia de razão, enquanto ajeitava os lençóis e amaciava os travesseiros de Dinho.

Ela sempre preferia quando dormiam em sua casa, porque a cama dela é maior e mais confortável do que a dele. Mas, ultimamente, a presença de Carla, namorada do pai, minava sua vontade de passar tempo em casa.

– O meu só quer saber da namorada de 21 anos, que, obviamente, só quer o nosso dinheiro.

— Você não precisa falar assim só porque tá com raiva da Carla, Dani.

— Por que não, se é a verdade? — Ela rebateu, arqueando as sobrancelhas em desafio.

Ele a encarou, irritado.

— Esqueceu que, até pouco tempo atrás, vocês eram melhores amigas?

Dani deu um suspiro dramático.

— *Eram*, Bernardo — enfatizou. — E, francamente, você não vai me dizer que acredita no amor entre uma jovem de 21 e um coroa cinquentão, né? Ah, me poupe! Você precisava ver os presentes que ele dá pra ela. Nem eu ganho coisas assim. Ele é o banco dela, é óbvio.

Dinho fechou os olhos e segurou a ponta do nariz, sentindo sua paciência se esgotar. Comparar essa implicância com o relacionamento complicado que ele tinha com o próprio pai era mais irritante do que Dani falando mal de uma garota que um dia chamou de amiga.

— Mesmo que seja, não tem que ficar dizendo isso por aí — repreendeu, esperando que ela entendesse que aquilo não lhes dizia respeito. Que, na verdade, ele não queria discutir sobre a vida pessoal do pai dela.

Dani revirou os olhos e soprou o ar pelos lábios com tanta força que seu corpo se moveu de forma teatral.

Dinho odiava quando ela fazia isso — como se qualquer argumento dele fosse ridículo demais para ser levado a sério.

— Não tô dizendo por aí, tô dizendo pra *você*. E não precisa ser tão moralista, sabia? Meu Deus, às vezes você é bem chato!

O tom crítico dela o irritava ainda mais.

— O fato é que meu pai tá pouco se lixando pra mim desde que se arranjou com a sanguessuga da Carla. O seu, por outro lado, te dá bons conselhos.

Dinho estreitou os olhos, sentindo a irritação transbordar.

— O que você quer dizer com isso, Dani?

Ela hesitou por um instante, mordendo o lábio inferior antes de finalmente cruzar os braços e dizer:

— Que você não devia ter trocado de curso. Pronto, falei.

Dinho deu uma risada irônica, movendo a cabeça de um lado para o outro, descrente.

Ele sabia que Dani nunca concordou de verdade com sua escolha, mas ouvir isso da boca dela àquela altura...

— Então você é do time Marco Antônio? Aqueles que colocam dinheiro acima de tudo?

— Você pode achar que dinheiro não importa, mas sabe que um professor mal ganha o bastante pra viver dignamente neste país, né? Ninguém vive de idealismo. No final das contas, os boletos precisam ser pagos.

— Então toda aquela história de *eu te apoio* era mentira?

— Apoiar e concordar com suas escolhas são coisas diferentes — Dani explicou, suspirando. — Apoiei o bastante pra não me meter, mas concordo com seu pai. Você teria uma vida muito melhor se tivesse ficado em Engenharia. Até entendo por que ele tá te dando essa dura. Quem sabe assim você recupera o bom senso? Ainda dá tempo.

O comentário fez com que o sangue de Dinho fervesse.

— E você acha que eu vou voltar atrás só porque o meu pai quer? Se é isso que tá esperando, Dani, pode procurar outro namorado.

— Pronto, lá vem você com seu drama! — Ela rebateu, aumentando o tom de voz, ao passo que começa a andar de um lado para o outro no quarto. — Toda vez que discutimos, você fala isso. Pelo jeito, é você quem quer outra namorada, não acha?

Dinho dá um sorriso amargo.

— Não, Dani. Eu só não quero ter que lidar com isso o tempo todo. Porra, você nunca fica do meu lado de verdade!

Ela arregala os olhos, surpresa pelo palavrão. Ele nunca fala desse jeito.

— Quer saber, Bernardo? Você tá precisando de um tempo sozinho – diz, apertando os lábios até formarem uma linha branca. — Eu vou beber uma água e deixar você pensar no que acabou de dizer. Vai ver que, como sempre, está sendo injusto comigo.

Dizendo isso, ela saiu do quarto sem nem se preocupar em fechar a porta.

Dinho respirou fundo, levando as mãos à cabeça. Será que ele estava mesmo sendo injusto? Será que deveria ter ficado em Engenharia? Será que Dani tem razão?

Enquanto sua mente girava em círculos, ele percebeu que precisava de uma opinião neutra, que não fosse afetado diretamente por suas decisões. Alguém que o ajudasse a ver as coisas com mais clareza.

Sem pensar muito, caminhou até a cama e pegou o celular na cabeceira. Abriu a conversa com Ayumi e digitou.

Talvez não tivesse o direito de perturbá-la tão tarde, mas precisava falar com ela.

— Você acha que eu fiz mal em trocar de curso?

A pergunta vem de repente, carregada de dúvidas.

Do outro lado da linha, Ayumi se ajeita na cadeira, pegando a colher de sorvete novamente, mas sem levar à boca.

— Por que me pergunta isso, Dinho?

— Eu não sei... Talvez o meu pai esteja certo. Talvez eu esteja jogando meu futuro fora.

Ela pensa por um instante antes de perguntar:
— E por que você trocou de curso?
— Porque eu odiava Engenharia. Realmente odiava.
— E por que gosta de Educação Física?
— Porque sinto que estou fazendo algo importante. Ensinando as pessoas a se exercitarem, a cuidarem da saúde.

Ayumi abaixa os olhos para o pote de sorvete em sua mão, sentindo uma onda de culpa. Não está cuidando nada da própria saúde agora.

Ignorando o pensamento, responde com suavidade:
— Então, Dinho. Se é isso que te faz feliz, não tem como ser errado. Errado é passar o resto da vida fazendo algo que detesta.

As palavras dela têm o poder de acalmá-lo. De fazê-lo confiar novamente na própria capacidade de discernir o que é certo ou não. Algo que, infelizmente, Dani não consegue fazer, com sua lógica cínica e fria.

— Você tem razão. Eu tô sendo incoerente, né?

Ayumi sorri de leve.

— Quer me dizer o que provocou essa crise de dúvidas?
— A Dani — ele revela. — Acredita que ela teve a coragem de dizer que concorda com meu pai?

Ayumi sente o estômago se contrair.

— Disse que eu teria uma vida melhor se me formasse em Engenharia e que entende meu pai estar pegando no meu pé. Que eu ainda tenho tempo de *recuperar o juízo*.

Ayumi quer tanto dizer que Dani não o merece. Que ele não deveria insistir nesse relacionamento. Mas não pode.

O que Dinho precisa agora não é um julgamento. Ele precisa ser compreendido.

Ela respira fundo.

— Você a ama? — Pergunta, odiando a própria coragem, sabendo que provavelmente a resposta vai partir seu coração.

O silêncio do outro lado da linha faz seu coração acelerar.

— Eu a amo, sim, pessoa. Sei que ela me ama também, apesar de tudo. Eu só queria que a gente voltasse a se entender.

Ayumi fecha os olhos, reprimindo as lágrimas.

Ele nunca deu motivos para que ela acreditasse que havia alguma chance. Mas uma parte pequena e teimosa do seu coração ainda espera que um dia ele perceba. Que um dia ele olhe para ela da mesma forma que olha para Dani.

Porque Dinho foi o primeiro. O primeiro a se aproximar sem máscaras ou segundas intenções. O primeiro que não a reduziu a um rótulo, que não fez piadas, que nunca lançou olhares que a faziam querer desaparecer.

Ele foi gentil. De verdade.

E talvez seja por isso que dói tanto.

Quando as lágrimas ameaçam escapar, Ayumi morde o lábio, respirando fundo. O peito pesa, mas ela não pode transparecer.

Não quando Dinho confia nela para ser seu porto seguro.

Então, forçando um sorriso trêmulo, escolhe, cuidadosamente, as palavras que uma amiga diria.

Mesmo que cada sílaba seja um pequeno golpe no próprio coração.

— Então a traga de volta.

— Como assim?

— A garota por quem você se apaixonou. Talvez ela só esteja... perdida.

O silêncio paira entre eles, preenchido apenas pela respiração de Dinho. Então, ele solta um suspiro e relaxa o corpo contra o colchão.

— Você tem razão, pessoa.

Sua voz soa mais calma, como se a tempestade interna estivesse começando a se dissipar.

— Acho que o divórcio dos pais dela foi o estopim de tudo. E talvez... talvez eu não tenha sido exatamente o melhor namorado do mundo.

— Isso é impossível — Ayumi declara com a voz firme, cheia de certeza. — Você é incrível demais.

Do outro lado da linha, ele dá um meio-sorriso. Há algo de genuíno e reconfortante na forma como Ayumi fala — como se estivesse convencida disso com todo o coração. Mas ele não consegue se ver da mesma forma.

— Não sou lá essas coisas, não, Ayumi.

Ele hesita, estranhando o nome dela em sua boca. Normalmente, a chama de *pessoa*, o que parece muito mais natural.

— Você que é incrível, sabia? — Acrescenta, dando um bocejo longo, o peso do cansaço finalmente começando a vencê-lo. — Sempre acha uma maneira de me acalmar.

— Imagina, eu não fiz nada demais — murmura, forçando uma leveza que não sente.

— Você me escutou. Isso é raro hoje em dia, num mundo onde todo mundo só quer falar. Obrigado, vou dormir melhor por sua causa.

Ayumi, por outro lado, sabe que não dormirá bem naquela noite.

Por causa dele.

Mas, a despeito do que pensa, Ayumi diz o que sempre diz:

— Eu estou aqui, Dinho. Sempre que precisar de mim.

Do outro lado, ele boceja novamente.

— Eu digo o mesmo, pessoa...

Sua voz vai se tornando cada vez mais lenta, até que o ritmo de sua respiração se estabiliza. Ele adormeceu.

— Durma bem, Dinho.

Desliga a chamada, mas permanece imóvel por alguns instantes, tentando organizar o turbilhão dentro dela.

Antes que possa se levantar, um movimento na porta chama sua atenção.

— Ayumi... o que você está fazendo?!

A voz de Yoko corta o silêncio da madrugada, carregada de surpresa e reprovação.

Ayumi se sobressalta, seus olhos encontrando os da mãe, que agora observa, incrédula, o pote de sorvete esquecido sobre a mesa.

O choque logo se transforma em algo mais severo.

— Você está assaltando a geladeira de madrugada? — A pergunta vem carregada de julgamento, os braços cruzados, o olhar estreito.

Ayumi engole em seco, e a surpresa a faz tropeçar nas próprias palavras.

— Está muito quente, mãe. Eu não conseguia dormir e...

— Ah, claro. — Yoko dá um sorriso irônico. A desaprovação no rosto dela é evidente. — São *duas* da manhã, Ayumi!

A garota dá de ombros, tentando demonstrar indiferença, mas o gesto só parece irritar ainda mais a mãe.

— Quer saber? Vem comigo.

— Pra onde? — Ayumi pergunta, confusa, mas Yoko já está segurando sua mão, guiando-a de volta ao quarto sem sequer responder.

O coração de Ayumi bate acelerado. Ela sente no estômago a amarga certeza de que não vai gostar do que está por vir.

Assim que chegam ao quarto, Yoko se dirige ao banheiro e para diante da balança.

Aquela maldita balança!

O pior presente de aniversário que já recebeu.

— Sobe.

A voz firme da mãe não deixa espaço para questionamentos.

Ayumi hesita com seus olhos grudados no objeto enquanto as mãos tremem.

Ela espera, torcendo para que seja uma piada de mau gosto da mãe.

Todavia, a expressão de Yoko continua implacável.

E, naquele instante, Ayumi sente o gosto familiar da humilhação subindo pela garganta.

> Aprendi que as oportunidades nunca são perdidas;
> alguém vai aproveitar as que você perdeu.
> (William Shakespeare)

Uma grande oportunidade

Dani desce as escadas apressada, o coração batendo no mesmo ritmo frenético dos passos leves sobre o piso frio. A casa está silenciosa, mas, por estar descalça, ela não faz barulho algum.

Às vezes, gostaria de voltar no tempo, para quando namorar Bernardo era simples, leve, divertido. Ele costumava ser tão diferente – menos tenso e sério, como se o peso do universo ainda não tivesse afundado seus ombros. Antes, ele ria junto com ela quando Dani fazia piada sobre coisas banais, como o namoro ridículo do pai com uma garota que podia muito bem ser sua filha, tanto em idade quanto em maturidade. Antes, eles saíam mais, aproveitavam mais. Agora, ele está sempre preocupado com contas, responsabilidades, como se tivesse 50 anos, não 20.

Ela entende que as coisas mudaram. Entende que ele não pode mais bancar todos os passeios como antes e que odeia quando ela paga, por puro orgulho – algo que, no fundo, ela respeita e até admira. Mas é um saco ter de medir cada palavra, pisar em ovos o tempo todo, com medo de ser recriminada ou, pior, de ouvir outra ameaça de término. E isso, definitivamente, é o que mais a chateia.

Dani abre uma das portas da geladeira e pega uma jarra de água, murmurando para si mesma:

– Até parece que você é perfeito, Bernardo. Aff, que ódio!

– Ah, mas isso ele não é mesmo – uma voz inesperada se faz ouvir, vinda de um canto escuro da cozinha, onde fica a adega.

Dani se sobressalta, com o coração disparando. A jarra de água quase escorrega de suas mãos, mas, por algum milagre, ela consegue segurá-la. Só então reconhece Marco Antônio, encostado na parede com uma garrafa de conhaque na mão.

– Desculpe, não queria assustá-la – ele diz, se aproximando, enquanto observa Dani levar a mão ao peito. Seu olhar a analisa por um instante. Ela veste uma das camisas de Bernardo, que mal alcança seus joelhos, mas parece à vontade demais, talvez porque não esperasse encontrar ninguém ali. Talvez porque simplesmente não se importe.

Marco Antônio pega um copo no armário, logo acima da cabeça dela.

— Posso? — Pergunta, apontando para a jarra que Dani ainda aperta contra o corpo.

Ela assente, entregando-lhe a jarra. Ele serve meio copo d'água e devolve a ela, que aceita, ainda trêmula. Dá um longo gole sob o olhar atento do sogro. Ele é um homem bonito, mas intimidador, ainda mais ali, na penumbra da cozinha. Traços iguais aos de Bernardo saltam à vista – os olhos, o nariz reto, o queixo marcado –, mas, enquanto o olhar do namorado tem uma suavidade natural, o de Marco Antônio é afiado, penetrante, como se tivesse o dom de manipular as outras pessoas com um único olhar.

— Mais calma? — Ele pergunta, pegando outro copo para si e, dessa vez, servindo conhaque.

Dani engole seco.

— Sim, obrigada — responde, notando mais firmeza em sua voz.

— O que o meu filho te fez? — Marco Antônio apoia as costas na bancada, analisando-a enquanto toma um gole da bebida.

Dani desvia o olhar, envergonhada por ele ter ouvido sua reclamação sobre Dinho.

— Me desculpe, é que a gente discutiu e eu...

— Não se desculpe – ele interrompe, sacudindo a cabeça com um sorriso enviesado. – Sei bem como o Bernardo pode ser um pé no saco às vezes.

Ela solta uma risada surpresa, levando a mão à boca para abafar o som.

— Venha, me conte o que houve – ele diz, indicando uma das banquetas na ilha da cozinha.

Dani hesita. Falar sobre Bernardo... com o próprio pai dele?

— Acho melhor não – decide, observando Marco Antônio dar mais um gole no conhaque. No ritmo que vai, aquela garrafa não sobrevive até amanhã.

— Qual o problema?

— É que... o senhor é o pai dele, né? Fico sem graça de falar essas coisas.

— Menina, eu conheço o meu filho melhor do que ninguém. Se tem alguém que pode entender o que você sente em relação a ele, esse alguém sou eu. – Ele dá um tapinha na banqueta ao lado.

Dani caminha até lá, ajeita a camisa e se senta, cruzando as pernas.

— Quer um pouco? – Oferece ele, apontando a garrafa de conhaque. Não esperava encontrar a namorada do filho quando veio à cozinha tomar uma dose de bebida para estimular o sono, como está habituado a fazer nos últimos meses. Todavia, vê-la praguejando baixinho despertou seu interesse. É raro encontrar alguém que critique Dinho além dele mesmo, especialmente alguém mais jovem. Gostaria de ouvir seus motivos.

Ela balança a cabeça.

— Não, preciso acordar cedo amanhã.

— Eu também – ele diz, arqueando as sobrancelhas de maneira sugestiva.

Dani sorri e, num impulso, aceita o copo que ele estende. Toma um gole pequeno, mas forte o suficiente para queimar sua garganta inteira. Segura o impulso de tossir – não quer parecer inexperiente diante dele.

– Então? – Marco Antônio incentiva.

– Eu disse ao Bernardo que concordava com o senhor sobre a faculdade – confessa, devolvendo o copo.

Ele solta um riso leve.

– Toda vez que me chama de "senhor", eu ganho uma ruga. Pode me chamar de "você", por favor?

– Eu não sei se devo... – Dani endireita a postura no assento.

– Por quê?

– O senhor é pai do meu namorado.

– E eu nunca te vi chamando a Cláudia de "senhora" – ele rebate, despreocupado.

– É que ela é bem mais nova – Dani fala sem pensar, depois acrescenta, rapidamente: – Além disso, me mataria se eu chamasse.

Ele ri.

– De fato. Mas seja justa.

Ela revira os olhos, divertida.

– Tudo bem, vai. O senhor venceu.

Marco Antônio estreita os olhos, encarando-a com aquele olhar intenso.

– *Você* venceu – ela se corrige, sentindo as bochechas esquentarem. Sorte que a cozinha está na penumbra, ou seria ainda mais constrangedor.

– Ótimo.

– Mas, como eu ia dizendo... falei para o Bernardo que talvez ele tenha feito uma escolha ruim. Ninguém vive de idealismo, né?

– Exatamente, ainda mais no Brasil. – Marco Antônio suspira. – Ele acha que sou cruel por cortar as regalias dele, mas não percebe que, seguindo esse caminho, vai acabar mal.

Dani assente, aceitando o copo que ele lhe estende novamente.

– Eu disse pra ele que você só quer o bem dele, mesmo que ele não consiga enxergar isso.

Marco Antônio examina os olhos brilhantes da garota e sorri de canto. Ela pode ser jovem, mas, aparentemente, tem uma maturidade rara. E, no fundo, isso o diverte mais do que deveria.

– Ele não deve ter ficado muito feliz com isso – comenta, e Dani confirma com a cabeça.

– Nem um pouco. Mas ele não vê a sorte que tem, sabe?

– Sorte? – Marco Antônio arqueia uma sobrancelha. – Por que acha que ele tem sorte?

– Porque você se importa com ele. Se não, o deixaria fazer as merdas que quisesse sem dizer nada. – Dani dá de ombros.

Marco Antônio observa o jeito como ela solta os ombros ao dizer aquilo, como se carregasse um peso invisível.

— Seu pai deixa você fazer as merdas que quiser?

— Bem, não. Quer dizer... mais ou menos. Agora ele tá ocupado demais com a namoradinha dele.

— Namoradinha? — O tom pejorativo da palavra não passa despercebido.

— Ela tem, tipo, a minha idade. — Dani revira os olhos, e Marco Antônio percebe o típico ciúme de filha por trás daquela fala.

— E isso te incomoda? O fato de o seu pai ter se apaixonado por uma mulher mais nova?

Dani dá de ombros, desviando o olhar.

— Não acha que um homem da minha idade pode se interessar por alguém da sua?

Dani ergue os olhos para ele, captando a provocação sutil em seu sorriso enviesado. Marco Antônio a está testando, é óbvio. Mas a bebida a faz perder qualquer receio de afrontá-lo.

— Até acho. — Ela empina o queixo. — O que eu não acho é que uma menina da minha idade pode se interessar por alguém da sua.

Marco Antônio quase se engasga com a bebida diante da resposta afiada.

— Entendi. Então, você acha que a garota só está usando seu pai.

— Evidente. Ele é o cofre ambulante dela.

— E quem diz que seu pai se importa de ser usado?

— É claro que ele não se importa. Mas eu me importo. — Dani cruza os braços. — Ela tá gastando minha herança. Minha e das minhas irmãs. E como as meninas só têm 12 anos e minha mãe resolveu se perder na Amazônia, cabe a mim cuidar do que é nosso.

— Amazônia? — Marco Antônio repete, cada vez mais interessado.

Ele lhe oferece o copo mais uma vez, mas Dani nega com um gesto do dedo.

— É uma longa história. — Ela examina o esmalte desgastado na unha. — Mas, resumindo, minha mãe é ambientalista e tá por lá salvando a floresta. Que Deus a ajude.

— Interessante. E você? O que estuda?

— Arquitetura. Quinto semestre.

Marco Antônio parece cada vez mais envolvido na conversa, e isso a faz se sentir estranhamente empolgada. Talvez seja a bebida. Ou talvez seja porque, há tempos, não recebe esse tipo de atenção sem ser criticada por cada palavra que diz.

— Não sabia — ele comenta, inclinando-se ligeiramente para ela.

— Meu plano perfeito era trabalhar com o Bernardo na sua empresa quando a gente se formasse. — Ela ri, balançando a cabeça. — Mas agora... não parece fazer mais sentido.

— Por quê?

Dani hesita um instante antes de responder:

— O Bernardo não vai achar legal, já que vocês brigaram.
— E você, o que acha?

Ela o encara por um momento.

— Que seria incrível pro meu currículo se ao menos conseguisse um estágio lá. — Sorri, sincera. — Sou uma das melhores alunas da minha turma.

Marco Antônio segura o copo entre os dedos, refletindo.

— O Bernardo já fez estragos demais na própria vida, menina. Não permita que faça na sua também.

Dani fica em silêncio, digerindo aquelas palavras. Ele tem razão. Dinho tomou suas decisões sem consultá-la, então por que ela deveria medir as próprias escolhas por ele?

— Acha que eu conseguiria? — Pergunta, observando-o atentamente. — Um estágio na Ribeiro Engenharia?

— Claro. Meu sócio, Caio, e eu precisaríamos fazer uma entrevista e analisar seu currículo, mas, se for tão boa quanto diz, não vejo problema.

Dani assente, sentindo um calor de gratidão. Contudo, antes que possa dizer qualquer coisa, a voz de Cláudia interrompe a conversa:

— Marco?

Dani se enrijece na banqueta. Cláudia está parada à entrada da cozinha, apertando o robe contra o corpo, os olhos semicerrados, avaliando a cena: o copo na mão do marido, a garrafa de conhaque, as bochechas coradas da garota, o traje improvisado, os cabelos bagunçados no alto da cabeça. O ambiente está amistoso. Amistoso demais.

Ela estende a mão e acende a luz. O brilho repentino faz Dani e Marco Antônio piscarem algumas vezes, tentando se adaptar.

— O que está acontecendo? — Cláudia pergunta, com a voz controlada.

Marco Antônio se levanta e a envolve pela cintura, trazendo-a para perto.

— Daniela estava desabafando sobre um desentendimento com Bernardo.

— Ah, é mesmo?

— Mas não foi nada demais, sogra — Dani se apressa em responder, sorrindo, visivelmente sem graça. Pela sua expressão, é como se tivesse sido pega em algo errado. — Já vou me deitar. Acho que a raiva passou.

Ela se levanta, alisa a camisa e começa a se afastar, mas Cláudia a chama antes que saia.

— Florzinha, da próxima vez que brigar com meu filho, talvez seja melhor me procurar pra desabafar. Ou uma das suas amigas. — Ela sorri, mas há um peso em suas palavras. — Porque, né... não pega bem falar do nosso filho pra gente. Sabe aquela expressão "só eu posso falar mal"? Pois é.

O leve torpor do álcool é substituído pela adrenalina da ameaça velada. Dani não acha que fez algo errado, mas decide evitar qualquer mal-entendido.

— Claro, sogra. Desculpa. Você está coberta de razão.

Cláudia sorri satisfeita. Dani gira nos calcanhares e sai sem se atrever a olhar novamente para Marco Antônio.

Assim que a garota desaparece no corredor, Cláudia cruza os braços e encara o marido.

— Bonito, você aqui batendo papo com essa garota enquanto eu dormia sozinha. Não tem vergonha?

Marco Antônio abre um sorriso provocador.

— Adoro quando você fica com ciúme, sabia?

— Você não me estressa, hein, Marco Antônio. Fechei meus chacras hoje! — Ela garante, estendendo o dedo em riste para ele.

Ele ri e a puxa para mais perto.

— Claudinha, a menina só estava desabafando. Sabia que ela concorda comigo sobre a faculdade do Bernardo?

Cláudia revira os olhos.

— Essa garota não sabe a sorte que tem de namorar um rapaz como o Dinho — rebate. — E você dando corda. Parece que sente prazer em magoar o nosso filho.

Marco Antônio assume uma expressão austera. Ele solta Cláudia e vira o restante do conhaque num único gole.

— Você é mãe, Cláudia. Então, não entende.

Ela o encara, intrigada.

— O que eu não entendo?

— Que, às vezes, precisamos ser duros com os filhos, mesmo sem querer, pra evitar que estraguem o próprio futuro. O Bernardo vai se arrepender dessa escolha. Aos 20 anos, ninguém tem maturidade o suficiente pra tomar uma decisão dessas sozinho.

Cláudia suspira.

— Eu sei que você odeia que eu me meta nisso e, sinceramente, eu mesma prefiro não me meter. Mas... é direito dele escolher.

Por um momento, Marco Antônio se perde numa lembrança antiga. Sua primeira esposa, Teresa, na cadeira de balanço, sonhando alto enquanto acariciava a barriga enorme: "Ele com certeza vai seguir a carreira dos pais. E vai ter meus olhos e o seu sorriso".

Ele volta à realidade com um suspiro pesado.

— Você tem razão, odeio que se meta — Marco Antônio faz coro. — Eu vou dormir. Tô cansado.

Cláudia o observa sair, imaginando quando, enfim, ele vai parar de querer controlar a vida dos filhos.

> Trocar um sofrimento por outro é, muitas vezes,
> tão grande alívio como sentir o fim do sofrimento.
> (Elizabeth Goudge)

Um alívio amargo

— *Okaasan*, eu já disse que não quero fazer isso — Ayumi responde, soltando um suspiro pesado enquanto ainda estão paradas diante da balança.

— Porque você sabe a verdade! — Yoko retruca, apontando o dedo para a filha como se ela estivesse diante de uma criminosa. — Você engordou, e agora eu sei por quê!

— Eu não engordei — Ayumi arqueja ao dizer isso, mas até seu corpo a denuncia. A verdade pesa nos ombros tanto quanto os quilos extras. Ela *sabe*. Seu reflexo no espelho *sabe*. As roupas que apertam em lugares onde antes sobrava espaço *sabem*.

E, claro, Yoko *sabe*.

Mas admitir seria abrir uma porta perigosa.

— A Letícia disse que não é saudável checar o próprio peso com tanta frequência... — tenta argumentar, agarrando-se a qualquer chance de escapar.

— Sobe. — Repete, com mais ênfase, enquanto cruza os braços.

O coração de Ayumi martela no peito. Ela encara a balança como se estivesse diante de um oponente mortal. Aperta as mãos, enterrando as unhas nas palmas para conter a onda de ansiedade que ameaça se espalhar por seu corpo.

Como todos os conselhos de Letícia, a quem Yoko considera uma arqui-inimiga, aquele é mais que ela ignora veementemente. Afinal, como se pode controlar algo que você não acompanha de maneira meticulosa?

Lidar com esse lado da mãe é algo que se torna mais difícil a cada ano. Sua avó, Michiko, já havia mencionado por alto que, na juventude, Yoko foi extremamente controladora com o próprio peso. Mas o que começou com uma obsessão pessoal logo se tornou um reflexo nos outros — e Ayumi sempre foi o alvo principal.

Não uma ou duas vezes, Michiko já havia tentado convencer Yoko a ser um pouco menos radical, mas isso só serviu de motivo para as duas se desentenderem.

Tudo começou cedo demais, mas Ayumi não sabe dizer exatamente quando. Talvez tenha sido aos 8 anos, quando começou a crescer para os lados, e não para cima. Ou aos 12, quando ouviu a mãe ao telefone, dizendo a uma amiga:

"Ayumi tem um rosto tão bonito... uma pena que puxou o lado mais rechonchudo da família do Akira. Se pelo menos ela se controlasse."

Uma vez, aos 10, quando seus pais brigaram e Akira saiu de casa por algumas semanas, a vigilância de Yoko triplicou. Sua alimentação foi monitorada com rigor. Seus horários controlados. E o número de vezes que ela subia na balança contabilizado como um indicador de sua disciplina.

"Gordura não é só questão de estética, Ayumi. É saúde. Você não quer acabar doente, quer?"

Naquela época, Ayumi começou a esconder comida. Salgadinhos. Biscoitos. Chocolates furtados dos armários altos enquanto Yoko dormia. Mas não era fome, não. Nunca foi fome.

Era uma necessidade de escapar, encontrar um pequeno espaço onde pudesse se sentir no controle da própria vida.

Descobriu que comer escondido a fazia se sentir bem por um momento, como se cada mordida fosse um abraço, uma pausa nas vozes que sussurravam em sua mente sobre ela não ser boa o bastante. E, se não era para a mãe, como poderia ser para outras pessoas? A compulsão alimentar se instalou lentamente como um mecanismo de defesa.

Os anos se passaram, e esse hábito se tornou um ciclo vicioso. Dietas rigorosas impostas por sua mãe eram seguidas por episódios de compulsão alimentar sempre que Ayumi se sentia sozinha e frustrada. Ela sabia que não era saudável, mas como explicar algo tão enraizado sem ser interrompida por mais uma crítica disfarçada de conselho?

※

– Eu não vou repetir, Ayumi. – A voz de Yoko corta suas reflexões como uma lâmina afiada.

O coração da menina bate tão forte que parece ecoar em seus ouvidos. Ela conhece bem esse sintoma: crise de pânico. Mas, para sua mãe, isso não passa de uma desculpa.

Faz o exercício de respiração que Letícia ensinou cinco vezes antes de concluir que não adiantará. Não vai ficar mais calma. Não numa situação como essa, em que a pressão de Yoko a faz ter vontade de fugir pela porta.

Vamos, você pode fazer isso, se diz em pensamento, soprando com força mais uma vez. *Afinal de contas, não tem como você ter ganhado peso em duas semanas, né?*

Pensando assim, Ayumi finalmente sobe na balança. O ponteiro oscila algumas vezes antes de se firmar.

Ela prende a respiração.

Dois dígitos.
Três quilos a mais.
O impacto é imediato.
Três quilos? Quem é que ganha três quilos em duas semanas?

— Eu sabia! — Yoko declara, sacudindo a cabeça com indignação. — Você fala que tem vontade de mudar, mas é só da boca pra fora. Nunca dura mais do que um mês. Sabe por quê? Porque não tem força de vontade!

Ayumi sente o rosto esquentar. É um misto de raiva, vergonha e exaustão.

— Isso não é justo, mãe. Estou me esforçando, você sabe. Não sei o que pode ter acontecido. Talvez esteja perto do meu período... — sua voz soa vacilante até para si mesma.

— Você sabe muito bem que não é isso. — A mãe contraria, num tom acusatório. — Por que não admite que tem comido porcaria escondido, hein? Seria mais digno do que tentar mentir pra mim.

Ao ouvir aquelas palavras, uma lembrança amarga invade a mente de Ayumi. O exato instante em que sua mãe descobriu sua reserva secreta de guloseimas no guarda-roupa, seu consolo para todas as decepções da vida.

— É por isso que não te levo aos lugares, Ayumi — Yoko disse na época, horrorizada com a quantidade de doces escondidos. — Porque eu tenho vergonha. Como é que eu, que fui *modelo*, posso apresentar uma filha com sobrepeso? Vão me taxar de desleixada por sua culpa. Do que adianta ter a geladeira cheia de comida saudável se você só come porcarias?

— Você não tinha o direito de invadir meu quarto desse jeito! — Ayumi gritou em resposta, avançando para recuperar sua caixa. — São minhas coisas, me dá!

— Não! Eu vou jogar tudo fora! — Yoko rebateu, furiosa, mantendo-a longe da caixa com uma das mãos.

— Você não pode fazer isso! — Ayumi quis lutar, mas sabia que não adiantaria — Quer saber por que eu como escondido? Porque não me deixa comer nada por prazer sem me recriminar!

Ela sentiu um nó na garganta.

— Eu tento seguir as suas dietas, mas um chocolate de vez em quando não vai me matar!

— Pois você tá *proibida* de comer açúcar até ter um peso adequado! — A mãe contestou, aumentando o tom de voz. — E você *vai* emagrecer nem que eu tenha que te trancar em casa o dia inteiro e acompanhar todas as suas refeições, tá me entendendo, Ayumi?

A lembrança é como um soco no estômago.

Naquele momento, não pôde deixar de pensar que nunca será a filha que Yoko quer. Só se nascesse novamente.

Seus dedos se fecham ao redor do tecido da blusa, os olhos marejados. Mas engole as lágrimas antes que caiam, porque chorar na frente da mãe nunca resolveu nada.

— Por que você me odeia tanto, *okaasan*? — A voz de Ayumi sai baixa, porém carregada de mágoa. Ela mantém os olhos fixos na mãe, como se buscasse uma resposta que fizesse sentido. — Sério, por quê?

Pela primeira vez, Yoko hesita. O desapontamento habitual em seu semblante dá lugar a algo mais sutil, quase imperceptível. Culpa, talvez.

— Eu não te odeio, Mimi — murmura, dando um suspiro pesado. O apelido, adormecido no tempo, ressurge como uma lembrança distante de tempos mais leves. — Muito pelo contrário. Eu te amo. Só quero o seu bem. Você é minha única filha, e eu sonhei tanta coisa pra você, querida.

A voz de Yoko soa diferente agora. Não fria, não ríspida, mas repleta de um anseio frustrado.

— Sempre imaginei que, com 17 anos, você estaria numa passarela internacional, no auge da fama, estampando revistas e mais revistas. Você sabe que, depois que eu engravidei, acabei abandonando minha carreira... Sempre sonhei que você se tornasse a modelo que eu não pude ser.

Ayumi já ouviu essa história antes. Não é uma justificativa nova nem uma revelação inesperada. Desde que nasceu, Yoko idealizou que a filha conquistaria o sucesso que lhe escapou. Ela fez planos. Colocou-se como sua empresária ainda na infância. Aos 4 anos, Ayumi já estrelava campanhas publicitárias.

Akira, seu pai, nunca concordou com aquilo. A obsessão da esposa pelo futuro da filha foi motivo de muitas discussões. Foi o motivo pelo qual ele saiu de casa por semanas, considerando inclusive o divórcio. Mas não teve coragem de seguir adiante. O receio de deixar Ayumi sozinha com uma mãe obcecada por padrões de beleza e desfiles o impediu de tomar uma decisão mais drástica.

E então, quando Ayumi começou a engordar, os convites para as campanhas rarearam. Foi aí que ela percebeu algo importante: se realmente não quisesse seguir o caminho que a mãe traçou para ela, precisava mudar. Precisava se tornar tudo que Yoko *não* queria.

A princípio, começou a comer mais apenas para que os convites diminuíssem. Para afastar as expectativas esmagadoras que a sufocavam. Mas, com o tempo, a comida deixou de ser apenas um escudo. Tornou-se refúgio. Consolo.

— Você é tão linda, Mimi... — A voz da mãe interrompe seu fluxo de pensamento. — Se tivesse um pouquinho mais de disciplina... você iria tão longe! Hein? Já pensou?

Ayumi encara a mãe, tão cheia de expectativa, e sente um peso enorme na consciência. Gostaria muito de realizar os desejos dela, vê-la orgulhosa, como acontecia quando era uma criança.

Mas esse tempo já passou.

— Desculpa, mãe. Eu sei que você tinha sonhos pra mim, mas... eu não vou ser uma modelo. Não mais.

Yoko franze o cenho, como se a ideia sequer fosse uma possibilidade.

— Sabe o que eu gosto de verdade? — Ayumi tenta, em um último esforço para ser ouvida.

Talvez, se sua mãe apenas *escutasse*...

Mas Yoko solta uma risada seca, cruzando os braços.

— Comer, né, Ayumi?

O tom carregado de ironia faz a garota prender a respiração.

— Mas o fato de não ser modelo — Yoko prossegue, afastando-se da filha — não é desculpa pra ser desleixada.

Aquela palavra a atinge como um soco.

Desleixada.

Não importa o que diga. Não importa o quanto tente. A única coisa que Yoko enxerga nela é seu peso.

Ayumi engole em seco, comprimindo os lábios. Está cansada de lutar.

— Você está certa, mãe, sou uma filha horrível e desleixada. Agora, será que pode me deixar dormir? Ou ainda tem mais alguma coisa pra completar o combo de humilhações?

— Não precisa ser tão dramática, Ayumi, meu Deus! — Yoko revira os olhos, impaciente.

— Certo, então — Ayumi sai do banheiro e caminha até a porta do quarto. A cada passo, o chão sob seus pés parece mais frágil. — Boa-noite.

Ela segura a maçaneta, pronta para encerrar aquela conversa. Mas a mãe ainda não terminou.

— Eu sei que tá interessada naquele rapaz, o Bernardo. — Yoko diz casualmente, como quem comenta sobre o tempo. — Mas vou ser bem sincera, minha filha, porque alguém precisa ser: ele não vai te olhar a menos que faça algo pra mudar.

A cada palavra, algo dentro de Ayumi parece se encolher.

— Embora haja muita conversa sobre autoaceitação, é tudo balela, Ayumi. — Yoko continua, implacável. — Seja sensata. Ou então desista.

Ela gira a maçaneta com força, empurra a porta e a fecha assim que a mãe sai. O barulho seco ressoa no quarto silencioso. Encosta-se contra a madeira, tentando recuperar o ar.

Droga. Yoko está certa. Ela não tem força de vontade. Ao menor sinal de dificuldade, se rende. Sempre foi assim.

Morde o lábio inferior com força, tentando conter as lágrimas que insistem em surgir. Porque, no fundo, está tão decepcionada consigo mesma quanto a mãe está.

Droga.

De.

Vida.

Eu sou inteligente. Eu sou engraçada. Eu sou uma boa amiga.
Eu sou inteligente. Eu sou engraçada. Eu sou uma boa amiga.
Eu sou inteligente. Eu sou engraçada. Eu sou uma boa amiga.

Ela repete essas palavras em pensamento, recordando-se do conselho da psicóloga. *Todos os dias, diante do espelho, lembre-se de três qualidades suas. Repita-as pra você mesma algumas vezes até que isso se torne algo natural.*

Quem sabe, depois de tanto repetir, Ayumi não consiga mesmo acreditar nessas palavras?

Mas, por enquanto, nada parece capaz de arrancar aquela sensação de não pertencimento, de ser apenas um peso a mais no mundo. Como um pedaço de entulho largado na calçada, à espera de ser chutado.

Soluçando, encara a porta entreaberta do banheiro enquanto limpa o nariz com as costas da mão.

A culpa está ali. Observando-a. Sufocando-a.

Ela sabe onde esse ciclo termina.

Sabe exatamente o que vem a seguir.

Por que é tão difícil simplesmente parar?

A tentação é forte demais.

A mesma voz que a levou a se levantar no meio da noite e devorar aquele sorvete agora a convence de que há apenas uma maneira de se sentir em paz de novo.

Você precisa fazer isso.
Só assim a culpa vai passar.
Só assim o seu dia valerá a pena.
Só assim você se livrará do que a incomoda.

— *Não* — sussurra. — Não, Ayumi. Você precisa ser forte! Assuma as consequências das suas escolhas. Não procure a saída mais fácil...

Porém, já é tarde demais.

Ela crava os dentes no lábio até sentir o gosto metálico do sangue. Mas sabe que nada disso vai impedir o inevitável.

Porque já esteve ali antes. Várias e várias vezes. Brigou consigo mesma. Jurou que não faria de novo. E, ainda assim, perdeu. Como sempre perde.

A respiração sai tremida quando se afasta da porta. Com passos pesados, caminha até o banheiro. Abre a torneira e observa a água correr, agarrando-se àquele barulho como se fosse a única coisa que a mantém no presente.

Pensa em Marina. Ela odiaria esse desperdício. Por um instante, sente culpa por isso também.

Murmura um pedido de desculpas silencioso antes de pegar a escova de dentes e levantar a tampa do vaso sanitário.

Três minutos depois, o alívio finalmente vem. Ou pelo menos algo que se parece com ele. A sensação de culpa dá lugar ao vazio. E, por um momento, ela quase acredita que é paz.

As lágrimas escorrem enquanto Ayumi se apoia na pia, lavando o rosto. Em seguida, escova os dentes.

Por fim, encara-se no espelho. Sorri para ele.

Seu reflexo sorri de volta.

– Não foi nada demais, você está bem – murmura para si mesma. – E essa foi a última vez, eu prometo.

O reflexo mantém o sorriso.

Mas, no fundo, ele sabe.

Ela sabe.

Como é hipócrita.

Porque Ayumi não passa de uma grande mentirosa.

> Você é livre para fazer suas escolhas, mas é prisioneiro das consequências.
> (Pablo Neruda)

Entre escolhas e consequências

O som contínuo do alarme rompe o silêncio do quarto semiescuro, inundando o subconsciente de Dinho com estímulos insistentes que o puxam para a realidade do novo dia.

Ele já está acordado, mas ignora o barulho por alguns segundos, mantendo os olhos fechados. Pelo menos é sexta-feira.

Com um bocejo preguiçoso, ele desliza a mão pelo mesa de cabeceira e desativa o alarme do celular. Em seguida, se espreguiça e vira para o lado.

Dani também está acordada. Deitada de lado, a cabeça apoiada na mão, ela o observa com olhos tranquilos. Os cabelos bagunçados emolduram seu rosto e, mesmo com marcas de travesseiro na bochecha e os fios desalinhados, ela continua linda.

— Bom-dia — murmura.

— Bom-dia — ele responde no mesmo tom.

O silêncio confortável se estende por alguns minutos até que Dani finalmente decide quebrá-lo.

— Me desculpa por ontem. — Sua voz é suave, mas o pedido de desculpas o pega de surpresa. — Eu não devia ter dito aquelas coisas.

Dinho franze a testa, encarando-a com desconfiança.

— Sério?

Dani confirma com um aceno sutil pouco antes de dizer:

— Eu sei que muitas vezes você me acha fútil e egoísta, mas... prometo que vou tentar guardar minhas opiniões pra mim, a menos que me peça.

Ele se endireita na cama, apoiando-se na cabeceira. Algo não se encaixa. Normalmente, Dani não volta atrás. Ela sempre encontra um jeito de fazê-lo pedir desculpas primeiro.

— Você tá bem, Dani? — Questiona, desconfiado.

— Por que a pergunta?

Ele aperta os lábios.

— Sei lá... é que pedir desculpas não faz muito o seu estilo.

Dani sente vontade de revirar os olhos, mas ele não está errado. Pedir desculpas não é uma de suas maiores habilidades, especialmente quando tem certeza de que está certa. E, nesse caso, *está*.

Mas, se quiser que Dinho não implique com sua candidatura ao estágio na empresa do pai dele, precisa ceder. Dar um passo atrás.

Então, imitando-o, ela também se senta e estende a mão para ele. Dinho a segura, entrelaçando os dedos nos dela.

— Eu só quero que a gente volte a ficar bem, meu amor. Odeio o fato de estarmos sempre brigando.

— Eu também. — Ele suspira.

— Então, por favor, me desculpa. — Ela se inclina, diminuindo a distância entre os dois.

Ele sorri de leve.

— Claro que eu desculpo. — E sela a reconciliação com um beijo. — E me desculpa por te chamar de egoísta.

— Tudo bem. — Dani sorri contra os lábios dele.

Por alguns instantes, tudo parece voltar ao normal.

Mas então ela decide jogar a bomba.

— Preciso te contar uma coisa. — Seu tom é calculadamente leve, como se tentasse minimizar o impacto do que está prestes a dizer. — Ontem, conversei com seu pai e... ele me chamou pra uma entrevista de estágio na Ribeiro Engenharia.

O silêncio entre os dois se prolonga.

Dinho pisca algumas vezes, como se sua mente estivesse processando devagar as palavras dela.

— Você tá brincando, né? — Ele finalmente fala, a voz sem qualquer traço de humor.

— E qual é o problema? — Ela dá de ombros, como se não fosse grande coisa.

Dinho passa a mão pelos cabelos, exalando um riso sem humor.

— *Qual é o problema?* — Repete, incrédulo. — De repente, o fato de que você quer trabalhar com o meu pai? Com *o meu pai*, Dani? Aquele com quem eu tenho brigado há mais de um ano?

Dani desvia os olhos, escolhendo bem as palavras seguintes:

— Eu sei que a relação de vocês não está boa, mas, poxa... essa pode ser uma excelente oportunidade pra mim.

— A Ribeiro Engenharia não é a única empresa de engenharia e arquitetura em Brasília, Dani. — Ele franze o cenho, tentando entender. — Por que não procura estágio em outra? Tipo... qualquer outra?

Dani se levanta da cama, cruzando os braços.

— Pra que me contentar com algo mediano se eu posso ter o melhor, Bernardo?

O nome completo soa como uma provocação.

Dinho ergue o rosto e estreita os olhos.

— Incrível. Meu pai já tá fazendo a sua cabeça. Você até já tá falando igual a ele.

— Isso não tem nada a ver com ele, Dinho, pelo amor de Deus! — Ela ergue as mãos, exasperada. — Nem tem a ver com você. É o *meu futuro*! A chance de eu me desenvolver. Não é justo tentar me impedir de aproveitar.

Ele a observa por um longo momento. Em momentos como esse, se pergunta por que ainda insiste no relacionamento com Daniela, se cada vez mais parecem estar em órbitas diferentes. Se cada vez mais querem coisas diferentes...

Dani não desvia o olhar.

— Pelo visto, você já se decidiu, não é? — Pergunta, comprimindo os lábios.

— Que eu vou fazer a entrevista? Sim.

— Ótimo. — O sarcasmo transborda em sua voz. — Não sei nem por que a gente tá tendo essa conversa, então.

E, sem esperar resposta, caminha para o banheiro, encerrando a discussão com o estrondo da porta.

※※※

Ayumi acorda antes do despertador. Mais cedo do que o habitual. Não porque esteja cheia energia, mas porque passou a noite inteira rolando na cama, a mente um caos de pensamentos desenfreados. Dinho. Sua mãe. O sorvete. O que fez depois do sorvete. A constante impressão de que nunca se empenha o bastante para conseguir atender às expectativas da mãe. Ou melhor, as suas próprias expectativas, que, de alguma forma, sempre coincidem com as de Yoko. Porque está claro, claríssimo, que meninas como Daniela vencem nessa disputa invisível. Meninas como Ayumi? Poucas chances.

Ela se senta diante da penteadeira, os olhos avaliando o próprio reflexo com um misto de resignação e esperança. Seu rosto é até bonito, pensa. Redondo, com traços delicados. O nariz curto, as sobrancelhas retas, os olhos expressivos puxados para cima, com pálpebras de dobra pequena que atesta sua ascendência oriental. Quando sorri, seus olhos praticamente se fecham, e as fotos quase sempre parecem capturar esse exato momento. Mas isso não a incomoda. Pelo menos não tanto quanto outras coisas.

Ela gosta da própria pele. Sempre gostou. Suave, impecável, sem um vestígio de acne. Mas os cabelos... Ah, como queria que fossem como os de Marina. Ondulados, cheios de volume, com aquela textura que parece segurar qualquer penteado. Os dela são escorridos, rebeldes em sua própria maneira: incapazes de manter um elástico por tempo suficiente. E a franja? Um incômodo constante. Talvez devesse deixá-la crescer. Talvez.

Seu olhar desliza para baixo no espelho, onde o uniforme parece mais justo do que deveria. A malha do tecido denuncia cada pequena protuberância no abdome. O suspiro que escapa é incontrolável. Pedir à mãe um uniforme novo está fora de questão. Seria como abrir um convite para que Yoko despejasse sobre ela uma avalanche de críticas que a esmagariam até não sobrar nada.

Pensar na mãe sempre a faz se sentir pequena, como se estivesse presa a uma dívida que nunca poderá pagar. Não importa quantas notas altas tire, quantos alfabetos japoneses domine com perfeição – nada disso parece suficiente. Nunca será.

"Notas altas são importantes, sim, minha filha", recorda-se de um dos discursos da mãe, *"mas não para uma primeira impressão. E a primeira impressão é a que conta. Quando alguém te olha pela primeira vez, não pensa que você é inteligente. Pensa se você é bonita."*

Ayumi fecha os olhos e inspira fundo. O que mais poderia fazer? O mundo prova, todos os dias, que Yoko está certa. Daniela tem um namorado. Daniela recebe buquês de rosas e cantadas na rua. Daniela vive os clichês românticos que Ayumi nem ousa sonhar.

O olhar dela vaga até a parede, onde, na noite passada, pregou uma fileira de postites coloridos. Metas. Objetivos. Seu próprio nirvana, ainda que imposto. E seu nirvana tem um número bem definido: dez quilos a menos na balança. Uma meta estabelecida por sua mãe, baseada em sua altura.

A primeira meta do dia é clara: ingerir menos calorias do que ontem. Compensar o pecado noturno cometido com um pote de sorvete.

– Vamos nessa, Ayumi. Hoje é o primeiro dia de uma nova vida – ela diz ao espelho, forçando um sorriso. Um sorriso treinado, leve e sincero na superfície, mas amargo até as entranhas.

Levantando-se, pega a mochila e segue até a sala. Yoko já está sentada à mesa, fingindo desinteresse no mundo ao redor enquanto se ocupa em comer a metade de um mamão papaia.

Ayumi escaneia a mesa, observando que *estrategicamente* não há nenhum carboidrato por ali. Há várias porções de frutas, queijo, ovos mexidos e suco, mas nada de massas. Gostaria de dizer que está surpresa, mas conhece a mãe bem o bastante para saber que sua diversão noturna renderia retaliação pesada. Mas não é como se se importasse, uma vez que não pretende comer nada daquilo.

Akira entra na sala, bocejando e passando a mão pelos cabelos desgrenhados.

– Bom-dia, minhas queridas – ele a cumprimenta, beijando a testa de Ayumi antes de se sentar. Seu olhar percorre a mesa, franzindo o cenho. – Cadê o pão?

Ele se inclina, como se o cesto pudesse estar escondido em algum canto da mesa. Mas a verdade é que o pão não está ali. Nem estará tão cedo.

– Tenho certeza de que não me esqueci de comprar ontem...

– Você não se esqueceu de comprar – Yoko responde, sem desviar os olhos da fruta em seu prato. – Eu é que decidi que ninguém mais vai comer carboidrato até que a nossa meta seja alcançada.

Akira olha para Ayumi, que somente suspira e dá de ombros. Depois volta o olhar para a esposa, que parece prestes a incendiar o apartamento apenas com a força do pensamento.

— Querida, o que aconteceu? — Ele pergunta, cauteloso.

A resposta vem em forma de um olhar letal e uma colher apontada como uma arma. Akira entende na hora que tocou num campo minado.

— A culpa é sua — Yoko sentencia. — Você comprou sorvete sabendo que ela está de dieta.

A atenção de Yoko se volta para Ayumi.

— Ou pelo menos *deveria* estar.

A menina revira os olhos, exausta.

— OK, mãe, eu já entendi. Podemos pular o *round* dois?

— Seu pai tem o direito de saber que você devorou um pote de sorvete a uma da manhã, não acha?

Ayumi sente o olhar de Akira sobre ela. O rubor em seu rosto entrega sua vergonha.

— *Gomen ne, otousan* — murmura.

— Tudo bem, filha. Não é o fim do mundo — Akira diz, mas o olhar assassino de Yoko o obriga a reformular sua frase: — Mas não faça isso de novo. Não é saudável.

Ayumi assente.

— Não sei por que está pedindo desculpas pra ele, e não pra mim — Yoko retruca.

— Desculpa, *okaasan* — ela repete, sem sentir. — Eu prometo que vou mudar.

Yoko estreita os olhos.

— Só acredito se frequentar a academia do prédio comigo.

Ayumi sente o estômago afundar. Exercitar-se ao lado da mãe? Isso soa mais como uma punição do que como um compromisso saudável. Mais sufocante do que qualquer dieta, mais opressor do que qualquer número na balança. Não está preparada para ser massacrada dessa forma. Já basta lidar com Yoko em doses homeopáticas, diariamente.

— Nossos horários não batem, *okaasan* — ela argumenta, tentando manter a expressão neutra para esconder o desconforto. — Você treina de manhã, quando estou no colégio. Mas, não se preocupe, vou no fim do dia.

Yoko não se convence. Seus olhos afiados percorrem a expressão da filha, como se tentasse dissecar cada pensamento antes mesmo que ela tivesse tempo de articulá-lo. Fica em dúvida se o desconforto é pelo exercício em si ou por ter de passar algum tempo em companhia dela.

— Você já pensou que, em vez de torturar a Ayumi dessa forma, devia levá-la ao médico, Yoko? — Akira questiona, irritado com o rumo da conversa. Detesta quando as refeições em família se tornam densas, carregadas de críticas e conflitos.

Yoko ergue o olhar lentamente, fixando-o no marido como se ele tivesse acabado de proferir uma estupidez.

— Não, Akira, *nunca* pensei nisso – responde, com tom encharcado de ironia, enquanto larga a colher no prato com um estalo seco. – De onde acha que saiu a dieta que ela deveria estar seguindo? Da minha imaginação?

Akira ajeita os óculos com um suspiro pesado, esforçando-se para manter a paciência.

— Não estou falando de um nutricionista qualquer – rebate, sua voz mais firme. Normalmente tenta mediar a situação entre a esposa e a filha, mas, naquele caso, sente que precisa tentar racionalizar com Yoko, ainda que ela adote uma atitude passiva-agressiva. – Estou falando de um endocrinologista, alguém que realmente compreenda o organismo dela, que vá além de suposição e peça exames detalhados. Que verifique a *saúde* da Ayumi em vez de apenas prescrever dietas.

Yoko solta uma risada seca, sem humor.

— Mas é *evidente* que ela precisa de dieta, Akira, a Ayumi está *acima* do peso. – Yoko resmunga, torcendo o nariz e fechando os olhos por um momento enquanto destaca as palavras a fim de fazê-lo compreender. Odeia parecer a megera sem coração que a filha pinta todas as vezes que a encara com aquele ar ofendido; mas, já que Akira não toma nenhuma iniciativa, ela precisa fazer esse papel. Se isso significa o melhor para a filha.

— Não necessariamente. – Akira contesta, dando de ombros. – Desde que esteja saudável, qual o problema de pesar um pouco mais?

Yoko olha para o marido como se quisesse arrancar seus olhos com a faca de manteiga.

— Se não vai fazer o seu papel de pai e me ajudar, então não se meta!

— *Meu* papel de pai é zelar pela saúde da nossa filha, e não a atormentar todos os dias! – Akira não é de perder a paciência com facilidade, mas Yoko consegue tirar qualquer um do sério.

Yoko o fulmina com os olhos.

— Me preocupo com a Ayumi, não é justo agir como se isso fosse um crime!

— Isso é o que diz, mas Deus sabe a verdade. – Akira cruza os braços. – E nós também, infelizmente.

— Qual é o problema de eu ter sonhos pra minha filha?

— O problema é que você nunca perguntou quais sonhos a Ayumi tem pra si mesma.

— Certamente não é se sentir excluída!

— E certamente não é ser criticada o tempo todo pela própria mãe!

Enquanto os pais discutem sobre ela, como se ela nem estivesse ali, Ayumi não deixa de se sentir péssima. Sempre que os dois brigam – algo cada vez mais recorrente nos últimos tempos – é por sua culpa. Odeia ser a responsável pelo desentendimento entre eles. Seus olhos saltam de um para o outro, como se assistisse a um jogo de pingue-pongue onde a bola é sua própria existência. A culpa pesa em seu peito. Se pudesse, desapareceria ali mesmo.

— Ela é minha filha, eu tenho o direito de...
— Ela não é *sua* filha, Yoko. Ela é *nossa*!
— Está tudo bem, pai — Ayumi se levanta, a voz baixa, pegando a mochila. Quer encerrar aquela discussão. — A mãe tem razão. Eu devia estar me esforçando mais. Vou fazer isso.

Yoko a observa, os lábios se apertando. Ayumi sempre assume esse olhar de vítima, e Yoko se pergunta se, no fundo, a filha quer mesmo mudar. Se fosse na sua época, não haveria tanto drama. Se a garota agisse mais e procurasse menos desculpas, as coisas seriam diferentes. Mas, para ela, é mais fácil procurar a compaixão alheia do que se esforçar o suficiente pelo que deseja.

— Eu te levo pra escola, *musume*. — Akira diz, levantando-se também. O apetite complemente arruinado.

No elevador, Ayumi encara os números piscando no painel, depois solta:
— Pai, não quero que brigue com a mãe por minha causa. Já estou acostumada com as cobranças dela. Mas fico chateada quando vocês se desentendem.

Akira lhe oferece um sorriso suave.
— Não brigamos por sua causa, meu docinho. Brigamos porque temos visões diferentes.
— Mas ela tá certa, eu não sou disciplinada. — Ayumi encara as próprias unhas roídas. — Há quantos anos eu venho lutando contra isso?
— E quantas vezes você foi ao endocrinologista? — Akira arqueia as sobrancelhas.

Nunca. Já foi a nutricionistas, fez exames básicos, mas nunca houve uma investigação profunda. E, sinceramente, Ayumi sabe que a comida sempre foi um refúgio. Culpar hormônios seria hipocrisia.

— Pois é — Akira conclui. — O importante é saber se você é saudável, não quanto você pesa.
— Garotos da minha idade não gostam de meninas gordas — Ayumi murmura, recordando-se dos olhares silenciosos dos colegas.

Akira segura o queixo da filha com delicadeza e ergue o rosto dela.
— Se um garoto só se aproximar de você pela sua aparência, ele não te merece. Aparência desbota, mas quem você é de verdade permanece. Então, se perceber que está sendo reduzida a um corpo, vire as costas e siga em frente. Conselho de pai.

Ayumi encara o pai por um instante, absorvendo suas palavras. Um sorriso hesitante se forma, mas é tão frágil quanto o fio de esperança a que se agarra.
— Vou tentar, pai.

Eles saem do elevador, e Ayumi gostaria de acreditar que o conselho do pai bastava para silenciar suas inseguranças. Mas as vozes na sua cabeça continuam altas demais.

> Para nunca sofrer, é preciso nunca amar.
> (Léa Waider)

Uma boa ideia, um segredo e uma mentira

Leo observa o humor tempestuoso do irmão estampado em cada gesto desde que o dia começou. Primeiro, o "bom-dia" jogado à família com o entusiasmo de uma porta enferrujada rangendo; depois, a maneira brusca com que se despediu de Dani. Um "depois a gente se fala" escapou de seus dentes cerrados sem que ele sequer para trás enquanto ela entrava no carro. Se Leo fosse mais nobre, talvez sentisse um pouco de compaixão. Mas, como não é, apenas saboreou a cena. Detesta Dani com todas as suas vísceras, e vê-la sendo ignorada foi um presente matinal que ele aceitou de bom grado.

Agora, na lanchonete, Dinho segue imerso em sua nuvem de mau humor. Pediu o café preto de sempre e o cuscuz com ovo, mas mastiga como se estivesse triturando algo muito maior do que a comida. O olhar fixo no nada só reforça a tensão que emana de seu interior.

Leo, por outro lado, finge normalidade. Rasga mais um sachê de açúcar, despeja no seu pingado e lança um olhar cuidadoso ao irmão.

— Aconteceu alguma coisa, mano?

Dinho hesita por um segundo, como se ponderasse se vale a pena responder. Por fim, engole a comida de maneira forçada e solta:

— Briguei com a Dani.

A resposta vem seca, direta, mas carrega algo mais, algo que Leo não consegue decifrar de imediato. Frustração? Cansaço? Talvez resignação.

— Quer conversar sobre isso? — Pergunta, pegando um guardanapo para recolher o pão de queijo do prato.

Dinho ergue os olhos e o encara com desdém.

— Como se você se importasse.

Leo franze o cenho, indignado.

— Credo.

— Não é segredo pra ninguém que você detesta a Dani, Leo. Prefiro a opinião de alguém mais neutro.

Leo arqueia uma sobrancelha.

— Tipo a Ayumi? — Provoca, atento à proximidade recente entre os dois.

— Sim, tipo a Ayumi.

— É, ela é bem neutra, mesmo. — Leo ironiza, um sorrisinho surgindo no canto da boca.

— Qual o motivo do sorrisinho?

— Nada, só acho engraçado. Ela não tem razão nenhuma pra tentar te fazer terminar com a Dani, né? Diferentemente de mim.

Dinho revira os olhos, mas mantém o tom firme.

— A Ayumi dá ótimos conselhos, se quer saber. Ela me incentiva a conversar com a Dani, pra gente resolver as diferenças em vez de torcer pelo término.

Leo apoia o cotovelo na mesa e observa o irmão enquanto murmura para si mesmo:

— Ela joga contra si mesma, então.

— O que tá resmungando aí?

— Nada, Dinho. Só queria te oferecer um apoio, mas beleza, não vou fingir. Detesto aquela menina. Não é novidade.

Dinho suspira, meneando a cabeça antes de voltar a comer.

Nesse momento, Ayumi se aproxima da mesa dos dois.

— Bom-dia, Leo — cumprimenta, abanando a mão. Então, com um sorriso açucarado e exagerado, se volta para o outro. — Bom-dia, pessoa.

Dinho sorri de volta e bebe um gole do café, que Ayumi sabe, com absoluta certeza, que não tem um grão de açúcar. O rapaz é uma dessas pessoas que, sabe-se lá por quê, toma café amargo por pura teimosia.

— Amiga, você por aqui tão cedo? — Leo questiona, estreitando os olhos. Normalmente, Ayumi não chega ao colégio antes da primeira sirene.

— Oi, pessoa. — Dinho devolve, convidando-a com um gesto. — Senta com a gente.

Ayumi puxa a cadeira ao lado de Leo, que morde um pão de queijo sem cerimônia. Ela observa o lanche como se fosse uma joia preciosa. O cheiro quentinho invade suas narinas, e seu estômago ingrato protesta ruidosamente. Mas ela ignora. Precisa ignorar. A fome é só um obstáculo para algo maior: o controle. E a única maneira de mantê-lo é resistindo.

Foco, Ayumi, foco.

— Quer? — Leo pergunta, mastigando, a voz abafada enquanto nota o jeito que ela encara o pão de queijo.

Ayumi umedece os lábios e desvia o olhar, forçando um sorriso que não chega aos olhos.

— Não.

— Já comeu hoje? — Dinho questiona, atento demais.

Ela assente com a cabeça, mentindo sem hesitar. Dinho não aprovaria a resposta real, e o que menos precisa agora é de sermões ou olhares de reprovação. Já bastava a manhã infernal que teve em casa.

Ele encara Ayumi por um instante, mas não insiste. Apenas volta a comer em silêncio. Ayumi, por sua vez, observa-o discretamente. Gostaria de perguntar o que o está deixando tão contrariado, mas tem uma sensação amarga de que já sabe a resposta.

Dani. Ou Marco Antônio.

— Aconteceu alguma coisa, amiga, você está tão calada — Leo observa, arqueando as sobrancelhas.

— Nada, não — Ayumi responde evasiva, forçando um sorriso.

— Tem certeza? — Leo insiste, reparando nas olheiras escuras que acentuam seu semblante abatido. Em um dia normal, Ayumi chegaria apressada, reclamando das broncas da mãe sobre seu peso e de como detesta os dizeres dela, e os faria rir de alguma coisa trivial. Mas, ultimamente, está diferente. Mais introspectiva. E mais próxima de Dinho do que dele ou de Marina.

— Tenho, amigo. — Ela diz, segurando o braço dele por um instante. — Mas obrigada por perguntar.

Depois de receber uma notificação no celular, Dinho suspira e passa a mão pelo rosto, claramente exausto.

— Definitivamente, preciso de um segundo trabalho — resmunga, dando um suspiro profundo. Em seguida, se levanta.

— Que foi? — Leo indaga, franzindo o rosto, desentendido.

— Não bastasse a chateação dessa manhã, daqui a um mês é meu aniversário de namoro com a Dani. E adivinha só: a amiga dela, Paula, comentou o tipo de presente que ela "espera". Nada de presente físico. Ela quer jantar num dos lugares mais caros de Brasília. Só pra fazer reserva já preciso entrar numa lista de espera.

Leo se contém para não dizer "eu te avisei", porém sua expressão fala por si.

— Saudades da época em que um buquê de flores resolvida tudo, né? — Ele brinca, tentando diminuir a tensão do irmão.

— A Dani prefere sapatos — Dinho rebate, dando de ombros.

— Bom... e que tal se surpreendê-la com um presente mais ousado? Tipo... um término? — Leo sugere com um sorriso de escárnio.

Dinho solta uma risada fingida.

— Cirque du Soleil tá te perdendo, maninho — ironiza, acrescentando, logo após: — Tenho que ir. Substituir um professor doente. Até mais.

Enquanto Dinho se afasta, Ayumi fica pensativa, presa em uma frase que ressoa repetidamente em sua cabeça: *preciso de um segundo emprego*. Talvez ela tenha acabado de ter uma excelente ideia.

Do outro lado da lanchonete, Joana suspira profundamente, os olhos fixos na tela do celular. Seus dedos deslizam freneticamente pelo aparelho enquanto encara os resultados infinitos de busca. Nome após nome, artigo após artigo. Nada que realmente a leve onde deseja.

Se estivesse em um filme, pensa, o nome da mãe surgiria na tela em letras garrafais, acompanhado de uma trilha sonora dramática. Mas a vida real não funciona assim. Na verdade, a realidade é bem mais frustrante.

Joana suspira e balança a cabeça, inclinando-se mais sobre a mesa enquanto continua rolando a tela sem rumo. *Como um simples nome pode gerar tantos resultados irrelevantes, mesmo com as aspas?* O algoritmo definitivamente não está do lado dela.

— O que você tá fazendo, Joana? — Uma voz repentina a sobressalta.

O susto faz seu coração dar um salto. Um reflexo involuntário a faz soltar um pequeno grito e o celular escorrega de suas mãos, batendo contra a mesa com um som seco.

— Mas que droga, Cristiano! — Ela reclama, pressionando a mão no peito acelerado. — Isso lá é jeito de chegar? Quase me matou do coração!

Cristiano solta uma risada contida e se joga na cadeira ao lado. Com um sanduíche natural na mão, mastiga calmamente, os olhos fixos nela com uma curiosidade irritantemente analítica.

— Foi mal. Mas você estava tão concentrada. Nunca te vi assim. Confesso que fiquei intrigado.

Joana estreita os olhos. Ela não sabe se aquilo é um elogio ou uma provocação disfarçada. Pega o celular da mesa num gesto rápido, checando se a película continua intacta. Felizmente, está. Um problema a menos.

— Não tô fazendo nada demais. — Ela dá de ombros, desviando o rosto. — Só vendo uns vídeos.

Cristiano ergue uma sobrancelha, claramente cético.

— Aham. E eu sou o Batman.

— Faz mais o seu tipo do que o Superman, com certeza — ela resmunga, mas Cristiano não se deixa distrair. Ele continua fitando-a com aquela expressão de quem já sacou tudo. Irritante e perspicaz.

— Isso tem a ver com o que você me pediu naquele dia, não tem?

Joana cruza os braços, adotando um ar defensivo.

— E você se negou a me ajudar, só pra constar.

Cristiano suspira e passa a mão pelos cabelos, com ar mais sério agora.

— Você sabe por que eu fiz isso. Uma boate não é lugar pra uma menor de idade trabalhar, Joana.

Ela revira os olhos, mas, no fundo, sabe que ele está certo. Mesmo assim, a negativa dele ainda lateja como uma ferida mal cicatrizada.

— Imagina se chega um fiscal do trabalho por lá — Cristiano comenta, tentando provar seu ponto.

— Se você não tivesse sumido com minha identidade falsa, não teríamos esse problema — ela devolve, dando de ombros.

Cristiano agita a cabeça, impaciente.

— E o que diria ao seus pais quando chegasse em casa às quatro da manhã pra entrar no colégio às sete?

— Dormir é pros fracos — Joana rebate, arrancando uma risada curta dele. — Sério, não entendo como você pode ser tão rebelde pra umas coisas e tão conservador pra outras. — Continua dizendo, balançando a cabeça, descrente.

— Infringir a lei nunca fez parte da minha rebeldia — ele responde, apontando um dedo em riste para ela. — Tirando um ou dois momentos de burrice extrema.

Joana sorri de lado.

— Ah, o famoso incidente do laboratório de química.

Cristiano bufa.

— Não vamos falar sobre isso.

O sorriso dela se desfaz rápido. O tom de brincadeira desaparece quando ele pergunta:

— Mas, de verdade, por que tá tão obcecada em arrumar um trabalho? Achei que recebesse mesada do seu pai.

Joana ri sem humor, sacudindo a cabeça.

— Eu preciso de um *salário*, não de uma mesada. E, pelo que sei, ser filha ainda não é uma profissão remunerada. Ainda mais sendo quem sou. Aposto que meu pai me devolveria, se pudesse.

Cristiano a observa em silêncio, terminando o sanduíche. Ele sabe que ela exagera. É óbvio que a situação ainda não é como antes entre a família dela — e é fato que talvez nunca venha a ser como antes novamente —, mas isso não significa que seja algo absolutamente ruim. Afinal de contas, uma situação sempre tem dois lados. Todavia, ainda assim, percebe que há algo mais por trás daquela obsessão repentina.

— Por que quer um salário, Joana? O que tá planejando?

Ela o encara, ponderando. Cristiano não pode saber. Se ele soubesse, contaria para Marina, que contaria para João, que faria de tudo para impedi-la. *Se ela quisesse, teria nos procurado. Eu não mudei de telefone, filha. A Lívia tem como entrar em contato. Porém, não quer fazer isso. Ela foi embora, que razão teria pra voltar?*

Joana sabe que o pai tem seus motivos para temer que ela sofra ainda mais, mas não pode controlar o desejo que tem de encontrar a mãe. Afinal, as pessoas *mudam*. Isso é o que repete a si mesma, como um mantra. Alguém precisa dar o primeiro passo. E, como as coisas já andam estranhas em sua casa, o que custa arriscar a sorte com a mãe?

— Devo presumir que isso também é um segredo? — Cristiano questiona.

Joana suspira, frustrada.

— Falando assim, parece até que estou fazendo algo errado.

— Você está?

Por um momento, Joana hesita. A pressão no peito aumenta. E então as palavras escapam antes que ela possa contê-las:

— Eu não sei. — A voz vacila, e seus olhos ardem. — Não sei mais nada, Cristiano. É como se... não existisse mais um lugar no mundo pra mim, sabe? E o Vinícius... — Ela engole em seco, a respiração entrecortada. — Ele era a única pessoa que parecia realmente se importar, e agora nem olha mais na minha cara. Como se eu não fosse nada. E não devia doer, mas dói. Dói tanto que, às vezes, acho que nunca vai passar.

Cristiano empurra a cadeira para mais perto, a expressão suavizando. Sua mão toca o ombro dela, um toque firme, presente.

— Ei, tá tudo bem. — A voz dele é baixa, segura. — Eu tô aqui. Eu me importo com você, Joana.

Essas palavras parecem quebrar algo dentro dela. Sua respiração falha, e os olhos se fecham por um instante, mas as lágrimas escapam sem que ela consiga impedir. A barreira que vinha sustentando por tanto tempo simplesmente cede. Sem pensar, ela se inclina para ele, permitindo-se ser envolvida pelo calor reconfortante do abraço.

Os cheiros familiares da loção de barbear e do perfume amadeirado que ele usa a cercam, trazendo um alívio inesperado. O peito dele sobe e desce devagar, transmitindo uma tranquilidade que ela não sente há muito tempo. E, naquele instante, o mundo parece parar.

Por um breve momento, Joana se deixa levar por um desejo antigo, quase esquecido. Uma parte dela quer sentir o gosto dos lábios dele novamente, como nos velhos tempos. Porque seria uma distração do sofrimento. E, agora, tudo o que ela quer é escapar da dor, nem que seja por um instante.

✿

— Ei, o quê o Cristiano tá fazendo com a antipática metida a regenerada? — Ayumi pergunta para Leo, apontando o queixo em direção ao abraço que, na opinião dela, parece reconfortante demais. — Não me diga que eles ainda estão se pegando — ela estreita os olhos.

— Ayumi, você sabe que o Cristiano tá namorando a Marina — Leo suspira, acompanhando o olhar da amiga.

— É, mas isso nunca o impediu antes — ela rebate, cruzando os braços. — Cadê a Marina, hein? Será que ela falou com o Cristiano sobre esse namoro? Tipo, definiu regras? Regras normais de um relacionamento *fechado*?

Leo revira os olhos.

— Quem é que define regras de namoro, Ayumi?

— Alguém que não quer levar chifres — ela responde de imediato. — Eu, por exemplo, vou precisar de um contrato. Assinado e autenticado em cartório!

Leo suspira pesadamente.

— Eu não sei se eu rio ou se choro com as coisas que você fala.

— Mas com o Cristiano nunca dá pra saber, né, Leo? — Ela ergue uma sobrancelha.

Leo encara Cristiano ao longe e respira fundo.

— Ele mudou bastante. Nunca faria nada pra magoar Marina. Acho que, na verdade, ele sente é culpa por como as coisas terminaram com a Joana.

Ayumi encara os dois novamente e, ao ver a expressão preocupada de Cristiano, começa a achar que Leo tem razão.

Vinícius está concentrado na tela do celular quando Joana cruza a porta da sala de aula, exatamente um segundo depois do primeiro sinal. Mas ele não precisa levantar a cabeça para saber que é ela. O perfume a denuncia de imediato, com notas suaves de lírios, um aroma doce demais para combinar com alguém tão forte e impulsiva.

Ele resiste ao impulso de olhar quando ela passa por sua carteira, sentando-se a uma ou duas cadeiras de distância, mas sempre na mesma fila. Desde que pararam de se falar, há duas semanas, Joana mantém esse padrão. Nem tão longe, nem tão perto. Apenas o suficiente para que sua presença seja sentida.

Vinícius sabe que ela está fuzilando-o com o olhar, provavelmente pensando em como ele é um idiota. E, sinceramente, não pode discordar. Queria poder se aproximar, retomar a amizade sem que isso o desestabilizasse, mas seria como alimentar um vício. Ele precisa afastá-la da mente antes que consiga vê-la apenas como amiga outra vez. Precisa se convencer de que não pode tê-la. Não do jeito que gostaria. Talvez, um dia, consiga.

Ainda assim, sente falta. Do jeito marrento, das provocações afiadas, até das inseguranças que nunca imaginou que alguém como Joana pudesse ter.

O segundo sinal toca e, dois minutos depois, o professor Rubens entra na sala com um entusiasmo exagerado para as oito da manhã.

— Vinícius, o Heitor quer falar com você — anuncia, deixando seus pertences sobre a mesa.

Droga. Isso só pode ser um mau sinal.

Vinícius já imagina o assunto. Ele tem evitado as sessões de terapia que a mãe estranhamente o obrigou a marcar. Não entende como alguém pode achar que falar sobre a dor a torna mais suportável.

Joana tenta se manter impassível enquanto Vinícius se levanta e atravessa a sala. Por dentro, se pergunta o que Heitor quer com ele. Teria a ver com o fato de ser seu pai biológico? Talvez. Mas, se tem algo que Joana aprendeu nos últimos meses, é a não se meter nos segredos alheios. Pelo menos essa culpa ela não carregará.

Enquanto pega o passe de saída, Vinícius se pergunta quais são as chances de desaparecer até o fim da aula sem que ninguém perceba. O banheiro parece uma opção tentadora, um esconderijo seguro onde pode evitar perguntas, olhares e, principalmente, aquela conversa que ele não quer ter.

Vinícius dá três batidas à porta da sala de Heitor, ensaiando mentalmente uma desculpa para todas as vezes que faltou à terapia. Como se conversar sobre o que o machuca fosse mudar alguma coisa.

— Entra — a voz abafada do homem responde.

O rapaz obedece, mas para a meio caminho da porta. Espera que a conversa seja breve o bastante para não precisar se acomodar.

— O professor Rubens disse que queria falar comigo? — pergunta, fingindo desentendimento.

Heitor o observa enquanto espera o café ficar pronto na cafeteira. O cheiro quente e amargo se espalha pelo ambiente. Ele recolhe a caneca onde se lê "Melhor pai do mundo". Instintivamente, Vinícius desvia os olhos. Já teve uma caneca idêntica em sua casa. Seu pai, no entanto, não pode mais usá-la.

— Quer um café? Ou um *cappuccino*? — Heitor oferece, levando a caneca aos lábios.

— Não, obrigado — responde. Tudo o que quer é encerrar aquilo rápido.

— Sente-se — Heitor pede, apontando o sofá de dois lugares diante de sua poltrona.

— Estou bem assim — Vinícius responde, encarando um quadro na parede, e fugindo do olhar analítico que o examina como se fosse um enigma.

— Sente-se, Vinícius. Por favor — repete, suspirando ao ajeitar os óculos.

A contragosto, Vinícius se senta, apoiando os cotovelos nos joelhos. Espera alguns instantes antes de perguntar:

— Então, o que o senhor queria comigo?

Heitor dá um leve sorriso ao ouvi-lo chamá-lo de "senhor". Um hábito raro para garotos da idade dele.

— A Elisa me ligou hoje — começa.

Vinícius evita seu olhar ao responder cinicamente:

— Sério? E o que ela queria?

Heitor toma um gole do café antes de responder:

— Saber como anda a sua terapia. Parece que tivemos duas sessões desde a semana retrasada. O estranho é que você desmarcou as duas primeiras a pedido dela. Na primeira, um dentista. Na segunda... uma ida ao supermercado? — Ele arqueia uma sobrancelha.

Droga.

Vinícius tenta encontrar uma saída, mas nunca foi bom em mentiras. Tanto que está sendo descoberto agora.

— Não se preocupe — Heitor continua. — Não contei a ela que você faltou. Minha conclusão é que estamos progredindo e você *adora* terapia.

O garoto deixa escapar uma risada curta, aliviado. Se a mãe descobre a verdade, teria um colapso. Ela odeia mentiras.

— Obrigado, Heitor — agradece sinceramente. — Mas por que não contou a ela?

— Porque quero que saiba que pode confiar em mim — responde sem rodeios. — Vinícius, você passou por um trauma muito grande. É normal se sentir perdido.

— Eu não tô perdido — rebate rápido demais. — Só não quero falar sobre isso. Não posso simplesmente não querer falar?

— Claro que pode. Mas falar é parte do processo de cura.

O garoto sorri. Logo depois, está rindo.

— O que é tão engraçado?

— O senhor fala como se a morte do meu pai fosse uma doença. Como se houvesse cura. Mas não existe! Então, guarde seus conselhos pra alguém que acredite neles.

Raiva. Um sintoma do luto. Pelo menos, ele está falando.

— Eu entendo que esteja com raiva.

— Por favor, pode parar de dizer que me entende? Nem eu me entendo! — Vinícius passa as mãos pelo rosto, cansado. — Olha, eu posso ir? Na real, não quero falar disso.

Porque, se falar, a voz vai vacilar, as lágrimas vão subir, a dor vai transbordar. E ele não está pronto para sentir tudo isso de novo.

Heitor recua. Ainda não é o momento.

— Pode. Mas com uma condição. — Seus olhos carregam algo entre paciência e melancolia. — Segunda-feira, aqui, às 13h30min.

— Por favor, eu não quero fazer terapia — Vinícius suplica.

— E eu não quero mentir pra sua mãe — Heitor responde, firme.

Depois de um longo minuto de silêncio, Vinícius suspira, derrotado.

— Tudo bem.

Se Heitor quer que ele vá, então ele vai. Mas falar? Isso ninguém pode obrigá-lo a fazer.

> Haverá algo mais belo do que ter alguém com quem possa falar
> de todas as suas coisas como se falasse consigo mesmo?
> (Cícero)

Além da superfície

A respiração de Ayumi está ofegante, seu rosto ruborizado contrasta com a palidez das mãos trêmulas enquanto ela diminui cada vez mais o ritmo da corrida ao redor da quadra. Desde que a sensação de mal-estar começou, ela espera que, assim como veio, vá embora. Mas só se sente pior. Aos poucos, tudo à sua volta parece girar e, quando tenta dar mais um passo, suas pernas fraquejam.

— Ayumi, está tudo bem? — A professora Fernanda pergunta, aproximando-se com um olhar atento. O suor frio no rosto pálido da garota denuncia os sintomas clássicos de hipoglicemia. Fernanda já viu essa cena antes. Mais vezes do que gostaria.

A voz da professora parece vir de muito longe, abafada, como se Ayumi estivesse submersa. Ela tenta umedecer os lábios, mas sua boca está seca demais. Mal percebe quando uma mão firme segura seu braço, impedindo-a de desabar. Dinho, com seu reflexo rápido, a guia delicadamente para o chão.

— Você comeu alguma coisa hoje, Ayumi? — Fernanda pergunta novamente, abaixando-se ao lado dos dois.

A menina apenas balança a cabeça em negativa, os olhos fechados, sem energia suficiente para abri-los.

Dinho pega uma bala no bolso do short, desembrulha rapidamente e inclina-se para mais perto.

— Abre a boca — pede, sua voz grave e firme.

Mesmo tonta, Ayumi obedece. Ele coloca a bala em seus lábios, e o gosto doce logo começa a se dissolver em sua língua. Ao redor, algumas das colegas se entreolham, cochichando entre si, talvez desejando ser o alvo dos cuidados de Dinho. Mas, naquele momento, Ayumi não se importa com os olhares.

Pouco a pouco, a tontura ameniza, e ela consegue abrir os olhos. Ainda se sente fraca, mas ao menos não parece mais que vai desmaiar. Observa os rostos voltados para ela, alguns preocupados, outros apenas curiosos.

— Está passando — murmura, os olhos alternando entre Dinho e Leo, que, de alguma forma, conseguiu se esgueirar até ali no meio da confusão. Ela se sente culpada por preocupá-los.

– Bernardo, acompanha a Ayumi até a lanchonete, por favor. Ela precisa comer algo – Fernanda solicita.
– Nanda, será que eu posso ir? Ela é minha melhor amiga – Leo pede, inquieto.
– Já basta um aluno matando aula, Leonel – a professora rebate, cruzando os braços.
– Mas...
– Não se preocupa, Leo, eu tô bem – Ayumi assegura, forçando um sorriso.
Resignado, Leo assente. Dinho, sem hesitar, passa o braço dela sobre seus ombros, apoiando-a enquanto a conduz para fora da quadra. Ele sente o peso da garota, não apenas fisicamente, mas também emocionalmente. Como se ela estivesse carregando o mundo inteiro sobre as costas.
Ayumi se deixa guiar, sentindo uma estranha gratidão pela presença dele ao seu lado. Há uma gentileza em seus gestos que a reconforta. Dinho sempre foi assim – cuidadoso, atencioso. Isso é algo que ela sempre admirou nele.
Chegando à lanchonete, ele a ajuda a se sentar em uma das mesas antes de ir até o balcão buscar algo para ela comer. Minutos depois, retorna com uma garrafa de água e uma bandeja contendo um sanduíche e uma salada de frutas.
– Come – Dinho orienta, desembalando o sanduíche e entregando a ela.
Ayumi pega o lanche e dá uma mordida hesitante. Aos poucos, sente a fome se dissipar.
– Obrigada, Dinho – agradece, limpando os lábios com um guardanapo. – Eu não sei o que faria sem você agora.
O garoto suspira, balançando a cabeça.
– Por que mentiu mais cedo quando perguntei se tinha tomado café?
Ayumi para, encarando a bandeja à sua frente, tentando formular uma resposta que não soe como uma desculpa vazia.
– Não queria que se preocupasse – confidencia, dando de ombros.
– Mas eu *tô* preocupado, Ayumi! – Dinho rebate, passando a mão pelos cabelos, frustrado. São raras as vezes em que ele a chama pelo nome, e isso só significa uma coisa: ele está realmente bravo. – Eu tenho estado preocupado com você desde que...
Ele hesita, ponderando se deve continuar. Por fim, toma coragem e pergunta:
– Você parou de fazer aquilo?
Ayumi prende a respiração. O olhar permanece fixo na bandeja, desfocado. Gostaria de dizer que sim. Mas, como tantas outras vezes, seria apenas mais uma mentira.
– Por que faz isso consigo mesma? – Dinho pergunta, agora num tom mais suave. – Me diz.
– Você não vai entender – ela sussurra, envergonhada.
– Experimenta – ele incentiva.

O silêncio se estende entre os dois. Ayumi fecha os olhos, reunindo coragem antes de finalmente admitir:

— Quando eu como algo que não devia, isso me incomoda. É como se houvesse uma voz na minha cabeça repetindo que eu não deveria ter feito isso. Que vou engordar, que estou me afastando do meu objetivo, que minha mãe vai se decepcionar ainda mais comigo... E essa voz só para quando eu... — A voz dela oscila. — Isso me traz alívio, Dinho. Tanto quanto a comida me conforta.

Os olhos dela ficam marejados. Dizer aquilo em voz alta é como tirar mais uma das máscaras que usa diariamente. Será que um dia conseguirá tirar todas?

Dinho permanece em silêncio. Talvez não seja a melhor pessoa para aconselhá-la, mas sabe que Ayumi confia nele como em poucos. Porque, com ele, ela não sente a necessidade de fingir que está bem. Não precisa segurar as pontas sozinha, fingindo que nada a afeta. E é triste perceber que ela não recebe esse tipo de acolhimento de quem mais deveria protegê-la. Ele entende essa sensação. É a mesma que sente quando encara os olhos do pai.

— Já falou sobre isso com a sua psicóloga? — Dinho pergunta, com cautela.

Ayumi move a cabeça em negativa.

— Você é a primeira pessoa que me ouve dizer isso em voz alta — admite. — Não é algo de que eu me orgulhe, e é muito difícil conversar sobre isso. Sei que um dia vou conseguir, mas... por enquanto, não consigo.

Dinho entende o que ela quer dizer. Algumas verdades sobre nós mesmos — especialmente as que doem, as que julgamos feias demais para serem expostas — são como cicatrizes que preferimos esconder. Fingimos que não existem, enterramos bem no fundo, porque admitir sua presença seria o mesmo que reconhecer nossas imperfeições. E, às vezes, só conseguimos seguir em frente quando acreditamos na ilusão de que somos melhores do que realmente somos.

— Me promete que vai parar? — Ele pede, pegando a mão dela sobre a mesa e apertando-a levemente.

Ayumi encara os dedos dele entre os seus. Como pode prometer isso, se já tentou tantas vezes e falhou? Dizer que sim seria apenas mais uma mentira.

Dinho percebe sua hesitação e reformula:

— Então me promete que, quando sentir que precisa fazer isso de novo, vai me ligar? Não importa a hora nem o dia.

Ayumi solta um suspiro trêmulo, sentindo as lágrimas queimarem seus olhos. O peso da promessa se assenta fundo em seu peito, mas, dessa vez, ela não foge.

— Eu prometo.

Dinho esboça um sorriso contido, um pouco mais aliviado, mas ainda preocupado. Ayumi sabe que ele gostaria que essa promessa fosse mais forte, mais definitiva. Mas, por ora, é o melhor que ela pode oferecer.

Ela morde o lábio, hesitante. A ideia que teve mais cedo ainda pulsa em sua mente, inquieta, à espera do momento certo para ser dita. Talvez agora seja a hora.

— Que cara é essa? — Dinho pergunta, estreitando os olhos.

— Que cara? — Ayumi rebate, fingindo desentendimento ao passo que torce os lábios.

— Sei lá... — provoca, arqueando uma sobrancelha. — Parece que quer me fazer uma proposta indecente.

Ayumi dá uma risada nervosa e exagerada, desviando-se com um gole de água. Mas Dinho não a deixa escapar tão facilmente.

— Você quer me fazer uma proposta indecente, pessoa? — Ele continua, divertido. Parte dele quer substituir a melancolia no olhar dela por um sorriso genuíno, mas outra parte sabe que algo está girando na mente da garota. A forma como a ruga entre seus olhos se aprofunda comprova isso.

Ayumi o encara e, por um instante, se esquece de como se respira. Ele não imagina o impacto que sua voz rouca e provocativa tem sobre ela. Não sabe que mais tarde, quando estiver sozinha, ela vai repassar essa frase repetidas vezes na memória e sorrir para o teto como uma boba. Vai criar diálogos inteiros, situações que nunca aconteceram, imaginando que aquele olhar e aquele tom de voz significam mais do que realmente significam. Não, ele não faz ideia.

Ela desvia os olhos, sentindo o rosto esquentar, e tenta recuperar a dignidade bebendo mais um gole de água – apenas para perceber que a garrafa está vazia.

— B-bem, na verdade, e-eu... – pigarreia, buscando organizar o raciocínio. – Eu quero te fazer uma proposta de trabalho. Você disse que estava precisando. E eu sei que preciso dos seus serviços.

Droga. A frase talvez não tenha soado como deveria. Ainda bem que só estão os dois ali, ou Leo já estaria acusando-a de assediar seu irmão só para provocá-la.

Dinho endireita a postura, interessado.

— Tá bom, agora eu fiquei curioso. Que tipo de serviço, exatamente?

Ayumi respira fundo antes de responder:

— Eu preciso emagrecer.

Dinho franze o cenho, torcendo os lábios em uma expressão pensativa.

— Que foi? Vai dizer que não? — Ela pergunta, cruzando os braços.

— Eu acho que o que você precisa é ser saudável. — Ele corrige, olhando-a com seriedade. — Isso significa comer bem, se exercitar, mas sem loucuras. Não por estética, mas pelo seu bem-estar.

— Sim, e é exatamente aí que você entra – Ayumi insiste. – O que acha de ser meu *personal trainer*?

Dinho hesita. Ele coça a testa, claramente desconfortável.

— Poxa, pessoa, eu ainda tô no segundo semestre. Não tenho experiência pra ser *personal*.

— Não faz mal, juro. É bom que você pode ir treinando comigo. Prática é tudo, né? – Ela sorri, tentando convencê-lo.

— Não sei se é uma boa ideia... — Ele profere, reticente.

— Dinho, por favor! — Ayumi une as mãos em súplica. — É isso ou eu vou acabar alistada nos *Vigilantes do peso*. Você não faz ideia do meu desespero!

Na realidade, o desespero dela tem mais a ver com a companhia dele do que com os exercícios em si. Mas dessa parte ele não precisa saber.

— E como funcionaria? Porque tenho o estágio de manhã, a faculdade à tarde...

— Poderia ser à noite. No meu prédio tem uma academia. E também não precisa ser todo dia.

— Pelo menos três vezes por semana — ele negocia, analisando-a.

Ayumi observa o modo como a camiseta dele se ajusta aos músculos bem definidos e se pergunta, com incredulidade, como ele ainda pode estar hesitando diante de uma oferta tão irrecusável. Ele tem o físico perfeito para o trabalho, resultado de anos de treino e dedicação, e ela precisa desesperadamente de alguém que a motive — e, sendo honesta consigo mesma, que a faça querer comparecer a cada sessão. Além disso, quem seria melhor para ajudá-la a alcançar seus objetivos do que alguém que já incorporou o estilo de vida que ela deseja? O olhar dela desliza rapidamente por seus braços, mas se apressa em desviar antes que ele perceba. Será que ele realmente não enxerga o quão perfeito seria esse acordo? No final, vê nos olhos dele que ele já está cedendo.

— Eu vou te pagar pelo trabalho — ela reforça. — Bem, tecnicamente, meus pais vão. Mas, mesmo assim, quero que seu tempo valha a pena.

Dinho dá um sorriso sincero.

— Sua companhia já faz meu tempo valer a pena, pessoa. Não quero dinheiro pra isso.

Ayumi sente o estômago revirar e desvia o olhar, mordendo o lábio. Ele não faz ideia do que essa frase causa nela.

— Tudo bem. — Concorda, por fim. — Mas vou confirmar os dias assim que checar minha grade horária.

— Claro, sem problemas! — Ela assente com entusiasmo, resistindo à vontade de abraçá-lo. Em vez disso, pega sua mão e aperta levemente. — Você é meu salva-vidas.

Ele balança a cabeça.

— E nada de ficar sem se alimentar. Se vamos fazer isso, vai ser do jeito certo.

— Eu prometo! — Ayumi responde, radiante.

— Agora termina de comer — ele orienta, e ela obedece, mordendo o sanduíche um minuto antes de o sinal para o intervalo tocar.

Pouco depois, Marina, Cristiano e Leo se juntam a eles na lanchonete, cada um trazendo uma bandeja com lanche.

— Amiga, tá melhor? — Leo pergunta, sentando-se ao lado dela, a testa franzida em preocupação.

— Tô sim, foi só uma queda de glicose — responde, sorrindo de leve.

Cristiano se senta antes que Marina possa fazer o mesmo, e ela arqueia as sobrancelhas.

— Uau, que cavalheirismo exemplar — ironiza.

— Coração, eu *sou* um cavalheiro — ele rebate, lançando a ela um sorriso travesso. Antes que ela possa protestar, ele coloca a mão em sua cintura e a puxa para seu colo. — E, convenhamos, isso aqui é muito mais confortável do que uma cadeira dura.

Leo observa a cena e balança a cabeça, divertido.

— Se Janaína vir isso, vocês vão ser acusados de atentado ao pudor.

Marina sente o rosto esquentar instantaneamente, e Cristiano, aproveitando a deixa, deposita um beijo em sua bochecha.

— Você fica ainda mais linda assim — ele sussurra, a voz baixa e provocativa, arrancando um revirar de olhos dela, embora um sorriso denuncie que, no fundo, ela gostou.

Em seguida, Marina pergunta para Ayumi:

— Amiga, o Leo me contou que você passou mal. Tá tudo bem?

— Sim, só uma queda de glicose — Ayumi responde rapidamente.

Dinho, sabendo que Ayumi não gosta de ser o centro das atenções, especialmente naquele tipo de situação, onde sua fragilidade é exposta, muda de assunto:

— O que vão fazer amanhã?

— Se tudo der certo, nada — Cristiano responde.

— Estudar pra prova de Inglês — Marina diz, recebendo um olhar incrédulo do namorado.

— Preciso inventar algo ou minha mãe vai fazer isso por mim — Ayumi suspira.

— Podemos correr no parque — Dinho sugere, animado.

— Eu topo — Ayumi responde sem hesitar, como se estivesse apenas esperando por essa oportunidade.

— Eu passo a corrida, mas topo um piquenique — Leo contrapõe, erguendo a mão como se fizesse uma negociação séria.

— Nossa, que programão de família — Ayumi comenta, revirando os olhos.

— Melhor do que correr nesse calor infernal — Leo rebate, dramático. — Fiquei desidratado só de pensar.

Dinho solta uma risada e sacode a cabeça, já acostumado com o exagero do irmão.

— E vocês? — Ele pergunta, olhando para Marina e Cristiano.

— Eu acho uma ideia legal — Marina concorda.

— Se meu coração falou, tá falado — Cristiano faz coro.

— Então temos um acordo. Vai ser divertido.

Leo o encara com uma expressão de puro ceticismo.

— Mano, sério, a gente precisa redefinir seu conceito de "divertido".

> Ouve o conselho de quem muito sabe; sobretudo, porém,
> ouve o conselho de quem muito te estima.
> (A. Graf)

Conselhos são fáceis, sentimentos não

— Me conta, Ayumi. Como você tem se sentido desde a última vez que nos vimos?

Ayumi encara Letícia, sua psicóloga. Ela é jovem para a profissão, talvez por isso pareça mais acessível, mas nem por isso é fácil de responder. A pergunta paira no ar enquanto Ayumi reflete. Ela sente tantas coisas ao mesmo tempo, mas organizá-las em palavras parece impossível. Quase todas são feias demais para serem ditas. Pelos menos, as que envolvem ela mesma.

Sem saber ao certo o que dizer, ela dá de ombros e abraça a almofada sobre o colo, como se aquele objeto pudesse protegê-la de confrontar os próprios sentimentos.

— Aconteceu alguma coisa essa semana? — Letícia pergunta, a voz serena, observando-a por trás dos óculos de armação em padrão tartaruga. — Você parece tensa.

— Nada de novo — Ayumi responde, mordendo o lábio. Hesita por um instante antes de completar: — Eu... tive um desentendimento com a minha mãe.

— Sobre o quê?

Ayumi suspira. Ela já sabe que Letícia não vai se contentar com respostas vagas.

— Eu a desapontei. — Um sorriso nervoso escapa, pequeno e sem vida. — E, bem... ela tem razão. Eu não tenho força de vontade.

A dor embutida nessas palavras faz Letícia inclinar o corpo ligeiramente para frente, como se quisesse encurtar a distância entre elas.

— Por que diz isso?

— É bobagem... nada demais...

— Ayumi — Letícia a interrompe com delicadeza. — O que nós sentimos nunca é bobagem. Seu sofrimento é legítimo. Não é justo consigo mesma minimizá-lo.

A garota a encara, mas seu olhar está longe, perdido em lembranças recentes. Ela revê o jeito que a mãe a olhou. O peso cruel da culpa. O jeito como lidou com tudo isso — de uma forma que não tem coragem de admitir. Ainda não.

— Por que não me conta o que realmente aconteceu? — Letícia insiste, gentil.

A hesitação dura poucos segundos antes de Ayumi finalmente confidenciar:

— O de sempre, Letícia. Meu peso — diz, sentindo um nó apertado na garganta. — A forma como a minha mãe sempre me critica, sem nem perceber o quanto dói. Como ela me faz sentir culpada por coisas que não deveriam me causar culpa, como tomar um sorvete numa noite quente. Parece que, por estar acima do peso, eu não tenho o direito de comer nada por prazer.

Letícia desliza uma caixa de lenços na mesinha de centro em direção a Ayumi, que agradece com um sorriso trêmulo antes que as lágrimas escapem de seus olhos amendoados.

— Eu sei o quanto é difícil lidar com essa pressão, principalmente vinda de alguém próximo — Letícia fala, ajustando os óculos com um gesto automático. — Mas, Ayumi, sua autoestima, sua autoimagem não podem ser definidas pelas expectativas dos outros, nem mesmo pelas da sua mãe.

Ela fala pausadamente, deixando cada palavra se amoldar no espaço entre elas antes de continuar:

— O que você acha que poderia fazer pra começar a se amar e a se respeitar mais, independentemente do que sua mãe diz?

Ayumi limpa o nariz com um lenço e balança a cabeça.

— Eu não sei... Eu tento dietas, exercícios, mas nada funciona. Parece uma batalha perdida. E aí minha mãe fica frustrada e... — Dá de ombros, sem completar a frase.

— Buscar um estilo de vida saudável é algo positivo — Letícia concorda. — Mas essa escolha deve ser sua, não pra agradar ninguém. Cada pessoa, cada corpo tem um ritmo próprio. E saúde e bem-estar não são números na balança. Sabe como o amor-próprio começa, Ayumi? — Ela acrescenta, olhando profundamente para a garota. — Com a aceitação de quem você é, *agora*, sem condicionantes.

Ayumi solta uma risada sem humor.

— Difícil acreditar nisso quando minha mãe insiste que eu só vou ser feliz se for magra.

— Sei que é um desafio — Letícia admite, recostando-se na poltrona. — Mas felicidade não tem peso. Pelo menos, não físico. E essa ideia de que a balança define a sua vida é um conceito antigo, que, felizmente, está mudando. No fundo, quem precisa repensar as concepções que tem é a sua mãe.

— Pode ser... mas o que ela pensa ainda importa muito pra mim. Eu queria que ela se orgulhasse de mim de novo. Como quando eu era pequena e fazia aquelas campanhas publicitárias que ela tanto gostava.

— Você já tentou conversar com ela sobre como as críticas te afetam? — Letícia pergunta, inclinando a cabeça.

— Já... mas minha mãe é muito incisiva. — Ayumi dá um meio-sorriso, desprovido de qualquer alegria. — Às vezes, como diz meu pai, é mais fácil só concordar.

— Criar limites saudáveis com ela pode ser essencial pra preservar sua autoestima. — A mulher diz, observando-a atentamente. — Isso significa deixar claro que certas falas não são aceitáveis.

— Você acha que eu posso fazer isso? — Ayumi pergunta, em dúvida.

— Acho, sim.

— Como?

— Com respeito — Letícia sorri, mas seu tom é assertivo. — Mas, acima de tudo, com respeito por si mesma. A forma como ela te faz sentir não está certa, Ayumi, mesmo que ela diga que é pro seu bem. E você precisa enxergar que é uma pessoa valiosa, digna de amor e respeito, independentemente do seu peso ou da opinião dos outros. Só assim poderá se defender.

— Eu não sei se consigo acreditar nisso...

— Ah, mas é pra isso que tô aqui. — O sorriso de Letícia se amplia, mas seu olhar carrega seriedade. — Pra te ajudar a enxergar a verdade sobre si mesma. E, acredite, você não está sozinha.

Por um instante, Ayumi apenas observa a terapeuta. Então, devagar, assente com a cabeça. Pela primeira vez em muito tempo, sente que talvez... só talvez... ela realmente não esteja sozinha.

O Parque da Cidade Dona Sarah Kubitschek, mais conhecido simplesmente como Parque da Cidade, é um dos espaços verdes mais frequentados de Brasília. Com seus impressionantes 420 hectares, é o maior parque urbano da América do Sul, e um dos maiores do mundo.

Além de oferecer áreas de preservação ambiental, o parque é um refúgio para quem busca lazer ao ar livre. Entre suas atrações mais populares estão as trilhas extensas para caminhadas e corridas, as quadras esportivas, os campos de futebol, as ciclovias, as pistas de skate e patinação, além dos espaços destinados a piqueniques e práticas de ioga e tai chi.

E é justamente em uma dessas áreas de piqueniques que Ayumi, Dinho, Marina, Cristiano e Leo estão agora, sentados na grama, à sombra generosa de uma árvore. Ainda recuperam o fôlego após a corrida de vinte minutos, o suor colando suas roupas ao corpo sob o calor escaldante de Brasília.

— Ah, que calor miserável! — Leo resmunga pela terceira vez, abanando a gola da regata na tentativa de se refrescar. — Eu não sei como vocês me convenceram a vir pra cá... e ainda correr!

— Uma corridinha faz bem, Leo — Dinho fala, passando o antebraço pela testa suada. As sardas em seu rosto parecem mais evidentes sob o sol forte, e boa parte do cabelo está úmida, grudando-se nas laterais da cabeça.

Ayumi percebe que, apesar do tom brincalhão, ele está distraído. Talvez tenha algo a ver com Daniela não ter aparecido naquela manhã.

— Dinho, o que faz bem é piscina, ar-condicionado e Coca-Cola com gelo e limão — Leo retruca, franzindo o rosto para o irmão mais velho. — Isso aqui pode causar uma parada cardíaca em qualquer um! Ainda mais um ser humano sem condicionamento físico, ou seja, eu. Se eu morrer, a culpa é toda sua.

— Nossa, você puxou a veia dramática da dona Cláudia, hein?! — Dinho provoca, rindo e sacudindo a cabeça. Os outros três riem junto, enquanto Leo cruza os braços, indignado.

— Pode rir, mas você bem que devia me pagar uma Coca-Cola.

— Tá bom, manino, eu busco sua Coca — Dinho concede, ainda rindo.

— É o mínimo depois de me obrigar a correr uma hora.

— Leo, a gente correu *vinte* minutos. — Dinho corrige, arqueando as sobrancelhas.

— Meu corpo discorda intensamente. — Leo responde, jogando-se na grama com um suspiro exagerado. Deitado, ele apoia a cabeça nos braços e encara distraidamente as copas das árvores.

Dinho revira os olhos e se levanta, esticando os braços.

— Alguém quer alguma coisa?

— Água de coco — Cristiano diz preguiçosamente, sem mover um músculo. Está deitado com a cabeça no colo de Marina, aproveitando a sombra.

— Eu vou com você, primo — Marina fala, dando um tapinha no braço do namorado, para que ele se levante. — Você não vai conseguir carregar tudo sozinho.

— Pode deixar, eu vou — Ayumi se apressa em dizer, já se levantando. O cabelo, antes preso em um rabo de cavalo alto, está solto em algumas mechas desalinhadas, e ela sente o suor escorrer pela nuca. — Cristiano tá muito confortável aí.

— Obrigado, Ayumi, essa posição tá ótima mesmo — o rapaz brinca, subindo os óculos escuros.

— Eu quero melancia — Marina acrescenta, lançando um olhar significativo para Ayumi, como se adivinhasse suas intenções.

— Coca, água de coco e melancia. — Dinho repassa mentalmente. — OK, vamos lá.

Eles se afastam pelo parque em direção aos quiosques. Ayumi finge estar distraída enquanto observa Dinho pelo canto do olho. Ele está quieto, os ombros tensos.

— Tá tudo bem, pessoa? — Ela indaga, quebrando o silêncio.

Dinho move a cabeça em afirmativa, mas a resposta não convence.

— Tem certeza? — Ayumi insiste, franzindo o cenho.

Ele hesita, os lábios formando uma linha fina.

— Nada te escapa, né? — Comenta, dando um sorriso que não toca os olhos.

— Quando se trata de você, não — Ayumi deixa escapar, então percebe que talvez tenha dito aquilo rápido demais. Logo tenta consertar: — Quer dizer... porque somos amigos, e eu... cuido dos meus amigos. Ou, pelo menos, tento.

Dinho reprime um sorriso ao ver o jeito atrapalhado dela. Ayumi é engraçada, mesmo que, na maior parte do tempo, pareça um pouco triste.

— É só que tive outra briga com a Dani. Mas não quero ficar te enchendo com isso toda vez que a gente se vê.

— Foi por isso que ela não veio?

Ele suspira, assentindo. Depois da discussão da manhã anterior, Daniela não tinha falado mais com ele. Dinho não entende por que ela insiste em aceitar aquela proposta do seu pai. Será que de fato acredita que Marco Antônio tenha outro intuito além de provocá-lo? Realmente não entende por que Dani faz questão de complicar ainda mais as coisas entre eles.

— O que aconteceu? — Ayumi pergunta, observando-o com atenção.

Dinho morde o lábio, incerto. Não gosta de se abrir, mas Ayumi tem esse dom de deixá-lo confortável, como se fosse seguro ser vulnerável ao lado dela. Talvez seja o jeito como sua voz soa delicada e pausada, ou como ela realmente escuta, franzindo o rosto, como se sua preocupação fosse dela também. Pessoas assim são raras.

Por fim, ele cede.

— Meu pai convidou a Dani pra uma entrevista de estágio na empresa dele. Mas eu tenho certeza de que é só pra me atingir.

— Por que acha isso?

— Porque eu conheço o meu pai. Ele nunca faz nada sem um propósito.

Ayumi assume um ar pensativo antes de perguntar:

— A empresa do seu pai não presta serviços de engenharia e arquitetura?

— Sim. O Caio, sócio dele, é arquiteto.

— E a Daniela faz arquitetura, certo? Então... qual é o problema de ela estagiar lá?

Dinho solta um suspiro exasperado e vira-se para encará-la.

— O problema é que é na empresa do meu pai — reclama, apertando os lábios. — Eu disse pra Dani que não achava uma boa ideia, e ela me acusou de não separar minhas questões com ele de algo que seria bom pra carreira dela. Mas, poxa, ela pode trabalhar em qualquer lugar! Por que tem que ser logo lá?

Ayumi observa a expressão carrancuda dele. E odeia o que sente nesse momento. Odeia o aperto no peito ao vê-lo tão afetado por algo relacionado à namorada. Mas não pode evitar.

— Você acha que estou errado, pessoa? — Dinho questiona, a voz carregada de expectativa, como se ela pudesse oferecer uma resposta definitiva.

Ela hesita.

— Você acha, né?

— Não fica bravo comigo, mas... talvez seja mesmo uma boa oportunidade pra ela. — Ayumi diz, cautelosa. — E, além disso, é só uma entrevista. Não significa que ela vá ser contratada.

— Mas não me sai da cabeça que meu pai só tá querendo me atingir. — Dinho volta a dizer, ainda preocupado.

— Eu acho que você tá com ciúmes, o que é totalmente normal.

— Eu não tô com ciúme da Dani. — Dinho fala, na defensiva.

— Dela não, mas do seu pai — Ayumi explica, dando de ombros. — Ela tá ocupando um espaço que, de certa forma, deveria ser seu. Está recebendo a atenção que você deixou de ter.

Dinho reflete sobre as palavras da menina.

— Talvez você tenha razão.

— Quer um conselho? — Ayumi pergunta, sorrindo de leve. — Em vez de tentar fazê-la mudar de ideia, apoie-a. Você sempre cobra isso dela, não é justo oferecer o mesmo?

Dinho suspira.

— Eu sou um imbecil — ele ri, sem humor, como se só agora estivesse enxergando algo óbvio. — Eu devia incentivá-la, né? Afinal, eu que troquei de curso. E a Dani... ela é a melhor da turma, dedicada pra caramba. Vai ser bom pra ela ter essa experiência, mesmo. Colocar em prática o que aprende.

Ele sussurra a última frase, mordendo o lábio, como se estivesse digerindo as próprias palavras.

— Sobre o seu pai... — Ela inclina a cabeça de leve, medindo as palavras. — Já parou pra pensar que ele pode ter feito isso justamente pra te mostrar o que você está deixando passar?

Dinho aperta os lábios, desviando o olhar enquanto reflete.

— Pode ser...

Ayumi observa o conflito estampado no rosto dele, então, procura tranquilizá-lo:

— No fim, o que importa é o quanto você permite que isso te afete, Dinho.

Ele solta o ar em um longo suspiro e, dessa vez, parece mais calmo.

— Obrigado por me fazer enxergar as coisas de outro jeito, pessoa. Já disse que você dá ótimos conselhos?

Ayumi sorri, mesmo sentindo um aperto no peito.

— É pra isso que os amigos servem, né? — Acrescenta.

O que ele não sabe é que, no fundo, ela quer ser bem mais do que isso.

> Uma alegria compartilhada se transforma numa dupla alegria.
> Uma tristeza compartilhada se torna uma meia tristeza.
> (Autor desconhecido)

Amizade é via de mão dupla

Na semana seguinte, no primeiro dia em que Dinho vai ao condomínio para auxiliar Ayumi nos exercícios, a garota troca de roupa cinco vezes. Testa um conjunto esportivo, depois outro, mas nenhum parece bom o suficiente. No fim, decide-se por uma *legging* preta e uma camiseta azul-cerúleo, ajustada o bastante para parecer que escolheu sem pensar, mas confortável para o que viria pela frente. Prende os cabelos num coque improvisado, sustentado por grampos e elásticos. Apesar do cuidado, ainda parece desajeitado.

A ansiedade borbulha dentro dela. De tempos em tempos, confere o relógio do celular. Caminha pela sala, os passos ecoando no piso.

— Esse rapaz realmente te fisgou, hein? — A voz da mãe soa casual, mas há um quê de análise. Ela folheia uma revista de moda, elegantemente reclinada no sofá de couro. — Nunca te vi tão ansiosa para se exercitar.

O comentário poderia facilmente afetá-la, mas hoje nada estraga a animação que vibra em seu peito. Nem mesmo a acidez da mãe.

— É bom ter alguma motivação na vida — rebate, sem encará-la.

O interfone toca. Seu coração dá um salto.

— O Dinho chegou — murmura para si mesma, avançando para atender.

— Peça que ele suba. Quero trocar umas palavrinhas com esse rapaz antes de vocês começarem.

O corpo de Ayumi enrijece. O olhar alarmado recai sobre Yoko, que parece absolutamente séria. O que ela pretende dessa vez?

— Mãe, não começa! Me deixa fazer as coisas do meu jeito pelo menos uma vez! — Choraminga, tentando conter a angústia.

— Ayumi, é exatamente porque deixei você fazer as coisas do seu jeito que chegamos a este ponto. Não percebe?

Ela aperta os olhos, lutando contra a frustração. Rebater é inútil. Yoko sempre tem a última palavra. Pelo menos, é melhor que ela fale com Dinho ali no apartamento do que no meio da academia, como certamente faria se descesse agora.

Suspira e atende o interfone.

Poucos minutos depois, a campainha toca. Ayumi avança para abrir, mas a mãe se antecipa.

Quando a porta se abre, Yoko encara Dinho com um olhar calculista.

– Bernardo, não é? – A voz é rígida ao estender a mão para ele.

Dinho assente, aceitando o cumprimento, ainda que sem entender muito bem a abordagem.

– Sou Yoko Tanaka, mãe da Ayumi. Entre, por favor, Bernardo.

– Na verdade, eu...

– Quero falar com você antes de começarem a treinar – Yoko esclarece, abrindo espaço para ele entrar.

Dinho lança um olhar para Ayumi, que, constrangida, murmura um "sinto muito". Ele suspira e entra.

– Ayumi, que tal buscar um pouco de água pra levar pra academia? – O tom dela é doce, mas o significado é claro: saia daqui.

A garota tem vontade de dizer que não precisa, mas entende que, quanto mais se opuser, mais Yoko insistirá. Além do mais, Dinho parece desconfortável. Melhor não piorar a situação.

– Já volto – fala, baixinho, indo até a cozinha.

Assim que ela desaparece no corredor, Yoko não perde tempo.

– Bom, Bernardo, serei breve. – Ela se senta no sofá e gesticula para que ele faça o mesmo. – Quais são suas intenções com a minha filha?

Dinho pisca, surpreso.

– Perdão?

– Por que se aproximou dela?

– Ela é minha amiga. – O tom dele é simples, como se fosse a coisa mais óbvia do mundo.

– Desde quando? – O olhar dela é afiado, como se tentasse detectar alguma farsa.

– Ela é amiga do meu irmão, o Leo. A senhora deve conhecê-lo.

– Conheço.

– Então, como estou estagiando no Sartre, acabamos nos aproximando. Não vejo mal nenhum nisso.

Yoko desvia os olhos por um instante, tocando distraidamente o brinco na orelha direita.

– As pessoas são cruéis, Bernardo. Especialmente com quem não se encaixam. – O tom dela suaviza levemente, mas a desconfiança permanece. – Já vi muita barbaridade disfarçada de boas ações. Então, me perdoe se pareço alarmista, mas vocês não fazem exatamente o estilo um do outro.

Dinho sente o estômago se revirar.

– Honestamente, não estou entendendo aonde a senhora quer chegar.

— Você é um rapaz bonito. — Ela inclina ligeiramente a cabeça, analisando-o. — Por que, de repente, está tão interessado na minha filha? Ela não faz o seu tipo.

Dinho inspira fundo, controlando o impulso de responder no mesmo tom afiado. Ele não sabe o que o irrita mais: a suposição de que Ayumi não poderia interessá-lo ou a forma desdenhosa como a própria mãe fala dela.

— A senhora não merece a filha que tem — aponta, levantando-se do sofá. — A Ayumi é incrível e faz de tudo pra te agradar, mas... não é justo que a trate como se ela não fosse digna de atenção.

Por um segundo, um lampejo de arrependimento cruza os olhos de Yoko.

— Não que isso importe, mas eu tenho namorada — Dinho esclarece, um tanto mais frio. — A Ayumi me pediu ajuda, e estou aqui por isso. Acredite ou não. Com licença, vou esperar lá fora.

Ele se vira e caminha até a porta no exato momento em que Ayumi retorna à sala. Ela não precisa perguntar: ouviu tudo do outro lado da parede.

— Mãe, estou dando o meu máximo pra me tornar o que você quer — sussurra, apertando a garrafa de água entre os dedos. — Mas não vou deixar que estrague minha amizade com o Dinho.

— Querida, eu só estou tentando te proteger — Yoko explica, e há algo sincero em sua voz. — Esse garoto nunca vai se interessar por você. Você ouviu, ele tem namorada.

— Eu sei que tem — Ayumi responde, ainda apertando a garrafa de água. — Eu, melhor do que ninguém, sei que não sou o tipo dele. Mas isso me impede de ser amiga dele?

Yoko comprime os lábios. Como queria que a filha realmente se interessasse apenas pela amizade e pela perda de peso.

— Filha...

— Eu só queria que parasse de tentar arruinar todas as coisas boas da minha vida — Ayumi interrompe, levantando finalmente os olhos para a mãe. — Mesmo que isso seja difícil pra você.

E então ela sai, fechando a porta atrás de si.

✼

— Me desculpe pelas coisas que a minha mãe falou — Ayumi pede, a voz saindo mais baixa do que pretendia, enquanto Dinho a ajuda a se alongar.

— Não precisa se desculpar por ela, não é culpa sua — Dinho responde, mas seu sorriso não alcança os olhos.

— Se você quiser desistir, eu vou entender. — Ela força um pequeno sorriso. — É difícil lidar com a dona Yoko.

Dinho solta um riso curto.

— Mas é fácil lidar com você, pessoa – ele contrapõe, massageando a nuca com uma das mãos. – Ultimamente, tem sido a parte mais fácil da minha vida.

Ayumi percebe o peso nas palavras dele. Já consegue decifrar os tons de sua voz: o sutil tremor de quando está preocupado, a aspereza quando está irritado, o vazio quando está exausto.

— Quer me contar o que aconteceu? – Ela pergunta enquanto ele aponta para a esteira. Os dois caminham até lá antes de ele responder.

— O de sempre. Meu pai me jogando na cara que não me sustento sozinho. Eu tô realmente de saco cheio disso. – Dinho suspira, os ombros caídos sob um fardo invisível.

A garota assente, sentindo a frustração dele como se fosse sua. Ele liga a esteira, ajustando a velocidade para um ritmo leve, permitindo que ela se acostume.

— Eu preciso sair de lá. Não dá mais pra adiar – confessa, decidido.

Ayumi pensa por um momento antes de sugerir:

— Por que não mora com sua avó? Ou com algum dos seus tios?

Dinho ri, mas não há diversão alguma no som.

— Não tenho saúde mental pra morar com a dona Marta nesse momento, pessoa. E meus tios... Sei que parece bobagem, mas não quero ser um peso. Não quero dormir no sofá de ninguém. Quero meu espaço. Quero provar pro meu pai que consigo me virar sozinho.

A garota assente. O orgulho, já percebeu, é algo importante para Dinho tanto quanto é para Marco Antônio. Infelizmente, essa influência ele não conseguiu reprimir a tempo.

— Pra falar a verdade, já andei pesquisando alguns lugares pra alugar. – Ele cutuca a cutícula do indicador, distraído. – Mas ou são absurdamente caros ou ficam longe demais. Minha última opção é dividir com alguém. Ou, melhor, acho que é a única.

— Algum dos seus amigos também tá pensando em sair de casa? – Ela pergunta, inocente.

O sorriso que ele dá deixa Ayumi intrigada, até que ele responde:

— Nenhum deles trocaria o conforto da casa dos pais sem necessidade.

— Então com quem você vai dividir? – Ela franze a testa.

— Qualquer um que esteja na mesma situação que eu. Se conseguir juntar umas duas pessoas, já dá pra pagar.

Ela o encara por alguns segundos, como se tentasse decifrar se aquilo é uma piada.

— Você tá brincando, né?

Quando ele não responde, Ayumi desliga a esteira e desce, parando bem na frente dele.

— Dinho, isso pode ser perigoso. Você sabe disso, né?

Ele suspira e tenta esboçar um sorriso tranquilizador, mas seu semblante continua tenso.

— Sei me cuidar, pessoa. Não esquenta.

— Sei que sim, mas mesmo assim... — Ela cruza os braços. — A Daniela não vai gostar nem um pouco de saber disso.

Dinho aperta os lábios e dá de ombros, tentando demonstrar indiferença. Mas Ayumi percebe o jeito como ele evita encará-la diretamente.

— Ela não vai pagar minhas contas, né?

O silêncio que se instala entre eles é pesado. Dinho olha para o chão, mexendo o pé, antes de soltar um suspiro frustrado.

— Olha, eu sei que você só tá preocupada, mas... Eu não tenho outra escolha. Tô farto das coisas que o meu pai diz, do jeito que ele me olha.

Ele para, engole em seco e passa a mão no rosto, como se evidenciar isso em voz alta fizesse o peso nas costas dobrar.

Ayumi respira fundo.

— Talvez eu possa te ajudar.

Ele ergue o olhar para ela, surpreso.

— Ô, pessoa, não precisa se incomodar comigo. Eu dou meu jeito.

— Não é incômodo. — Ela sustenta o olhar dele. — Você é meu amigo.

Dinho fica em silêncio.

— E amigos cuidam uns dos outros. Não é assim que funciona?

— Sim, mas eu posso resolver meus próprios problemas.

— Eu não disse o contrário. Mas você não precisa fazer tudo sozinho.

Ela espera alguns segundos para continuar.

— Meu pai tem um amigo que aluga imóveis. Aposto que ele consegue um bom desconto.

Dinho balança a cabeça de imediato.

— Não vou ficar à vontade com isso, pessoa.

Ayumi revira os olhos, exasperada.

— Meu Deus, mas você é muito orgulhoso, sabia? Isso chega a ser irritante!

Dinho dá uma risada baixa, balançando a cabeça.

— Orgulho é a única coisa que ainda tenho, né? Não restou mais nada.

Ayumi suspira, cruzando os braços.

— Quer saber? Orgulho só serve pra fazer a gente carregar fardos pesados sozinho, quando poderia muito bem dividir com quem se importa.

Ela se inclina para frente, forçando-o a encará-la.

— Amizade é uma via de mão dupla. Você me ajuda, eu te ajudo. Se não for assim, vou me sentir uma aproveitadora.

Dinho a observa por um tempo, como se estivesse processando suas palavras. No fim, solta um suspiro derrotado.

— Tá bom, pessoa. Pode falar com seu pai.

– Isso! – Ayumi vibra, batendo palminhas. – Até que enfim, hein?
Ela já está se afastando quando a voz de Dinho a alcança, num tom mais baixo:
– Ayumi?
Ela se vira, ainda animada.
– O quê?
Ele hesita por um instante, desviando o olhar antes de finalmente admitir:
– Valeu por isso... Por estar por perto.
O sorriso dela suaviza, os traços descontraídos ganham um tom mais doce.
– Sempre, Dinho. Sempre que precisar.

O fim justifica os meios.
(Nicolau Maquiavel)

O fim justifica os meios

Ayumi termina de guardar as compras da senhora idosa que, de tantas vezes em que esteve na loja ajudando o pai, já reconhece como uma cliente habitual. Sempre adquire os mesmos itens: shoyu, cogumelos shitake e shimeji, harusame – um tipo de macarrão japonês fino –, broto de feijão, pepino-do-mar, arroz uruchimai e, claro, saquê. Como a família de Ayumi, ela também é descendente de japoneses.

Brasília não tem muitos japoneses. A maior parte da comunidade nipônica está em São Paulo, onde mora Michiko, sua avó materna. Ayumi sabe que São Paulo abriga a maior quantidade de japoneses fora do Japão – um fato que aprendeu ainda criança, ouvindo os adultos comentarem. Antes de se mudarem, era lá que ela vivia.

Na época, não entendia bem as tensões entre sua mãe e sua avó. Mas tinha conhecimento de que a forma como a avó tentava interferir em sua criação irritava ainda mais a mãe. O que resultava, claro, em mais e mais cobranças sobre Ayumi. Para piorar, o casamento dos pais também entrou numa fase turbulenta, e foi Akira quem tomou a decisão: eles precisavam de um recomeço. A escolha de Brasília foi aleatória, como se tivessem jogado um dardo em um mapa. Mas, quanto mais pesquisava sobre a cidade planejada, mais Akira se convencia de que seria um bom lugar para recomeçar. Moderna, com um bom IDH.

Ayumi sente falta das tardes na casa da avó. O aroma do chá verde misturado ao perfume das flores no jardim era como um abraço caloroso, um alívio na relação tensa com sua mãe. Michiko sempre foi tudo o que Yoko não era: paciente, doce, sábia. Sabedoria que não vinha de revistas de moda ou comentários sobre aparência, mas do tempo e da vida. É com ela que Ayumi sente que pode ser verdadeira, sem medo de julgamentos.

Ela suspira, voltando ao presente, enquanto entrega as sacolas à idosa.

– *Arigatô*.

– *Dou itashimashite* – Ayumi responde no mesmo tom respeitoso: "de nada".

Como muitos descendentes que vivem fora do Japão, os Tanaka mantêm o japonês em casa como um laço com suas raízes. Por isso, Ayumi teve aulas desde cedo, além de participar de eventos culturais, aprender danças e tradições.

Mas nada disso foi suficiente para deixar sua mãe orgulhosa. Nem mesmo quando conseguiu pronunciar cada palavra com perfeição.

Ainda assim, está tentando outra vez. Não só para provar à mãe que é capaz de seguir uma rotina de exercícios e alimentação regrada. Há outro motivo. Um que ela não gosta de admitir nem para si mesma. Porque querer impressionar Dinho, um garoto que *tem* namorada, é simplesmente ridículo.

Mas pensamentos são segredos seguros, lembra Ayumi, enquanto seus olhos vagueiam para o outro lado do balcão, onde seu pai digita concentrado no computador.

Desde que chegou à loja, tem dois objetivos bem definidos: evitar um dia inteiro na companhia da mãe – o que, honestamente, é uma questão de sobrevivência emocional – e conversar com o pai sobre a ajuda que prometeu a Dinho. Quando o garoto comentou que teria de dividir apartamento com desconhecidos, Ayumi se preocupou. Ele não pode simplesmente morar com qualquer um.

– Algum problema, *musume*? – Akira pergunta, espiando-a por cima dos óculos de leitura.

A menina rapidamente agita a cabeça em negativa, desviando os olhos do pai enquanto limpa o balcão pela milésima vez.

Akira solta um riso anasalado, apoiando-se no balcão.

– Acho que esse balcão nunca foi tão bem cuidado desde que abrimos – brinca.

Ayumi para o esfrega-esfrega, mordendo o lábio.

Akira observa a filha por um instante, então fecha o notebook, tira os óculos e se aproxima.

– Fale comigo, querida. O que está te preocupando?

Ayumi olha de relance para os outros dois funcionários da loja. Não pode falar sobre isso ali. O assunto é delicado demais para ser discutido na frente de qualquer um.

– A gente pode conversar em outro lugar? – Pergunta, franzindo o rosto.

Akira levanta uma sobrancelha, surpreso.

– Tão sério assim?

Ela assente, e ele suspira, mas não hesita.

– Certo. Vamos dar uma pausa e sair pra um lanche.

O pai avisa aos funcionários que sairá e, minutos depois, os dois seguem para uma cafeteria a poucos quarteirões dali. O aroma de café misturado ao doce sutil do matcha preenche o ambiente, e Ayumi respira fundo, tentando relaxar. Eles escolhem uma mesa próxima à janela, onde a movimentação da rua se torna um pano de fundo confortável. O barulho de xícaras sendo colocadas nos pires, risadas abafadas e conversas murmuradas cria uma atmosfera acolhedora. Ayumi se distrai momentaneamente observando um casal que divide panquecas americanas antes de se voltar para o garçom que vem servi-los.

Akira pede um café com pão de queijo, enquanto Ayumi opta por um pão na chapa com suco de laranja. Enquanto aguardam o lanche, Akira apoia os cotovelos na mesa, cruzando as mãos na frente do rosto.

— Certo. Agora me conta.

Ela hesita, respira fundo e começa:

— Eu queria te pedir ajuda com uma coisa. Uma coisa muito importante pra mim.

O pai espera pacientemente, como sempre faz quando vê que ela está preparando as palavras antes de falar. Ayumi coça a lateral da cabeça, tentando encontrar a melhor forma de dizer.

— Sabe o Paulo, seu amigo que tem aquela imobiliária?

— Sei, sim. O que tem ele?

Ela pega o celular e entrega ao pai, mostrando um anúncio de um apartamento no Sudoeste, bem perto de onde moram.

Akira franze a testa.

— Você está querendo sair de casa?

— Não! — Ela responde rápido, arregalando os olhos. *Ainda não*, completa mentalmente.

O pai a encara com ainda mais curiosidade.

— Então, pra quem é?

Ela hesita por um segundo.

— Pra um amigo.

— Esse amigo tem nome?

Ayumi suspira.

— Bernardo. O irmão do Leo.

Akira assente devagar.

— Ah, sim. Seu *personal trainer*.

Ela revira os olhos. Chamar Dinho de *seu personal trainer* é um exagero, considerando que ele só começou a ajudá-la há 24 horas.

— Mas por que ele mesmo não agenda a visita? — Akira pergunta, sem entender ao certo a razão do pedido.

Ayumi suspira profundamente.

— Porque o aluguel está acima do orçamento dele... e eu queria saber se o senhor conseguiria um desconto.

O pai levanta uma sobrancelha.

— De quanto estamos falando? 5%, 10%?

— Que tal 50%?

Akira solta uma risada breve, olhando para a filha como se ela tivesse acabado de contar uma piada ruim.

— E a família dele?

Ayumi cruza os braços, impaciente.

— *Otousan, shitsumon ga oosugiru yo!*[1]

Akira sorri, balançando a cabeça.

— *Musume*, essa é a minha obrigação como seu pai. Vamos, eu preciso de mais informações se vou ajudar esse rapaz, não acha? Afinal, você tá praticamente me pedindo pra fazer um milagre.

Ela desvia o olhar e respira fundo. Então, decide ser completamente sincera.

— É o seguinte, pai... O pai do Dinho consegue ser ainda pior do que a minha mãe, com todo o respeito à senhora sua esposa — acrescenta apressadamente ao perceber o olhar de censura do pai. — Desde que ele decidiu trocar de curso na faculdade, o pai dele simplesmente virou as costas. Disse que ele devia se virar sozinho. E ele quer provar que consegue, sabe?

Akira ouve com atenção, sem interrompê-la.

— Ele faz estágio, faculdade e agora tá me ajudando com esse lance de exercício. Mas eu sei que o Dinho tá no limite.

— E ele te pediu pra falar comigo?

— Não! Ele nunca faria isso. — Ayumi responde, gesticulando com ênfase. — O Dinho é muito orgulhoso, nem queria minha ajuda. Mas... ele tá cogitando dividir o aluguel com desconhecidos, pai! Você sabe como o mundo é. Eu assisto a casos de *true crime* e tem cada história absurda por aí... Eu não quero que ele corra esse risco.

Akira a observa com um olhar terno, mas cético.

— Mesmo que eu consiga um desconto, ainda assim o aluguel não será barato — ele explica, balançando a cabeça, tentando fazer Ayumi entender a realidade. — O melhor que podemos fazer é encontrar algo dentro do orçamento dele.

Ayumi solta um suspiro pesado, inclinando-se sobre a mesa.

— Pai, o Dinho tá exausto. Eu já disse: ele faz estágio, faculdade e ainda arranja tempo pra me ajudar. Se ele for morar longe, vai perder mais horas no transporte do que dormindo. Ele já se esforça demais.

Akira esfrega a nuca, ponderando.

— Você sabe que várias pessoas passam por isso diariamente, não sabe?

Ayumi morde o lábio inferior, hesitante. O dilema está ali, pulsando dentro dela, mas não tem como contornar a verdade. Então, ergue os olhos e solta de uma vez:

— Eu quero que ele seja meu vizinho. Assim, vai ficar mais fácil para ele vir treinar comigo, a gente pode passar mais tempo juntos e...

Ela se cala, percebendo o quanto suas palavras devem soar desesperadas para o pai.

— Olha, eu sei que não vai conseguir um desconto de 50% no valor do aluguel – #

[espaço simples]confessa, finalmente encarando Akira. — Honestamente, é improvável que consiga qualquer valor de desconto. Mas, pai, eu quero mesmo fazer isso por ele.

---

1 N.T.: "Pai, o senhor faz perguntas demais!"

O pai a observa cautelosamente, tentando decifrar o que está por trás daquele pedido.

— O que exatamente tá me pedindo, *musume*? — Incentiva.

— Se o Dinho gostar do apartamento, o senhor pagaria a diferença do aluguel? Pelo menos por um tempo. Até ele se estabilizar.

Akira examina a filha com atenção, vendo a expectativa brilhando em seus olhos.

— Você gosta desse rapaz, né?

— Gosto — ela admite. Contudo, ao notar a expressão sugestiva do pai, se apressa em acrescentar: — Como amigo, se é isso que quer dizer.

Akira dá uma risada baixa e balança a cabeça.

— Não precisa mentir pra mim, filha. E não é só porque sou seu pai. Tá na sua cara. — Ele gesticula na direção dela. — Nos seus olhos, na sua respiração. Esse garoto tem muita sorte de querer namorá-lo.

Ayumi abaixa os olhos, pensativa. Namorar. Essa palavra não pertence ao seu mundo. Nunca pertenceu. Nunca beijou, nunca experimentou esse tipo de proximidade, embora tenha sentido vontade inúmeras vezes. Mas isso não é para ela. O peso que carrega é um muro entre o que deseja e o que acredita merecer.

Não que nunca tenha havido interesse. Talvez houvesse. Mas ela nunca percebeu. Não notou os olhares demorados, os gestos que poderiam significar algo. A verdade é que nunca acreditou ser possível. Sempre esteve ocupada demais sentindo pena de si mesma para sequer cogitar que alguém pudesse olhá-la com desejo ou ternura. Melhor assim. Melhor pensar que ninguém se aproxima porque não quer, e não porque ela não permitiu.

Então, desvia o olhar. Passa por garotos sem erguer a cabeça, finge estar no celular, vira o rosto para o lado oposto. Mantém-se invisível para evitar a dor. Evita qualquer contato que possa expô-la ao julgamento alheio, como se, dessa forma, pudesse se proteger do que mais teme: a confirmação de que não é suficiente. Porque, se um dia perceber que perdeu oportunidades por escolha própria, então o que restará? O que restará além do tempo que não volta mais?

Mas tudo bem. Quando for uma pessoa dentro do padrão, poderá ter um relacionamento. Preferencialmente com o cara por quem suspira pelos cantos e em quem pensa boa parte do dia. Pelo menos é isso que se diz na maior parte do tempo. Enquanto isso, está acostumada a deixar para viver depois. Depois, tudo será diferente, e ela será a protagonista, não a coadjuvante da própria vida... Depois, poderá viver tudo que hoje imagina que não pode...

Mas por enquanto...

— Ele tem namorada, pai — revela, sorrindo sem humor.

Akira solta um som de surpresa, e Ayumi sente um constrangimento imediato. Não costuma compartilhar esse tipo de coisa com ele. Por que deixou escapar?

— Mas, tudo bem, ainda não sou namorável mesmo – diz, dando de ombros, como se fosse uma verdade simples, um fato incontestável.

Akira suspira. Ele odeia quando a filha fala assim. E sabe que Yoko tem pelo menos 50% de culpa nisso. Quer dizer algo para consolá-la, mas Ayumi se adianta:

— E, então, vai ajudar o Dinho ou não?

Ele a encara por um momento. Não gosta da ideia, acha um plano ruim, mas sabe que não adianta argumentar.

— Claro que ajudo, filha. Se é isso que quer – informa, tocando a bochecha dela. – Mas você acha que ele vai aceitar?

Ayumi desvia o olhar, ponderando. É óbvio que Dinho não vai aceitar. Mas ele precisa saber?

— Se ele gostar, a gente pode dizer que o senhor conseguiu um desconto? – Sugere, franzindo o cenho.

— Resumindo, você quer mentir para o garoto – ele conclui. – Você mesma disse que ele é orgulhoso. Acha que é uma boa ideia?

— É a melhor que tenho agora. O Dinho precisa de ajuda, mesmo que não admita. E não tem muitas pessoas com quem ele possa contar no momento.

Akira reflete, estudando a filha. Ela está disposta a se arriscar nessa história. No fundo, ele sabe que ela espera que, de alguma forma, esse gesto crie uma conexão mais forte entre os dois. Mas também sabe que ela pode se machucar.

— Mesmo que eu concorde, ainda temos que lidar com a sua mãe.

Ao ouvir o nome de Yoko, Ayumi fecha a expressão.

— *Otousan*, o senhor sabe que ela não vai aceitar. Quando foi que a minha mãe fez algo por mim?

— Ayumi, não seja injusta – Akira pede, embora sem muita convicção.

— Cite uma vez – ela desfia.

O pai desvia os olhos, pensativo. Passa alguns segundos em silêncio antes de suspirar e assentir.

— Tudo bem, você venceu, *musume*. Vamos poupar sua mãe dessa história. Pelo menos por enquanto. Mas, quando ela descobrir, vamos os dois estar fritos.

Ayumi abre um sorriso radiante e se joga no pai, abraçando-o com empolgação.

— Obrigada, pai! De verdade. O senhor não tem ideia do quanto isso significa pra mim.

Akira suspira, deslizando a mão pelos cabelos da filha com um carinho silencioso.

— Eu só espero que esse rapaz valha todo o esforço que está fazendo, *musume*.

Ayumi se afasta um pouco, mas o sorriso continua em seu rosto, brilhante e determinado.

— Ele vale, pai. Eu sei que vale.

> Para o desesperado, a partida não parece menos impossível do que o retorno.
> (Thomas Mann)

Planos de partida

— Então quer dizer que você me arranjou mesmo uma visita? — Dinho ergue as sobrancelhas enquanto desliza o dedo pelas fotos da quitinete que Ayumi enviou mais cedo. Os dois estão sentados num dos bancos do pátio, no intervalo das aulas. Ele observa as imagens com atenção, enquanto ela sorri, empolgada, esperando sua reação.

— Sim! — Ela praticamente salta no assento, sua voz mais animada do que o habitual. — E fica perto da minha casa, o que significa que a gente pode ir junto pro colégio. Não é legal? Você tem uma visita marcada para o horário do almoço. Assim nem perde aula. — Os olhos dela brilham enquanto fala, como se fosse ela quem estivesse prestes a se mudar.

Dinho assente devagar, sem compartilhar o mesmo entusiasmo.

— Hum... Aqui não tem o preço. — Ele franze o rosto, apertando os lábios.

Ayumi se inclina para ele, como se fosse revelar um segredo.

— Essa é a parte boa! — Seu sorriso se alarga. — Meu pai disse que, *se* você gostar, vai negociar um bom desconto. E olha... como vendedor, ele é um mestre da barganha.

Dinho solta um suspiro e desvia o olhar para o pátio movimentado. A ideia de outras pessoas se envolvendo nos seus problemas o incomoda. Marco Antônio certamente teria algo a dizer sobre isso. Provavelmente, algo cruel. De todo jeito, seria só mais uma de suas críticas, então não deveria estar tão preocupado com isso...

— OK, não era essa a reação que eu esperava. — Ayumi profere, e seu sorriso murcha aos poucos. Ela observa a ruga no meio dos olhos dele, o jeito como encara o celular sem realmente vê-lo. — Achei que você ficaria um pouquinho mais empolgado, sabe? Sei lá, talvez soltar fogos de artifício. Ou, pelo menos, sorrir.

Dinho finalmente ergue os olhos e, com um meio-sorriso, balança a cabeça.

— Desculpa, pessoa. — Ele esfrega a nuca. — É que não quero criar expectativas, porque, no fim das contas, provavelmente nem vou conseguir bancar esse lugar.

— Primeiro: não é um apartamento, é uma *quitinete* — Ayumi corrige, levantando um dedo. — Segundo: entendo sua preocupação, mas precisa ter um pouco mais de fé nas coisas. Nas pessoas. – Ela aponta para si própria. – E alô?! Você viu que a cozinha já tem praticamente tudo? Nem vai precisar comprar uma geladeira! Eu já falei que você vai ser meu vizinho?!

A empolgação genuína dela faz um calorzinho agradável se espalhar pelo peito dele. Quer dizer, ela havia se preocupado com ele o bastante para conversar com o pai e procurar um lugar que ele pudesse pagar. Investiu tempo nisso. E o mínimo que ele pode fazer é dar uma chance.

– OK, você tem razão. – Ele finalmente se rende, inclinando-se para ela. – Agora, a pergunta que não quer calar: você vai lá comigo?

Ayumi pisca, surpresa.

– Eu? Sério?

– Ué, claro. Não foi você que entrou nessa comigo? – Dinho arqueia as sobrancelhas, divertido.

Ela desvia o olhar por um segundo, mordendo o canto do lábio.

– Sim, mas... Sei lá. Imaginei que você fosse chamar outra pessoa, tipo a Dani.

Dinho solta um suspiro e passa a mão pelos cabelos.

– Prefiro deixar a Dani fora disso por enquanto. Vamos ver se vale a pena comprar essa briga primeiro.

Ayumi assente devagar, mas seu coração dispara. Talvez devesse se sentir culpada por isso, mas como ignorar a alegria sutil que se espalha dentro dela? Ele poderia ter chamado qualquer outra pessoa. Mas chamou ela. Dani deveria ser a escolha óbvia. Mas não foi. E Ayumi... bem, ela não consegue conter a satisfação silenciosa que a invade.

– OK, então – ela cede, mantendo a voz neutra.

Dinho sorri, satisfeito.

– Eu sabia. Você não consegue dizer não pra mim.

– Nossa, olha só a confiança desse garoto. – Ayumi cruza os braços, mas o brilho divertido nos olhos a entrega. – A humildade passou longe, né?

– É como diz um amigo meu: eu podia escolher entre ser humilde ou ser sincero. Optei por ser sincero.

– Aham, sei. – Ela revira os olhos, mas o riso escapa antes que consiga conter. – Convencido.

– Realista – ele pisca para ela em tom de brincadeira.

– Bobo. – Ela sacode a cabeça, ainda sorrindo.

***

Ayumi não sabe ao certo por que Dinho a escolheu para acompanhá-lo, entre tantas outras pessoas. Mas, independentemente do motivo, a ideia de passar mais tempo ao lado dele a deixa animada. Gosta da sensação de dividir momentos com ele, mesmo que seja para algo tão mundano quanto uma visita a um imóvel ou uma sessão de exercícios.

    Nos últimos tempos, eles têm conversado muito. Mais do que Ayumi jamais imaginou. Dinho a fez se abrir sobre coisas que normalmente guardaria para si mesma, escondidas. Há verdades que ela não compartilha nem com seus melhores amigos por medo de desmoronar a imagem alto-astral que eles têm dela. Mas, de alguma forma, Dinho se tornou uma exceção. Talvez porque ele tenha descoberto um de seus segredos mais sombrios. Ou talvez porque, sem perceber, ela passou a depender dele mais do que gostaria de admitir.

    — Em que está pensando?

    A voz de Dinho a puxa de volta à realidade. Ayumi desvia o olhar da janela do ônibus, piscando algumas vezes para se situar.

    Ele poderia ter chamado Dani para acompanhá-lo. A escolha óbvia seria ela. Mas não. A única pessoa que ele quer ao seu lado agora é Ayumi. Talvez porque ela seja a única que não tente convencê-lo a desistir de se mudar, repetindo a velha justificativa de que seu pai "só quer o seu bem". Ninguém mais entende. Seus amigos acham que ele deveria suportar as cobranças de Marco Antônio, deixar entrar por uma orelha e sair pela outra até que conseguisse um emprego decente e saísse de casa de vez. Mas nenhum deles sabe o que é crescer sob o controle sufocante de um homem como seu pai.

    Um homem que acredita que ter um filho lhe dá o direito de moldá-lo à sua imagem e vontade. Que dita o caminho a seguir, como se a vida de outra pessoa pudesse ser um roteiro escrito por ele. Que decide não apenas o que é certo ou errado, mas também como o filho deve se portar, se vestir, quem pode ou não fazer parte de sua vida.

    Dani não entende. Ela teve a audácia de dar razão a Marco Antônio. Mesmo depois de terem feito as pazes, Dinho prefere não ter de lidar com ela antes de ter um contrato assinado. Ele aprendeu a economizar energia para as batalhas que realmente importam. E, por isso, Ayumi é, sem dúvidas, a melhor companhia para essa missão.

    Ela se vira para ele e, por um instante, repara nas garotas sentadas alguns bancos à frente. Elas cochicham e lançam olhares discretos para Dinho. Isso acontece sempre. Toda vez que sai com ele, meninas cheias de hormônios se cutucam e sorriem. Ayumi revira os olhos, voltando a encarar a janela.

    — Nada demais — desconversa.

    — Ah, tá bom — Dinho retruca, inclinando-se no assento e estreitando os olhos de maneira desconfiada. — Você estava com um sorrisão agora há pouco. Aposto que estava pensando em alguém.

    Mais especificamente em você, Ayumi pensa, mas mantém a expressão neutra.

    — Deve ser no *crush* — ele provoca, batendo o ombro no dela.

    Ela solta uma risada involuntária.

– Acertei, né?
– Não tem *crush* nenhum – mente, desviando o rosto.
– Sei...
– Mesmo que tivesse, tá mais fácil a Terra parar de girar do que ele me enxergar – ela declara, falando mais para si mesma do que para ele.
Ela solta uma risada involuntária.
– Por que diz isso?
Ayumi o encara com ironia.
– Ah, não, achei que a gente já tinha passado dessa fase de se menosprezar – ele rebate, cruzando os braços. – Pelo visto, sua psicóloga não tá fazendo um bom trabalho.
– Não é culpa dela – Ayumi defende, franzindo o rosto. – E eu sei que você acha que é só girar a chavinha na cabeça e, de repente, pá, autoaceitação instantânea. Mas não é assim que funciona, Dinho. Simplificar as coisas desse jeito não me ajuda, por mais bem-intencionado que você seja.
Ele a encara, sem jeito. Nunca tinha pensado nisso dessa forma. Só porque algo parece fácil para ele, não significa que seja fácil para os outros. Ayumi está vivendo um processo. É um caminho longo, um passo de cada vez.
– Me desculpa, pessoa. Não queria falar besteira – ele murmura. Só não gosto de te ouvir falando assim. Você é incrível, Ayumi. Se o seu *crush* não vê isso, ele é um idiota.
Ela desvia o olhar, tentando ignorar a reviravolta que o coração dá dentro do peito. Se ao menos ele soubesse...
Depois de quase meia hora de viagem, chegam ao condomínio Palmeiras do Sol. Dinho observa tudo ao redor em silêncio, absorvendo os detalhes: o estacionamento amplo, a passarela cercada de ipês, a grama bem aparada, o parque infantil onde crianças brincam despreocupadas.
A quitinete fica no terceiro andar, acessível por um elevador de estrutura antiga, mas bem preservado. Ao atravessar a porta, Dinho e Ayumi se deparam com um espaço compacto e surpreendentemente acolhedor. A entrada se abre para a área integrada da sala e da cozinha, um ambiente em conceito aberto que faz o espaço parecer maior. As paredes, em tons suaves de branco e bege, refletem a luz natural que entra pelas janelas, dando um ar arejado ao local. O piso de madeira escura exibe algumas marcas do tempo, mas nada que comprometa sua integridade.
A cozinha possui armários planejados em bom estado, um fogão embutido, uma geladeira de tamanho médio e um micro-ondas, detalhes que fazem o rapaz soltar um suspiro de satisfação. Olhando tudo, ele não pode deixar de pensar que serão menos coisas com que se preocupar na mudança – *se* ela acontecer. A bancada de granito serve como apoio para refeições, acompanhada por duas banquetas de madeira que, apesar do uso, mantêm-se firmes.

O quarto, separado da área social apenas por um pequeno desnível no piso, tem espaço suficiente para uma cama de casal e um guarda-roupa embutido na parede ao lado da porta. A janela grande dá vista para o parque do condomínio e permite que a luz do Sol banhe o ambiente pela manhã. O banheiro, o menor dos cômodos, é simples, mas eficiente. O chuveiro não tem box, apenas uma cortina translúcida separando-o do restante do ambiente.

Dinho gira sobre os calcanhares, absorvendo cada detalhe do imóvel, maravilhado. Então, solta um suspiro:

— Isso aqui é perfeito, Ayumi.

— Você gostou mesmo?

— Eu me amarrei. O condomínio é incrível, e o imóvel tá praticamente mobiliado. O tamanho é perfeito pra mim! E o melhor de tudo... — Ele sorri, evocando as palavras dela. — Você vai ser minha vizinha.

Ela ri, balançando a cabeça.

— Bom, então é isso. Vamos providenciar um contrato de aluguel pra você — diz, animada. — Vou mandar uma mensagem pro meu pai...

Dinho segura a mão dela antes que ela possa pegar o celular.

— Espera.

Ayumi o encara, confusa.

— O que foi? Não vai me dizer que já mudou de ideia.

Ele pousa as mãos nos ombros dela e aperta levemente, refletindo uma gratidão sincera.

— Eu podia passar o dia inteiro aqui, te agradecendo e ainda não seria suficiente. Obrigado, de verdade.

Ayumi sente a garganta secar e sua respiração falhar por um segundo.

— Eu... eu fico feliz de ajudar — sussurra, a voz levemente trêmula. Pigarreia, tentando recuperar o controle.

Dinho desvia o olhar para o apartamento mais uma vez, a expressão carregada de um misto de alívio e incerteza.

— Nem acredito que estou a um passo de sair de casa — confessa. — De verdade.

Ela percebe o peso em suas palavras. Por um instante, ele parece mais velho do que realmente é, carregando nos ombros um fardo que ela bem conhece. Será que ele se sente tão exausto quanto ela ao lidar com as expectativas parentais?

— Finalmente vou me livrar do meu pai — Dinho murmura, com a honestidade transparecendo em sua voz. Ele passa a mão pelos cabelos. A relação com Marco Antônio tem se tornado cada vez mais insustentável. O pai não consegue mais conversar com ele sem criticá-lo ou jogar em sua cara que não paga as próprias contas nem valoriza todo o investimento que fez nele desde que nasceu. Do jeito que fala, parece que guarda um registro contábil de tudo que havia gastado com cada um dos filhos e que, em algum momento, espera ser ressarcido por tudo. Dinho não se admiraria se isso fosse verdade.

Ayumi o observa em silêncio, o coração se apertando. A dor que ele tenta esconder é tão nítida para ela que quase a sente em sua própria pele.

— As coisas vão melhorar — diz, baixinho, na tentativa de aliviar sua aflição. — Você vai ver.

Dinho solta um suspiro e umedece os lábios antes de abrir um sorriso pequeno, mas sincero.

— Pela primeira vez nas últimas semanas, acho que você pode estar certa.

Ela assente, satisfeita.

— Bem, vamos nessa? Ainda vou ajudar meu pai na loja hoje.

— Sim, claro — ele diz, recuperando a leveza. — Espero que o Sr. Akira não se importe de eu te atrasar e desista de negociar o contrato.

— Ele não me paga um salário, não pode se importar — Ayumi brinca, arrancando uma risada gostosa de Dinho, o que faz com que as borboletas em seu estômago despertem.

Ele observa com um sorriso nos lábios, depois profere, como se chegasse a uma conclusão:

— Sabe de uma coisa, pessoa? Você é engraçada.

— Engraçada do tipo palhaça? — Ela arqueia uma sobrancelha, fingindo indignação.

— Engraçada do tipo divertida. É bom rir de vez em quando.

Enquanto atravessam o *hall* em direção ao elevador, Ayumi sente o celular vibrar no bolso e pega o aparelho.

— É a Marina — diz, digitando uma resposta rapidamente.

Dinho se encosta no batente da porta do elevador e a observa por um instante.

— Falando nela, o namoro com o Cristiano vai bem, né? Os dois vivem de implicância, mas estão sempre sorrindo um pro outro.

— Melhor, impossível — Ayumi fala, sorridente. — Nunca vi a Marina tão feliz.

Dinho suspira, perdido em pensamentos.

— Saudade de sentir aquele friozinho na barriga do começo de um relacionamento.

Ayumi muda a postura, mordendo a parte interna da bochecha enquanto examina mais atentamente a expressão vazia no rosto dele. Dinho encara a porta do elevador, os olhos distantes, como se procurasse uma resposta no reflexo do metal.

Ela não deveria sentir esperança com a melancolia em seu tom. Mas sente. Porque, se ele está infeliz, talvez... só talvez, isso signifique que um dia ele possa se libertar desse relacionamento e dar uma chance a ela. É errado pensar assim?

— Vai me dizer que não sente mais isso em relação à Dani? — Ayumi se atreve a perguntar, tentando disfarçar a curiosidade com um pigarro.

Dinho demora um instante para responder. Seu relacionamento oscila entre momentos de calmaria e tempestade há tanto tempo que ele nem se lembra da última vez que sentiu aquele arrepio ao ver Dani se aproximar. Não é como se ele esperasse que todos os dias fossem cheios de paixão arrebatadora, mas... não deveria ser mais fácil?

— Já senti — ele admite, dando de ombros. — No começo. Mas, como tudo na vida, o tempo acaba roubando essa sensação da gente.

Ayumi sente o peito apertar com a resposta.

— Mas... você acha que é normal? — Ela morde o lábio e cruza as mãos atrás das costas, para esconder o leve tremor nos dedos.

— Rotina? Sim. São três anos juntos, Ayumi — ele responde, como se tentasse se convencer. — A gente se ama. É só uma crise.

Ela quer tanto dizer o que pensa de verdade. Que Dani não o merece. Que ele não precisa insistir em algo que não o faz feliz. Mas sabe que não pode. Porque, no fundo, ele ainda acredita. Ainda quer consertar o que, para ela, já está quebrado.

Dinho a encara, suspirando.

— Foi mal por ficar despejando isso em você — diz, passando a mão pela nuca. — Mas, sei lá... conversar com você torna tudo mais leve. Acabo me soltando sem perceber.

— Não tem problema — Ayumi responde, como se realmente não importasse. Porque Dinho está certo. Ela nunca consegue dizer não para ele. — Mas é raro você falar de outra coisa que não seja seu pai. E, no fim das contas, a gente sempre acaba falando de mim.

— Suas histórias são mais interessantes — ele responde com meio-sorriso.

Os dois saem do elevador.

— Minha vida mais interessante que a sua? — Ela cruza os braços enquanto caminham pelo corredor. — Chegamos oficialmente ao fundo do poço.

Dinho solta uma risada sincera, e o som preenche algo dentro dela, como um raio de luz entrando por uma fresta.

— Sou só uma garota com problemas de autoestima. Não tem nada de fascinante nisso.

Dinho para, virando-se para ela. Ergue um dedo e aponta, os olhos carregando algo mais profundo que ela não consegue identificar.

— Você é muito mais do que isso, pessoa. É inteligente, engraçada, gentil... e, quando finalmente enxergar o que eu vejo, vai conquistar o mundo. Tenho certeza.

Mas Ayumi não quer conquistar o mundo.

Ela só quer conquistar uma pessoa.

Ele.

Será que é tão difícil ver?

> A coragem é a primeira das qualidades humanas
> porque garante todas as outras.
> (Winston Churchill)

Criando coragem

Leo observa Ayumi de canto de olho. Ela tenta disfarçar, mas seu olhar volta ao corredor a cada instante, à espera de Dinho. Aparentemente, não é só um *crush* passageiro. É algo mais intenso. Não é de hoje que ele repara em como ela sorri feito boba das piadas sem graça de Dinho, ou em como fixa o olhar nele sempre que acha que ninguém está prestando atenção.

Com Cristiano ausente, ocupado na fila do lanche, e apenas Marina e Ayumi na mesa com ele, Leo vê a oportunidade perfeita para abordar o assunto.

— Fala sério, Ayumi, você tá caidinha pelo Dinho, não é? — Ele apoia o rosto na mão e lança um olhar sugestivo à garota.

Ayumi pisca, alarmada, e dirige um olhar interrogativo à Marina, que dá de ombros discretamente, como se dissesse que não sabe como o primo chegou àquela conclusão. Bem, talvez Ayumi não esteja sendo tão discreta quanto imagina.

— Não tem nada a ver, Leo — ela rebate, desviando os olhos para qualquer lugar, menos para ele. — O Dinho namora a Dani, você sabe.

— Não foi isso que eu perguntei — Leo retruca, analisando cada mínima reação dela.

Ayumi hesita.

— Ele é só meu amigo. Satisfeito?

— Então por que tá esperando por ele como se fosse a estreia do filme do ano? Cheia de expectativa.

Ayumi franze o rosto.

— Eu não tô cheia de... — ela interrompe a frase no meio, sacudindo a cabeça e fechando os olhos. — Tipo... eu só preciso falar com ele.

Leo arqueia a sobrancelha.

— E o que tanto vocês dois conversam ultimamente?

Ayumi demora um segundo a mais para responder. Um sinal claro de que está procurando uma mentira convincente.

— Eu contratei o Dinho como *personal trainer*. Só quero tirar uma dúvida sobre um exercício que eu acho que tô fazendo errado.

— Mentirosa.

— Primo, para de encher o saco da Ayumi — Marina intervém, revirando os olhos.

— Ah, então você é cúmplice dela? — Leo sorri, satisfeito. — Eu sabia! Olha, só quero dizer que conheço vocês desde sempre. Sei muito bem quanto têm uma queda por alguém.

— Assim como soube que a Marina tinha uma queda pelo Cristiano? — Ayumi provoca, tentando desviar o rumo da conversa.

Leo franze os lábios antes de soltar um suspiro dramático.

— OK, isso foi injusto. Primeiro, a Marina estava mentindo pra ela mesma, então não ficava suspirando pelos corredores. Segundo, ela e o Cris só interagiam quando estavam longe da gente, então eu nem tive chance de estudar a linguagem corporal dela. Meu erro foi induzido pelas circunstâncias. — Ele dá de ombros, enquanto Marina balança a cabeça. — O que é *bem* diferente do seu caso, Ayumi. Além do mais, não é a primeira nem será a última garota a se apaixonar pelo irmão mais velho do melhor amigo. Isso é praticamente uma lei natural da vida.

Ayumi revira os olhos e se cala.

— Mas quer saber? Até que seria bom se o Dinho largasse a Dani. Pelo menos eu não teria de aguentá-la mais.

— Você fala como se convivesse muito com ela.

— Eu não convivo porque, na maior parte do tempo, o Dinho se manda pra casa dela pra evitar nosso pai. Mas, quando não estão juntos, ela manda mensagem ou liga pra ele o tempo inteiro.

Ayumi respira fundo, absorvendo a informação.

— É, eu já reparei como ele fica ao telefone... — Ela murmura, mais para si mesma.

Leo a encara por um segundo mais longo, como se conectando os pontos.

— Além disso, a Dani é um saco e adora falar mal de todo mundo — ele acrescenta, balançando a cabeça.

Antes que Ayumi possa responder, Dinho surge de repente, com os braços cruzados e a expressão nada amigável.

— Tá parecendo até você, né, manino? Não acha que podia ser menos chato com a Dani?

Leo ergue as mãos, como quem se rende.

— Se você gosta de passar raiva, o problema é seu.

O celular de Dinho vibra no bolso. Ele olha para a tela e suspira.

— Deixa eu adivinhar... Dani? — Leo provoca, dando um sorrisinho debochado.

Dinho revira os olhos.

— Vai ver se eu tô na esquina, vai, Leo — resmunga, afastando-se para atender a ligação.

— Só não vou porque Brasília não tem esquina — Leo murmura para si mesmo, rindo. — Quê que disse?

Marina sacode a cabeça.

— Leo, você anda muito ácido ultimamente. Precisa de um namorado.

— Foi você que roubou meu potencial namorado, prima. Agora lide com as consequências.

Os olhos azuis de Marina se arregalam, chocados.

— Muito cedo pra essa piada?

Antes que ela possa responder, Cristiano se aproxima equilibrando duas bandejas.

— Nós dois faríamos um casal bonito – comenta ele a esmo, e Leo sente um calor subir pelo pescoço graças ao constrangimento. Rapidamente, ele tenta se justificar:

— E-eu... estava brincando, viu, Cristiano? Só uma piadinha boba, nada demais...

Cristiano dá um sorriso descontraído.

— Relaxa, cara. Mas, se um dia eu mudar de time, te aviso.

Leo suspira, tentando recuperar a pose. O coração ainda está disparado, mas ele disfarça com meio-sorriso e desvia o olhar para a mesa, tamborilando os dedos na madeira.

Ayumi aproveita a distração para se afastar e caminhar até Dinho.

— Oi, pessoa! – Ele a cumprimenta, encerrando a ligação com Dani.

— Oi, pessoa – ela devolve, sorridente. – Tenho notícias pra você.

Ele a encara com expectativa.

— Boas ou ruins?

— Boas. Meu pai conseguiu negociar o valor da quitinete.

— Quanto exatamente? – Dinho inclina ligeiramente a cabeça, ainda apertando o celular entre os dedos.

— Dentro do orçamento que você me passou.

Ele encara a amiga, como se tentasse encontrar alguma pegadinha na história.

— É brincadeira, né?

— De jeito nenhum.

— Aquela quitinete vale muito mais, pessoa. Sério que o cara aceitou reduzir o preço assim?

Ayumi dá de ombros antes de dizer:

— Eu te disse que o meu pai é um ótimo negociador.

A consciência dela pesa com a mentira, mas não pode dizer a verdade. Dinho nunca aceitaria a ajuda, se soubesse. No entanto, ela não pode deixá-lo continuar vivendo sob a humilhação constante do pai ou então arriscar-se com desconhecidos. Gosta demais dele para permitir isso.

Dinho não questiona mais. Em vez disso, puxa Ayumi para um abraço apertado. Ela sente a firmeza dos músculos sob o tecido da camisa, e seu coração falha um batimento. Não é surpresa nenhuma: ele tem, sem dúvida, o melhor abraço do mundo.

— Você é a minha nova pessoa favorita, Ayumi! — Ele sussurra em seu ouvido, a respiração provocando um arrepio na pele dela. — Não sei como agradecer.

— Relaxa, Dinho. Já me agradeceu o bastante. — Ela responde, dando de ombros. — Agora, você só vai precisar arranjar um fiador e alguém pra colocar como locador, por causa da comprovação da renda. Acha que consegue? Se precisar de ajuda, eu...

— Não se preocupa, não, pessoa. Você já fez muito por mim. — Dinho informa, ainda sorridente. — Pode deixar que eu cuido do resto.

Ayumi concorda com um movimento de cabeça. Embora saiba que, cedo ou tarde, a verdade sobre os termos do contrato vai aparecer; mas, por enquanto, se permite acreditar que fez a coisa certa.

༺❀༻

Eis um fato sobre a *personalidade* de Dinho: ele detesta precisar de outras pessoas. Desde muito jovem, o pai o incentivou a resolver os próprios problemas sem esperar que alguém tivesse a obrigação ou o dever moral de ajudá-lo. Isso penetrou tão profundamente em sua maneira de ser que, hoje, só de imaginar pedir alguma coisa a alguém já sente um nó se formar em seu estômago.

"Seus problemas são seus problemas, Bernardo", a voz firme de Marco Antônio ecoa em sua mente como um disco arranhando, repetindo-se desde a infância. *"Não pense que os outros têm a missão de resolvê-los por você. Ninguém gosta de pessoas dependentes."*

Essas palavras nunca foram ditas com carinho ou como um conselho. Eram ordens, sentenças incontestáveis que moldaram cada escolha que Dinho fez ao longo dos anos. Pedir ajuda nunca foi uma opção. Precisar de alguém sempre soava como uma fraqueza. E, por mais que tente negar, ainda carrega esse peso dentro de si.

Embora Cláudia sempre tentasse ajudá-lo quando o pai não estava por perto, Dinho se obrigava a fazer tudo sozinho. Odiava o peso de se sentir um incômodo. Odiava a ideia de depender de alguém. Mas, acima de tudo, odiava imaginar a expressão de desprezo do pai caso descobrisse que ele não sabia cuidar da própria vida.

"Mas como vou fazer isso, pai?", às vezes, quando pequeno, ele se permitia perguntar.

"Se vira! Você não é quadrado, é?", essa era a resposta brilhante que recebia. E, assim, Dinho cresceu se virando.

Agora, contudo, ele chegou a um beco sem saída. Pela primeira vez, não há alternativa senão pedir ajuda. Ele poderia falar com a mãe, claro, mas Cláudia tentaria convencê-lo a desistir da ideia de sair de casa. Para ela, ignorar as reclamações de Marco Antônio sempre foi mais fácil. Já está habituada a isso desde que se casou com ele, quando Dinho tinha por volta de 2 anos. Como ela suporta? Muito amor ou mero conformismo?

Mas uma coisa é certa: Dinho não aguenta mais ouvir o pai jogar na sua cara que todo o dinheiro investido nele é um desperdício. Que nunca passará de alguém medíocre, um fardo, uma decepção ambulante. Que nunca será motivo de orgulho, que jamais poderá ser mencionado com admiração diante dos amigos do pai. Cada vez que ouve essas palavras, algo dentro dele se contorce, se rompe um pouco mais. E, agora, sente que chegou ao limite. Se não sair daquela casa, se não provar para si mesmo que pode se sustentar, talvez comece a acreditar que o pai está certo. E isso, mais do que qualquer coisa, o apavora.

Pensando em todas essas coisas, bate à porta da sala dos professores e, espiando o interior, vê o espaço abarrotado de docentes que conversam, riem e bebem café. É intervalo, e Dinho imagina que seja a pior hora para abordar os tios, mas também sabe que é um dos poucos momentos em que poderá falar com os dois juntos. Prefere assim. Repetir os mesmos argumentos duas vezes para pedir um favor seria um golpe desnecessário em seu orgulho.

Ângela está sentada diante de Heitor, como previsto, conversando com mais dois professores que Dinho não conhece bem.

— Tia, posso falar com você? — Ele se aproxima da mesa, e os professores ao redor levantam o rosto para encará-lo. — Na verdade, preciso falar com vocês dois — aponta para Heitor, que bebe um gole de café.

Os dois se entreolham, surpresos com o tom sério do sobrinho.

— Claro, querido — Ângela responde. Em seguida, acrescenta: — Vamos até minha sala? Aqui está um tumulto só.

Dinho assente, aliviado.

Minutos depois, os três entram na sala de Ângela. Ela fecha a porta, senta-se em sua cadeira e aponta os assentos diante da mesa.

— Aconteceu alguma coisa, Dinho? — Heitor pergunta, atento à expressão do sobrinho. Ele nunca foi do tipo que pede ajuda, então aquela visita é inesperada.

Dinho respira fundo. Tantas vezes ensaiou esse momento, mas, agora que está ali, as palavras parecem hesitar em sua boca. Coça a nuca, reunindo coragem.

— Bem, como vocês sabem, eu tive um desentendimento com meu pai desde que troquei de curso.

Os tios concordam com um movimento de cabeça.

— Ele não aceita minha escolha. Pra falar a verdade, ele não me respeita e... faz um mês que praticamente me expulsou de casa.

— Como assim, Dinho? — Heitor pergunta, alarmado. — A Cláudia não disse nada.

— Bem, ele não me *expulsou* exatamente — Dinho reformula, mordendo o lábio. — Mas disse que eu precisava me virar por conta própria. Então, eu entendi que preciso sair de lá se eu quiser provar pra ele que posso cuidar de mim.

Ângela suspira.

— Querido, seu pai realmente é uma pessoa difícil — ela diz, pegando a mão dele por sobre a mesa. Dinho agradece mentalmente por ela não tentar amenizar a situação, como tantas outras pessoas fazem. — E, olha, você pode ficar lá em casa quanto tempo precisar. O quarto da Marina está vazio agora que ela está morando com o Heitor, então...

Ela não termina a frase, apenas dá de ombros. Dinho sente uma pontada de pena, mas entende perfeitamente o motivo de a prima ter preferido viver com o pai. Conviver com Joana depois do que aconteceu deve ser um desafio e tanto.

— Lá em casa também tem espaço — Heitor acrescenta, sorrindo.

— Não, não é por isso que eu precisava falar com vocês — Dinho sacode a cabeça. — Na verdade, eu já encontrei um aluguel no Sudoeste. Fica a vinte minutos do Sartre, então é perfeito. Só que preciso de alguém pra assinar o contrato como locador e... também preciso de um fiador. Eu juro que não estaria pedindo se não fosse necessário, mas o valor da renda precisa ser três vezes o aluguel e...

— Dinho, calma — Heitor o interrompe, vendo o nervosismo do sobrinho. — Tem certeza de que quer realmente pagar um aluguel? Você sabe que não precisa disso.

— Preciso, sim, tio. — O garoto contesta, encarando-o.

— Sei que quer provar algo pro seu pai, mas morar sozinho é um grande passo, ainda mais aos 20 anos. A bolsa de estágio não é ruim, mas não cobrirá todas as suas despesas. — Ângela alerta, preocupada.

— Eu sei, tia. — Dinho afirma. — Já calculei tudo. Sei que será apertado, mas... eu quero fazer isso. Não quero tirar a liberdade da Marina de voltar pra casa quando quiser nem ocupar o sofá do tio Heitor indefinidamente. Se eu fizer isso, meu pai vai continuar me vendo como um parasita. — Ele pausa. — E eu vou continuar me sentindo assim.

Ângela sente um aperto no peito, uma mistura de indignação e tristeza. Nenhum jovem deveria carregar esse peso, muito menos por conta das palavras duras de um pai que deveria apoiá-lo. É injusto. Cruel. Ela observa Dinho, tão jovem e determinado, mas também ferido por anos de cobranças implacáveis, e sente um desejo intenso de protegê-lo da dor que ele já parece ter aceitado como parte de si.

Além disso, a simples possibilidade de Cláudia estar alheia à situação deixa Ângela ainda mais inquieta. Conhece a amiga bem o suficiente para saber que ela sempre tenta evitar confrontos com Marco Antônio, mas não consegue imaginar que ela permitiria que Dinho chegasse a esse ponto sem interferir. Será que Cláudia realmente não sabia ou escolheu ignorar, na esperança de que as coisas se resolvessem sozinhas?

— E sua mãe, meu querido? — Ela pergunta, a voz carregada de preocupação, inclinando-se para frente. — Já falou com ela sobre isso?

O rapaz suspira, encolhendo os ombros.

— Vocês conhecem minha mãe. Se eu contar pra ela, ela vai me convencer a desistir. E eu juro que, se ouvir meu pai me chamar de fracassado mais uma vez, eu...

Ele fecha os olhos, tentando conter a opressão no peito.

Ângela troca um olhar com Heitor e finalmente assente.

— Você tem razão. Marco Antônio não vai desistir até te fazer ceder. Eu me lembro muito bem de como ele tentou atrapalhar seu estágio aqui.

Infelizmente, Dinho também se lembra.

— Vamos te ajudar, não é, Heitor? — Ela reforça, olhando para o ex-marido.

— Claro — ele concorda. — Mas precisa conversar com a sua mãe primeiro. Ela vai ficar furiosa se a gente alugar pelas costas dela.

— Ela vai ficar brava de todo jeito — Ângela comenta, suspirando. — Mas, sim, é melhor falar com ela. Melhor evitar a Terceira Guerra Mundial.

Dinho sorri pela primeira vez naquela conversa.

— Vocês estão falando sério?

— É claro, Dinho. — Heitor garante.

O garoto desvia os olhos por um instante, como se a resposta tivesse vindo fácil demais. Mas o tio percebe e se adianta:

— Você é nosso sobrinho. Família é pra isso.

Heitor diz aquilo com convicção, mas por dentro já antecipa o inevitável: a reação da irmã. Cláudia sempre teve talento para dramatizar as coisas, especialmente quando se trata dos filhos. E, se Heitor conhece bem a irmã, sabe que ela jamais aceitará essa ideia sem resistência. O filho mais velho saindo de casa? Ela verá isso como o rompimento da família.

Contudo, nada disso importa agora.

— Obrigado, tio. Eu... — Dinho hesita, mas acaba confessando: — não achei que seria tão fácil.

Heitor dá um sorriso tranquilo e pousa a mão no ombro do garoto.

— Dinho, escuta uma coisa — seu tom agora é mais sério, mais carregado de significado. — O fato de seu pai achar que pedir ajuda é sinal de fraqueza não significa que ele esteja certo. Você não é fraco por precisar de apoio. Sempre que precisar de mim, da sua tia... estamos aqui.

Dinho solta uma respiração pesada, e o peso que vem carregando nos ombros finalmente cede. Ele nunca imaginou que ouvir algo assim faria tanta diferença.

E, estranhamente, o alívio que sente agora só não é maior do que a vontade de contar tudo para Ayumi.

> Mais cedo ou mais tarde, tudo se revela.
> (Homero)

Revelações à mesa de jantar

O Sol do fim da tarde derrama sombras longas pelo quarto de Dinho, tingindo as paredes de um tom dourado melancólico. Ele coça a barba por fazer enquanto encara o guarda-roupa aberto, tentando decidir se há algo ali que realmente pode levar para o novo apartamento. Seu novo lar. Ainda é estranho chamá-lo assim. Não parece verdade que está prestes a se mudar. Há tanto para se acostumar. Suspira e se senta na cama, ao lado da mala aberta e praticamente vazia, exceto por duas camisas que ganhou no último aniversário, um pijama, algumas bermudas e meia dúzia de cuecas.

Os olhos recaem sobre os papéis do contrato de aluguel, espalhados pelo colchão. Só de olhar para eles, a tensão em seus ombros se intensifica. A decisão já foi tomada. Ele sabe que precisa ir. Mas contar para a família – principalmente para a mãe – é outro desafio que ainda não está pronto para enfrentar.

Ele tem plena consciência de que a relação com o pai atingiu um ponto insustentável. Ficar sob o mesmo teto significa viver cercado por brigas, cobranças sufocantes, olhares de reprovação. Mas sair de casa... sair de casa ainda assusta. Como explicar que não se trata de rebeldia, mas de sobrevivência? Que ele simplesmente não suporta mais ser o motivo de discussões em jantares de família? Como se justifica algo que é urgente para si, mas que os outros se recusam a aceitar?

A luz do Sol vai desaparecendo aos poucos, e Dinho percorre o olhar pelo quarto, absorvendo cada detalhe impregnado de memórias. Ele sabe que a jornada à frente não será fácil. Mas não há outra escolha.

Antes disso, porém, precisa enfrentar Cláudia. Mas não agora. Ainda não. Tem de esperar o momento certo – e hoje definitivamente não é o dia. Dani vem dormir em sua casa, e ele tampouco contou para ela. Não quer que a noite seja marcada por preocupações ou conversas pesadas. Algumas batalhas precisam ser travadas na hora certa. E essa... essa ele ainda não sabe como lutar. Tudo no seu devido tempo.

Ele ainda está ali, sentado, perdido nos próprios pensamentos quando ouve uma batida suave na porta.

— Ei, Dinho, será que pode me emprestar... — Leo entra sem cerimônia, mas para no meio da frase. O olhar dele passeia pelo quarto, registrando a mala aberta, os papéis, o irmão sentado na beira da cama encarando o guarda-roupa intensamente. A confusão se reflete em seu cenho franzido. — O que você tá fazendo, cara?

Dinho solta um riso curto, sem humor.

— Tentando encontrar a solução para todos os meus problemas.

Leo cruza os braços e inclina a cabeça.

— Algo me diz que não tá aí dentro.

Dinho passa a mão pelos cabelos e suspira.

— Ainda bolado com o que o pai diz? — Leo arrisca, aproximando-se e sentando-se ao lado dele. — Sobre se virar sozinho?

— Ele tá certo, Leo. — Dinho afirma, olhando diretamente para o irmão. — Enquanto eu estiver aqui, não posso me considerar independente.

— Ah, qual é, mano? O pai fala da boca pra fora. Você sabe como ele é. No fundo, só quer que você mude de ideia sobre a faculdade de novo.

Dinho balança a cabeça, decidido.

— Eu não vou mudar. — Sua voz sai grave. — Foram oito meses de terapia e um quase surto pra eu trancar Engenharia. Não tem volta.

Leo observa o irmão por um instante antes de perguntar:

— E você tem certeza de que quer ser professor? Quer dizer... lidar com adolescentes metidos a engraçados fazendo piadas idiotas o tempo todo?

Dinho arqueia uma sobrancelha, provocador.

— Você quer ser DJ.

Leo ri, assentindo. Ele realmente não é um exemplo de segurança profissional. A verdade é que, na casa deles, qualquer sonho que não envolva seguir os passos do pai é visto como fracasso.

— Eu nunca vou ser DJ. — Diz, depois de um longo silêncio.

Dinho o encara com seriedade.

— Por que não?

Leo hesita. Nunca conversaram de verdade sobre o peso que ele agora carrega, sobre como a responsabilidade de atender às expectativas do pai recaiu sobre ele depois que Dinho "desertou".

— Alguém tem que realizar o sonho do velho, né? — Tenta brincar, mas o sorriso é tenso.

Dinho fica em silêncio. Ele entende. E sente muito.

— Eu não queria que isso recaísse sobre você.

— Tá tudo bem. — Leo dá de ombros. — Não é como se eu fosse virar o Alok mesmo.

Dinho solta uma risada fraca.

— Quem sabe? – Provoca. – Ei, a Gigi gosta de matemática. Talvez ela queira fazer Engenharia.

Os dois se encaram por um segundo antes de caírem na risada.

— Mas, falando sério – Leo diz, recuperando o fôlego –, eu te admiro muito por ter parado de ceder pra ele. Sei o quanto isso custa.

Dinho já foi o filho perfeito. Agora, aos olhos do pai, não passa de uma decepção ambulante. Antes, assistiam ao futebol juntos, tomavam cerveja. Agora, mal se falam. E, quando se falam, é para discutir.

— Você também pode fazer isso, Leo. Não tenha medo.

Leo dá um riso nervoso.

— Vamos devagar. Duas deserções no mesmo ano podem matar o velho. – Ele brinca, mas Dinho sabe que o peso que o irmão carrega vai além da questão profissional. Há algo mais profundo ali. Algo que Leo ainda não está pronto para encarar.

Dinho segura o olhar do irmão por um instante, mas decide não o pressionar. Leo desvia primeiro, soltando um suspiro pesado. Então, forçando um sorriso, dá de ombros.

— Pelo menos agora eu sou o favorito.

Dinho solta uma risada, sacudindo a cabeça. Leo tenta disfarçar, mas o comentário carrega um peso amargo. Tentando mudar de assunto, ele observa a mala aberta.

— Então... você vai mesmo sair de casa.

Dinho respira fundo. Confirma com um aceno.

— Aluguei um apartamento. Agora só falta contar pra mãe.

Leo suspira, pensativo.

— Quando foi que...?

— Tem uma semana. – Dinho antecipa a pergunta. – A Ayumi me ajudou.

Leo arregala os olhos, como se tivesse acabado de desvendar um grande mistério.

— Então é por isso que vocês andam cheios de segredinhos! Vou matar a Ayumi por não me contar.

— Ela não contou porque eu pedi. – Dinho explica. – Não briga com ela, tá? Ayumi é uma garota legal.

Leo aponta um dedo em riste para o irmão.

— Nem vem! Não vou te deixar roubar minha melhor amiga.

— E se ela for melhor amiga dos dois?

Leo hesita. Algo lhe diz que Ayumi não quer exatamente uma carreira bem-sucedida de melhor amiga de Dinho, mas ele não vai ser o responsável por frustrar os planos do irmão.

— E por que você não me contou antes? Eu podia ter ajudado.

Dinho abaixa a cabeça, arrependido.

— Pra ser sincero... fiquei com medo de você tentar me impedir.

Leo pondera, balançando a cabeça.

— Talvez eu tentasse.

O silêncio entre eles é pesado. Leo se levanta e começa a andar pelo quarto.

— As coisas não vão ficar mais fáceis sem você aqui. — Ele prevê. — E a dona Cláudia... bom, ela não vai aceitar isso numa boa.

Dinho também se levanta, parando diante dele. Segura a nuca do irmão, encostando a testa na dele.

— Eu não estou te abandonando, Leo. Nenhum de vocês.

Leo solta um riso fraco.

— Você sabe que eu sempre vou te apoiar. Mas... vai ser difícil não ter você por perto.

Dinho entende.

— Ei, minha porta vai estar sempre aberta pra você. Não é nenhuma cobertura de luxo, mas sempre será um refúgio. Você sabe disso, né?

Leo respira fundo antes de concordar com um leve aceno.

— Sei. — Ele suspira e, depois de um instante, envolve o irmão num abraço forte. — Mas ainda acho que a dona Cláudia vai te dar muito trabalho.

Dinho solta um riso nervoso. Ele sabe que Leo tem razão.

Embora legalmente tenha se casado há mais de dezessete anos, Cláudia se considera esposa de Marco Antônio desde que pousou os olhos em Dinho, o bebê mais rechonchudo que já viu, com seus quase 3 aninhos. Na época, já mantinha um relacionamento com o viúvo solitário que conheceu por acaso, ao sair em um dia chuvoso do trabalho na clínica de estética, enquanto ainda cursava Medicina.

A empresa de Marco Antônio ficava no mesmo prédio da clínica, e Cláudia já havia gastado minutos demais admirando aquele homem de ar austero, sempre aparentando pressa, com os sapatos impecavelmente polidos e um terno sob medida que realçava o charme dos fios grisalhos na barba bem-aparada. Mas ele nunca parecia enxergar ninguém, e Cláudia não tinha intenção de forçar uma conversa com alguém tão ocupado.

Até que, num fim de tarde, Brasília desabou em chuva. Uma coincidência, um acaso — ou talvez o que muitos chamam de destino. Cláudia ficou até mais tarde na clínica, sem um guarda-chuva para se proteger do mau tempo. Quando saiu do elevador às pressas, deu de cara com Marco Antônio, prestes a ir ao estacionamento, com um grande guarda-chuva preto em mãos.

Dessa vez, ele a olhou. E, na fração de segundo em que seus olhos se cruzaram, percebeu o que ela pretendia fazer – proteger-se da chuva como pudesse, jogando o casaco sobre a cabeça. Foi um gesto quase imperceptível, mas suficiente para que ele, sem dizer nada, abrisse o guarda-chuva para os dois.

Cláudia tinha carro. Mas, bem... fingiu que não.

Aquela noite no trânsito, entre semáforos demorados e conversas inesperadas, foi o suficiente para um elo se formar. Dois meses depois, Marco Antônio a apresentou a Bernardo, um bebê de olhos atentos e sorriso fácil, que perdeu a mãe num acidente de carro quando tinha apenas sete meses de vida.

A partir dali, não havia mais "eles e ela". Eram três. E, desde então, Cláudia nunca se sentiu outra coisa senão mãe de Dinho. Nem Marco Antônio nem o próprio menino a trataram de maneira diferente. Não havia "madrasta", não havia distância. Ele a chamava de mãe desde sempre. Porque é isso que ela é.

Desde sempre.

— Então, Daniela, já contou a novidade pro Bernardo? – Marco Antônio solta a pergunta no meio do jantar, com o tom casual de quem não tem segundas intenções. Mas, claro, tem. Quando ofereceu à nora um estágio em seu escritório, não foi apenas por generosidade. Foi para provar um ponto ao filho. Se jogasse bem as cartas, talvez fizesse Bernardo perceber o que estava perdendo.

Dinho franze o rosto, largando os talheres. Observa o brilho provocador nos olhos do pai enquanto Dani se mexe desconfortável na cadeira, pigarreando antes de responder:

— Ainda não – admite, com um sorriso fraco. – Estava esperando o momento certo pra falar com ele.

— Ora, Daniela, já faz quase uma semana! – Marco Antônio ri, piscando para ela, completamente satisfeito com sua provocação. – Danadinha!

Dani abaixa os olhos para o prato, claramente sem graça. Dinho, por outro lado, aperta os lábios e encara o pai.

— Você contratou a Daniela e não me disse nada? – Cláudia questiona, com a irritação tingindo sua voz.

— Meu amor, em que isso te diz respeito? – Marco Antônio dá de ombros, levantando-se. – Vou buscar um champanhe. Sabia que essa garota tem um futuro brilhante pela frente? As notas dela são excelentes. – Ele se afasta para a cozinha, e Cláudia o segue de perto, com a expressão carregada.

Dinho se vira para Dani com um tom acusatório:

— Você me disse que ia fazer uma entrevista, Dani.

— Sim, e eu fiz — ela responde, ainda evitando o olhar dele. — Seu pai e o sócio gostaram do meu currículo...

— O que tem de extraordinário no seu currículo? Seu nome completo? — Dinho ironiza, e Leo, ao lado, precisa morder a língua para segurar a risada.

Dani finalmente ergue o rosto, os olhos brilhando de raiva.

— Eu posso não ter experiência, mas pelo menos tenho interesse em me tornar alguém bem-sucedida. Coisa que você parece fazer questão de evitar. Seu pai viu isso em mim, mesmo que você não veja.

Dinho solta um sorriso debochado, cruzando os braços, o olhar cheio de ironia.

— Eu achei que ia pelo menos me contar sua decisão. Mas, não, descubro "por acaso" que já está trabalhando há uma semana. Por que não me disse nada?

Dani solta um suspiro curto.

— Eu ia te contar, Bernardo. Só não sabia como. Não queria que isso gerasse uma briga desnecessária. Estava tentando achar o melhor momento. Não é o fim do mundo.

Ele ri pelo nariz, descrente.

— Você é muito cara de pau — acusa, sacudindo a cabeça, cético.

— Gente, será que podem deixar essa DR pra depois? — Leo tenta intervir, mas ambos o ignoram.

— Você não percebe que ele não está fazendo isso por você? — Dinho dispara, a voz elevada.

Dani comprime os lábios, furiosa.

— Você não é o centro do universo, não, Bernardo. Nem tudo é sobre você! O engraçado é que, enquanto era só uma entrevista, você veio com aquele papinho de que estava tudo bem. Mas, agora que eu consegui, você muda de ideia? O que foi que aconteceu? Ou será que você simplesmente não esperava que eu passasse?

Dinho solta um suspiro pesado, apertando a ponte do nariz. Em seguida, informa:

— Eu só não esperava que você escondesse isso de mim.

— Eu não escondi! Só esperei o momento certo para contar, já disse. Mas, vendo sua reação agora, acho que eu estava certa, não é?

— Tudo bem, então, continuem brigando na frente da criança — diz Leo, apontando para Gigi, que observa os outros dois com preocupação. Mas não é como se ela não estivesse acostumada a discussões em casa. O pai se certifica de infernizar o filho mais velho sempre que pode.

Naquele instante, Marco Antônio e Cláudia retornam. Pela expressão da mulher, eles também discutiram na cozinha.

O pai serve champanhe e oferece uma taça a cada um. Quando estende a de Dinho, o rapaz a encara como se fosse veneno.

— O que você quer com isso, pai? — Sua voz é cortante.

— Celebrar a conquista da sua namorada, é claro — Marco Antônio responde, com falsa inocência.

Dinho ri sem humor, sacudindo a cabeça.

— Ah, por favor. Você nunca fez questão de saber nada sobre a Dani até eu largar esse maldito curso!

— De fato, eu ainda não tinha parado pra conhecê-la melhor — Marco Antônio admite, pousando sua taça na mesa. — Mas você nunca me disse que ela sonhava em trabalhar na Ribeiro Engenharia.

— E por que eu diria? Você nunca se importou! — Dinho rebate, a voz se elevando.

— Bernardo, não pode simplesmente ficar feliz por ela? Se não quer ter uma carreira de sucesso, pelo menos não impeça a Daniela de ter.

— E quem te disse que eu não quero uma carreira de sucesso, pai? — Dinho ergue o queixo, desafiador.

— Se quisesse, faria escolhas melhores. Você sempre estudou nos melhores colégios, fez cursos de línguas, viajou pra outros países, e pra quê? Pra ser um investimento fracassado?

— Chega, Marco! — Cláudia interrompe, exasperada. — Dinho já ouviu esse discurso mil vezes!

— E vai continuar ouvindo enquanto viver debaixo do meu teto, às *minhas* custas!

Um silêncio pesado cai sobre a mesa. Então, Dinho sorri. Um sorriso vitorioso. Essa seria a última vez que ouviria aquele sermão.

— Não precisa mais se preocupar quanto a isso, pai. Sábado eu vou sair de casa. Você finalmente estará livre de mim. E eu, de você. — E, com isso, ele se levanta e sai da sala, deixando todos boquiabertos.

> Mesmo quando tudo parece desabar, cabe a mim decidir entre
> rir ou chorar, ir ou ficar, desistir ou lutar; porque descobri,
> no caminho incerto da vida, que o mais importante é o decidir.
> (Cora Coralina)

O peso de uma decisão

Dinho nunca planejou que fosse assim. Nunca imaginou que soltaria a notícia dessa forma, no meio do jantar, com as palavras escapando antes que pudesse segurá-las. Queria ter preparado a mãe, escolhido o momento certo, encontrado a abordagem perfeita. Mas Marco Antônio, com seu tom pejorativo e as críticas cuspidas como lâminas, fez com que tudo explodisse da pior maneira possível.

Agora, de volta ao quarto, Dinho caminha de um lado para o outro; a mente fervilhando com os resquícios da discussão. O peito aperta com uma mistura de ansiedade e frustração. Ele sabia que essa conversa seria difícil, mas não contava com a sensação sufocante de ter cruzado um limite invisível. Minutos depois, Dani entra sem cerimônia, os braços cruzados e o olhar carregado de irritação e uma ponta de mágoa.

— Você é bem cínico, né, Bernardo? — Ela estreita os olhos sem conseguir mascarar a decepção. — Me acusando de esconder o estágio, mas esquecendo de me contar que alugou um apartamento?

Dinho fecha os olhos por um instante, soltando o ar com um suspiro pesado antes de se sentar na beira da cama.

— Não é a mesma coisa, Dani, e você sabe disso.

Dani solta uma risada seca, descrente do que acaba de ouvir.

— Ah, não? Então por que não me contou? — Ela inclina a cabeça, como se já soubesse a resposta. — Me deixa adivinhar... queria evitar uma briga?

Ele desliza as mãos pelo rosto, cansado. Sim, queria evitar uma briga. Mas quando foi que eles começaram a precisar esconder as coisas um do outro para fugir de discussões?

— O que tá acontecendo com a gente, hein, Dani? — Pergunta, desolado.

A garota suspira, sentando-se ao lado dele. Por um momento, parece hesitar, como se considerasse se deveria ou não tocar nele. Mas, no fim, seus dedos buscam os dele, e, apesar da mágoa ainda presente em seu olhar, ela os entrelaça aos seus. O gesto é pequeno, mas carrega um peso imenso — uma trégua silenciosa em meio à turbulência que os envolve.

— Eu sinto muito por ter enrolado pra te contar, é só que... não queria que isso atrapalhasse nada entre nós. Sei que está achando tudo uma péssima ideia, mas é só um estágio, Dinho. Uma oportunidade pra mim. Seu pai pode ser um tirano, mas é um engenheiro brilhante. Eu vou aprender muito.

Dinho fecha os olhos por um instante, absorvendo as palavras dela. No fundo, sabe que ela tem razão. E sabe que, por mais que odeie admitir, parte da sua raiva não tem nada a ver com Dani, e sim com o peso de tudo o que está mudando ao mesmo tempo.

— Tudo bem, Dani. De qualquer jeito, não vou mais precisar ouvir provocações dele. — Dinho força um sorriso, mas o amargor continua ali.

Ela hesita, mordendo o lábio. Em seguida, muda de assunto:

— E esse apartamento, de onde veio, mesmo?

Dinho desvia o olhar, dando de ombros.

— A Ayumi me ajudou.

Dani pisca algumas vezes, surpresa.

— Ayumi? A garota que te contratou como *personal*?

— Ela mesma.

O silêncio se prolonga por alguns segundos, e ele percebe a tensão crescer sutilmente no olhar dela. Não é exatamente desconfiança, mas algo próximo de um incômodo que ela tenta esconder.

— Vocês têm passado muito tempo juntos, né?

— Ela é minha amiga, Dani. — Ele comenta, sacudindo a cabeça. — Não precisa ficar com ciúmes.

Dani ri baixo, meneando a cabeça.

— Amor, eu não tenho ciúmes dela. Como se eu tivesse motivos pra isso.

Ele se vira para encará-la, com a testa franzida.

— O que isso quer dizer?

— Que eu confio em você. — Ela desliza os dedos pelo braço dele suavemente. — Além disso, ela nem faz o seu tipo.

Ele arqueia as sobrancelhas, levemente incomodado com o tom da garota.

— E como você sabe?

Dani revira os olhos, soltando um suspiro profundo.

— Simples, Dinho, você é meu namorado. Às vezes, faz cada pergunta boba...

Antes que ele possa revidar, a porta do quarto é aberta sem aviso, e Cláudia entra. Seu semblante fechado não deixa espaço para dúvidas: a conversa que vem a seguir será difícil. Seus olhos pousam brevemente em Dani antes de se fixarem em Dinho.

— Dani, me dá um momento a sós com meu filho? — A voz de Cláudia é firme, repleta de um peso que faz o ar no quarto parecer mais pesado. Dani sente a tensão se espalhar pelo ambiente. Nunca viu a sogra tão séria. Por um instante, hesita. Seu olhar oscila entre Cláudia e Dinho, como se buscasse alguma pista do que fazer. Mas ele apenas assente, sem dizer uma palavra.

E, com isso, seus planos de dormir ali evaporam. Pelo menos, diante do clima pesado que se instalou, encarar o romance do pai parece a opção mais segura no momento.

— Claro, sogra. A gente se fala amanhã, amor. — Ela se inclina para um beijo rápido em Dinho, então se levanta. Quando sai, o quarto parece encolher ao redor dele.

O silêncio que se instala entre mãe e filho pesa mais do que qualquer discussão. Cláudia o encara por um momento a mais antes de falar, sua voz embargada:

— O que disse é verdade, Bernardo? Você tá pensando em ir embora?

Dinho prende a respiração por um instante. Ele já sabia que essa pergunta viria, mas, ainda assim, a forma como ela soa na voz da mãe o desarma. Como se a decisão que tomou fosse algo irreversível, um abismo que os separaria para sempre.

Ele expira devagar, tentando encontrar as palavras certas, mas a verdade é simples demais para ser suavizada.

— É, sim, mãe. Eu vou sair de casa.

O choque nos olhos dela é imediato. Uma emoção indefinida passa pelo rosto de Cláudia — tristeza, medo, uma ponta de culpa. Ela pisca algumas vezes, como se precisasse de tempo para absorver a resposta, mas o peso dela já se instalou em seu peito.

— Pra onde? Vai morar com um dos seus tios? Com a sua avó? — Sua voz sai hesitante, como se tentasse encontrar uma alternativa menos dolorosa.

Dinho nega num gesto de cabeça.

— Eu já resolvi tudo, mãe. Não precisa se preocupar.

Cláudia estreita os olhos, cruzando os braços como se se preparasse para um embate.

— Resolveu tudo? Isso quer dizer o quê? Vai morar na casa da sua namorada? Ou, quem sabe, na rua? — O tom dela sobe, misturando indignação e receio.

— Claro que não, mãe, não seja dramática...

— Pode parar por aí, Bernardo! — Cláudia adverte, erguendo uma mão. — Isso não é drama da minha parte. Você disse que vai se mudar no sábado. Significa que, aparentemente, já tem onde ficar. Se não é na casa de um dos seus tios e não é na casa da sua namorada, eu quero saber onde é!

Dinho fecha os olhos por um instante e solta um longo suspiro, passando a mão pelo rosto, sentindo o peso da conversa se acumular em seus ombros. Ele encara a mãe, vendo a tensão em cada traço dela, e decide acabar logo com aquilo.

— Eu aluguei um apartamento, tá legal?

O silêncio que se segue é intenso, quase palpável. Cláudia pisca, atordoada. Depois, arqueia uma sobrancelha e franze os lábios, a mente girando em busca de resposta.

— Em nome de quem? Porque eu sei que não foi no seu.

Dinho aperta as mãos, exausto.

— Que diferença isso faz, mãe?

— A diferença é que eu quero saber quem está ajudando você nessa loucura. Foi a Ângela, não foi? — Ela comprime os lábios, irritada. — Isso é a cara dela, achar que está ajudando ao se meter na família alheia!

— Mãe, você tá sendo injusta. — Dinho rebate, agitando a cabeça. — A tia Ângela não tem culpa da minha decisão. Não foi ela que me fez querer sair de casa.

Cláudia encara o chão, sacudindo a cabeça.

— Seu pai é intransigente, mas nunca te expulsaria de casa, Dinho!

— Não diretamente. — Ele concorda. — Mas, toda vez que ele me olha daquele jeito, com se eu fosse uma decepção... toda vez que me diz que só quando eu tiver meu próprio teto vou poder dizer que me viro sozinho... ele tá me dizendo pra sair, mãe!

Cláudia fecha os olhos por um segundo, pressionando os dedos contra as têmporas, como se tentasse afastar a dor de cabeça que se instala. Em seguida, solta um suspiro longo e, resignada, senta-se ao lado dele, segurando suas mãos entre as dela.

— Meu amor, eu sei que o Marco pode ser difícil, mas famílias não se abandonam. A gente enfrenta os problemas juntos. Se a gente sentar e conversa, tenho certeza de que podemos encontrar uma solução.

Dinho aperta os lábios, balançando a cabeça devagar, como se já tivesse ouvido isso muitas vezes antes.

— Mãe, eu tentei. Por meses. Mas ele nunca vai ver as coisas do meu jeito. — Ele segura o olhar dela, sem piscar. — Pro meu pai, eu tô jogando meu futuro fora. E nada vai mudar isso.

Ela solta um suspiro pesado, seu semblante carregado de uma tristeza profunda.

— Dinho, o Marco Antônio pode ter todos os defeitos do mundo, mas ele só quer o melhor pra você. No fim das contas, é isso que todo pai quer. Mesmo que ele erre no jeito de demonstrar... — Ela tenta um sorriso, mas ele é fraco, não alcança os olhos.

— Ele não pode decidir o que é melhor pra mim, mãe. Isso só eu posso fazer.

O silêncio entre os dois se arrasta. Cláudia não quer ceder, mas o peso da realidade já se insere em seu peito.

— Eu não posso deixar você sair de casa — diz, sua voz embargada, mas cheia de determinação. Seus olhos brilham com lágrimas contidas. — Não assim, não desse jeito.

O coração de Dinho aperta. Ele odeia vê-la sofrer, odeia ser o motivo daquela dor. Mas não pode voltar atrás em sua decisão, por mais pesada que seja. Com cuidado, toca o rosto dela, o polegar roçando sua pele fria, um gesto silencioso de carinho.

— Mãe... eu não quero mais viver em guerra. Eu simplesmente não aguento mais.

Ela discorda com a cabeça, recusando-se a aceitar. Não vai deixar que sua família desmorone por causa de orgulho.

— Eu não vou permitir isso, meu filho.

Dinho segura o olhar dela por longos segundos. Seu tom é paciente, mas irredutível.

— Mãe, eu queria muito sair dessa casa com a sua bênção. — Ele sorri, melancólico, o peso daquela conversa estampado em sua expressão. — Mas, se não for possível, eu tô preparado pra sair sem ela. Afinal, você sabe o que me forçou a tomar essa decisão.

Os olhos escuros de Cláudia se fixam nos dele, e, pela primeira vez desde que tudo começou, ela parece compreender a verdade. Não é um impulso nem um capricho passageiro. É uma escolha. Dinho não está pedindo permissão. Ele está apenas comunicando uma decisão já tomada.

— Por favor, meu filho — ela sussurra, em uma última tentativa de fazê-lo mudar de ideia. — Não vá.

Dinho sorri de leve, tentando aliviar a tensão.

— Mãe, eu não vou mudar de país. Você pode me visitar quando quiser.

Cláudia solta um riso baixo, mas balança a cabeça, inconformada.

— Não é a mesma coisa. Nunca imaginei você saindo assim. Achei que ao menos se casaria antes.

Ele ergue uma sobrancelha, brincando:

— Mãe, isso é coisa do passado. Hoje em dia, a gente mora sozinho antes de se casar.

Cláudia dá um sorriso, secando as lágrimas no canto dos olhos. Nunca aprovou a rigidez de Marco Antônio, e vê-lo tratar os filhos como se fossem projetos inacabados sempre a irritou. Mas assistir ao próprio filho sair de casa desse jeito, como se estivesse se libertando de uma prisão, é um golpe que dói mais do que ela imaginava.

Por fim, solta um suspiro trêmulo e segura o rosto de Dinho entre as mãos.

— Tudo bem, meu filho — finalmente se dá por vencida. — Eu não posso te impedir de ir. Se é isso que quer, só me resta te dar a minha bênção e desejar que encontre seu caminho. Que seja muito, muito feliz. Mas quero que saiba que, se um dia se sentir perdido, pode voltar pra casa. Eu vou estar aqui, de braços abertos, esperando por você, OK?

Dinho sente um nó apertado na garganta, a emoção queimando seu peito. Apenas assente e a puxa para um abraço apertado, sentindo o cheiro familiar do perfume dela, guardando aquele momento na memória.

Depois de alguns segundos, Cláudia se afasta e limpa os olhos com as costas da mão.

— E tem mais uma coisa — ela acrescenta, com um olhar sério, mas um vestígio de ternura. — Eu quero a cópia da sua chave.

Ele ri, finalmente sentindo um pouco do peso se dissipar. Talvez as coisas fiquem bem, afinal.

> Há um tempo em que é preciso abandonar as roupas usadas,
> que já têm a forma de nosso corpo, e se esquecer dos nossos caminhos,
> que nos levam sempre aos mesmos lugares.
> É o tempo da travessia e, se não ousarmos fazê-la,
> teremos ficado para sempre à margem de nós mesmos.
> (Fernando Pessoa)

Novos caminhos

Cláudia detesta sentir raiva. Acredita que emoções ruins envenenam o corpo, desalinham os chacras e deixam marcas na pele. Sempre cultivou essa filosofia, mas nem sempre foi assim, tão controlada. Houve um tempo em que se permitia explodir, gritar, jogar coisas contra a parede. Mas, depois do que aconteceu com Ângela, sentiu-se mergulhando num abismo de ressentimento que a consumiu por meses. Demorou até que conseguisse encarar a amiga sem sentir o gosto amargo da culpa. Não que acreditasse, de fato, ser culpada. Mas o simples fato de não ter percebido os sinais a fazia se sentir uma péssima amiga.

O *yoga* foi sua primeira tábua de salvação. A prática a ajudou a expurgar a energia densa que carregava, a respirar melhor. Depois, uma colega a introduziu ao *feng shui*, e ela mergulhou em um mundo de harmonização e equilíbrio. Podem chamá-la de excêntrica, mas sua pele e seu bem-estar são testemunhas dos benefícios dessa transformação.

Agora, no entanto, enquanto aguarda Ângela na sala de Heitor, sente que tudo parece ter sido em vão. Sua mente está um caos e seu corpo vibra em uma fúria inquieta. O controle que cultivou com tanto esforço se desmancha como papel molhado. E por quê? Porque foi traída por aqueles em quem mais confiava.

Heitor se aproxima com uma caneca de chá, um gesto de paz que Cláudia recusa com um aceno brusco. Chá não resolve traição. Não dissolve a raiva que pulsa dentro dela.

Ele já previa esse momento. Sempre soube que Cláudia não aceitaria a notícia bem, que o confronto seria inevitável. Então apenas suspira, sentando-se na poltrona desgastada, também esperando por Ângela.

Cinco minutos depois, ela entra na sala, a expressão carregada de preocupação. Seus olhos analisam rapidamente a cena, pousando primeiro em Heitor, que observa tudo em silêncio, e depois em Cláudia, sentada no sofá como uma bomba prestes a explodir. Os pés dela balançam de maneira inquieta, os punhos cerrados sobre os joelhos.

— Oi, Cacau — murmura Ângela, a voz cuidadosa, testando as águas.

— Nem vem com esse tom pra cima de mim, Ângela! — Cláudia rebate, o olhar cortante. Sua voz vibra de irritação, cortando qualquer tentativa de suavização do momento.

Ângela suspira, resignada, e aceita a caneca fumegante que Heitor lhe estende, como se precisasse de algo quente para se agarrar antes de enfrentar a tempestade que se arma diante dela. Então, senta-se ao lado de Cláudia sem pressa nem medo aparente.

— Eu sei que você tá furiosa, mas...

— Não tô furiosa, Ângela — Cláudia interrompe, balançando a cabeça com força. — Tô decepcionada. Arrasada. Vocês esconderam isso de mim! Como puderam?

— Cláudia, a gente não escondeu nada — Heitor tenta explicar, mas sua voz encontra um muro de resistência no olhar furioso da irmã.

— E vocês me contaram assim que meu filho pediu ajuda? Não!

— A gente não tinha esse direito, Cacau — Ângela tenta justificar.

— E o meu direito de saber o que está acontecendo com o meu próprio filho? — Cláudia retruca, os olhos brilhando de frustração. — Se fosse a Marina, como você ia se sentir, hein, Ângela?

A amiga não responde, limitando-se a encarar a caneca em sua mão. Talvez ficasse tão magoada quanto Cláudia.

— Você devia estar do meu lado — a outra continua acusando. — É minha melhor amiga!

— Ele quer espaço, Cláudia. Precisa disso. — Heitor mantém a calma, mas seu olhar revela a compreensão de que qualquer argumento será inútil diante da fúria que Cláudia demonstra naquele momento.

— Precisa? — Ela dá uma risada seca. — Ele é um menino!

— Dinho tem 20 anos, Cláudia — Ângela interfere, cruzando os braços. — Já não é um menino.

Cláudia se levanta, caminhando pela sala a fim de tentar dissipar sua raiva antes que atire algo em alguém.

— Vocês acham que sabem mais do que eu sobre o Dinho? Acham que entendem melhor o que ele precisa? — Seu tom sobe uma oitava, e ela sente o peito subir e descer rapidamente. — Se tivessem me dito antes de assinarem o contrato, eu o teria feito mudar de ideia! — A voz dela quebra, os olhos enchendo-se de lágrimas.

— O Dinho só quer a liberdade de tomar as próprias decisões, Cacau. — Ângela a encara, os lábios pressionados em uma linha tensa. — É exatamente por isso que está se mudando. Você realmente não entende seu filho?

Cláudia a olha como se tivesse levado um golpe. Seus lábios tremem, as palavras se prendem na garganta. Ela quer responder, quer gritar que sim, que entende seu filho melhor do que ninguém. Mas a verdade que a assombra é que, talvez, não entenda.

– Você se acha uma mãe tão melhor do que eu, né, Ângela? Sempre se achou.

– Isso não é verdade. – Ângela ajeita os óculos, a expressão cheia de mágoa e exaustão. – Não existe isso de mãe melhor ou pior, Cacau. Só existe mãe tentando dar o seu melhor, do jeito que consegue. E você fez isso pelo Dinho, assim como eu fiz pela Marina.

– Será que fizemos mesmo? – Cláudia murmura, desviando o olhar para a janela, perdendo-se na paisagem do lado de fora. – Talvez não sejamos tão diferentes, afinal de contas. Você se casou com o meu irmão pra dar uma família pra Marina. Eu me casei com o Marco Antônio pra dar uma família pro Dinho – ela dá de ombros.

Ângela aperta os lábios, hesitante, refletindo sobre as palavras da amiga antes de responder:

– Se essa for a única coisa que justifica o seu casamento, Cacau... por que continuar?

Cláudia solta uma risada vazia. Passa uma mecha de cabelo atrás da orelha e encara Ângela, os olhos brilhando com algo entre decepção e desespero.

– Eu não disse que era a única razão – rebate, movendo a cabeça, os ombros caindo levemente. – Vocês acham que conhecem o meu marido, mas não conhecem. Ele não é um monstro, só um pouco rígido. Mais cedo ou mais tarde, vai acabar aceitando as escolhas do Dinho. E seria mais fácil com ele em casa, não entendem?

– Mais fácil pra quem, Cláudia? – Ângela questiona, suspirando. – O Dinho tem sofrido com a hostilidade do pai há meses. Não o culpe por não conseguir mais ficar.

Por mais duro que seja, talvez eles estejam certos. Mas aceitar isso é outra história.

– Ô, minha irmã, você não perdeu seu filho, não. – Heitor tenta aliviar a tensão, dando um breve sorriso. – Ele só está mudando de CEP, não de família.

Cláudia comprime os lábios até se tornarem uma linha pálida. Ela quer acreditar nas palavras do irmão. Quer se agarrar à ideia de que a família continuará intacta, que os domingos ainda serão os mesmos. Mas algo dentro dela sabe que não é bem assim. Isso não é só uma mudança – é o começo do fim.

Dinho deposita a última caixa sobre a cama, observando Leo e Heitor finalizarem a fixação da segunda de três estantes na parede. Ali, ele organizará seus livros, troféus de vôlei e sua coleção de carrinhos antigos. Seus pertences são modestos, mas, pela primeira vez, tudo ali lhe pertence. Se, por acaso, Marco Antônio decidir visitá-lo – o que ele duvida muito –, não poderá contestar sua independência.

As lembranças da despedida amarga invadem sua mente, trazendo um suspiro pesado. Ele bateu à porta do escritório apenas para se despedir, um gesto simples que não deveria ter consequências. Mas Marco Antônio sequer ergueu os olhos do projeto em que trabalhava. Quando finalmente o fez, sua expressão era a de sempre: fria, impaciente, como se qualquer interação fosse um incômodo.

— Você não se cansa de incomodar os outros, né, meu filho? — Marco Antônio retirou os óculos de leitura e os colocou sobre a mesa, lançando um olhar repressivo ao filho. Suas sobrancelhas grossas se franziram em uma expressão carrancuda.

Desconcertado, Dinho coçou a nuca, buscando desculpar-se pela interrupção:

— Eu só vim dar tchau, pai.

— Estou falando do seu tio, que vai levar "suas coisas" — Marco Antônio fez questão de desenhar aspas no ar, carregando cada palavra de desdém. Dinho sentiu a mandíbula travar enquanto mordia a parte interna da bochecha. Respirou fundo, tentando não se abalar. Não valia a pena. Ele estava de partida.

— O tio Heitor se ofereceu pra me ajudar, eu não pedi — Dinho se justificou, sem entender por que ainda sentia necessidade de esclarecer os fatos ao pai, tentando provar que não era o parasita que ele imaginava.

Marco Antônio riu baixo, balançando a cabeça.

— As pessoas que se oferecem pra fazer algo por você *raramente querem de fato* fazer algo por você, Bernardo — o pai informou, suspirando, como se aquilo fosse uma grande novidade ao rapaz. Não sabia dizer se o filho era ingênuo ou estúpido, embora estivesse mais inclinado para a segunda hipótese. — Isso se chama *educação*. Normalmente, utilizamos o mesmo princípio para recusar as ofertas.

— Nem todo mundo é você, pai — Dinho esclareceu, ainda segurando a maçaneta da porta. Pretendia entrar para abraçar Marco Antônio antes de ir, mas, a cada segundo, essa vontade diminuía.

O sorriso de Marco Antônio se alargou, debochado.

— E quem é que está bancando essa sua... quitinetezinha?

A forma pejorativa como a palavra foi dita acendeu algo diferente em Dinho. Geralmente, o pai o deixava exausto, frustrado, mas não irritado. Hoje, no entanto, era diferente.

— *Eu* estou bancando minha quitinetezinha — ele explicitou, cruzando os braços. — Eu trabalho, pai.

Marco Antônio revirou os olhos, desdenhando o fato de o filho chamar de "trabalho" um estágio de cinco horas. Ainda tinha tanto a aprender. Uma pena que quebraria muito a cara antes disso, porque escolheu ignorar seus conselhos, uma pessoa bem-sucedida. Uma pessoa que havia dado tudo, absolutamente tudo do bom e do melhor para garantir uma ótima educação, ótimas oportunidades para o futuro do garoto, que, simplesmente, em um belo dia, decidiu jogar tudo no lixo. Todo o seu investimento.

— Por favor, Bernardo, me poupe desse constrangimento. *Trabalho* implica salário. Você só recebe uma *bolsa*.

As palavras caem pesadas sobre Dinho. Seu estômago se revira e ele sente o gosto amargo da humilhação na boca. O pior de tudo? O pai está certo. E isso é o que mais dói. Odiava como Marco Antônio sempre sabia onde acertar para fazê-lo se sentir menor, como se todo o seu esforço fosse insignificante, uma ilusão tola de independência.

— Espero que seu plano, seja ele qual for, dê certo. — O tom do pai era cortante. Ele apoiou as costas na cadeira giratória e cruzou as pernas, os olhos idênticos aos do filho carregados de triunfo. — Mas, se não der, não hesite em voltar pra casa.

Por um segundo, só um segundo, Dinho imaginou que talvez o pai dissesse que ele seria bem-vindo de volta, como sua mãe fez um dia antes. Mas então ele percebeu o verdadeiro significado daquela frase:

— Eu vou adorar dizer "eu bem que avisei". — Marco Antônio concluiu, entrelaçando as mãos e inclinando-se para frente. Ele sabia que testemunharia o arrependimento do filho mais cedo ou mais tarde. E, quando isso acontecesse, estaria ali, pronto para esfregar o fracasso na cara dele.

Dinho sentiu que estava ficando vermelho por causa da forma como sua face esquentou. E ele não estava envergonhado, não era isso. Era pura raiva pelo pai ser uma pessoa tão escrota a ponto de desejar o insucesso do próprio filho apenas para poder tripudiar dele.

— Obrigado, pai. — Agradeceu, com sinceridade, após um minuto inteiro de silêncio. Seu olhar era puro desprezo. — Obrigado por me fazer ver a necessidade de sair daqui. Por me fazer entender que eu precisava caminhar com minhas próprias pernas. Pode odiar isso, mas eu venci. E eu juro, nunca mais você vai decidir nada por mim. Porque, se eu tiver que ser infeliz, pai, que pelo menos seja por uma decisão minha; jamais pela sua.

Marco Antônio apertou os lábios, buscando uma resposta. Mas Dinho não esperou. Saiu dali sem olhar para trás.

Já no antigo quarto, Dinho puxou o celular do bolso e discou o número de Dani. Esperou. Caixa postal. Tentou outra vez. Nada. Seu peito afundou em frustração. Ele precisava falar com alguém. Sem pensar muito, rolou a lista de contatos e pressionou o nome de Ayumi.

Ela atendeu na segunda chamada.

– Oi, Dinho! – A voz dela veio animada, mas havia um leve ofegar. Como se tivesse corrido para atender.

– Oi. – Sua voz saiu rouca, um sussurro cansado. Ele encostou a testa na porta e fechou os olhos, tentando conter o aperto no peito.

– Já tá no apê? – Ela perguntou, ainda animada.

– Ainda não. – Ele responde, a voz parecendo emocionalmente distante.

O silêncio pesou. Ayumi reconheceu a hesitação na respiração dele, o jeito como segurou o ar por tempo demais antes de soltá-lo de forma irregular. Seu silêncio não era apenas de dúvida. Era de medo.

– Me diz que isso não foi um erro. – Ele pediu, apertando o telefone contra a orelha. – Me diz que eu não fui impulsivo, que eu vou conseguir bancar essa mudança... porque se eu tiver de engolir meu orgulho e voltar pra cá, eu não vou suportar o olhar do meu pai, Ayumi. Eu juro que não vou suportar!

A voz dele tremeu na última palavra, e Ayumi fechou os olhos por um segundo, sentindo o peso da insegurança de Dinho atravessar a linha.

– Dinho, respira – ela orientou com firmeza. – Feche os olhos. Encha os pulmões devagar e solta o ar bem lentamente. De novo. Mais uma vez.

Ele obedeceu. Um, dois, três segundos de ar preso antes de soltá-lo lentamente. O nó na garganta não desapareceu, mas afrouxou.

– Você planejou tudo isso, lembra? – Ayumi continuou. – Fez os cálculos mil vezes. O aluguel cabe no orçamento. Você não pulou no escuro. Vai dar certo. Já deu.

– Mas meu pai disse que...

– Ele sabe exatamente o que dizer pra te fazer duvidar de si mesmo. – A garota o interrompeu, sem hesitação. – Não percebe? Seu pai não quer que você falhe. Ele quer que você nunca tente. Porque, se tentar e conseguir, ele perde esse poder sobre você.

Dinho passou a mão pelo rosto, os olhos ardendo. Ele queria acreditar nela. Precisava acreditar nela. Mas as palavras de Marco Antônio ainda ecoavam em sua mente como um veneno difícil de eliminar.

– Eu não tenho um trabalho. É só um estágio. – Dinho murmurou, quase para si mesmo. Sua saída triunfante não parecia tão triunfante agora. – Válido por dois anos e...

— Você pode conseguir outro estágio. Com sua experiência, até um emprego. — Ayumi rebateu com naturalidade. — E outra, Dinho: não tem motivo pra sofrer por algo que ainda nem aconteceu. Você está vivendo o momento que tanto quis. No presente, devia estar comemorando sua liberdade, lembra? — Ela respirou fundo antes de adicionar, em um tom encorajador: — Você conseguiu. Uhuuu!

A animação forçada dela quebrou o peso da conversa. O canto da boca de Dinho se ergueu, mesmo contra sua vontade.

— Estou sendo dramático, né?

— Um pouquinho. Mas tá na sua família. — Ela brincou, e o riso de Dinho veio de verdade dessa vez.

Ele se afastou da porta, sentindo o peso em seus ombros diminuir.

— Você vai passar lá mais tarde? — Perguntou, notando como sua respiração finalmente normalizou.

— Infelizmente, não vou poder. Estou de castigo.

Dinho franziu a testa, intrigado.

— O que aconteceu?

— Ah, é ridículo. Ontem à noite, falei pra minha mãe que estava com fome. Ela me falou pra tomar um copo de leite. Eu respondi, com toda educação possível, que estava com fome, não com sede.

— E isso é motivo pra castigo?

— Bem... talvez minha resposta não tenha sido tão educada assim.

Dinho soltou uma gargalhada.

— Você ri porque não é você que tá de castigo por uma semana. — Ayumi comentou, fingindo indignação. — Agora eu preciso ir. Nem devia estar no telefone.

— Valeu, pessoa. Eu precisava dessa conversa.

— Sempre que precisar, me liga. — Ayumi respondeu sem hesitação.

— Isso vale pra você também, viu? Não importa a hora.

— Combinado. — Ela disse, e ele quase podia imaginar seu sorriso do outro lado da linha.

Lembrando-se da conversa, Dinho não deixa de sorrir. Ayumi é uma pessoa que torna tudo mais fácil, mais simples, mais leve.

— Que foi? — Leo pergunta, quase gritando para se fazer ouvir acima do barulho insistente da furadeira. Ele observa o irmão, que sorri sozinho, encarando um ponto qualquer no vazio. O clássico olhar de quem está longe dali, perdido em um pensamento que aquece o peito.

— O quê? – Dinho pisca algumas vezes, voltando à realidade.

— Essa cara de sonso aí – Leo aponta o queixo na direção dele, estreitando os olhos.

Dinho apenas balança a cabeça, o sorriso ainda presente. Não há necessidade de explicar, porque certas coisas nem têm uma explicação concreta. E, mesmo que tivessem, ele não daria esse gostinho ao irmão.

— Vou terminar de arrumar algumas coisas ali. – Ele aponta para a sala antes de sair do quarto, sentindo a necessidade de organizar o espaço, como se arrumar cada item fosse um passo a mais para tornar aquele lugar verdadeiramente seu.

Seus olhos percorrem o ambiente. Além dos eletrodomésticos básicos que já estavam no apartamento, ele comprou apenas um sofá de segunda mão e uma cafeteira. Por enquanto, é tudo de que precisa. Simples, funcional. Um começo.

Cinco minutos depois, Leo e Heitor regressam à sala. Dinho já guardou boa parte dos mantimentos nos armários. Embora a mudança esteja acontecendo agora, ele já esteve ali antes, limpando tudo, preparando o terreno para esse momento.

— Eu gostei daqui. – Leo comenta, observando ao redor enquanto coloca as mãos nos bolsos. – É pequeno, mas a vista do seu quarto compensa.

— E, pelo preço que você está pagando, é realmente um achado. – Heitor acrescenta, largando a maleta de ferramentas no chão, ao seu lado.

— Não foi um achado – Dinho corrige, lançando um olhar entre Heitor e Leo. – Foi um presente do destino na forma de Ayumi. Ela e o pai fizeram toda a negociação pra mim, conseguiram um desconto. Eu só tive que assinar os papéis.

Leo analisa o rosto do irmão enquanto ele fala de Ayumi. A naturalidade com que menciona o nome dela, a forma como seus olhos brilham sem que ele perceba. Ainda é estranho para ele ver os dois tão próximos. E, por mais que tente ignorar, uma pontada de ciúme se manifesta. Mas ciúme de quem? Da amiga ou do irmão?

— Ela é realmente incrível – Leo sorri para si mesmo. Então, como quem solta uma pergunta no ar sem pensar muito, acrescenta: – Por acaso não tá a fim dela, tá?

Dinho ergue o olhar, tentando decifrar a intenção do irmão. Brincadeira ou curiosidade genuína? Como Leo continua esperando uma resposta, ele devolve:

— Você não tá insinuando que não posso ser amigo dela só porque ela é uma garota, né?

Leo reflete por um momento. Talvez esteja insinuando isso, sim. Mas não vai admitir. Ele dá de ombros.

— OK. Era só pra saber, mesmo. – Depois de um segundo de pausa, muda de assunto. – Tem certeza de que não quer ajuda pra organizar o resto das coisas?

— Não precisa. – Dinho nega com a cabeça. Ele quer arrumar as coisas do seu jeito, imprimir sua identidade no espaço. Aproveitar esse momento, sentir que, de fato, está começando algo novo. – Mas obrigado a vocês dois por ajudarem com a mudança. E tio, obrigado pela carona. Desculpa pelo incômodo.

— Que isso, Dinho. Precisando, é só ligar. – Heitor assegura, recolhendo a maleta do chão.

Dinho os acompanha até a porta.

— Se prepara porque vamos fazer uma comemoração, hein? – Leo avisa, batendo o punho contra o dele com um sorriso travesso. – E nada de tentar escapar dessa.

Dinho ri baixo, balançando a cabeça.

— Vamos ver.

Quando a porta se fecha atrás deles, o silêncio se instala. Ele solta um longo suspiro, encostando-se na madeira por um momento.

Agora, sim. Ele está sozinho. No seu próprio espaço. Com sua própria vida para organizar.

> Aprendi a nunca esperar nada de ninguém.
> Desde então, eu só tenho surpresas – nunca decepções.
> (Augusto Branco)

Surpresas e decepções

Na tarde seguinte, Dinho deixa-se cair sobre uma das banquetas do balcão da cozinha, esfregando a nuca enquanto solta um suspiro cansado. Toma um longo gole de água, sentindo a refrescância aliviar um pouco a tensão acumulada. O pequeno apartamento começa, aos poucos, a se parecer mais com um lar. As caixas vazias, agora dobradas para descarte num canto da sala, são a prova silenciosa do trabalho árduo que teve para organizar tudo.

Sua única frustração é o sofá usado, com suas manchas teimosas que não saíram nem com o melhor dos esforços. Ele sabe que deveria investir em um novo – mas não está exatamente nadando em dinheiro. Além do mais, esse cumpre sua finalidade. E, de certa forma, o desgaste do tecido traz uma sensação de conforto – um lembrete de que coisas antigas têm histórias para contar.

Dinho não é um expert em decoração, mas há algo reconfortante no modo como suas coisas estão dispostas. Livros organizados em ordem alfabética, roupas dobradas por cor, gavetas com separadores, sua coleção de carros em miniatura enfileirada por ano de fabricação. Talvez alguns considerassem suas manias peculiares, mas, para ele, a ordem é um tipo de refúgio. Um jeito de manter o controle.

A campainha toca, interrompendo o silêncio tranquilo do apartamento. Dinho franze a testa, estranhando. Ele mal teve tempo de se acostumar com o novo endereço, então não há chance de ser um vizinho pedindo açúcar ou um conhecido passando sem avisar. E o mais esquisito: ninguém da portaria interfonou para anunciar a visita.

O toque se repete, agora mais insistente. Ele solta um suspiro, sentindo um aperto no estômago. A intuição avisa que, seja lá quem for, não traz boas notícias.

Caminha até a porta, hesitante, e espia o olho mágico. Sua suspeita se confirma. Fechando os olhos por um momento e suspirando profundamente, gira a maçaneta devagar.

— Surpresa, filhote! — Cláudia exclama, irrompendo em um sorriso brilhante enquanto equilibra várias sacolas nos braços.

Atrás dela, Gigi surge agarrada a uma boneca, os ombros caídos e o olhar de puro desânimo. Seu semblante transmite a exaustão de quem passou horas percorrendo lojas contra a própria vontade.

— Trouxe algumas coisinhas pra deixar tudo mais aconchegante. Nossa, mas que apartamento charmoso, Dinho! — Cláudia já se inclina para espiar o interior, ignorando completamente a expressão de incredulidade do filho. — E então, podemos entrar?

Dinho morde o lábio inferior por um breve segundo antes de ceder espaço para que a mãe e a irmã invadam seu apartamento recém-organizado. Assim que a porta se fecha, ele encara Cláudia com desconfiança.

— Quem te autorizou a subir, mãe? — Pergunta, tentando manter o tom de voz controlado. — Porque, que eu saiba, a portaria sempre avisa quando alguém chega...

— Ah, até parece que não me conhece! — Cláudia rebate, balançando a cabeça, divertida. — Já fiz amizade com o porteiro, meu filho. Tiago. Uma gracinha de educado. E eu só disse que queria fazer uma surpresa pro meu bebê... E olha só, surpresa! — Ela ergue as mãos, triunfante. — Agora, vamos ao que interessa!

Sem perder tempo, começa a retirar os itens das sacolas, espalhando almofadas, roupas de cama e objetos decorativos pelo pequeno espaço.

— Olha só essa manta, Dinho! Marfim! Vai combinar perfeitamente com o tom das paredes. Como é que mãe adivinha essas coisas, hein? Instinto! — Cláudia ri enquanto exibe o tecido. — E vai ser bom porque cobre essa mancha horrorosa no seu sofá. Querido, seria bom trocá-lo, viu?

Dinho coça a têmpora, sentindo a paciência se esvair.

— Mãe, eu já estou organizando tudo do meu jeito... — Ele tenta argumentar, mas Cláudia o interrompe com um muxoxo.

— Isso é o que toda mãe faz quando os filhos saem de casa. Me deixa ajudar a tornar esse lugar um lar de verdade, com boas energias! — Ela diz, pegando uma nova sacola. — Olha, até trouxe um baguá pra pendurar na porta! Feng shui, meu filho. Você parece que não aprende nada comigo...

Dinho aperta os olhos, tentando processar a mudança drástica de sua mãe. Há poucos dias, ela estava à beira do desespero com sua saída de casa; agora, age como se fosse uma designer de interiores em uma missão urgente para transformar seu apartamento em um catálogo de loja.

— Mãe, não precisava de tudo isso. — Dinho insiste, sacudindo a cabeça. — Sério. Eu quero fazer isso sozinho.

— Ah, querido, você não leva jeito pra essas coisas — Cláudia rebate, lançando um olhar crítico ao redor. — Olha como tá sem vida isso aqui, misericórdia.

— Eu acho que essas coisas não têm nada a ver comigo – Dinho tenta argumentar, cruzando os braços, mas sabe que está lutando contra uma força da natureza.

— Ah, bobagem, Dinho! Depois que estiver tudo no lugar, você vai me agradecer. Te comprei até um bule de chá, a coisa mais linda! Deixa eu achar pra te mostrar... – Cláudia revira as sacolas com a empolgação de quem acreditar estar salvando a vida do filho.

— Mãe, eu nem gosto de chá – o rapaz contesta, erguendo as mãos.

— E daí? Quando alguém que goste vier te visitar, pelo menos você tem onde servir. – Ela dá de ombros, alheia à resistência do filho. – Essas são as pequenas coisas que fazem uma casa de verdade, meu querido.

Dinho pressiona a ponte do nariz, sentindo um cansaço que vai muito além da mudança. Cada nova declaração de Cláudia é como um lembrete de que, por mais que ele tenha saído de casa, ela não pretende soltá-lo tão cedo. A independência que ele tanto anseia parece mais distante do que nunca.

— Mãe, pelo amor de Deus, me escuta! – Ele eleva a voz alguns decibéis. – Eu sei que você quer ajudar, mas eu preciso fazer isso sozinho. Esse lugar precisa ser meu, do meu jeito. É importante pra mim, entende?

Cláudia para, pela primeira vez desde que entrou, e observa o filho. Sua expressão oscila entre choque e um quê de tristeza.

— Querido, eu só quero o melhor pra você... – Murmura, largando as sacolas sobre o sofá. – Não precisa ficar bravo.

— Eu sei, mãe – Dinho suaviza o tom, mas mantém a firmeza. – Mas já pensou no que meu pai vai dizer se souber que bancou isso pra mim? – Ele gesticula para as inúmeras sacolas.

— Ele não vai saber – Cláudia responde automaticamente e, sem perder tempo, lança um olhar significativo para Gigi, que passa um zíper imaginário na boca.

— *Eu* vou saber. – Dinho contrapõe, cruzando os braços. – E isso já é suficiente pra mim.

Cláudia solta um longo suspiro, como se ele acabasse de estragar toda a magia do momento.

— Tá vendo? Você mal saiu de casa e já tá falando desse jeito comigo – retruca, apertando os lábios, magoada. – Tudo bem, Bernardo, se não quer os meus presentes, eu levo de volta, sem problema. Não quero forçar nada. Só achei que ficaria feliz por sua mãe tentar deixar seu apartamento mais acolhedor, pra você não se sentir tão sozinho aqui... Mas, pelo visto, é exatamente isso que você quer, né?

Dinho passa as mãos pelo rosto, tentando não revirar os olhos diante do melodrama da mãe. Ele reconhece o jogo, já caiu nele tantas vezes... E, como sempre, sabe exatamente como isso vai terminar:

— Tá bom, mãe. Eu aceito os presentes. Mas só essas coisas, tá? Nem mais um chaveiro. — Ele enfatiza, como se isso fosse o suficiente para barrar futuros excessos.

Cláudia concorda com um aceno lento; a expressão transbordando uma melancolia súbita que apaga toda a euforia anterior.

— Eu tô com saudade, meu filho — ela murmura, o sorriso agora pequeno, quase frágil. — Todos nós estamos. A casa ficou tão vazia sem você...

Dinho solta um suspiro, tentando suavizar a atmosfera carregada.

— Mas faz só um dia. — Ele ergue as sobrancelhas, procurando injetar leveza na conversa. — Nem deu tempo de sentir minha falta ainda.

— Dezoito anos, Bernardo. — Cláudia responde, sentindo um peso no peito. — Dezoito anos dividindo o mesmo teto, ouvindo sua risada, te vendo crescer, te esperando chegar tarde da noite. Agora, de repente, você se vai... e espera que eu simplesmente me acostume? Vocês, filhos, querem ir embora, mas nunca pensam no que os pais sentem. Nunca pensam na casa que fica silenciosa depois que partem.

Dinho sente um aperto no peito ao ouvir as palavras da mãe. Na tentativa de aliviar o clima, brinca:

— Seu ninho ainda tem dois filhotinhos, dona Cláudia.

Cláudia o encara, ainda séria.

— Nenhum substitui o outro, Dinho. — Ela sorri de leve, embora os olhos ainda estejam tristes. — Eu sei que pra você é um passo importante. Mas não briga comigo por sentir sua falta, tá? A verdade é que todas essas coisas foram só uma desculpa pra vir aqui.

Ele amolece. Não há nada que possa dizer que vá mudar o que ela sente.

— Você não precisa de desculpa pra vir, mãe. — Garante, sincero. — Prefiro que não tenha desculpas.

Ela finalmente sorri, um daqueles sorrisos pequenos e cheios de ternura.

— Você quer que eu leve tudo embora, não quer?

Dinho pressiona os lábios e assente, sem coragem de verbalizar, mas certo de que sua mãe entende o recado. Cláudia suspira de forma teatral, como se estivesse se despedindo de um grande sonho.

— OK — ela concorda e, antes que ele possa comemorar, acrescenta com um brilho malicioso nos olhos: — Mas o baguá vai ficar. Feng shui é essencial.

Dinho revira os olhos, mas o canto da boca se curva em um sorriso. Sem discutir, ele a puxa para um abraço apertado, sentindo-a se aconchegar contra seu peito. O toque dela carrega tanto carinho quanto despedida, um gesto silencioso de aceitação.

Talvez não possa fazer a saudade desaparecer, mas pode, pelo menos, garantir que ela sempre tenha um lugar ali.

E, no fundo, talvez ele nem se importe tanto com o baguá pendurado na parede.

Quarenta minutos depois que sua mãe e irmã partem, Dinho termina os ajustes finais: pendura o baguá, carrega as caixas de papelão para a lixeira e alinha alguns objetos que sua mãe havia reorganizado aqui e ali.

O peso de tê-la magoado se acomoda em seu peito como uma pedra. Ele sabe que ela vai superar, que com o tempo tudo se ajusta, mas isso não torna mais fácil lidar com a culpa. Afinal, a mãe, junto com os irmãos, são as pessoas mais importantes da sua vida.

O toque do interfone o traz de volta à realidade. Ele se dirige até o aparelho e atende, ouvindo a voz do porteiro anunciar a chegada de Ayumi. A surpresa e o entusiasmo se misturam em seu peito quando ele autoriza a subida.

Pouco tempo depois, a campainha toca.

– Oi, pessoa – ele cumprimenta, abrindo a porta com um sorriso sincero, embora ligeiramente surpreso. – Você não está de castigo?

– Oi, pessoa – Ayumi responde, os olhos analisando-o de forma quase involuntária. Ele está suado, os cabelos bagunçados, a camiseta levemente colada ao corpo. Como é possível que isso o deixe ainda mais atraente ela nunca será capaz de entender. – Eu meio que... dei uma escapada. – Explica, tentando desviar a atenção dos seus próprios pensamentos enquanto entra no apartamento. – Como anda a mudança?

Dinho fecha a porta e se vira para ela, soltando um suspiro exagerado.

– Tá tudo arrumado, finalmente. – Ele diz, passando a mão pela testa para enxugar o suor.

Ayumi nota o baguá pendurado na parede e ergue uma sobrancelha, claramente intrigada.

Dinho acompanha o olhar dela e solta um riso leve enquanto dá de ombros.

– Pois é, minha mãe não consegue resistir a dar um toque "harmonizador" por onde passa.

– Sua mãe e o *feng shui* – Ayumi brinca, balançando a cabeça com um sorriso divertido. – A propósito, também tenho algo pra você. – Acrescenta, erguendo uma sacola colorida diante dele.

Dinho arqueia as sobrancelhas, curvando-se para ver melhor.

– O que é?

– Nada demais, só uma lembrança.

Ele entreabre os lábios, hesitando, e coça a cabeça, como se estivesse em dívida com o universo.

– Poxa, pessoa, minha conta já tá no vermelho com você – diz, soltando uma risada curta, mas há um vestígio de desconforto em seu olhar. – Você já faz tanto por mim, não precisa me dar nada.

Ela revira os olhos e solta um suspiro dramático, tentando mascarar a expectativa com leveza.

— Você é meu *personal trainer* de graça. Acho que isso já compensa bastante. — Ela dá de ombros, tentando soar despretensiosa. — Além disso, como eu disse, não é nada demais. Só aceita logo.

Dinho a encara por mais um momento, ainda indeciso.

— Vai me fazer passar vergonha? — Ela provoca, arqueando uma sobrancelha. — Passei horas nesse projeto, então faz o favor.

A resistência dele dá lugar à curiosidade, e Dinho pega a sacola, abrindo-a com cuidado. Assim que vê o conteúdo, seu semblante se transforma. É um móbile em espiral com origamis de *tsurus* amarelos, azuis, brancos e pretos, delicadamente interligados.

Ele não esperava por isso. Por um instante, sua mente viaja para a cena dela, sentada diante de uma mesa, concentrada, dobrando e cortando papéis coloridos, unindo-os no móbile, dedicando horas a algo feito exclusivamente para ele. O trabalho artesanal é delicado, meticuloso e carrega um significado que vai muito além de um simples presente. Não se trata de escolher algo numa loja, mas de oferecer tempo, paciência e cuidado.

— Que foi? — Ayumi pergunta, franzindo o rosto ao vê-lo tão absorto. — Não gostou?

Dinho ergue os olhos para ela, ainda segurando o móbile como se fosse algo frágil e precioso.

— Eu adorei! — Sua voz carrega surpresa e algo mais que ele não consegue nomear. — Ficou incrível. Não sabia que fazia origamis.

— Minha avó me ensinou quando eu era criança. — Ayumi esclarece, com um brilho nostálgico nos olhos ao se lembrar das tardes que passava dobrando papel ao lado de Michiko.

Dinho sorri, olhando-a profundamente.

— Você sempre dá um jeito de me surpreender, Ayumi — revela, de forma simples e sincera. E isso faz com que os lábios dela se curvem ainda mais, formando aquele sorriso largo e verdadeiro que diminui seus olhos. Dinho gosta desse sorriso. — Obrigado. Vou pendurar no meu quarto.

Ayumi se segura para não demonstrar a felicidade que essa frase lhe causa. No fundo, sua única intenção é que ele pendure o móbile perto da cama e, em algumas noites, ao se deitar e encará-lo, se lembre dela. Que esse seja o último pensamento antes de dormir. E, quando acordar, veja o presente e sorria consigo mesmo, pensando nela. A ideia de que ele possa encontrar conforto em algo que ela fez faz seu coração disparar.

— Eu queria muito te dar um abraço agora — Dinho confessa, rindo de leve. — Mas preciso tomar um banho antes. Dani sempre diz que não se abraça uma garota todo suado.

— Eu não ligo — Ayumi responde rápido demais. Percebendo como soou, se apressa em consertar: — Quer dizer, eu não acho que seja um problema as pessoas se abraçarem mesmo suadas. É só uma demonstração de afeto e...

Antes que ela termine, Dinho a puxa para um abraço apertado, estreitando-a contra seu peito e apoiando o queixo no topo da cabeça dela.

Ayumi fecha os olhos, sentindo-se segura naquele espaço. Se pudesse, ficaria ali para sempre.

Definitivamente, o melhor abraço que já lhe deram...

— Eu preciso mesmo tomar um banho — Dinho murmura, afastando-se cedo demais para o gosto dela. — Você me espera?

Ayumi assente num movimento de cabeça.

— Fica à vontade se quiser pegar alguma coisa pra comer ou beber na cozinha. Eu já volto. — Ele acrescenta antes de seguir para o quarto.

A garota pega o celular e manda uma mensagem no grupo que tem com Marina, Leo e Cristiano. Embora tenha feito parecer que está ali casualmente, a verdade é que Leo havia organizado uma comemoração surpresa para o irmão. Afinal, sair de casa é um grande feito, e isso merece ser celebrado.

Ayumi:

> Vocês já estão chegando?

Leo:

> Eu chego em cinco minutos

Cristiano:

> Nós estamos pegando as pizzas

Minutos mais tarde, Ayumi está sentada à bancada da cozinha quando Dinho sai do banheiro esfregando a toalha nos cabelos molhados. Ela adora o corte que ele fez, com as laterais mais curtas que a parte de cima, pois combina perfeitamente com o estilo dele. Está vestindo uma camiseta limpa, bermuda e chinelos, e ela pensa que nunca o viu tão casualmente irresistível. O cheiro de sabonete e perfume a inebria, e Ayumi desvia os olhos, torcendo para que os amigos cheguem logo antes que faça algo estúpido.

O interfone toca, e ela solta um suspiro de alívio.

— Hoje definitivamente é o dia das visitas — Dinho brinca antes de atender. Depois de alguns segundos, desliga e olha para Ayumi, intrigado — É o meu irmão. Será que aconteceu alguma coisa?

— Garanto que não — Ayumi deixa escapar com um sorrisinho.

Dinho franze o cenho, tentando captar a mensagem oculta em sua expressão, mas a campainha o interrompe.

— Surpresa! — Leo exclama quando Dinho abre a porta. Marina e Cristiano estão ao lado dele, equilibrando caixas de pizza, garrafas de refrigerante e suco.

— Viemos celebrar sua liberdade! — Leo agita um arranjo colorido de balões de gás hélio. Em um deles, há uma colagem com o refrão "Livre estou, livre estou!" e uma montagem da Elsa com o rosto de Dinho.

Dinho balança a cabeça, rindo, enquanto abre espaço para que os recém-chegados entrem.

— Por que não me avisou nada, maninho? — Ele pergunta, cruzando os braços, mas sem esconder o divertimento na voz.

— Porque isso acabaria com o propósito da surpresa — Leo esclarece, arqueando as sobrancelhas. — E, se te conheço bem, teria arrumado uma desculpa pra gente não vir.

Dinho sabe que o irmão tem razão. Se tivesse descoberto antes, teria dado um jeito de evitar a reunião, especialmente considerando o cansaço da mudança. Mas, agora que eles estão ali, não pode negar que se sente feliz. Esse momento marca algo importante: a conquista da sua tão sonhada liberdade.

— Poxa, a mãe já esteve aqui? — Leo pergunta, franzindo a testa ao notar o baguá pendurado na parede. Dinho apenas assente. — Caraca, ela não perde tempo!

Marina atravessa a cozinha.

— Onde tem copos, primo?

Dinho aponta o armário, e ela se apressa em pegar o que precisa. Enquanto isso, Cristiano leva as caixas de pizza para a sala. O cheiro de calabresa, orégano e queijo se espalha pelo ambiente, e Ayumi o ajuda a abrir as embalagens.

Os cinco se reúnem ao redor da mesa de centro, cada um com sua bebida em mãos. Leo ergue seu copo, a expressão cheia de orgulho.

— Eu gostaria de propor um brinde. Embora a partida do meu irmão tenha me pegado de surpresa, eu sei o quanto ele precisava disso. A você, Dinho, por ser tão corajoso.

— Ao Dinho! — Os outros fazem coro, levantando os copos.

Dinho sorri, mas logo sua expressão se suaviza. Ele gira o olhar para Ayumi, e a garota sente borboletas no estômago. Há tanta gratidão nos olhos dele que ela se sente mal por ter mentido sobre os termos do contrato. Fez o que precisava, sabe disso. Se não tivesse ajudado, Dinho ainda estaria sofrendo o assédio moral do pai ou, pior, morando com estranhos. Mas o peso da verdade oculta a incomoda.

— Eu gostaria de acrescentar uma pessoa a esse brinde — ele diz, sem desviar o olhar de Ayumi. — Sem a ajuda da Ayumi, nada disso teria sido possível. Obrigado, pessoa. — Ele finaliza com um sorriso sincero, erguendo o copo novamente.

Os cinco brindam mais uma vez. Em seguida, começam a comer, as conversas fluindo leves e animadas. As risadas preenchem o pequeno apartamento, criando uma atmosfera descontraída. Mas o som do interfone interrompe o clima de celebração. Outra vez.

Dinho, ainda mastigando, franze a testa, já se levantando.

— Estamos esperando mais alguém?

Leo bebe um gole de Coca, agitando negativamente a cabeça ao passo que o irmão atende o interfone.

— É a Dani — Ele informa, após dois segundos. Em seguida, caminha até a porta.

Marina troca um olhar de satisfação com Leo, um sorriso orgulhoso nos lábios.

— Convidou a Dani, primo? Que orgulho de você agora!

Leo revira os olhos.

— Pois guarde seu orgulho pra outro momento, porque eu não chamei a Dani. Até que estranhei a demora em fazer contato.

Marina solta um suspiro cansado.

— Ela é namorada do seu irmão, Leo. Devia parar de implicar.

Ayumi abaixa o olhar e morde o lábio enquanto uma tristeza súbita se aloja em seu peito. Odeia como essa palavra, "namorada", ainda lhe causa um incômodo irracional.

O barulho da porta se abrindo faz todos voltarem a atenção para Dinho, que sorri ao receber Dani. Ela segura um vaso com uma samambaia de folhas vibrantes, e seu sorriso é sutil.

— Oi, meu bem — ele diz, beijando-a suavemente nos lábios e dando espaço para que ela entre. — Chegou numa hora boa.

Mas a expressão de Dani muda quando seus olhos percorrem a sala e encontram os outros reunidos. Há um instante de silêncio tenso. O sorrisinho nos lábios dela desaparece.

— Eu não sabia que tinha companhia, Bernardo — fala, sua voz neutra, mas com uma pontada de desapontamento.

Ela não avisou que viria, pois queria surpreendê-lo. Mas, ao que se parece, como sempre, a surpresa é ela.

Marina, percebendo o clima estranho, se apressa em intervir.

— Nós viemos celebrar a mudança do Dinho. Nada muito planejado.

Dani volta o olhar para Leo, e ele dá de ombros.

– Esqueci de te convidar, Dani. Desculpa – diz ele, sem o menor traço de arrependimento.

Os olhos de Dani percorrem cada rosto presente. O incômodo é palpável enquanto a tensão silencia a sala.

– Bem, não quero atrapalhar vocês – ela anuncia, dando um passo em direção à saída. – Por favor, continuem.

E, sem mais uma palavra, se vira e desaparece pela porta, sem olhar para trás.

Estamos tão acostumados a nos disfarçar para os outros que, no fim, acabamos nos disfarçando para nós mesmos.
(François de La Rochefoucauld)

Recaída

— Poxa, que torta de climão, hein? — Leo murmura sem disfarçar o divertimento ao ver Dinho sair do apartamento atrás de Dani.

— Servida por você, né, Leo?! — Marina devolve no ato, cruzando os braços e estreitando os olhos para ele.

— Pra constar, ela apareceu sem ser convidada. — Ele dá de ombros, despreocupado.

— Pra constar, você devia ter convidado. — Marina insiste, sacudindo a cabeça, visivelmente irritada.

— Me dá um bom motivo pra eu fazer isso, já que não gosto dela. — Leo arqueia as sobrancelhas, desafiador.

— Ah, não sei, talvez porque ela é *namorada* do seu irmão... — Marina rebate, o tom carregado de ironia. — Quando é que você vai superar isso, Leo?

Leo desvia o olhar e leva a lata de Coca-Cola aos lábios. Às vezes, o silêncio diz mais do que qualquer resposta.

Do lado de fora, Dinho alcança Dani antes que ela possa apertar o botão do elevador. O corredor iluminado por luzes frias destaca o brilho inquieto em seus olhos.

— Dani, espera. Vamos conversar. — Ele toca seu braço com gentileza, impedindo-a de se afastar.

Ela suspira pesadamente, o corpo tenso.

— Conversar sobre o quê, Bernardo? — Sua voz é baixa, mas irritada. Ela passa os dedos pelos cabelos, um gesto automático de quem busca paciência.

— Eu não sabia que eles viriam — Dinho procura explicar, como se isso fosse uma justificativa suficiente.

Dani ergue o queixo.

— Isso faz alguma diferença?

— Como assim?

Ela dá um riso sem humor.

— Você tem me excluído de muita coisa na sua vida. — Expõe, olhando-o com uma firmeza desafiadora. — E não é de hoje.

— Dani, isso não é verdade. — Dinho protesta, mas sua voz não tem convicção suficiente.

— Ah, não? — A garota inclina a cabeça levemente, analisando cada nuance da expressão dele. — Você nem me contou que tinha alugado um apartamento. Nem me chamou pra te ajudar na mudança.

Ele passa a mão na nuca, desconfortável.

— Você já tinha deixado claro que era contra a minha mudança. Achei que não fosse querer participar de nada. — Seu tom é defensivo, e Dani percebe.

— Então agora discordar de você significa ser excluída? — Ela solta uma risada incrédula. — Qual é o ponto de estarmos juntos então, Bernardo?

Dinho hesita por um instante, mas então fala, quase em um murmúrio:

— Você também não me contou que estava trabalhando com meu pai. — Ele umedece os lábios, desviando o olhar. — Isso me chateou muito, Dani.

Ela encara o chão por um segundo antes de voltar a encará-lo.

— Então é isso? Você está se vingando de mim?

— Claro que não! — Dinho esfrega o rosto com as mãos, a frustração evidente. — Ou, talvez... um pouco. — Ele fecha os olhos por um instante, tentando estruturar os pensamentos. — Eu só fiquei estressado com essa história toda com meu pai.

— Me diz, o que queria que eu fizesse? — Dani pergunta, suspirando pesadamente. — Só o fato de eu mencionar que o Marco Antônio me chamou pra uma entrevista já te deixou bravo. Mas eu não podia perder essa oportunidade. Você desistiu do seu curso, Dinho; eu, não.

Ele afasta o olhar do dela antes de responder:

— Eu sei. Quando se trata do meu pai, eu... não consigo ser razoável. Mas a Ayumi me disse que eu estava sendo egoísta. — Dinho confessa, soltando um longo suspiro.

Dani revira os olhos antes de responder, com o o sarcasmo tingindo sua voz:

— Ah, só porque a *Ayumi* falou agora faz sentido? Interessante. — Ela inclina a cabeça, a mandíbula travada. — Engraçado como você só começa a enxergar as coisas quando vêm da boca dela.

— Ei, eu já te disse que não precisa ter ciúmes. — Dinho murmura, com a ponta dos dedos deslizando de leve pelo rosto de Dani em busca de acalmá-la com o toque.

Ela se afasta sutilmente, não de maneira brusca, mas o suficiente para que ele perceba a barreira invisível ali. Seus olhos, antes cheios de desafio, agora brilham com algo indefinido: dúvida, mágoa... ou um pouco dos dois.

— E eu já te disse que não tenho ciúmes – contradiz, embora sua expressão diga o contrário. – Só não quero que você se sinta mais à vontade com ela do que comigo.

Dinho hesita. Seu olhar vacila entre o dela e o chão, como se procurasse uma resposta que não pesasse tanto.

— Ultimamente... tem sido mais fácil conversar com ela.

Há um momento de silêncio no qual as palavras de Dinho pairam entre eles. Dani sente o estômago se contrair. Saber é diferente de ouvir, e ela sente o impacto da declaração atravessando-a como uma lâmina. Desvia o olhar, mordendo o lábio para segurar qualquer resposta impulsiva. Depois, solta um suspiro comprido, tentando recompor a expressão.

— Seu irmão também não gosta de mim – declara, dando de ombros como se não se importasse, embora esse fato agrave a sensação de que está sendo substituída. – Você sabe que ele deliberadamente não me convidou hoje, né?

Dinho suspira profundamente, esfregando os olhos. Ele também sente o peso da conversa.

— Pelo visto, sim. O Leo é imaturo, mas não se deixe abater. Eu vou ter uma conversa séria com ele. Essa implicância já deu.

Dani dá um sorriso fraco, confiante na promessa.

— Eu poderia ter organizado uma festa bem melhor que essa, se tivesse falado comigo. – Ela ergue as sobrancelhas, forçando um tom brincalhão.

Dinho sorri de canto.

— Não duvido. Mas, pra ser justo, não é uma festa. Você sabe que eu não gosto de tumulto.

Dani revira os olhos. Ela já devia estar acostumada com o jeito dele, mas, ainda assim, isso a incomoda. Toda vez que saem, é sempre escolha dela: barzinhos, lugares animados. Se fosse por Dinho, seriam filmes de super-heróis no cinema, boliche, vôlei ou apenas um passeio no parque.

Ele percebe a expressão dela e muda de assunto, apontando para o vaso que ela carrega.

— Essa samambaia é pra mim?

Dani dá de ombros.

— Plantas alegram os ambientes. Quis trazer algo pra você lembrar de mim quando estiver sozinho. – Ela ergue um dedo em alerta. – Mas tem que cuidar bem da Samantha.

— Samantha? – Dinho ri.

— Sim, é o nome dela. – Ela diz com seriedade, o que faz o sorriso dele se alargar ainda mais.

— Certo, vou cuidar bem da Samantha. – Ele pega o vaso com carinho.

— Espero, mesmo. Vou ficar de olho quando vier aqui.

Ele a observa por um instante antes de soltar, com um sorriso matreiro:

— E se você viesse morar comigo? Sabe, pra garantir que a Sam vai ser bem cuidada.

Dani ri alto.

— Eu gosto de conforto, Bernardo. — Ela comenta, sincera.

— Isso foi cruel — Dinho coloca uma mão no peito, teatralmente ofendido. — Pro seu governo, aqui é bem aconchegante.

— Meu amor, não é disso que estou falando. Conforto é ter alguém pra lavar, cozinhar, passar... até minhas frutas vêm cortadas num prato. — Ela suspira, satisfeita.

Dinho a encara, incrédulo.

— Você sabe que admitir isso em voz alta é embaraçoso, né? Uma palavra para você: mimada.

Dani dá um tapinha no ombro dele.

— Ser mimada não me impede de trazer uma escova de dentes e deixar no seu banheiro. Quem sabe até uma gaveta no seu armário? — Ela sugere, olhando-o com expectativa. — Isso é, se você quiser — completa, dando de ombros.

Dinho envolve sua cintura, puxando-a para perto.

— É? Se eu quiser?

Ela sorri e assente. Ele se inclina e encosta os lábios nos dela, iniciando um beijo lento e profundo.

Do outro lado do corredor, Ayumi observa a cena. Um nó se forma em sua garganta, e seus olhos ardem com lágrimas que ela tenta não derramar. Ali, bem diante dela, está a verdade que ela insiste em negar: Dinho nunca a verá como vê Dani. Ele pode até achá-la incrível, mas seus sentimentos são completamente platônicos.

Engolindo um soluço, ela se vira e segue em direção às escadas de emergência, indo embora sem se despedir de ninguém.

Dez minutos depois de entrar no próprio quarto e retirar os sapatos, Ayumi ouve passos firmes se aproximando. Quando olha para a porta, encontra Yoko parada ali, os braços cruzados e uma expressão de irritada.

— Você está tão enrascada, mocinha! — É a primeira coisa que diz, cruzando os braços sobre o peito. — Quem foi que te deixou sair? — Prossegue, as sobrancelhas arqueadas em julgamento.

— Eu, Yoko. — Akira surge atrás da esposa, soltando um suspiro pesado. — Já te disse isso. Não tem o menor cabimento castigar a Ayumi por te dizer o óbvio.

— O que não tem o menor cabimento é você me desautorizar na frente dela! — Yoko contesta, com a veia na têmpora saltando à medida que sua raiva aumenta.

— Ah, por favor. — Akira revira os olhos. — Ela só foi comer uma pizza com os amigos.

Yoko solta um riso irônico, balançando a cabeça. Ayumi deseja desesperadamente que eles parem de discutir sobre ela como se não estivesse ali. Tudo o que quer é se encolher em sua cama e chorar até dormir.

— Pizza? — Ela repete, descrente. — Eu não acredito que... Akira, você é o facilitador dela; sabe disso, não sabe?

— Meu Deus, Yoko, deixa a menina viver um pouco! — Akira levanta o tom. — Faz duas semanas que ela está seguindo o programa de exercícios, sem contar a dieta que o seu nutricionista prescreveu.

Yoko caminha decidida até a penteadeira de Ayumi, abrindo uma gaveta e puxando um papel dobrado. Ela o ergue diante do rosto do marido.

— Tá lembrado disso aqui, Akira? — Yoko praticamente crava os olhos no marido enquanto ergue o papel, as mãos tremendo de frustração. — São os exames da Ayumi. Os mesmos exames que você insistiu que ela devia fazer antes de qualquer dieta. Os mesmos que mostram que o colesterol dela está alto, que ela tem pré-diabetes! Você entende o que isso significa?

Akira fecha os olhos por um instante, inspirando fundo, como se precisasse reunir paciência para continuar aquela conversa.

— Eu sei, sim, Yoko. — Sua voz é tensa, contida.

— Sabe mesmo? — Ela avança um passo, com um tom agora repleto de sarcasmo. — Porque, na hora de me acusar de ser uma mãe ruim, você não hesita. Pois deixa eu te dizer: fechar os olhos pra realidade não faz de você um pai melhor.

— Ela já tá se exercitando. — Akira diminui o tom, subindo os óculos, resignado. — Também não precisamos exagerar.

— Diga isso quando ela estiver saudável — Yoko rebate, a voz carregada de exasperação.

Ayumi sente um aperto no peito. A discussão segue um roteiro previsível, mas cada palavra ainda pesa. Ela abaixa os olhos, focando nos próprios pés, tentando afastar a pressão crescente.

Eles vão continuar brigando. Sobre ela. Como se ela não estivesse ali. Como se fosse uma questão teórica a ser debatida. O peso da frustração se torna insuportável.

— Vocês dois podem sair, por favor? — Ayumi se obriga a impostar a voz para ser ouvida, mas a vontade é permanecer em silêncio, no refúgio de seus pensamentos.

A súbita interrupção faz os dois se calarem. Yoko e Akira se viram para ela, surpresos. Finalmente, prestam atenção em sua presença.

— Aconteceu alguma coisa, querida? — Akira pergunta, a testa franzida em preocupação. Há algo de gritante na forma como seus olhos evitam encarar qualquer coisa.

Ela balança a cabeça sem levantar o olhar.

— Não, eu... só estou cansada. — A resposta soa como um murmúrio.

Yoko a encara por um instante, desconfiada.

— É só isso que tem a dizer? — O tom de incredulidade na voz dela é evidente. Sua filha quebrou as regras, mentiu, desafiou sua autoridade... e é só isso?

Ayumi inspira devagar, mantendo a cabeça baixa. Se continuar ali, se continuar ouvindo a mãe, ela sabe que vai chorar. E não pode permitir isso. Não agora. Tudo de que precisa é encerrar essa conversa o mais rápido possível.

— Desculpe, mãe. Eu não devia ter saído do castigo. — Pede, apática, como se não tivesse mais energia. — Não devia ter saído da dieta. Mas acho que pode se tranquilizar sabendo que só comi uma fatia de pizza. — Continua dizendo, embora ela própria não esteja nada tranquila. Afinal, quantas calorias têm uma fatia de pizza?

Yoko a observa, os olhos ligeiramente estreitados. Ayumi sabe que sua mãe espera resistência. Espera que ela rebata, que discuta, que revire os olhos e diga que está exagerando. Mas não há nada disso dessa vez. Apenas uma aceitação silenciosa.

Isso a desarma.

— Tudo bem. — Responde, por fim. Seu tom não é de aprovação, mas também não carrega o peso usual das cobranças. — Vou considerar essa confissão uma atitude de boa-fé. Amanhã você pode compensar nos exercícios, não pode?

A menina concorda, ainda encarando o chão.

Quando Akira e Yoko finalmente começam a sair do quarto, Ayumi ergue os olhos, chamando baixinho:

— Mãe?

Yoko se vira, espiando-a por sobre o ombro.

— Você tá certa. Ele nunca vai gostar de mim. — Confessa, resignada, finalmente olhando nos olhos de Yoko. — Por mais que eu odeie admitir, você tem razão. Mais uma vez.

Antes que Yoko possa responder, Ayumi fecha a porta e gira a chave na fechadura. Encosta a testa na madeira, os olhos turvos.

Mordendo o lábio, tenta ignorar a náusea no estômago. Às vezes, deseja apenas deitar e dormir um sono profundo, pular essa fase em que se sente péssima consigo mesma e rejeitada pelos outros. Será que, quando tiver 30 anos, tudo será diferente?

Instivamente, retira o celular do bolso e encontra o número de Dinho:

> Me prometa que, se achar que precisa fazer isso, vai me ligar? Não importa a hora nem o dia.

Ela realmente gostaria de ligar, mas provavelmente é uma péssima ideia, considerando que a namorada dele deve estar em sua casa. Queria que eles não tivessem se entendido. Sabe que é egoísta, mas torce para um desentendimento definitivo. Talvez assim Dinho finalmente a enxergue.

— Você é uma pessoa horrível, Ayumi — murmura para si mesma, limpando os olhos enquanto guarda o celular. Então, caminha até o banheiro.

Um dia, será forte o bastante para não dar ouvidos à voz em sua cabeça que teima em dizer que só depois daquilo haverá alívio. Um dia, será corajosa o suficiente para pedir ajuda. Um dia, discará o número de um amigo e contará tudo o que sente, sem medo de ser imperfeita.

Um dia.

> É curioso como não sei dizer quem sou.
> Quer dizer, sei-o bem, mas não posso dizer.
> (Clarice Lispector)

A complexidade do que somos

Quando a culpa é tomada pelo alívio, Ayumi se senta no chão, recostada na parede oposta ao vaso sanitário, e finalmente permite que as lágrimas caiam. Espera que lavem os pensamentos feios, a vontade de ser outra pessoa. Será que um dia será diferente? Será que um dia se olhará no espelho com orgulho? Será que um dia deixará de se sentir ferida por coisas pequenas e sem sentido, como a mãe dizendo para tomar um copo de leite em vez de jantar?

Enquanto reflete, seu celular vibra. Por um minuto, imagina que seja Dinho, que,, por alguma conexão mágica, soube que ela precisava de conforto. Mas, claro, não é ele.

— Oi, Marina. — Ayumi sussurra, tentando disfarçar a voz embargada.

— Oi, Ayumi. — A voz de Marina soa sonolenta do outro lado, mas carrega preocupação. — Você foi embora de repente, nem respondeu nossas mensagens. Aconteceu alguma coisa, amiga?

Ayumi hesita.

— Não, tá tudo bem. — Limpa o nariz na manga da blusa. — Eu estava de castigo, não devia nem ter saído. Fiquei com medo da minha mãe descobrir e voltei pra casa. Desculpa se não avisei antes.

Do outro lado da linha, Marina fica em silêncio por alguns segundos. Não é um silêncio de hesitação, mas de alguém que pesa cada palavra antes de falar. Sua mente gira em preocupações, conectando os pontos de todas as vezes que Ayumi fez piada para disfarçar o desconforto, do jeito como sempre evita certos assuntos. Marina sente um aperto no peito, temendo que sua amiga esteja se afundando em algo que não tem coragem de compartilhar e, que, em sua tentativa de dar espaço a ela, esteja negligenciando suas responsabilidades como amiga. Quando finalmente fala, sua voz é cautelosa, mas firme, repleta de um carinho inabalável:

— Ayumi, eu sei que você não gosta de falar sobre certas coisas... e eu nunca quis forçar nada. Mas preciso que você saiba que estou aqui. Não precisa carregar isso sozinha. Eu sei que, às vezes, parece que nada melhora, mas melhora. Me deixa te ajudar. Me deixa ser sua amiga, assim como você sempre foi a minha.

Ayumi ouve as palavras de Marina e, talvez pela primeira vez em uma conversa entre as duas, sente-se verdadeiramente compreendida. Querida. Amada. Percebida. Não como alguém que precisa se moldar para ser aceita, mas como alguém que pode simplesmente existir, com todas as suas fragilidades, sem medo de ser rejeitada.

Leo e Marina sempre souberam que ela não lidava bem com certos comentários, que seu relacionamento com a mãe era difícil, especialmente por causa do peso. Mas nenhum dos dois sabia o quanto isso realmente a machucava. Ayumi sempre foi uma especialista em disfarces. Transformava mágoas em ironia, disfarçava feridas com risadas ensaiadas. Se um comentário a atingia, ela rebatia com humor ácido, como se nada tivesse importância. Se o assunto a incomodava demais, fazia piada antes que pudessem perceber sua dor.

Era uma estratégia. Se conseguisse rir primeiro, talvez doesse menos. Se conseguisse fingir, talvez ninguém notasse o quanto aquilo a despedaçava por dentro. Mas, no fundo, ela sabia: rir de si mesma não reduzia a dor, apenas a tornava menos visível.

Contudo, a verdade é que ela se importa. Muito. Cada olhar de reprovação da mãe, cada vez que menciona seu corpo como se fosse um problema a ser resolvido... tudo se acumula dentro dela, mesmo quando finge que não. Ela quer ser diferente. Quer ser mais forte. Quer que isso não a atinja tanto. Mas não sabe como mudar. Pelo menos, não ainda.

Ayumi reflete sobre o motivo de sempre dizer que está tudo bem mesmo quando não está. Por que sente essa necessidade de enfrentar tudo sozinha? A resposta vem de uma lembrança esquecida no tempo, um episódio de quando tinha por volta de 11 anos. Naquele dia, contou à mãe por acaso que havia conversado com os amigos sobre como às vezes se sentia profundamente triste. A princípio, achou que receberia consolo, mas, em vez disso, lembra-se de Yoko dizer que, quando alguém pergunta se você está bem, não quer ouvir um "não". Quer apenas uma resposta educada. "Estou bem, e você?" É apenas uma pergunta educada, afinal de contas. Ninguém gosta de estar perto de pessoas infelizes.

Na época, Ayumi não entendeu completamente o peso daquelas palavras. Mas, depois disso, passou a dizer que estava bem. Sempre. Mesmo para seus melhores amigos. Mas agora, ouvindo Marina, começa a se perguntar se precisa mesmo continuar assim. Será que realmente precisa esconder tudo? Será que ser amada significa ser sempre forte, sempre alegre, sempre alguém fácil de lidar?

Talvez não. Talvez seus amigos não a abandonem só porque, na maior parte do tempo, ela não gosta de si mesma. Talvez eles possam amá-la mesmo assim. Talvez ela não precise fingir o tempo todo.

Finalmente, pode tirar a máscara.

Ela respira fundo antes de responder, sua voz quebrando levemente:

— Eu tenho essa sensação dentro de mim, Marina, e sei que é errada, mas... sinto que nunca vou conseguir bastar. Não importa o quanto eu tente, essa sensação me persegue. Tento seguir os conselhos da minha mãe, mas é difícil. Tento seguir os conselhos da minha psicóloga, mas também é difícil. Às vezes, eu só queria sumir, abandonar essa vida de expectativas frustradas, sabe? – Ayumi confessa, fungando. – Minha mãe tá certa, eu sou um caso perdido. Só sei me lamentar e reclamar, mas não tenho força pra mudar nada de verdade.

Marina sente um aperto sufocante no peito. Sempre admirou a força e a determinação de Ayumi, mas agora vê o que sempre esteve escondido por trás de seus sorrisos de fachada: uma profunda vulnerabilidade. Como não percebeu antes? Como deixou a amiga carregar esse fardo sozinha por tanto tempo? E, mais que isso, sente-se frustrada por ela não ter uma mãe mais compreensiva.

— Ayumi, eu sinto muito por você se sentir assim. Mas saiba que é uma das pessoas mais maravilhosas que já conheci – Marina declara, com sua voz suave que transmite sinceridade. – É inteligente pra caramba, cuidadosa, gentil, engraçada... eu só queria que sua mãe enxergasse isso e te tratasse como você realmente merece.

— Mas ela tem razão, Marina – Ayumi volta a dizer, com a voz trêmula. – Os resultados dos meus exames ficaram prontos. – Confessa, sem saber exatamente por quê. Talvez o fato de estar falando ao telefone torne mais fácil desabafar. – Estou pré-diabética e com o colesterol alto. Eu queria não ter feito os exames, porque só provaram que minha mãe sempre está certa. – Ela dá uma risada sem humor. – A boa notícia é que só preciso seguir rigorosamente a dieta que me passaram e fazer os exercícios. A má é que estou sempre falhando, então...

— Você se cobra demais, Ayumi, e nós duas sabemos que isso vem da pressão da sua mãe – Marina profere, com pesar. – Mas a preocupação dela nunca foi só com a sua saúde, foi?

As duas fazem silêncio por alguns segundos. Não precisam dizer nada, a verdade é óbvia, e uma só.

— Não quero que você se magoe com sua mãe, só quero que entenda que, se ela não consegue ser gentil com você, você mesma precisa ser. Seu valor não está no seu peso, Ayumi, mas em quem você é. – Marina continua dizendo, com a gentileza típica dela. – E isso não significa que sua saúde não importe, porque importa, e eu quero muito que você tenha seus exames normais. Mas não por estética, e sim porque você merece se sentir bem, com energia, com disposição. Seu corpo é seu lar e ele precisa ser cuidado, só que sem que isso defina quem você é. E presta bem atenção no que eu vou dizer agora: nós te amamos, sua boba. Você é importante pra nós, mais do que imagina. E, se não está feliz, eu também fico triste.

A garota encara o teto do banheiro por entre as lágrimas, que agora caem em grande profusão. Ela quer acreditar nas palavras reconfortantes de Marina, mas a voz da autocrítica em sua mente é ensurdecedora. E ela soa exatamente como sua mãe.

— O Dinho... — Ayumi começa, em seguida, comprime os lábios e fecha os olhos momentaneamente. Depois, respira fundo antes de completar: — Hoje eu entendi que ele nunca, nunca vai me querer.

Marina prende a respiração. As peças se encaixam de uma vez. O sofrimento de Ayumi não vem apenas dos números nos exames ou do espelho que a atormenta. Ele está entrelaçado ao nome de Dinho. À forma como ele a vê. E, possivelmente, à aparição surpresa de Daniela.

— Amiga, você sabe que o Dinho não é o único cara legal do mundo, né? — Marina pergunta com delicadeza, escolhendo as palavras com cautela para não a machucar ainda mais.

— Mas ele é o único de quem eu gosto. — Ayumi responde entre soluços. — E eu sei que não devo, mas... ele me faz sentir especial como nunca me senti. Só queria que ele se sentisse da mesma forma quando está perto de mim, sabe? Mas o Dinho só me vê como amiga. Ele me colocou nesse lugar, e daí não vou sair nunca. Só se eu nascer de novo.

Marina suspira, sentindo o coração apertar ao ouvir aquilo.

— Posso ser sincera, Ayumi? Acho que você tá focada demais no meu primo. Eu sei que dói, e sei que é injusto, mas você está colocando todo o seu valor no que ele sente — ou no que ele não sente — por você. E isso não é o que você merece, amiga — Marina faz uma pausa curta, esperando que Ayumi absorva suas palavras. — Lembra do que te falei no mês passado? Quando estiver pronta, alguém vai te amar. E o melhor de tudo: sem que precise se esforçar pra isso. Vai ser uma consequência de conhecer a garota incrível que você é. Mas, antes disso, você precisa aprender a se amar primeiro.

Ayumi morde o lábio, tentando conter um novo choro. Ela sabe que Marina tem razão, mas é difícil lidar o sentimento de gostar e não ser correspondida. Ainda assim, não pode deixar de sentir um pequeno alívio se amoldando no fundo do peito.

— Obrigada, Marina, por me dizer essas coisas. Hoje eu realmente estava precisando ouvi-las.

No dia seguinte, a academia estava mais movimentada que o normal. O som dos pesos, as conversas abafadas e o chiado dos tênis contra o piso formam um pano de fundo constante. Ayumi mantém-se em silêncio enquanto ajusta a pegada na barra reta, concentrando-se no exercício que Dinho preparou para ela. Mas a verdade é que sua mente está a quilômetros dali.

— Ei, pessoa, tá tudo bem? — O jovem pergunta, regulando o peso do equipamento para ela. Ele percebe que Ayumi tem estado incomumente calada. Desde o intervalo no Sartre, quando mal olhou para ele.

Ela concorda com a cabeça, evitando encarar os olhos de Dinho, que a observam com preocupação. Contrai os músculos do abdome e puxa a barra com firmeza. Se concentrar no movimento é fácil. Faz parte de sua rotina, uma forma de garantir que a barriga não sobressaia tanto sob as roupas. Yoko estaria orgulhosa.

— Tem certeza? — Ele insiste, ajustando sua postura. O toque é firme e cuidadoso, como sempre. Mas, desta vez, em vez de um arrepio bom, é um incômodo que se espalha por sua pele. Como se aquele toque a lembrasse de algo que preferia esquecer.

Antes, qualquer contato era uma oportunidade de sentir Dinho perto sem precisar inventar desculpas – como espantar um mosquito imaginário ou pedir emprestado algo que nem sequer estava precisando. Agora, é uma lembrança do que ele disse: "Ultimamente... tem sido mais fácil conversar com ela". Nada sobre ser especial. Apenas fácil.

— Parece que tá brava comigo — Dinho arrisca, franzindo a testa.

— Se ficar puxando conversa, eu não vou me concentrar no exercício! — A voz de Ayumi sai mais cortante do que pretendia.

Dinho a olha, pasmo. É a primeira vez que ela usa um tom tão feroz para respondê-lo. Ele hesita por um instante, como se procurasse uma fresta para insistir, mas acaba recuando.

— Tem razão. Desculpa — pede, em voz baixa. Ele se afasta, atendendo ao chamado de algumas senhoras que pedem ajuda com os aparelhos, pensando que talvez seja melhor dar espaço para a garota.

Enquanto sorri educadamente para as senhoras, sua mente está em outro lugar. Ele pensa na noite anterior, quando Ayumi saiu do seu apartamento sem se despedir. Marina disse que era por causa do castigo da mãe, mas Dinho tem a impressão de que não é apenas isso. Algo no jeito como ela responde às suas mensagens sem emojis, como evita seu olhar, como agora está se fechando para ele o leva a crer que, de alguma forma, fez algo que a chateou. Só precisa descobrir o que e pedir desculpas.

Ayumi acompanha seus movimentos de longe. As senhoras sorriem para ele, encantadas com sua atenção. Provavelmente acham que ele trabalha na academia e é simpático demais para corrigi-las. E ela? Ela não diz nada. Afinal, não é como se tivesse algum direito de interferir.

Mais tarde, ao saírem da academia, o clima silencioso entre os dois parece mais incômodo que o ar abafado do fim da tarde. Dinho se despede com uma cautela quase ensaiada, evitando o abraço de sempre.

— Até mais, Ayumi — profere, distante.

— Eu não tô chateada com você. — Ayumi pronuncia a frase rapidamente, antes que ele possa se afastar. Dinho se vira para encará-la.

— Não?

— Não. Tô chateada comigo. — Ela respira fundo. — Por criar expectativas demais.

A confusão estampa o rosto de Dinho. Ayumi desvia o olhar.

— Eu sou uma boba que acha que, por desejar muito uma coisa, ela pode acontecer.

— Não entendi.

— Não é nada. — Ela sacode a cabeça, forçando um sorriso. — Meus exames deram algumas alterações e eu queria que os resultados fossem melhores. Parece que tudo é perda de tempo. Tô frustrada.

Dinho a observa em silêncio, com sua expressão tornando-se mais séria. Algo naquela justificativa não o convence. Ayumi sempre foi boa em disfarçar, mas ele já aprendeu a notar quando há algo por trás de suas palavras. E agora, enquanto a encara, tem certeza de que essa não é a verdadeira razão de seu aborrecimento. A despeito disso, se ela não quer falar a verdade, não vai obrigar.

Suspirando, responde:

— Pessoa, você precisa ter paciência. Faz só duas semanas que estamos nisso. Os resultados vão aparecer, mas não dá para desistir na primeira dificuldade. É uma jornada. E, seja qual for a razão por trás desse seu olhar triste, saiba que não está sozinha.

Os olhos castanhos de Dinho brilham, calorosos. Ayumi sente seu coração afundar. Como pode se sentir irritada com ele se ele é assim? Tão gentil, tão legal, tão... lindo?

Ele sorri.

— Se serve de consolo, eu estou com você. Vai dar tudo certo, desde que não desista.

Ayumi assente, dando um breve sorriso.

— Muito bem, agora deixa eu ir, ainda preciso terminar um trabalho da faculdade — ele prossegue. Em seguida, dá um beijo estalado na testa da garota.

— Dinho? — Ayumi chama, antes que ele se afaste.

Ele se vira novamente.

— Oi?

— Você realmente me acha uma pessoa mais fácil? — Pergunta, com o semblante franzido.

Dinho pisca, surpreso.

— Essa pergunta parece perigosa. Sinto que qualquer resposta minha vai estar errada. Parece até uma conversa com a Dani.

Ela engole em seco ao ouvir o nome da namorada dele.

— Eu... quero saber se você só conversa comigo porque é fácil.

Dinho reconhece as próprias palavras ditas para Dani na noite anterior. Foi isso que a fez ir embora tão de repente?

Ele suspira e passa a mão pelos cabelos.

— Ayumi, de longe, você é uma das pessoas mais complexas que já conheci. — Ele a encara com seriedade quase dolorosa. — Você esconde a tristeza com piadas, dá poucos sorrisos sinceros, porque a maioria, na verdade, só disfarça o quanto está sofrendo. Sempre se preocupa mais com o que os outros pensam de você do que com o que você mesma sente. E isso *me* preocupa. Me preocupa que você ainda ache que precisa enfrentar tudo sozinha, que tenha de esconder quando não está bem. Que recorra a certas *coisas* para aliviar a dor em vez de pedir ajuda — ele dá ênfase à palavra para garantir que ela saiba a que se refere. — Porque eu já te disse, mas vou repetir quantas vezes for preciso: você pode me ligar sempre que precisar. Sempre.

Dinho faz uma pausa, ordenando o pensamento. Depois de alguns segundos, ele solta um riso curto e balança a cabeça, parecendo surpreso com a própria conclusão.

— E sabe do que mais? Conversar com você é uma das coisas mais fáceis do meu dia. Não porque você seja previsível ou porque concorde comigo o tempo todo. É porque você *sabe* como discordar. Então, com você eu posso ser sincero, falar qualquer coisa sem medo de ser julgado ou de isso se tornar motivo de briga. Você escuta de verdade. Me aconselha sem pensar só no que eu quero ouvir. Acho que confio mais em você do que em qualquer outra pessoa. — Ele completa, olhando-a nos olhos, sentindo que, de alguma forma, ela o entende como ninguém mais.

Ayumi sente o coração acelerar. As palavras de Dinho, diretas e cheias de significado, desmontam suas defesas com uma facilidade assustadora. Seus olhos se enchem de lágrimas antes que possa evitar.

— Por que você tá chorando? — Dinho pergunta, a voz mais suave agora, enquanto seus polegares roçam delicadamente as bochechas dela, enxugando o que já escapou.

Ayumi solta um riso curto, trêmulo.

— Porque é bom saber que a gente importa pra quem a gente... gosta. — A última palavra escapa baixa, hesitante. Não é bem essa que a queria dizer, mas qualquer outra soaria errada. Ainda assim, sente o estômago se contorcer, como se tivesse revelado mais do que deveria.

— Ayumi, nunca duvide disso. — Ele suspira, o olhar carregado de uma ternura que a destrói e a reconstrói ao mesmo tempo. — Você é a minha melhor amiga.

Dinho sorri sem perceber o turbilhão dentro dela. E Ayumi entende. Entende que, por mais que queira, não há outro lugar para ela na vida dele além desse.

> O importante não é o que se dá, mas o amor com que se dá.
> (Madre Teresa de Calcutá)

Em busca do presente perfeito

— Ei, Leo, a gente pode trocar uma ideia depois? — Cristiano sussurra, inclinando-se para o lado, sem tirar os olhos de Marina, que conversa animadamente com Ayumi na fila da lanchonete. Há um tom conspiratório na sua voz, algo que faz Leo franzir a testa com curiosidade.

— Claro, mas por que tá cochichando desse jeito? — Leo também abaixa a voz, imitando o amigo com um sorriso de deboche. — Vamos planejar um crime?

Cristiano revira os olhos, sacudindo a cabeça.

— Pra Marina não ouvir. — Ele lança um olhar furtivo na direção dela e então completa, num sussurro ainda mais baixo: — É sobre o aniversário dela. Preciso da sua ajuda com o presente.

Leo segue o olhar do amigo e observa a prima, que gesticula enquanto fala, os olhos brilhando com alguma história que Ayumi parece estar adorando ouvir. Ele sorri, meio divertido, antes de voltar a encarar Cristiano com um brilho malicioso nos olhos.

— Sobre isso... sabe o que seria top? — Ele começa, os olhos se iluminando enquanto uma ideia se forma em sua mente. — A gente comemorar na Carpe Noctem. Seria a festa perfeita.

Cristiano reage na mesma hora, sem hesitação.

— Sem chance. — O tom firme pega Leo de surpresa.

— Qual é, cara? Qual o problema? A boate é sua, você decide as regras. — Leo cruza os braços, o olhar desafiador.

— E eu decido que você só entra quando tiver 18 anos. — Cristiano responde com a voz tranquila e um brilho divertido nos olhos, já prevendo o que virá a seguir.

— Mas até lá vai levar séculos! — Leo protesta, jogando as mãos para o alto. — A Ayumi já foi e nem tem 18.

— Porque usou uma identidade falsa. — Cristiano revira os olhos, impaciente.

Leo pisca, assimilando a informação.

— Isso quer dizer que, se eu conseguir uma identidade falsa, posso ir? — Ele ergue uma sobrancelha, a voz subindo um tom, provocador.

Antes que Cristiano possa responder, Marina se vira para eles com um olhar desconfiado.

— Não se atreva a conseguir uma identidade falsa, Leo. — Ela cruza os braços, semicerrando os olhos.

— Marina foi a Carpe Noctem antes de ter 18. — Leo aponta a prima com o queixo, ciente de que agora seu argumento é incontestável. — E não precisou de uma identidade falsa.

— Eu estava resgatando a Ayumi — Marina se defende, erguendo as mãos. — E por que estamos falando de identidades falsas, mesmo?

— Nada demais. — Cristiano desconversa, sorrindo, enquanto dá um leve empurrão em Leo. — Ele só tá reclamando porque eu disse que ele pode ir à Carpe Noctem... quando for maior de idade.

Leo solta um suspiro dramático e ergue os olhos para o teto, como se implorasse paciência aos deuses da adolescência.

— Do que adianta conhecer o dono da boate se nem podemos ir?

— Não adianta de nada. — Cristiano ri. — Mas vai adiantar quando...

— Eu tiver 18 anos, já saquei. — Leo resmunga, revirando os olhos. — Você era mais legal quando não ligava para as regras.

— É, a Marina tá criando um monstro. — Cristiano brinca, direcionando um olhar de cúmplice para a namorada, que apenas sorri antes de voltar a atenção para Ayumi, agora fazendo seu pedido no balcão.

Cristiano então abaixa a voz novamente, voltando ao assunto inicial.

— Mas, voltando... o que acha de irmos ao Strike! mais tarde? Vai ser mais fácil conversar sem elas por perto. — Ele aponta discretamente na direção das meninas.

Leo observa o amigo, o corte charmoso no supercílio e a postura relaxada. Se fosse em um universo paralelo — preferencialmente um no qual Cristiano fosse gay —, ele estaria muito, muito empolgado com aquele convite. Mas, como a ciência ainda não comprovou a existência de realidades alternativas, ele tem de se conformar com o fato de que seu ex-*crush* e sua prima agora são um casal.

A vida realmente não colabora.

— Beleza. — Leo concorda, suspirando. — Mas, só pra constar: a comemoração seria muito mais emocionante se a gente fosse pra Carpe Noctem. Isso é um fato.

Cristiano solta uma risada baixa, balançando a cabeça como quem já ouviu essa reclamação vezes demais. Ele dá um tapinha no ombro de Leo, divertido.

— Continue sonhando, criança.

Mais tarde, como combinado, Cristiano e Leo se encontram no boliche. O ambiente está animado, repleto de vozes e gargalhadas, e o som dos pinos derrubados ecoa pelo espaço. Entre uma jogada e outra, a conversa flui facilmente, acompanhada pelo cheiro de batata frita e refrigerante no ar.

— Que tal um carro? — Cristiano sugere com a maior naturalidade do mundo, como se estivesse falando de algo tão simples quanto um par de meias. Ele lança a bola na pista, observando o caminho que ela percorre até os pinos.

Leo pisca, perplexo. As sugestões de Cristiano são surreais até para os padrões de quem tem dinheiro.

— Cristiano, não pode simplesmente dar um carro de presente pra Marina! — Ele arregala os olhos, como se precisasse reforçar a obviedade.

— Por que não? Eu tenho dinheiro. — Cristiano dá de ombros sem entender o real problema.

— Ah, claro. Problema resolvido. — Leo ironiza, pegando sua bola e a lançando na pista com um pouco mais de força do que o necessário. — Só que não! Primeiro, ela nem tem carteira!

— Com 18 anos, vai poder tirar. Eu pago as aulas, a prova... faço um combo completo. — Cristiano responde, convencido de que sua lógica é impecável.

— Segundo — Leo continua a dizer, ignorando solenemente a argumentação do amigo —, você não é pai dela. Carro é presente de pai. Todo mundo sabe disso.

Cristiano revira os olhos, exasperado.

— Tá, tá, então esquece o carro. Que tal um colar? Um anel? Um conjunto de joias?

— Espero que esteja falando de *semijoias* — Leo estreita os olhos, marcando a ênfase na palavra.

Cristiano franze o cenho. Claramente não estava.

— Você quer que alguém arranque a orelha dela na rua? Péssima ideia — Leo balança a cabeça, descrente. — De nada adianta um presente se ela nem pode sair com ele sem medo.

Cristiano suspira, massageando as têmporas, sentindo que cada sugestão sua é rebatida como uma bola de boliche contra os pinos.

— OK. Sem carro. Sem joias. Alguma sugestão que não seja um sermão?

Leo dá um meio-sorriso, cruzando os braços.

— Algo mais simples, que tenha significado. Algo que você mesmo faça.

Cristiano pisca, incrédulo.

— Você tá brincando comigo? — Cristiano indaga, ainda processando a ideia, enquanto observa o placar eletrônico marcando sua vitória no jogo. Mas, estranhamente, sua sensação não é de triunfo.

— Tô falando sério. — Leo assegura, pegando um refrigerante antes de se dirigirem à área das mesas. — Já viu o quarto da Marina? Ela ama coisas feitas à mão.

Cristiano franze o cenho.

— Nem pensar — nega, sacudindo a cabeça. — Não tem a menor chance de eu dar um presente reciclado pra minha namorada. Qual o sentido de ter dinheiro se não posso usá-lo pra presentear a Marina como ela merece?

Leo percebe a frustração do amigo e, apesar de achar graça na mentalidade exagerada de Cristiano, também se compadece. É evidente que ele não está acostumado a escolher presentes com significado emocional.

— Eu vou dar uma pulseira de berloques. Ela queria muito uma. É uma semijoia, antes que questione — Leo se apressa em explicar ante o olhar do amigo.

Cristiano, que já parecia derrotado, enxerga uma saída e se agarra e a ela como se sua vida dependesse disso.

— E se eu der a pulseira e você escolher outra coisa? — Pergunta, com esperança transparecendo na voz.

Leo solta um suspiro teatral.

— Eu não me importo, mas não acha que seria mais especial se você escolhesse algo sozinho?

Cristiano bufa, jogando-se contra o encosto da cadeira, como se o peso do mundo tivesse acabado de recair sobre seus ombros.

— Mas realmente não sei o que dar. Ainda não a conheço tão bem assim.

— Cris, a Marina é simples. Ela vai gostar do que quer que você escolha, desde que venha de você. Só não apareça com uma Ferrari na porta dela, pelo amor de Deus! A ideia é surpreender, não assustar. — Leo brinca, dando um tapinha no ombro do amigo.

Cristiano ri.

— Você é irritante, Leo.

Leo sorri. Em seguida, volta a falar:

— O melhor presente pra Marina não é nada material. O que realmente importa pra ela é estar cercada por quem ela ama. E algo me diz que esse aniversário vai ser ainda mais especial — adiciona, num tom conspiratório.

— Você acha? – Cristiano pergunta, um sorriso torto surgindo em seu rosto. Ele não diz em voz alta, mas a ideia de ser parte do motivo pelo qual esse aniversário será especial para Marina faz seu peito se aquecer de um jeito estranho. Talvez Leo tenha razão. Talvez estar com ela seja mais importante do que qualquer presente extravagante.

— Claro — Leo profere, dando um risinho. Então acrescenta, com uma pitada de humor: — Além de ser feriado, o aniversário dela cai numa sexta-feira.

Cristiano ri, balançando a cabeça. Leo, de fato, é inveteradamente irritante.

Por sobre o ombro, Ayumi observa com expressão cada vez mais azeda enquanto Dinho, em sua paciência quase infinita, orienta dona Maitê pela milésima vez naquela noite. A senhora segura o braço do rapaz com intimidade excessiva e inclina a cabeça, absorvendo cada palavra como se Dinho estivesse compartilhando uma fórmula mágica para a recuperação da cartilagem dos joelhos. Ayumi estreita os olhos e murmura um "folgada" baixinho, sem esconder a irritação.

É a terceira semana seguida que Dinho a acompanha à academia do condomínio, mas, na prática, ele tem sido sequestrado por um batalhão de senhoras que decidiram promovê-lo a *personal trainer* não oficial. Começou com uma delas pedindo ajuda para ajustar a cadeira extensora. Agora, há um verdadeiro esquema organizado para monopolizá-lo com pretextos cada vez mais criativos. Se existisse um prêmio para aproveitadoras, aquelas mulheres subiriam ao pódio.

Ayumi cruza os braços, o pé batendo no chão em uma cadência impaciente, enquanto vê dona Maitê lançar um sorriso satisfeito e dar um tapinha encorajador no ombro de Dinho.

— Você precisa avisar pra elas que é só meu! — Ela sibila, a voz repleta de indignação e os olhos semicerrados fixos na mulher, como se pudesse mandá-la embora com a força do pensamento.

Dinho arqueia as sobrancelhas, divertindo-se com o tom possessivo.

— Pessoa, elas só precisam de uma ajudinha de vez em quando.

— De vez em quando elas *não* precisam de ajuda, você quer dizer. — Ayumi se vira para ele, os olhos faiscando. — É sério, Dinho, você precisa avisar que não trabalha aqui. Já passou da hora!

— Mas eu não me incomodo, de verdade. — O jovem dá de ombros, relaxado. — É até bom pra ir treinando.

— Seria bom se elas estivessem te pagando pra isso. — Ayumi revira os olhos e dá um suspiro irritado, cruzando os braços. — Já não basta você se recusar a aceitar o meu dinheiro, ainda trabalha de graça pra elas?

Dinho apenas sorri, aquele sorriso fácil e tranquilo que desarma qualquer um.

— Relaxa, pessoa, já falei que tá tudo bem. Eu gosto de ajudar, não vejo problema nenhum.

Ele então se vira para dona Maitê, que já o espera com um olhar ansioso. Antes de dar um passo, no entanto, volta-se para Ayumi, apontando os pesos ao lado dela.

— Três séries de quinze. Volto em um minuto.

Ayumi revira os olhos, soltando um suspiro exagerado, mas obedece, pegando os halteres. Dinho sorri satisfeito antes de acenar para dona Maitê.

— Já vou, dona Maitê!

Ela observa enquanto ele se afasta, balançando a cabeça em descrença. Pronto, chega. Se Dinho não vai se defender dessas senhoras oportunistas, alguém precisa intervir. E essa pessoa é ela.

Uma hora depois, os dois saem da academia. Dinho passa a mão pelos cabelos úmidos, bagunçando-os distraidamente enquanto observa Ayumi ao seu lado. O ar da noite é fresco, comparado com o ambiente abafado da academia. Ele solta um suspiro leve, satisfeito por mais uma sessão bem conduzida. Ser *personal* de Ayumi tem sido um desafio e, ao mesmo tempo, uma experiência divertida. Ela leva os treinos a sério, mas nunca perde a chance de alfinetar as senhoras que, segundo ela, só aparecem para monopolizá-lo.

— Me espera um minuto, Dinho. — Ela pede de repente, interrompendo seus pensamentos, com um brilho indecifrável nos olhos. — Já volto.

Dinho franze a testa, mas assente. Encosta-se na grade da portaria do condomínio e acompanha a garota com o olhar até que ela desaparece pelo corredor. O tempo passa. Ele tamborila os dedos contra a perna, olha o celular, olha para o corredor. Cinco, sete, dez minutos. Quando começa a se preocupar, Ayumi ressurge com um sorrisinho triunfante nos lábios, o tipo de expressão que geralmente significa encrenca.

— O que estava aprontando? — Ele pergunta, estreitando os olhos enquanto ela para à sua frente.

— Só resolvi nosso problema. — Ayumi responde com casualidade, como se fosse um detalhe insignificante.

Dinho franze o rosto, cruzando os braços.

— Que problema?

— Das senhoras abusadas, especialmente a dona Maitê. Passei seu telefone pra elas e disse que podiam entrar em contato pra agendar um horário de treino. Mediante pagamento, claro. Agora, você só precisa definir um preço.

Dinho arregala os olhos, completamente atônito.

— Você tá brincando...

Ayumi dá de ombros, despreocupada.

— Dinho, elas têm dinheiro sobrando e você está literalmente trabalhando de graça. — Argumenta, categórica. — Elas realmente achavam que você era funcionário da academia do prédio! Então, fiz questão de esclarecer que não. Que você é *meu personal*.

Dinho estreita os olhos, divertido com o jeito possessivo da garota. O tom dela beira um ciúme mal disfarçado, e isso só torna a situação ainda mais interessante.

— E, depois, é uma forma de ganhar um dinheiro extra. — Ayumi continua, agora com um tom mais suave. — Precisa aprender a cobrar pelo seu trabalho.

Dinho a observa por um instante, assimilando as palavras. Ela tem um ponto.

— Você tá certa. E o fato de ter dado meu número não significa que elas vão entrar em contato, né? É só uma possibilidade.

Ayumi solta uma risada.

— Ah, do jeito que elas te chamam? Com certeza vão entrar em contato. — Ela lança um olhar presunçoso. — Não sendo no meu horário, tudo certo.

Mais uma vez, Dinho balança a cabeça, sorrindo.

Alguns dias depois, Marina e Cristiano estão sentados entre duas estantes no canto mais afastado da biblioteca, os dedos deslizando pelas páginas de um livro de literatura enquanto discutem as ideias finais para um trabalho de Português. O ambiente silencioso os envolve, mas a conversa logo se desvia para um assunto mais significativo: as transformações na ACSUBRA desde que Cristiano passou a apadrinhar a instituição.

Ele a observa enquanto fala, encantado pela maneira como seu rosto se ilumina ao mencionar as crianças e os projetos do local. Esse brilho nos olhos dela sempre o fascinou, desde que começaram a se aproximar, há alguns meses. Marina se doa de forma genuína ao bem-estar dos outros, seja em pequenos gestos cotidianos ou no serviço voluntário que tanto ama. Se dependesse dela, faria ainda mais. Muito mais. E Cristiano, ao vê-la assim, se pega pensando que quer estar ao lado dela em cada um desses momentos.

— Estava pensando... — Ele murmura, distraído, enquanto passa o polegar pelo canto de uma página. — Depois que concluirmos as reformas, a gente podia servir refeições na ACSUBRA pra pessoas carentes, no fim do dia. Pelo menos umas três vezes por semana, se as irmãs concordarem.

Marina ergue os olhos para ele, torcendo os lábios em hesitação.

— A ideia é boa, mas você sabe que mal temos orçamento pra manter as atividades normais, né?

Cristiano dá de ombros, um sorriso torto brincando em seus lábios.

— Isso realmente não é um problema pra mim, você sabe. — E então, suspirando, acrescenta: — Sei que isso não resolve o problema na raiz, que o ideal seria garantir a essas pessoas oportunidades reais de sustento, mas...

Marina não o deixa terminar. Segura suas mãos entre as dela, apertando-as levemente, como se quisesse transmitir algo além das palavras. Ele havia mudado tanto desde que começaram a namorar. O Cristiano de antes dificilmente se preocuparia com algo assim. E o mais bonito é que essa mudança partiu dele. Nunca houve pressão ou pedido; ele simplesmente percebeu que queria fazer parte de algo maior. E isso só faz com que o ame ainda mais.

— Ei, meu amor — ela diz, a voz suave e carinhosa. — Fazer isso ao menos seria um alívio imediato para quem precisa. Mesmo que não resolva o problema na raiz, é importante. Ainda mais quando tanta gente escolhe simplesmente não se importar.

Cristiano morde o lábio inferior, tentando conter um riso ao ouvir a forma distraída como ela o chamou de "meu amor".

— Que foi? — Marina arqueia as sobrancelhas.

— "Meu amor"? Gosto de como isso soa. — Ele leva as mãos dela até os lábios e as beija de leve, os olhos faiscando de provocação.

Marina afasta o olhar, sentindo as bochechas esquentarem. Desde que começaram a namorar, raramente escorrega daquela forma. Vez ou outra o chama de "namorado", mas sempre se policia, certa de que Cristiano não é do tipo que gosta de apelidos carinhosos.

— Você podia ter deixado passar essa, não acha? — Murmura, pigarreando para disfarçar o embaraço.

Cristiano ri, balançando a cabeça, como se dissesse que jamais perderia uma oportunidade dessas.

— Mas por quê? Eu realmente gostei da forma espontânea como disse. Só não me chame de "chuchu", igual sua mãe chama seu padrasto, por favor.

— O que tem contra "chuchu"?

— É sem graça, coração. — Ele faz uma careta. — Sua mãe é incrível, mas esse apelido... Péssima escolha.

— Ah, eu gosto de "chuchu"! — Marina rebate, num tom defensivo. — É bonitinho, vai.

Cristiano estala a língua, fingindo reprovação.

— Tsk, tsk. Se for pra me chamar de comida, pelo menos que seja algo gostoso. Tipo... pudim.

Marina sufoca uma risada com a mão.

— Meu pudim?

— Exatamente. Olha como soa melhor: "meu pudinzinho". Muito mais digno.

— Você é ridículo! — Ela ri, dando um tapa no braço dele.

Cristiano aproveita a deixa para deslizar as mãos pela cintura dela, aproximando-a de seu corpo.

— Vem cá, dá um beijo no seu pudinzinho.

Marina morde o lábio, tentando segurar o riso, enquanto envolve o pescoço dele com os braços e passa os dedos pelos cabelos macios em sua nuca. Sente quando Cristiano estremece com o toque, e isso a faz sorrir. Adora provocar essas reações nele.

— Laís vai surtar se pegar a gente se agarrando na biblioteca — sussurra, mordendo o lábio com divertimento.

Cristiano sorri, puxando-a um pouco mais para perto.

— Laís não pode ser contra um pouco de romance. Todo mundo gosta disso.

E, sem esperar resposta, toma os lábios dela em um beijo que começa provocador, um toque leve e brincalhão. Mas, à medida que Marina aprofunda os dedos nos fios escuros de seus cabelos, Cristiano se entrega, segurando-a com mais firmeza, a boca quente e faminta contra a dela. Ele prende o lábio inferior dela entre os dentes, provocando-a, antes de se afastar minimamente, os olhos castanho-esverdeados brilhando com desejo e diversão. Marina ainda sente a respiração quente dele contra sua pele quando um som insistente os arranca daquele instante.

O celular vibra ao lado deles, o ruído abrupto quebrando a bolha em que estão imersos. Marina solta um suspiro, os dedos deslizando lentamente pelos cabelos de Cristiano antes de se afastar, relutante. O calor do momento ainda pulsa entre eles quando ela pega o aparelho para ler a mensagem. Em seguida, respira fundo ao coçar a testa.

— O que foi? — Cristiano pergunta.

— Minha mãe — ela responde, e ele percebe na hora a forma como o semblante dela se fecha.

— Algum problema?

Marina hesita.

— Mais ou menos. — A garota solta o ar vagarosamente. — Ela quer falar comigo. Aposto que é sobre a comemoração do meu aniversário, na semana que vem. Sinceramente, não tô muito na *vibe* de comemorar com a família este ano.

Cristiano inclina a cabeça, curioso.

— E o que gostaria de fazer?

Marina suspira, assumindo um ar pensativo.

— Honestamente? Fugir pra um lugar tranquilo, onde pudesse ver o céu sem luzes artificiais encobrindo as estrelas. Levaria o Leo e a Ayumi pra me desejar feliz aniversário à meia-noite, como sempre fazemos. E, claro, levaria você.

Cristiano observa o brilho nostálgico nos olhos dela e fica pensativo por um instante. Então, um sorriso travesso surge em seus lábios, carregando uma promessa implícita.

— E se a gente realmente fizesse isso?

Marina franze a testa.

— Como assim?

— Seu aniversário cai num feriado. A gente podia ir pra Chapada. Cachoeiras incríveis, um céu estrelado do jeito que você quer... A gente leva o Leo, a Ayumi e quem mais você quiser. Só nós, sem preocupações.

Os olhos de Marina brilham, oscilando entre empolgação e ceticismo.

— Você tá falando sério?

— Totalmente. — Ele assente, dando um sorriso tranquilo. — Só me diz que topa e deixa o resto comigo.

Marina hesita, mordendo o lábio, a expressão dividida entre o desejo de aceitar e a cautela.

— Mas quanto isso vai custar? Não quero que seja um gasto absurdo.

Cristiano solta um riso curto, descartando a preocupação com um gesto.

— Você só precisa dizer sim. O resto é por minha conta. Confia em mim.

Ela cruza os braços, fazendo uma careta.

— Isso não seria certo, Cristiano.

Ele suspira, entrelaçando os dedos nos dela antes de levar sua mão aos lábios, beijando suavemente os nós dos dedos, como se pudesse, com aquele toque, dissolver qualquer dúvida.

— Coração, só quero que tenha um aniversário inesquecível. Para de pensar tanto e só aceita. Você merece.

Marina desvia o olhar, ainda hesitante, mordendo o lábio como se tentasse resistir à proposta.

— E também... — Cristiano faz uma pausa, pigarreando antes de continuar. — Eu não consegui pensar em um presente pra te dar. E isso tá me matando.

Ela sorri, um gesto terno e cúmplice, levando a mão ao rosto dele, os dedos traçando um carinho sutil na pele quente.

— Mas não precisa me dar nada, seu bobo!

— Preciso, sim. Quero fazer isso. Me deixa fazer isso — ele insiste, a voz baixa e envolvente. Então, como se cada toque fosse um argumento, beija uma bochecha. Depois a outra. A testa. E, por fim, a ponta de seu nariz. — Por favor, por favor.

Marina solta uma risada leve, fechando os olhos, sentindo-se rendida pela ternura da insistência dele. A sinceridade em sua voz, a forma como ele a toca, tudo nela relaxa diante do pedido.

— Tudo bem, você venceu.

— Isso! — Ele comemora e Marina sorri, balançando a cabeça, divertida.

O sorriso de Cristiano se alarga enquanto a envolve em um abraço apertado, com os braços fortes a mantendo colada a ele. Naquele instante, tem certeza: um céu sem luzes artificiais, uma noite cheia de estrelas e Marina ao seu lado. Esse será o presente perfeito.

> A tua sensibilidade é notável, as tuas emoções ficam facilmente
> à flor da pele, poucos conseguem compreender isso de fato.
> (Jefferson Freitas)

À FLOR DA PELE

Dinho suspira pesadamente, apertando a ponte do nariz enquanto escuta Dani reclamar do outro lado da linha. Ele fecha os olhos por um instante, tentando encontrar paciência. Desde que se mudou, as brigas haviam diminuído, mas, ironicamente, a distância só tornava as coisas mais complicadas.

Seu tempo livre se tornou um luxo raro. O estágio no Sartre, as aulas na UnB e o trabalho como *personal trainer* no prédio de Ayumi tomam quase todas as suas horas. Como ela suspeitava, quatro senhoras contrataram seus serviços três vezes por semana, o que é ótimo financeiramente, considerando os custos extras da mudança. Mas, para ele, significa apenas mais cansaço.

Se não está trabalhando, está estudando ou no treino com o time de vôlei da UnB, que carrega o peso de um tricampeonato nos jogos universitários e a expectativa de mais um título. Os dias se misturam em uma rotina exaustiva, e qualquer compromisso social parece uma missão impossível. Mas Dani não enxerga isso. Para ela, juventude é sinônimo de baladas. Sua energia parece infinita, enquanto a dele se esgota um pouco mais a cada dia.

— A gente não pode ir da próxima vez, Dani? — Ele pergunta, analisando seu próprio reflexo no espelho do banheiro. Bolsas profundas sob os olhos denunciam o cansaço acumulado. O rapaz mal se reconhece.

— Considerando que a "próxima vez" é no ano que vem, não, não podemos — ela retruca, impaciente. — Dinho, nem vem, a gente já tinha combinado isso há meses!

— Há meses eu não estava trabalhando tanto — ele rebate, esperando um mínimo de compreensão. — E é numa sexta-feira...

— Isso nunca foi um problema antes. A gente já comprou os ingressos! Você sabe como eu amo essa banda. Não pode fazer um pequeno sacrifício por mim?

Dinho passa a língua pelos dentes, contendo um suspiro. O sacrifício maior já está sendo feito: ele aceitou trabalhos extras justamente para ter condições de bancar as regalias que o namoro com ela exige. O jantar no restaurante caro no aniversário de namoro, por exemplo, não é um luxo que ele desejaria para si – é o presente que Dani quer, e, para ele, isso deveria bastar. Mas ela sequer parece notar o esforço. Para Dani, sacrifício é abrir mão de uma festa, mudar um plano de última hora, fazer algo fora da sua vontade imediata.

– E que tal se você for só com a Paula e o Ulisses? – Sugere, esforçando-se para chegarem a um acordo. – Pode até chamar alguém pra ir no meu lugar. Não vou ficar chateado.

Dani fica em silêncio por alguns segundos, tentando entender se aquilo é sério ou apenas uma brincadeira de muito mau gosto.

– Chateado? Você tá brincando, né, Bernardo? – Ela solta uma risada amarga, reflexo de sua frustração. – Eu tô namorando sozinha, por acaso? Porque, sinceramente, é assim que eu me sinto faz tempo. – Sua respiração fica irregular, e Dinho percebe que o tom ofendido não é encenação. – Olha, quer saber? Tudo bem. Cansei de me humilhar pra ter sua companhia. Se não quer ir, problema seu. Faça o que quiser.

A linha fica muda logo depois, e Dinho encara o espelho, apoiando as mãos na bancada, o peito subindo e descendo em um ritmo pesado. Sua frustração se mistura à culpa, a um nó apertado na garganta. Quando foi que tudo começou a desmoronar? Quando foi que estar junto virou essa batalha constante? Talvez sejam ambos egoístas demais para abrir mão de algo um pelo outro. Talvez nunca cheguem a um ponto de equilíbrio.

Saindo de uma das cabines, Cristiano se aproxima da pia ao lado e lava as mãos, observando de canto a expressão abatida de Dinho. O amigo está curvado sobre a bancada, os ombros tensionados sob um peso intangível.

– Dia complicado? – Pergunta, mantendo um tom casual.

Cristiano nunca foi muito bom em demonstrar empatia quando se trata de problemas sentimentais. Para ele, certas questões parecem pequenos dramas inflados, distrações insignificantes no meio do caos maior da vida. Mas ele sabe que, para Dinho, isso é real. E, às vezes, ser amigo não significa entender completamente – apenas estar presente, tentando, mesmo sem sentir o mesmo peso.

Dinho suspira longamente antes de dizer, com a voz carregada:

– Relacionamentos são um labirinto. No começo, você acha que sabe o caminho, mas, de repente, tá perdido, esbarrando em becos sem saída e batendo a cara nas paredes – responde, dando de ombros, a exaustão evidente em cada palavra.

Cristiano ergue uma sobrancelha, surpreso com o tom inesperadamente poético da resposta. Poderia argumentar que as coisas não precisam ser tão complicadas, que, às vezes, basta decidir e seguir em frente. Mas conhece bem demais a frustração de lutar contra algo que parece inevitável.

– A Dani acha que eu a estou deixando de lado – Dinho confessa, cruzando os braços. – E, prà ser justo, acho que ela tem razão.

Ele se encosta na pia e começa a explicar. Seu tempo está cada vez mais curto, e Dani parece não aceitar isso. Enquanto ele se sente arrastado pela rotina, ela quer mais, sempre mais. Se pudesse, sairia todo fim de semana. Ele, por outro lado, sente-se um velho de 20 anos.

Cristiano escuta em silêncio, sentindo que, no fundo, o problema não é só cansaço. É o desgaste. É a diferença entre os dois que antes parecia mínima, mas agora se agiganta como um abismo.

O rapaz pondera por um instante antes de ter uma ideia. Provavelmente, Leo a odiará, mas precisa ajudar Dinho de alguma forma. É isso que os amigos fazem, certo?

— Escuta, na sexta que vem é aniversário da Marina, e a gente tá indo pra Chapada dos Veadeiros. Por que não chama a Dani e vem com a gente? Assim vocês passam um tempo juntos.

Dinho inclina a cabeça, pensativo. Dani sempre adorou viagens curtas, e, por mais que estejam numa fase difícil, talvez um cenário diferente os ajude a se lembrar por que ainda estão juntos.

— Eu vou falar com ela. Se ela topar, eu vou.

Cristiano dá um sorriso curto, satisfeito por ao menos plantar a ideia. Mesmo que Leo torça o nariz, Dinho precisa de um respiro – uma chance real de salvar algo antes que seja tarde demais.

Enquanto aguarda um expresso duplo na máquina de café, Marco Antônio observa Daniela do outro lado da sala. Ela encara a tela do computador com uma expressão carregada, os lábios ligeiramente franzidos, como se estivesse travando uma batalha interna. Suas sobrancelhas unidas formam um vinco profundo de preocupação. Os olhos verdes, normalmente vivos, parecem vazios, distantes. Mais cedo, ela havia cometido um erro grosseiro de cálculo – algo que ele dificilmente deixaria passar. Mas, por alguma razão, segurou a crítica. Talvez por instinto, talvez por curiosidade.

Ele adiciona três gotas de adoçante na xícara e mexe o café de maneira automática, o pensamento ainda cravado na expressão dela. Depois de um gole, decide atravessar a sala. O clique rítmico de seus sapatos no piso ecoa pelo ambiente, despertando olhares curiosos dos outros estagiários.

— Algum problema, Daniela?

Ela não desvia o olhar da tela ao responder, a voz seca:

— Não.

Marco Antônio arqueia uma sobrancelha. O tom dela não passa despercebido.

— Está franzindo tanto a testa que essa ruga vai virar permanente, menina.

Dani finalmente ergue o rosto, os olhos carregados de impaciência.

— O senhor deve ter coisa mais importante pra fazer do que se preocupar com as minhas rugas, não?

O silêncio que se segue pesa no ar. Os estagiários mais próximos trocam olhares, atentos à conversa inusitada. Ninguém fala assim com Marco Antônio Ribeiro e sai impune.

Ele não reage de imediato. Apenas inclina a cabeça, observando-a como quem examina um problema complexo.

— Minha sala. Agora.

Dani solta um longo suspiro, sentindo o peso da decisão que acaba de tomar. Ótimo. Vai ser demitida antes mesmo de receber o primeiro pagamento. Com passos firmes, atravessa o escritório, ciente dos olhares sobre si. Ao cruzar a porta da sala do chefe, sente-se como uma aluna chamada à diretoria.

Assim que a porta se fecha, ela se apressa:

— Me desculpe, eu não quis ser grosseira...

— Sente-se. — Ele aponta para a cadeira diante da mesa de vidro impecavelmente organizada. Quando ela obedece, ele se recosta na beira da mesa, braços cruzados. — Agora, me diga. O que está acontecendo?

Dani redireciona o olhar, mordendo o lábio inferior. A última coisa que quer é misturar vida pessoal com profissional. Não importa que Marco Antônio seja o pai de seu namorado — isso não lhe dá o direito de demonstrar fraqueza.

— Não é nada com que deva se preocupar — diz, tentando parecer firme.

Marco Antônio solta um suspiro, então começa a dobrar as mangas da camisa até os cotovelos, um hábito que ela já notou antes — ele sempre faz isso quando precisa manter a paciência.

— Você cometeu um erro grave hoje, Daniela. Normalmente, não me importo com problemas pessoais alheios. Mas, quando eles afetam o trabalho, preciso me preocupar. Não posso revisar tudo que te passar pra fazer.

Dani abaixa o olhar e apoia a face nas mãos. Seus cabelos caem ao redor do rosto como uma cortina, escondendo sua expressão. Odeia cometer erros. Mais ainda, odeia se sentir incompetente. As críticas sempre pesam mais para ela do que os elogios, e sabe que vai se martirizar por isso nos próximos dias.

— Me desculpa, Marco Antônio. — Sua voz soa trêmula. — Eu... não estou tendo um bom dia. Odeio que isso interfira no meu trabalho, mas...

Ela não consegue segurar as lágrimas. Um soluço escapa antes que possa se recompor. Marco Antônio pisca, visivelmente pego de surpresa. Ele olha ao redor como se procurasse uma solução para aquela situação inesperada. Então, dá um pequeno suspiro e estende um lenço do bolso do paletó.

— Toma.

Dani o aceita, envergonhada.

— Desculpa... desculpa mesmo, eu não sei de onde veio isso...
Ele balança a cabeça.
— Tudo bem. Quer saber? Por que não vamos dar uma volta?
— Uma volta? — Ela pisca, confusa.
— É, tomar um ar fresco. Vai fazer bem — e, sem esperar resposta, veste novamente o paletó.

Dani limpa os olhos com o lenço e assente, sem ter certeza de por que está concordando. Apenas sabe que, naquele momento, precisa respirar. E, pela primeira vez, Marco Antônio parece menos um homem severo e mais alguém que, de fato, se importa.

※※※

Marco Antônio observa Daniela sentada à sua frente, em uma mesa da área externa de um café próximo ao escritório. O rosto dela ainda carrega indícios de choro recente — manchas vermelhas espalhadas pelas bochechas, os olhos levemente inchados. Mas, pelo menos agora, parece mais calma. Enquanto mexe distraidamente o café gelado com o canudo, sua expressão permanece fechada, distante. Marco percebe que nunca a viu tão vulnerável, tão jovem. E nunca esteve tão intrigado para entender o que se passa dentro dela.

— Eu estou muito envergonhada — murmura ela, alisando o descanso de prato com a ponta dos dedos. A cada movimento, transmite sua inquietação. Evita encará-lo, certa de que já arruinou sua imagem profissional. — Isso nunca tinha acontecido antes. Não sou de chorar assim, descompensada. Não me julgue mal por isso.

Marco Antônio a estuda por um instante, depois pousa a mão sobre o braço dela, num gesto inesperadamente gentil.

— Ei, menina, se acalme. Beba seu café. Você não precisa se explicar agora.

Dani solta um suspiro trêmulo, aliviada pela permissão silenciosa de se recompor. Ela assente com a cabeça e leva o canudo aos lábios. O líquido gelado escorre por sua garganta, oferecendo um conforto momentâneo para o nó que ainda se forma em seu peito.

A brisa leve balança os guardanapos da mesa ao lado. O café está quase deserto, provavelmente por causa do horário. Marco Antônio bebe um golpe de água com gás enquanto espera, paciente.

— Já sentiu como se ninguém desse a mínima pra você? — A voz dela quebra o silêncio, carregada de uma ironia amarga. Dani solta uma risada sem humor. — Bobagem, claro que nunca se sentiu assim.

Marco Antônio ergue uma sobrancelha e sorri. Ela não está errada. Sempre foi o centro das atenções. Nunca precisou lutar para ser notado.

— Minha mãe só se importa em salvar a Amazônia. Mal consigo falar com ela, porque, aparentemente, meus problemas são superficiais demais em relação ao futuro do planeta. — A voz dela vacila, quase como se não quisesse pronunciar as próximas palavras. Marco percebe a maneira como seus dedos se fecham com força ao redor do copo, as juntas das mãos ficando brancas. — E meu pai... bem, meu pai perdeu a noção de tudo depois que começou a namorar aquela garota.

Ela revira os olhos e bebe outro gole de café. O sabor adocicado e a textura aveludada contrastam com a irritação fervendo dentro dela, tornando o incômodo ainda mais intenso. Seu maxilar se tensiona, e sua expressão endurece, como se cada gole reforçasse a frustração que tenta dissipar.

— Hoje de manhã, percebi que a Carla estava usando uma roupa minha. Simplesmente entrou no meu quarto e mexeu nas minhas coisas como se fossem dela. Meu pai, claro, ficou do lado dela. Disse que eu estava exagerando, que não custava nada emprestar. Mas, primeiro: ela não me pediu. Segundo: são as *minhas* coisas! Eu não sou obrigada a compartilhar nada com ela!

O amargor em sua voz é inconfundível. Marco Antônio tamborila os dedos na mesa, os olhos atentos a cada traço da frustração dela.

— Você não a odeia só porque ela é mais jovem, não é? — A pergunta beira à afirmação, como se ele acreditasse que há mais por trás da história.

Dani dá uma risada seca, sem qualquer vestígio de humor.

— Ela era minha melhor amiga — revela, em voz baixa. — E estava saindo com meu pai em segredo. — Sua voz oscila na última palavra, um fio tênue prestes a se partir. — E eu descobri da pior forma possível.

Dani fecha os olhos, claramente revivendo o momento. Marco Antônio não precisa perguntar. Sabe o que significa "descobrir da pior forma". As piores verdades nunca são ditas, são vistas.

— Seu pai traiu sua mãe com ela? — Ele arrisca, testando as peças do quebra-cabeça.

Dani comprime os lábios, meneando a cabeça.

— Não. Meus pais se separaram há anos.

— Então o problema é que a namorada dele é sua melhor amiga.

— *Ex-melhor* amiga — ela corrige, a voz dura como pedra. Não há hesitação, nem um pingo de dúvida. Algumas coisas são imperdoáveis. E Carla fez questão de provar isso.

Marco Antônio percebe como os lábios da menina tremem, como as mãos apertam o copo entre os dedos. A dor dela é real. Ele não esperava se importar, mas se surpreende ao sentir empatia.

— E tem o Dinho... — Dani solta um suspiro longo, arrastado, e gira distraidamente o gelo dentro do copo, observando-o deslizar pela superfície cremosa do café. — Quer dizer, praticamente não tem mais. Desde que arrumou um trabalho extra como *personal trainer*, mal sobra tempo pra mim. Está sempre exausto, só quer ficar em casa. Se eu reclamo, sou egoísta. Mas, poxa, somos jovens! Deveríamos sair, aproveitar, não? Às vezes, sinto que a gente só tá junto por hábito, como se estivesse preso a uma rotina que ninguém quer quebrar.

Marco Antônio suspira ao ouvir o nome do filho e balança a cabeça, inconformado. O garoto se matando para pagar contas, desperdiçando um tempo valioso que deveria estar investindo no próprio futuro. Poderia estar estudando com tranquilidade, se preparando para algo maior. Mas, em vez disso, escolhe uma carreira desgastante, instável e pouco promissora.

— O meu filho é um idiota de primeira categoria — declara, deixando a decepção transparecer em suas palavras. — Além de desperdiçar todo o investimento que fiz no futuro dele, ainda tem a audácia de negligenciar uma namorada como você.

Dani o encara por um instante, seu olhar avaliando as palavras com um misto de choque e orgulho. Então, seus lábios se curvam em um sorriso pequeno, quase imperceptível.

— Talvez ele tenha se cansado de mim — pronuncia, apesar de não acreditar realmente nas próprias palavras. — Estamos juntos há quase quatro anos.

Marco Antônio solta um som de desdém, balançando a cabeça.

— Sabe qual é o problema do Bernardo? Ele acha que tudo é garantido. Que nunca vai perder nada.

Por um momento, seu olhar se perde em um ponto fixo, como se estivesse vendo algo que já não existe mais. O peso do passado lhe cai sobre os ombros, frio e inescapável. A lembrança da primeira esposa ressurge com nitidez: o riso dela ecoando na memória, o cheiro doce de seu perfume misturado à brisa da manhã, e então... o silêncio. O acidente. O vazio irreparável que se instalou desde então. Algumas pessoas só percebem o valor do que têm quando já é tarde demais.

Ele inspira fundo, piscando uma vez, afastando o pensamento com um suspiro.

— Por isso eu tomo providências — prossegue, dando de ombros. — Falar não adianta.

Dani ergue o olhar, os olhos estreitando-se levemente, analisando cada detalhe da expressão dele.

— Foi por isso me contratou, não foi?

Marco Antônio aperta os lábios, sem pressa. Não há por que mentir.

— Sim. Eu esperava que o meu filho ficasse, no mínimo, incomodado ao ver você ocupando o espaço que deveria ser dele. Pensei que o ciúme o faria reagir, mas foi só fogo de palha.

Dani sente um aperto no peito enquanto encara Marco Antônio. O amargor da decepção se mistura à irritação crescente por ter sido tão ingênua.

Como não percebeu antes? Como se permitiu ser uma peça num jogo meticulosamente arquitetado para manipular Dinho?

Dinho... O nome dele ressoa em sua mente, trazendo um peso desconfortável ao seu estômago. A lembrança da advertência do rapaz volta com força, acompanhada por uma pontada do constrangimento. Ele esteve certo o tempo todo. E ela, idiota, brigou com ele por causa disso...

Marco Antônio percebe a súbita mudança na postura da garota. O enrijecer dos lábios, o arquear sutil das sobrancelhas, o brilho apagado no olhar. Ela não gostou do que descobriu.

— Mas confesso que você me surpreendeu, menina. — A intenção é amenizar o impacto de suas palavras, mas a confissão não é vazia nem dita em vão.

Dani mantém o olhar fixo no rosto dele. A decepção ainda arde sob sua pele. Seu olhar vasculha o dele, buscando qualquer sinal de cinismo ou falsidade, mas o receio de interpretar errado a impede de chegar a uma conclusão definitiva.

— Espero que não seja pelo descontrole de hoje — sua voz atravessa o silêncio, carregada de um desafio disfarçado.

Marco Antônio solta uma risada baixa, breve, como quem reconhece a provocação sem precisar de explicações.

— Não — responde, sem rodeios. — Você tem talento. Muito mais do que eu esperava. Se continuar se dedicando e souber separar as coisas, pode ir muito longe.

O subtexto não passa despercebido por Dani. "Separar as coisas." Ele não diz abertamente, mas ela entende. Marco Antônio está falando sobre manter a vida pessoal e a profissional em trilhos distintos, sem deixar que sentimentos atrapalhem seu desempenho.

— Me desculpe novamente — ela diz, mantendo o olhar no dele, determinada. — A partir de hoje, prometo que não vai se repetir. Vou ser a melhor estagiária que já passou pela sua empresa. E nada vai me distrair disso.

Marco Antônio a observa em silêncio, medindo não apenas as palavras, mas a força por trás delas.

Dessa vez, quando ela sorri, há controle. Há profissionalismo. Exatamente como deveria ser.

> Duas coisas, sobretudo, impedem que o homem saiba ao certo o que deve fazer:
> uma é a vergonha, que cega a inteligência e arrefece a coragem;
> a outra é o medo, que, indicando o perigo, obriga a preferir a inércia à ação.
> (Erasmo de Rotterdam)

Por medo ou vergonha

Marina fecha os olhos por um instante antes de soprar as velas do bolo. O pedido que faz em silêncio tem peso de promessa: que ela passe no vestibular de Medicina. As chamas tremulam, resistindo por um segundo a mais antes de se apagarem, e ela ignora o pensamento incômodo de que isso poderia ser um presságio.

Ao redor da mesa, os rostos familiares a observam com expectativa. Cristiano, Heitor, Ângela, João e Joana. Sua mãe queria algo maior, claro. Cláudia e os filhos, talvez até alguns amigos próximos, como Ayumi. Mas Marina foi categórica: quanto menos gente, melhor. Se pudesse, teria evitado até essa pequena reunião. Sobretudo porque a presença de Cristiano e Joana no mesmo espaço faz o ar parecer mais pesado, carregado de uma tensão que só ela parece sentir de forma tão intensa.

Ela tenta se convencer de que está exagerando, mas basta erguer os olhos para que a verdade a golpeie sem piedade: Joana ainda o olha *daquele jeito*.

Não é apenas um olhar qualquer, não é uma distração passageira. Há algo ali que a incomoda profundamente – um resquício de algo inacabado, uma sombra do que já foi ou que, talvez, ainda não tenha deixado de ser. Disse a si mesma que tentaria perdoá-la, que tentaria seguir em frente. Mas algumas feridas não se fecham apenas com o tempo. Exigem mais do que paciência, mais do que a simples vontade de seguir adiante. Como perdoar alguém que usou uma verdade devastadora como arma? Joana não apenas revelou algo – ela arrancou o chão sob seus pés, desmontando tudo que Marina acreditava ser real. E fez isso apenas para machucá-la. O impacto foi avassalador, deixando Marina à deriva, sufocada por uma angústia que, vez ou outra, ainda tortura seus pensamentos. O perdão parece um conceito distante, quase utópico, porque perdoar exige esquecer, e Marina não pode – ainda – se esquecer.

– Muitas felicidades, meu amor – Ângela deseja, envolvendo-a num abraço apertado, quente, protetor. Em seguida, desliza um pequeno rolo de papel, preso com um laço delicado, na direção da filha. – Esse presente é meu e do seu pai – declara, trocando um olhar cúmplice com Heitor, que sorri com orgulho.

– Feliz aniversário, Nina! – Ele acrescenta, apertando de leve a mão dela sobre a mesa, um gesto de carinho silencioso.

Marina desenrola o papel, sentindo o coração acelerar. Seus olhos percorrem as palavras e, num instante, uma onda de emoção a invade. É uma inscrição para tirar a carteira de habilitação.

– Uau, sério? Obrigada! Vocês são incríveis! – Exclama, a felicidade evidente no tom esganiçado de sua voz.

Cristiano observa a cena em silêncio, os pensamentos girando em sua mente. Se tivesse ignorado os protestos de Leo, poderia ter dado a Marina o carro que planejava. Teria sido o combo perfeito. Contudo, agora resta apenas o incômodo da oportunidade perdida.

– Feliz aniversário, Marina – João diz, colocando diante dela uma pequena caixa, um toque de hesitação em seu gesto. – Esse é meu e da Joana.

Marina ergue os olhos, murmurando um agradecimento. Seu olhar paira sobre os dois por um breve segundo antes de desviar. Passa tão rápido por Joana que mal percebe o sorriso hesitante da outra. Prefere se concentrar em abrir o presente, mantendo as barreiras erguidas.

Enquanto isso, Joana inspira fundo, soprando o ar com suavidade antes de esfregar as palmas suadas na barra do vestido. Tentou escapar daquele café da manhã em família a todo custo, mas seu pai não permitiu. Para ele, família vem em primeiro lugar, não importa o quão constrangedor seja estarem juntos. Não importa que o ex da filha agora seja o namorado da enteada. Não importa que a enteada provavelmente a deteste. Não importa que Joana ainda se sinta mortificada ao ver Cristiano sorrir *daquele jeito* para Marina.

– Feliz aniversário, coração – Cristiano fala, piscando para Marina. – Caso estejam se perguntando, meu presente pra ela sou eu. – A brincadeira provoca risadas e um discreto revirar de olhos da namorada.

Todos sabem que o presente verdadeiro é a viagem para a Chapada dos Veadeiros. Por educação, Marina convidou Joana, mas é óbvio que ela não aceitou. Colocar-se naquela situação? Ficar cercada por Marina, Cristiano e os amigos dela? Nem pensar!

A sensação de deslocamento cresce dentro de Joana, comprimindo seu peito. Ela morde a parte interna da bochecha, como se a dor física pudesse distraí-la do desconforto emocional.

– Vou ao banheiro – murmura, levantando-se num movimento ágil que denuncia a ansiedade para sair dali.

O ar fresco da área externa provoca um alívio momentâneo. Ela caminha entre as mesas, evitando olhares, mas, ao cruzar a entrada do edifício, esbarra em alguém.

— Desculpa – dizem em uníssono, as vozes se sobrepondo.

Joana ergue os olhos e, para sua surpresa, dá de cara com Tina, irmã de Vinícius.

— Oi, Joana – Tina cumprimenta, o sorriso leve e amigável como sempre.

— Oi – Joana responde, sem muita animação. Nunca foi de sorrisos fáceis, principalmente pela manhã.

— Não sabia que morava por aqui.

— Não exatamente. É aniversário da Marina. A tradição da família é tomar café da manhã juntos.

— Sempre fizeram isso?

— Infelizmente – Joana dá um suspiro, mas logo franze a testa, temendo soar antipática. – Quer dizer, eu não sou muito fã... mas deixa pra lá.

— Relaxa – Tina ri, dando de ombros. – Sei o que quer dizer. Lá em casa, nunca fomos de sair, mas agora fazemos programas juntos aos finais de semana e feriados – ela revira os olhos e balança cabeça, mas o tom em sua voz não é de verdadeiro desgosto. – Minha mãe faz questão. Diz que é o único momento em que consegue conversar com a gente sem distrações. Mas acho que ela faz isso mais pelo Júnior.

Joana estreita os olhos, sentindo uma pontada de preocupação.

— Ele tá bem? – Pergunta, genuinamente preocupada. Notou como Vinícius anda ausente nas aulas, cansado, sem ânimo. O caderno de desenhos, que sempre levava a tiracolo, desapareceu.

Tina hesita antes de responder:

— Mais ou menos. Desde que nosso pai morreu, ele anda diferente. E, bom... piorou depois que você deu um fora nele.

Joana sente um aperto no peito.

— O Vinícius te contou?

— Nem precisava. Estava na cara que ele gostava de você.

Joana abaixa o olhar.

— Eu sinto muito, é que... Não é justo usar alguém pra esquecer outra pessoa. Tentei explicar isso pra ele, mas...

— Bobagem – Tina interrompe, sacudindo os ombros, como se não fosse grande coisa. – Meu irmão tá magoado agora, mas uma hora ele supera. Sempre supera.

Joana desvia o olhar, refletindo por um instante. Quando volta a encarar Tina, as palavras escapam antes que possa detê-las:

— Sinto muita falta dele.

Tina sorri de leve.

— Ele também sente sua falta. Mas é orgulhoso demais pra admitir.

Joana abre a boca para responder, mas uma voz masculina a interrompe:

— Ei, Tina, a mãe quer pedir a conta...

Vinícius congela ao ver Joana. O impacto é instantâneo, um soco no estômago. Ela está tão bonita que chega a doer. E ele odeia isso. Odeia porque passou semanas tentando esquecê-la sem sucesso. Porque seu coração ainda reage ao vê-la, como se ela ainda tivesse influência sobre ele. Porque, enquanto ele se arrasta pelos dias sem ânimo, Joana parece intocável, imune à falta que ele sente.

– Oi, Vinícius – ela cumprimenta, apertando os lábios.

– Oi – ele responde, a voz neutra, fingindo indiferença enquanto volta os olhos para a irmã. – Vamos, Tina, a mãe tá com pressa – prossegue, cortando qualquer chance de aprofundar a conversa com Joana.

– Certo. Então, a gente se vê no ensaio, Joana – Tina despede-se, dando um sorriso suave para atenuar a estranheza entre os dois.

Joana observa os dois se afastarem, o peito apertado por uma sensação que já conhece bem. Por mais que tente se convencer de que não deveria mais se importar, a pontada de incômodo é inevitável. Seus olhos acompanham Vinícius, esperando por um gesto, um fragmento de hesitação, qualquer coisa que prove que ela ainda significa algo para ele. Mas ele não olha para trás. Nenhuma vez.

Ao longe, as risadas vindas de sua mesa a puxam de volta para a realidade. Ela suspira, baixinho.

Joana sempre perde o que mais importa. De um jeito ou de outro, aos poucos ou de repente, nada – nem ninguém – permanece. Talvez por isso tenha aprendido a erguer barreiras. Criar laços é dar margem à perda, e ela já se cansou de despedidas. Mas, por mais que tente se manter distante, seu coração insiste em se apegar, como se não aprendesse a lição.

No fundo, se pergunta se o problema é ela. Se desgasta as pessoas, se sua presença pesa. Ou talvez o universo tenha decidido puni-la por não ser uma boa pessoa. Pelos erros que comete, pelas escolhas erradas que fez. Talvez esteja fadada a ver tudo escorrer por entre os dedos, como consequência do que é, sem poder evitar.

Ainda assim, mesmo sendo complicada, espera que, um dia, alguém escolha ficar. Não por obrigação, não por falta de opção, mas porque quer. Porque decide correr o risco. Porque, apesar de tudo, acredita que ela vale a pena.

O sol se derrama pelo capô do jipe de Cristiano como mel dourado enquanto ele abaixa o vidro e exibe um sorriso preguiçoso para os amigos que se aproximam.

— E aí, prontos pra diversão? – Pergunta, batucando os dedos no volante, o ritmo descontraído combinando com o dia ensolarado.

Dani ajeita os óculos de sol e ri, inclinando-se para Dinho, que caminha ao seu lado.

— Tirando a cara de entojo do Leo, acho que tá tudo certo – provoca.

Leo, que já vem de cara arramada, bufa, impaciente, e se apoia na janela do motorista.

— Tirando a presença dela, acho que tá tudo certo – murmura, cruzando os braços. – Sério, de quem foi a ideia, hein?

Do banco do carona, Marina inclina-se para frente, os cachos balançando sob o chapéu de palha enquanto lança um olhar de advertência ao primo.

— Leo, não começa. Meu aniversário, minhas regras.

Ele revira os olhos, contrariado.

— Não confraternizar com o inimigo devia ser uma regra do seu aniversário – profere, mal-humorado. Antes que Marina tenha chance de retrucar, Leo se joga no banco traseiro ao lado do irmão, já sacando os fones para se isolar do mundo.

— Só faltou a Ayumi, né? – Dinho comenta enquanto Cristiano engata a marcha para dar a ré.

Marina solta um suspiro, apoiando o cotovelo no encosto do banco.

— É... os pais dela já haviam programado uma viagem pra São Paulo – responde, mas seu tom entrega que há mais na história.

— Que pena – murmura.

Dani se aconchega no ombro de Dinho, sentindo o calor reconfortante que emana dele. O programa de fim de semana pode não ser a viagem dos sonhos, mas pelo menos é uma chance de ficar perto do namorado. Mesmo que isso signifique suportar o humor azedo do cunhado. Leo pode ter 17 anos, mas, na maioria das vezes, sua maturidade é idêntica à de um pré-adolescente entrando na puberdade.

Ignorando a conversa ao redor, Leo ajeita os fones nos ouvidos anuncia com desdém:

— Temos três horas de viagem pela frente. Vou aproveitar de um jeito mais produtivo.

Marina revira os olhos, mas decide ignorar. É seu aniversário, e nada – nem mesmo a amargura de Leo – vai estragar isso.

Enquanto aguardam a chamada para embarque, no Aeroporto de Brasília, Ayumi desliza o dedo pela tela do celular, observando a última postagem de Dani. A *selfie* mostra a garota de cabelos dourados com um sorriso radiante no rosto e Dinho ao seu lado. Dani é praticamente uma estrela do Instagram, acumulando milhares de seguidores que acompanham cada detalhe de sua vida – desde o prato do almoço até as novas plantas que ela adiciona ao jardim impecável de sua casa.

Ayumi suspira, deslizando mais uma vez pela *timeline*. Não é inveja, exatamente. É algo mais profundo e difícil de explicar, como uma mistura de admiração e irritação. Pelo *feed*, Dani parece ter uma vida perfeita: viaja, cuida de plantas, sabe o que dizer e como dizer. E, claro, tem Dinho, com seu sorriso descontraído e seu jeito de tornar qualquer lugar mais leve.

A tela do celular se apaga, e Ayumi reclina a cabeça contra o encosto da cadeira, fixando os olhos no teto monocromático do aeroporto. Tenta apagar da mente a imagem de Dani abraçando Dinho, mas a cena se repete como um vídeo em *loop*.

— Filha, posso perguntar uma coisa? – A voz de Akira interrompe seus devaneios. Ele sopra o valor do chá que segura nas mãos, observando-a por cima dos óculos.

— Claro, *otousan* – responde, sem muita animação.

— Por que realmente não aceitou viajar com seus amigos?

A pergunta paira no ar como uma camada densa de neblina. O tom de Akira é calmo, porém carrega um peso que se infiltra nos ossos de Ayumi, impossível de ignorar. Ela se encolhe na cadeira, os ombros curvando-se instintivamente, como se pudesse se esconder da verdade que ele está tentando arrancar.

— Sei que disse que sua mãe não permitiu – ele continua, com aquela paciência que é quase pior do que se estivesse bravo. – Mas nós dois sabemos que isso não é verdade.

Ayumi afasta o olhar, mordendo o lábio inferior. Poderia contar parte da verdade ao pai: sua avó está prestes a surpreendê-los com a notícia de seu casamento com Oscar, amigo de longa data de seu falecido avô, Ichiro. A viagem a São Paulo é um pretexto para amortecer essa revelação, já que sua mãe, previsivelmente, não reagirá bem. Por mais que deseje apoiar a avó nesse momento, Ayumi sabe que essa é apenas uma fração da verdade. Um fragmento de algo muito maior, algo que ela mesma evita encarar.

A verdade se enrosca em sua mente, pesada como um segredo há muito reprimido. Porque, no fundo, mesmo que não houvesse casamento nenhum a ser comunicado, Ayumi ainda teria evitado viajar com os amigos. Ela sabe disso. Fugir sempre foi mais fácil. Por medo ou por vergonha. Medo de ser julgada, por não se encaixar nos padrões. Vergonha de ser vista, de expor um corpo que detesta aos olhares alheios. No fim das contas, esconder-se sempre foi sua opção mais segura, a única que a mantém protegida do que não tem coragem de enfrentar.

— Eles vão visitar cachoeiras — murmura tão baixo que o pai precisa se esforçar para ouvi-la.

Akira arqueia as sobrancelhas, o olhar profundo atravessando sua hesitação.

— E?

Ayumi engole em seco.

— E eu não gosto de cachoeiras — diz, dando de ombros de forma ensaiada. — A água é fria demais.

O silêncio pesa. O olhar do pai não vacila. Ele não se contenta com essa resposta.

— E? — Insiste.

O coração de Ayumi tropeça em uma batida. Ela aperta a barra da camiseta, a garganta travada.

Eu não gosto de usar roupas de banho em público. O pensamento relampeja em sua mente, mas as palavras se recusam a serem ditas. Porque dizê-las em voz alta significaria encará-las. Significaria abrir espaço para perguntas que talvez ela ainda não saiba responder. Como explicar que a simples ideia de expor seu corpo a faz sentir como se o ar fosse arrancado de seus pulmões? Que a vulnerabilidade, para ela, não é só desconfortável, mas quase insuportável?

— E... — Ela começa, mas as palavras se dissolvem antes de tomarem forma.

O pai espera, paciente. Não há pressa em seu olhar, apenas preocupação. Akira não vai simplesmente deixar para lá. Ele vai continuar ali, esperando, até que ela encontre um jeito de dizer o que precisa.

Ayumi já havia falado sobre isso na última sessão de terapia, mas ainda parece impossível admitir em voz alta. A memória de sua conversa com Letícia surge como um eco distante, voltando à sua mente sem ser convidada.

— Eu não gosto de cachoeiras — disse, mordendo o cantinho da unha do polegar, evitando encarar a terapeuta.

Letícia inclinou-se levemente para frente, a expressão serena.

— Já esteve em cachoeiras antes, Ayumi?

Ela assentiu, apertando a almofada que sempre mantinha no colo durante as sessões.

— Algumas vezes, quando era criança.

— E naquela época, gostava?

Ayumi hesitou, depois balançou a cabeça afirmativamente. Na infância, nada disso a preocupava. Eram dias felizes, cheios de brincadeiras e de uma liberdade que parecia natural.

— Então, o que mudou?

Ela sentiu o gosto de sangue na boca ao arrancar um pedacinho da cutícula. Mas dor no dedo era insignificante comparada ao aperto no peito.

Depois de um longo silêncio, sua voz saiu num sussurro quase inaudível:

— Hoje, a ideia de usar um biquíni ou até mesmo um maiô na frente de outras pessoas me apavora.

Letícia permaneceu em silêncio por um momento, permitindo que Ayumi processasse suas próprias palavras.

— Consegue falar mais sobre isso? — Sua voz era gentil, cuidadosa.

Ayumi levantou os olhos, encontrando o olhar acolhedor da terapeuta.

— Não é só o que as pessoas dizem ou pensam — começou, hesitante. — É como me olham. Como se...

— Como se?

Ela respirou fundo, tentando colocar os pensamentos em palavras.

— Como se eu não tivesse o direito de usar um biquíni — completou, a voz embargando conforme as lágrimas ameaçavam cair. — Eu tento ignorar, mas... esses olhares confirmam o que eu já penso sobre mim mesma.

Letícia inclinou-se delicadamente para frente, mantendo a proximidade sem invadir seu espaço.

— Ayumi, você sente que esses olhares definem quem você é?

Ela mordeu o lábio e passou a manga da blusa pelo canto dos olhos, enxugando uma lágrima teimosa.

— Às vezes, sim. Parece que... talvez eles estejam certos. Talvez eu realmente não deva usar. Talvez eu não deva nem sair, não deva me permitir querer nada. Pra quê?

Letícia fez uma pausa antes de continuar:

— Você já ouviu falar em projeção?

A garota franziu as sobrancelhas, confusa, e balançou a cabeça em negativa.

— Projeção acontece quando acreditamos que os outros estão nos julgando, mas, na verdade, estamos apenas refletindo nossas próprias inseguranças neles — explicou Letícia, com suavidade. — Muitas vezes, os pensamentos que atribuímos aos outros são aquilo que já sentimos sobre nós mesmos.

Ayumi ficou em silêncio, absorvendo as palavras.

— Então... quer dizer que, quando acho que as pessoas estão me julgando, pode ser que eu mesma esteja me julgando?

Letícia assentiu.

— Exatamente. O que você interpreta como condenação pode ser apenas o reflexo das suas próprias críticas. Você já se cobra tanto... talvez seja hora de se perguntar: esses julgamentos realmente vêm dos outros ou são ecos do que você já pensa sobre si mesma?

As palavras de Letícia pairam no ar, penetrando Ayumi como um choque silencioso. Nunca tinha parado para pensar nisso. Sempre acreditou que os olhares diziam o que ela temia ser verdade. Mas e se nunca tivessem dito nada? E se fossem apenas reflexos de sua própria visão distorcida sobre si mesma?

De volta ao presente, Ayumi pisca algumas vezes, tentando afastar a lembrança da sessão. O que Letícia disse faz sentido, mas parece tão difícil colocar em prática. Como se apenas entender fosse insuficiente para mudar o que sente. É mais fácil se esconder do que enfrentar.

– Você sabe que não precisava usar roupa de banho nem entrar na água, se não quisesse – Akira diz, interrompendo seus pensamentos. Seu tom, embora gentil, é firme, como se buscasse lembrá-la de que a vida não deveria ser limitada pelo medo ou pela vergonha. Ele não quer que a filha continue se privando de experiências por insegurança, que deixe de viver momentos importantes apenas para evitar o desconforto. – O importante era estar com seus amigos.

Ayumi abaixa os olhos, os dedos brincando com um fio solto na manga do casaco.

– Eu sei – sussurra. – Mas isso iria trazer perguntas que... não queria ter de responder.

Akira suspira, mas não força a conversa. Sabe que algumas questões Ayumi ainda precisa enfrentar sozinha, no seu próprio tempo. Mas ele também sabe que tempo demais se escondendo pode significar perder momentos que nunca voltam.

– Tudo bem – conclui. – Só não quero que perca oportunidades de ser feliz.

Ela funga discretamente, apertando os lábios numa linha fina. Às vezes, é mais fácil inventar uma desculpa. Mais fácil do que enfrentar aquela sensação sufocante que se aloja no peito sempre que precisa justificar por que não usou um biquíni, por que não subiu no palco na apresentação do colégio, por que sempre escolhe se esconder um pouco mais. Mesmo que, no fundo, isso signifique perder alguns momentos da vida.

Mas um dia... um dia, as coisas serão diferentes. Ela se convencerá disso quantas vezes forem necessárias. Vai chegar o momento em que não haverá mais essa barreira invisível, esse nó na garganta, esse medo de ser vista demais. Um dia, vai poder fazer tudo o que hoje sente que não consegue. Vai viver.

– Ei, vocês dois – a voz de Yoko corta o ar, chamando-os. – O embarque já começou!

Ayumi revira os olhos e, pela primeira vez naquele dia, sorri sem esforço.

— Pai, como o senhor acha que eu ia aguentar três dias longe dessa voz? — Ela faz uma pausa dramática, jogando um olhar divertido para Yoko. — A trilha sonora da minha vida.

Akira solta uma risada baixa, balançando a cabeça.

Enquanto seguem em direção ao portão de embarque, Ayumi pensa mais uma vez nas palavras de Letícia. Talvez um dia, quando estiver pronta, ela encontre a coragem necessária para atravessar essa barreira.

Talvez um dia.

Mas não hoje.

Hoje, ela apenas segue em frente.

> A memória apresenta às vezes um fenômeno curioso;
> conserva por muito tempo oculta e sopitada uma impressão
> de que não temos a menor consciência. De repente, porém,
> uma circunstância qualquer evoca essa reminiscência apagada;
> e ela ressurge com vigor e fidelidade.
> (José de Alencar)

Uma memória distante

Cristiano inspira profundamente, deixando que o ar quente e seco do Cerrado preencha seus pulmões. O horizonte se estende à frente, um mar de azul riscado apenas por algumas nuvens aleatórias. O calor ondula sobre o asfalto, transformando a paisagem em algo quase onírico.

Parado ao lado de um pequeno posto de gasolina, ele se alonga, tentando dissipar o cansaço da viagem. Dani e Dinho estão dentro da loja de conveniência, entretidos com os artesanatos coloridos que decoram as prateleiras, típicas armadilhas para turistas. Mas Cristiano não está ali de verdade. Seu corpo pode estar sob o Sol escaldante do presente, mas sua mente o arrasta para um passado que nunca o abandonou por completo.

A paisagem rural o leva de volta à única viagem que fez com os pais quando criança. Um percurso longo até o interior do Centro-Oeste para visitar os avós paternos. É uma daquelas poucas memórias em que sua mãe não é apenas um espectro frio e distante, mas alguém que, mesmo que por um instante passageiro, parecia exercer um verdadeiro papel de mãe. Ainda assim, a lembrança traz consigo um gosto agridoce.

Em sua memória, ele tem 8 anos de novo.

O ônibus sacolejava pela estrada poeirenta até finalmente estacionar em um pequeno restaurante de beira de estrada. O calor do asfalto subia como um vapor invisível, abraçando Cristiano por inteiro. Ele seguiu o pai até a lanchonete, os olhos famintos explorando as opções de guloseimas. Do lado de fora, sentado em um banco de concreto, um garoto mais velho chupava um picolé de um laranja intenso. Parecia a coisa mais refrescante do mundo.

– Quer um também? – Túlio perguntou, e Cristiano assentiu com os olhos brilhando de expectativa. Regalias como aquela eram exceção; ele não podia perder a oportunidade.

A mãe, como sempre, afastou-se dos dois, sacando um cigarro e desaparecendo para um canto mais distante. Era típico dela – sempre isolada, sempre com a mente em outro lugar.

O pai pagou pelo lanche -- um saco de petas, uma caixa de chicletes e o tão desejado picolé –, entregando-o já desembalado ao garoto. Cristiano segurou o picolé como se fosse um tesouro, saindo da lanchonete com passos saltitantes, ansioso para experimentar. A textura gelada derretia levemente entre seus dedos pequenos e o aroma doce fazia sua boca salivar. Mas sua alegria durou pouco. A pressa se tornou sua inimiga. Em sua ânsia, Cristiano acabou tropeçando. Tudo pareceu acontecer em câmera lenta. O picolé escorregou de sua mão pequena e caiu no chão poeirento, manchando o solo com um tom pegajoso de fruta.

A risada cáustica ecoou antes mesmo de ele entender o que tinha acontecido. O garoto mais velho gargalhava, apontando para ele sem um pingo de piedade, os lábios manchados pelo próprio picolé derretido.

– Olha só! Derrubou o sorvetinho, foi? Bobão! – A zombaria fluía em seu tom com uma crueldade infantil que atingiu Cristiano de súbito.

Ele sentiu os olhos arderem. O calor, o constrangimento, a decepção. Sua mente gritava que ele precisava salvar o picolé. Com delicadeza desesperada, o recolheu do chão e soprou a poeira, na esperança ingênua de que aquilo bastasse. Mas não adiantou. A areia já tinha grudado no gelo derretido, transformando o que antes era um doce perfeito em algo irreversivelmente sujo. Sua garganta se apertou. Cristiano tentou decidir o que fazer. Seus olhos buscaram o pai, que não estava em lugar algum. Talvez tivesse ido ao banheiro. Chupar com terra seria uma opção?

Mas então a voz incisiva de sua mãe rompeu suas divagações:

– Você não está pensando em comer isso, está? – A aspereza dela foi um golpe seco, fazendo Cristiano se encolher de imediato. Detestava como Elaine conseguia amedrontá-lo com pouco esforço.

Ele não teve sequer tempo de responder. A mulher avançou, arrancando o picolé de suas mãos com um gesto impaciente, e jogando numa lata de lixo. O barulho do sorvete atingindo o fundo da lixeira foi como um golpe direto no coração do garoto.

– Você e essa sua mão de alface, Cristiano! Parece que não sabe segurar nada! – A raiva na voz dela aumentava ainda mais sua sensação de derrota.

Cristiano tentou, a todo custo, conter o choro. O nó na garganta cresceu rápido, asfixiante, mas as lágrimas ignoraram seus esforços. Ele piscou para afastá-las, mas a traição de seu próprio corpo era inevitável. O garoto mais velho ainda ria, os olhos carregando a mesma malícia infantil de antes, até que Elaine o fuzilou com um olhar afiado, normalmente reservado ao próprio filho.

— Cala essa boca antes que eu faça você engolir esse picolé com palito e tudo, moleque! — O tom dela era ameaçador, e o menino, que até então se divertia com a desgraça alheia, arregalou os olhos e engoliu em seco. Mais que depressa, afastou-se para procurar os próprios pais.

Sem que Cristiano esperasse, ela se curvou para secar suas lágrimas com gestos bruscos, as mãos ásperas demais para oferecer qualquer tipo de consolo.

— Engole o choro, Cristiano. Menino chorão é feio e me irrita. — A frase saiu sem doçura, apenas uma ordem seca, carregada de uma frieza que o garoto nunca conseguiu entender.

Cristiano sabia que ela odiava estar ali, que aquela viagem forçada e o ônibus lotado a irritavam além do que ela podia suportar. Mas Túlio insistiu, e a doença da avó tornou a visita inevitável.

— Seu pai desaparece nas horas mais impossíveis — esbravejou, os olhos inquietos rondando o entorno, como se procurasse pelo marido e, ao mesmo tempo, desejasse não o encontrar. Ela suspeitava que ele se aproveitou da pausa para beber escondido, e a mera possibilidade tornava sua expressão ainda mais dura. — Me espera aqui, ouviu? — Ordenou, sem paciência, antes de desaparecer na lanchonete.

Cristiano ficou parado, olhando para os próprios pés, tentando entender se tinha feito algo errado.

Quando ela retornou, segurava outro picolé. Era diferente do primeiro. Mais caro. Mais bonito. A embalagem se destacava, e o cheiro doce de chocolate e baunilha se misturava ao ar quente. O tipo de picolé que ele nunca escolheria por conta própria.

Ela estendeu a mão.

— Toma.

Cristiano a encarou, confuso, sem saber se podia aceitar aquele gesto sem medo de que se transformasse em outra bronca.

— Pega. — Ela insistiu, impaciente, sacudindo o picolé na direção dele. Ele obedeceu, pegando o sorvete com dedos cuidadosos, evitando contato direto com a mão dela. — Como se diz? — Elaine questionou, arqueando uma sobrancelha, lembrando-o de algo óbvio.

— Obrigado — ele murmurou.

— De nada. Agora segura direito dessa vez. — Advertiu, apontando o dedo em riste para ele, a voz ainda mantendo um tom áspero.

Cristiano levou o picolé aos lábios, sentindo o choque frio contra a língua. Estranhamente, o gosto não era só de baunilha e chocolate. Havia algo mais profundo ali, uma mistura de emoções que ele não conseguia separar. O doce se misturava a uma leve amargura. Um gosto que, mesmo anos depois, ele ainda reconheceria – o sabor de um afeto inconstante, revestido de ressentimento, sempre preso entre o dar e o negar.

※

De volta ao presente, o vento abafado sopra contra seu rosto. Cristiano pisca, dando um longo suspiro. A memória pesa, mas não o destrói. Ele é mais forte agora. Não precisa mais de picolés novos para compensar as perdas. Seu olhar vaga pela estrada adiante, e ele se permite um último respiro profundo antes de seguir em frente.

— Ei, Cristiano – Marina chama, estendendo-lhe uma garrafa de água.

Ele aceita com um meio-sorriso.

— Obrigado, coração. – Sua voz soa cansada enquanto destampa a garrafa e bebe aos poucos, sentindo a água gelada aliviar sua garganta ressecada.

Marina o observa. Algo na expressão dele a faz franzir levemente a testa. Ela conhece Cristiano o suficiente para perceber quando alguma coisa o inquieta.

— Tá tudo bem? – Pergunta, com aquele olhar que enxerga além da superfície.

Cristiano hesita. Por um momento, considera mentir, dizer que é apenas cansaço. Mas é Marina. Ela sempre vê através dele.

— Estava pensando na minha mãe – diz, enfim, a voz soando distante. Ele conta, em poucas palavras, a lembrança que o invadiu ao se ver contemplando aquela paisagem que os cerca.

Marina escuta atentamente, envolvida no momento e na profundidade da história.

— É uma boa lembrança pra se guardar. – Sua voz é gentil e, quando passa o braço ao redor da cintura dele, o gesto diz mais do que qualquer palavra poderia.

Cristiano ri baixinho, e sua resposta soa carregada de uma tristeza absurda:

— É a única boa lembrança, coração.

Marina o abraça mais apertado, como se quisesse dizer com aquele gesto que agora ele tem mais do que memórias solitárias e pouco felizes. Tem a ela. Tem amigos. Tem o presente que constrói, dia após dia.

Cristiano pousa o queixo na cabeça dela. O silêncio entre eles é preenchido por um entendimento mútuo que não necessita de palavras.

— Ei, casal! Vamos? – A voz de Leo quebra o momento, trazendo-os novamente para a realidade, e os dois caminham de volta para o carro.

Horas depois, a estrada se desenrola até Alto Paraíso de Goiás, onde o céu parece se fundir às montanhas. Quando Cristiano falou sobre alugar uma casa para o fim de semana, Leo imaginou algo simples, talvez um chalé rústico no meio da mata. Mas, assim que passam pelos portões de pedra e a estrada de terra é substituída por um caminho pavimentado, o cenário se transforma.

A casa é magnífica. A arquitetura mistura a natureza e o luxo de forma harmônica. Paredes de pedra, janelas imensas que deixam a luz do fim de tarde se espalhar pelos cômodos, e um terraço repleto de plantas que parecem desafiar o céu.

— Uau! — Dani deixa escapar, tirando os óculos de sol para ver melhor.

— Cristiano, é só nessas horas que eu me lembro do quanto é rico. — Leo coloca as mãos na cintura e encara a casa como se tentasse dimensionar tudo.

Cristiano apenas sorri, acostumado ao tom exagerado do amigo. Dentro da casa, o cheiro de madeira e terra fresca os envolve. Os móveis são rústicos, almofadas coloridas se espalham pelos sofás e há uma lareira que, em noites frias, garante aconchego.

— Que lugar incrível! — Dinho contempla, boquiaberto, observando a arquitetura impressionante.

— Com todo esse luxo, dá até preguiça de fazer trilha — Leo brinca, explorando os espaços com interesse.

— Pois se anime, primo, porque viemos aqui pelas cachoeiras! — Marina rebate, sorridente. Para ela, visitar a Chapada é muito mais do que ficar dentro de uma casa luxuosa. Precisa sentir a energia do lugar, visitar as lojas de cristais, explorar as trilhas e descobrir os mistérios que envolvem aquele pedaço de terra tão famoso.

— Acho que podemos guardar as malas agora e sair pra explorar a cidade — Dani sugere, ao pé da escadaria de madeira.

— Dani, meu bem, só *você* trouxe mala — Leo debocha, cruzando os braços. — O restante de nós trouxe mochila.

— Eu gosto de ter opções, Leo — ela resmunga, revirando os olhos.

— Falando em opções, eu escolho o quarto primeiro! — Leo declara e sobe os degraus, de dois em dois.

— Ei, isso não vale! — Dani protesta e corre atrás dele. — Dinho, traz minha mala! — Grita, antes de desaparecer pelo andar de cima.

Dinho suspira e levanta a mala com esforço. Pelo peso, deve estar cheia de pedras.

Marina faz menção de segui-lo, mas Cristiano a segura pelo pulso e a faz girar no segundo degrau. Agora, seus rostos estão quase na mesma altura.

— Que foi? Não quer escolher o melhor quarto? — Marina sorri.

Cristiano passa os braços ao redor da cintura dela, puxando-a para mais perto.

— Coração, eu já dormi em lugares que nem imagina. — Ele diz, um sorriso tranquilo nos lábios. — Posso me arranjar numa rede lá fora sem problemas.

Marina sente o peito doer. Às vezes, se esquece do quanto ainda não sabe sobre ele, das partes do passado que Cristiano guarda para si.

— Ei, não precisa ficar triste. — Ele sussurra, roçando os lábios na ponta do nariz dela. — O que eu quero dizer é que, enquanto eles se engalfinham por um quarto, eu prefiro aproveitar meu tempo com você.

Marina dá um sorriso. Cristiano diz que não leva jeito com palavras, mas, todas as vezes que fala assim, ela sente que poderia derreter ali mesmo.

Com suavidade, ela desliza as mãos pela nuca dele e o beija. Um beijo profundo, quente, que faz o mundo desaparecer por alguns instantes.

E, nesse momento, nada mais importa.

> A verdade é bela, sem dúvida; mas a mentira também.
> (Ralph Waldo Emerson)

Uma mentira que se deseja

O avião toca suavemente a pista do Aeroporto de Congonhas, e Ayumi, com a testa apoiada no vidro frio da janela, observa os galpões se aproximarem com um misto de ansiedade e nostalgia. São Paulo sempre a afeta dessa forma – um caos vibrante que a fascina e a inquieta na mesma medida. Mas, desta vez, sua preocupação não é com o ritmo frenético das ruas ou a grandiosidade dos arranha-céus. É o peso da verdade que logo será despejada sobre sua mãe. A qualquer momento, o frágil equilíbrio de sua família pode se romper, e Ayumi se pergunta se há algo que possa fazer para suavizar o impacto.

Durante o voo de quase duas horas, refletiu bastante sobre o motivo de terem feito aquela viagem repentina: sua avó havia se casado há duas semanas com o namorado de longa data. Um amor maduro, discreto, mas verdadeiro. Algo que, em qualquer outra circunstância, seria celebrado por toda a família. Mas, por razões óbvias, foi envolto em sigilo. Apenas os filhos e netos de Oscar sabem. E, da parte de Michiko, apenas Ayumi.

Claro, Yoko ainda não faz ideia. Duas razões tornam essa revelação uma bomba-relógio prestes a explodir: a primeira, porque Yoko considera a mãe velha demais para um segundo casamento. *"Se passou tantos anos sem precisar disso, por que agora?"*, ela argumentava sempre que o assunto surgia. A segunda, e mais complicada, porque Oscar foi melhor amigo de Ichiro, o falecido pai de Yoko. O simples fato de que sua mãe e Oscar se tornaram um casal já é visto como uma afronta. Um casamento, então? É como dançar sobre o túmulo de seu pai.

Ayumi viu as fotos da cerimônia – um evento pequeno, sem pompa, mas muito bonito. A avó vestia tons suaves e seu sorriso transbordava felicidade. Oscar, ao seu lado, parecia igualmente radiante, segurando sua mão com ternura.

Ela sempre esteve ao lado da avó. Desde pequena, admirava sua força e independência. Quando Oscar a pediu em namoro, Ayumi foi a primeira a apoiar aquele amor inesperado. Para ela, o que importa é a felicidade de Michiko. Mas, para Yoko, isso soa como um ultraje. Um desrespeito à memória de Ichiro.

O avião desacelera na pista, e Ayumi sente o peso da verdade se tornar ainda mais concreto. Ela sabe que o impacto da notícia não será brando. Sua mãe pode reagir de várias formas, e nenhuma delas será boa.

Explosão de fúria? Silêncio glacial? Desprezo passivo-agressivo? Não importa o desfecho, a viagem será qualquer coisa, menos tranquila.

Talvez Michiko devesse ter contado por telefone, poupando a todos do confronto presencial. Mas ela queria encarar a filha de frente, assumir sua escolha com dignidade. Afinal, amar novamente não é uma traição, e sim um direito. Mesmo que isso significasse o julgamento impiedoso de Yoko. No fim das contas, seja pessoalmente ou a distância, as coisas não serão fáceis.

– Que cara é essa, *musume*? – Akira pergunta, olhando em sua direção com um ar analítico.

Ayumi pisca algumas vezes, despertando da avalanche de pensamentos que a soterram. Passa a mão pela nuca, hesitante, tentando disfarçar o peso da ansiedade.

– Nada, só pensando – responde, sem muita convicção.

Akira estreita os olhos, como se tentasse ler além das palavras da filha.

– Será que se arrependeu de não ter ido com seus amigos? – Provoca, piscando para ela.

Ayumi força um sorriso. Se o pai soubesse o que os aguarda naquele fim de semana, talvez não estivesse tão tranquilo.

– Ah, mamãe começou foi cedo – Yoko resmunga, sem tirar os olhos da tela do celular, a irritação evidente em sua voz.

Ayumi e Akira trocam um olhar discreto.

– O que foi agora? – Ele pergunta, paciente.

A mulher suspira, sacudindo o celular em um gesto de impaciência.

– Oscar vem buscar a gente. Vamos direto almoçar na casa dele. Me diz, não seria mais lógico passarmos na casa da minha mãe primeiro, deixarmos as malas e só então irmos pra lá?

Akira suspira, pousando a mão sobre a de Yoko em um gesto tranquilizador, como se dissesse que aquilo não precisa realmente ser um problema.

– Não seja tão implicante, Yoko. Não faz diferença irmos direto, faz?

Mas Ayumi sabe que o problema não é a logística. É o *destino*.

– Tô ansiosa pra ver a *obaasan* – muda de assunto, tentando forçar leveza na voz enquanto puxa a mochila debaixo do assento.

Yoko, ainda focada no celular, não se dá ao trabalho de erguer o olhar quando responde:

– Nem adianta pensar que ela vai notar que você emagreceu, Ayumi – solta, balançando a cabeça. Sua intenção não é ferir, mas "preparar" a filha para evitar expectativas desnecessárias. – Foi algo sutil. Nem vale comentar.

Ayumi dá um sorriso forçado, ignorando a frustração. É impressionante como sua mãe tem um talento inato para estragar qualquer momento com uma frase aparentemente inofensiva.

— Ah, mas não se preocupe quanto a isso, mãe — retruca, seu tom carregado de ironia. — A vovó é bem diferente de você. Ela fica feliz com as minhas conquistas. Mesmo as sutis.

O ar ao redor delas parece ficar mais pesado. Yoko a encara com indignação, mas há algo mais — um traço de contrariedade, talvez de ciúme.

— Você adora dizer que eu não me importo com você, né, minha filha? — Yoko murmura, a voz alternando entre cansaço e irritação. — É uma pena que você só enxergue o que quer. Tudo que eu faço é pelo seu bem. Um dia, vai entender que avós mimam, mas mães preparam pra vida. E vai me agradecer.

Ayumi suspira, desviando o olhar para além da janela do avião enquanto os ombros caem. Será que sua mãe realmente acredita nisso? Que um dia ela se sentirá grata pelas críticas constantes, pelos comentários afiados que perfuram sua autoestima? Para Yoko, suas palavras são construtivas, contribuem para o crescimento da filha. Mas, para Ayumi, soam como pequenas facadas, golpes invisíveis que se acumulam ao longo dos anos. Nenhuma delas a motiva de fato. Apenas a fazem querer fugir.

Yoko, por outro lado, mantém-se ereta, talvez se agarrando à esperança de que, em algum momento, sua filha veja o mundo através de seus olhos.

Cinco minutos depois, eles desembarcam e pegam as malas. O peso da conversa ainda paira entre mãe e filha, mas nenhuma delas quer prolongar o assunto.

No saguão de desembarque, Oscar, com seus cabelos e barba brancos e rugas que transparecem serenidade, ostenta um sorriso caloroso ao acenar.

— Oi, pessoal! Fizeram boa viagem? — Pergunta, apertando a mão de Akira e, em seguida, de Yoko.

— Oi, vô! Fizemos, sim — Ayumi responde, se permitindo um abraço rápido no senhor, que a acolhe com naturalidade, como se ela fosse sua neta desde sempre.

Yoko, por outro lado, ergue uma sobrancelha ao ouvir a palavra "vô" e lança um olhar inquisitivo para Akira, que apenas dá de ombros, sem entrar na discussão silenciosa.

— Vamos? A Michiko está terminando de preparar um almoço maravilhoso pra gente lá em casa. — Oscar anuncia com entusiasmo, gesticulando para que o acompanhem até o carro.

No caminho, São Paulo pulsa ao redor de Ayumi. As ruas nunca param, as buzinas preenchem o ar, os letreiros piscam sem descanso. O caos parece ter um ritmo próprio, algo que ela reconhece, mas que nunca encontrou em Brasília.

Na capital federal, tudo é planejado, metódico. As ruas são largas, os prédios parecem encaixados com precisão, e o tempo corre de maneira mais espaçada. O trânsito flui sem a mesma urgência de São Paulo, e o horizonte aberto transmite uma calma que, ironicamente, às vezes a sufoca.

– E como está Brasília? – Oscar pergunta, lançando um breve olhar pelo retrovisor.

– Quente e seca como sempre – responde Yoko, cruzando os braços, seus óculos escuros ocultando qualquer expressão.

– E você, ainda dando aulas na universidade? – Akira pergunta, olhando para Oscar do banco do carona.

– Não, me aposentei no mês passado – explica, girando o volante para virar uma esquina. – Agora estou aproveitando com a Michiko. Estamos planejando viajar um pouco. Ela quer me levar pra conhecer o Japão.

– Uma viagem que vale a pena – Akira concorda, nostálgico.

– Eu gostaria de ir! – Ayumi exclama, seus olhos se iluminando com a ideia.

Yoko, até então absorta na paisagem pela janela, se vira ligeiramente para a filha.

– Você já foi ao Japão, minha filha – diz, num tom neutro, como se não entendesse o entusiasmo.

– Quando eu era criança – Ayumi contesta. – Nem lembro de nada.

– Quem sabe não combinamos de ir juntos, então? – Oscar sugere, animado. – Beto e Luísa já demonstraram interesse também.

O nome de Beto a atinge como um soco no estômago. Seus ombros enrijecem e sua expressão se fecha sutilmente. Roberto – ou Beto, como todos o chamam – não é alguém com quem queira dividir qualquer experiência. Muito menos uma viagem ao Japão.

Ela nunca gostou dele, e o sentimento parece ser recíproco. A antipatia cresceu como erva daninha nos encontros forçados durante as visitas à casa dos avós, alimentada pelas provocações incessantes do garoto. Ele nunca perdia uma oportunidade de zombar dela: seu peso, suas roupas e até a maneira como prendia o cabelo. Cada detalhe era uma brecha para suas piadas carregadas de sarcasmo, sempre acompanhadas daquele sorriso sacana que a fazia ferver de raiva. Mas o pior de tudo era o olhar dele – aqueles olhos escuros, sempre cheios de uma superioridade irritante, como se estivesse certo de que era melhor do que ela.

Luísa, por outro lado, é o completo oposto do irmão. Sempre gentil e carismática, faz questão de manter contato com Ayumi, enviando mensagens, compartilhando *memes* e perguntando como ela está, mesmo a distância.

Não, definitivamente Ayumi não gostaria de viajar com Beto. Já será um suplício aguentá-lo por perto pelos próximos dias.

Após um tempo no trânsito, o carro entra em uma rua arborizada e silenciosa, cercada por casas elegantes. Um frio percorre a espinha de Ayumi. Apoiar a avó foi instintivo; mas, agora, tão perto do confronto irremediável entre Michiko e Yoko, ela se pergunta se a viagem foi realmente uma boa ideia.

Oscar aciona o controle remoto, e o portão de ferro forjado desliza com um rangido suave. O carro avança pelo caminho de pedras que corta um jardim impecável, repleto de flores coloridas e arbustos bem podados.

Quando descem, Michiko já os espera à porta, seu sorriso acolhedor iluminando o rosto sereno. Os cabelos grisalhos, presos em um coque perfeito, contrastam com a energia tranquila de seu olhar.

– *Konnichiwa, obaasan*! – Ayumi exclama, correndo para abraçar a avó.

– *Ara, hisashiburi*! *Sugoku kirei ni natta ne*! – Michiko aperta levemente suas bochechas, o olhar orgulhoso. – É impressão minha ou emagreceu?

Ayumi sorri, sentindo o coração aquecido. Sua avó sempre diz *hisashiburi* quando passam muito tempo sem se ver – algo como "quanto tempo!" –, e *sugoku kirei ni natta* é o jeito dela de elogiar como Ayumi está bonita.

Michiko então se volta para Yoko, a expressão suavizando, mas olhos preocupados.

– Yoko, e você? Parece exausta, minha querida.

– Ela está sobrecarregada na agência, dona Michiko – Akira responde pela esposa.

Yoko apenas solta um suspiro curto e balança a cabeça, como se não quisesse entrar no assunto.

– Não se cansa, minha filha?

Yoko cruza os braços, contendo a vontade de revirar os olhos.

– O que a senhora espera que eu faça, mamãe? Que saia da agência e me acomode? Me aposentei como modelo, mas isso não significa que minha vida profissional acabou. Há muitas meninas que dependem de mim pra serem bem agenciadas. Já que minha própria filha não quis seguir esse caminho, ao menos posso fazer isso por outras.

Akira franze o cenho, o olhar carregado de uma tristeza resignada.

– Yoko, por que insistir nisso? Você sabe que a nossa filha nunca quis ser modelo.

– E nem tem perfil pra isso, sejamos realistas – Yoko murmura, revirando os olhos, seu tom carregado de um desdém inconsciente. Sempre que a mãe está por perto, sua implicância aflora.

Michiko respira fundo, mas há um desgaste manifesto em sua paciência.

– O mundo muda, Yoko, mas você continua presa ao passado – fala, balançando a cabeça com desolação.

Antes que a discussão se intensifique, Oscar intervém, com seu tom leve e conciliador cortando o clima denso.

– Vamos entrar, todos devem estar cansados da viagem – profere, assumindo a dianteira do grupo, na tentativa de dissipar a tensão latente.

Dentro da casa, o ambiente é impecável; uma mistura harmoniosa de tradição japonesa e toques brasileiros. Algumas peças são familiares a Ayumi, vindas da antiga casa da avó. Ela lança um olhar discreto para Yoko, esperando alguma reação, mas sua mãe parece alheia a tudo, ocupada demais checando mensagens no celular.

— Luísa e Beto estão lá em cima, Ayumi — Oscar comenta, apontando para a escada que leva ao segundo andar. — Vão adorar te ver.

Ayumi hesita. O nome de Beto ainda pesa. Ela não está pronta para encará-lo. Se ele continua o mesmo, será difícil ignorar suas provocações. Se ele pegar em seu pé, é capaz de agredi-lo. Aliás, como já devia ter feito. Instantaneamente, a expressão incrédula de Marina surge em sua mente, repreendendo-a por considerar a violência um caminho.

Afastando esses pensamentos, Ayumi respira fundo e sobe as escadas devagar. No topo, vê a porta do quarto de visitas entreaberta, de onde música pop ecoa abafada.

Ela bate de leve.

— Pode entrar! — Luísa responde, a voz sobressaindo à música.

Ayumi empurra a porta e encontra a garota sentada na cama, com um livro aberto no colo. Assim que a vê, Luísa solta um gritinho e salta em direção a ela.

— Ayumi! Quanto tempo! — Exclama, envolvendo-a num abraço apertado. O sorriso gentil a aquece de imediato.

Por um instante, ela relaxa. No entanto, seus olhos vagueiam pelo quarto e encontram Beto jogado em uma poltrona, os pés apoiados distraidamente na borda da escrivaninha. Ele mudou. Quer dizer, não está mais magricelo, mas também não tem exatamente o porte atlético. Os cabelos bagunçados deram lugar a um corte estrategicamente desarrumado, e uma tatuagem de rosas cobre quase todo o braço esquerdo, dando-lhe um ar de maturidade que ele definitivamente não tem. Seus olhos escuros também parecem diferentes, menos atrevidos, mas ainda carregados de uma intensidade inquietante.

E o sorriso sacana... Ah, esse ainda está lá, firme e forte.

— E aí, Ayumi — ele cumprimenta, casual demais, levantando-se da poltrona com uma confiança preguiçosa. Por um momento, parece que vai abraçá-la, mas recua e estende a mão. — Como você tá?

Ayumi hesita, mas aceita o cumprimento. Seus dedos se fecham em torno da mão quente e macia dele tão brevemente quanto um piscar de olhos.

— Bem — responde, forçando indiferença.

— Mudou, hein? Anda treinando, por acaso? — Ele questiona, analisando-a de cima a baixo com um sorriso incômodo.

Ayumi se segura para não revirar os olhos. Nunca entendeu por que as pessoas dizem "treinar" em vez de "malhar". No entanto, o fato de Beto ter notado alguma mudança em sua silhueta a surpreende. Talvez sua transformação não tenha sido tão sutil quanto sua mãe fez parecer.

— Realmente, você emagreceu, Ayumi — Luísa concorda, sorrindo, como se só agora tivesse percebido.

— Nem tanto assim — Ayumi desvia o olhar, desconfortável com a análise. — Mas, então, o que tem feito de bom? — Muda de assunto, voltando-se para Luísa.

— Tentando virar uma *influencer* digital — Beto se adianta, zombando da irmã, que revira os olhos e mostra a língua para ele.

— E qual o problema disso? — Ayumi rebate, estreitando os olhos. — Muitas pessoas são bem-sucedidas assim, se você não sabe.

— Ei, relaxa, princesa — ele ergue as mãos, rindo de leve. — Só tô brincando.

Ayumi ignora o apelido e senta-se na cama ao lado de Luísa, que começa a falar sobre seus vídeos de maquiagem, as fofocas da escola e outras novidades. A garota se esforça para acompanhar, mas sua atenção se dispersa conforme percebe o olhar insistente de Beto. Ele a estuda em silêncio, como se tentasse decifrar um enigma.

O jeito que ele rói as cutículas a faz se lembrar de Dinho, e a lembrança é um golpe agridoce. Instintivamente, ela pega o celular e abre os *stories* de Dani. O grupo está em uma cachoeira chamada Santa Bárbara, aparentemente um cenário paradisíaco de águas cristalinas. Sem perceber, Ayumi acaba tocando na conversa com Dinho no WhatsApp. Ele não está on-line.

Amplia a foto de perfil dele — um sorriso meio sonolento, os cabelos bagunçados de um jeito natural, como se ele tivesse acabado de acordar. Sem querer, Ayumi sorri de leve, perdida naquele instante.

— Ei, Ayumi, que cara é essa? — Beto estreita os olhos, pegando-a no flagra. Seu olhar perscrutador pousa sobre ela com aquela velha familiaridade irritante, sempre à espreita, sempre buscando um motivo para provocá-la.

— Hã? Que cara? — Ela tenta disfarçar o rubor que corre pelo rosto.

— De quem está apaixonada! — Luísa acrescenta lenha na fogueira, arqueando as sobrancelhas antes de espiar. Seus olhos brilham. — Uau, quem é esse gato? — Pergunta, pegando o celular de Ayumi antes que ela possa impedir. — Não vai me dizer que é seu namorado?

Beto solta uma risada curta, aparentemente carregada de ironia.

— O que foi? — Luísa franze o cenho para o irmão. — Tá duvidando que o cara seja bonito? Olha aqui.

Ayumi tenta recuperar o celular, mas Beto é mais rápido. Ele analisa a foto de Dinho com olhos semicerrados, como se estivesse avaliando algo além da imagem.

— Ele é seu namorado mesmo? — Pergunta, a sobrancelha arqueada em um misto de desconfiança e algo que Ayumi não consegue compreender.

— Me devolve meu celular — exige, exausta daquele interrogatório. — E eu não...

— Não tô entendendo esse tom, Roberto – Luísa corta o que Ayumi pretendia dizer, cruzando os braços. Seu olhar estuda a maneira como o irmão observa Ayumi. – Qual é o seu problema?

— Sei lá, Luísa. Não tô querendo ser babaca, mas... esse cara não parece o tipo de cara que namoraria uma garota assim, como posso dizer...

Ayumi sente o estômago afundar. Ela sabe o que ele quer dizer. Está subentendido em seu tom. Como alguém como ela poderia atrair um rapaz como Dinho?

— Ai, Roberto, você é um imbecil – Luísa dispara, revirando os olhos. – Não tem um pingo de noção das coisas, como pode?!

— Eita – Beto arregala os olhos, ofendido. – Só estava tentando entender, mas beleza. Que sorte a sua, hein, Ayumi? – O tom é estranho, como se escondesse algo nas entrelinhas.

Ayumi aperta o celular, sentindo a tela fria contra a palma suada. Parte dela quer dizer a verdade: Dinho não é seu namorado, ele está com outra garota – uma que ninguém jamais questionaria se estaria ao lado dele. Mas outra parte gosta da ideia de que, por um breve momento, eles acreditem que ela poderia estar com alguém como Dinho. Não apenas por ele ser lindo, mas por ser quem ele é.

Eventualmente, a verdade virá à tona. Ou ela fingirá um término dramático e inevitável. De qualquer forma, morando em cidades diferentes, não há risco de encontros inesperados que estraguem sua farsa.

Então, permite-se ficar em silêncio. Naquele instante, a mentira tem um encanto irresistível, pois a faz sonhar com o que poderia ser. E, por um momento, Ayumi se entrega a essa ilusão. Porque, mesmo temporária, ela é doce. E, às vezes, isso basta.

> Ninguém consegue usar máscaras por muito tempo.
> (Sêneca)

Quando a máscara cai

O vapor do banho ainda se desprende dos fios dos cabelos de Leo quando ele desce as escadas, os pés descalços encontrando a madeira antiga com um leve ranger. Do lado de fora, a varanda brilha sob a luz amarelada das lâmpadas penduradas, um abrigo acolhedor contra a imensidão da noite. Os amigos – e Dani – estão reunidos ao redor da mesa rústica, imersos em risadas, cartas de baralho e drinques, com exceção de Marina, cuja taça abriga apenas suco. Cristiano, com a destreza de quem passou anos aperfeiçoando coquetéis, mistura os ingredientes com confiança profissional, transformando cada gesto em um espetáculo quase hipnótico.

O cheiro úmido de mato molhado se mistura ao aroma cítrico das bebidas, e o som distante de água corrente parece embalar a noite com um ritmo tranquilo. Por um instante, tudo parece tão simples que é quase possível se esquecer que, em poucos dias, todos estarão de volta à rotina caótica de Brasília.

Leo nunca foi muito fã de turismo de aventura ou de contato intenso com a natureza. Insetos sempre foram seu maior pesadelo, por causa da pele sensível, e o canto incessante das cigarras o deixa inquieto. Contudo, de alguma forma, há algo na Chapada dos Veadeiros que lhe traz uma calma inesperada. Talvez seja o afastamento da casa onde ultimamente se sente cada vez mais sufocado. Desde que Dinho saiu, sua mãe se agarrou a ele como se pudesse evitar que o caçula siga o mesmo caminho. Seu pai, previsível como sempre, já espera que Leo assuma as responsabilidades que antes eram do primogênito.

Suspirando, Leo estala os ossinhos do pescoço. O dia foi longo. Depois de chegarem e largarem as mochilas nos quartos, saíram para almoçar e, mais tarde, seguiram para a cachoeira de Santa Bárbara. A água gelada arrancou gritinhos e risadas, e a paisagem ao redor compensava qualquer desconforto. Ainda assim, houve momentos em que Leo se sentiu deslocado. Marina e Cristiano estavam completamente imersos no fervor do namoro recém-iniciado, trocando olhares cúmplices e beijos roubados. Dinho e Dani pareciam resgatar uma conexão antiga, ainda tentando superar seus desentendimentos.

Leo sabe que eles estão se esforçando para recomeçar, mas não consegue evitar certa irritação ao vê-los ali, agindo como se nada tivesse acontecido.

Apesar de o irmão fingir estar de boa com isso, o rapaz ainda acha estranho Dani ter aceitado trabalhar com seu pai, considerando toda a confusão que afastou Dinho de casa. Para Leo, aquilo parece uma afronta descarada, quase uma provocação. Como Dinho pode simplesmente ignorar isso? Será que realmente superou tudo ou apenas está engolindo o orgulho para evitar mais conflitos? Leo acha essa audácia da garota só mais um motivo para manter sua antipatia por ela, mesmo que Dinho esteja disposto a fingir que nada disso importa.

E Ayumi... Se ela estivesse ali, pelo menos Leo não sobraria sozinho. Poderiam rir disso, fazer piadas e se consolar mutuamente, como sempre fazem quando se sentem alheios ao mundo ao redor. Mas, refletindo melhor, talvez seja exatamente por isso que Ayumi não está ali. O desconforto de ver Dinho e Dani juntos deve ser maior do que ela gostaria de admitir.

Ayumi nunca disse em voz alta, mas Leo percebe nos silêncios dela, na forma como seus ombros enrijecem quando alguém menciona Daniela, na pressa em mudar de assunto, como se as palavras queimassem sua língua. Talvez evitar essa viagem tenha sido a única maneira de se proteger. No fundo, Leo entende.

— O que estão jogando? — Ele pergunta, sentando-se no banco ao lado de Marina, ainda com os cabelos úmidos pingando sobre a camiseta fina.

— Truco — ela responde, jogando uma carta na pilha de descarte com um ar satisfeito.

— Estamos ganhando, né, amor? — Dani comenta, lançando um olhar vitorioso para Dinho, como se não houvesse mais possibilidades de derrota.

— Não por muito tempo — Cristiano rebate, adotando seu tom competitivo de sempre.

— O jogo já tá no fim, Leo — Dinho profere, fazendo sua jogada. — Mas, se quiser, podemos recomeçar...

— Podemos nada! — Cristiano e Dani interrompem juntos. — Segura a onda aí, Leozão — Cristiano acrescenta, erguendo a mão, pedindo um tempo.

Leo ri, mas não está realmente interessado no jogo. Ele puxa o celular do bolso do short e desliza os dedos pela tela, abrindo o recém-baixado aplicativo de namoro. Nem sabe exatamente por que o instalou. Talvez por curiosidade. Talvez porque, ultimamente, tem se sentido sozinho. E não é como se fosse marcar um encontro com alguém. Provavelmente, muitos daqueles perfis nem são reais. Ele só quer... explorar. Apenas isso.

A tela exibe uma sequência de fotos e descrições curtas. Leo sente um misto de excitação e nervosismo enquanto desliza para a direita e para a esquerda. É estranho. Quase impessoal. Como se estivesse escolhendo um produto em uma prateleira, e não alguém com quem pudesse realmente se conectar. A tecnologia tornou tudo mais prático, mas, de certa forma, tirou o encanto dos encontros casuais, dos olhares trocados ao acaso, do inesperado.

De repente, um perfil chama sua atenção. O rapaz parece ter sua idade, talvez um pouco mais velho. O sorriso é cativante, e há algo nos olhos dele, um brilho difícil de ignorar, mesmo através da tela. A descrição é simples, mas intrigante: "Músico amador, aventureiro nas horas vagas e profissional em rir das próprias piadas. Se a conversa for boa, eu esqueço até a hora de dormir".

Leo sente um frio na barriga. Algo dentro dele se acende por um instante, como uma faísca repentina. Sem pensar muito, desliza para a direita.

O celular vibra. *"É um match!"*

– O que tanto olha nesse celular, cunhadinho? – Dani pergunta de repente, inclinando-se para espiar.

Num reflexo, Leo quase deixa o aparelho cair ao puxá-lo para longe do campo de visão dela.

– Não é da sua conta, queridinha. Cuida do seu jogo que é mais negócio!

– Credo, que grosseria, jovem – Dani profere e, apesar de usar um tom brincalhão, a forma defensiva do garoto a intriga.

Uma buzina do lado de fora ecoa no momento perfeito.

– Eu pego a comida! – Leo se apressa a dizer, já se levantando antes que mais perguntas surjam.

Dani o segue com o olhar, um sorriso travesso se formando em seus lábios.

– Aposto que ele estava num aplicativo de namoro – sussurra para os outros.

– Acho que não – Marina observa Leo se afastar, pensativa. – Ele não parece desesperado por um relacionamento.

– Ah, Marina, garotos são todos iguais – Dani retruca, dando de ombros. – E quem falou em relacionamento? Às vezes, ele só quer se divertir. E, pra isso, aplicativos são perfeitos.

✿

Depois de desembalarem as comidas – risoto de filé mignon, salada com vegetais frescos e ravióli de beringela ao molho de sálvia para Marina –, os jovens se servem ali mesmo, ao redor da mesa da varanda. A noite está agradável e, apesar do barulho dos grilos, o brilho das estrelas faz com que prefiram apreciar o ambiente externo da casa.

Leo mastiga devagar, os ombros tensos. Seu olhar se fixa no próprio prato, como se a composição do risoto fosse um mistério digno de sua completa atenção. A conversa ao redor flui naturalmente, mas ele se sente alheio, a mente ainda presa na notificação que piscou na tela do celular minutos atrás. Ele realmente não esperava por isso.

— Então, Leo – Dani começa, girando o copo de suco entre os dedos antes de tomar um gole, a curiosidade estampada no rosto. – A pergunta que não quer calar: com quem você estava conversando agora há pouco?

Leo levanta os olhos do prato, o maxilar retesando. A pergunta o atinge em cheio, como um soco no estômago. Ele não devia se surpreender. Dani tem um talento especial para se intrometer onde não é chamada.

— Com ninguém – responde, esforçando-se para manter a voz neutra.

Dani revira os olhos, esboçando um sorriso torto.

— Ah, fala sério. Eu vi uma foto na tela. Era um aplicativo de namoro, né?

O calor sobe pelo pescoço de Leo, espalhando-se até as orelhas. Como se não bastasse Dani ter se enfiado no passeio, agora também se sente no direito de vasculhar sua privacidade como se fossem amigos íntimos. Ele aperta o copo de Coca nas mãos, o gelo retinindo contra o vidro. Precisa pensar rápido.

— Você tá viajando, Daniela – contesta, a voz assumindo um tom estranho até para ele. Pigarreia, tentando afinar as cordas vocais. – Eu... estava falando com a Ayumi.

Dani ergue uma sobrancelha, o olhar aguçado, analisando-o como se estivesse montando um quebra-cabeça cujas peças, de repente, fazem sentido. Um sorriso malicioso se forma em seus lábios.

— Ah, entendi. Pensando bem, vocês dariam um casal fofinho.

Leo sente a mandíbula se contrair. Os dedos tamborilam no copo, o gelo se chocando contra o vidro. O jeito como Dani fala, num tom leve e brincalhão, o incomoda. Há algo condescendente demais naquela insinuação, um julgamento disfarçado de brincadeira. Sua paciência se dissolve como areia fina escapando entre os dedos.

— Nada a ver, Dani. Agora você forçou – Dinho interfere, dirigindo a ela um olhar repreensivo. – Todo mundo sabe que eles são melhores amigos.

— Das amizades mais profundas nascem os melhores romances. – Dani recita, um brilho malicioso em seus olhos. – Eles têm uma certa química, se a gente olhar bem.

— Embora eu aprecie muito seu interesse na minha vida amorosa, Daniela, a Ayumi não faz o meu tipo – Leo esclarece, mantendo a expressão fechada.

Dani não conhece Leo o suficiente para captar as sutilezas na maneira como ele escolhe as palavras, nos milímetros de tensão que endurecem seu maxilar. Tudo que enxerga é um comentário seco e um semblante fechado. Então, confiando apenas no que imagina estar por trás das palavras do rapaz, retruca:

— Nossa, Leo, e eu que pensava que você fosse mais descontraído. Que preconceito todo é esse, hein?

A mesa mergulha em um silêncio sombrio. O barulho dos talheres contra os pratos cessa, como se o comentário tivesse sugado todo o som do ambiente.

Leo encara Dani, e há algo afiado em seu olhar, como uma lâmina sendo desembainhada lentamente.

Preconceito? A palavra reverbera em sua mente como um insulto pessoal. Ela fala como se o conhecesse, como se pudesse decifrar seus pensamentos com base em suposições superficiais. Mas tudo que faz é projetar – despejar sobre ele seus próprios julgamentos.

– O que você quer dizer com isso, Daniela? – A voz de Leo sai mais baixa do que ele gostaria, mas, ainda assim, desafiadora.

– Gente, essa conversa já perdeu o sentido, né? – Marina tenta interferir, um pedido mudo pairando em seus olhos. Mas já é tarde demais.

– Não, eu *quero* que ela diga – Leo ergue a mão, silenciando qualquer tentativa de trégua. Seu olhar fixa-se em Dani, incitando-a. – Você não é a especialista no que sinto ou penso? Vai, Dani, explica.

Mas Daniela apenas desvia os olhos, e aquele brilho provocador de antes se apaga. De repente, parece hesitante, como se tivesse acabado de perceber que ultrapassou todos os limites.

– Eu falei sem pensar – murmura, erguendo os ombros de leve, como se quisesse minimizar o peso do que disse.

– Agora eu faço questão de saber – Leo se inclina para frente, a raiva transbordando em sua postura. – Por que acha que sou preconceituoso?

– Leo, desencana, cara – Cristiano resmunga, massageando a ponte do nariz. Definitivamente, não era assim que queria passar a noite do aniversário de Marina...

– Eu só me expressei mal, já disse. Me desculpa – Dani tenta encerrar o assunto, sua voz sem a firmeza de antes. Algo no olhar de Leo a desconcerta.

– Não se expressou mal não, senhora – ele rebate, e sua paciência se esvai por completo. – Você falou exatamente o que pensa. E sabe o que eu penso? Que você é uma cretina preconceituosa!

O choque atravessa o rosto de Dani, os olhos arregalando-se como se ele tivesse acabado de lhe dar um tapa. Antes que possa responder, Dinho se apressa:

– Leo, pega leve...

– Pega leve nada! – A voz dele sobe um tom, carregada de uma indignação que transborda. Ele se levanta, os olhos incandescentes. – Você sabe muito bem por que ela disse isso. Porque a Ayumi não tem o corpo que ela acha que todo mundo tem que ter! E, aí, projeta em mim essa mentalidade podre! Pois deixa eu te falar, Daniela: você não é minha amiga e eu não gosto de você. Só te suporto porque o meu irmão tem a infelicidade de ser seu namorado. Mas as suas merdas eu não sou obrigado a engolir.

Os olhos de Dani se enchem de lágrimas, mas ela pisca rápido, endurecendo a expressão, se recusando a ceder à vulnerabilidade.

— Leo, ela já se desculpou, você tá passando do ponto — Dinho insiste, mas há uma hesitação em sua voz, como se nem ele mesmo acreditasse no que diz.

Dani inspira fundo, tentando recompor a própria firmeza. Seus dedos se fecham contra o tecido da calça, num reflexo involuntário de contenção.

— Eu não quis ofender ninguém, Leo. Foi só um comentário infeliz. Se não tem nada a ver com aparência, então esquece...

— Quer saber por que a Ayumi não faz o meu tipo, Daniela? — Leo interrompe, os punhos cerrados, o peito subindo e descendo de maneira frenética. — *Porque eu sou gay!*

O silêncio que se instaura agora é diferente. Mais profundo. Os olhares recaem sobre Leo, que sente o coração disparar. O horror do que acabou de fazer o atinge como um raio. Ele nunca tinha dito isso em voz alta antes. Nunca tinha se permitido sequer ensaiar como seria. Mas, agora que as palavras escaparam, ele se sente exposto.

Vulnerável.

Como se alguém tivesse arrancado uma parte dele antes que estivesse pronto para entregá-la.

E o pior: não foi uma escolha. Foi um ataque impulsivo contra a única pessoa que jamais deveria ter escutado isso de sua boca.

Dani pisca, surpresa, o rosto empalidecendo. O clima se torna ainda mais pesado. Dinho olha de um para o outro, sem reação, enquanto Marina busca os olhos de Leo, preocupada. Cristiano, por sua vez, abaixa o olhar, coçando a testa, desconfortável.

Leo cerra os punhos, sentindo o latejar nos dedos. A adrenalina corre em suas veias, a única coisa que o mantém de pé. Ele quer sumir. Fingir que nada aconteceu. Mas as palavras já saíram e não há como tomá-las de volta.

Dani não desvia o olhar. Sua expressão muda. Não há mais provocação ou ironia, apenas um entendimento tardio. Ela abre a boca para falar, mas Leo a interrompe:

— Se você contar isso pra alguém, eu juro que te mato.

Sem esperar resposta, Leo se vira e entra na casa, os passos firmes e rápidos, como se fugisse de algo que o persegue por dentro.

> A raiva é como um ácido que pode fazer mais mal ao recipiente
> em que está armazenado do que a qualquer coisa sobre a qual é derramado.
> (Mark Twain)

Ponto de ebulição

Yoko não é estúpida. Muito pelo contrário, sempre teve orgulho de sua inteligência. Desde pequena, destacava-se em tudo que fazia, uma perfeccionista nata, moldada por metas e conquistas. Seu mundo era feito de excelência, pois aprendeu cedo que ser impecável era a única maneira de ser relevante. Quando criança, imaginava-se cursando Medicina ou Engenharia, mas a rigidez dos cálculos e a carga emocional dos hospitais a fizeram perceber que não era esse o seu caminho. Até que, aos 14 anos, um evento mudou tudo.

Durante um festival cultural no bairro da Liberdade, enquanto ajudava o pai na barraca de comidas típicas japonesas, um olheiro a notou. O homem se impressionou com sua postura, com a graça de seus movimentos. Antes daquele dia, Yoko via sua altura como desvantagem, motivo de piadas constantes na escola. Mas, ao receber o cartão de visitas de uma renomada agência de modelos em São Paulo, percebeu que sua maior insegurança poderia ser seu maior trunfo.

Seu pai, Ichiro, hesitou a princípio, mas acabou sendo o primeiro a incentivá-la. *"Você tem algo especial, Yoko. Não deixe essa chance escapar"*, disse ele, confiante de que ela poderia brilhar. Já Michiko, sua mãe, reagiu de maneira completamente oposta. Nunca confiou na indústria da moda. *"Isso não é carreira de verdade"*, alertou, preocupada com a instabilidade e a superficialidade do meio.

Mas Yoko não se deixou deter. Com disciplina e dedicação, ingressou no mundo da moda, conquistando espaço rapidamente. Se não dominou as passarelas como esperava, tornou-se uma presença constante em campanhas publicitárias, revistas e catálogos de moda. Seu rosto passou a estampar capas, e, ao olhar para trás, sabe que fez a escolha certa, apesar dos sacrifícios.

Lidar com a pressão, a competitividade impiedosa e a relação abusiva com o próprio corpo a testou de maneiras que ela nunca imaginou. Mas, sempre que pensava em desistir, lembrava-se do pai, da confiança inabalável dele em seu talento. E, acima de tudo, recusava-se a dar razão à mãe. "Eu bem que avisei" seria um golpe que não poderia suportar. Afinal, abrir mão dos estudos já era um risco enorme, e ser dona de casa não fazia parte de seus planos. Era ambiciosa demais para isso.

O golpe inesperado veio com a gravidez. A notícia a atingiu como um *tsunami*. Estava no auge, assinando contratos com marcas renomadas, planejando uma expansão internacional. Um bebê não cabia nesse cenário. Nos primeiros meses, ignorou os sinais, recusando-se a aceitar o que seu corpo insistia em lhe dizer. Mas não foi apenas a gravidez que a desestabilizou. A anorexia, que pensou ter sob controle, voltou com força total.

Akira percebeu antes dela. *"Você precisa se cuidar, Yoko. Agora não é só você."* Mas a ideia de ganhar peso, de ver seu corpo mudar de forma irreversível, a aterrorizava. Era como perder o controle da única coisa que sempre foi sua: sua imagem. Por meses, travou uma batalha silenciosa entre o medo e a necessidade de proteger a vida que crescia dentro dela. No fim, tomou a decisão mais difícil de sua vida: abandonar a carreira.

Mas sua saída da moda não foi um ato de amor. Foi um sacrifício. E sacrifícios cobram um preço. Yoko nunca quis ser mãe em tempo integral. Nunca se viu feliz em meio a fraldas, mamadeiras e noites maldormidas. Não romantizava a maternidade e, conforme Ayumi crescia, cada olhar que lançava para a filha era um lembrete doloroso do que havia perdido. Do que lhe fora arrancado.

Por um tempo, tentou projetar seus sonhos na menina. Ayumi, ainda pequena, participando de campanhas publicitárias era um consolo. Mas, aos 8 anos, seu corpo mudou. As portas se fecharam. Yoko tentou de tudo para trazer a filha de volta à forma que o mercado exigia, mas nada funcionou. Agora, anos depois, ao vê-la ainda travando essa batalha silenciosa contra o próprio peso, Yoko se pergunta se tudo valeu a pena. Porque, no fundo, há algo nela que nunca foi reparado. E quando a tratam como se fosse uma mulher frívola, como se não fosse inteligente para perceber as coisas... isso a corrói ainda mais.

O cemitério onde Ichiro está enterrado fica a poucas quadras da casa da família, na Liberdade. Sempre que está em São Paulo, Yoko faz questão de visitá-lo. Manter essa tradição é a única forma que encontrou de não deixar a lembrança do pai se dissipar. Ele era um homem íntegro, um pilar em sua vida, e a sua ausência ainda machuca.

Por mais que Oscar tenha sido gentil ao longo dos anos, essa gentileza sempre lhe pareceu uma tentativa silenciosa de ocupar um espaço que não era seu. Como um intruso que se instala sem ser convidado. Um incômodo rastejante sob sua pele.

Ajoelhada diante da lápide, Yoko desliza os dedos sobre as letras finamente esculpidas no mármore frio. "Ichiro Suzuki." Um nome imortalizado na pedra e que se mantém vivo na memória de quem o amava. O túmulo não está esquecido. As flores frescas ao pé da lápide são um sinal inequívoco de que Michiko tem passado por ali. A mãe mantém sua própria devoção silenciosa, mesmo que nunca falem sobre isso.

Há algo sagrado naquele lugar. Um refúgio onde a presença de Ichiro permanece intacta. Ali, longe dos olhares e das pressões da vida, Yoko se permite sentir a dor que nunca desapareceu, se permite encarar as dúvidas que a atormentam desde que Oscar os buscou no aeroporto.

— Papai... — Murmura, fechando os olhos. — Algo nessa viagem não parece certo. Mamãe está escondendo alguma coisa de mim, eu sei que está.

O vento frio sopra seus cabelos enquanto seus pensamentos giram em torno da mãe, do passado e, inevitavelmente, de Oscar. A simples ideia ainda a revolta. Lembra-se do dia em que ele a chamou para almoçar, ansioso, tentando encontrar as palavras certas para lhe dizer que pretendia se casar com Michiko. Como se houvesse um jeito certo de enunciar uma traição.

— Depois que você se foi, papai, nosso relacionamento nunca mais foi o mesmo. Eu tento, juro que tento, mas a mamãe... ela não é fácil. E esse namoro com o Oscar, nunca engoli. Poxa, ele era seu melhor amigo!

Ela suspira, sentindo o peso de sua própria indignação. Parte de si sabe que não é justo exigir que a mãe viva sozinha pelo resto da vida. Mas namorar o melhor amigo do pai? Isso é demais. Por isso ela se distanciou ainda mais de Michiko. Por isso evita São Paulo. Mas, no fim, sempre acaba voltando.

Fica ali, em silêncio, por mais alguns minutos. Tudo seria mais fácil se Ichiro ainda estivesse vivo. Mas a vida não costuma ser generosa com as pessoas boas.

A caminhada do cemitério até a antiga casa é lenta, arrastada pelo peso da saudade. A visita ao túmulo de Ichiro abriu uma ferida que nunca cicatriza por completo. Não importa quanto tempo passe, a dor sempre retorna, rastejando pelas frestas de sua memória, sufocando-a em silêncio.

As lanternas vermelhas balançam suavemente ao vento, lançando reflexos trêmulos sobre as calçadas lotadas. O aroma de *takoyaki* se mistura ao perfume terroso do chá matcha, evocando lembranças de uma infância distante, quando caminhava de mãos dadas com o pai, ouvindo-o contar histórias de sua terra natal. Naquela época, tudo parecia vibrante. Mas agora... agora o mundo perdeu a cor. Os sons chegam abafados, como se um vidro invisível a separasse da realidade. Como se ela fosse uma típica visitante em um lugar que um dia chamou de lar.

Ao se aproximar do sobrado da família, um arrepio percorre sua espinha. Algo está errado. O jardim, que sempre foi o orgulho de Michiko, agora tem folhas secas espalhadas pelo chão. Um detalhe pequeno, mas que a incomoda. Sua mãe nunca foi descuidada.

Com a respiração presa na garganta, gira a chave na fechadura e empurra a porta. O cheiro de incenso e chá de jasmim ainda paira no ar, mas o abandono não escapa à vista. Os móveis, antes dispostos com precisão quase cerimonial, estão agora cobertos por lençóis brancos, como fantasmas esperando para serem despertados. A cristaleira que costumava ficar perto da escada desapareceu, junto com outros detalhes que faziam daquele lugar um lar habitado.

Yoko sente um aperto no peito. Desde que Ayumi nasceu, a relação com Michiko se deteriorou ainda mais. A mãe nunca foi compreensiva, nunca foi exatamente carinhosa com ela, mas com Ayumi... com a neta é diferente. Ayumi confia em Michiko mais do que confia na própria mãe. E isso fere Yoko de um jeito que ela não sabe explicar.

Talvez Michiko tenha mudado. Talvez tenha se tornado a mãe que Yoko nunca teve – mas para a neta, não para ela.

Ainda refletindo, sobe as escadas e vai direto ao quarto da mãe. A porta está entreaberta. Empurra-a com a ponta dos dedos e se depara com um espaço meticulosamente arrumado, mas... vazio. Do mesmo jeito que na sala, lençóis cobrem a mobília.

Yoko atravessa o quarto, abre a cômoda e desliza a gaveta. Vazia. Todas vazias.

Um arrepio percorre sua espinha. Uma suspeita amarga se forma em sua mente. Ela não quer acreditar, mas algo dentro dela já sabe a verdade. Sua mãe não vive mais ali.

O passado a engole de volta, levando-a ao momento em que tudo começou a ruir.

— Eu quero me casar com a sua mãe.

Oscar disse as palavras devagar, como se tentasse aliviar o impacto. Mas a bomba já estava armada. O estômago de Yoko revirou, o sangue subiu quente à sua cabeça, e a raiva veio como um vendaval, impossível de conter.

— Isso é uma traição! – Sua voz tremeu de indignação. – Como pode sequer sugerir isso? Meu pai confiava em você, Oscar! Você era parte da nossa família, mas não assim! Agora quer simplesmente ocupar o lugar dele?

Oscar suspirou, pesando as palavras antes de falar:

— Yoko, eu nunca quis substituir seu pai. Eu o respeitava mais do que qualquer um. Mas sua mãe e eu passamos anos nos apoiando. Eu, quando o seu pai se foi; ela, quando a Rita pediu o divórcio. A dor nos aproximou. Não podemos simplesmente ignorar o que sentimos, mesmo que pareça errado pra você.

Ela apertou os punhos sob a mesa, tentando se controlar, mas cada palavra de Oscar soou como um prego em sua carne. *"A dor nos aproximou."* Como se o sofrimento deles justificasse apagar a memória de seu pai. Como se Ichiro fosse apenas uma sombra passageira, substituível. Como se o amor que construiu sua família pudesse ser reescrito por outra história.

— Ignorar?! — Yoko soltou uma risada amarga. — Você ao menos pensou no que isso significa pra mim? Ou só espera que eu aceite de olhos fechados?

Oscar juntou as mãos sobre a mesa, a expressão derrotada.

— Não espero que aceite agora — respondeu, em voz baixa. — Mas espero que um dia compreenda que sua mãe tem o direito de ser feliz. Ela passou por tanto sofrimento...

— E eu não? — Yoko rebateu, os olhos marejados. — Perdi meu pai, Oscar. O senhor quer falar de dor? Eu sei muito bem o que é isso. Mas a diferença entre mim e ela é que eu não estou tentando preenchê-la de qualquer jeito!

Oscar apertou os lábios, a expressão assumindo um ar ferido. Mas nada do que ele dissesse poderia apagar a sensação de que Yoko foi deixada para trás.

— Yoko, por favor, tente ser razoável...

— Razoável? — Ela deu uma risada cáustica. — Eu fui bastante razoável quando, mesmo odiando essa situação, aceitei que mantivessem um relacionamento. Algo com o qual eu nunca concordei, mas tolerei. Mas agora... casamento? De papel passado?

Yoko agita a cabeça em negativa, revoltada.

— Sei que está magoada, Yoko. Eu sinto muito — Oscar disse, suspirando, a voz carregada de cansaço. — Mas eu só queria que pudéssemos conversar sem essa barreira entre nós. Porque eu me importo com você também.

Yoko levantou a mão, interrompendo as palavras dele, cerrando os olhos como se tentasse bloquear o peso de tudo que foi dito.

— Chega. Se a conversa é essa, saiba que eu não vou concordar. Nunca. O senhor pode usar todos os argumentos que quiser, mas não vou mudar de ideia.

Oscar engoliu em seco, encarando-a com tristeza.

— Sem a sua bênção, ela não vai aceitar.

Yoko cruzou os braços, o olhar firme.

— Então ela nunca aceitará.

A lembrança daquela conversa ainda queima dentro dela, mesmo depois de tanto tempo. Agora, o vazio da casa confirma o que Yoko tanto temia. Ela puxa o ar com força, mas isso não desfaz o nó em sua garganta. Seus olhos marejam, e o peso das suspeitas que carrega torna-se quase insuportável.

Não é apenas a ideia do casamento que a machuca – é a certeza de que sua mãe seguiu adiante sem sequer se importar em conversar com ela antes. Quem sabe, com o tempo, ela pudesse aceitar. Talvez, mesmo contrariada, acabasse cedendo à realidade e encontrasse uma forma de conviver com essa decisão. Mas a forma como tudo foi feito, a maneira sorrateira como a verdade lhe foi negada, isso é o que realmente a dilacera.

Não se trata apenas do casamento. Trata-se de ser excluída, de perceber que sua opinião nunca foi levada em consideração, que sua mãe escolheu seguir em frente sem dar a ela sequer a chance de processar, de se preparar... de participar.

E, mais do que isso, é a sensação de que o passado está sendo deliberadamente apagado, riscado de sua própria história sem seu consentimento. O legado de sua família, as memórias de Ichiro, cada detalhe que a fazia se sentir enraizada naquele lugar... tudo sendo substituído por algo novo, onde ela não tem lugar, algo que a empurra para fora como se nunca tivesse pertencido àquilo.

Yoko cerra os punhos, os nós dos dedos esbranquiçando sob a pressão. A raiva e a confusão crescem dentro dela como um incêndio descontrolado, consumindo qualquer vestígio de racionalidade. A chama do ressentimento arde em seu peito, alimentada pela traição silenciosa de sua mãe.

Sabe que não pode mais ignorar isso. Precisa de respostas. Precisa confrontar Michiko, Ayumi, qualquer um que possa lhe oferecer uma explicação plausível que a tire desse limbo insuportável. Porque, por mais que tentem envolvê-la em meias-verdades, Yoko sente que a verdade está ali, à espreita, esperando para ser arrancada das sombras.

E ela está pronta para isso. Afinal, não é estúpida. Nunca foi.

> Se você não contar a verdade sobre si mesmo,
> não pode contar a verdade sobre as outras pessoas.
> (Virginia Woolf)

Sob o peso da verdade

— Eu vou atrás dele — Marina anuncia, um minuto depois que Leo deixa a varanda. Ela se levanta da cadeira com um suspiro contido, sentindo o peso de uma tensão que não estava ali antes. De repente, sua ficha cai com uma brutalidade cortante: Dani nunca deveria ter vindo. Desde o início, Leo estava certo. Marina ignorou os sinais, se iludiu achando que a viagem poderia seguir sem maiores atritos, mas agora vê a verdade com clareza. Foi um erro. Um erro que culminou no pior cenário possível: Dani ultrapassou um limite que não lhe pertencia, forçando Leo a uma revelação que deveria ter sido feita quando ele estivesse pronto, em seu próprio tempo.

Algumas pessoas simplesmente não sabem quando parar, pensa, respirando fundo para conter a frustração. Todavia, não há mais nada a fazer sobre o que já aconteceu. O que pode fazer agora é estar ao lado de Leo.

Cristiano acompanha, desolado, a saída de Marina, e a sensação de abandono o golpeia em cheio. Agora, está sozinho com Dinho e Dani, e a mesa, que minutos atrás era um espaço de confraternização, tornou-se uma armadilha claustrofóbica. A tensão no ar é quase palpável. Dinho está rígido, os músculos retesados, os punhos cerrados sobre a mesa. Já Dani mantém-se imóvel, o rosto impassível, mas Cristiano não se deixa enganar. Há algo nos olhos dela, um brilho inquieto, uma hesitação que ele não sabe se é arrependimento ou se a revelação de Leo a deixou sem palavras.

O silêncio se estende, pesado e desconfortável. Ele sabe que está no meio de um casal à beira de um conflito iminente, e a perspectiva de assistir a uma explosão ali, naquela mesa, faz seu estômago revirar. A angústia aumenta. Ele queria qualquer coisa, menos estar ali agora.

Por favor, que eles não comecem a brigar, Cristiano pensa. Considera se levantar e simplesmente sair dali, mas descarta a ideia rápido, a sensação de covardia lhe incomodando.

A tensão cresce. O som da respiração controlada de Dinho soa quase como um rugido abafado em meio ao silêncio sepulcral. Cristiano percebe o leve tremor nos dedos de Dani, o movimento hesitante, como se estivesse prestes a falar, mas algo a contivesse.

— Então, pessoal — ele tenta quebrar o silêncio, sua voz saindo mais suave do que espera. — Que horas acham que devemos sair amanhã?

A pergunta se dissolve no ar como um eco sem destino. Ninguém responde. Seu peito aperta. Ele está preso no meio da tempestade, sem abrigo, sem escapatória.

Leo ainda está tremendo quando fecha a porta do quarto com força. Ele nunca imaginou que "sairia do armário" de forma tão abrupta, especialmente na frente de Daniela, uma pessoa de quem não consegue gostar. Simplesmente não suporta a presença dela, sempre cheia de opiniões e julgamentos. Ainda assim, as palavras tinham escapado de sua boca antes que pudesse contê-las: "Porque eu sou gay".

— Estúpido, bocudo, idiota! — Ele resmunga para si mesmo enquanto caminha de um lado para outro do quarto, nervoso, despenteando os cabelos com os dedos. Como deixou isso acontecer? Como caiu na provocação dela?

Ele sente o peito apertar. O que Dani fará com essa informação? E se ela contar para seu pai? E se tudo desmoronar antes que ele tenha a chance de assumir o controle da própria história?

Uma batida suave na porta interrompe seus pensamentos. Marina.

— Leo, posso entrar?

Ele hesita por um segundo, depois suspira.

— Entra.

Marina desliza para dentro e fecha a porta atrás de si. Seus olhos encontram os do primo, e o coração dela se comprime ao ver o estado dele. Ele parece esgotado, um nó de nervos à beira do colapso.

— Eu não devia ter falado nada, Marina — Leo confidencia, esfregando o rosto com as mãos. — Mas aquela garota me tirou tanto do sério que... quando eu vi, já tinha saído.

— Tá tudo bem, primo — Marina diz, suavemente, sentando-se na beirada da cama.

— Tá tudo bem nada! — Leo rebate, a voz angustiada. — Aquela cobra agora sabe a única coisa que pode me destruir. Eu tô ferrado.

— Leo, não exagera!

Ele balança a cabeça, rindo sem humor.

— Não é exagero. Ela trabalha com meu pai. Se quiser, pode contar pra ele, e aí...

Leo não completa a frase. Não precisa. Marina entende o medo. O tio nunca foi um homem de mente aberta.

— Primo — ela diz, pegando a mãe dele e apertando de leve. — Eu entendo sua preocupação, mas, sinceramente, acho que a Dani não vai contar nada. Primeiro, porque não tem motivo pra isso. Segundo, porque essa história nem pertence a ela. Só você pode decidir quando e para quem contar.

Leo abaixa a cabeça. Marina vê a dúvida em seus olhos e percebe que ele não está convencido.

— Eu sei que eu não sou a melhor pessoa pra falar isso... — Marina hesita, o peso do próprio erro latejando dentro dela. — Mas eu realmente não acho que ela não vai contar.

— Não sei, Marina — ele murmura, inquieto. — Eu realmente não sei.

— Se ela disser qualquer coisa, perde o Dinho. E ela é louca por ele. Não daria esse mole.

Leo solta um riso amargo.

— Bom, pelo menos, se isso acontecesse, ele se livraria dela.

Marina dá um leve empurrão no ombro dele.

— Você não está pronto pra contar pros seus pais, e tá tudo bem — ela diz, encarando-o com seriedade. — Mas sabe o que é importante? O que você conquistou hoje. Pela primeira vez, você falou isso pra outra pessoa. E foi sincero.

Ele desvia o rosto.

— Mas foi na raiva.

— E daí? Isso não muda o fato de que foi verdadeiro.

Leo a encara, sentindo uma pontada de esperança em meio ao caos.

— Você acha mesmo que foi algo importante?

Marina sorri, apertando sua mão.

— Eu tenho certeza. Bem ou mal, esse foi o primeiro passo pra você ser livre.

Os olhos dele marejam. A ideia de liberdade sempre lhe pareceu inalcançável. Ser quem é, amar sem medo, não precisar esconder sua essência... Como seria não precisar carregar essa máscara todos os dias?

— Às vezes, as pessoas levam tempo pra entender, Leo — Marina continua. — Mas o mais importante é que você se aceite primeiro.

— Eu tenho tanto medo, prima — ele sussurra. — Eu queria que meus pais soubessem e me aceitassem, mas... e se eles me rejeitarem?

— Ter medo é normal, Leo. Mas ser corajoso não significa não sentir medo. Significa seguir em frente, mesmo com ele ali.

Leo solta o ar lentamente, assimilando as palavras dela.

— Obrigado, Marina — diz, abraçando-a com força. — Você não tem ideia do quanto seu apoio significa pra mim.

— Eu sempre vou estar ao seu lado, primo. Sempre.

Ayumi remexe a comida no prato, mas não sente vontade de comer. O silêncio de Yoko pesa mais do que qualquer crítica que a mãe poderia fazer sobre a quantidade de arroz ou a falta de vegetais em sua refeição. Não é um silêncio comum. É algo pesado, como o ar antes de uma tempestade.

Ao redor, a conversa segue fluida. Beto conta uma de suas histórias exageradas, arrancando risos soltos, mas Ayumi não consegue absorver as palavras. O mundo ao seu redor parece distante, abafado, como se estivesse embaixo d'água. Seu olhar permanece fixo na mãe, em cada mínima expressão que denuncia sua inquietude. Os ombros erguidos, os dedos crispados no guardanapo, a respiração contida. Pequenos sinais, mas suficientes para acender um alerta dentro dela. Algo está prestes a acontecer.

E acontece.

— Estou curiosa pra saber até quando pretendem mentir pra mim.

A voz de Yoko não sobe de tom, mas carrega uma firmeza que se infiltra no ambiente como um trovão abafado. O riso morre instantaneamente. O tinido dos talheres contra os pratos cessa.

Akira franze a testa, piscando devagar, como se tentasse processar a tensão repentina que acaba de se instaurar na sala.

— Do que está falando, querida? — Sua voz soa incerta.

Mas Yoko não responde de imediato. Com um movimento brusco, agarra o pulso de Michiko e ergue sua mão, expondo o pequeno e discreto brilho da aliança.

— Estou falando disso.

A expressão de Akira se torna confusa. Por um instante, Ayumi imagina que ele não tenha entendido a gravidade daquele simples gesto. Mas Yoko entende. E isso a destrói.

— O que significa isso no seu dedo, mamãe? — A pergunta sai dura, afiada.

Michiko hesita, seus olhos piscando rápido, como se buscasse a melhor forma de responder. Mas não há.

— Yoko... — sua voz soa frágil. — Eu queria ter contado de outra forma, mas... Oscar e eu nos casamos.

Por um momento, ninguém se mexe, e o tempo parece suspenso. O mundo fica pequeno e sufocante dentro daquela sala.

— A senhora realmente teve coragem de fazer isso? — O tom de Yoko mistura choque e incredulidade. — E sem ao menos me dizer?

Oscar ergue as mãos em um gesto pacificador, com a angústia se desenhando em cada linha de seu rosto.

— Yoko, nos casamos há duas semanas. Foi uma cerimônia pequena. Achamos que seria melhor esperar pra contar pessoalmente...

— Esperar? — Yoko repete, e a palavra queima sua língua. Seu olhar perfura a mãe, oscilando entre mágoa e revolta. — Você não tinha o direito de me esconder isso, mamãe!

— Mas é a minha vida, Yoko! — Michiko exclama, fechando os olhos como se tentasse reunir forças. — Eu tenho o direito de escolher!

— Eu pensei que fizesse parte da sua vida — Yoko rebate, a voz tremendo. — Mas parece que, quando meu pai morreu, não foi só ele que eu perdi.

— Yoko... — Michiko estende a mão em sua direção, mas Yoko recua, o corpo rígido como uma muralha. — Claro que você faz parte da minha vida, milha filha! Mas... sempre que tentei falar sobre isso, você se fechou, se recusou a ouvir!

— E a solução foi me apagar? Me reduzir a uma expectadora da sua vida, mamãe? — Sua risada é áspera, cortante. — No fundo, depois que o meu pai se foi, você nunca soube o que fazer comigo, né?

— Não diga isso, Yoko! — Michiko implora, visivelmente abalada.

Yoko desvia os olhos momentaneamente, encarando Ayumi. Ao perceber a forma como os lábios da menina tremem, a compreensão a atinge.

— Você sabia de tudo, não é?

— Mãe, eu... — Ela começa a falar, mas sua voz é fraca, quase inaudível. As palavras morrem em sua boca.

— Minha própria filha sabia e não me disse nada. — A voz de Yoko é pura indignação, olhando-a como se fosse uma estranha. — Escondendo as coisas de mim, apoiando uma traição dessas!

— Não desconte na Mimi, por favor! — Michiko se apressa em intervir, com a preocupação estampada no rosto. — Ela não tem culpa de nada.

Yoko dá um sorriso seco, mas a irritação transparece na forma como seus oscilam entre Michiko e Ayumi. A cumplicidade entre as duas queima como brasa dentro dela.

— Essa é sua forma de me punir, não é, Ayumi? — A acusação vem repleta de rancor, e Ayumi sente o impacto como um tapa. — Você apoiou a traição da sua avó só pra me ferir!

O ar some dos pulmões da menina. Nunca, em toda sua vida, viu sua mãe assim: devastada e, ao mesmo tempo, tão cheia de ódio. E, por mais que queira, não há palavras que possam apagar essa mágoa.

— Yoko, você está misturando as coisas... — Akira tenta falar, mas a esposa o interrompe:

— Eu nunca vi as coisas tão claramente como agora! — Yoko retruca, com os olhos faiscando de indignação. — Minha própria filha... uma traidora!

— Mãe, nada disso é sobre você, por favor, entenda! — A menina tenta explicar.

— Entendo perfeitamente. Entendo o quão você é ingrata, Ayumi, e o quanto me odeia. Depois de tudo o que eu fiz, de tudo que abri mão por sua causa!

Ayumi sente algo estalar dentro dela. Uma fenda por onde toda a frustração acumulada começa a vazar. Ela levanta a cabeça e, pela primeira vez naquela noite, encara a mãe sem medo.

— Eu nunca pedi que abrisse mão de nada por minha causa, mãe! — A voz de Ayumi sai mais forte do que ela imaginava, embalada por anos de ressentimento contido.

Yoko dá um sorriso amargurado, ainda encarando a garota.

— A ingratidão, Ayumi, é um dos piores defeitos de uma pessoa – comenta.

— E pelo que exatamente eu deveria ser grata? Por todas as críticas que você despeja em cima de mim, todo santo dia?

O impacto das palavras de Ayumi é visível. O rosto de Yoko se contorce em dor, mas ela se recusa a ceder. Mantém o queixo erguido, as lágrimas agora esquecidas, substituídas pelo orgulho ferido.

— Você acha que sou uma bruxa porque sou realista, Ayumi, mas a verdade é que você é fraca – Yoko acusa, apontando o dedo para a menina. – E, pra pessoas assim, o mundo é um lugar muito cruel.

— Não é o mundo que é cruel não, mãe, são pessoas como você. E me desculpe se você sente que eu preciso compensar de alguma forma o fato de você ter desistido da sua carreira. Mas eu não sou você, muito menos vou realizar os seus sonhos frustrados.

Yoko parece paralisada por um momento, os olhos fixos na filha, mas logo os desvencilha; a raiva obscurecendo qualquer tentativa de reconciliação.

O silêncio na sala é absoluto. Todos observam o embate entre mãe e filha com uma mistura de choque e desconforto. Akira tenta, como sempre, mediar o clima entre as duas, mas dessa vez parece a gota d'água.

— Meninas, por favor, isso já foi longe demais...

— Não precisa tentar remediar nada, Akira – ela interrompe, secando o rosto. – A gente já disse tudo que tinha pra dizer. Eu vou ficar num hotel, assim não precisam se chatear com a minha presença cruel.

Em seguida àquelas palavras, Yoko pega sua bolsa. Seus olhos estão vermelhos, mas secos. O queixo erguido, mesmo que seu corpo trema levemente. Ela sai, batendo a porta atrás de si.

O silêncio que se segue é esmagador. Ayumi ainda está em pé, respirando com dificuldade, enquanto todos os olhares se voltam para ela, mas ninguém ousa dizer uma palavra.

Akira suspira, tirando os óculos e esfregando o rosto, como se estivesse tentando encontrar as palavras certas.

— Vocês não deviam ter escondido isso dela – diz, a voz carregada de cansaço. – A reação da Yoko foi desmedida, mas isso era algo importante demais pra terem mantido em segredo.

Michiko, ainda visivelmente abalada, tenta explicar.

— Eu jamais quis deixá-la de fora, Akira. Mas ela nunca teria aceitado. Durante muito tempo, me privei de tomar essa decisão por causa da Yoko, mas...

Akira acena com a cabeça, compreensivo, apesar de sua expressão permanecer séria.

— A senhora nunca precisou da permissão dela, dona Michiko. Mas talvez tê-la avisado fosse uma demonstração de respeito, algo que ela estava esperando, mesmo sem perceber.

Ele faz uma pausa, deixando suas palavras ecoarem pelo ambiente. Então, depois de um momento, acrescenta:

— Eu vou ficar com ela. Vou tentar acalmá-la.

Antes de sair, ele se aproxima de Ayumi, que ainda está imóvel, digerindo o que acabou de acontecer. Ele a beija suavemente no topo da cabeça.

— Amanhã conversamos, querida – o pai diz em um sussurro. – Boa-noite.

E, com isso, sai em busca de Yoko, deixando Ayumi sozinha com seus pensamentos enquanto a atmosfera na sala permanece densa e carregada.

> A única coisa constante na vida é a mudança.
> (Heráclito)

Nada do que foi será

— Cristiano, não me leve a mal, mas eu gostaria de conversar com a Dani a sós. Você se importa se a gente subir?

— De forma alguma – Cristiano responde, um tanto aliviado. Prefere ficar sozinho a testemunhar uma briga entre o casal, algo que parece inevitável.

Dinho mal espera pela resposta. Já está de pé, os olhos presos em Dani, esperando que ela o siga. Ela suspira, mas não discute. Apenas caminha ao lado dele; o silêncio entre os dois crescendo em peso a cada degrau que sobem.

Ao entrarem no quarto, Dinho fecha a porta com calma, mas sua voz vem carregada de uma frustração que mal consegue conter:

— Você está satisfeita por ter transformado o jantar da Marina em um caos?

A jovem dá um sorriso irônico, uma defesa automática à qual já está habituada.

— Quem fez cena foi o seu irmão, não eu – retruca, cruzando os braços, entediada – Ele surtou do nada.

Dinho avança um passo, o olhar duro.

— Ele surtou porque você não pensa no que diz, Dani. E, com isso, basicamente obrigou o Leo a sair do armário.

Ela pisca, surpresa por um segundo, mas logo veste sua máscara de frieza.

— Eu não obriguei ninguém a nada. Ele falou porque quis.

— Ah, quis? – Dinho ri, incrédulo. – O que você esperava que ele fizesse, depois de insistir naquela história ridícula de que ele devia namorar a melhor amiga? Você o pressionou até ele explodir.

Dani ergue uma sobrancelha, com um sorriso frio desenhando-se em seus lábios.

— Nossa, que drama. Eu só estava brincando, Dinho. Ele que escolheu transformar isso numa revelação pública.

— Brincadeira? Falar daquele jeito sobre a Ayumi foi brincadeira? – Dinho pergunta, estreitando os olhos, o tom carregado de reprovação. – Você quis dizer que, se ele não ficava com ela, era por preconceito.

— Eu só fiz um comentário – ela profere, revirando os olhos.

— Não se faz de sonsa, Dani. Você sabe muito bem o que quis insinuar. E o Leo tem razão, quem tem uma visão distorcida aqui é você. Você que acha que ela não se encaixa nos padrões.

Dani cruza os braços, impaciente.

– Olha, eu já pedi desculpas. Quer que eu faça um comunicado oficial? – Diz, dando de ombros, como se aquilo fosse irrelevante.

– Eu quero que suas desculpas signifiquem alguma coisa. – Dinho fala, cansado. – Palavras vazias não resolvem nada, Dani.

– Vocês só querem me crucificar, isso, sim. – Ela suspira, exasperada. – O que mais eu deveria fazer? Me ajoelhar? Será que assim o pedido não vai soar vazio?

Dinho solta o ar lentamente, sentindo o peso da discussão se assentar entre eles. A frustração não vem apenas da briga em si, mas da sensação sufocante de que, a cada confronto, algo entre os dois se parte um pouco mais. O abismo que os separa não é novo, mas agora parece irreversível.

Ele passa a mão pela nuca, buscando as palavras certas, mas tudo o que sai é um aviso seco:

– Vê se não vai contar pra ninguém isso que o Leo disse, tudo bem?

Dani o encara por alguns segundos, seus olhos brilhando com irritação. Mais do que a pergunta, é o tom de Dinho que a incomoda. A imposição, a desconfiança implícita. Como se ele realmente acreditasse que ela fosse capaz de algo assim.

– Pra quem exatamente eu falaria sobre isso?

– Pro meu pai, por exemplo. – Dinho explica, dando de ombros, visivelmente preocupado com a possibilidade. – Isso é uma decisão do Leo.

Ela solta um suspiro impaciente, um meio-sorriso carregado de sarcasmo surgindo em seus lábios.

– Ah, claro. Porque obviamente a primeira coisa que vou fazer ao chegar no escritório na segunda é reunir a equipe e dizer: "Oi, Marco Antônio, tudo bem? Aliás, seu filho é gay". Como se eu não tivesse mais nada pra fazer.

– Dani...

– Ah, pelo amor de Deus, Bernardo! – Ela explode, passando a mão pelos cabelos fartos, o olhar inflamado de raiva. – Eu sei muito bem o tipo de homem que seu pai é, OK? Mas você... você me decepciona. Tem a ousadia de me questionar assim! Seu irmão eu até entenderia. Mas você?

Dinho não responde. Qualquer palavra que disser será refutada por ela.

– Eu só preciso ter certeza de que não vai machucar o meu irmão – insiste, a voz mais baixa.

Ela aperta os braços contra o próprio corpo, como se tentasse se segurar.

– Se você realmente acha isso de mim, então talvez a gente não devesse mais estar juntos.

A frase o atinge como um soco, fazendo seu estômago revirar. Dani sempre soube onde acertar para ferir. Ele abre a boca para responder, mas as palavras simplesmente não vêm. O silêncio que se segue é quase insuportável. Ele a encara, esperando que ela recue, que perceba o peso do que disse. Que diga que não era bem assim. Mas Dani não é de voltar atrás.

Em vez disso, ela finca a estocada final:

— Quer saber de uma coisa, Bernardo? — Ela ergue o queixo, a voz cortante, cada sílaba é um golpe preciso. — Já que esta casa tem quatro quartos, escolha outro pra dormir esta noite.

Dinho engole seco. As palavras dela não deixam margem para negociação. O peso do que restou entre eles se torna insustentável. Ele hesita, buscando no rosto de Dani algum sinal de hesitação, um arrependimento tardio, mas tudo o que encontra é um olhar impassível, frio como pedra.

Ele percebe, então, que não há mais nada a ser dito. Apenas vira as costas e sai, deixando-a para trás com a raiva, o orgulho ferido e o silêncio esmagador.

A porta se fecha, abafando qualquer possibilidade de redenção. O quarto, de repente, parece grande demais para Dani. Ela continua imóvel, mas seus pensamentos correm, atormentados pela pergunta que ela mesma levantou: por que eles ainda estão juntos?

E agora, mais do que nunca, ela não sabe a resposta.

Ayumi está sentada no degrau da varanda, os olhos perdidos no céu noturno, enquanto a brisa fria parece querer levar para longe as palavras duras trocadas com sua mãe. O alívio inicial de finalmente ter dito o que guardava há tanto tempo agora é substituído por uma culpa crescente. Ela foi honesta, como sua psicóloga sempre sugeria, mas agora, sozinha no escuro, tudo parece ter saído errado. Talvez não tenha sido justa. Talvez, no fundo, quisesse apenas ferir Yoko, como ela tantas vezes a feriu com suas críticas.

Ela abraça os joelhos, desejando que os pensamentos se acalmem. Mas, em vez disso, sua mente corre para Dinho. Como ele estaria? Será que as coisas estão melhores para ele, na Chapada dos Veadeiros? Será que agora, enquanto ela se afunda na própria angústia, ele está nos braços de Dani, num clima romântico?

A ideia aperta seu peito de um jeito doloroso e, mesmo sabendo que não deveria, ela deseja, num impulso egoísta, que eles estejam brigando. Às vezes, se envergonha dos próprios pensamentos, e agradece que ninguém pode lê-los. Será que outras pessoas também são assim, tão pouco altruístas?

O toque do celular a arranca de seus devaneios. Seu coração acelera ao ver o nome de Dinho na tela. Como se ele soubesse que ela pensava nele, como se houvesse um fio invisível os conectando...

Respirando fundo, atende.

— Oi, pessoa — sussurra, tentando não demonstrar o alívio que sente ao ouvir a voz dele.

— Oi, pessoa — ele responde no mesmo tom, mas há um cansaço profundo em sua voz. — Tudo bem por aí?

— Tudo... — Ela mente, mordendo o lábio. — E por aí?

— Uma merda. — A resposta vem sem rodeios, repleta de frustração. — Queria que estivesse aqui.

Ayumi sorri um sorriso pequeno, mas verdadeiro. De alguma forma, saber que ele queria sua presença faz com que tudo pareça um pouco menos angustiante.

— Aqui também não está muito bom. — Admite, após um breve silêncio. — Minha mãe ficou furiosa quando descobriu sobre o casamento da minha avó. Me acusou de ter conspirado contra ela. Acabei dizendo coisas que estavam entaladas há anos.

— E como se sentiu? — Dinho deseja saber; a voz carregada de um cuidado que faz Ayumi fechar os olhos por um instante.

— Bem. Aliviada. Culpada — suspira, apertando a ponte do nariz. — É complicado.

— Os pais nem sempre estão certos, Ayumi. Eles erram como qualquer um.

Ela fecha os olhos por um momento, absorvendo aquelas palavras. Algo nela se aquieta, como se precisasse daquela validação.

— E você? Como está sendo a viagem? — Pergunta, tentando desviar o foco de si mesma.

Dinho solta um suspiro longo, e Ayumi quase pode imaginá-lo passando a mão pelos cabelos, um gesto automático quando algo o incomoda.

— O Leo saiu do armário na frente da Dani. A gente brigou por causa disso. Ela me perguntou por que ainda estamos namorando e... eu simplesmente não soube o que dizer.

O coração de Ayumi dá um salto. Uma pontada de felicidade a invade, seguida por uma culpa imediata. Como pode se sentir assim enquanto ele sofre?

— Você quer terminar com ela? — A pergunta escapa antes que possa impedir; seu coração batendo mais rápido na expectativa da resposta.

— Não. — A réplica vem rápida, firme. Todavia, algo na hesitação entre as palavras faz Ayumi prender a respiração. — Só não sei como fazer as coisas darem certo entre nós. Era pra essa viagem nos reaproximar, mas já estamos brigando no primeiro dia.

— Por que vocês brigaram? — Ayumi pergunta, tentando manter o tom casual, mas sentindo uma pontada incômoda de ciúme.

— Começou com ela insinuando que o Leo devia te namorar — Dinho dá uma risada sem humor. — Nada a ver, né?

Ayumi sorri de leve.

— Se ele fosse hétero, talvez. — Brinca, tentando aliviar a tensão.

Dinho fica em silêncio por um instante. Quando fala novamente, sua voz é quase um sussurro:

— Se o Leo fosse hétero, eu não ia querer que vocês namorassem.

O sorriso de Ayumi vacila.

— E por que não? — Ela pergunta, o tom mais curioso do que acusador.

— Porque... — Dinho hesita, sua voz assumindo um peso diferente. — Porque eu acho que vocês não combinam, só isso.

Há algo a mais ali. Algo que ele não diz. Ayumi sente isso na pausa prolongada, no modo como a frase parece incompleta.

— E com quem eu combino, então? — Ela provoca, sentindo o coração acelerando.

Dinho respira fundo antes de responder:

— No dia que esse cara aparecer, eu te aviso, pessoa. Mas vou ter que aprovar antes.

Ayumi ri baixinho, jogando-se contra o encosto da varanda. Ela não acredita realmente nisso, mas gosta da ilusão de que Dinho possa sentir um pouco de ciúme.

— OK. Meu futuro amoroso está nas suas mãos, então.

— Sim. Porque nenhum cara vai te conhecer melhor do que eu – o tom de Dinho é brincalhão, mas há verdade em suas palavras. — E eu prometo que não vou deixar ninguém te machucar. Sabe por quê?

— Por que você se preocupa com a integridade do meu coração? — Ela testa, arqueando as sobrancelhas.

— Porque você é importante demais pra mim – ele responde, simples e sincero.

O coração dela tropeça, como se perdesse o compasso por um instante.

— Você também é muito importante pra mim, Dinho – ela sussurra de volta, respirando fundo. — Muito mesmo.

Os dois fazem um breve silêncio.

— Certo. Vou deixar você dormir. Boa-noite, pessoa.

— Boa-noite – ela responde, mantendo o tom suave, mas o coração inquieto. — E... não se preocupe tanto. As coisas vão se resolver.

Assim que desliga, uma voz interrompe o silêncio.

— Então você realmente tem um namorado – Beto comenta, sentando-se ao lado dela sem fazer barulho.

Ayumi respira fundo, girando os olhos, irritada por ele ter ouvido parte da conversa. O que ele quer agora, espreitando no escuro como se não tivesse nada melhor para fazer?

— Eu sou uma pessoa namorável, apesar de você parecer sempre duvidar disso. – Responde, afiada, cruzando os braços.

Beto ergue as mãos em defesa, um sorriso divertido no canto dos lábios.

— Eu nunca disse que você não era.

— Não? — Ayumi retruca com sarcasmo, virando-se para ele. — E por que usou aquele tom quando viu a foto do Dinho?

Ele solta um suspiro, desviando o olhar por um instante antes de responder.

— Eu estava desconfiado daquele cara. — A honestidade inesperada a faz apertar os olhos, avaliando-o. — Parecia bom demais pra ser verdade. Achei que estivesse brincando com seus sentimentos... mas agora vejo que fui um idiota. Desculpa.

Ayumi o encara, surpresa com a mudança súbita. O Beto provocador de sempre parecia ter dado lugar a alguém mais... sincero. Pela primeira vez, ele não parece estar jogando. E isso a desarma.

— E por que essa preocupação repentina comigo?

— Não é repentina. — Ele suspira, passando as mãos pelos cabelos, um gesto nervoso. — Posso ser sincero, Ayumi?

Ela assente, ainda cautelosa.

— Eu sempre tive uma queda por você.

As palavras pairam entre eles por um tempo. Beto desvia o olhar, como se estivesse se expondo demais. Ayumi pisca, surpresa, e solta uma risada curta, cética.

— Ah, tá. Superacredito.

— Estou falando sério — ele insiste, e dessa vez há um brilho de vulnerabilidade em seus olhos. — Eu juro.

— Péssimo jeito de demonstrar interesse, então — resmunga, cruzando os braços, ainda desconfiada.

Beto sorri, mas sem o sarcasmo de sempre. É um sorriso diferente, quase tímido.

— Eu sei. Mas você também nunca facilitou. Sempre me olhava como se eu fosse um idiota. Me ignorava quando eu tentava me aproximar.

— Porque eu achava que você só queria rir de mim — Ayumi murmura, recordando-se das incontáveis vezes em que se sentiu diminuída perto dele, as farpas disfarçadas de brincadeiras, os olhares que sempre pareciam julgá-la. — No fundo, foi exatamente o que aconteceu.

Ele inclina a cabeça levemente, pensativo.

— Era a única forma de chamar sua atenção — confessa, dando de ombros. — Você só reagia quando eu te provocava. Mas sempre foi uma garota diferente. Inteligente. Intensa. Sabia coisas que ninguém mais sabia. E eu adorava te ver falando em japonês, mesmo quando me xingava. — Ele ri para si mesmo. — Acho que, no fundo, eu só queria que você me notasse. Só não sabia como fazer isso sem bancar o idiota.

Beto passa a mão pela nuca, hesitante, antes de completar:

— Mas, por mais que eu tenha sido um babaca, sempre te admirei. Sempre. E, bem... você também me chamava de magrelo, então acho que estamos quites.

Ayumi dá uma risada curta, quase cansada. Ainda é difícil acreditar nele, mas não parece mentira.

Beto a observa em silêncio por um instante. Então, finalmente, diz:

— Ayumi, eu queria me desculpar com você.

— Pelo quê?

— Por todas as bobagens que eu já disse. — Reconhece, mordendo o lábio. — Eu não fazia ideia do quanto isso te afetava. Quer dizer, quando me chamavam de magricelo, eu não ligava de verdade, então... imaginei que pra você era a mesma coisa. Mas, olhando agora, vejo o quanto fui idiota.

Ayumi morde o lábio, sentindo um alívio inesperado nas palavras dele.

— Tá tudo bem — fala, por fim, suspirando. — A gente era criança.

— Então estamos bem? Mesmo?

Ela concorda.

— Mesmo. E desculpa pela cena no jantar — acrescenta, suspirando.

Ele apenas nega com a cabeça, como se não se importasse.

— Beto... fui cruel com a minha mãe? — A voz dela sai mais baixa do que pretendia.

Ele demora um segundo antes de responder, escolhendo as palavras com cuidado.

— Não. Você merecia ser ouvida. Mesmo que ela ache que tem razão, você também tem o direito de sentir o que sente. Isso não te faz cruel. Te faz humana.

Ayumi assente, sentindo o aperto no peito dar uma leve afrouxada.

— Bem, já está tarde. — Ela se levanta devagar, esfregando os braços para se aquecer. — Boa-noite, Beto.

Ele a observa por um instante antes de responder; a voz permeada de algo que Ayumi não consegue decifrar.

— Boa-noite, Ayumi.

Antes de entrar, ela olha para ele uma última vez.

— No futuro, quando se interessar por alguém, trate essa pessoa bem. Gentileza sempre ganha.

Beto dá um sorriso sincero, como se finalmente estivesse mostrando a ela quem realmente é. Ayumi sente que, a partir de agora, algo mudou entre os dois.

— Vou me lembrar disso.

Ayumi assente, virando-se para a porta. Conforme caminha para dentro de casa, uma sensação estranha, mas reconfortante, a envolve.

Lá fora, no escuro, Beto permanece sentado, os olhos perdidos na noite. Pensando. Sentindo. Talvez, pela primeira vez, tentando entender o que aquilo tudo realmente significa.

> O desejo exprime-se por uma carícia, tal como o pensamento pela linguagem.
> (Jean-Paul Sartre)

Sob a luz das estrelas

Marina termina de vestir o pijama, sentindo o tecido macio deslizar por sua pele como um alívio físico em meio ao estresse mental que sente. Sua cabeça fervilha com tudo o que aconteceu mais cedo. O clima desagradável que Dani criou, os comentários venenosos dos quais ela mal parecia se dar conta. Marina aperta os lábios, o gosto da frustração misturado com o da impotência.

Por um instante, gostaria de ter vindo apenas com Cristiano, longe de toda essa confusão. Só os dois, no ritmo deles, sem as complicações alheias. Pensar nisso a conforta e assusta ao mesmo tempo. Há uma doçura irresistível em estar só com ele, mas também um abismo de incertezas. Não é medo dele – Cristiano nunca a faria sentir-se insegura –, mas dela mesma, do quanto poderia se perder em tudo que sente. O relacionamento dos dois mal tinha saído do ponto de partida, e ela ainda tenta decifrar se os sonhos que constrói sobre eles estão prontos para virarem realidade.

Suspirando, Marina puxa as cobertas e ajeita os travesseiros com movimentos automáticos, numa tentativa de organizar também os pensamentos. Como será o dia seguinte? Como Dani e Leo agirão depois da discussão ácida que protagonizaram? Marina teme que o grupo acorde sob uma nuvem ainda mais densa, que os resquícios da briga contaminem o resto da viagem. A ideia de passar os próximos dias pisando em ovos a esgota. Ela não quer ter de equilibrar sua própria felicidade sobre a corda bamba do desconforto alheio. Não quer que o que deveria ser leve e memorável se transforme em um campo minado.

Está prestes a se deitar quando houve batidas suaves na porta. Marina hesita por um segundo, o coração acelerando sem motivo aparente, e caminha até ela. Ao abri-la, depara-se com Cristiano encostado no batente, os olhos brilhando com um ar de mistério.

— Oi — ela cumprimenta, dando um sorriso que mistura surpresa e ternura.

— Oi, coração — ele devolve, e suas mãos se encontram, os dedos dele entrelaçando os dela com naturalidade.

— Veio me colocar na cama? — Ela brinca, inocente. Cristiano estreita o olhar, um sorriso malicioso surgindo nos lábios. Marina sente o rosto esquentar, o rubor entregando a consciência tardia do duplo sentido. Mas antes que possa se explicar, ele responde:

— Por mais tentadora que essa ideia seja, ainda não estou nem perto de querer te deixar dormir.

Marina ergue as sobrancelhas, intrigada, um sorriso curioso no canto da boca enquanto observa Cristiano com atenção.

— Eu queria algo especial pro jantar, mas... Dani e Leo roubaram a cena — ele admite, a voz carregada de uma frustração contida.

— Eu sei, sinto muito por isso. Você se dedicou tanto pra essa viagem...

Cristiano toca os lábios dela com o dedo, um toque leve e silencioso, como quem pede que ela solte o peso das culpas que não são dela.

— Não se desculpe por algo que não dependia de você. E também não vim aqui falar disso. Posso te roubar por uns minutos?

Ela ergue uma sobrancelha, os olhos cintilando de expectativa, tentando decifrar o mistério que se esconde no sorriso dele.

— Agora?

Cristiano assente com um sorriso enigmático, provocando borboletas no estômago de Marina.

— Garanto que não vai se arrepender.

A curiosidade fala mais alto, e Marina se deixa guiar por aquele convite silencioso nos olhos de Cristiano. Sua mão desliza para a dele, encaixando-se com uma naturalidade que acede seu peito, e juntos descem pela escada de madeira, que range suavemente sob seus passos. A penumbra do corredor é recortada por feixes de luz delicada das luminárias, que projetam sombras dançantes nas paredes, como se o próprio ambiente conspirasse para um clima mágico só para os dois.

Quando empurram a porta do terraço, Marina prende a respiração. Seus olhos percorrem o espaço, absorvendo cada detalhe. Uma manta felpuda cobre o chão, convidativa, e almofadas em tons terrosos estão dispostas sobre ela. Velas pequenas tremulam como estrelas caídas do céu, espalhadas por todo o ambiente, projetando um brilho dourado que aquece não só o espaço, mas também o coração dela. No canto, um pequeno *réchaud* sustenta uma panela de *fondue*, de onde escapa o aroma delicioso de chocolate derretido, espesso e doce. Há também duas taças de sobremesa e uma tigela de morangos vermelhos e suculentos. Uma caixa de som toca uma melodia suave, misturando dedilhados de violão com uma batida lenta. Mas é o céu que tira seu fôlego: um oceano estrelado, vasto e hipnótico, que parece envolvê-los em um universo paralelo.

Marina leva as mãos à boca, deslumbrada, o coração batendo acelerado.

— Isso é...

— O cenário perfeito pro seu pedido de aniversário — Cristiano completa, sorrindo enquanto a conduz até o centro do círculo iluminado. — Dizem que, na Chapada, o universo escuta melhor.

Ela se senta, com uma almofada no colo, os olhos ainda maravilhados com o ambiente ao redor, enquanto observa Cristiano pegar uma taça de vidro e servir um pouco do *fondue*. Com movimentos lentos, ele afunda um morango no chocolate derretido e, sem dizer nada, se aproxima. Seus olhos se fixam nos dela, intensos, e o sorriso em seus lábios se torna mais insinuante do que doce ao levar o morango até a boca de Marina. Ela o observa com atenção, os lábios entreabertos, e permite que ele a alimente, mordendo a fruta enquanto ainda mantém os olhos cravados nos dele. O contato, tátil e visual, carrega uma eletricidade sutil, mas inegável. A cada segundo, uma nova onda de sensações a invade – tão intensas e arrebatadoras que palavras seriam insuficientes para descrevê-las.

O aroma doce do chocolate se mistura ao ar fresco e ao clima romântico, preenchendo o espaço entre eles com uma sensação de conforto. Marina sente um calor se espalhar sob a pele, alimentado não apenas pela comida, mas pelo desejo implícito em cada gesto, em cada escolha pensada por Cristiano. Por um instante, tudo à volta desaparece: as discussões, o incômodo, a ansiedade pelo amanhã. Sob a luz das estrelas, tudo que importa está ali, entre olhares e silêncios carregados de intenção.

— Você pensou em tudo, né? – Marina murmura enquanto ainda saboreia o morango. A luz fraca das velas faz sombras dançarem suavemente no rosto de Cristiano, realçando o contorno de seu maxilar e o brilho de seus olhos.

— Eu queria que tivesse um momento especial – Cristiano responde, o sorriso nos lábios adquirindo um toque provocante enquanto ele pega outro morango. – E queria um momento só nosso.

O coração de Marina acelera, batendo tão forte que beira o descompasso. Cada detalhe ali foi pensado com carinho, e ela se sente, sem dúvida, o centro do universo dele.

— E então? Já decidiu o que vai pedir? – Ele pergunta com a voz carregada de expectativa, como se, só pelo desejo dela, o universo pudesse se mover.

Marina balança a cabeça devagar, os lábios se curvando em um sorriso sereno, carregado de doçura.

— Isso aqui é exatamente o que eu pediria. Nesse momento, não tem mais nada que eu possa querer.

Cristiano sorri de lado, os olhos brilhando com algo entre carinho e provocação. Ele se inclina, a distância entre os dois diminuindo consideravelmente.

— Tem certeza? – Ele provoca, a voz baixa e rouca. – Nenhum desejo escondido aí... esperando pra ser atendido?

Sem responder, Marina encurta a distância e o beija. Um beijo profundo. Os lábios dele são quentes, suaves e famintos, e o tempo parece se dissolver ao redor dos dois. Se ela pudesse, se perderia ali, no sabor dele, na pele dele, no que ele desperta dentro dela.

— Eu te amo tanto — ela sussurra contra a boca dele, o cheiro de chocolate se misturando ao desejo que vibra entre eles — que chega a me assustar.

Cristiano sorri, olhando-a intensamente enquanto sua mão contorna o rosto dela.

— Eu também te amo, coração — responde, os dedos percorrendo a linha do maxilar até a nuca, fazendo a pele se arrepiar sob o toque. — Casa comigo?

Ela arregala os olhos, as palavras ficando presas na garganta, e solta uma risada surpresa. Seus olhos percorrem o rosto de Cristiano, buscando um sinal de brincadeira, algo que desfaça a tensão que cresce em seu peito.

— Você tá brincando ou...?

Mas não está. Ela vê isso. No olhar dele não há espaço para piada — só doçura, calma e uma certeza tão sólida que parece ancorá-la ao chão. Cristiano segura firme a mão dela, entrelaçando os dedos nos dela, e um sorriso leve se espalha por seus lábios.

— Tô falando sério. Por que não?

Marina pisca, como se tentar processar aquilo pudesse tornar tudo menos impactante, e sente o coração acelerar; uma mistura confusa de medo e ternura invade seu peito.

— Porque ainda nem fizemos faculdade... ainda estamos começando a vida.

Cristiano revira os olhos, divertido, mas respeitoso.

— Eu já falei que não vou fazer faculdade. E não é por rebeldia ou preguiça, é porque não preciso. Você sabe disso. Com o que eu já tenho, posso viver mil vidas tranquilo. — Ele dá de ombros, como se a vida fosse simples assim.

É a vez de Marina revirar os olhos.

— A gente é muito novo... — Continua argumentando, como se aquela conversa fosse realmente séria.

— E isso não me impede de sonhar?

Ela o encara, tentando compreender como ele consegue dizer aquilo com tanta leveza.

— Cristiano, não tem motivo pra correr. Vamos viver no nosso ritmo. Estamos juntos há três meses — Marina dá de ombros, sorrindo.

Ele suspira, resignado, mas sem perder o brilho nos olhos.

— Tudo bem. Mas saiba que, em algum lugar do mundo, uma estrela se apagou porque você recusou meu pedido de casamento.

Marina ri, mordendo o lábio, sentindo a tensão se dissolver, substituída pela ternura que ele sempre sabe como despertar.

— Me pergunta de novo daqui a seis anos — ela diz, olhando diretamente nos olhos dele, com um sorriso suave, como quem traça um futuro distante, mas possível.

— Seis? Poxa, você é linda, mas não sei se aguento esperar tudo isso — ele retruca, fingindo desalento.

Ela o belisca de leve, rindo, e Cristiano segura a mão dela, puxando-a mais para perto e beijando seus dedos com carinho.

— Tô brincando, coração. Por você, eu espero o tempo que for.

Sacudindo a cabeça, Marina se inclina para pegar mais um morango. Ela o mergulha no *fondue*, mas, ao erguê-lo, uma gota espessa de chocolate escorre lentamente por sua pele, deslizando até repousar logo abaixo da clavícula.

Os olhos de Cristiano acompanham o trajeto com intensidade, escurecendo-se de desejo. Marina ergue a mão para limpar, mas ele segura seu pulso com suavidade, impedindo-a.

— Posso? — Ele murmura, a voz baixa e rouca.

Ela o encara, sentindo o olhar dele arder em sua pele e, mordendo o lábio, assente com um leve movimento de cabeça.

Cristiano se inclina devagar, os lábios tocando sua pele com uma suavidade que a faz estremecer. Ele suga o chocolate lentamente, saboreando cada instante como se fosse proibido. A respiração de Marina falha, a cabeça inclina-se para trás e um arfar suave escapa de seus lábios. A intensidade do toque, o calor que ele imprime em sua pele embaralham seus sentidos.

Quando não resta mais nada além do gosto dele em sua memória, Cristiano traça uma trilha de beijos ao longo da pele dela até alcançar sua garganta, arrancando um gemido contido de Marina. Ela se rende às sensações, perdida no modo como sua pele responde, como se cada carícia fosse um convite para se entregar por completo.

Cristiano ergue o rosto, buscando os olhos dela, e Marina, ainda ofegante, o puxa para um beijo intenso. Suas mãos deslizam até o pescoço dele, os dedos se enredando nos cabelos da nuca. Cristiano a deita com delicadeza sobre a manta, o corpo pressionando-se ao dela em uma proximidade que faz a respiração de Marina acelerar. Ele respira sua pele profundamente, como quem deseja gravar em si o perfume e o calor dela, eternizá-la nos sentidos.

Nenhum dos dois espera quando a porta do terraço se abre, e Leo aparece. O susto os afasta como se tivessem sido atingidos por um jato de água fria — e, de certa forma, foram.

— Leo... péssimo *timing*, cara — Cristiano resmunga, coçando a nuca com um olhar que mistura frustração e incredulidade.

— Ai, me desculpa, pelo amor de Deus! — Leo quase grita, enterrando o rosto entre as mãos, completamente atordoado. — Eu não sabia que vocês estavam aqui. Juro que só subi pra tomar um ar, não consigo dormir... mas já vou sair! Finjam que eu sou um fantasma, que não vi nada nem estou aqui. Continuem aí.

Marina sente o rosto em brasa, o coração batendo rápido demais. Ainda bem que a iluminação suave ajuda a esconder seu embaraço.

— Não tem problema, primo, a gente estava só...

—... comendo *fondue* – Cristiano completa com a maior naturalidade, pegando um morango da tigela e o erguendo como se fosse a prova cabal de sua inocência. – Quer um, Leo?

Marina quase agradece em voz alta pela desculpa, embora saiba que não é suficiente para desfazer a tensão do que quase aconteceu. Não sabe se sente alívio ou frustração com a interrupção.

– Eu... acho melhor me recolher – Leo diz, dando passos desajeitados para trás, como se estivesse recuando de uma cena proibida.

– Leo, relaxa – Cristiano fala, recostando-se nas almofadas com um suspiro resignado. – De qualquer jeito, você já detonou o clima, mesmo – brinca, dando um sorriso provocativo.

Marina o fuzila com os olhos, o rosto ainda queimando de vergonha. Queria desaparecer. Ou congelar o tempo. Ou, no mínimo, dar um soco em Cristiano por ser tão... ele mesmo.

– Vem, primo – ela convida, tentando soar casual, virando-se para Leo com um olhar que mal disfarça o constrangimento. – Fica um pouquinho com a gente.

– Tudo bem, mas só porque vocês pediram – Leo responde, apontando para os dois com um sorriso sem graça, ainda meio zonzo pelo flagra.

> Havia entre nós tudo; para nos separar, bastava um nada.
> (Jean-Paul Sartre)

O abismo entre nós

Cristiano freia o carro em frente à casa de Daniela. Sem uma palavra, ela abre a porta e desce apressada, os passos firmes rumo ao portão. O peito de Dinho aperta. Ele não pode deixá-la ir assim, com tudo suspenso entre eles.

— Dani, espera! — Ele chama, saindo do carro às pressas, os batimentos acelerados como se corresse contra o tempo.

Ela para, mas não se vira de imediato. Quando o faz, vira-se devagar, com o rosto fechado, os olhos faiscando, e cruza os braços.

— O que foi, Bernardo? — A formalidade do nome completo é um golpe seco. — Se você tá preocupado com o seu pai, pode relaxar. Já disse que não vou contar nada sobre o Leo.

A tensão entre os dois é quase palpável, um fio prestes a se romper. A viagem deveria ser uma chance de reconexão, mas virou um desastre. Depois do episódio com Leo, os amigos de Dinho passaram a tratá-la como vilã, e o que mais doeu foi a sensação de estar sozinha no meio de estranhos quando estava com pessoas que supostamente deveriam acolhê-la. Especialmente ele.

Dinho passa a mão pelos cabelos, buscando as palavras certas.

— Eu sei. — Sua voz sai baixa, culpada. — Me perdoa. Eu não devia ter sido tão duro com você.

— Não devia, mesmo. — A resposta dela é cortante.

Ele engole em seco.

— Mas eu já devia estar acostumada, né? — Dani continua, a raiva mascarando a mágoa. — Você nunca fica do meu lado.

Dinho abre a boca para contestar, mas não encontra argumento. O silêncio dele é resposta suficiente. Sente a distância crescer entre os dois, um abismo que se alarga a cada briga, a cada mal-entendido. Dentro do carro, os amigos observam, mas, naquele instante, nada mais importa.

— Você quer terminar? — A pergunta escapa, um receio latente na voz.

Dani fecha os olhos por um segundo, como se precisasse de fôlego. Quando os abre, sua expressão está exausta.

— O que eu queria, Dinho, era poder ser eu mesma. — Sua voz é baixa, mas não menos firme. — Rir com você, como antes. Contar as coisas sem sentir que estou sendo julgada a cada palavra.

O peito dele aperta. Porque, no fundo, ele sabe que ela tem razão.

— E você? — Ela continua, com um olhar que o desafia. — Quer terminar?

Dinho balança a cabeça de imediato, como se a simples ideia o apavorasse.

— Não. Eu não quero. — Ele passa as mãos pelo rosto, frustrado. — Mas, Dani, a gente não pode concordar em tudo. Temos visões diferentes de muita coisa.

Ela solta um riso curto, seco.

— E isso nunca foi tão evidente.

— Seria mais fácil desistir, né? — Dinho admite, dando um sorriso sem alegria. — Mas eu não quero o caminho mais fácil, Dani. Não quero desistir da gente. — Ele estende a mão, um convite silencioso. — A gente só precisa encontrar um jeito de lidar com as diferenças. Vamos tentar de novo? De verdade? Sair do automático?

Ela hesita, os olhos fixos nos dele. Por um instante, parece à beira de recuar. Mas então, devagar, seus dedos encontram os dele, entrelaçando-se com um aperto tímido, mas decidido.

— Tudo bem. — Um sorriso leve aparece em seu rosto. — E, olha... está chegando nosso aniversário de quatro anos. Seria trágico terminar justo agora, né?

Dinho solta um suspiro de alívio e, antes que possa pensar demais, a puxa para um beijo. Em seguida, se afasta o suficiente para olhar nos olhos dela e sorri de leve.

— Falando em aniversário... consegui uma reserva naquele restaurante que você queria, pra gente comemorar.

Dani arregala os olhos, a expressão oscilando entre incredulidade e empolgação.

— Mentira! Aquela fila de espera é gigantesca!

Dinho sorri, satisfeito com a reação dela.

— Digamos que tive uma ajudinha.

Ela pisca, ainda processando.

— Ajudinha de quem?

Ele ri, adorando ver o brilho voltar ao olhar dela. Depois de um fim de semana cheio de tensões, é um alívio vê-la empolgada com alguma coisa.

— Cristiano conhece um cara que conhece outro cara... — Ele faz um gesto vago com as mãos. — Basicamente, alguém desistiu da reserva de última hora, e fomos os sortudos da vez.

Dani dá um sorriso largo e joga os braços ao redor dele, se apertando contra seu peito.

— Meu amor, você é o melhor namorado do mundo!

Dinho dá um sorriso, envolvendo-a pela cintura, e descansa o queixo sobre sua cabeça.

– Eu sei – brinca, provocando-a. – Mas não custa reforçar de vez em quando.

Dani ri, afastando-se apenas o suficiente para olhar nos olhos dele.

– Você é o melhor namorado do mundo! – Ela repete para satisfazê-lo. – Não acredito que vamos àquele restaurante!

– Vai valer a pena. – Ele promete, os dedos acariciando a pele dela. – Vai ser a nossa noite. Só nós dois.

E, por um instante, Dani sente o coração aquecer. Talvez nem tudo esteja perdido.

Dentro do carro, Leo observa a cena com desânimo.

– Sério, como é que eles resolveram isso tão rápido? – Ele balança a cabeça, inconformado. – Achei que dessa vez o Dinho se livraria.

No banco do carona, Marina revira os olhos.

– Leo, eles se amam. Dá pra parar de torcer contra?

– Aí você já quer demais, né?

Ela ri, sacudindo a cabeça, e Cristiano aproveita para lançar um olhar rápido na direção dela.

– Da próxima vez, coração, vamos viajar só nós dois. Assim ninguém estraga o clima.

– Ei! Por que eu tô sendo excluído?! – Leo protesta, escandalizado. – Foi *você* que convidou a Dani, lembra?

Cristiano dá de ombros.

– Ela é namorada do seu irmão. Não dá pra simplesmente excluir. Mas, sério, por que tanta implicância com ela?

– Porque ela fala muita besteira! – Leo resmunga. – Vocês viram.

Marina suspira, paciente.

– Ela pelo menos se desculpou. E garantiu que não vai contar nada do que você disse.

– Ai dela se contar – Leo estreita os olhos, desconfiado. – E desculpa não resolve tudo.

– Mas também não dá pra viver achando que só os outros erram, né, primo? – Marina murmura, mesmo sabendo que não é o melhor exemplo de pessoa que perdoa fácil. Ainda tem reservas com Joana, mas aquilo é diferente. Esse caso aqui? Pura implicância.

Leo cruza os braços, teimoso.

— Tá bom, tá bom. Mas um dia vão me dar razão sobre ela.

Cristiano abaixa os óculos de sol e olha de canto para Marina, como se estivessem em plena sintonia.

— Da próxima vez, definitivamente, só nós dois.

Leo apenas suspira, derrotado.

— Vocês que vão perder minha companhia ilustre.

Na segunda-feira, Ayumi se levanta antes mesmo de o despertador tocar. A ansiedade aperta seu estômago, mas ela está decidida: hoje, vai falar com a mãe. Não aguenta mais ser tratada como se fosse invisível dentro da própria casa. O silêncio de Yoko é pior do que qualquer sermão ou crítica. Antes, pelo menos, havia algo – frustração, impaciência, alguma emoção. Agora, restam apenas olhares vazios e um distanciamento assustador.

Respirando fundo, Ayumi entra na cozinha. O aroma de chá frio paira no ar. Yoko está sentada à mesa, mexendo mecanicamente na bebida, o olhar perdido em um ponto qualquer. A cena a faz hesitar por um instante, mas ela engole em seco e segue em frente.

— *Okaasan*, por favor, a gente pode conversar? – Sua voz carrega hesitação e súplica.

A respiração de Yoko se altera. Um suspiro pesado escapa de seus lábios, como se até aquele pedido fosse um incômodo.

— Conversar o quê, Ayumi? – Responde, sem desviar os olhos da xícara. – Não sou uma mãe cruel? Não sou eu quem te coloca pra baixo? Então, vá conversar com sua avó.

A resposta é seca, e Ayumi sente um aperto no peito, mas se recusa a recuar.

— Mãe... não fala assim.

Finalmente, Yoko ergue o rosto, seus olhos cheios de um brilho cortante, uma raiva mal contida.

— Como exatamente você quer que eu fale, Ayumi? – Pergunta, sarcástica. – Quer que eu seja mais gentil? Que escolha melhor minhas palavras? Que me desculpe por cada conselho que já te dei? Talvez eu devesse simplesmente sorrir e acenar, fingindo que não vejo nada, não é?

— Eu só queria que a gente se entendesse...

Yoko ri. Um som curto, seco, sem qualquer traço de humor.

— Se entender? – Ela se inclina para frente, os olhos faiscando. – Você nunca quis me entender, Ayumi. Sempre me viu como uma megera controladora, a bruxa que só sabe criticar. Mas, não se preocupe, eu finalmente percebi o que você quer. Não precisa de mim.

– Não é verdade... – A garota tenta protestar, mas Yoko não lhe dá espaço.
– Claro que é. – Sua expressão se fecha, o rosto impassível como pedra. – Você já tem sua avó, tão compreensiva. Seu pai, que nunca te diz "não". Sua psicóloga, que te apoia em tudo. Seus amigos, que enxergam só o que você quer mostrar. E eu? Só mais uma pessoa pra tornar o mundo cruel. – Yoko diz, evocando as palavras que a filha disse. Pelo visto, a machucaram mais do que Ayumi pretendia.

Ela sente os olhos arderem. O peito se comprime.
– Mãe, por favor, para...
– Para o quê? De dizer o que não quer ouvir? – Yoko se endireita, cruzando os braços. – Tudo bem, Ayumi. Eu já entendi como quer que eu haja. Quer que eu seja permissiva. Se é isso que quer, considere feito, porque eu nunca mais vou dizer absolutamente nada pra você. Nem sobre o que come nem sobre como vive. Pode fazer o que quiser. Eu cansei de ser a vilã dessa história, minha filha.

Embora Yoko esteja oferecendo uma garantia de não pegar no pé da filha, suas palavras não provocam alívio, apenas trazem uma sentença amarga.

Ayumi abre a boca, mas nenhum som sai. O mundo ao seu redor parece desmoronar, como se um buraco tivesse se aberto sob seus pés.

Yoko a observa por um instante e, como se pudesse ler seus pensamentos, deixa escapar um suspiro amargo antes de murmurar:
– Sempre lágrimas, né, minha filha? Sempre muitas, muitas lágrimas, como se você fosse a grande vítima do mundo. Das pessoas. De mim.

A acusação vem como um golpe. Pesado, certeiro.
– *Okaasan*, eu nunca quis te magoar... – Sua voz sai trêmula, quase inaudível, como se a força para argumentar estivesse se esvaindo.
– Não, Ayumi. – Seus lábios se curvam em um sorriso ácido. – A única pessoa aqui que quer magoar sou eu, não é?

O silêncio pesa entre elas, e Ayumi gostaria de ter mais alguma coisa a dizer, mas não tem. Não quando a mãe não parece disposta a ouvir.

Então, sem pressa, Yoko pega a xícara com movimentos frios e sai da cozinha, sem olhar para trás.

A partir daquele dia, tudo realmente muda.

Yoko não grita mais. Não critica, não corrige, não opina. Mas também não olha. Não repara. Não vê. É como se Ayumi tivesse se tornado um fantasma para a mãe.

Quando se falam, o tom de Yoko é impessoal, distante, como se estivesse lidando com uma estranha. Suas palavras são curtas, econômicas, ditas sem emoção. Nada sobre comida, nada sobre aparência, nada sobre nada.

Antes, por mais duras que fossem as palavras da mãe, ainda havia um resquício de carinho. Agora, há apenas um vazio impenetrável. E Ayumi percebe que o silêncio pode ferir mais do que qualquer palavra.

E, de alguma forma, isso é muito pior.

As críticas, por mais duras que fossem, ao menos provavam que Yoko se importava. Agora, há apenas a ausência cortante, um espaço vazio onde antes existia conflito, onde antes existia algo. E Ayumi se vê perguntando, tarde demais, se teria preferido as palavras ácidas ao peso irrefutável de ser ignorada.

Akira está terminando de atender um cliente quando vê a esposa entrar na loja. Seu coração se comprime. Ela quase nunca aparece ali no meio do expediente. Yoko sempre foi metódica com sua rotina – trabalho, casa, responsabilidades. O simples fato de vê-la ali, em um horário que deveria estar na agência, indica que algo está errado.

Ele não precisa perguntar. Ele sente. Desde que soube sobre o casamento da mãe e ouviu Ayumi despejar tudo o que sentia, como se lançasse lâminas contra ela, Yoko se fechou dentro de uma casca rígida, cada vez mais difícil de atravessar. Akira tentou suavizar a tensão entre mãe e filha, tentou construir pontes, mas o abismo entre elas ainda é grande demais.

Ele entende que Yoko precisa de espaço – e paciência (quem sabe, de terapia) – para processar tudo. Mas compreender não torna a situação mais fácil. É o que diz à Ayumi. É o que repete a si mesmo, como um mantra que não encontra eco na realidade.

Agora, parado ali, ele a observa com atenção. O rosto dela, sempre tão impecável, traz sinais sutis de exaustão. As olheiras estão mais escuras, a pele parece mais pálida, e há uma rigidez em seus ombros que a faz parecer menor. Quando seus olhos se encontram, Akira percebe que há algo diferente ali também: uma inquietação silenciosa, um peso que ela não consegue esconder.

Ele limpa as mãos no avental e se aproxima com cautela.

– Algum problema, querida? – Sua voz é gentil.

Yoko hesita, como se estivesse considerando negar, fingir que está tudo bem. Mas, no fim, apenas suspira.

– Vim almoçar com você – responde, a voz mais suave do que esperava.

Akira pisca, surpreso. Não se lembra da última vez que Yoko sugeriu um almoço espontâneo durante um dia de trabalho.

Ele aceita sem questionar.

O restaurante é pequeno, discreto, um daqueles lugares que poucos conhecem, mas que servem comida caseira com um toque de sofisticação. Yoko sempre gostou do ambiente ali – tranquilo, organizado, previsível.

No entanto, Akira percebe que, mesmo naquele espaço familiar, a esposa parece distante.

Sentam-se perto da janela e, enquanto ele pega o cardápio, Yoko pede sua salada habitual sem nem olhar o *menu*. Quando o prato chega, Akira nota o padrão preocupante: poucas folhas, um pedaço minúsculo de frango grelhado, sem molho, sem acompanhamento.

Ele suspira internamente. Nos últimos dias, vem reparando em como ela come cada vez menos. É sempre assim quando sua mente está um caos. O controle sobre a alimentação é seu reflexo do descontrole emocional.

O garçom traz o prato de Akira e, enquanto ele separa os *hashis*, sente a necessidade de quebrar o silêncio desconfortável.

– O que acha de viajarmos no fim de semana? Podemos ir para Rio Quente, relaxar um pouco.

Yoko ergue os olhos do prato, surpresa pela sugestão. Sua testa se franze, criando uma linha profunda entre as sobrancelhas.

– Ficar presa num *resort* com minha filha que me odeia? Passo. – A resposta vem cortante, carregada de amargura.

Akira solta um longo suspiro, forçando-se a manter a paciência. Já esperava essa reação. Ultimamente, qualquer assunto acaba voltando para Ayumi, para sua mãe, para o ressentimento que cresce entre elas como um muro cada vez mais alto.

Ele se lembra de como a encontrou no banheiro do quarto de hotel – sentada no chão, os joelhos dobrados contra o peito, os olhos vermelhos e inchados, a maquiagem completamente borrada. O reflexo no espelho acima da pia revelava uma Yoko irreconhecível, despida de sua habitual compostura.

Foi uma das poucas vezes em que viu Yoko chorar de verdade.

Ela sempre foi o tipo de mulher que mantém a postura, que nunca demonstra fraqueza. Mas, naquela noite, era uma versão mais fragmentada de si mesma.

Akira havia se sentado ao lado dela sem dizer nada. Apenas esperou.

Então, Yoko quebrou o silêncio, a voz trêmula:

– Eles não deviam ter mentido pra mim, Akira.

Ele suspirou, escolhendo as palavras, pisando em terreno instável.

— Não, não deviam. Mas tenta se colocar no lugar deles. Você nunca escondeu sua aversão ao relacionamento da sua mãe com o Sr. Oscar. Talvez tenham tido medo da sua reação.

Yoko fixou o olhar no piso, como se procurasse uma resposta ali.

— Meu pai amou minha mãe até o último dia de vida. Era justo que ela o amasse do mesmo jeito, não acha?

Akira hesitou antes de tocar de leve no ombro dela.

— O amor da sua mãe pelo seu pai não desapareceu. Mas ela também tem o direito de seguir em frente, de encontrar felicidade de novo. Você realmente acha que a dona Michiko não merece?

Ela balançou a cabeça lentamente, um sorriso amargo curvando seus lábios.

— Casamento é pra sempre, Akira. Se você morresse, eu jamais colocaria outra pessoa no seu lugar. Espero o mesmo de você — fez uma pausa e, com um sopro de ironia, completou: — ou volto pra te assombrar.

Akira sorriu, surpreso com a tentativa de humor, mesmo no meio daquele caos emocional.

Mas então ela murmurou algo que doeu ainda mais.

— Minha filha me odeia. Minha mãe pouco se importa com o que penso. Pra elas, sou apenas uma megera.

Akira queria dizer que não era verdade, que Ayumi a amava, que Michiko se importava. Mas sabia que, naquele momento, Yoko não estava pronta para ouvir nada disso.

※ ❀ ※

Agora, de volta ao presente, Akira observa a esposa mexer distraidamente no garfo, empurrando a salada e um lado para o outro, sem demonstrar real interesse na comida.

Ele decide tentar novamente:

— Pensei em irmos só nós dois — explica, mantendo a voz calma. — Podemos deixar Ayumi com na casa da Marina.

Yoko abre a boca, pronta para recusar, mas hesita. Seu olhar se fixa na taça de água à sua frente, pensativa.

— Você precisa sair um pouco, Yoko. Respirar. Se afastar dessa tensão, nem que seja por alguns dias.

O silêncio que se estende entre eles é longo, mas Akira não tenta quebrá-lo. Ele respeita o tempo dela, entende que a briga com Ayumi ainda paira como uma nuvem carregada, fazendo-a se sentir traída, rejeitada. Vê a frieza em seu olhar, o peso da mágoa em seus ombros, mas não se deixa enganar. Porque, por trás do orgulho ferido e das palavras engolidas, existe um amor que resiste – imperfeito, desalinhado, mas indiscutivelmente real.

Por fim, Yoko solta um suspiro lento e desvia o olhar para a janela. No reflexo do vidro, ela se vê como se fosse outra pessoa – uma versão de si mesma que talvez não tenha percebido surgir. Pela primeira vez, parece reconhecer o próprio desgaste.

– Talvez... isso me ajude a clarear a mente.

Akira sente uma ponta de esperança se acender dentro dele.

Não resolverá tudo, mas talvez seja começo.

> A exigência de ser amado é a maior das pretensões.
> (Friedrich Nietzsche)

O ultimato

A academia do prédio está movimentada naquela tarde. O zumbido ritmado das esteiras, o tilintar metálico dos pesos e a batida da *playlist* animada se misturam no ar, criando um pano de fundo de energia pulsante. No canto mais isolado, Ayumi mantém o foco no exercício. Suas mãos envolvem os halteres, os músculos se contraem a cada repetição. Ela gosta dessa rotina. Gosta da forma como a dor se transforma em resistência. E, principalmente, gosta de como Dinho a observa, braços cruzados, olhar atento, corrigindo sua postura com aquela seriedade de *personal* dedicado.

Mas, hoje, ele está menos atento do que de costume. Seu olhar se divide entre Ayumi e a tela iluminada do celular; os dedos ágeis digitando respostas rápidas.

Ela sabe o motivo.

Ignorando a presença distraída de Dinho, continua a sequência de exercícios, ainda que uma pontada incômoda de irritação comece a se formar em seu peito. Não tem nada a ver com ela, mesmo assim a incomoda.

Seus pais haviam viajado naquela tarde. Uma escapada estratégica, ou melhor, uma pausa necessária – pelo menos é assim que sua mãe vê a situação. Para Ayumi, é mais do que isso: é um respiro. Durante alguns dias, ela não precisará conviver com silêncios tensos e olhares carregados de ressentimento. Seu pai sugeriu que ficasse na casa de Marina, mas Ayumi bateu o pé. Ela tem idade suficiente para ficar sozinha em casa. Assim, não atrapalharia Marina, caso tivesse programado algo com Cristiano. Ela odeia ser o terceiro elemento de qualquer relação. Mesmo que os amigos não fiquem se pegando a toda hora, os olhares melosos e as piadinhas internas acabam sendo um lembrete de que a pessoa de quem ela gosta já pertence a alguém.

Não, obrigada.

O bipe de uma notificação interrompe seu fluxo de pensamentos. Dinho sorri, respondendo rapidamente.

Dani.

Ayumi não precisa ver a tela para sabe que é ela. A namorada dele deve estar empolgada para o jantar, mandando fotos de *looks* para ele escolher. Como se fizesse diferença. Dinho vai dizer que ela está linda de qualquer jeito.

E, mesmo sem querer, Ayumi observa aquele sorriso de canto de boca dele e sente um peso no peito.

— Qual é o próximo exercício, Dinho? — Pergunta, secando o suor do rosto com a toalha.

Ele demora um segundo a mais para responder, ainda preso ao celular.

— Terra para Dinho — insiste, o tom ligeiramente ácido.

Dinho pisca, desfazendo o sorriso, e finalmente guarda o telefone no bolso, como se só agora se desse conta de onde está.

— Desculpa, pessoa. Bora de agachamento? Lembra de manter as costas retas e os pés alinhados — completa, pegando os pesos para preparar a barra.

— Você parece bem distraído — alfineta, ajeitando a postura.

Dinho nem percebe a animosidade na voz dela.

— É que hoje é meu jantar com a Dani — explica, distraído.

Ayumi endurece a postura, os dedos apertando a toalha com força.

— Estava acertando algumas coisas com ela — completa.

— Hum. — Dá de ombros, o rosto impassível. — Talvez fosse melhor ter cancelado a aula de hoje, pra não te atrapalhar, então.

Dinho ergue os olhos, surpreso com o tom.

— É que eu não queria te deixar na mão — diz, sincero. Ele respeita o esforço dela, vê como tem se dedicado.

Por um instante, Ayumi se sente culpada.

— Desculpa, Dinho. Tô só sendo cri-cri hoje. — O meio-sorriso que esboça é breve, quase ensaiado. No fundo, já antecipa a noite vazia que a aguarda: sorvete direto do pote e um filme de terror que não vai assustá-la mais do que seus próprios pensamentos.

Dinho ri, mas o som não a alcança por completo. Ele volta ao trabalho, ajustando os pesos com eficiência.

Ela inspira fundo, forçando-se a focar no treino. Pés firmes no chão, coluna reta. Tudo no lugar. Tudo sob controle. Até que Dinho se aproxima.

Perto demais.

O perfume amadeirado e fresco invade seus sentidos, misturando-se ao cheiro leve de ferro dos equipamentos. O aroma é familiar, quase confortante, mas também perigoso. Um lembrete silencioso de tudo o que ela deseja e não pode ter.

O peito de Ayumi aperta, uma distração momentânea, mas suficiente para desestabilizá-la. Seus pensamentos vacilam, se atropelam e, num piscar de olhos, o peso escorrega de seu controle. O deslocamento brusco puxa-a para frente. Seu corpo reage no instinto, o braço esquerdo se estende numa tentativa desesperada de amortecer a queda.

O estalo seco ecoa, abafando a música por um momento.

— Ai! — O grito de Ayumi rasga o espaço. A dor explode, quente e lancinante, irradiando pelo braço enquanto ela cai de lado, os olhos fechados em pura agonia. Seu corpo se curva instintivamente, protegendo o membro ferido, como se isso pudesse minimizar o impacto.

Dinho está ao seu lado em segundos, os olhos arregalados de preocupação.

— Ayumi, calma! Respira fundo — sua voz carrega uma tensão que faz a gravidade da situação pesar no ar. — Consegue mexer o braço?

Ela tenta, mas a dor é excruciante. Um choque intenso se espalha do pulso ao antebraço, fazendo-a balançar a cabeça num claro "não".

Um frio percorre a espinha de Dinho.

— Acho que... você quebrou o braço — murmura, e a culpa já se instala em seu rosto.

Uma mulher alta se aproxima, a expressão preocupada.

— Melhor manter o braço imóvel — aconselha, avaliando a situação com olhar atento.

Dinho engole seco, hesita por um segundo e, então, pega o celular com as mãos trêmulas.

— Vou chamar um carro de aplicativo para o hospital — decide, em voz baixa. Olha para um homem ao lado e pede, quase em súplica: — Pode me ajudar a levantá-la?

O homem assente de imediato. Com cuidado, ambos auxiliam Ayumi a se erguer. Ela solta um gemido abafado, o rosto contraído de dor, mas não reclama. Seus movimentos são rígidos, como se qualquer deslocamento pudesse piorar a situação. A cada passo até a entrada do prédio, Dinho sente a própria respiração pesar. Nunca a viu tão frágil.

O nó em seu peito se aperta ainda mais quando a observa encostar-se na parede enquanto esperam o carro. Ayumi está pálida, os lábios ligeiramente trêmulos, as sobrancelhas franzidas pelo esforço de conter o sofrimento. Algo dentro dele se remexe de um jeito estranho. Um jeito que não sabe nomear.

Assim que o motorista chega, ele abre a porta depressa e a ajuda a entrar. Dentro do carro, o silêncio pesa entre os dois, interrompido apenas pelo som abafado do rádio do motorista. Dinho mantém os olhos fixos nela. As gotas de suor em sua testa, o aperto quase desesperado da mão boa contra a calça *legging*, os olhos marejados que se recusam a derramar lágrimas.

Ele sente o peito apertar mais uma vez.

— Sinto muito, pessoa... eu devia ter prestado mais atenção — murmura, os punhos fechados contra as pernas.

Ayumi vira o rosto para ele e, apesar da dor evidente, tenta sorrir. É fraco, torto, mas sincero.

— Foi só um acidente, Dinho. Não é sua culpa.

Mas, no fundo, ele não consegue acreditar nisso.

A espera no hospital se arrasta, e Dinho sente a tensão apertar seu peito. O ar parece mais pesado ali dentro, carregado pelo cheiro característico de álcool e desinfetante. Cada ruído ao redor – o murmúrio das conversas entre os atendentes, o clique dos teclados na recepção, o som distante de passos apressados no corredor – se mistura ao turbilhão de pensamentos que o assola.

Sua cabeça está a mil com tudo o que aconteceu na última hora. O peso da culpa o consome silenciosamente, e ele não consegue afastar a sensação incômoda de que poderia ter evitado aquilo. Só quando seu telefone vibra em sua mão é que ele se dá conta: Dani. O jantar.

– Oi, Dani – atende, soltando um longo suspiro, passando a mão pelo rosto e apertando os olhos cansados. Sua atenção, no entanto, continua fixada na porta da sala onde Ayumi está sendo examinada.

– Amor, já estou pronta. Posso te buscar? – A voz dela soa animada, completamente alheia ao que está acontecendo.

– Dani, eu ainda nem me arrumei – Dinho confessa, coçando a cabeça. – Aconteceu um acidente no treino da Ayumi. Estamos no hospital Santa Isabel.

O tom de Dani muda sutilmente.

– Você tá bem?

– Eu tô. Mas a Ayumi se machucou. Estamos esperando o raio-X, mas é certeza que quebrou o braço.

Uma pausa.

– Mas ela já está sendo atendida, né? – A indiferença na voz dela o incomoda de imediato.

– Sim.

– Então você pode ir pra casa se arrumar.

Dinho franze o cenho, sentindo uma pontada de irritação.

– Eu não posso deixá-la sozinha aqui.

– Você é pai dela, por acaso?

Dinho fecha os olhos por um instante, lutando contra o impulso de revirá-los.

– Não, mas os pais dela estão viajando. Já tentei ligar e não atenderam.

Dani dá um sorriso sarcástico. Claro que Dinho tinha que ter alguma coisa mais importante para fazer. É sempre assim.

– Eu sabia que estava bom demais pra ser verdade – murmura para si mesma, mas alto o suficiente para ele ouvir.

– Dani, será que pode ter um pouquinho de empatia?

– E quem vai ter empatia por mim? Você honestamente não é! – Ela resmunga, e Dinho sente o cansaço pesar ainda mais sobre os ombros.

— Você tá sendo bem injusta.

— Não, Bernardo, estou sendo é realista. Hoje é nosso aniversario de namoro! Por que não liga pra um amigo dela ir aí e ficar no seu lugar?

Dinho passa a mão pelo rosto, tentando não se exasperar ainda mais.

— Você não está entendendo, Dani. Eu sou responsável pela Ayumi, eu estava com ela, é minha obrigação estar aqui.

— Não sabia que era médico.

Ele solta um suspiro longo, mirando o teto branco monocromático, buscando paciência para não dizer algo de que se arrependeria. Sente que qualquer resposta sua só jogaria mais lenha na fogueira.

Nesse momento, o técnico de raio-X ajuda Ayumi a sair da sala, e Dinho vê naquilo a oportunidade perfeita para encerrar a discussão.

— Dani, eu preciso desligar agora. Já te retorno.

E desliga antes que ela possa responder.

Depois de mais algum tempo, o médico os convoca ao consultório. Dinho ajuda Ayumi a se levantar do banco da sala de espera, apoiando-a com cuidado para que não force o braço machucado. No consultório, o médico pega a chapa do exame e ergue contra a luz, analisando-a com um olhar técnico e preciso.

— Você quebrou esse ossinho aqui — aponta na imagem, indicando a fratura. — Vamos precisar imobilizar. Felizmente, não será necessário cirurgia, mas você precisará manter o gesso por algumas semanas.

— Ela vai precisar ficar internada? — Dinho pergunta, preocupado.

O médico balança a cabeça.

— Não há necessidade, mas ela precisa de repouso absoluto nas primeiras 48 horas. A dor pode ser intensa, então é essencial evitar qualquer impacto ou esforço no braço. Além disso, ela deve manter o membro elevado e usar a medicação corretamente para minimizar o desconforto. Recomendo que alguém fique com ela para ajudar com as atividades básicas, já que movimentos bruscos podem agravar a dor.

Ayumi solta um suspiro exausto, assimilando a informação. Dinho a observa atentamente, sentindo um misto de alívio e preocupação.

Quase meia hora depois, com o braço devidamente engessado e a medicação contra a dor fazendo efeito, Ayumi descansa em uma sala de observação do hospital. Seu corpo se afunda levemente no travesseiro fino e desconfortável, os olhos pesados de exaustão, mas sua respiração finalmente se torna mais calma. O médico explicou que ela precisaria ficar ali por um tempo para garantir que não tivesse nenhuma reação adversa ao medicamento.

Dinho se senta na cadeira ao lado da cama, pega o telefone e tenta, mais uma vez, entrar em contato com os pais dela. Nenhuma resposta.

Ele solta um suspiro frustrado, passando as mãos pelos cabelos e murmurando um palavrão baixo. A impotência da situação o consome. Ayumi não pode ficar sozinha, isso está claro. Mas suas opções são limitadas: ligar para Marina ou assumir essa responsabilidade ele mesmo.

— Você não precisa se preocupar comigo, pessoa — Ayumi informa, bocejando, enquanto observa a ruga de tensão entre seus olhos. — Eu vou ficar bem.

— Não é isso, é que... — Dinho esfrega o rosto. — Não consigo falar com seus pais.

— Está tudo bem — ela repete, odiando sentir-se um estorvo. — Pode ir pro seu jantar, daqui a pouco peço um carro de aplicativo para ir pra casa.

— Ayumi, você ouviu o médico. Não pode ficar sozinha.

— Bobagem — ela devolve, dando de ombros com o lado bom. — Meu outro braço continua funcional.

Dinho solta uma risada curta, observando-a gesticular como se pudesse convencê-lo com sua teimosia. Mas ele vê além disso. Percebe a fadiga em seus olhos, a forma como sua respiração ainda está um pouco instável.

Antes que possa retrucar, o telefone vibra em sua mão.

Dani.

Dinho fecha os olhos por um segundo e respira fundo duas, três vezes, antes de atender.

— Fala, Dani.

— Estou aqui fora — ela anuncia, séria. — Pode sair pra gente conversar?

Franzindo o cenho, Dinho massageia a testa antes de responder:

— Dois minutos eu tô aí.

Ayumi o encara com curiosidade e preocupação.

— A Dani tá aqui. Vou falar com ela e já volto.

— Dinho, espera — ela pede, mordendo o lábio inferior. — É aniversário de vocês. Você não precisa ficar aqui. Não compra essa briga por minha causa.

Ele balança a cabeça, decidido.

— Não esquenta, Ayumi. Eu sei o que estou fazendo — diz, embora internamente sinta-se um pouco perdido. — Já volto.

Dinho caminha até a saída do hospital e avista Dani parada perto da entrada. O vestido elegante realça sua silhueta, os cabelos presos de um jeito que ele sabe que deu trabalho. Ela está linda. Mas, ao contrário de outras vezes, isso não causa nele a mesma reação de sempre.

— Veio me fazer companhia? — Ele tenta, mas já sabe a resposta.

— Vim te buscar. Se nos apressarmos, não perdemos a reserva. — O tom dela é prático, como se já tivesse decidido o que é melhor para os dois.

Dinho esfrega o rosto, exasperado.

— Dani, qual parte de "eu não posso deixar a Ayumi sozinha" você não entende? — Enfatiza, sua voz carregada de irritação e cansaço.

Dani cruza os braços, os olhos se estreitando.

— Ela não vai ficar sozinha — rebate. — Liguei pra Marina, ela e o pai estão a caminho. Você não precisa estar aqui.

Ele pisca, confuso, sentindo uma pontada de incredulidade.

— Você tá brincando, né, Dani? — Sua risada sai curta, desprovida de humor.

— Brincadeira é você querer ficar enfurnado num hospital no nosso aniversario de namoro! — Dani retruca, elevando a voz. — Eu me arrumei, fiz planos, e você simplesmente joga tudo fora por causa dessa garota?

Dinho respira fundo, tentando manter a calma.

— Dani, podemos comemorar isso qualquer dia. Não é como se hoje fosse a única data possível.

— Por que não admite de uma vez que está fascinado por essa menina em vez de ficar arrumando desculpas?

O sangue de Dinho ferve.

— Você não tem noção do que está falando! — Vocifera, dando voz a toda a frustração que sente. — Sim, eu gosto da Ayumi! E sabe por quê? Porque, com ela, eu tenho paz, Dani! Ela me faz sentir bem, coisa que tá cada vez mais impossível do seu lado! Você só pensa em você!

Dani arregala os olhos, pega de surpresa pela intensidade dele. Mas, em vez de recuar, aperta os lábios e dispara:

— Porque ninguém mais pensa em mim, Bernardo! Nem mesmo você! Se pensasse, não me largaria sozinha pra ficar aqui, com ela! Você faz ideia de como é sempre ter que disputar um espaço na sua vida? Hoje, era pra ser sobre nós, Dinho! Você prometeu que faria valer a pena, que *a gente* seria sua prioridade pelo menos hoje. E olha onde estamos.

— Pelo amor Deus, Daniela, você acha mesmo que a Ayumi quebrou o braço só pra atrapalhar o nosso jantar? Foi um *acidente*! Ou você queria que eu simplesmente ignorasse e fingisse que nada aconteceu?

— Mas você pode escolher, Dinho. Você sempre pode escolher — ela rebate, a voz mais fria, embargada de mágoa. — É simples.

Ele encara a namorada, sentindo um peso no peito. Mas, lá no fundo, seu coração já sabe a resposta.

— Eu não vou abandonar a Ayumi só porque você quer que eu prove alguma coisa, Dani — repete, pausadamente, encarando-a nos olhos. — Entendeu... ou quer que eu desenhe?

O silêncio entre eles se prolonga. Dani o encara, os olhos brilhando com um misto de raiva e decepção. Então, finalmente, ela respira fundo e declara, sem hesitar:

— Se você não vier comigo, Bernardo, nosso namoro acaba aqui.

Dinho solta uma risada cética.

– Você realmente tá me colocando nessa posição? Eu não acredito!

Mas ela não vacila. Nem mesmo um desvio no olhar. Está decidida.

– A escolha é sua.

Ele passa a língua pelos lábios, a mandíbula tensa enquanto absorve o peso daquelas palavras.

– Amanhã a gente conversa – por fim, Dinho murmura, mas sabe que talvez não haja mais nada a dizer. – Eu preciso voltar.

Ela balança a cabeça algumas vezes, apertando os lábios. Então se vira e entra no carro, batendo a porta com força.

Ele a observa partir, sentindo uma estranha mistura de alívio e tristeza.

Ayumi se mexe na cama, o corpo pesado e entorpecido pelos analgésicos. A medicação que lhe deram é forte, e a sensação de torpor a envolve como uma névoa densa. Seus pensamentos se dispersam em meio à sonolência, e cada piscada parece um esforço para emergir desse oceano de sedação. Lentamente, seus olhos se abrem, piscando repetidas vezes enquanto tentam focar na realidade ao seu redor.

A princípio, enxerga um vulto dourado à sua frente, como uma aura brilhante. Por um segundo, pensa que está diante de um anjo; mas, quando sua visão finalmente se ajusta, percebe que não passa dos cabelos loiros de Marina.

– Marina? – Murmura, a voz fraca e arrastada.

– Ayumi! – O alívio no rosto da amiga é palpável. – Como você está?

Ayumi tenta sorrir, mas sente as pálpebras pesadas.

– Com muito sono... – murmura, piscando devagar, lutando contra a sedação. – Cadê os meus pais?

O sorriso de Marina diminui um pouco.

– Ainda não conseguimos falar com eles – explica, com um tom reconfortante. – Mas não se preocupe, você vai pra minha casa. Vamos cuidar de você.

As palavras, embora ditas com carinho, despertam um aperto no peito de Ayumi. Se Marina e o pai vão levá-la, significa que Dinho foi embora. Faz sentido. Afinal, é o aniversário de namoro dele. Ele tem mais o que fazer.

Ela desvia o olhar para o gesso recém-aplicado, fingindo não se importar. Mas Marina percebe a hesitação sutil em seu rosto.

– Tá tudo bem, Ayumi?

– Sim. É só que... o Dinho já foi? – Devolve, sua voz saindo mais hesitante do que pretendia. Seus dedos deslizam distraidamente pelo tecido fino do lençol enquanto evita o olhar de Marina.

Antes que a amiga possa responder, uma voz firme preenche o quarto:
— O Dinho não vai a lugar nenhum até você receber alta.

Ayumi vira a cabeça depressa, o coração acelerando no peito. Na porta, Dinho a encara, as mãos nos bolsos, um meio-sorriso desenhado nos lábios. O alívio que a invade é imediato, mas ela tenta disfarçar.

— Ei — murmura, sentindo um calor inesperado no peito.

Marina, captando o momento, se afasta um pouco, dando espaço para os dois.

Dinho se aproxima e se debruça sobre a cama, segurando a mão boa dela entre as suas, o toque quente e familiar.

— Como você está? — Pergunta, os olhos atentos percorrendo o rosto dela, como se quisesse se certificar de que está realmente bem.

— Dopada — ela responde, e ele solta uma risada baixa. — Mas estou bem. E você? E seu jantar de aniversário?

Dinho desvia o olhar por um instante antes de soltar um suspiro pesado.
— Eu nem sei se ainda tenho namorada.

Ayumi pisca, o torpor dos analgésicos dando espaço a um lampejo de surpresa.

— Como assim? — Franze a testa.

Ele dá de ombros, um sorriso irônico no canto da boca.

— Coisas da Dani. Nada que valha a pena mencionar — minimiza, mas o tom denuncia algo mais profundo. — Ela queria que eu fosse pro jantar, mas eu não ia te deixar sozinha aqui.

Ayumi aperta os lábios, sentindo um misto de culpa e gratidão.

— Dinho — começa, num tom suave —, ela é sua namorada. Você devia ter ido. Ainda dá tempo de jantar com ela, comemorar...

Ele balança a cabeça, interrompendo-a.

— Eu tô aqui porque você é minha amiga, pessoa. Não posso te deixar sozinha numa situação dessas.

— O papai e eu vamos levá-la pra casa, primo. — Marina interfere, de onde está, encostada na parede.

— Tudo bem, Marina, mas hoje a Ayumi é minha prioridade. Vou acompanhá-los até lá, me certificar de que está mesmo tudo bem. — Ele contesta. — Agora, vamos mudar de assunto? Quem tem uma caneta?

Marina arqueia as sobrancelhas, mas decide não questionar. Ela percebe o quanto Dinho se importa com Ayumi, a ponto até de abrir mão de sua própria noite. Há algo ali que ele próprio parece não perceber.

— Aqui — responde, pegando uma caneta dentro da bolsa e entregando a ele.

— O que vai fazer? — Ayumi pergunta, erguendo uma sobrancelha ao notar o sorriso misterioso do rapaz.

— Vou te dar o privilégio de ser a primeira pessoa a assinar seu gesso — anuncia, antes de rabiscar com sua caligrafia desajeitada:

Fique boa logo, pessoa. Dinho. :)

Ayumi observa a assinatura e um calor invade seu peito. Algo tão simples, mas que, de alguma forma, a faz se sentir especial.

— Por que te chamam de Dinho? — Ela pergunta, curiosa. Nunca havia parado para pensar a respeito disso, mas ler o nome entalhado no gesso desperta sua curiosidade.

Dinho se senta na beirada da cama, relaxando um pouco.

— Uma excelente pergunta — fala, sorrindo. — Quando mais novo, meu apelido era Bernardinho. Mas aí a Gigi começou a falar e só conseguia dizer "Dinho". E, de repente, todo mundo começou a me chamar assim.

Marina, observando a cena, sente uma convicção crescer dentro de si. Há uma sintonia entre os dois que ela nunca viu entre Dinho e Dani. Um tipo de conforto e cumplicidade que transcende qualquer rótulo.

Ela se afasta da parede, saindo de fininho para deixá-los sozinhos. De longe, observa Ayumi sorrir de verdade, um sorriso que toca os olhos. Um sorriso que ela raramente dá.

E, vendo como Dinho cuida dela com dedicação, Marina tem certeza: mesmo tento brigado com Dani, ele nunca esteve tão certo de sua escolha.

> Acho que devemos fazer coisa proibida – senão sufocamos.
> Mas sem sentimento de culpa e sim como aviso de que somos livres.
> (Clarice Lispector)

Mea-culpa

Daniela estaciona o carro na frente do restaurante e entrega a chave ao manobrista com um sorriso que não chega aos olhos. Se Dinho pensa que ela vai voltar para casa arrasada, chorando no travesseiro, está bem enganado. Hoje à noite, ela vai se permitir um pouco de luxo e uma boa comida, nem que seja sozinha.

O vento noturno faz seu vestido ondular levemente enquanto ela atravessa a entrada do restaurante três estrelas Michelin. O salão, repleto de conversas e risadas abafadas, a envolve em uma atmosfera de sofisticação e prazer alheio. Daniela respira fundo, tentando ignorar a frustração que a consome por dentro. O *maître* a conduz até a mesa reservada para a celebração de quatro anos de namoro. Uma comemoração que nunca acontecerá.

– Gostaria de beber algo enquanto espera por seu acompanhante, senhorita? – O garçom a aborda com cortesia impecável.

Ela sustenta o olhar dele por um breve instante antes de sorrir, um sorriso que não convence nem a si mesma.

– Não, obrigada. Quero fazer o pedido agora mesmo.

Enquanto folheia o cardápio, sua mente fervilha com os acontecimentos do dia. Dinho a trocou por outra – ou pelo menos é assim que parece. Preferiu ficar no hospital com aquela garota em vez de estar ali, ao seu lado. O que há de tão especial nessa menina? Por que ela é mais importante? A traição pesa como chumbo em seu peito, mas não é a única coisa que a machuca.

Seu pai. Carla. A notícia do noivado ainda a atordoa. Como ele pôde pedi-la em casamento? Como Carla pôde aceitar? A traição tem gosto amargo, queimando por dentro como um gole de algo forte demais. Ex-amiga, traidora, oportunista. Uma mulher que só quer aproveitar os luxos que seu pai pode oferecer.

Dani pede um prato sofisticado e uma taça de vinho, ocupando as mãos enquanto tenta ignorar a melancolia que a envolve. Ao redor, casais riem, amigos brindam, e ela sente o peso de ser a única sozinha em um restaurante onde ninguém deveria estar sozinho.

— Daniela?

A voz profunda e familiar a faz erguer os olhos. Marco Antônio está parado diante dela, a expressão dividida entre surpresa e algo mais, algo que ela não consegue definir.

— O que faz aqui? — Ele pergunta.

Dani coça a lateral da cabeça, constrangida. Marco Antônio sempre parece estar presente nos momentos em que ela se sente mais vulnerável.

— Só jantando — responde, tentando soar despreocupada.

— Sozinha? — Ele parece genuinamente intrigado.

Ela considera inventar uma desculpa, mas algo dentro dela se recusa a mentir.

— O Dinho me deu um bolo — as palavras escapam como se tivessem vida própria. — Íamos comemorar quatro anos de namoro hoje, mas ele preferiu ficar num hospital com a amiguinha dele. Então, eu não quis desperdiçar a reserva.

Marco Antônio suspira, estalando a língua num gesto de reprovação.

— Meu filho continua um idiota, pelo que vejo.

Dani esboça um sorriso amargo.

— Pois é. Acho que não puxou o pai.

Marco Antônio a observa por um longo instante. Ele tinha ido ao restaurante para um jantar de negócios, mas a visão de Daniela sozinha, segurando uma taça de vinho, o desvia de seus planos.

— Quer companhia? — Propõe, sem rodeios, a voz grave cortando o zumbido de conversas ao redor.

Ela hesita. Sabe que é estranho, que talvez seja inapropriado, mas há um cansaço latente dentro dela. Um cansaço de medir cada passo, de se preocupar com aparências, de se sentir sozinha enquanto o mundo segue girando sem ela.

Seus olhos encontram os dele. Há algo ali que a desarma, uma compreensão silenciosa, como se ele enxergasse além do seu sorriso vazio e da taça de vinho ainda cheia.

— Claro, fique à vontade — ela diz, enfim, soltando um suspiro quase imperceptível.

Os dois conversam sobre trivialidades no início, medindo palavras, como se tivessem receio de romper alguma linha invisível. Marco Antônio menciona um cliente particularmente difícil com quem tiveram que lidar na última semana, um daqueles que sempre encontram defeitos em tudo, por mais impecável que esteja.

Daniela revira os olhos, lembrando-se do esforço que fizeram para atender a todas as exigências absurdas dele, e solta uma risada curta quando Marco dramatiza a forma como o homem insistia em detalhes irrelevantes, como o tom exato de um material que ninguém além dele notaria.

Pela primeira vez na noite, ela se pega sorrindo de verdade, sem esforço, apenas pelo prazer do instante. O vinho aquece seu corpo, desfazendo os nós da tensão acumulada no peito, e a familiaridade entre eles se impõe de maneira inesperada, como se aquela conversa fosse um porto seguro em meio ao caos emocional que ela enfrenta.

A conversa se aprofunda sem que percebam. Daniela menciona o noivado repentino do pai com Carla, a ex-amiga que agora fazia parte de sua família sem sequer perguntar se ela estava bem com isso. A indignação perpassa suas palavras, carregadas de uma mágoa que ela tenta, sem sucesso, esconder. Ela desabafa sobre a sensação de estar sempre sendo deixada para trás, seja pelo próprio pai, que construiu uma nova vida sem considerá-la, seja por Dinho, que escolheu estar com outra pessoa justamente na noite mais importante para eles.

Marco escuta, mas não da maneira superficial com a qual ela está acostumada. Seus olhos estão fixos nela, absorvendo cada palavra com uma atenção incomum para alguém como ele. Sempre foi rígido, prático demais para se envolver em emoções que considera desnecessárias. Geralmente, sua paciência se esgota ao menor sinal de sentimentalismo exagerado, mas, por algum motivo, ele não a interrompe. Há compreensão em seu olhar, como se, de alguma forma, entendesse sua dor. Talvez porque, no fundo, ele entenda a frustração de ver as coisas fugirem ao seu controle. Daniela percebe que há algo reconfortante nisso, no silêncio dele, na maneira como sua presença parece sólida quando tudo o mais ao redor dela se desfaz.

Quando ergue os olhos para ele, há algo diferente em sua percepção. A profundidade da atenção que ele lhe dedica, a simplicidade do silêncio que compartilham. Pela primeira vez em muito tempo, Daniela sente que alguém realmente a vê. E, por um breve instante, o peso de tudo se torna mais leve, como se a presença dele criasse um refúgio onde o resto do mundo não importasse.

– Você acha que o Bernardo realmente só ficou lá porque se sente responsável por aquela garota? – Pergunta, subitamente, ainda em dúvida. Seus dedos apertam a haste fina da taça de vinho, girando o líquido rubro como se nele pudesse encontrar respostas.

Marco inclina levemente a cabeça, observando-a com uma expressão que Daniela não sabe decifrar. Para um homem tão prático, acostumado a resolver problemas de maneira objetiva, ouvir um desabafo como o dela deve ser entediante. Mas ele não desvia o olhar. Não se impacienta.

– Se eu conheço o Bernardo, sim. Mas existem outras formas de ajudar sem precisar cancelar um compromisso. Se ele quisesse, poderia ter lidado com isso de outra maneira.

Daniela solta um suspiro pesado, o peito apertado. A raiva e a tristeza lutam dentro dela, em um embate silencioso, e a incerteza lhe corrói.

– O pior é que eu não sei o que me incomoda mais. O fato de ele ter ficado ou a possibilidade de que, para ele, ela realmente seja mais importante do que eu.

Marco sustente o olhar e, quando fala, sua voz vem carregada de uma franqueza inesperada:

— Sinto muito te desapontar, mas ele provavelmente faria o mesmo por qualquer pessoa que precisasse. Talvez essa situação simplesmente não tenha para ele o mesmo peso que tem pra você. Se tem algo que posso dizer sobre meu filho, é que ele tem certos princípios, e se mantém fiel a eles.

O aperto no peito de Dani se intensifica. Ela abaixa os olhos para a taça de vinho, girando o líquido devagar. Algo dentro dela se revolta contra as palavras de Marco Antônio, mas, ao mesmo tempo, elas fazem sentido. E talvez seja isso que mais incomoda.

Algum tempo depois, quando saem do restaurante, o efeito do vinho começa a se fazer presente. Dani não está bêbada, mas há uma leveza nova em seus ombros, como se uma parte do peso que carregava tivesse ficado para trás.

— Eu vou te levar pra casa — Marco Antônio avisa, ajustando o paletó nos ombros.

— Eu não bebi tanto assim, mas... tudo bem — ela concede, sem vontade de discutir.

No carro esportivo, a viagem transcorre em silêncio, quebrado apenas pelo rádio tocando uma música antiga. Todavia, não é um silêncio desconfortável. Pelo contrário. É um silêncio cheio de significados.

A cidade se desenrola pela janela, luzes piscando como constelações artificiais. Dani observa seu próprio reflexo no vidro, os pensamentos distantes, seguindo um caminho que ela não sabe se deveria.

Quando Marco Antônio encosta o carro em frente à casa dela, a garota não se apressa em sair. O motor ainda ronrona baixinho, preenchendo o espaço entre os dois, sustentando alguma coisa indefinido. Depois de um instante, Marco desliga o carro, e a ausência repentina do som torna o silêncio quase palpável, carregado de algo implícito, algo que flutua no ar como eletricidade estática.

— Obrigada pelo jantar — ela agradece, em voz baixa. Suspira, recostando a cabeça no banco, deixando que o cansaço e o vinho relaxem seus ombros. — Foi melhor do que eu imaginava.

— Vou considerar um elogio — ele responde, um traço de humor sutil na voz.

Ela esboça um pequeno sorriso antes de desprender o cinto de segurança, mas não se move de imediato. O silêncio entre eles não é mais confortável nem neutro — é denso, vibrando com uma tensão que beira o proibido.

— Então... boa-noite — Dani murmura, sem ter certeza se quer realmente ir embora.

— Boa-noite — ele responde, mas sua voz soa mais grave, mais próxima.

Ela se inclina para beijá-lo no rosto, um gesto rápido e automático. Mas, no instante em que seus lábios roçam a pele dele, algo muda. O tempo desacelera. O olhar de Marco encontra o dela e, por um momento, o mundo parece encolher, deixando apenas os dois ali, presos em um instante carregado de algo novo. Ou talvez não tão novo assim. Talvez apenas algo que sempre esteve ali, mas que agora se tornou impossível de ignorar.

O coração de Dani dispara. Ela sente o calor da respiração dele contra sua pele, e a proximidade entre os dois faz cada célula do seu corpo vibrar. Seus lábios se entreabrem sem que perceba, a vulnerabilidade misturada ao desejo latente que cresce entre eles. Marco inspira fundo, como se travasse uma batalha interna, e sua voz sai rouca quando pergunta:

— O que estamos fazendo, menina?

A pergunta paira entre os dois. Daniela não recua. Parte dela sabe que aquilo é um erro, que estão pisando em terreno perigoso, mas nada disso parece importar. Por que medir as consequências quando tudo ao seu redor já está fora de controle?

— Algo de que vamos nos arrepender — sussurra, mas seu tom não possui convicção alguma.

E então ele a puxa, as mãos firmes em sua nuca, os lábios capturando os dela em um beijo denso, intenso, faminto. O arrependimento pode vir depois — mas, naquele momento, não há espaço para nada além da explosão de sensações que toma conta dos dois.

> A principal e mais grave punição para quem cometeu
> uma culpa está em sentir-se culpado.
> (Sêneca)

Realidade paralela

No sábado, Joana está sentada em um banco em frente ao seu prédio, observando o movimento ao redor sem realmente enxergar nada. Crianças brincam no *playground*, cachorros puxam seus donos pelas calçadas, o mundo segue seu fluxo, mas ela está presa na mesma sensação sufocante de impotência.

Ela suspira profundamente. Mais uma manhã de currículos entregues, mais uma coleção de respostas vazias. O "no momento não estamos contratando" é frustrante, mas pior ainda é o clássico "a gente liga". Joana sabe que ninguém vai ligar. Nunca ligam. Quem daria uma chance para uma garota de 17 anos sem experiência?

Fecha os olhos e deixa o vento tocar seu rosto, tentando clarear a mente. Precisa de dinheiro. Mais do que um desejo, mais do que um objetivo – é uma necessidade urgente, uma que ninguém entende. Sem isso, sua busca continua estagnada. Sem isso, encontrar sua mãe permanece apenas como um plano vago, um desejo sem direção.

E tudo bem que ainda não tenha a menor ideia de onde Lívia possa estar morando. *Ainda*. É só uma questão de tempo. Com os recursos certos, uma passagem comprada na hora certa, uma pista encontrada no lugar certo, ela sabe que pode chegar até a mãe. E, apesar das dificuldades, se agarra à esperança de que a internet possa ajudar a encontrá-la, do mesmo jeito que já reuniu tantas outras pessoas espalhadas pelo Brasil.

Enquanto conjectura, uma voz conhecida a tira do torpor:

— Fugindo de casa ou do mundo?

Joana abre os olhos devagar e vê Cristiano se aproximando, as mãos nos bolsos, a postura despreocupada de sempre. Ele é o tipo de cara que transborda segurança, que sabe exatamente o efeito que causa nas pessoas. E, mesmo quando ela quer ignorá-lo, não consegue evitar o arrepio que aquele sorriso insolente provoca.

— Se eu disser que do mundo, vai me julgar? – Ela responde, tentando soar casual, mas seu coração bate mais forte.

Ele ri, e o som parece dissipar um pouco da névoa em sua mente.

— Acho que não.

Cristiano se senta ao lado dela, e um silêncio paira entre os dois. Não é incômodo. Pelo contrário. É aquele tipo de silêncio carregado de palavras não ditas.

Ele se vira para ela; o olhar é curioso, mas não invasivo.

— Sei que não é da minha conta, mas... o que você tá fazendo aqui, sozinha? — Ele pergunta, baixando o tom de voz. — Parece que tá precisando de um amigo.

Aquelas palavras a atingem de um jeito inesperado. O bolo na garganta se forma instantaneamente. Ela não é de chorar na frente dos outros, mas, depois de tanto tempo guardando tudo para si, sente como se estivesse prestes a desmoronar.

Cristiano é a última pessoa com quem deveria se abrir. Mas, paradoxalmente, é o único que parece genuinamente interessado.

— Não tem que encontrar a Marina agora? — Ela tenta mudar de assunto.

Ele ergue a sobrancelha e sorri de lado.

— Tenho um tempo pra você, Joana.

Ela desvia o olhar, sabendo que deveria se manter distante. Depois de tudo que aconteceu entre eles, o certo seria erguer um muro, mas ela está cansada de fazer o certo. Mesmo tendo ciência de que a proximidade do rapaz se deve ao fato de ele se sentir culpado pela forma como terminaram, não resiste à necessidade de usar um pouco dessa culpa em seu favor. Afinal, ela também precisa de atenção.

— Tenho notado que você anda diferente. Sei que tem a ver com o emprego que queria... Por que não me conta de verdade o que tá acontecendo? — Cristiano insiste.

Ela hesita por um instante, depois respira fundo.

— Quero juntar dinheiro pra encontrar minha mãe.

Quando faz aquela revelação, Joana vê a expressão de Cristiano mudar, misturando surpresa e preocupação. Ele conhece parte de sua história, mas nunca haviam falado abertamente sobre o assunto.

— Eu não entendo — deixa escapar, agitando a cabeça. — Por que você quer encontrar uma pessoa que te abandonou?

Joana abaixa o olhar, apertando os próprios joelhos.

— Eu preciso de respostas. Preciso saber por que ela foi embora. Se algum dia se arrependeu.

Cristiano fica em silêncio, processando.

— Isso explica a busca por um emprego...

Joana assente. Ele ainda olha para ela, com o olhar tão intenso que parece estar enxergando além da superfície. Por um segundo, ela quase deseja que ele se afaste, porque estar tão próxima de alguém que parece a compreender tão profundamente é assustador.

— E você tem alguma pista de onde ela possa estar?

— Não — Joana responde, passando a mão pelos cabelos. — Já procurei na internet, mas os resultados foram um lixo. Eu nem sei se ela usa o mesmo nome.

— As chances são de que não — ele comenta, pensativo. — Você não tem medo, Joana?

— Medo de quê?

— De alimentar falsas esperanças? E se essa mulher não for quem você espera encontrar?

Ela já se perguntou isso muitas vezes. Mas, para ela, o pior não é uma possível decepção. O pior é a dúvida eterna.

— Eu preciso ter certeza, Cristiano. Não posso viver com esse buraco dentro de mim.

— OK. — Ele diz, vencido. — Se é isso que você quer, eu vou te ajudar.

Joana pisca, confusa.

— Vai me dar um emprego na sua boate?

Cristiano dá uma risada baixa.

— Você sabe que não posso fazer isso. Mas uma coisa posso fazer: achar sua mãe pra você.

— Como?

Ele hesita por um instante, depois fala com a naturalidade de quem já viu o mundo real de perto.

— Com dinheiro se consegue quase tudo nessa vida, Joana. Vou contratar um detetive pra procurar por ela.

Joana arregala os olhos.

— Você faria isso por mim?

Cristiano não responde de imediato. Em vez disso, puxa-a para um abraço inesperado. Joana congela por um segundo, mas não se afasta. A segurança do toque dele a faz sentir, pela primeira vez em muito tempo, que talvez o futuro não seja tão assustador.

— Você não tá sozinha nessa, Joana. Eu tô aqui.

E, contra todas as probabilidades, ela sente que talvez esteja mesmo pronta para encarar o passado.

— Cadê a sua irmã, Gabi? — Sérgio pergunta, estreitando os olhos ao notar o lugar vazio de Dani à mesa do almoço. Desde a noite anterior, ela não deu sinal de vida. Nem no café da manhã apareceu, mas ele presumiu que fosse apenas ressaca, já que ela saiu com o namorado. Pensando bem, nem sabe se a filha dormiu em casa. Se não dormiu, fez questão de não avisar. Desde que ele anunciou o noivado com Carla, Dani rebelou-se por completo.

Gabriela olha para o assento intocado da irmã e dá de ombros, limpando os lábios no guardanapo antes de responder:

— Não a vi hoje. Acho que dormiu na casa do Dinho.

— Ontem foi aniversário de namoro deles — Isabela acrescenta, olhando do pai para a irmã gêmea.

Mas Carla sabe que isso não é verdade. Dani está em casa. Trancada no quarto desde a madrugada, e Deus sabe por quê.

Ela a viu chegar por volta da meia-noite, os cabelos fora do penteado e os sapatos pendendo frouxos nas mãos. Carla estava na cozinha pegando um copo d'água quando escutou passos arrastados, seguidos pelo som abafado de um tropeço no degrau da escada e um xingamento murmurado. Não parecia completamente bêbada, mas provavelmente havia consumido álcool.

O mais estranho, no entanto, foi a expressão dela. Não era a de alguém que passou a noite comemorando o aniversário de namoro. Pelo contrário. Seu rosto parecia carregar o peso de algo maior, algo quebrado. Os olhos estavam distantes, fundos, carregados de uma tristeza silenciosa.

Carla se escondeu na penumbra, observando enquanto Dani se sentava nos degraus, os joelhos encolhidos contra o peito, a respiração hesitante, entrecortada.

— Você estragou tudo! — Sussurrou para si mesma, a voz embargada de choro e raiva. — Por que fez isso comigo, Dinho? Por que me trocou por ela? — Soluçou, limpando o nariz no braço. — Justo hoje... no dia que eu mais precisava de você. E eu... droga, droga, droga!

Então, num impulso de frustração, desferiu tapas contra as próprias pernas, como se quisesse punir a si mesma por algo que tinha acontecido.

Foi nesse momento que Carla decidiu intervir.

— Dani, o que aconteceu?

A outra levantou o rosto num estalo, os olhos brilhando de fúria e mágoa.

— Agora deu pra me espionar, Carla? Eu não posso nem ficar em paz na minha própria casa?

— Eu não estava te espionando — Carla se apressou em dizer, erguendo as mãos em rendição. — Eu só vim beber um pouco de água e... você chegou e... o que houve?

— Não é da sua conta, tá bom? — Dani estreitou os olhos. — Minha vida, meus problemas.

— Mas você é minha amiga — Carla tentou abrandar o tom. — A gente sempre contou tudo uma pra outra.

— Isso foi antes de você querer dar o golpe no *meu* pai! — A acusação sai afiada, cortando qualquer possibilidade de trégua.

— Dani, eu amo o seu pai.

Apesar do escuro, Dani revirou os olhos como se Carla pudesse ver.

— Ótimo! Então seja feliz com ele! — Rosna. — Mas saiba que eu jamais vou aceitar. Nunca vou te perdoar. E, acima de tudo, nunca mais vou ser sua amiga.

Carla sentiu o peito apertar, mas insistiu:

— Mas, Dani, eu também amo você.

Dani soltou uma risada sem humor, balançando a cabeça.

— Infelizmente, você não pode ter os dois, Carla. E já que escolheu o coroa, me faz um favor? Me deixa em paz.

Sem esperar resposta, ela subiu as escadas, deixando para trás um silêncio pesado e uma Carla completamente dividida.

Carla sente um aperto no peito ao ver a distância crescente entre ela e Dani. Nunca imaginou que chegariam a esse ponto, mas não pode ignorar o fato de que, seja lá o que tenha acontecido, Dani está sofrendo.

As horas trancada no quarto evidenciam isso.

— Eu vou dar uma olhada no quarto dela — declara, levantando-se com determinação.

— Tem certeza, meu bem? — Sérgio arqueia as sobrancelhas, hesitante. — Se ela realmente estiver em casa, pode não gostar da sua intromissão.

— Prometo que não vou forçar a barra, só... — Carla não completa a sentença, porque talvez seja exatamente isso que esteja fazendo. Mas precisa oferecer apoio à amiga, mesmo que ela não queira. É seu dever ao menos tentar.

Ela sobe as escadas devagar e bate três vezes na porta do quarto de Dani. Nada. O silêncio persiste. Carla hesita, mas enfim gira a maçaneta e entra.

Dani está lá, encolhida na cama, olhos vidrados na parede, ainda usando o vestido amassado da noite anterior. O quarto cheira a desespero contido.

— Dani? — Carla chama baixinho, mas não recebe resposta. Aproxima-se, sentando-se ao lado dela. — Fala comigo, amiga.

Por um instante, acredita que Dani vai ignorá-la, mas, então, num sussurro rouco, ela finalmente responde:

— Me deixa, Carla, por favor. — A voz está áspera, pelo tempo em silêncio, e os olhos estão inchados e vermelhos, como se tivesse passado a noite chorando. A julgar pelas olheiras, foi exatamente o que aconteceu.

— Estou preocupada, Dani. Seu pai e suas irmãs também. Por que não me conta o que houve, hein? Como nos velhos tempos.

Dani solta um riso amargo, quase inaudível.

— Nos velhos tempos, eu confiava em você. — Fungando, ela se vira de costas, cortando qualquer chance de contato.

Carla fica em silêncio, digerindo as palavras. Nos últimos meses, Dani fez questão de afastá-la como se fosse uma inimiga. E Carla, machucada, permitiu. Mas agora, vendo-a tão quebrada, tão perdida, não pode simplesmente deixá-la se afundar sozinha.

— Daniela, se desarma um pouco, vai – murmura a voz genuinamente carregada de preocupação. – Sei que tá sofrendo. E, dessa vez, não tem nada a ver comigo ou com seu pai. Então, por favor... me diz a verdade.

Dani gostaria de ter forças para brigar com Carla, expulsá-la de seu quarto como fez tantas vezes antes, mas está sem energia para isso. Sente-se tão alheia à própria vida, como se tivesse usurpado uma realidade que não é a sua. Pergunta-se se, em alguma outra dimensão, uma outra Daniela teria tomado melhores decisões em seu lugar.

De repente, senta-se na cama, abraçando os joelhos e apoiando a testa neles, fragilizada.

— Eu fiz uma besteira, Carla – vê-se relatando, um soluço interrompendo suas palavras. – Sabia que era errado, mas na hora não me importei. E, quando me importei, era tarde demais.

Carla ouve atentamente enquanto Dani conta o que aconteceu, entre lágrimas de culpa e vergonha. Ah, as decisões que tomamos! Se houvesse uma forma de testar as possibilidades antes de concretizar uma escolha, talvez não tivéssemos tantos arrependimentos na vida.

— Não sei o que fazer – Dani conclui, secando os olhos inutilmente. – Já pensei em mil maneiras de resolver essa situação, mas não há nada que eu possa fazer. Queria apagar tudo, fingir que nunca aconteceu.

— Então finja – sugere, a voz firme, os olhos presos na amiga como se sua solução fosse óbvia.

Dani pisca, confusa. O silêncio paira entre as duas enquanto ela tenta decifrar aonde Carla quer chegar. Por fim, sacode a cabeça, atordoada.

— Como assim?

Carla se inclina para frente, o olhar avaliador.

— Primeiro: tecnicamente, você tinha terminado com ele.

— Falei da boca pra fora! Eu estava furiosa, mas não queria terminar de verdade...

— Segundo – Carla a interrompe, impassível –, vocês só ficaram, não foi? Então, não é o fim do mundo. – Dá de ombros, como se tentasse aliviar a culpa da amiga.

Dani aperta as mãos sobre o colo, a respiração vacilante. Cada palavra de Carla é um soco no estômago.

— Você acha que o Dinho não vai me perdoar por causa disso?

Carla suspira, pegando as mãos de Dani entre as suas.

— O que eu acho é que, se isso pode ser esquecido, por que estragar tudo?

— Não sei se consigo... — Dani sussurra, mordendo o lábio inferior.

— Se não quiser perdê-lo, precisa encontrar um jeito. — Carla aperta de leve os dedos da amiga. — Não vale a pena jogar tudo fora por causa de uma noite, vale?

Dani desvia os olhos; em seu coração há um turbilhão de emoções. A verdade pode até doer, mas a mentira destrói. No entanto, e se esconder for a única forma de preservar o que realmente importa? Afinal, foram só alguns beijos. Será que sua consciência vale mais do que o amor que sente por Dinho?

— Me sinto péssima — sussurra, limpando os olhos.

— Vai passar — Carla promete, envolvendo-a num abraço firme e protetor.

Dani se permite permanecer ali, absorvendo o calor do conforto inesperado. Quando se afasta, seus olhos ainda brilham com a umidade das lágrimas, mas a dor parece menos torturante.

— Eu senti sua falta — admite, num murmúrio hesitante.

— Eu também — Carla responde, oferecendo um leve sorriso. — E sei que pode ser difícil acreditar, mas eu amo seu pai de verdade. Ele me faz sentir segura, como ninguém jamais fez. E, se isso te tranquiliza, vamos nos casar com separação total de bens. Eu não quero nada além dele.

Dani encara Carla, procurando por qualquer vestígio de falsidade, mas tudo que vê é honestidade, uma emoção crua e verdadeira refletida no brilho dos olhos da amiga.

— Tudo bem — murmura, soltando o ar lentamente, como se estivesse se libertando de um peso invisível. — Eu deixo vocês se casarem.

A expressão de Carla se ilumina.

— Obrigada, Dani. Eu não queria me casar sem a sua aprovação. — Diz, abraçando-a novamente. — Escuta, o Sérgio que fazer um jantar de noivado aqui amanhã. Que tal eu convidar o Dinho? Assim vocês podem conversar.

Dani limpa o nariz.

— Tudo bem — concorda. Sabe que não tem razão para isso, mas se sente um pouco mais leve. — Ah, e Carla... obrigada por vir.

Olhando-a nos olhos, Carla profere, num tom definitivo:

— Você é a minha melhor amiga, Dani. É claro que eu viria.

⚜

Quando Dani desce as escadas, a música animada ecoa pela casa, misturando-se às vozes dos convidados que seguram taças de champanhe e degustam canapés sofisticados. O bufê organizado por Sérgio garante que tudo transcorra com perfeição. Cerca de cinquenta pessoas preenchem o espaço, um contraste evidente entre o grupo jovem e universitário e o círculo de adultos bem-sucedidos. A diferença de idade entre Sérgio e Carla ainda gera cochichos discretos, mas ele não se importa. Com o tempo, essa história será apenas mais um rumor esquecido.

— Filhota, tá tudo bem? — Sérgio pergunta, observando Dani parada ao pé da escada, com expressão indecifrável.

Dani força um sorriso breve e acena, mas o pai não se convence.

— Carla me contou que vocês fizeram as pazes — ele continua, pousando as mãos nos ombros da filha. — Não sabe como isso me deixa feliz!

A intensidade das palavras a desconcerta. Ainda é estranho pensar na melhor amiga como sua madrasta. Mas, por ora, o sentimento de revolta se dilui em algo mais próximo da aceitação. Afinal, lutar contra isso não mudaria nada.

— Eu só quero que você seja feliz, pai — murmura, sentindo o calor do beijo dele em sua testa.

Sérgio a observa atentamente. Percebe a mudança em sua postura, uma leve abertura que não existia antes. Ainda assim, há algo em Dani que parece longe dali, perdida em pensamentos que ele não consegue alcançar.

— Vamos brindar — pede, pegando duas taças da bandeja de um garçom. — À nossa felicidade.

Dani sorri enquanto encosta sua taça na dele, pensando se ainda conseguirá ser feliz, depois de tudo. Seus olhos passeiam pelas pessoas, então ela o vê.

Dinho acaba de entrar, vestindo uma camisa social e calça alinhada. Apesar do esforço para parecer mais formal, ainda usa um par de tênis que Dani trocaria sem hesitar. O coração dela aperta por um instante. Ele também a vê. Caminha em sua direção, com o olhar fixo no dela. Não sorri, mas tampouco parece zangado.

— Boa noite, Sr. Sérgio — Dinho cumprimenta, com um aperto de mão firme. — Parabéns pelo noivado.

— Obrigado, Dinho! — Sérgio responde com animação, pousando uma mão amigável no ombro do rapaz.

Dinho volta-se para Dani, com a voz mais baixa.

— Podemos conversar?

Ela apenas assente. Antes de segui-lo para a área externa, vira a taça de espumante de uma só vez.

Sérgio observa os dois saindo e solta um suspiro. Agora tudo faz sentido. Qualquer que tenha sido o motivo da tensão entre eles, ele torce para que consigam resolver.

Dinho para à beira da piscina, olhando para o céu escuro pontilhado de estrelas enquanto ouve o burburinho de vozes e risadas vindas do interior da casa. Dani se aproxima devagar, hesitante, sentindo a tensão entre eles. Nenhum dos dois parece disposto a quebrar o silêncio primeiro.

Depois de alguns instantes, Dinho finalmente murmura:

– Não achei que você fosse aparecer no noivado.

– Eu também não – Dani admite, os braços cruzados como se precisasse se proteger. – Mas acho que finalmente entendi que eles se amam.

Dinho a encara, surpreso. Durante tanto tempo, Dani tratou Carla como uma intrusa. Ele quase pergunta o que a fez mudar de ideia, mas ela se adianta:

– Como está a sua amiga?

– Trincou um osso no cotovelo. Vai ficar com gesso por umas quatro semanas, mas já está melhor.

– Que bom – Dani assente, desviando o olhar para o reflexo da Lua na água.

O silêncio se estende mais uma vez até que Dinho fala, num tom contido, mas firme:

– O que foi aquilo na sexta? Você me colocando contra a parede daquele jeito, como se eu tivesse te deixado de propósito?

Dani abaixa a cabeça, mordendo o lábio.

– Eu sei que exagerei... – admite, num sussurro – mas me senti descartada.

Dinho suspira, trocando o peso de um pé para outro.

– Eu não te descartei, Dani. A Ayumi era minha *responsabilidade*. Eu negligenciei o treino e ela se machucou. Como eu poderia simplesmente deixá-la lá?

Ela respira profundamente. No fundo, sabe que ele tem razão. Conhece o tipo de pessoa que Dinho é – alguém que nunca viraria as costas para quem precisa dele. E, ironicamente, foi exatamente isso o que a machucou.

– Eu te amo – ele diz, sincero –, mas, quando você age assim, me afasta.

Dani fecha os olhos por um momento, sentindo o peso da declaração.

– Eu sei – reconhece, num suspiro. – Você estava certo, e sei que fui egoísta, como em outras ocasiões. Mas... eu me senti deixada de lado. Doeu. Foi um dia particularmente difícil pra mim, com o anúncio do casamento... e então a noite maravilhosa que eu imaginei se transformou num pesadelo. – Sua voz falha, reduzindo-se a um fio, enquanto as lembranças das decisões erradas voltam à tona, trazendo consigo o peso do arrependimento.

– Ei... – Dinho murmura, aproximando-se. Envolve sua cintura com as mãos, um toque quente e reconfortante. – Me perdoa. Eu não tive escolha, Dani. Nunca quis te magoar.

– Eu sei. – Ela funga, tentando conter as lágrimas. – Foi bobagem minha. A gente poderia ter comemorado outro dia, como você sugeriu.

— Ainda podemos. — Dinho sorri e encosta a testa na dela, enxugando com os lábios as trilhas úmidas que escorrem por suas bochechas. — Que tal se a gente fingisse que sexta não aconteceu?

Dani ergue os olhos para ele, surpresa e esperançosa.

— Fingir que não aconteceu? — Ela repete, hesitante. — Nada?

— Pelo menos nada a partir das dezenove horas. — Dinho dá de ombros, divertido.

Suspirando profundamente, ela fecha os olhos. Gosta de pensar nessa versão da realidade. Como se tudo realmente tivesse parado às dezenove horas. Como se, em vez de ir ao restaurante, ela simplesmente tivesse ido para casa, chateada com o namorado, mas sem o peso da culpa sufocando seus sentimentos. Essa realidade paralela é tudo no que ela quer acreditar.

E, se Dinho está oferecendo essa chance, quem é ela para discordar?

> Nunca mais recuarei diante da verdade; pois, quanto mais tardamos a dizê-la, mais difícil torna-se aos outros ouvi-la.
> (Anne Frank)

Verdades que ferem

Dinho encara a tela do celular, esperando por uma resposta de Dani. Tudo que recebe é um *emoji* de sorriso pequeno – o tipo apático, quase indiferente. Ele queria acreditar que, desde a conversa de domingo, as coisas haviam voltado ao normal, mas estaria mentindo para si mesmo. Ela está distante, alheia, como se algo a estivesse consumindo por dentro.

Ele tem quase certeza de que o motivo é o casamento do pai, marcado para dali a dois meses. Mas há algo mais. Algo que ele não consegue identificar. Daniela e Carla, que antes mal se falavam, agora parecem estar retomando a antiga amizade. E isso o intriga. Não que seja contra a reconciliação, mas a mudança repentina é estranha demais para ignorar.

– Que cara é essa, Dinho? – Leo pergunta, interrompendo seus pensamentos, alongando-se preguiçosamente no canto da quadra, se preparando para um jogo de futsal que, claramente, detesta.

Dinho guarda o celular no bolso e dá de ombros.

– Só estou preocupado com a Dani – murmura, mais para si do que para o irmão.

Leo suspira, precisando se conter para não revirar os olhos. Mas, antes que possa responder, a professora Fernanda sopra o apito e grita:

– Leonel, menos conversa e mais ação! Pra quadra, *agora*!

Leo resmunga algo inaudível antes de lançar um olhar invejoso para Ayumi, sentada confortavelmente no banco de reservas, com o braço esquerdo engessado. Por um momento, ele realmente deseja estar no lugar dela. Mas, sem escolha, marcha para a quadra, arrastando os pés.

Do outro lado do ginásio, as meninas jogam vôlei, mas Ayumi prefere ficar ali. Porque, bem... é onde Dinho está.

Ele se senta ao lado dela, os olhos fixos na quadra, mas claramente sem enxergar nada do que acontece ali. Sua mente está longe, perdida em algum lugar que Ayumi não consegue alcançar. E isso a incomoda.

Ela o observa por um instante, notando a tensão em seus ombros. O jeito como ele franze a testa é como se estivesse tentando resolver um problema que não tem solução.

Aproveitando o momento a sós, Ayumi bate de leve no ombro dele.

– Ei, pessoa, por que essa cara? O que houve com a Daniela? – A pergunta sai no tom compreensivo de sempre, aquele que ela adota sempre que o assunto é o namoro dele. Mesmo que isso lhe custe.

Dinho suspira, apoiando os braços nos joelhos e fitando o chão, tentando entender exatamente o que está sentindo. Tentando colocar em palavras uma preocupação que nem ele sabe ainda explicar direito.

– Não sei. Ela tá estranha comigo – admite, finalmente. – Responde às mensagens com meia palavra, evita me olhar nos olhos... parece que tá fugindo de mim.

Ayumi morde o lábio, pensativa.

– Talvez seja por causa do hospital – sugere. – Se quiser, eu falo com ela, explico tudo.

– Não é isso – Dinho balança a cabeça. – A gente conversou, ela entendeu que eu nunca te deixaria sozinha lá. Até me pediu desculpas pelo ultimato.

Ayumi assente, refletindo. Fica em silêncio por um instante antes de perguntar:

– Já tentou perguntar diretamente o que tá acontecendo?

Dinho passa as mãos pelo rosto, frustrado.

– Duas ou três vezes. Mas ela diz que tá tudo bem, que eu tô exagerando.

– E não acha que pode ser verdade? – Ayumi questiona, arqueando uma sobrancelha. – Vai ver é só TPM.

Dinho inclina a cabeça, pensativo. Talvez Ayumi tenha razão. Talvez esteja dramatizando demais.

– Pode ser... – murmura, sem muita convicção. Mas, então, como se quisesse afastar aqueles pensamentos que não levam a nenhuma conclusão, muda de assunto. – Na quinta à tarde, meu time estreia nos jogos universitários. Vai ser às 17h. Se quiser ir, tá convidada.

O rosto de Ayumi se ilumina.

– Sério? – Seus olhos brilham.

– Quer dizer, nem sei se curte vôlei, mas...

A verdade é que Ayumi nunca deu muita atenção a competições esportivas. Mas, ao imaginar Dinho em um uniforme, jogando, a única coisa em que consegue pensar é na visão magnífica que deve ser.

– *Adoro vôlei! Amo!* – Responde rápido demais, atropelando as palavras dele. – *Muito*. É o melhor esporte que existe!

Dinho ri da empolgação dela, achando graça na forma como se ilumina. Um contraste gritante com Dani, que mais cedo sequer demonstrou entusiasmo quando ele tentou conversar.

— Então te espero lá.
— Posso fazer cartazes?
— Claro — ele responde, divertido. — Incentivo nunca é demais.
Ele se levanta, dando um tapinha de leve no braço dela.
— Falando nisso, preciso ver como estão as meninas no jogo antes que a Fernanda me grite. Até mais, pessoa.
Ayumi sorri de volta, sentindo o coração acelerar. Não é o mesmo que ter a atenção dele da forma que realmente deseja, mas, por agora, isso não importa. O simples fato de ter sido convidada já aquece seu peito, como se fosse um pequeno privilégio só dela.

※

Leo está largado no sofá da sala de TV, os fones pendurados ao redor do pescoço enquanto seus dedos deslizam pelo celular, respondendo a mensagens no grupo dos amigos. A conversa flui rápida, cheia de piadas e *memes*, absorvendo-o por completo, até que a voz da mãe ecoa da porta:
— Leo, chama seu pai pro jantar? Ele está no escritório.
Ele murmura um "já vou", bloqueia a tela sem pensar muito e se levanta. Subindo as escadas devagar, ainda com a cabeça na conversa, ele segue pelo corredor até o escritório do pai. A porta está como sempre: entreaberta, deixando escapar o cheiro de café frio e papel impresso.
Está prestes a empurrá-la quando uma voz grave se infiltra pelo pequeno espaço da fresta:
— Menina, por favor, controle-se. Não há necessidade de dar mais importância às coisas do que elas realmente têm.
Leo congela.
Daniela? A namorada de Dinho?
Um arrepio percorre sua espinha e seu coração dispara sem aviso. Ele se inclina instintivamente para mais perto, com os sentidos aguçados.
O tom do pai não soa exatamente irritado, mas carrega um peso estranho, como o de alguém tentando manter as coisas sob controle.
— Foi um erro estúpido, nós dois sabemos disso — Marco Antônio continua. — Se você sair agora, vai levantar suspeitas desnecessárias.
O silêncio que se segue é pesado. Leo sente a própria pulsação no pescoço, latejante. Ele não sabe ao certo o que está acontecendo, mas uma sensação incômoda se instala em seu estômago.
— Daniela, sejamos práticos, sim? Esqueça isso e siga em frente. Por favor.
O choque de tudo que acabou de ouvir ainda está se espalhando por seu corpo quando seus dedos tremem e o celular escorrega de sua mão. O impacto

do aparelho contra o chão reverbera pelo corredor, seco e alto, interrompendo momentaneamente o silêncio.

Dentro do escritório, a conversa cessa abruptamente. O ar diminui, como se alguém tivesse cortado o fluxo de oxigênio.

Leo prende a respiração, o coração descompassado no peito. O som da cadeira girando dentro do cômodo se arrasta, um ranger lento e calculado. Ele precisa agir antes que seja tarde. Então, se adianta.

– Pai? – Sua voz sai tensa, mas ele força um tom neutro. Bate de leve na porta, esperando que seus dedos trêmulos não denunciem sua inquietação. – O jantar está pronto.

A porta se abre quase de imediato. Marco Antônio está lá, a expressão serena demais, uma máscara bem colocada. Mas os olhos... os olhos o examinam com precisão cirúrgica, vasculhando cada detalhe de sua postura. Antes de responder, ele desliga o telefone com um gesto cuidadoso, deliberado, como quem tranca um segredo a sete chaves.

– Obrigado, filho. Já estou indo.

A voz é estável, mas Leo enxerga o que está por trás dela. Algo rígido, como um nervo esticado prestes a arrebentar. Seu estômago se revira. Ele esboça um sorriso e se apressa para sair dali.

Enquanto desce as escadas, sua mente fervilha. *Que diabos seu pai pode ter com Daniela? E por que ele parecia tão empenhado em manter tudo escondido?*

No jantar, Leo mal toca a comida.

Gigi fala animadamente sobre a feira de ciências, a mãe acompanha, animada. Mas Marco Antônio está quieto. Mais do que o habitual.

E Leo percebe.

Percebe também que o pai o observa. Não com interesse, mas com cautela. Medindo-o. Testando-o. Como se tentasse decifrar se ele sabe mais do que deveria.

– Tudo bem, Leo? – A voz da mãe o puxa de volta. – Você está tão calado hoje.

Ele pisca, disfarçando.

– Ah, tô bem. Só cansado – mente, dando de ombros.

O olhar do pai permanece sobre ele, mas Leo não se atreve a encará-lo de volta.

Mais tarde, deitado na cama, o zunido baixo do ventilador não consegue silenciar o incômodo dentro dele. Ele deveria deixar isso para lá. Afinal, não ouviu nada concreto. Mas o incômodo é como uma coceira que ele não consegue ignorar. Lembra-se do semblante de Dinho, mais cedo, quando estavam na aula de Educação Física, e de ele dizer que estava preocupado com Dani.

Leo respira fundo e cerra os punhos. Se há algo acontecendo, ele não pode simplesmente esquecer. Nesse momento, decide que precisa descobrir que segredos, afinal, seu pai e Daniela compartilham. E se precisar ir mais fundo do que deve... que assim seja.

Na tarde seguinte, logo após as aulas, Leo não consegue mais segurar a inquietação. Sem pensar muito, despede-se dos amigos com uma desculpa qualquer e pede um carro de aplicativo até a casa de Daniela. Durante o trajeto, mantém o olhar fixo na janela, os dedos impacientes tamborilando contra a perna. Seu coração martela no peito e a adrenalina aumenta cada vez mais ao passo que se aproxima do destino.

Ao chegar, toca o interfone sem hesitação. A empregada atende e, com um tom educado, pede que ele aguarde. Leo cruza os braços, impaciente, enquanto observa a fachada moderna da casa: paredes de vidro refletindo o céu, linhas minimalistas, tudo impecável.

Depois de alguns minutos, a empregada retorna e o conduz pelo interior da casa. O piso de mármore ecoa sob seus passos, e os móveis de design elegante parecem intocados, como se ninguém realmente vivesse ali. O silêncio é opressor, quebrado apenas pelo leve zumbido de um sistema de climatização embutido.

Finalmente, Dani surge no topo da escada de madeira flutuante, com os cabelos presos em um rabo de cavalo desleixado. Seus olhos imediatamente se estreitam ao vê-lo ali.

Leo não gosta dela. O que pode querer?

— Leo? — Sua voz carrega surpresa, mas principalmente desconfiança. — Algum problema?

— Preciso falar com você — ele responde, direto. — A sós.

Dani aperta os lábios, analisando-o. Algo no olhar de Leo a faz hesitar. Depois de um instante tenso, ela se vira e começa a subir as escadas, indicando que ele a siga.

Assim que a porta do quarto se fecha, Leo se vira para ela, o olhar duro, carregado de algo sombrio.

— Se você veio por causa do seu segredo, relaxa. — Dani cruza os braços, cansada de ter que dar aquela justificativa. — Eu já disse que não falei nada. Nem vou.

— Não vim falar sobre isso. — Leo contesta, ainda sério. — Ouvi sua conversa ao telefone com meu pai ontem à noite. Quero saber exatamente o que vocês estão escondendo.

Dani imediatamente fica pálida, sentindo como se o ar desaparecesse dentro do quarto.

— Eu... eu não sei do que...

— Corta essa, Daniela — Leo interrompe, a voz cortante. — O papo foi bem sugestivo, e eu não sou idiota. Me conta a verdade.

Dani sente os olhos arderem. O peso da culpa desaba sobre ela como um bloco de concreto. Por mais que lute, sabe que não vai aguentar a pressão por muito tempo. Um nó se forma em sua garganta antes que, enfim, ela desmorone, afundando na cama e escondendo o rosto entre as mãos.

— Eu cometi um erro — sussurra, trêmula, envergonhada. — Eu estava tão brava com o Dinho... ele preferiu ficar com a Ayumi no hospital em vez de jantar comigo. Me senti rejeitada e... eu fui pro restaurante sozinha, sabe? Eu ia comer sozinha, mas aí seu pai apareceu. Ele foi gentil, me ouviu... e eu me deixei levar. — Sua voz vacila, embargada. — E a gente... a gente se beijou. Mas não significou nada!

Leo a encara por um instante que parece eterno. Seus olhos refletem um misto de nojo e incredulidade.

— Eu não tô acreditando... — Ele dá um passo para trás — Você traiu o Dinho com o meu pai?!

Dani soluça, incapaz de sustentar o olhar dele.

— Foi um erro! Um momento de fraqueza! — A voz dela se despedaça enquanto as lágrimas queimam sua pele. — Eu não queria que isso acontecesse... Juro!

Leo solta uma risada sem humor, carregada de desprezo.

— Não queria? Que conveniente. — Ele balança a cabeça, cruzando os braços. — Você traiu o seu namorado com o pai dele. Isso é mais do que um erro, Daniela. É sujo! É imperdoável!

Daniela se engasga num soluço, o peito se contraindo em desespero.

— Por favor, Leo! Eu nunca quis machucar ninguém! — Ela se levanta de um pulo, os olhos suplicantes. — Eu nunca faria isso se estivesse no meu juízo perfeito! Eu tava me sentindo sozinha, abandonada... eu fiz uma besteira, mas me arrependo! Muito!

Leo a encara, impassível. Seu silêncio pesa como chumbo.

— Se arrepender não muda o que você fez. — A voz dele é glacial. — O Dinho tem o direito de saber.

— Não! Leo, por favor! — Dani se agarra ao braço dele; a urgência na voz beirando o pânico. — Eu te imploro. Eu não contei nada sobre você pra ninguém! Não pode fazer isso comigo agora! Se não por mim, pelo Dinho! Ele vai sofrer se souber, você sabe que vai!

Leo dá uma risada cínica.

— Nossa, que alma caridosa você é, eu fico até comovido. — Seus olhos brilham com uma ironia cortante. — Preocupada com o sofrimento dele agora, depois de fazer isso? Mas fica tranquila. Eu não vou contar nada.

Daniela respira fundo, com um lampejo de alívio cruzando seu rosto. Mas dura pouco.

– Você vai. – Ele crava as palavras, sua voz firme como uma sentença. – Você vai contar pro Dinho, porque ele merece saber. É o mínimo de decência que pode ter agora.

Dani recua um passo, com o rosto tomado por desespero.

– Leo, eu... eu não posso fazer isso. Se eu contar, ele nunca vai me perdoar!

Leo não desvia o olhar, irredutível.

– Antes de querer perdão, devia pensar se merece ser perdoada. – Seu tom é gélido. – Você traiu seu namorado com o pai dele. Que tipo de pessoa faz isso?

Daniela se encolhe diante das palavras, como se tivesse sido esbofeteada. O choro se intensifica, e soluços convulsivos tomam seu corpo. Ela queria desesperadamente apagar aquele erro, mas sabe que é impossível.

– Me dá pelo menos um tempo? – Suplica, a voz embargada, as mãos tremendo ao se juntarem diante dos lábios.

Leo ri, num som baixo e cruel.

– Um tempo? Quanto? Um ano? Dez? Nunca? – A cada palavra, sua voz se torna mais cortante. – Acha mesmo que pode escolher a hora mais conveniente pra você? Depois de tudo que fez? Nem em sonho!

Daniela abre a boca, mas nenhuma palavra sai. Seus lábios tremem, os olhos arregalados como se estivesse diante de uma sentença irreversível. Leo ergue uma mão no ar, um gesto seco, ríspido, de impaciência. Ele já ouviu o suficiente.

– Amanhã é o jogo dele. Eu não vou ferrar a cabeça do Dinho antes disso. Mas, Daniela, depois do jogo, ou você conta, ou eu conto. – Sua voz é fria como gelo, sem espaço para negociação. – Você tem até lá pra arrumar coragem. Que tal usar um pouco daquela que teve pra beijar o pai do seu namorado?

Com essa última frase, Leo se vira e sai do quarto, deixando Dani sozinha, afundada na própria ruína. O som da porta se fechando sela seu destino.

Nas grandes batalhas da vida, o primeiro passo para a vitória é o desejo de vencer.
(Mahatma Gandhi)

Quando tudo está em jogo

O sol do final da tarde atravessa as janelas imensas do ginásio, espalhando um brilho dourado que dança sobre a quadra. O ar vibra com gritos, risadas e o som ritmado de tambores improvisados. Bandeiras coloridas tremulam no alto enquanto o cheiro inconfundível de borracha quente e suor paira no ambiente carregado de energia.

No centro da quadra, os jogadores do time de vôlei se agrupam. Dinho, com o uniforme verde e branco e o número dez estampado nas costas, se destaca sem esforço. A faixa no braço reforça o que todos já sabem: ele é o capitão. Há algo de magnético nele quando joga, sua presença se expandindo, como se tomasse para si cada centímetro daquele espaço. Seu olhar é intenso, determinado, e sua postura exala uma confiança que contamina o time inteiro.

Na arquibancada, Ayumi o observa. Já o viu incontáveis vezes no Sartre, sempre tranquilo e paciente ao lidar com os alunos sem nunca perder o sorriso simpático. Já riu de suas piadas bobas nos intervalos, daquelas que arrancam sorrisos mesmo quando não se quer sorrir. Já compartilhou preocupações quando saíram juntos, em conversas que iam além do colégio.

Mas ali, naquele espaço onde ele se torna implacável, seguro, absolutamente no controle, há algo diferente. Algo que a faz prender a respiração por um instante. Como se, de repente, estivesse enxergando uma nova camada dele – uma que nunca tinha percebido antes e que a fascina ainda mais.

Ao seu lado, Marina, Cristiano e Leo agitam cartazes cheios de desenhos e palavras de incentivo. "VAI, CAPITÃO!" e "FORÇA, DINHO!" se destacam nas letras caprichadas de Ayumi.

– O DINHO ARRASA MUITOOOO! – Leo berra, pulando no assento e soprando uma corneta estridente, arrancando risadas ao redor.

– Claro que sim – concorda Ayumi, sem tirar os olhos de Dinho. – Ninguém o bloqueia! O Dinho é uma muralha!

Cristiano arqueia a sobrancelha, divertido.

– Você fala como se gostasse de esportes, mas mal suporta Educação Física.

Ela revira os olhos.

— Uma coisa é uma coisa, outra coisa é outra coisa.

O apito do árbitro ecoa, e o jogo recomeça com um ritmo alucinante. O ginásio vibra com cada jogada. Dinho comanda a equipe com uma presença quase hipnotizante. Seus saques são potentes, seus bloqueios impecáveis, seus passes muito bem calculados. Mas o time adversário não está ali para perder. Cada ponto é disputado como se fosse o último.

No segundo set, um rali intenso faz todos prenderem a respiração. Quando Dinho salta para uma cortada, a bola atinge o chão adversário com um som seco e definitivo.

— ISSO AÍ, DINHOOOO! — Leo grita, sua voz se perdendo em meio aos aplausos da arquibancada.

Mas Ayumi percebe algo que os outros não veem. A tensão nos ombros de Dinho, o jeito como ele não relaxa nem por um instante. Ele está se cobrando mais do que deveria.

Quando o placar pisca empatado em dois sets cada e o último chega a 24 a 23 para o time da UnB, o ginásio, antes um turbilhão de sons, se cala em expectativa. Cada olhar está cravado em Dinho, que gira a bola entre as mãos; o movimento controlado, quase ritualístico. Seu peito sobe e desce devagar enquanto tenta domar a adrenalina.

Seus olhos percorrem a quadra, analisando cada posição adversária, procurando brechas. Em seguida, levanta a cabeça e varre a plateia, captando expressões tensas e torcidas ansiosas. É então que seus olhos encontram os de Ayumi e, por um instante, o tempo parece se dobrar sobre si mesmo. Há algo naquele olhar — uma certeza, um ânimo silencioso que o ancora ao chão e, ao mesmo tempo, o impulsiona para o alto. O sorriso dela não é apenas um gesto — é um escudo contra a dúvida, um sopro de confiança que preenche os espaços criados pela pressão. Ele sente o coração bater forte, mas, dessa vez, não é nervosismo. É determinação.

O apito soa. Dinho flexiona os joelhos, avança três passos e impulsiona o corpo para o alto. A bola sobe em um arco perfeito, e ele a golpeia com força e precisão. O impacto ressoa pelo ginásio, e a bola cruza a quadra com uma trajetória impecável. O adversário tenta receber, mas a devolução sai fraca. O jogo se transforma em um instante de puro reflexo. O outro time tenta uma cortada desesperada, mas Dinho já está lá, saltando mais uma vez, junto aos colegas. Eles bloqueiam com toda a força que os corpos permitem.

O ginásio congela por um segundo. Então, a bola atinge o chão.

E a explosão acontece.

O time se abraça, pulando, comemorando. Dinho sente o suor escorrer, os músculos queimarem, mas nada disso importa. A vitória faz qualquer fadiga física valer a pena.

Os amigos descem apressados da arquibancada. Leo, eufórico, toma a frente, rouba a corneta das mãos de Ayumi e sopra com força, arrancando gargalhadas.

— MEU IRMÃO É O MELHOR! — Ele grita, jogando o braço ao redor de Dinho, com orgulho.

— Parabéns, primo! — Marina diz, também o abraçando. — Você foi incrível!

— Jogão, cara! — Cristiano bate o punho no dele. — A última jogada foi insana!

Dinho ri, ainda tentando recuperar o fôlego. Pega uma garrafa d'água de um dos companheiros de equipe e toma um longo gole. Então, seus olhos encontram os de Ayumi, que se mantém um pouco atrás dos outros. Há um sorriso discreto nos lábios.

Ela respira fundo, tentando ignorar o calor repentino que se espalha por seu rosto diante daquele olhar. Queria dizer muito mais. Falar sobre como foi incrível vê-lo jogar, sobre como ele parece imbatível. Mas, em vez disso, as palavras saem simples e tímidas:

— Parabéns, pessoa.

Dinho sorri de volta. Há algo nos olhos dela, uma admiração silenciosa que aquece seu peito. E, por um instante, toda a euforia ao redor parece diminuir. Ele segura o olhar dela por mais tempo do que pretendia e responde, ainda sorrindo:

— Obrigado, pessoa.

O momento parece suspenso no ar até que Leo, incapaz de conter sua energia, volta a soprar a corneta, quebrando a tensão e fazendo todos rirem. Dinho passa a mão pelos cabelos molhados de suor, dá um último olhar para Ayumi e se vira para receber alguns cumprimentos de colegas.

Entre a agitação, Daniela surge, seu sorriso radiante cortando a confusão ao redor. Ela caminha em passos firmes até Dinho e, sem hesitação, o envolve em um abraço apertado, pressionando o rosto contra seu ombro suado.

— Parabéns, amor. Você jogou demais! — A voz dela transborda de orgulho, mas há um fundo de nervosismo escondido na empolgação.

Dinho sorri, passando os braços ao redor da cintura dela e a puxando para mais perto, sem perceber a rigidez sutil em seu corpo.

— Meu bem! Que bom que veio! — Ele se inclina para dar um beijo leve em seus lábios, mas, assim que sente a hesitação dela, afasta-se ligeiramente. — O que foi? Ah, já sei... Te abracei todo suado, né? Esqueci que não gosta.

— Não tem problema — ela responde, dando um sorriso. — Hoje você tem um bom motivo.

Leo, ao lado, cruza os braços, os dedos se apertando contra os próprios bíceps. Seu olhar afiado acompanha cada movimento de Daniela, a linha de tensão em seu semblante endurecendo ainda mais. Como aquela garota tem a audácia de se enfiar ali, sorrindo, fingindo que nada aconteceu?

A indignação ferve em seu peito, misturada a um desprezo que ele mal consegue conter.

Dinho, alheio à tensão flutuando no ar, abre um largo sorriso e anuncia:
— O time vai sair pra comemorar a vitória numa pizzaria. Vocês topam?

Os amigos respondem com animação. Daniela hesita por um breve instante, mas então assente, mesmo sentindo o olhar penetrante de Leo queimando em sua direção.

— Ótimo! Só vou tomar uma chuveirada e já volto — Dinho diz, antes de desaparecer pelo corredor do vestiário.

Assim que ele some de vista, Leo avança um passo, fechando a expressão. Seu olhar crava-se em Dani; o maxilar travado.

— Podemos conversar um instantinho, Dani? — Sua voz sai baixa, mas esconde uma ameaça.

Dani engole em seco, seus dedos se crispando ao redor da alça da bolsa. Ela olha ao redor, como se procurasse uma rota de fuga, mas Leo bloqueia qualquer possibilidade de evitar essa conversa. Sem alternativa, ela o acompanha por alguns passos.

Ayumi, Marina e Cristiano trocam olhares apreensivos. Algo está claramente errado, mas, por ora, decidem não intervir.

— Leo, não agora... — Ela sussurra, tentando manter a compostura.

Ele curva os lábios em um sorriso sem humor.

— Agora é o momento perfeito. — Ele se inclina levemente, falando apenas para que ela ouça. — Você traiu meu irmão. E está aqui, sorrindo, fingindo que se importa com ele. Como consegue ser tão falsa?

Daniela se encolhe, sua respiração acelerando.

— É claro que me importo, Leo. Eu *amo* o Dinho!

Leo cruza os braços, estudando-a como se tentasse dissecar sua alma.

— Ah, por favor. Se realmente o amasse, não teria feito o que fez. Até quando pretende continuar mentindo?

As lágrimas ameaçam se formar nos olhos dela, mas ela pisca rapidamente, para afastá-las.

— Eu vou contar, Leo. Eu... só não posso estragar a noite dele. Você viu como o Dinho está feliz pelo jogo.

Leo bufa, exasperado.

— Essa é a sua sorte. Mas de amanhã não passa. Se não contar, eu conto. E você devia me agradecer por ainda te dar essa chance!

Dani esfrega o rosto com as mãos, tentando conter a avalanche de emoções que ameaça transbordar. Ela morde o lábio inferior, respirando fundo antes de erguer os olhos.

— Tudo bem, agora podemos mudar de assunto? Só por hoje... bandeira branca.

Leo não cede.

— Poupe a cena de drama. — Leo corta, sem hesitação. — Se acha que pode ficar aqui, fingindo ser a namorada apaixonada, tá bem iludida.

— Isso não é justo, Leo! — A voz dela falha. — Acha que não estou sofrendo? Que não me arrependo?

— Por mim, pode se arrepender no inferno.

Dani estremece diante do tom do garoto.

— Meu conselho? Vai embora antes que o Dinho volte. Vai ser mais fácil evitar as explicações que você claramente não quer dar.

— Mas o Dinho vai ficar decepcionado se eu não for... — Ela ainda tenta argumentar.

Leo solta uma risada ácida.

— Decepcionado? — Repete, num tom zombeteiro. — Decepcionado ele vai ficar quando descobrir que o traiu... com o próprio pai.

As palavras atingem Dani em cheio. Seu corpo balança levemente, como se tivesse levado um soco no estômago. O nó em sua garganta se fecha, asfixiante. Não há mais nada a dizer.

Com os ombros curvados, ela dá meia-volta e se afasta.

Leo a observa partir, seu peito subindo e descendo em respirações profundas. Ele sabe que Daniela está arrependida, mas isso não muda o fato de que a verdade não pode ser enterrada.

Pouco depois, Dinho reaparece, a energia ainda brilhando em seu sorriso.

— Cadê a Dani? — Pergunta, procurando por ela.

Leo dá de ombros, impassível.

— Disse que não podia ficar.

Dinho franze o cenho, confuso.

— Você disse algo pra ela, Leo? — A desconfiança brilha em seus olhos.

Leo solta um riso curto, cínico.

— Como se a culpa fosse minha pelas escolhas dela — solta, a esmo. — Mas, se quer saber, liga pra ela.

Dinho hesita antes de pegar o celular. Uma notificação pisca na tela: uma mensagem curta de Dani.

> **Desculpa, amor. Preciso estudar pra uma prova amanhã.**

Uma desculpa claramente esfarrapada. Algo dentro dele se inquieta e, de repente, a ideia de comemorar não parece mais tão atrativa.

Ayumi, que observa tudo, toca seu braço suavemente.

— Não fica triste, Dinho — diz, como se sua voz fosse um sopro de conforto. — Tem pessoas que vão adorar comemorar com você. Eu sei que eu vou.

Ele encontra o olhar dela e aquela faísca que sentiu no meio do jogo se reacende. Ali está alguém que realmente se importa, e de um jeito que ele ainda está começando a entender.

Dinho sorri, afastando qualquer pensamento de inquietação.

– Tem razão, Ayumi. Hoje é sobre vitória. Vamos celebrar!

Ele passa o braço pelos ombros dela e segue com os amigos para a pizzaria. As verdades que ainda não conhece podem esperar mais um pouco.

> Todos dizem que o perdão é uma ideia maravilhosa até que tenham algo para perdoar.
> (C. S. Lewis)

O preço da verdade

Dani sente que está à beira de um abismo, e a queda é apenas uma questão de tempo. Desde o confronto com Leo, seu coração não encontra paz. As palavras dele ressoam como um martelo em sua mente, dando sempre o mesmo veredito.

É o mínimo de decência que pode ter agora.

Ele está certo.

Não há mais como fugir. Nenhuma desculpa pode apagar o que fez. A verdade precisa vir à tona, e cabe a ela revelá-la. Não a Leo, não a mais ninguém – a ela.

Mas como destruir, com as próprias mãos, a melhor coisa que já teve em sua vida?

A manhã se arrasta como um pesadelo interminável, um ciclo de tormento do qual Dani não consegue escapar. Deitada na cama, ela encara o teto, mas sua mente está em outro lugar, vagando entre lembranças e arrependimentos. Como tudo pôde desmoronar tão rápido? Como um único erro foi capaz de virar sua vida de cabeça para baixo?

A verdade dentro dela é um animal selvagem, furioso, rasgando-a por dentro na ânsia de escapar. Mas soltá-la significa despedaçar-se por completo. O arrependimento não é apenas um peso nos ombros, é um nó asfixiante em sua garganta, uma garra invisível que aperta seu peito, roubando-lhe o ar e a coragem.

Mas esperar já não é mais uma escolha. Leo foi categórico: ou ela fala, ou ele fala. E, se Dinho descobrir por outra pessoa, o estrago será irreversível, e Dani perderá qualquer chance de redenção.

Seu corpo estremece quando, finalmente, se força a se levantar. Não está mais forte do que antes, mas percebe que, a cada segundo que se passa, sua coragem se desfaz. Se continuar adiando, talvez nunca encontre forças para encarar o que fez. Mas precisa pagar o preço por suas escolhas.

Dinho merece saber.

A única coisa que pode fazer é confiar na bondade dele, no amor que sente por ela. E torcer para que isso seja suficiente.

De pé, diante do espelho, encara o celular na mão, as mensagens de Dinho ainda abertas, esperando por uma resposta que ela não sabe como dar. Seus olhos deslizam para o espelho, e a imagem refletida a atinge em cheio: os olhos fundos, a expressão abatida, a pele sem vida. Não havia mais como se esconder;

Sem mais espaço para hesitação, veste o casaco, pega as chaves e sai. O ar quente da rua corta sua pele, trazendo um choque de realidade. O caminho até o prédio de Dinho é um borrão de silêncio e passos pesados. As luzes dos postes dançam em sua visão turva, como se o mundo ao redor estivesse tão embaralhado quanto seus pensamentos.

Ao chegar, engole em seco. O porteiro, que sempre a recebe com simpatia, hoje a observa com um olhar preocupado. Ele percebe. Todo mundo percebe. Seu segredo está escrito em cada expressão abatida, em cada olhar perdido. Ainda assim, ele apenas anuncia sua chegada. Dinho autoriza sua entrada.

Cada passo em direção ao elevador pesa, como se arrastasse correntes invisíveis. O coração é um tambor descompassado dentro do peito, martelando contra as costelas, tornando difícil até mesmo respirar. A vontade de desistir lateja dentro dela, insistente.

Dani respira fundo uma, duas, três vezes, tentando encontrar um vestígio de calma. Mas não há como se acalmar quando o próprio corpo grita para fugir. Por um momento, quase cede.

Mas então, como um sussurro cruel, as palavras de Leo voltam a ecoar:

Se você não contar, eu conto. Você decide.

Não há mais escapatória. Não há mais adiamento. O momento chegou.

Dinho abre a porta do apartamento com um semblante sério. Seus olhos, normalmente vivos, estão opacos, como se tivessem sido drenados pelo cansaço.

— Oi — sua voz sai baixa, frágil, como se pudesse se desmanchar no ar.

— Oi — ele responde e, em seguida, abre passagem para que ela entre. — Por que sumiu ontem? — Pergunta, franzindo o rosto, desentendido. — Você disse que tinha prova, mas apareceu na UnB.

Dani não pensa. Apenas se move. Puxa-o para um abraço apertado, desesperado, como se pudesse se esconder nele, se fundir ao calor familiar de seu corpo. Fecha os olhos e inspira fundo, tentando absorver aquele instante, implorando para que o tempo congele ali. Que tudo permaneça assim. Intacto. Intocado pela verdade.

Mas Dinho sente a inquietação dela, a tensão que vibra sob sua pele. O tremor sutil dos dedos dela contra sua camisa. O silêncio agudo, denso, que pesa entre os dois como um prenúncio de tempestade.

Ele se afasta levemente, mantendo os olhos cravados nos dela, agora cheios de um receio evidente.

— Você tá estranha. O que tá acontecendo?

Dani comprime os lábios.

Agora. É agora ou nunca.

— Dinho... eu preciso te contar uma coisa.

A preocupação se acende nos olhos dele.

— Você tá me assustando, Dani.

Ela engole em seco. Sua garganta está seca, as palavras parecem presas. Mas ela força para que saiam.

— Senta aqui — pede, puxando-o pela mão para que se sente em uma das banquetas da cozinha. — Eu fiz algo horrível. Algo que não sei se você vai ser capaz de perdoar.

Sua voz treme e, quando ela finalmente levanta os olhos, encontra os dele, carregados de incerteza.

Dinho cruza os braços, o maxilar travado, se endireitando no banco, como se estivesse se preparando para o que virá. O ar ao redor parece pesar toneladas.

— Dani, me diz logo. O que foi?

Ela fecha os olhos por um instante e, quando os abre, sabe que não há mais volta. A verdade sobe por sua garganta como algo tóxico, queimando tudo em seu caminho.

— Eu... te traí.

O silêncio que segue é profundo. Dinho a encara como se não conseguisse processar o que acaba de ouvir. Seus olhos, arregalados, piscam algumas vezes em um reflexo automático, tentando compreender o peso da confissão. Ele prende a respiração, os ombros enrijecidos, mas, quando finalmente solta o ar, parece que algo dentro dele racha, fragmentado para sempre.

— Você... o quê? Como... como assim?

Dani sente o corpo inteiro tremer. A dor no olhar de Dinho é um golpe, mas ela sabe que precisa continuar. Respirando fundo, crava as unhas nas palmas das mãos, como se a dor física pudesse abafar a outra, muito pior.

— Naquela noite em que você foi ficou no hospital... — A voz dela falha. Dani respira fundo, mas o ar não parece suficiente. — Eu decidi que ia jantar sozinha, pra não perder a reserva no restaurante. Eu estava muito magoada pelo que aconteceu... e então... — Ela morde o lábio, hesitante, querendo segurar as palavras. Mas não pode. Não mais. — Seu pai estava lá. Ele jantou comigo, depois me levou em casa e... a gente se beijou.

O silêncio que se instala é brutal. O ar pesa entre eles, e Dinho continua imóvel, como se seu cérebro estivesse lutando para processar o que acabou de ouvir. Seus olhos, arregalados, transbordam descrença, como se procurassem um erro, uma mentira, algo que pudesse reverter aquela realidade.

— Você... beijou meu pai — ele repete, como se dissesse em voz alta para tentar entender. O tom não é apenas de raiva. É de incredulidade absoluta.

Dani, entre lágrimas, tenta tocar a mão dele sobre a bancada, mas Dinho a afasta com um gesto brusco, enquanto ainda parece lutar para compreender tudo.

Ele se levanta de súbito, cambaleando para trás, apoiando-se na ponta da bancada, as mãos tremendo. Respira fundo, mas o ar não alcança seus pulmões, como se não houvesse oxigênio o suficiente.

Então, ele ri. Uma risada vazia, amarga, incrédula. Desesperada.

– Você está brincando comigo, não é? Você só pode estar... Dani, você... beijou meu pai?

Dani balança a cabeça, envergonhada, as lágrimas rolando sem controle. O nó em sua garganta aperta, sufocando as palavras.

– Eu sinto muito, Dinho. Me arrependo de cada segundo daquela noite. Eu nem sei o que estava pensando... eu... estava machucada, magoada, e fiz uma besteira. Mas isso não significou nada pra mim. Foi só um erro terrível...

Ele a interrompe, a voz elevada, sem controle:

– Um erro? Você acha que isso foi *só* um erro? Dani, eu... eu sempre confiei em você! Sempre acreditei que a gente tinha algo real, algo pelo qual valia a pena lutar, mesmo com tantos problemas entre nós! E agora você vem me dizer que... – Ele passa a mão pelos cabelos, agitado, andando de um lado para o outro, como se precisasse de movimento para não desmoronar. – Você ficou com o *meu* pai? Como teve coragem?

Ela soluça, vendo o sofrimento dele; a confusão e a dor estampadas em cada gesto.

– Por favor, por favor, me perdoa! – Sua voz se despedaça na tentativa de encontrá-lo, de trazê-lo de volta. Ela se levanta, tentando se aproximar, mas Dinho estica o braço, impedindo-a.

– Eu sabia que isso ia acontecer! – Profere, cheio de raiva. – Falei que não era uma boa ideia trabalhar com ele, mas você não me ouviu!

– Não teve nada de premeditado nisso, acredita em mim, Bernardo! – Dani implora, a voz embargada.

Dinho se afasta, o peito subindo e descendo com a respiração pesada. Anda de um lado para o outro, os punhos cerrados, tentando conter a fúria que cresce dentro dele como um incêndio descontrolado. Mas nada do que ela diga pode abrandar o que ele sente.

– Você é muito idiota, Daniela! Ainda não percebe que a única coisa que o meu pai queria, desde o início, era te usar pra me atingir? E foi exatamente o que ele fez! E você se deixou ser usada. – Seus olhos brilham de um jeito que não é tristeza, não é fúria, é algo mais profundo, mais amargo. – E deve ter gostado disso.

Dani engole um soluço, mas a culpa continua presa na garganta.

Dinho fica em silêncio por um tempo, tentando se controlar. A raiva começa a se dissipar, dando espaço a outro sentimento: decepção. Ele balança a cabeça, um riso incrédulo escapa de seus lábios, mas seus olhos continuam frios.

— Me perdoa. — Dani insiste, a voz embargada, implorando por qualquer resquício do Dinho que conhecia. — Por favor, me perdoa! Eu não queria que nada disso acontecesse!

Ele ri, uma risada fria e sem humor, e balança a cabeça.

— Você destruiu tudo. — Dinho dá um passo para trás, os punhos fechados. — E sabe o que é pior? Nem é a traição. É o fato de ter sido com ele. O meu pai, Dani. — O desprezo em seu rosto é tão intenso que ela precisa desviar os olhos.

— Me perdoa, Dinho... — Diz, num sussurro. — Eu sei que não posso voltar atrás, mas eu te amo. Você também me ama, eu sei disso. Não deixa tudo acabar assim...

Dinho aperta os lábios, encarando-a com um olhar glacial.

— Jeito estranho de amar, Daniela. — Sua voz sai cortante, mesclando desgosto e melancolia. — Eu nem sei mais quem você é.

Ele fecha os olhos por um instante e respira fundo, como se tentasse se acalmar, mas é inútil. Quando os abre novamente, sua expressão está mais fria do que nunca.

— O Leo sempre disse que você era mimada e egoísta, mas eu nunca quis acreditar, porque eu achei que te conhecia. Mas, pelo visto, ele sabe ler as pessoas melhor do que eu. — Ele faz uma pausa e, em seguida, dá o golpe final. — E, sim, talvez eu te ame. Mas isso não significa que eu vou te perdoar. Eu não posso. Não consigo. E, acima de tudo, eu não quero te perdoar. Acabou, Dani.

Dani sente o mundo desmoronar ao seu redor. Seu corpo vacila, a respiração se torna rasa. Ela sabe que o que fez é imperdoável, sabe que não pode mudar o passado, mas jamais imaginou que perder Dinho seria tão devastador.

— Por favor, não termina comigo — suplica, aproximando-se do rapaz e agarrando a frente de sua camisa. — Me dá uma chance, Dinho, só uma!

Ele solta o ar em um riso sem humor, sem paciência. Como se a simples ideia de uma segunda chance fosse absurda.

— Você não tem a menor noção do que fez, né? — Dinho murmura, afastando as mãos dela com um movimento ríspido. — Como acha que vou encarar minha mãe? O meu pai? Como vou olhar pra mim mesmo depois disso?

Dinho solta as mãos dela, como se o simples toque fosse venenoso, e dá alguns passos para trás. Ele respira fundo, os ombros rígidos, o corpo inteiro carregado de tensão. Então, vira-se de costas e fala, tentando mascarar a dor:

— Eu nunca mais quero te ver na minha frente. Nunca mais. Se me encontrar por aí, finja que não me conhece. Porque, a partir de hoje, é exatamente assim que eu vou agir com você.

— Dinho...

— Vai embora, Dani. Não temos mais nada a dizer um pro outro. Se ainda resta um mínimo de respeito entre nós, aceite isso e vá. — Pede, ainda de costas, sem suportar encará-la.

Finalmente, ela cede. Sem dizer mais nada, Dani se vira para a porta com a alma despedaçada. Sente-se vazia, arrependida, mas incapaz de mudar o que aconteceu. As lágrimas continuam caindo, mas não trazem consolo, apenas a certeza de que, em um momento de fraqueza, ela havia perdido a pessoa que mais amava.

> Toda dívida da alma será cobrada com juros.
> (Machado de Assis)

O acerto de contas

Dinho sabe que ir até a casa dos pais é uma péssima ideia, mas a raiva que ferve em seu peito torna impossível ignorar o apelo de sua consciência. Ele precisa encarar Marco Antônio. Precisa olhar nos olhos do homem que o criou e arrancar a verdade sem rodeios. Ouvir, da boca dele, que tudo que não passou de um jogo sujo. Que, no fim das contas, ele nunca passou de um manipulador frio e calculista disposto a esmagar qualquer um que ousasse escapar ao seu controle.

Ele se move inquieto na quitinete apertada, andando de um lado para o outro como um animal enjaulado. Os punhos cerrados, os músculos tensionados, a respiração curta e irregular. O ar parece pesado, e cada batida do coração bombeia mais fúria por suas veias. Quando percebe, já está chamando um carro de aplicativo.

A viagem até Águas Claras se arrasta em um ritmo exasperante. Dinho tamborila os dedos contra a perna, um gesto impaciente que reflete a tempestade dentro dele. Cada batida dos pneus no asfalto o irrita. Cada farol vermelho parece uma afronta, um obstáculo que o impede de chegar logo ao confronto pelo qual tanto anseia. Ele inspira, mas o ar parece insuficiente. Expira, mas a pressão no peito não alivia. O ódio continua lá, viscoso, se agarrando a cada célula do seu corpo. Fecha os olhos, e a escuridão não o acalma. Pelo contrário. É nela que a imagem do pai se materializa – olhos cínicos, calculistas, sorriso debochado.

Quando finalmente chega, a noite já se espalhou pelo céu. As luzes amarelas da sacada iluminam a fachada com um brilho familiar – mas a sensação que corre por seu corpo é o exato oposto de conforto. Aquela casa não é mais seu lar. E, dessa vez, nunca mais será.

Ele pensa em tocar a campainha, mas desiste. Não está ali para uma visita cordial. Está ali para acertar as contas.

A chave antiga ainda está na carteira. Dinho a enfia na fechadura e gira. A porta se abre com um clique baixo.

O cheiro de pipoca de caramelo invade suas narinas. Na TV, um desenho animado preenche o ambiente com vozes e risadas descontraídas. Por um instante, tudo parece normal. Familiar. Mas nada ali realmente é.

Então, antes que possa reagir, um pequeno furacão de cabelos ondulados se lança contra ele.

– Diiinho! – Gigi grita, os braços envolvendo sua cintura num abraço apertado.

O abraço desarma suas defesas por um instante. O cheiro adocicado dos cabelos da irmã traz uma pontada de saudade que ele não estava preparado para sentir. Fecha os olhos e a segura firme contra si.

– Oi, caçulinha – murmura, com um sorriso fraco.

No sofá, Cláudia se levanta, surpresa, os olhos brilhando de alegria.

– Filho! Que surpresa boa – ela diz, pausando a TV e caminhando até ele, para abraçá-lo. – Veio jantar com a gente?

Ele respira fundo antes de responder:

– Não, mãe. Preciso falar com meu pai. Ele está?

Cláudia franze a testa, notando a tensão no olhar do filho.

– No escritório – responde, hesitante. – Tá tudo bem, Dinho? Você parece... nervoso.

Ele aperta os lábios, coça o pescoço e desvia o olhar. Por fim, diz:

– Eu só... preciso resolver umas coisas, mãe. Não se preocupa.

Cláudia suspira, como se a frase tivesse o efeito contrário do que ele esperava.

– Filhos nunca entendem que o primeiro passo para a preocupação dos pais é dizerem "não se preocupe" – declara, cruzando os braços, mas a voz não tem cobrança, apenas constatação.

Dinho esboça um meio-sorriso, mas é fraco, quase imperceptível, e dura apenas um segundo antes de desaparecer.

– Só não esquece que, se precisar de mim, estou aqui, tudo bem, filho? – Cláudia diz, segurando o rosto de Dinho entre as mãos.

Ele suspira e, em seguida, dá um beijo na testa dela.

– Obrigado, mãe. Mas isso é só com o pai, mesmo. – Ele força um tom tranquilizador. – E o Leo?

– No quarto dele.

– Certo. Bom, voltem pro filme de vocês. Eu vou até o escritório.

Cláudia observa enquanto ele se afasta, os ombros rígidos e os passos pesados. Suspira. Um pressentimento ruim se instala em seu peito, mas ela opta por ignorá-lo. Volta ao sofá, onde Gigi já a aguarda. Então, aperta o *play* no filme, mesmo sem mais prestar atenção.

Dinho sobe as escadas com uma sensação de aperto comprimindo seu peito a cada passo. O corredor semiescuro parece mais longo do que deveria, como se tentasse dissuadi-lo, como se soubesse que, ao atravessar aquela porta, nada mais será como antes. Mas, agora que chegou até ali, não vai recuar.

Ele não bate. Apenas empurra a porta com um movimento decidido.

Marco Antônio ergue os olhos dos papéis espalhados sobre a mesa, franzindo a testa com irritação instantânea. A penumbra do escritório realça as sombras sob seus olhos, tornando sua expressão ainda mais dura.

– Que insolência é essa, rapaz? Isso é jeito de entrar no meu escritório?

Dinho tranca a porta atrás de si, sem pressa. Seus passos ecoam pelo cômodo à medida que avança, parando diante da mesa de madeira maciça.

– O que é que você quer? – Marco Antônio pergunta, estreitando os olhos. Então, solta um suspiro carregado impaciência. – Não me diga que veio pedir dinheiro emprestado.

Dinho sente uma onda de raiva inundar seu peito. A indiferença do pai diante de tudo que fez, somada à maneira como o trata como um moleque irresponsável, é como jogar um fósforo aceso sobre um barril de pólvora.

– É hora de termos uma conversa de homem pra homem, pai.

Marco solta uma risada baixa.

– Ah, então agora você virou homem? Só porque alugou uma quitinete e paga meia dúzia de boletos?

Dinho ri também. Um riso seco, amargurado.

– Sabe de uma coisa? Eu sou muito mais homem do que você jamais foi. Porque eu respeito as pessoas. Especialmente minha família. Já você...

Ele se inclina ligeiramente para frente, o olhar cortante como uma lâmina.

– Você não passa de um canalha.

Marco Antônio entrelaça as mãos sobre a mesa, a postura perigosamente tranquila, como se sua paciência estivesse se esgotando.

– Não ouse falar assim comigo dentro da minha casa.

Dinho quase ri. Quantas vezes ouviu isso? Quantas vezes Marco usou essa postura autoritária para sufocá-lo, para impedir qualquer tentativa de diálogo?

– Sua casa? – Ele balança a cabeça, uma faísca de ironia no olhar. – Você usa isso como desculpa pra fazer o que bem quer, como se ser dono desse teto te desse o direito de pisar em todo mundo. Mas deixa eu te contar um segredo, pai: respeito não se compra. E muito menos se impõe.

Marco Antônio recosta-se na cadeira, cruzando os braços, a postura relaxada. Para qualquer observador, ele pareceria completamente à vontade. Mas Dinho conhece esse jogo. Ele vê a forma calculada como o pai controla cada gesto, como ajusta a respiração, como mantém o rosto neutro o suficiente para parecer indiferente, mas não o bastante para soar desinteressado.

Um jogo de poder. Sempre foi sobre isso.

— Se veio até aqui pra fazer cena, pode ir embora — a voz dele soa firme, mas preguiçosa, como se cada palavra fosse um favor, uma concessão feita a um filho ingrato.

Dinho aperta os punhos.

A frase, tão banal, explode em sua cabeça como uma granada. A audácia do pai em fingir que aquela conversa não tem peso, que ele não tem nada do que se arrepender, só joga mais gasolina na fogueira que já arde dentro dele. Seu peito sobe e desce, o ar entra e sai com dificuldade. As mãos tremem não apenas de raiva, mas de frustração.

Cada fibra do seu corpo pede que ele aja. Para *reagir*.

— Eu vim pra te dizer que sei de tudo.

A voz de Dinho sai diferente do que ele imaginava. Não é um grito nem uma explosão de fúria. É baixa, carregada de algo perigoso, um veneno prestes a se espalhar.

Ele dá um passo à frente. Sua sombra se projeta sobre a mesa.

— Sei o que você fez. — Repete, mais grave agora. — Com a Dani.

O nome da garota preenche o ambiente como um tiro disparado num espaço fechado.

E, pela primeira vez, Marco Antônio reage.

Não é surpresa. Não é um choque evidente. É algo menor, quase imperceptível. Um movimento mínimo dos músculos do maxilar, um piscar que dura um segundo a mais do que deveria. Como se sua mente, afiada e meticulosamente controlada, precisasse de um tempo extra para processar o golpe.

Mas dura pouco.

Ele exala um suspiro longo e tedioso, levantando-se da cadeira.

— Eu não esperava que ela contasse — admite, por fim. — De qualquer forma, não teve importância.

As palavras flutuam no espaço entre eles como se não fossem nada. Como se Marco Antônio não estivesse falando sobre uma traição. Como se o filho diante dele fosse um estranho sem rosto, um desconhecido qualquer que não merecesse sequer um resquício de consideração.

A incredulidade atinge Dinho primeiro. Depois, a raiva.

Marco Antônio não nega. Não tenta justificar. Ele simplesmente... não se importa.

O peito de Dinho sobe e desce em um frenesi descontrolado. O sangue martela em suas têmporas, zunindo em seus ouvidos.

— Não teve importância? — A voz escapa sem controle, furiosa. — Você *ficou* com a minha namorada, pai!

Marco Antônio ergue uma sobrancelha, como se a indignação de Dinho fosse um capricho infantil, algo risível.

E, naquele instante, Dinho percebe que está diante de um homem que jamais entenderá o que significa lealdade.

O homem que, por muito tempo, ele chamou de pai.

Leo está parado diante da porta do escritório, as mãos frias e suadas. Seu coração bate rápido demais, a adrenalina se lançando em sua corrente sanguínea. Ele não consegue ver o que está acontecendo lá dentro, mas a voz de Dinho atravessa a madeira como uma lâmina afiada, cheia de ódio e mágoa.

Cada palavra que ele escuta só confirma o que já temia: aquilo não vai acabar bem.

Ele não deveria ter insistido tanto para que Dani contasse a verdade. Claro, acha que Dinho merecia saber. Mas, agora, ouvindo o irmão cuspir sua fúria, cada frase tingida de dor, sente um arrependimento crescer dentro de si.

Ele esfrega o rosto com as mãos, inquieto. Dinho nunca explodiu em um acesso de raiva, e essa... essa vem de um lugar mais profundo, mais escuro.

E se ele fizer algo que não possa desfazer?

— Leo, o que está fazendo?

A voz de Cláudia o puxa de volta. Ele se vira e vê a mãe parada no topo da escada, com Gigi ao seu lado, segurando sua mão. O rosto dela está marcado pela preocupação, e a menina, mesmo sem entender o que está acontecendo, aperta os dedos da mãe com força, sentindo o clima pesado ao redor.

Leo hesita. Não quer preocupar a mãe. Mas também não pode mentir.

— O Dinho está lá dentro com o pai — murmura, indicando a porta fechada. Seu tom de voz é tenso, os ombros rígidos. — Pelo jeito que ele está falando... isso não vai acabar bem.

Cláudia franze a testa, dando um passo à frente.

— Mas por quê? O que aconteceu?

Leo desvia o olhar, com o peso da verdade pressionando seu peito. Ele quer contar, quer alertá-la, mas sabe que aquilo não é algo que se explica em poucas palavras. E, no fundo, sabe que Cláudia sempre evita enxergar o pior em Marco Antônio.

— Mãe... — Ele começa, mas a voz falha. Como pode resumir um erro tão grande sem despedaçá-la?

Ela não espera por uma resposta. A preocupação já tomou conta de sua expressão, e seus passos são rápidos até a porta. Ela gira a maçaneta. Trancada.

Seu coração dispara.

— Droga — Leo resmunga, passando as mãos pelos cabelos, inquieto.

Cláudia bate contra a madeira, a urgência evidente em seu tom:

— Dinho! Marco Antônio! Abram essa porta agora!

Silêncio.

— Eu vou pegar a chave-mestra. — Ela informa, tentando manter a compostura. — Gigi, me espera no seu quarto.

— O que foi, mamãe? — A garota pergunta, sentindo a inquietação no ar.

— Não é nada, meu amor — ela mente, agachando-se para ficar na altura da pequena. Com as mãos delicadamente pousadas nos ombros da menina, força um sorriso. — Só confia na mamãe, tudo bem? Daqui a pouco, vou lá te dar um beijinho de boa-noite.

Gigi hesita por um segundo, os olhos brilhando de incerteza, mas, por fim, assente com um aceno tímido. Sem mais questionamentos, caminha devagar pelo corredor até o próprio quarto, lançando um último olhar para a mãe antes de desaparecer pela porta entreaberta.

Assim que Cláudia se certifica de que a filha está segura, seu semblante se transforma. A pressa assume o controle de seus gestos. Ela segue até seu quarto, o coração disparado. Seus dedos trêmulos abrem a gaveta do armário, fechando-se com força ao redor da chave-mestra.

Dois minutos depois, retorna. Encontra Leo com o ouvido colado na porta, os olhos arregalados e a respiração lenta. Há um momento de silêncio do lado de dentro. Mas então, de repente, um som estridente irrompe no corredor. Um impacto seco, brutal.

Cláudia sente o sangue gelar nas veias.

— Meu Deus... — murmura, apertando a chave com mais força. — Leo, rápido!

— Um beijo não é o fim do mundo, Bernardo. — Marco Antônio comenta com a voz grave, impassível.

Dinho arregala os olhos. O cinismo do pai é uma faca girando dentro dele, rasgando tudo que ainda resta de dignidade.

— Não é o fim do mundo? — Ele repete, e sua incredulidade se transforma em algo mais feroz, mais sombrio. O gosto amargo da raiva sobe por sua garganta como bile e sua respiração se torna irregular.

Marco Antônio suspira, indiferente, como se tudo aquilo fosse um inconveniente menor, uma bobagem sem importância.

— Francamente, meu filho, se tivesse dado atenção a ela, nada disso teria acontecido.

Silêncio.

O ar dentro do escritório se torna denso, opressor. Dinho sente o estômago revirar. A raiva se transmuta em algo mais profundo, mais corrosivo. Nojo. Humilhação. Uma repulsa que gruda na pele como óleo e sufoca por dentro.

— Você... — Ele balbucia, a voz falhando.

Ele quer dizer tanta coisa. Quer cuspir todas as verdades engasgadas durante anos, quer esmagar Marco Antônio com palavras tão cruéis quanto as dele.

Contudo, não há palavras que capturem o que sente. Porque, no fundo, ele quer que o pai negue. Ele quer que seja mentira. Que Marco Antônio ao menos tente se justificar, que diga que foi um erro, que não é o que parece.

Mas não. Ele não hesita, não demonstra o menor sinal de culpa. Apenas transfere tudo para Dinho, como se fosse ele o responsável por cavar aquele buraco, e não o pai.

Algo dentro do rapaz se parte.

A fúria explode, correndo por suas veias como fogo líquido, cegando sua visão. Seu corpo se move antes mesmo que sua mente processe. O punho se fecha, os músculos se retesam e, num instante, avança.

O golpe corta o ar e atinge o rosto do pai com uma força devastadora. O impacto ressoa pelo escritório como um trovão abafado. Marco Antônio cambaleia para trás, a cabeça tombando com o golpe. Um filete de sangue escorre pelo canto da boca, um vermelho vivo e brutal contra a palidez de sua pele.

Mas Dinho não para.

Seu punho se ergue novamente, movido por uma raiva crua, sem controle. O segundo soco atinge a lateral do rosto do pai, jogando sua cabeça para o lado. O terceiro vem logo em seguida, implacável, carregado de anos de ressentimento sufocado.

Marco Antônio desaba contra a mesa, arfando. O sangue agora escorre em um fio mais espesso pelo canto de sua boca. Ele pisca, atordoado, mas não reage. Não se defende. Não levanta as mãos. Apenas fica ali, imóvel, aceitando a dor como se já esperasse por ela.

Isso só faz a raiva de Dinho crescer.

Ele avança, agarra o pai pela gola da camisa e o puxa para frente, o ódio queimando em seus olhos, sua respiração pesada, feroz, entrecortada.

— FALA ALGUMA COISA! — Sua voz sai embargada, carregada de tudo que ele segurou por anos. — SE DEFENDE! DIZ QUE FOI UM ERRO! QUE VOCÊ SE ARREPENDE!

Mas Marco Antônio apenas o encara. Seu olhar castanho carrega algo diferente agora. Não é arrogância nem provocação. É um cansaço profundo, pesado, como o de alguém que já perdeu tanto que não vê mais sentido em lutar.

E então, com a voz baixa, quase resignada, ele murmura:

— Eu mereci isso.

A frase atinge Dinho com mais força do que qualquer golpe. Sua raiva se dissolve no ar, deixando um vazio tão intenso que ele quase se sente tonto. O peso das palavras afunda em sua mente como uma âncora. Ele sente um nó apertar sua garganta e um peso comprimir seu peito, mas não tem tempo de processar.

A porta do escritório se escancara.

— Meu Deus! O que está acontecendo aqui?! — A voz de Cláudia transborda horror, os olhos arregalados enquanto absorvem a cena diante dela.

Leo entra apressado logo atrás, o olhar alternando entre Dinho, arquejando com os punhos cerrados, e o pai, ferido. Cláudia corre até Marco Antônio, segurando seu rosto entre as mãos trêmulas.

— O que você fez, Dinho?! — Leo ruge, avançando sobre o irmão e segurando-o pelo braço. — Você enlouqueceu?

— Pergunta o que ele fez, talvez isso te ajude a entender minhas ações! — Dinho vocifera, tentando se desvencilhar do irmão.

— Você pode estar com raiva seja pelo que for, mas isso não te dá o direito de agredir o seu pai, Bernardo! — Cláudia retruca, a voz embargada de choque e indignação. — Não é assim que se resolvem os problemas!

— E como é que se faz isso, mãe? — Dinho pergunta, dando uma risada irônica. — Fingindo ser cega, como você? Fingindo não ver as canalhices do meu pai? Passando pano pra ele, como sempre fez?

— Eu não admito que fale comigo nesse tom! — Cláudia responde, erguendo o dedo em riste, mas a voz falha no final, com tom mais frágil do que pretendia. — Seja lá o que tenha acontecido, eu exijo que me respeite! Nos respeite!

Dinho balança a cabeça, descrente. A raiva em seu peito dá lugar a um sentimento misto de frustração e desilusão. Ele se solta de Leo com um puxão brusco e dá um passo para trás. Seu olhar varre o escritório, registrando cada detalhe — o sangue no rosto de Marco Antônio, o olhar acusador de Cláudia, a forma como Leo se coloca entre ele e o pai, como se precisasse proteger um deles do outro.

Aquele não é mais o lugar dele. Nunca mais será.

O ar dentro do escritório se torna irrespirável.

Dinho engole em seco, seu olhar se fixando no pai uma última vez. Mas, desta vez, não há apenas ódio ali. Há uma tristeza sem volta.

— Você não é mais nada pra mim. — Sua voz sai baixa, mas ríspida.

E então, sem olhar para trás, ele sai, batendo a porta com força.

Cláudia olha para Marco Antônio, a respiração trêmula, tentando entender o que acabou de acontecer. Seu olhar salta do sangue no rosto do marido para a porta fechada. Um nó se forma em sua garganta.

— Por que ele estava assim? O que você fez, Marco Antônio?

Mas ele apenas solta um riso rouco, sem humor, levando a mão ao rosto machucado.

— Ele tem o temperamento da mãe... — murmura, os olhos semicerrados de dor.

Cláudia estreita os olhos, sua paciência se esgotando.

— Isso é tudo que tem a dizer? Depois de tudo, ainda brinca com isso?

Ele suspira, inclinando a cabeça para trás, encarando o teto em busca de respostas.

– Deixa isso pra lá. Já acertamos nossas contas.

Cláudia balança a cabeça, incrédula. Seus olhos se enchem de uma frustração amarga.

– Eu conheço o meu filho. O Dinho jamais levantaria a mão pra você, a menos que...

Ela interrompe a frase, agitando a cabeça. Seu semblante se torna rígido.

– Olha, eu nem quero saber. Mas você vai dar um jeito de resolver isso, Marco Antônio. Pelo bem dessa família, você precisa resolver tudo. – Dizendo isso, ela sai do escritório.

Leo estuda o semblante humilhado do pai.

– Por que o senhor fez isso, hein, pai? – Questiona, triste.

Marco Antônio dá de ombros, como se realmente não soubesse o que dizer.

– Pessoas não são perfeitas, Leonel – comenta. – Nem mesmo pais. Mas, se serve de consolo, eu nunca quis machucar o Bernardo.

Leo gostaria de dizer que não serve, que palavras vazias não apagam nada. Mas se mantém em silêncio. Apenas observa o pai, um homem outrora imponente, agora abatido, com o olhar perdido no vazio.

– Vem, vamos fazer um curativo nesse ferimento – convida, suspirando. A sensação que o acompanha não é de alívio. É de um fim inevitável. Porque, no fundo, ele sabe: essa família jamais será a mesma.

> A única linguagem verdadeira no mundo é o beijo.
> (Alfred de Musset)

Amigos que se beijam

Dinho não sai da cabeça de Ayumi desde que ela soube do término. A notícia a pegou de surpresa, trazendo um turbilhão de sentimentos conflitantes. Parte dela sente um alívio egoísta por saber que ele finalmente está livre, mas qualquer resquício dessa felicidade se desfaz diante da dor que ele deve estar sentindo. Dinho sempre foi leal ao relacionamento, e a traição parece um golpe cruel demais. Ele não merecia isso.

O telefone vibra pela terceira vez sem resposta. O nome dele pisca na tela, e a angústia se intensifica. Desde que soube do que aconteceu, Ayumi sente uma urgência sufocante – uma necessidade incontrolável de estar ao lado dele, de ser o apoio do qual ele precisa. Mas Dinho parece determinado a lidar com tudo sozinho, afastando qualquer um que tente se aproximar.

Já faz uma semana que ele não aparece no Sartre e, segundo Leo, também não tem ido à UnB. As senhoras da academia já perguntaram por ele várias vezes, confusas com o sumiço repentino do *personal trainer*. É como se tivesse sido engolido pelo próprio silêncio.

Com um suspiro pesado, Ayumi tenta mais uma vez. Dessa vez, ele atende. Sua voz é apenas um murmúrio cansado, quebrado, irreconhecível.

– Ayumi... agora não, tá? Só... não posso conversar agora.

Ela aperta o telefone com força, sentindo um aperto no peito.

– Dinho... – hesita. – Eu sei que você precisa de espaço, mas talvez seja melhor eu ficar um pouco com você. Só pra te fazer companhia. Não precisa falar nada, se não quiser.

O silêncio do outro lado da linha se arrasta, pesado como chumbo. Ela quase pode vê-lo: ombros caídos, olhos baixos, exausto... derrotado. Quando ele finalmente responde, a voz é um sussurro distante.

– Não precisa vir, sério. Eu tô bem, de verdade, só... – Um som metálico ecoa pelo telefone. O barulho de uma garrafa sendo pousada sobre uma superfície.

A respiração de Ayumi falha. Ela conhece aquele som. Sabe exatamente o que aquilo significa. O vazio que ele está tentando afogar com algo que não vai ajudá-lo de verdade.

– Dinho, me escuta. Eu não vou te atrapalhar. Eu posso só... estar aí?

Há uma vulnerabilidade na voz dela, uma urgência que ele não consegue ignorar.

Mas, quando responde, Ayumi sente a distância entre eles se expandir ainda mais.

– Não sou uma boa companhia agora, Ayumi.

A forma como ele diz aquilo, sem usar o apelido carinhoso com que sempre a chama, *pessoa*, a faz estremecer. Antes que possa insistir, a linha fica muda. Ele desligou.

Ayumi fica ali, segurando o celular como se o aparelho ainda pudesse oferecer alguma coisa. Uma resposta. Um alívio. Mas não há nada.

A inquietação cresce em seu peito. Aquela conversa não foi suficiente para tranquilizá-la. Será que Leo sabe algo mais concreto? Será que viu o irmão nos últimos dias? Será que ele está comendo direito? Se cuidando?

Sem hesitar, liga para ele.

– Oi, amiga. – A voz de Leo está estranhamente séria. – Tudo bem?

– Oi, Leo. Mais ou menos. E por aí?

– Mais ou menos também.

O silêncio que se instala entre eles é carregado. Ayumi respira fundo antes de perguntar:

– Você viu o Dinho? Sabe como ele está?

Leo suspira, e o som parece tão cansado quanto Ayumi se sente.

– Não muito. Ele não quer receber ninguém. Nem a mãe. Só responde algumas mensagens de texto.

– Liguei pra ele agora há pouco... – Ayumi morde o lábio. – Ele atendeu, mas parecia tão distante. Eu me ofereci pra ir até lá, e ele não quis.

– Ele atendeu você? – Leo parece surpreso. – Isso já é mais do que fez por qualquer um. Ele realmente deve gostar de você.

Ayumi sente o coração acelerar.

– Eu também gosto muito dele – confessa, baixinho.

– Eu sei, amiga. Obrigado por cuidar do meu irmão.

Mas cuidar de Dinho à distância não basta. O nó no peito dela aperta mais a cada minuto que passa sem vê-lo, sem olhar seus olhos castanhos e ter certeza de que ele vai ficar bem.

– Eu preciso ir, Leo. Depois a gente se fala – murmura, já interrompendo a ligação. Então, pegando sua bolsa, decide: não vai esperar por um convite.

A caminhada até o apartamento dele parece interminável, embora sejam apenas algumas quadras. Cada passo pesa, a ansiedade se acumulando em seu peito. O coração dela dispara, antecipando o que a espera. Ao chegar ao prédio, o porteiro a reconhece e a deixa subir sem anunciá-la.

Diante da porta, ela respira fundo. Hesita apenas por um segundo antes de tocar a campainha.

Nada.

Ela respira fundo. Espera. Bate à porta, desta vez com mais insistência.

Os segundos se arrastam. O silêncio pesa. Então, finalmente, o som de passos lentos ressoa do outro lado.

A porta se abre.

Dinho está diferente. Os olhos vermelhos, os cabelos bagunçados, a barba por fazer. A garrafa quase cheia em sua mão brilha sob a luz fraca do corredor. Ele não parece surpreso. Apenas resignado, como se soubesse que ela viria.

— Eu... eu disse que não precisava vir — murmura, sem convicção, a voz rouca pelo álcool e pelo cansaço.

— Eu sei. Mas eu quis vir mesmo assim.

A sala está mergulhada na penumbra, o cheiro forte de bebida impregna o ar abafado e garrafas vazias se acumulam sobre o balcão. Ayumi respira fundo, contendo o impulso de repreendê-lo. Dinho não precisa de palavras duras agora.

— Não precisa ficar preocupada, Ayumi. Eu só... preciso de um tempo. E, por favor, nada de discursos de "vai ficar tudo bem" hoje, OK? — Ele força um sorriso cansado, caminhando de volta ao sofá.

Ela assente, deixando a bolsa sobre uma banqueta antes de se acomodar ao lado dele. Mantém um pequeno espaço entre os dois, respeitando a bolha de dor em que ele se encontra. No começo, Dinho apenas bebe, calado. Mas, conforme os minutos se passam, seus ombros relaxam, como se a tensão estivesse se dissipando lentamente. O silêncio entre eles é pesado, mas confortável. Até que ele dá um longo suspiro e, quase sem perceber, começa a falar:

— Desde que ela apareceu com essa história de fazer estágio com meu pai, eu soube. Eu avisei. Mas ela não me ouviu. Achou que era uma "oportunidade única". Uma oportunidade pra me trair, isso, sim. Como sou idiota.

Ayumi segura uma das mãos dele, quente e firme.

— Você não é idiota, Dinho. O erro foi deles. E se ela fez essa escolha, perdeu alguém que realmente valia a pena.

Ele a encara e, por um instante, o olhar dele queima. Profundo, intenso. Forte o suficiente para fazê-la prender a respiração; mas então ele desvia, voltando à garrafa como se fosse a única coisa sólida naquele momento.

Ayumi sabe que nenhuma palavra no mundo pode curá-lo agora, mas talvez o aperto da sua mão na dele o faça perceber que não está sozinho.

— Queria que ela tivesse escolhido qualquer outra pessoa no mundo. Mas meu próprio pai? É humilhante. — A voz sai falha. Ele joga a cabeça para trás, fitando o teto como se nele houvesse respostas.

Ayumi aperta sua mão com mais força. No fundo, tudo o que ela quer é vê-lo sorrir de novo. Aquele sorriso fácil, verdadeiro, iluminado. Mas sabe que ele precisa passar por aquilo. É uma dor que ele tem de enfrentar. E tudo que ela pode fazer é estar ali. Ser um porto seguro.

Com o passar dos minutos, ele parece relaxar um pouco mais, como se a presença dela fosse uma âncora que o impede de se afundar.

Dinho esfrega o rosto, exalando um suspiro longo antes de se levantar. Seus passos são lentos, arrastados, como se sua energia estivesse se esvaindo a cada movimento. Ele abre a geladeira, fica parado por um instante, observando o interior vazio com um olhar perdido. A expressão dele se contrai em frustração e um murmúrio baixo escapa de seus lábios quando percebe que as garrafas acabaram.

– Droga... – resmunga, frustrado.

– O que foi? – Ayumi pergunta, se aproximando.

– Minha cerveja acabou.

– Ainda bem. – Ela sorri de leve, aliviada.

– Quero comprar mais. – Dinho se move até a porta, mas Ayumi segura sua mão antes que ele dê um passo sequer.

– Não. – O tom dela é suave, mas cheio de determinação. – Que tal dormir?

Ele franze a testa, tentando focar nela, os olhos pesados.

– Eu não quero dormir. Quero beber.

– Por favor. – Ayumi murmura, seus olhos pidões capturam os dele, e Dinho sente sua resistência vacilar. Um silêncio tenso paira entre os dois até que ele suspira, derrotado.

– As coisas que eu faço por você, pessoa. – Sussurra, coçando os olhos vermelhos. – Não faço por mais ninguém.

Ela sorri de leve e o ajuda a ir até o quarto, mesmo com o desafio de lidar com seu braço engessado. Mas, antes que consiga colocá-lo na cama, ele para abruptamente, apertando o estômago. O rosto dele perde a cor num instante, e Ayumi percebe o que está prestes a acontecer antes mesmo que ele consiga avisar.

– Ai, não...

Num reflexo, ela o segura e o conduz apressada para o banheiro. Dinho mal tem tempo de se ajoelhar antes de vomitar, com o corpo se contraindo em espasmos involuntários. O som seco e desagradável ecoa pelo espaço apertado, mas Ayumi se mantém firme ao lado dele, ignorando o desconforto.

– Respira fundo – ela orienta, preocupada.

Ele solta um gemido abafado, apoiando a testa na borda do vaso sanitário, exausto. Ayumi molha a toalha de rosto e a pressiona contra a nuca dele, sentindo o calor em sua pele.

– Você tá bem? – Ela pergunta, em dúvida.

Ele balança a cabeça em uma afirmativa lenta.

— Preciso escovar os dentes — profere, a voz arrastada.

Ela segura o riso.

— Concordo plenamente. E já aproveitamos pra dar um jeito nesse seu rosto de panda bêbado.

Ele tenta franzir a testa em confusão, mas apenas boceja, os olhos piscando pesadamente. Ayumi solta um suspiro, percebendo que ele não vai conseguir se mover sozinho. Com o braço engessado dificultando seus movimentos, ela se posiciona ao lado dele, tentando puxá-lo para cima sem perder o equilíbrio. Ele é mais pesado do que parece e, por um instante, ela teme que os dois desabem no chão.

— Anda, Dinho... me ajuda um pouco aqui — ela resmunga, fazendo força.

— Você que quis bancar a heroína, pessoa... — Ele sussurra, risonho.

Com um último esforço, Ayumi o estabiliza e o guia até a pia. Enquanto ele se segura ali, sonolento, ela pega sua escova de dentes e coloca a pasta, observando-o de canto de olho enquanto ele pisca devagar, como se estivesse prestes a apagar ali mesmo.

De repente, Dinho quebra o silêncio, a voz arrastada e solene como se estivesse prestes a revelar um segredo de estado:

— Como se diz "desculpa" em japonês?

Ela pisca, surpresa, franzindo as sobrancelhas.

— *Gomen nasai*. Por quê?

— *Gomen nasai*, Ayumi. E como se diz "por ter vomitado em você"?

Ela coloca a mão na cintura, tentando manter a expressão séria, mas o canto da boca treme, entregando um sorriso contido. É incrível como bêbado consegue ser tão dramático... e completamente sem noção.

— Primeiro: você não vomitou em mim. Segundo: sabe que eu falo português, né?

Dinho solta uma risada preguiçosa, típica de quem está flutuando entre dois mundos, e pega a escova de dentes. Começa a escovar com tanta lentidão que parece estar em um comercial de pasta de dente em câmera lenta, cada movimento exigindo concentração digna de um atleta olímpico. Quando termina, lava o rosto, e Ayumi o observa com uma expressão entre paciência e diversão.

Com os passos vacilantes, os dois voltam para o quarto. Ayumi tenta ajudá-lo a se manter estável, mas, com seu braço engessado, a tarefa se torna quase impossível. Dinho se apoia nela mais do que deveria e, por um momento, ela sente que os dois vão tombar no chão.

— Pelo amor de Deus, Dinho, tenta pelo menos fingir que está colaborando — ela resmunga, tentando equilibrar o peso dele com um só braço.

— Eu tô colaborando... — ele murmura, rindo fraco. — Você que tá falhando na missão, pessoa...

Ela revira os olhos, mas, com esforço, consegue guiá-lo até a cama. Assim que chega ao colchão, Dinho despenca sobre ele com um suspiro pesado. Ayumi suspira também, mas de cansaço. Ela se senta ao lado dele, apenas para perceber sua camisa úmida e manchada de pasta de dente.

— Parabéns, você conseguiu se sujar mais do que antes — comenta, colocando a mão na testa e sacudindo a cabeça, desolada.

Ele sorri torto, sem a menor intenção de resolver o problema.

— Agora sabe como me senti no dia que você tomou um porre, pessoa. — Ele provoca, levantando-se nos cotovelos, os olhos brilhando de diversão.

Ela revira os olhos, sorrindo.

— Duvido que tenha dado tanto trabalho assim.

— Ah, deu — ele rebate. — Você nem queria me deixar tirar sua blusa vomitada.

O rosto de Ayumi aquece, mas ela finge não se abalar.

— Falando nisso, vamos tirar sua camisa?

Ele arqueia as sobrancelhas, divertido.

— Querendo me despir, pessoa? Tem que me pagar um jantar primeiro.

Ela revira os olhos novamente, mas ri. O riso logo se esvai quando ele, com uma agilidade surpreendente para alguém bêbado, puxa a camisa pela cabeça, revelando o peitoral bem definido. A luz fraca do quarto acentua as linhas dos músculos dele, e Ayumi prende a respiração por um segundo involuntário.

Dinho boceja e murmura:

— Prontinho.

Ayumi o observa, mordendo o lábio sem perceber, lutando para resistir ao impulso de deixar seus olhos deslizarem pelo corpo dele. Mas é inevitável. Ele é lindo. Lindo de um jeito que faz seu estômago revirar e seu coração tropeçar em batidas desencontradas.

— Desse jeito eu fico constrangido, pessoa — ele provoca, um sorriso torto nos lábios.

Ayumi empurra seu peito de leve, sentindo a firmeza sob sua palma. Ela olha o ponto em que sua mão encosta na pele dele, sentindo a boca secar ao perceber como o peito dele sobe e desce diante da respiração profunda.

Dinho levanta uma mão e afasta uma mecha de cabelo da testa dela. Seu olhar a prende, intenso, explorando cada detalhe de seu rosto como se tentasse memorizá-lo.

— Você tem um rosto lindo, sabia? E eu adoro o charme desses olhos puxadinhos.

O coração de Ayumi tropeça no próprio ritmo, acelerado demais para disfarçar.

— O-obrigada.

Dinho se inclina levemente e fica tão perto que sua respiração quente se mistura à dela. Ayumi sente o ar se prender em seus pulmões. Então, sem aviso, ele toca os lábios nos dela. Rápido. Suave. Um instante que se dissolve antes que ela consiga reagir, mas que é o suficiente para acender algo incandescente dentro dela.

Ele se afasta, piscando devagar, como se só agora tivesse se dado conta do que fez. Passa a mão pelo rosto, perturbado.

— Desculpa. Eu não devia ter feito isso.

Ayumi umedece os lábios, seu coração martelando contra as costelas.

— T-tudo bem... nem posso considerar isso um beijo.

Dinho finge indignação, levando a mão ao peito em um gesto teatral.

— Cruel — dramatiza.

O silêncio que segue é carregado, repleto de possibilidades não ditas. Ayumi sente seu coração acelerar ainda mais quando ele finalmente quebra o momento com uma pergunta inesperada:

— Você já beijou alguém?

Ela hesita por um instante, mas decide ser sincera. Lentamente, balança a cabeça em negativa.

Dinho suspira, desviando o olhar, a expressão carregada de algo que Ayumi não consegue identificar.

— Desculpa — ele murmura, a voz baixa.

Ela solta um riso nervoso, tentando aliviar a tensão sufocante que se instala entre os dois.

— E se... em vez de se desculpar, você me beijasse de verdade? — As palavras escapam antes que possa contê-las. — Sabe... pra me ensinar.

Dinho arregala os olhos; a surpresa desenhada em sua fisionomia. Ayumi pisca, processando o que acabou de dizer, e cobre o rosto com a mão, mortificada.

— Ah, meu Deus, o que estou dizendo?! — Ela exclama, sua voz abafada pela própria mão. — Estou praticamente me aproveitando de uma pessoa bêbada.

Dinho ri baixinho, com a voz rouca.

— Engraçado você pensar que está se aproveitando de mim quando, na verdade, é o contrário.

Ela franze o cenho, ainda escondendo metade do rosto.

— Por que fala isso?

Ele solta um suspiro profundo, fechando os olhos por um instante antes de encará-la de novo.

— Porque eu quis te beijar. Mas não devia. Somos amigos. E a gente não pode estragar isso com pegação.

— Eu discordo — ela rebate, sua voz agora um pouco mais que um sussurro.

— Você não pode discordar. — Dinho contradiz, franzindo o rosto. — Por que discordaria?

— Porque eu... gosto de você.

Dinho a encara, os olhos fixos nos dela, sua expressão oscilando entre surpresa e algo mais difícil de interpretar. O silêncio entre eles se torna quase sólido. O peito dele sobe e desce lentamente, como se estivesse assimilando o peso das palavras dela.

Então, sem hesitação dessa vez, ele se inclina e a puxa para perto. O beijo que segue é diferente do primeiro – sem pressa, sem dúvida. Apenas a eletricidade de um sentimento desconhecido, mas intenso. O calor dos lábios dele contra os dela faz Ayumi prender a respiração, sentindo o mundo ao seu redor se dissolver. Seu toque é firme, mas gentil, o desejo se mistura com algo mais profundo, algo que faz seu coração disparar como se tentasse acompanhar a intensidade do momento.

O beijo se aprofunda lentamente, como se cada movimento fosse uma descoberta, como se ambos estivessem desbravando um território novo. Dinho desliza os dedos pela nuca de Ayumi, um toque que faz sua pele se arrepiar. Ela sente um tremor percorrer sua espinha, uma mistura de nervosismo e desejo que a faz perder completamente a noção do tempo. Seu corpo parece flutuar, cada batida do coração ecoando em seus ouvidos.

Quando finalmente se afastam, Dinho cai de costas na cama, com os olhos semicerrados e um sorriso preguiçoso nos lábios.

— Você beija bem, pessoa – murmura, a voz rouca e embargada pelo cansaço.

Ayumi sorri, sentindo o coração ainda martelar em seu peito, e passa a língua pelos próprios lábios, como se tentasse prolongar a sensação.

— Você também – sussurra. – Mesmo que esteja bêbado e provavelmente não vá lembrar disso amanhã.

Dinho se vira para encará-la, os olhos sonolentos, mas carregados de algo que a faz prender a respiração mais uma vez.

— Eu não me esqueceria disso nem se eu quisesse, Ayumi.

E então, com um último sorriso torto, ele fecha os olhos. Ayumi permanece ali, observando-o enquanto a euforia percorre cada célula de seu corpo. Seu peito sobe e desce de maneira descompassada, como se tentasse processar tudo o que acabara de acontecer. Por fim, suspira, ajeita o cobertor sobre ele e se aninha ao seu lado, tentando ignorar a felicidade absurda que a faz sentir como se estivesse vivendo um sonho.

> É tão fácil confessar um belo erro.
> (Machado de Assis)

Uma dose de realismo

A luz do Sol invade o quarto de Dinho, infiltrando-se pelas frestas da cortina e se espalhando pelo chão, criando padrões dourados sobre os lençóis. O calor suave da manhã acaricia a pele de Ayumi, mas não é capaz de oferecer aconchego. Ela pisca devagar, os olhos se fixando no móbile pendurado sobre a cama. O presente que deu a Dinho. Por um instante, se pergunta se ele realmente olha para aquilo antes de dormir ou se o objeto ficou esquecido ali, como tantas outras coisas que ela gostaria que significassem mais. As lembranças da noite anterior vêm à tona como um vendaval, bagunçando seus pensamentos antes mesmo que ela possa se preparar para enfrentá-los.

Ela se vira na cama e seus olhos se prendem a Dinho, que dorme profundamente ao seu lado. A respiração dele é ritmada, os traços relaxados, a boca levemente entreaberta. A luz destaca as mechas bagunçadas de seus cabelos, a linha firme do maxilar. Parece longe de qualquer preocupação. Diferente da noite anterior.

Diferente dela.

Por um instante, Ayumi se permite observá-lo. Como ele pode parecer tão tranquilo depois de tudo? Depois do beijo? O toque ainda está gravado em sua pele. Seu coração acelera só de lembrar do calor, da pressão exata dos lábios dele contra os seus. Tudo tão real. Tão intenso. Mas só para ela?

Um suspiro escapa de seus lábios. Com cuidado para não o acordar, ela se levanta. O piso frio sob seus pés descalços a desperta um pouco mais, mas não dissipa as lembranças que grudam nela como uma segunda pele. O calor do corpo dele, a forma como a mão deslizou até sua nuca, o jeito como seus lábios encontraram os dela, hesitantes no início, mas depois certos, seguros, como se aquele momento estivesse esperando para acontecer há muito tempo.

Na cozinha, ela enche um copo d'água e bebe em pequenos goles. Mas a inquietação continua ali, ardendo em sua mente como uma pergunta sem resposta. Ela lava o rosto na pia do banheiro, a água fria escorrendo como uma tentativa inútil de apagar o que sente. Escova os dentes com o dedo, penteia os cabelos de qualquer jeito, buscando, com esses pequenos gestos, restaurar um pouco do equilíbrio perdido.

De volta à cozinha, prepara um café forte. O cheiro amargo preenche o ambiente, mas não afasta a dúvida que a consome por dentro: o que aquela noite significou para ele?

Para Ayumi, o beijo foi um divisor de águas. Um ponto sem retorno. Ainda sente o gosto dele, o calor, o peso das mãos segurando seu rosto como se quisesse memorizá-la. Mas e para Dinho? Teria sido apenas um erro? Um reflexo de um coração ferido e do álcool em sua corrente sanguínea? Apenas um borrão perdido na madrugada?

O pensamento a faz estremecer. Ela fecha os olhos e morde o lábio, tentando afastar o medo crescente, mas a dúvida se agarra a ela como um espinho preso na roupa.

Então, um ruído a arranca de seus devaneios. Passos arrastados pelo chão. O coração dispara antes mesmo de se virar.

Dinho surge na porta da cozinha com os cabelos desarrumados, as pálpebras pesadas de sono. Ele esfrega os olhos com as costas das mãos, pisca algumas vezes, como se tentasse se situar em um mundo que ainda não faz sentido.

Ayumi sente a garganta secar.

— Bom-dia... — diz, tentando soar normal.

Ele franze o cenho, coçando a cabeça.

— Pessoa? O que você... Ah, é. Você veio aqui ontem.

A frase dele é um soco no estômago. Tão casual. Tão desprovida de peso. Como se a presença dela ali fosse um detalhe irrelevante.

Mas Ayumi se obriga a manter a expressão neutra e estende uma caneca a ele.

— Café cura-ressaca — murmura, perguntando-se se ele se lembra de quando fez aquele mesmo gesto por ela.

Dinho aceita e se joga pesadamente em uma das cadeiras. Segura a caneca com as duas mãos, deixando o calor do líquido aquecer seus dedos. Fecha os olhos por um segundo antes de dar o primeiro gole. O cheiro forte do café se mistura ao silêncio espesso entre eles.

Ayumi observa cada mínimo gesto do rapaz. A forma como ele franze a testa, como seus lábios se apertam ao sentir o gosto amargo. A expectativa a sufoca. Será que a lembrança vai surgir? Alguma expressão, um brilho nos olhos, qualquer coisa que indique que ele se recorda do beijo?

Então, os olhos dele encontram os dela.

Por um instante, Ayumi quase acredita que vê algo ali. Um lampejo de reconhecimento, uma hesitação. Seu coração se acelera, os dedos se apertam em torno do gesso. Será que ele se lembra? Será que aquela noite também ficou marcada para ele?

Mas, então, o momento passa. A confusão nos olhos dele não é de quem revive um instante inesquecível. É apenas o vazio de alguém que tenta juntar peças soltas de uma memória turva.

– Ontem à noite... a gente conversou, né? – Dinho pergunta, piscando devagar, a voz ainda rouca pelo sono.

Ayumi sente suas entranhas derreterem como cera quente. Tudo que ela precisa saber está ali, flutuando nas palavras dele, pendendo entre o que foi dito e o que ficou subentendido. Sua mente grita para perguntar mais, provocar, forçar os limites de sua memória. Mas a insegurança se agarra à sua garganta como um nó apertado.

– Sim... conversamos bastante.

Ele suspira e passa a mão no rosto, esfregando os olhos como se pudesse clarear a mente. Um riso rouco escapa de seus lábios.

– Acho que bebi mais do que devia. Minha cabeça tá meio embaralhada...

O peito de Ayumi se comprime, como se algo dentro dela se apagasse vagarosamente. É como assistir a uma pintura desbotar diante dos olhos. A lembrança que, para ela, ainda queima na pele, para ele é apenas um borrão indistinto.

Ele não se lembra.

E isso dói mais do que ela imaginava.

Dinho solta um suspiro pesado e aperta as têmporas, como se estivesse tentando afastar uma névoa densa que insiste em cobrir suas lembranças.

– Caramba... minha cabeça tá um caos. Juro, acho que nunca bebi tanto. Tô com um gosto de morte na boca – resmunga, franzindo a testa.

Ayumi observa enquanto ele massageia as têmporas, os olhos ainda enevoados. O cheiro forte de café não parece surtir efeito nele. Ela se força a engolir o medo e decide arriscar:

– Você lembra de alguma coisa específica? Tipo, o que a gente falou?

Dinho pisca algumas vezes, parecendo lutar para juntar os fragmentos soltos.

– Sei lá... lembro que a gente ficou conversando... você veio aqui porque... porque eu estava mal, né? – Ele arrisca, coçando a nuca.

– Sim – ela confirma, mantendo o tom indiferente. – Mas sobre o que a gente falou?

Ele fecha os olhos por um instante, como se tentasse puxar a memória pela força do pensamento. Então, abre um sorriso fraco.

– Ah, lembro que reclamei um monte da Dani. E que você tentou me animar. Isso eu lembro. – Ele solta um riso cansado e olha para ela com um ar quase grato. – Você sempre tenta me animar, pessoa.

Ayumi sente um gosto amargo na boca. Ele se lembra de partes, mas não do que realmente importa. Ela poderia ir mais fundo, poderia perguntar diretamente, mas o medo de ouvir a resposta errada a paralisa.

Então, apenas força um sorriso.

– É... conversamos bastante.

Ele sorri de leve, um sorriso despreocupado, sem a menor sugestão de que se recorda do beijo. Nenhum resquício de hesitação, nenhum traço de dúvida. Apenas um grande vácuo.

E então ele solta, com a mesma leveza de quem comenta sobre o clima:

— Mas quer saber? Eu nunca mais quero namorar na vida. De agora em diante, só pegação.

Ayumi tenta disfarçar o efeito das palavras de Dinho com um sorriso plástico.

— Você tá falando isso da boca pra fora — afirma, agarrando-se a uma esperança frágil.

Dinho dá um gole no café, faz uma careta e solta um riso curto.

— Não é, não. Relacionamento sério só estraga tudo. Melhor é isso que a gente tem, essa amizade sincera e desinteressada.

Ayumi sente um nó se formar no estômago. A palavra *amizade* soa como um aviso, um limite intransponível que a separa do que realmente deseja. Mas é a palavra *desinteressada* que a entristece de verdade.

Ela pisca, engolindo em seco, tentando mascarar o que sente. *Desinteressada*? Como ele pode dizer isso? Como pode não enxergar tudo o que existe nas entrelinhas, no jeito como ela o olha, no cuidado silencioso que transborda em cada gesto?

Então ele continua, alheio à sombra que se instala no olhar dela:

— Pessoa, você é a minha melhor amiga. Isso, pra mim, é algo sagrado.

Antes que ela possa reagir, Dinho a puxa para um abraço. O calor dele a envolve. Familiar, confortável. Mas também cruel. Um abraço que a mantém do lado errado da linha que ele acabou de traçar.

Ayumi fecha os olhos e respira fundo. Embora o rapaz se negue a enxergar, ela sabe, no fundo do coração, que ele também sentiu. Por um momento, existiu algo a mais entre eles. Ela tem certeza. Porque ele a beijou. Ela não imaginou, não inventou. Aconteceu. Mesmo que agora ele não se lembre.

Para Ayumi, aquele momento é inesquecível. O dia mais feliz da sua vida. Por isso, não consegue conter a faísca teimosa de esperança quando murmura:

— Sempre vou estar aqui, Dinho. Para o que for.

E ela sabe que vai. Mesmo que isso doa.

Marina nunca havia se sentido insegura; pelo menos, não até aquele momento. Sempre foi dona de si, confiante, convicta das próprias escolhas. Mas a segurança que ela construiu ao longo dos anos se desfaz em segundos, como um castelo de areia engolido pela maré.

Ela está dentro de um dos boxes do banheiro, o cheiro adocicado de sabonete líquido misturando-se ao perfume floral das outras garotas do lado de fora. Está prestes a sair, com os dedos na trava metálica, quando uma frase a atinge com uma pancada.

— Cara, é um desperdício, né? — A voz da primeira garota preenche o espaço, despreocupada com que pudesse estar ouvindo. — O Cristiano, uma delícia daquelas, namorando a sonsa da filha da diretora. Quem diria?

O coração de Marina dispara. Instantaneamente, o ar pesa dentro do box apertado. Ela não precisa ver para saber que as meninas estão amontoadas diante do espelho, retocando a maquiagem e ajeitando os cabelos com gestos estudados. O estalo de um batom sendo girado, o clique de um estojo de pó compacto se fechando, o tilintar de pulseiras quando uma delas sacode o pulso para se admirar — cada som parece amplificado, invadindo seus ouvidos.

— Pois é — responde outra, num tom carregado de desdém. — Eu já fiquei com ele algumas vezes, mas o Cristiano nunca quis nada sério. Só aquele relacionamento aberto com a Joana. Agora, do nada, arruma uma namorada?

— Ela deve ter jogado um feitiço nele, só pode — a primeira garota diz, soltando uma risada baixa, como se a ideia fosse mais plausível do que Cristiano ter se apaixonado por Marina por vontade própria. — Os dois não têm nada a ver.

— Que química tem ali? Me diz! — Uma terceira se junta à conversa, com a voz carregada de ceticismo.

O peito de Marina se comprime. Um nó se forma na boca do estômago, uma mistura de incredulidade e incerteza. Como se não bastasse ter visto Cristiano e Joana juntos num passado recente, agora precisa lidar com estranhas que falam sobre seu relacionamento como se ele fosse uma piada. Elas não sabem nada sobre ela, sobre os dois e, mesmo assim, sentenciam, analisam, decretam.

— Amiga, com aquele *boy*, qualquer um tem química — retruca a segunda, girando a torneira com um gesto displicente, como se estivesse lavando as próprias frustrações.

— Eu só queria 24 horas com ele. Nada mais. — A primeira volta a dizer, mordendo o lábio com um olhar malicioso.

Marina prende a respiração. O ciúme se mistura ao desconforto, queimando dentro dela como se fogo corresse em suas veias. A ideia de outras garotas desejando Cristiano, falando dele como se fosse um prêmio, faz seu estômago revirar. E, pior, a insinuação de que ele deveria estar com qualquer uma, menos com ela, deixa um gosto amargo em sua boca.

— Ai, que inveja da Marina. Eu faria um par muito melhor com ele — a terceira solta um suspiro teatral, enquanto ajeita os cabelos e aplica um pouco de *gloss* nos lábios, com um ar sonhador.

— Amiga, *qualquer um* faria um par melhor com ele — concorda a segunda, lançando um olhar de cumplicidade para as outras, como se decretasse uma verdade absoluta.

Marina fecha os olhos por um instante, tentando bloquear as palavras. Mas elas continuam ali, reverberando dentro dela, cada sílaba é como um espinho fincado em sua confiança.

Quando, enfim, as vozes se afastam e a porta do banheiro se fecha atrás das garotas, ela solta um longo suspiro. Abre a porta do box e caminha até parar diante do espelho, onde encara seu reflexo. A imagem refletida parece ligeiramente distorcida, como se a luz fluorescente revelasse detalhes que ela nunca tinha reparado antes. As bochechas um pouco finas demais. Os olhos grandes, mas não do jeito que impressiona. O corpo... comum. Sem os atributos que parecem garantir às outras garotas um tipo de vantagem secreta.

E se elas estiverem certas?

E se Cristiano perceber que pode ter alguém melhor? Que pode querer mais?

Seus dedos apertam a pia e ela balança a cabeça, como quem tenta desalojar algo incômodo. Abre a torneira e deixa a água escorrer entre os dedos antes de levá-los ao rosto. Quando ergue a cabeça de novo, o espelho ainda está ali. E sua imagem também. Exatamente a mesma.

O peito aperta. Ela queria que fosse diferente. Queria que, de alguma forma, a água tivesse levado embora a insegurança, ou que seu reflexo mostrasse algo novo — algo que a fizesse se sentir suficiente. Mas tudo continua igual.

Marina respira fundo, força os pés a se moverem e empurra a porta do banheiro. Do lado de fora, Cristiano está encostado na parede, mexendo distraidamente no celular. O uniforme se ajusta perfeitamente aos braços dele, ressaltando os contornos definidos dos bíceps, e seus cachos caem sobre a testa com um charme descuidado. Marina prende a respiração. Ele realmente é bonito.

Cristiano levanta o rosto ao vê-la, os olhos encontrando os dela com naturalidade, e então sorri — um daqueles sorrisos tortos que fazem seu estômago dar uma cambalhota. Mas Marina não consegue retribuir com a mesma leveza. Sua mente ainda ecoa as vozes do banheiro, as dúvidas sussurrando em sua cabeça.

Antes que Cristiano possa perguntar o que aconteceu, Ayumi e Leo surgem em seu caminho.

— SOS! — Ayumi agarra sua mão, os olhos arregalados de urgência. — Precisamos conversar, agora!

Marina pisca, tentando entender o desespero da amiga, sua própria angústia momentaneamente esquecida. O tom alarmado de Ayumi a faz perceber que algo aconteceu.

— Posso ir junto? — Cristiano pergunta, arqueando a sobrancelha, visivelmente curioso com a tensão no ar.

— Foi mal, Cristiano, mas a pauta de hoje é sigilosa — Ayumi dispara, já puxando Marina e Leo para longe antes que ele possa protestar.

Cristiano fica para trás, cruzando os braços e soltando um suspiro resignado:

— Definitivamente, preciso arrumar mais amigos...

✿

Marina mal tem tempo de processar qualquer coisa antes de Ayumi agarrá-la pelo pulso e puxá-la apressadamente para as arquibancadas da quadra de esportes. O local é um refúgio perfeito para conversas privadas. O burburinho do colégio vai se dissolvendo ao redor deles, como se aquele momento existisse em um universo à parte. Assim que chegam, Ayumi solta a mão dos amigos e cruza os braços, inquieta.

— Pronto, Ayumi. Isolados o bastante — Leo anuncia, jogando-se na arquibancada de qualquer jeito; os cotovelos apoiados nos joelhos, o olhar cravado nela. Há um traço de impaciência em sua voz, mas também de curiosidade. — Agora, por favor, desembucha logo, porque essa sua cara de mistério tá me matando.

Ayumi morde o lábio, hesitante. Quer dividir com amigos o que, sem dúvida, foi o momento mais intenso de seus 17 anos, mas, ao mesmo tempo, sente um frio na barriga. Sempre foi boa em observar de longe, mantendo-se segura na plateia. Agora, estar sob os holofotes, mesmo que apenas diante deles, faz seu estômago se contrair. Assumir o palco ainda é complicado — mesmo quando se trata da própria vida. Seu coração dispara e a garganta seca como se tivesse engolido areia. Se não falar logo, talvez a coragem a abandone por completo.

— Então... eu... eu e o Dinho... a gente se beijou.

O silêncio que se segue é tão profundo que Ayumi sente como se tivesse jogado uma bomba entre os amigos. Marina arregala os olhos, o queixo caindo como se alguém tivesse acabado de lhe contar o maior *plot twist* da história, enquanto Leo se inclina ligeiramente para frente, a expressão alternando entre choque e descrença.

— Primeiramente, *eca*! Você beijou meu irmão! — O nojo exagerado na voz de Leo quebra a tensão por um instante, arrancando uma risada nervosa de Marina. — Segundamente: COMO ASSIM, VOCÊ BEIJOU MEU IRMÃO?!

— Quando isso aconteceu?! — Marina pergunta, tentando manter a empolgação sob controle. Mas, no fundo, ela sabia, tinha certeza de que aquele olhar de Dinho para Ayumi no hospital escondia algo mais...

Ayumi suspira, sentindo o rosto pegar fogo. O coração continua acelerado em seu peito. Desvia o olhar por um segundo, organizando as lembranças daquele momento antes de falar.

— No sábado à noite. Depois que nos falamos, Leo, eu fui até a casa dele... ele estava arrasado por causa da Dani. A gente conversou, ele estava meio abatido, sabe? Aí... aconteceu.

— Aconteceu como?! — Leo estreita os olhos, cruzando os braços. — O Dinho só chegou e te beijou do nada? Foi tipo "Oi, Ayumi, quer um beijo?" ou tinha um clima rolando?

— N-não foi do nada! — Ayumi começa, mas sua voz falha. Ela redireciona o olhar, sentindo as bochechas queimarem. A ideia de detalhar aquilo para Leo, justamente para Leo, faz sua garganta se fechar. Tudo bem que é seu melhor amigo, mas... bem, Dinho é irmão dele. Não deixa de ser constrangedor.

O garoto continua a olhando em expectativa, os olhos quase saltando das órbitas.

Suspirando, ela continua:

— Ele... ele me olhou diferente — sua voz sai mais baixa, como se estivesse pensando duas vezes antes de falar. — E então ele disse... que queria me beijar.

— Ai, meu Deus! — Marina solta um gritinho animado, batendo palmas tão rápido que parece que vai levantar voo. — Desculpa — pede, sorrindo, em seguida, junta as mãos sobre o peito –, mas eu vivi por esse momento!

— OK, freia a carroça, Marina — Leo interfere, estendendo a mão para conter o surto da amiga. Ele respira fundo, como se estivesse tentando encontrar paciência, mas a tensão está evidente em cada músculo de seu rosto. — O Dinho tá arrasado por causa da Daniela. Você espera mesmo que ele se apaixone por outra pessoa do nada?

— Mas ele beijou a Ayumi, não beijou? — Marina retruca, cruzando os braços, como se estivesse defendendo um caso no tribunal. — Tem alguma coisa no jeito que olha pra ela, eu já percebi.

Leo passa as mãos no rosto, soltando um suspiro longo. Seu olhar pousa em Ayumi por um instante, analisando-a. Ele não quer ser cruel, mas precisa ser realista. Marina está alimentando as esperanças da amiga, insinuando que o beijo significou algo mais do que um impulso passageiro. E isso o preocupa. Ele sabe como essas coisas funcionam. Sabe o quão fácil é confundir desejo com sentimentos reais, especialmente quando se gosta de alguém há tanto tempo.

Mas ele conhece Dinho melhor do que ninguém. Sabe que o irmão está passando por um período conturbado e que, por mais que goste de Ayumi, pode não estar pronto para algo sério, especialmente com ela, quem considera ser sua *melhor amiga*. Ver Ayumi criar expectativas tão altas o inquieta porque, se tudo desmoronar – e ele teme que desmorone – será ela quem vai se machucar.

— Amiga... — ele começa, em um tom mais brando. — Eu entendo que foi especial pra você, de verdade. Mas o Dinho ainda tá muito preso na história com a Daniela. Tem certeza de que esse beijo foi o que você acha que foi?

Ayumi abaixa a cabeça, mexendo nervosamente na barra da blusa. Parte dela quer rebater, dizer que sentiu algo real. Mas outra parte, mais insegura, teme que Leo esteja certo.

— Vocês sabem, eu detesto a Daniela — Leo continua, mordendo o lábio. — Mas sei o quanto Dinho gostava dela. Não quero que você confunda um momento de impulso com algo maior do que realmente foi.

— Então você acha que o beijo não significou nada? — Marina pergunta, o rosto misturando ceticismo e frustração. — Porque, sério, se for isso, o Dinho tá mandando sinais muito confusos. E se eu, que sou espectadora dessa bagunça, tô ficando confusa, imagina a Ayumi!

Leo solta um suspiro demorado, passando uma mão pela nuca, como se tentasse dissipar a tensão acumulada nos ombros.

— Ele estava pelo menos sóbrio? — Pergunta, de repente.

Ayumi sente um frio na barriga e pisca, surpresa. A pergunta de Leo a atinge como uma bofetada. Seu estômago se contrai, e uma onda de insegurança se espalha por seu peito. Não era isso que esperava ouvir. Para ele, talvez fosse apenas uma dúvida lógica, mas, para ela, tinha um peso opressivo, um eco cruel de todas as vezes que sentiu que não era uma opção viável para ninguém.

Se fosse outra garota — alguém magra, bonita, daquelas que todo mundo acha óbvio querer beijar —, ele teria feito essa pergunta? Será que sequer teria cogitado essa possibilidade? Ou só perguntou porque é ela? Porque, na cabeça dele, Dinho jamais a beijaria sóbrio, já que alguém como ela não seria desejada de verdade? O pensamento a golpeia como uma faca, enterrando-se fundo em uma ferida que ela finge não existir.

Seus dedos se apertam contra os joelhos. A garganta se fecha, mas ela recusa o nó na voz. Não vai quebrar. Não ali, na frente deles.

— Você tá insinuando que alguém precisa estar bêbado pra querer me beijar, Leo? — Pergunta, afiada, uma defesa disfarçada de ataque.

Leo rapidamente balança a cabeça, arregalando os olhos por um segundo, como se percebesse tarde demais o impacto de sua pergunta.

— Não foi isso que eu quis dizer... — ele suspira, tentando encontrar as palavras certas. — Só quero entender o que aconteceu de verdade.

Ayumi umedece os lábios, desviando o olhar para o chão. Ela poderia omitir esse detalhe, mas qual seria o ponto? Suspira antes de admitir:

— Talvez ele estivesse... levemente alcoolizado.

A confissão paira no ar por um segundo a mais do que deveria, e Ayumi sente o peso do silêncio de Leo antes mesmo que ele diga qualquer coisa. Ele fecha os olhos por um instante, como se reunisse um pouco de paciência, e então sacode a cabeça, desolado.

— Amiga, assim não dá pra te defender — ele declara, a voz dividida entre frustração e cuidado. — Não acha que tá se deixando levar? O Dinho acabou de sair de um namoro de quatro anos. Você realmente acredita que ele tá pronto pra outra coisa agora?

As palavras de Leo batem forte, e Ayumi sente o rosto arder ainda mais. O calor se espalha por seu pescoço, e ela desvia o olhar, fixando-se em um ponto qualquer da arquibancada. Seu coração oscila entre a esperança teimosa e o medo corrosivo de estar apenas se iludindo. E se Leo estiver certo? E se tudo aquilo não tiver sido nada além de um momento passageiro, sem o significado que ela tanto quer acreditar que teve?

Na verdade, ela *sabe* que Leo está certo. Lembra-se das palavras de Dinho, dizendo que a amizade deles é algo sagrado. Mas é tão errado assim ficar feliz por ter beijado o garoto por quem está apaixonada? Mesmo que seja apenas uma ilusão, não pode, por um minuto, se permitir sentir essa felicidade?

— Leo, é óbvio que eu tô empolgada. — Ayumi reconhece, tentando soar segura, mas há uma nota trêmula na voz. Ela dá um sorriso que não esconde totalmente a insegurança. — Você tem ideia de há quanto tempo eu gosto do Dinho? De quantas vezes eu imaginei esse momento? E aí, de repente, aconteceu! Foi real. Foi a coisa mais incrível que já me aconteceu.

Leo mantém o olhar fixo nela, sem se deixar levar pela empolgação.

— Ele estava bêbado. — Enfatiza, cada palavra carregada de um peso que faz o estômago de Ayumi revirar.

Ela desvia o olhar para o chão, os lábios comprimidos, como se pudesse se esconder da verdade que não quer encarar.

Marina, ao perceber a tensão crescente, franze o cenho para Leo e murmura um "calma" quase repreensivo. Então, suavizando o tom, vira-se para Ayumi e pergunta com delicadeza:

— Ayumi... vocês conversaram sobre isso?

A amiga respira fundo antes de falar:

— Ele... não se lembra. — As palavras saem em um fio de voz, quase um sussurro, como se tentasse minimizar o impacto. — Mas eu juro, eu vi um brilho diferente nos olhos dele. Eu senti.

Leo solta um longo suspiro, passando as mãos pelo rosto. Ele inclina a cabeça para trás, fechando os olhos por um instante, claramente frustrado. Antes que possa começar um sermão, Marina se apressa em intervir.

— Eu não duvido de você. — A voz dela é firme, mas há um toque de cuidado. — Eu também percebo que o Dinho tem um jeito diferente com você, uma atenção que não tem com todo mundo. Mas, amiga... — Marina suspira, escolhendo as palavras. — O Dinho tá lidando com muita coisa agora.

Ayumi a encara, o rosto levemente franzido:

— Você também acha que eu não devo me iludir, né? — Sua voz sai mais frágil do que gostaria.

— Não exatamente. Só... tenta manter pés no chão, tá?

— O Dinho nem sabe o que sente agora — Leo complementa, com sua postura relaxada escondendo a seriedade de suas palavras. O tom menos duro, mas ainda carregado de razão, faz Ayumi sentir um aperto no peito.

Ela abaixa o olhar, mordendo o lábio, enquanto sua mente retorna àquela noite. Cada detalhe parece vívido demais para ser apenas um devaneio da sua mente apaixonada. O calor do beijo, o jeito como ele segurou sua nuca com delicadeza, como se estivesse certo de sua escolha. E, por um breve instante, tudo ao redor simplesmente desapareceu.

— Ele me disse que não quer mais saber de relacionamento sério — murmura, com um sorriso sem humor curvando seus lábios —, que agora é só pegação.

Leo solta um suspiro longo, sacudindo a cabeça, como se já esperasse por isso.

— Tá vendo, amiga? Não dá pra criar expectativa.

Ayumi ergue os olhos, mas não com a resignação que Leo esperava. Há um brilho intenso neles — não de ingenuidade, mas de resistência. Seu coração pode estar à deriva entre a esperança e o medo, mas há algo dentro dela que se recusa a apagar aquele momento.

— Às vezes, a expectativa é a única coisa que faz a gente achar que viver vale a pena. — A voz de Ayumi sai baixa, mas firme, como se estivesse verbalizando algo que sente há muito tempo. — Eu sei que talvez eu esteja me iludindo, que amanhã eu posso acabar chorando, mas... — Ela suspira, apertando as mãos sobre o colo antes de continuar. — Você tem ideia do que foi ouvir alguém como o Dinho dizer que queria me beijar? Pela primeira vez, eu me senti desejada. Não como a amiga legal, não como a garota que está sempre por perto, mas como alguém que ele olhou de verdade. De um jeito que ninguém nunca tinha olhado para mim antes.

Leo sente um aperto no peito ao ouvir isso. Talvez ele tenha julgado rápido demais sem perceber que, para Ayumi, aquilo era muito mais do que sobre um simples beijo. Não é só sobre o Dinho, é sobre ela. Sobre como se enxerga, sobre como quer ser vista. Seu tom se suaviza, e a dureza inicial se desfaz um pouco.

— Eu só não quero que você se machuque.

Ayumi dá um sorriso triste.

— Eu sei. Mas me deixa ser feliz um pouquinho?

Marina, percebendo o peso da conversa, decide mudar o clima. Um sorriso travesso surge em seu rosto.

— Só uma dúvida, amiga... o beijo... foi bom?

Ayumi arregala os olhos com a pergunta inesperada, mas logo um sorriso tímido toma conta de seus lábios. Seu olhar se perde por um instante nas memórias daquela noite.

— Foi mais do que bom... — Ela confessa, um brilho suave nos olhos. — Foi... perfeito.

– Sabor cerveja de garrafa, né? – Leo resmunga, revirando os olhos.

Marina dá um tapa de leve no braço do primo.

– Para de ser chato. Foi o primeiro beijo dela, deixa ela aproveitar.

Leo suspira, mas, diante das palavras de Marina e do brilho nos olhos de Ayumi, sua expressão se abranda um pouco. Talvez ela mereça esse instante de felicidade, afinal.

> Das habilidades que o mundo sabe, essa é a que ele ainda faz melhor: dar voltas.
> (José Saramago)

As voltas que o mundo dá

Dinho não estava brincando. Desde o rompimento com Dani, ele se tornou um verdadeiro explorador do mundo dos encontros casuais, colecionando saídas com garotas aleatórias como se fossem figurinhas raras. Após uma semana enclausurado no próprio sofrimento, ressurgiu das cinzas com uma energia quase teatral. Se antes era discreto e reservado, agora exibe seu charme sem reservas, como se quisesse provar para o mundo – e para si mesmo – que está bem.

Ayumi já percebeu as meninas que rondam, que se aproveitam do novo *status* de solteiro dele para se jogar em sua órbita, esperando serem escolhidas. Mas, ao menos no colégio, Dinho mantém a pose profissional. Os sorrisos são gentis, mas as investidas batem e voltam como se ele tivesse uma barreira invisível ao redor.

Ayumi odeia isso. Odeia o quanto repara. Odeia ainda mais o fato de ele nem notar.

Quer dizer, tudo bem ele seguir em frente. Mas precisa mesmo agir como se um coração partido se curasse com uma maratona de encontros vazios? Isso não faz jus ao cara que ele sempre foi. E, no fim, o que mais machuca é que, em vez de sentir alívio por ele estar solteiro, Ayumi sente que suas esperanças se esgotaram de vez. Talvez seja uma junção de tudo: ele não se lembrar do beijo, o banho de água fria que levou de Leo e, agora, essa nova versão conquistadora de Dinho. Uma tempestade se forma dentro dela, um turbilhão de emoções que a consome de um jeito absurdo.

Akira, atento ao abatimento da filha, atribui tudo ao desentendimento com Yoko. Ele até tentou conversar com a esposa, pedindo que demonstrasse mais carinho e compreensão, mas sabe que ela é uma mulher de poucas concessões. E, pelo visto, ainda não está pronta para ceder.

Então, quando Yoko anunciou que viajaria a trabalho para acompanhar uma modelo da agência em uma campanha publicitária, Akira viu nisso uma oportunidade. Quem melhor para animar Ayumi do que amigos que acompanharam a origem de sua angústia? Assim, querendo surpreendê-la, ele convidou Beto e Luísa para passarem o fim de semana em Brasília, certo de que seria a solução ideal para o desânimo da filha.

Ayumi não consegue entender de onde o pai tirou a brilhante conclusão de que adicionar mais carga dramática à sua história ajudaria em alguma coisa.

— *Musume*, tenho uma surpresa pra você — ele noticia na sexta à noite, encontrando a filha largada no sofá, afundada entre almofadas, assistindo a um filme de terror enquanto devora pipoca e refri, numa tentativa frustrada de afastar Dinho da cabeça.

Ela ergue os olhos, preguiçosamente, sem muito entusiasmo.

— Hum?

— Convidei a Luísa e o Beto pra passarem o fim de semana com a gente!

A notícia a atinge como uma avalanche, destruindo qualquer fragmento de paz que ainda restava nela. Seus olhos se arregalam em choque enquanto a mente processa o peso da informação.

Beto e Luísa. Em Brasília. Os dois, que — ainda — acreditam na mentira de que ela e Dinho estão namorando.

Isso tem tudo para dar errado.

— Pai, por que você fez isso? — Ayumi questiona, franzindo o rosto, o coração disparando como se estivesse prestes a encarar uma cena de terror na vida real.

Akira parece genuinamente surpreso com a reação.

— Pra te animar, *musume*. Você anda tão pra baixo esses dias. Achei que ter amigos que entendem o que está passando poderia ajudar.

Ayumi quer se irritar, mas sabe que a culpa não é do pai. É dela, por ter montado essa farsa e agora estar presa nela.

— Tudo bem, pai. Mas custava ter me perguntado antes? Eu já tenho planos pro fim de semana — profere, mentindo descaradamente.

Se por "planos" ele entender passar dois dias afundada no sofá, cercada de cobertores e pipoca, maratonando filmes de terror, então, sim, ela tem uma agenda lotada. Mas agora... agora, a hora do pesadelo está prestes a se tornar real.

— Nada impede que leve seus amigos com você, certo?

Ah, claro. Ótima ideia. Por que não? Reunir Luísa e Beto no mesmo espaço que Dinho, seu namorado *fake*? Um evento imperdível! Um verdadeiro show de horrores.

Ela revira os olhos mentalmente.

— Vamos buscá-los no aeroporto? — Pergunta Akira, sem perceber o conflito interno da filha.

Ayumi suspira pesadamente antes de assentir. Agora, não tem muita escolha.

No aeroporto, Luísa é a primeira a envolvê-la em um abraço apertado; os olhos cheios de carinho e uma pontinha de preocupação.

— Seu pai contou que as coisas não estão fáceis com a dona Yoko — sussurra, estudando Ayumi com empatia. — Eu sinto muito, amiga.

Ayumi força um sorriso. Claro, isso dói, mas está longe de ser seu maior problema no momento. O verdadeiro pesadelo tem nome, sobrenome e anda flertando por aí como se fosse o solteiro mais disponível da cidade.

Exceto que, tecnicamente, ele não é solteiro.

Ele é seu namorado.

Uma pena que só ela saiba disso.

— E aí? — Beto cumprimenta, trazendo-a de volta para a realidade enquanto lhe dá um abraço contido.

— Obrigada pelo convite, Sr. Akira — Luísa diz, estendendo a mão num gesto educado.

Akira aperta com entusiasmo antes de fazer o mesmo com Beto.

— Imagina, eu que agradeço por terem vindo. Espero que aproveitem.

Enquanto o pai segue à frente, Ayumi torce, no fundo da alma, para que nenhum dos irmãos se lembre de Dinho. Se ninguém puxar esse assunto, talvez o fim de semana seja suportável.

— Tô doida pra conhecer seu *boy*. — Luísa interrompe seus pensamentos, virando-se para ela com um brilho de expectativa nos olhos. — Finalmente ver esse príncipe encantado ao vivo.

O coração de Ayumi dá um pulo. Príncipe encantado. Ela ri, nervosa. Uma risada curta, forçada, que soa tudo, menos natural. Neste momento, sente-se soterrada pela própria mentira. Passou tanto tempo enfeitando a história de Dinho para Luísa — o jeito como ele é gentil, atencioso e, claro, completamente apaixonado por ela.

Tudo isso é verdade.

Ou quase tudo.

Exceto a parte em que ele é completamente apaixonado por ela.

— Sobre isso... — Ayumi pigarreia, desviando o olhar. — O Dinho vai estar fora neste fim de semana.

A facilidade com que solta essa mentira a incomoda. Se tivesse aproveitado a chance para admitir a verdade, teria sido melhor. Mas, é claro, em vez disso, continua se enfiando cada vez mais fundo no buraco que cavou para si mesma.

— Ah, sério? — O sorriso de Luísa se esvai por um instante, substituído por uma expressão levemente desapontada. Ao lado dela, Beto ergue uma sobrancelha.

— Hum... que inconveniente — murmura ele, cruzando os braços. — Por um minuto, achei que ia finalmente conhecer esse cara perfeito de que tanto falam.

Ayumi lança um olhar atravessado para ele e revira os olhos, tentando disfarçar o incômodo.

— E o que a gente vai fazer? — Pergunta Luísa, recuperando a animação. — Porque ficar trancado em casa não é uma opção.

— Vi que tá tendo uma exposição imersiva sobre filmes de terror no CCBB. Você ainda curte esse tipo de coisa? — Beto pergunta, direcionando o olhar para Ayumi.

Ela se surpreende. Faz tanto tempo que não menciona isso a ele... É um detalhe pequeno, quase insignificante, mas o fato de Beto ainda se lembrar faz algo dentro dela se aquecer — um conforto discreto, mas real.

— Sério? Isso parece incrível! — Ayumi diz, a animação finalmente acendendo em sua voz pela primeira vez em dias. — Nem sabia que estava rolando.

Para ser justa, ela não tem estado exatamente no clima para procurar eventos interessantes. Sua energia ultimamente tem sido canalizada para gerenciar crises — a maior delas sendo sua própria vida amorosa, que nunca pareceu tão fictícia quanto agora, com os gêmeos por perto, prontos para descobrirem a verdade.

— Vocês são muito *cult* — brinca Luísa, balançando a cabeça com uma careta divertida. — Mas tudo bem, se é pra te animar, Ayumi, eu topo. Só não me façam assistir nada muito perturbador, por favor.

Beto sorri de leve.

— Prometo que seguro sua mão se precisar.

Ayumi ri, relaxando um pouco.

Talvez aquele fim de semana não seja um desastre, afinal.

No sábado, durante a visita ao Centro Cultural Banco do Brasil (CCBB), Ayumi se sente empolgada. O prédio imponente, com sua arquitetura clássica e corredores amplos, é um dos espaços culturais mais conhecidos de Brasília. Exposições interativas, eventos artísticos e um ambiente acolhedor fazem do lugar um ponto de encontro perfeito para quem aprecia arte. Entre galerias, bistrôs charmosos, salas de cinema e teatro, há também jardins enormes contornando a estrutura majestosa. Cartazes de filmes, peças e mostras espalham-se pelos corredores, compondo um cenário que mais se parece um convite à criatividade.

Mas a verdadeira atração está dentro das salas escuras. A exposição imersiva de terror transforma o ambiente em um pesadelo cinematográfico. Corredores estreitos, iluminados por luzes que piscam de forma irregular, criam a sensação que algo espreita na penumbra. Projeções de sombras fugidias nas paredes parecem se mover sozinhas. Sons sussurrantes ecoam pelo espaço – risadas distorcidas, passos que vêm de lugar nenhum, murmúrios incompreensíveis. Uma névoa rasteja pelo chão, tornando a experiência ainda mais surreal.

Ayumi sente um arrepio percorrer sua espinha enquanto mergulha naquele universo sombrio. Seus olhos captam cada detalhe, seus punhos se fecham instintivamente ao menor ruído inesperado. Seu coração bate acelerado não apenas pelo medo, mas pelo prazer da adrenalina. Por um instante, se esquece de tudo. Se esquece Dinho; se esquece da mentira.

Como prometido, Beto segura a mão de Luísa. Ayumi observa a cumplicidade entre os irmãos – a forma como Beto, sempre tão irônico e distante, se transforma quando se trata da irmã, é um lado dele que raramente se vê, uma ternura camuflada sob camadas de sarcasmo.

Mas, em um instante, o clima de descontração muda. Ao dobrarem um corredor, as luzes amareladas projetam sombras longas e distorcidas nas paredes, transformando o ambiente em um cenário fantasmagórico. E, no meio dessa paisagem etérea, uma silhueta familiar se destaca. Não é uma ilusão. Ela é bem real.

O coração de Ayumi tropeça no próprio ritmo.

Dinho.

E ele não está só.

O rapaz se inclina para frente, dizendo algo à garota ao seu ledo – uma menina de sorriso largo que segura seu braço com uma intimidade evidente. O jeito como ela olha para ele sugere que estão completamente à vontade um com o outro.

Ayumi sente como se as forças tivessem sido drenadas de seu corpo com aquela visão. Primeiro, porque Dinho está ali, com outra garota, em um nível de intimidade que Ayumi preferia nunca ter testemunhado. Segundo, porque agora sua mentira está prestes a desmoronar de forma pública e humilhante.

Antes que consiga sequer pensar em reagir, Luísa estreita os olhos e sibila:

– Espera... aquele ali não é o Dinho? Tipo, seu namorado? É ele mesmo, tenho certeza!

O estômago da garota se retorce, o sangue foge de seu rosto e ela sente como se estivesse caindo em câmera lenta em um abismo sem fim. Não, não, não...

Beto cruza os braços, inclinando a cabeça, analisando a cena à frente com um ar desconfiado.

– Parece que seu príncipe encantado tem outra princesa – murmura, a ironia pingando de cada sílaba.

O universo tem um dom cruel para ironias. Especialmente quando uma mentira contada no impulso se transforma na própria ruína de quem a inventou.

– Mas isso não vai ficar assim! – Luísa sentencia, os punhos cerrados, tomada por um espírito justiceiro.

— Luísa, espera! — Ayumi tenta impedi-la, a voz em pânico, mas a amiga já avança, decidida, como um míssil teleguiado prestes a colidir com seu alvo.

— Ei! O que pensa que está fazendo, seu idiota?! — O grito rasga o corredor estreito, carregado de fúria. O som ricocheteia nas paredes, capturando a atenção de quem passeia pela exposição, transformando olhares distraídos em curiosidade ávida.

Dinho se vira, surpreso. Quando seus olhos encontram Ayumi, sua expressão muda de descontraída para completamente confusa. Seus olhos percorrem cada um deles, tentando entender o que está acontecendo.

Ayumi sente como se tivesse levado um empurrão. O nó no estômago aperta. Não há saída. Sua mentira está à beira do colapso e não há nada que possa fazer para impedir.

— Eu te conheço? — Dinho pergunta, franzindo o cenho para Luísa.

— Não, mas vai conhecer! Você não tem vergonha de enganar a Ayumi?! — Ela acusa, os olhos fulminando de revolta.

A confusão nos olhos de Dinho se intensifica. Ele se vira para Ayumi, esperando uma explicação.

— Como é? Enganar a Ayumi? Mas o que...

— Saindo com outra garota enquanto mente que vai viajar... — Beto acrescenta, cruzando os braços, o tom carregado de julgamento.

Dinho desvia os olhos para Ayumi, aguardando respostas. Mas ela não tem nenhuma. O pânico cresce, misturando-se ao constrangimento e à vontade de desaparecer no ar.

— Ayumi, quem são eles? E que conversa é essa de te enganar? — Dinho insiste, franzindo o rosto e sacudindo a cabeça.

Ela abre a boca, mas nenhuma palavra sai. Seus pensamentos são um emaranhado de desculpas esfarrapadas e puro desespero.

— É tudo um mal-entendido – murmura, sem saber exatamente o que está dizendo.

— Mal-entendido coisa nenhuma! — Luísa rebate, apontando o dedo em riste para Dinho. — Tá bem óbvio que o seu namorado tá aqui e é um pilantra!

— Perdão? Namorado? — Dinho repete, erguendo as sobrancelhas. — Que história é essa, Ayumi?

O coração dela bate tão forte que parece ecoar em seus ouvidos. As paredes escuras da exposição parecem se fechar sobre ela, um sufocante cenário de pesadelo onde ela é a protagonista de sua própria ruína.

Seria humilhante demais fingir um desmaio? Talvez. Mas, no momento, qualquer alternativa parece melhor do que encarar a situação que se desenrola à sua frente.

Dinho cruza os braços, os olhos fixos nela. Não há escapatória.

— Então, Ayumi? — Ele volta a insistir.

Ela engole, mas o bolo na garganta não diminui. O olhar fixo de Dinho, a indignação de Luísa, o julgamento silencioso de Beto – tudo a pressiona, como se o chão estivesse afundando sob seus pés. Definitivamente, fingir um desmaio parece uma opção tentadora.

Sentados em um dos bistrôs do CCBB, Ayumi encara o tampo da mesa, sentindo a vergonha se espalhar como um incêndio fora de controle. Seu peito aperta, e o calor se espalha por sua face. Ela pigarreia e, com uma voz pouco mais do que um sussurro, confessa:

— O Dinho não é meu namorado. Eu... meio que menti.

O silêncio que se instala é tão imediato e absoluto que Ayumi tem certeza de que até os talheres nas mesas vizinhas param de tilintar. Luísa arregala os olhos, com incredulidade pintada em cada traço de seu rosto. Seu queixo cai um pouco antes de ela conseguir reagir.

— O QUÊ?! — Exclama, sua voz reverberando pelo local, fazendo algumas cabeças se virarem na direção deles. — Por que fez isso?

Ayumi gostaria de evaporar, sumir entre os ladrilhos do chão.

— Eu não pensei... — murmura, desviando o olhar. — Foi um impulso.

Luísa solta um gemido de frustração e afunda o rosto nas mãos.

— Meu Deus, eu fiz aquele escândalo na exposição! — Lamenta, estremecendo.

Então, como se um raio de consciência a atingisse, ela se vira para Dinho, claramente mortificada. — Me desculpa, Dinho, por favor!

Ele dá uma risada curta, surpreso com a naturalidade com que Luísa fala seu nome. O apelido escapa dos lábios dela como se fossem velhos conhecidos, o que ele acha engraçado.

— Relaxa. Até que foi engraçado — diz, lançando um olhar divertido para Ayumi.

Ela, no entanto, não consegue rir. Sua vergonha pesa toneladas.

Dinho se inclina sobre a mesa, a expressão ficando séria.

— Mas... por quê, Ayumi? Qual o motivo disso?

Seu estômago se contrai. Antes que consiga formular uma desculpa convincente, Beto se adianta, arqueando uma sobrancelha com um meio-sorriso provocador.

— Não vai me dizer que foi por minha causa, vai? — Pergunta, misturando curiosidade e algo mais que ela não consegue interpretar.

Dinho observa Ayumi e Beto, seu olhar vagando de um para o outro, como se tentasse decifrar algo invisível. Há uma fagulha de curiosidade, um brilho atento que ele próprio não sabe explicar. Não é exatamente incômodo, mas uma sensação estranha, como se estivesse assistindo a uma cena cujo roteiro ele não recebeu. Não pode ser ciúme. Ou pode?

Ayumi abre a boca para responder, mas Dinho se adianta, sentindo que está pisando em um terreno delicado.

— De onde vocês se conhecem, mesmo? — Pergunta, desviando o assunto com aparente casualidade, mas sem tirar os olhos dela.

Ayumi agarra a deixa como um náufrago se agarra a um bote salva-vidas.

— A Luísa e o Beto são netos do novo marido da vovó. — Explica rapidamente. — Eles vieram passar o fim de semana aqui.

— Pra levantar o astral dessa mocinha — Beto completa, piscando para Ayumi.

Ela revira os olhos, mas algo a faz reparar na breve mudança na expressão de Dinho. Seu rosto continua impassível, mas há uma pausa mínima antes de ele desviar o olhar, como se algo naquele gesto o pegasse desprevenido.

— Vou ao banheiro — Luísa se levanta de súbito, a voz um pouco forçada demais. Talvez precise de um tempo para digerir o impacto da mentira de Ayumi. — Quando o atendente vier, podem pedir uma água com gás e limão pra mim?

Ayumi assente, observando a amiga se afastar. Mal Luísa desaparece de vista, Dinho se inclina em sua direção.

— O que aconteceu, pessoa? — Dinho pergunta, preocupado. — Pra você estar pra baixo?

Ayumi desvia os olhos e fita o tampo da mesa antes de lançar um breve olhar para Beto.

— Não é nada demais. Minha mãe — mente, porque essa é a versão mais fácil da história.

Dinho franze o cenho, pouco convencido.

— Por que não me procurou? — Insiste, a voz soando quase magoada.

Ela abre um sorriso tenso, tentando não deixar transparecer o aperto no peito.

— Você já tem seus próprios problemas agora, Dinho... eu não queria te sobrecarregar com mais — mais uma mentira. Como poderia simplesmente admitir que o ver saindo com outras garotas a machuca mais do que deveria?

Dinho continua olhando para ela, como se procurasse algo em seu rosto, uma pista do que realmente a incomoda. Mas, depois de um momento, ele apenas solta um suspiro baixo e balança a cabeça, desistindo de insistir.

Mais tarde, enquanto os quatro voltam para a exposição, Ayumi sente o peso do silêncio entre ela e Dinho. Ele não está frio nem distante, mas há uma tensão subentendida, como se algo pairasse no ar sem ser dito. No meio do percurso, ela finalmente toma coragem e o puxa de lado.

— A gente tá bem? Você tá com raiva por eu ter mentido? Porque eu só fiz isso pro Beto parar de pegar no meu pé e...

— Eu tô chateado porque você não me procurou pra conversar — Dinho a interrompe, seu tom sincero pegando Ayumi de surpresa. — Porque você é a primeira pessoa em quem eu penso quando preciso desabafar. E eu sei que tem o Leo, a Marina, seus amigos de São Paulo, mas quero que saiba que também pode contar comigo.

Ayumi engole em seco. Aquelas palavras a acertam em cheio.

— Eu sei – garante, com sua voz carregada de emoção. – Se serve de consolo, foi ideia do meu pai. Ele pensa que tô deprimida por causa da briga com a minha mãe e, como eles viram tudo, imaginou que seria uma boa ideia trazê-los aqui...

Dinho a observa por tempo demais, seu olhar analisando cada mínima reação dela. Então, estreita os olhos, ligando pontos invisíveis em sua mente.

— Mas não é por isso que tá assim, né? – Sua voz é mais afirmação do que pergunta.

A respiração de Ayumi falha. Droga. Sempre fala demais.

Depois de um silêncio incômodo, Dinho inclina a cabeça, apertando os lábios antes de soltar a próxima pergunta.

— Você gosta do Beto, né? Por isso mentiu que eu era seu namorado. Queria provocar ciúmes nele?

Ayumi arregala os olhos, pega desprevenida. Abre a boca para responder, mas as palavras se recusam a sair. Sua chance de ser honesta está bem ali, mas sua garganta aperta, sufocada por tudo o que não consegue dizer.

— Eu acho que ele tá interessado em você – Dinho continua, os olhos cravados nela, como se tentasse induzi-la a admitir algo que nem ela mesma compreende direito.

Ayumi enrijece.

— Não tem a menor chance – contesta, tentando soar indiferente.

Dinho franze a testa.

— Por quê? Você é uma garota maravilhosa.

Ela pisca, surpresa com a convicção na voz dele, e sente algo estranho se agitar por dentro.

— Você acha mesmo?

— Óbvio, né? – Dinho sacode a cabeça, como se fosse um absurdo ela sequer duvidar disso. – Vai por mim, ele te olha de um jeito... diferente.

— Diferente como? – Ayumi investiga.

Dinho a observa por um instante, os olhos percorrendo seu rosto com um cuidado que a faz engolir em seco. Então, quando fala, sua voz sai mais suave.

— Do jeito que a gente olha quando sente alguma coisa por alguém.

O ar entre eles pesa, como se de repente o mundo tivesse diminuído para caber apenas os dois ali. O coração de Ayumi bate forte contra as costelas e, por um segundo, ela quer acreditar que Dinho está falando sobre si mesmo. Mas, antes que possa se permitir esse pensamento, ele desvia o olhar e força um sorriso.

— Se você gosta dele, vai fundo, pessoa.

A declaração é como um balde de água fria despejado sobre seus sentimentos, extinguindo qualquer fagulha de esperança que pudesse ter surgido.

— Você acha que ele combina comigo? — Ela pergunta subitamente, jogando uma isca na conversa, na esperança de uma reação.

Dinho vira a cabeça devagar para encarar Beto, que está distraído com um pôster de terror ao lado de Luísa. A resposta demora um segundo a mais do que deveria.

— Talvez — ele diz, mas a falta de certeza na voz dele faz Ayumi querer gritar.

Ela suspira, sentindo a frustração se acumular. Pena que Dinho seja tão absurdamente cego.

— Ei, vocês dois! Parem de fofocar — chama Luísa, gesticulando para que se juntem ao grupo.

Ayumi percebe como, desde que descobriu que os dois não namoram, a garota assume uma *personal*idade diferente, sedutora. Risonha demais. Elétrica demais. Toca o braço dele ao falar, joga os cabelos para trás como se estivesse em um comercial de xampu. O peito de Ayumi se afunda como um elevador despencando. O gosto da realidade gruda em sua garganta.

Ela tenta ignorar. Desvia o olhar para as exposições ao redor, foca nos detalhes da iluminação, nos traços dos cartazes, no chão sob seus pés. Mas é inútil. Sua atenção insiste em gravitar para os dois. Cada risada compartilhada, cada olhar trocado se torna uma agulha invisível, cutucando seu coração já dolorido.

Quando finalmente decidem ir embora, Luísa puxa Ayumi de canto, os olhos brilhando de travessura.

— Tudo bem se eu chamar o Dinho pra sair? — Ela pergunta, incerta.

O chão desaparece sob os pés de Ayumi.

Sua mente grita um sonoro "NÃO, NÃO PODE!", mas sua boca, como sempre, decide sabotar seu coração.

— Sim! Absolutamente. Por que não estaria?

Luísa a encara, desconfiada.

— Sei lá, você mentiu que era namorada dele. Não gosta dele, né? Porque, se gostar, não tem problema, eu...

Ayumi dá uma risada exagerada demais para ser real.

— Claro que não! Eu já expliquei. Foi por causa do Beto.

— Você tem um *crush* no meu irmão? Porque ele definitivamente tem um *crush* em você!

Ayumi revira os olhos. De repente, todo mundo decidiu dizer que Beto gosta dela.

— Eu não tenho um *crush* no Beto. Só fiquei irritada porque ele presumiu que eu não poderia namorar alguém como o Dinho. E definitivamente não tenho um *crush* no Dinho. Somos só amigos. Bons amigos. Melhores amigos.

— OK, então – Luísa sorri, ajeitando os cabelos. – Me deseje sorte!

— Boa sorte – Ayumi sussurra, vendo-a se afastar em direção a Dinho enquanto o nó em seu peito só aumenta.

Beto se aproxima, soltando um suspiro longo.

— Você não devia dizer "sim" quando quer dizer "não". Nem "não" quando claramente é um "sim".

Ayumi franze a testa, virando-se para encará-lo.

— O que quer dizer com isso?

Ele inclina a cabeça ligeiramente, os olhos analisando-a com aquela expressão irritantemente perspicaz.

— Devia ter contado pra Luísa que gosta dele.

A afirmação é entregue sem rodeios, sem julgamento. Apenas um fato. Um daqueles que dói ouvir em voz alta.

Ela solta uma risada curta, afiada.

— Quem te disse que eu gosto dele?

Beto arqueia uma sobrancelha, cruzando os braços.

— Seus olhos estão gritando isso.

Ela desvia o olhar, desconfortável, como se pudesse esconder a verdade só por não o encarar.

— Já pensou em contar pra ele? – Beto insiste.

Ayumi aperta o braço engessado contra o corpo, como se pudesse usar o gesso como escudo.

— Não foi você mesmo que disse que o Dinho é demais pra mim, Beto? Agora vem com esse papo todo sentimental?

Beto ergue as mãos em sinal de rendição.

— Calma! Embora eu não tenha dito *exatamente* isso, sei que fui um babaca e já me desculpei. Mas você é incrível, Ayumi. Se falasse com ele, talvez o Dinho...

— O Dinho acabou de sair de um relacionamento de quatro anos, Beto – ela o corta, a voz mais dura do que pretendia. – Não seria justo jogar mais confusão na cabeça dele.

Beto estreita os olhos, a expressão se suavizando.

— Você sempre pensa no que é justo pros outros. – Sua voz é baixa, quase gentil. – Mas já pensou no que é justo pra você?

O peito dela aperta ainda mais. Ayumi desvia os olhos, focando na cena à frente. Dinho e Luísa estão conversando. Ele sorri para ela, um sorriso fácil, descontraído, do tipo que faz tudo parecer simples. Um sorriso que Ayumi queria para si.

— Acha que eles vão ficar? – Pergunta, baixinho, quase sem querer ouvir a resposta.

Beto a observa por um momento antes de suspirar.

— Não sei o seu amigo, mas, conhecendo a Luísa... — Ele dá de ombros. — É bem provável.

Ayumi fecha os olhos por um instante. Não quer ver isso. Não quer sentir isso. Mas é inevitável.

Talvez tenha sido tola esse tempo todo, esperando por algo que nunca aconteceria. Que Dinho tivesse uma epifania digna de filme, que olhasse para ela e percebesse, de repente, que sempre foi ela.

Beto solta outro suspiro, dessa vez mais firme.

— Seja como for, você precisa tomar uma decisão, Ayumi. Ou conta pra ele ou segue em frente. Ficar nesse meio-termo só vai te machucar ainda mais.

Ela engole em seco, o nó na garganta aumentando.

— E se ele não sentir o mesmo?

Beto dá um sorriso torto, como se já esperasse essa pergunta.

— Azar o dele.

Ayumi baixa os olhos para o chão. O silêncio se estende entre eles.

Talvez seja azar dela também.

> E enveredávamos então pelo caminho do fácil, tentando suavizar o que não era suave.
> (Caio Fernando Abreu)

O caminho mais fácil

Naquela noite, Ayumi não consegue dormir. O livro em suas mãos é apenas um pretexto, um disfarce para a insônia inquieta que a consome. As palavras embaralham diante de seus olhos, incapazes de competir com o turbilhão de pensamentos que a atormenta.

Cada vez que fecha os olhos, a cena se repete: Luísa jogando os cabelos para o lado, sorrindo com aquele brilho encantador nos olhos, inclinando-se levemente para perto de Dinho. E, claro, a risada dele. Baixa, envolvente. Acompanhada daquele sorriso tranquilo que sempre faz seu coração acelerar.

O garoto por quem ela está perdidamente apaixonada, mas por quem não tem coragem de lutar. Porque, no fundo, sempre sente que está em desvantagem em relação a qualquer outra garota no mundo. Como poderia competir com Luísa? Como poderia sonhar com algo que, desde o princípio, nasceu impossível? Ela fecha os olhos com força, tentando afastar o aperto que envolve seu coração.

Quando a porta do quarto se abre, já passa das dez da noite. Ayumi desvia o olhar instintivamente, mas força um sorriso.

— Ei — ela chama, sentando-se na cama, tentando parecer indiferente.

— Ainda acordada? — Luísa pergunta, surpresa, largando a bolsa sobre a cadeira da penteadeira. Há um brilho sutil em seu rosto, uma energia leve e satisfeita que Ayumi reconhece imediatamente.

Ayumi ergue o livro.

— Estava lendo enquanto esperava o sono chegar — mente, esperando que soe natural. Mas sua mente está longe dali, perdida em pensamentos que insistem em se repetir. — E como foi o encontro?

— Foi incrível! O Dinho é muito gente boa. A gente viu um filme e depois ficou conversando um tempão — Luísa responde, jogando-se sobre a cama como se estivesse revivendo cada momento.

O coração de Ayumi aperta. As palavras da amiga chegam como facadas sutis, e o sorriso radiante de Luísa só piora tudo. Parece injusto que alguém possa falar sobre ele com tanta leveza, enquanto para Ayumi cada detalhe é um peso insuportável.

— Vocês... ficaram? — Pergunta, fingindo desinteresse, mas sua voz entrega um leve tremor.

Luísa dá um risinho tímido.

— Sabe como é, né?

Não, ela não sabe. Nunca soube. Nunca teve alguém que quisesse ficar com ela de verdade. O único beijo que recebeu foi de uma pessoa que nem estava sóbria o suficiente para lembrar depois.

— Ele é muito gentil e educado. E lindo! Nossa, as fotos não fazem jus à realidade.

Ayumi sabe disso melhor do que ninguém.

— A gente podia sair amanhã, nós quatro — Luísa sugere, levantando-se sobre os cotovelos para encarar a amiga. — Tomar café da manhã e passear no Pontão. — Que tal?

Ayumi engole seco, desviando o olhar para o livro em sua mão.

— Não vou poder — responde com uma suavidade ensaiada. — Tenho muita lição de casa pra fazer. E, sinceramente, odeio acordar cedo no domingo.

Luísa a encara por um instante, os olhos ligeiramente estreitados, como se tentasse decifrar algo.

— Tudo bem se eu for?

— Claro! — Ayumi assente com uma rapidez alarmante. — O Dinho tá precisando se distrair.

— É, ele comentou que terminou recentemente.

O aperto volta, esmagador. Ayumi detesta isso, mas não consegue evitar. Traída. É assim que se sente. Traída porque Dinho compartilhou um pedaço importante de sua vida com alguém que não é ela. Tudo bem, Luísa é uma pessoa fácil de conversar, mas, ainda assim... incomoda.

Mordendo o lábio, ela fecha o livro e o coloca sobre a mesinha de cabeceira, tentando mascarar a dor.

— Bem, acho que já vou dormir. Boa-noite, Luísa.

— Boa-noite, Ayumi!

Luísa lança um último olhar para a amiga, hesitando por um segundo, como se estivesse prestes a perguntar algo. Mas então apenas apaga a luz e sai do quarto.

No escuro, Ayumi prende a respiração por um instante antes de soltá-la devagar. A dor silenciosa pesa em seu peito, mas ela se recusa a deixá-la transbordar. Em vez disso, vira para o lado e fecha os olhos, fingindo que o sono, dessa vez, virá fácil.

Na segunda-feira, Ayumi faz de tudo para evitar Dinho. Desvia pelos corredores, finge não ouvir quando ele fala. Sabe que não tem o direito de estar magoada – afinal, ele nem imagina o que ela sente. Mas sentimentos não seguem regras, e o coração ignora qualquer lógica.

Infelizmente, evitá-lo não é tão simples. Dinho tem o hábito de se juntar à mesa dela e dos amigos no intervalo, um costume que Ayumi sempre adorou. Entretanto, agora, cada vez que ele se senta ao seu lado, cada vez que seu perfume se mistura ao ar, a respiração dela pesa. Pela primeira vez, deseja que ele escolha outro lugar.

— Amanhã tem jogo na UnB – ele anuncia, mordendo um pedaço do sanduíche. – Vocês querem ir?

Todos respondem com entusiasmo, embarcando na conversa. Todos, menos Ayumi, que mantém o olhar cravado em sua salada de frutas, cutucando os pedaços com o garfo como se fossem a coisa mais interessante do mundo.

— E você, pessoa? – Dinho a chama, inclinando-se na direção dela. O apelido carinhoso sai com a mesma naturalidade de sempre. Como se nada tivesse mudado. Como se ela ainda fosse a mesma de antes.

Ayumi ergue os olhos por dois segundos, apenas o suficiente para ver a expectativa no olhar dele. Sente o coração apertar, mas mantém a expressão impassível.

— Infelizmente, não vou poder.

Dinho franze a testa.

— Por quê?

— Vou ajudar meu pai na loja.

A confusão transparece no rosto dele. Ela nunca diz não para ele. Nunca.

Ele solta um suspiro, ajeitando-se no assento. Força um sorriso, porém o brilho em seus olhos se dissipa rapidamente.

— Que pena. Vou sentir sua falta lá.

A frase paira entre eles, carregada de algo que Ayumi não quer analisar. A culpa belisca seu peito, mas ela se mantém firme. Já cedeu demais.

Marina, ao lado, observa tudo em silêncio. Conhece Ayumi bem o bastante para reconhecer os sinais: o maxilar tenso, a postura rigidamente controlada, a expressão que não passa de um escudo mal disfarçado. Ela quer proteger um coração que já foi machucado antes.

E Marina sabe. Se Ayumi continuar se escondendo atrás de desculpas, Dinho nunca vai entender o que realmente está acontecendo. Mas a situação é complicada. Ele acabou de sair de um relacionamento e, para piorar, se tornou um galinha. Ficou inclusive com a amiga dela, Luísa. Se estivesse no lugar de Ayumi, talvez Marina também estivesse perdida, sem saber qual caminho tomar.

Mas a verdade é que, independentemente do desfecho dessa história, tudo o que deseja é ver a amiga feliz, seja com Dinho ou longe dele.

Ao longo da semana, a distância entre Ayumi e Dinho se torna um abismo impossível de ignorar. No começo, eram apenas respostas curtas, automáticas, ditas praticamente por obrigação. Depois, vieram as desculpas constantes, a falta de entusiasmo nas conversas e o olhar sempre fugidio. Era como se a simples presença dele pesasse sobre ela, transformando qualquer troca de palavras em um esforço enorme.

Dinho percebe.

Não é um afastamento sutil, não é algo que possa fingir não ver. É um vazio que se alastra entre os dois, uma barreira invisível que antes não existia.

A sensação de que está perdendo Ayumi o incomoda mais do que ele gostaria de admitir. Ele sente sua ausência até mesmo quando ela está por perto. O riso fácil desapareceu, as conversas espontâneas se evaporaram e a cumplicidade que os unia agora não passa de um eco distante. Ayumi sempre foi uma das pessoas mais importantes de sua vida, e vê-la se tornando uma estranha em tão pouco tempo é um golpe com o qual ele não sabe lidar.

E então, finalmente, ele entende que não pode mais se esconder atrás de suposições. Precisa de respostas. Precisa entender o que está acontecendo entre eles, mas sabe que Ayumi nunca vai procurá-lo primeiro. Não se estiver, deliberadamente, se afastando. A única certeza que tem sobre ela é que jamais ignoraria algo realmente importante. Então, faz o que é necessário: manda uma mensagem alarmista, um pedido impossível de recusar. Se forçá-la a encará-lo for a única maneira de descobrir a verdade, que assim seja.

Quando Ayumi chega, ele abre a porta e a observa por um instante. Há algo diferente nela. Um peso no olhar, um cansaço que não estava ali antes. Os ombros tensos, a boca comprimida em uma linha indecifrável. A mão boa enfiada no bolso do jeans, como se tentasse esconder sua vulnerabilidade atrás de um gesto pequeno. A defensiva é clara, e isso só reforça a sensação de que está prestes a ouvir algo que talvez não esteja preparado para encarar.

– Oi – ela diz, hesitante.

– Oi. Obrigado por ter vindo – Dinho responde, abrindo passagem para que ela entre. Seus olhos não desviam um segundo dela, tentando decifrá-la, como se cada gesto pudesse lhe entregar um segredo.

Ayumi caminha pelo pequeno apartamento, os passos comedidos, como se andasse em gelo fino. A respiração está sutilmente alterada, e ela sente como se aquele espaço tivesse se transformado em um território desconhecido.

— Você disse que era importante — sua voz sai controlada, mas algo na rigidez da postura entrega sua cautela.

Dinho hesita. Abre a boca, fecha. Busca as palavras certas, mas o excesso de pensamentos torna impossível organizá-las. A confusão em seu olhar o denuncia.

— Então? — Ayumi insiste, erguendo o olhar pela primeira vez.

Dinho inspira fundo. A frustração se acumula na tensão dos ombros, na forma como passa a língua pelos lábios antes de finalmente soltar a pergunta que pesa em seu peito:

— Eu fiz alguma coisa pra te magoar? — Dispara, franzindo a testa, a voz carregada de urgência.

Ayumi mantém o olhar fixo nele, a tensão entre os dois quase palpável.

— Não, eu...

— Seja sincera, Ayumi — ele a interrompe, a voz baixa, intensa. — Você tem me evitado. Desde que eu terminei com a Dani, tudo entre nós mudou.

O perfume dele se mistura ao ar fresco que entra pela janela, trazendo lembranças que ela preferia esquecer. Por um instante, quer recuar, mas fugir não é mais uma opção. Ela já se escondeu tempo demais.

Aperta o gesso com mais força, sentindo o coração martelar no peito.

— Desde que terminou com a Dani... você também mudou.

Dinho franze o cenho, a confusão cristalizada no rosto.

— Mudei como?

Ayumi umedece os lábios, buscando a melhor maneira de dizer aquilo, mas as palavras vêm sem filtro, carregadas de algo que ela nem tenta mais conter:

— Como se nada mais importasse. Como se estivesse fugindo de sentir qualquer coisa. Você tem ficado com qualquer garota que aparece, sem nem pensar em como isso pode afetar alguém...

Ela fecha os olhos por um instante, sentindo a frustração crescer no peito. Seu braço quebrado lateja, ecoando o desconforto que sente na alma.

Dinho solta um riso curto, seco, sem qualquer traço de humor. Desvia o olhar, balançando a cabeça.

— Você tá falando isso por causa da Luísa?

O nome dela paira entre os dois como um espectro indesejado. Ayumi sente um nó apertar em sua garganta. Não se trata de Luísa. Nunca se tratou de Luísa. Trata-se dela. Trata-se deles. Mas as palavras ficam presas, sufocadas pelo medo da resposta.

— A gente só ficou. Não tinha sentimentos envolvidos. — Dinho diz, a voz firme, como se quisesse encerrar o assunto ali. — Não precisa se preocupar.

A risada de Ayumi escapa amarga, cheia de algo que ele não pode ignorar.

— O problema é que você não é assim, Dinho. Você sempre se importou com as pessoas.

Ele passa a mão pelos cabelos, exasperado, evitando o olhar dela.

— Eu só estou tentando viver, Ayumi. Me divertir. O que há de errado nisso? Você queria que eu continuasse aqui, trancado, sofrendo pela Dani? É isso?

— Você não está se divertindo de verdade — ela diz, levantando a voz e surpreendendo a si mesma. — Só está só se enganando, Bernardo!

O nome verdadeiro dele escapa de seus lábios como uma acusação, fazendo Dinho estremecer levemente. O silêncio entre eles cresce, pesado, como um fardo impossível de carregar. Ele abaixa a cabeça, cerrando os punhos ao lado do corpo.

— Você não entende — murmura.

— Então me faça entender. — Ayumi pede, mais baixo agora, mas a intensidade em sua voz permanece.

Ele não responde de imediato. A hesitação se arrasta no ar entre eles, e Ayumi percebe que ele está travando uma batalha interna, buscando palavras que talvez nem mesmo ele compreenda. Até que, finamente, ele solta um sussurro quase inaudível:

— É mais fácil assim.

Ela franze o rosto.

— Fácil pra quem?

Dinho ergue os olhos, mas, em vez de encará-la, desvia o olhar. A linha de tensão em seu maxilar se acentua.

— A Luísa falou alguma coisa pra você? — Pergunta de repente, mudando de assunto de forma abrupta. — Porque, se foi isso...

Ayumi aperta o gesso do braço instintivamente, como se aquilo fosse a única coisa impedindo-a de quebrar também.

— Não tem nada a ver com a Luísa — sua voz treme. — Será que você não enxerga?

Ela se cala, de repente, sentindo o ar ao redor deles se tornar quase sufocante. Foi longe demais. Mas não consegue voltar atrás. Dinho levanta o olhar devagar, seus olhos castanhos agora fixos nos dela, e algo em sua expressão muda.

— Não enxergo o quê, Ayumi? — A voz dele sai baixa, intensa, como uma corrente que a puxa para mais perto.

A proximidade repentina faz o coração dela disparar. Seu peito sobe e desce em um ritmo descompassado, cada batida uma contagem regressiva para algo que não tem volta. Então, sem conseguir conter mais nada, as palavras escapam, cruas e desesperadas:

— Que eu gosto de você! Que eu sempre gostei de você!

Dinho congela, sentindo o ar entre eles condensar, o mundo parando por um instante. Agora ele entende. Finalmente entende. O motivo pelo qual Ayumi mentiu sobre eles estarem juntos. Não era para fazer ciúmes em Beto. Era sobre Dinho. Sempre foi sobre Dinho.

— E quando você me beijou, eu achei que significasse algo — Ayumi continua, a voz quase em um sussurro, carregada de uma vulnerabilidade que ela odeia exibir. — Mas depois você se esqueceu.

Ele fecha os olhos por um instante, os ombros tensos, os dedos crispados ao lado do corpo, como se estivesse segurando algo invisível, algo que o consome por dentro. Sua expressão é um mosaico de emoções embaralhadas que Ayumi não consegue decodificar.

— Eu sei que você tinha acabado de terminar com a Daniela, que estava machucado... mas eu vi alguma coisa no seu olhar — a voz dela falha por um instante, mas ela se força para continuar. — Mas, agora, parece que tudo não passou de um delírio da minha cabeça, porque...

Dinho abre os olhos de uma vez, interrompendo bruscamente as palavras dela:

— Eu não me esqueci — revela, com a voz rouca, como se cada palavra estivesse sendo arrancada de dentro dele. — Aquela noite... eu lembro de tudo, Ayumi. Do jeito que você me olhou, do calor da sua pele contra a minha, do quanto estava tremendo... do que eu senti quando te beijei.

Ele solta um suspiro profundo.

— Foi real, Ayumi. Muito real.

Um arrepio sobe pela espinha dela, como um choque de eletricidade estática, deixando sua pele em alerta. Ele nunca fala desse jeito. Nunca se permite ser tão vulnerável. Mas, ao mesmo tempo, parece tão perdido, tão pronto para fugir, como um animal encurralado.

— Então por que fingiu que se esqueceu? — Ela pergunta, magoada. A pergunta é um pedido de explicação, uma última tentativa de entender o que se passa dentro dele.

— Porque eu não podia lidar com isso.

Ela engole em seco.

— *Isso?* — Repete, a voz reduzida a um murmúrio.

Dinho dá um suspiro pesado.

— Isso. A gente — Ele tenta explicar, mas sua frase soa estranha, como se ele próprio não tivesse certeza do que está dizendo. Morde o lábio, balança a cabeça, buscando uma resposta que faça sentido. — Não dá, Ayumi.

O silêncio pesa entre eles, doloroso. O coração de Ayumi lateja em sua garganta, cada batida ecoando a dúvida que a consome.

— Isso é porque eu sou gorda? — Reúne coragem suficiente para perguntar.

A frase escapa num fio de voz, mas o impacto é imediato. Dinho arregala os olhos, como se tivesse levado um golpe no estômago. Por um instante, o choque paralisa sua expressão. Ele pisca rápido, tentando processar a pergunta dela.

A confusão surge primeiro, um franzir de sobrancelhas que denuncia seu espanto. Mas logo vem outra coisa, um lampejo de dor, de frustração, como se soubesse que qualquer resposta seria insuficiente. Passa as mãos pelo rosto, balançando a cabeça, tentando encontrar a resposta certa – qualquer coisa que não soe como rejeição, qualquer coisa que não aprofunde a dor que ela, mesmo se esforçando para esconder, não consegue mascarar por completo.

– Ayumi, não! Claro que não... – A voz dele vacila, um suspiro trêmulo escapando de seus lábios. – Não tem nada a ver isso. Eu nunca... – Ele para, apertando os olhos, lutando para achar uma forma de dizer o que sente sem machucá-la. – Eu só... Eu não posso te perder, pessoa. Não desse jeito.

Sua voz sai quase em um sussurro, carregada de um peso que não pode ser ignorado. Ele hesita por um segundo e, então, finalmente, levanta a mão e toca suavemente o rosto dela, os dedos roçando sua pele como se a segurasse por um fio.

– Não você.

Ela pisca, confusa.

– Me perder? O que você quer dizer com isso?

Dinho solta um suspiro pesado, desviando o olhar por um instante antes de voltar a encará-la. Há algo ferido nele também.

– Meu último relacionamento me mostrou como as coisas podem desmoronar, mesmo quando você acha que tá tudo bem. Eu perdi a Dani, alguém que sempre achei que teria. – Dinho faz uma pausa, fechando os olhos por um breve momento antes de abrir novamente. – Se a gente tentasse alguma coisa e não desse certo... eu não quero viver sem você na minha vida, Ayumi, entende? Você é a minha melhor amiga. Eu jamais vou arriscar te perder quando as coisas não derem mais certo. Porque isso é uma questão de tempo, Ayumi. Tudo se deteriora. Sempre.

Ela sente o peito pesar, as palavras dele ressoando em sua mente. Tudo se deteriora. Como se o amor fosse uma bomba-relógio prestes a explodir, como se qualquer coisa boa estivesse fadada a acabar.

A garganta de Ayumi se fecha. A dor se espalha como fogo, queimando de dentro para fora. Os olhos dela se enchem de lágrimas, mas ela pisca rapidamente, como se isso pudesse conter tudo que ameaça transbordar.

– E o que eu faço com o que eu sinto, Dinho? – A voz dela vacila, como se estivesse à beira de um precipício. – Eu finjo que não importa?

Dinho hesita por um momento, refletindo. Por fim, declara:

– Você merece alguém que possa te amar da forma certa.

Ayumi dá um sorriso irônico.

– Engraçado... – Murmura, balançando a cabeça. – Todo mundo sempre acha que sabe o que eu mereço. Mas ninguém pergunta o que eu quero.

O rapaz pressiona os lábios, como se quisesse argumentar, mas se cala. No fundo, qualquer resposta soaria vazia.

Ela já esperava esse desfecho, mas, mesmo assim, sente a dor rasgar por dentro.

— Então é isso? Só amizade? — Pergunta, uma última vez.

Dinho suspira, e a culpa transborda de seus olhos. Ele hesita, então se inclina e encosta os lábios na testa dela. O toque é leve, demorado, cheio de tudo que ele não tem coragem de dizer.

— Por favor, não me odeie — murmura.

— Tá tudo bem, Dinho — ela mente, como já fez tantas e tantas vezes. — Pelo menos eu falei o que sentia. Melhor se arrepender do que fez, né? — Ela sorri, ainda que sua alma doa.

Dá um passo para trás.

— Ayumi...

— Tá tudo bem — ela repete, a mentira saindo mais fácil dessa vez. — Eu vou ficar bem, não se preocupe. Preciso ir. A gente se fala outra hora, tá?

Ela desliza a mão pelo rosto, enxugando as lágrimas rápido demais, como se pudesse apagar a dor junto com elas. Então, dá um último sorriso antes de se virar para ir embora, levando consigo a sensação de que nunca será feliz de verdade.

> Toda crise é momento de mudanças qualitativas.
> (Dom Paulo Evaristo Arns)

Em crise

Ayumi entra em casa como se carregasse o peso do mundo. Desde que saiu do apartamento de Dinho, a dor em seu peito se recusa a dar trégua. Ela repete para si mesma que já esperava por isso, que não deveria doer tanto, que vai superar. Mas o vazio persiste, cruel, implacável. E o pior de tudo não é apenas a rejeição em si, mas o motivo pelo qual acredita ter sido rejeitada.

O apartamento está silencioso, um alívio e uma maldição ao mesmo tempo. O silêncio amplia seus pensamentos sabotadores, faz ecoar todas as inseguranças que ela tenta empurrar para o fundo da mente. Mas a última coisa que quer agora é cruzar com seu pai, ter de fingir que está bem quando tudo dentro dela implora para desaparecer.

Caminha até seu quarto sem se dar conta, exatamente, de como faz isso. A sensação de que foi idiota por se expor tanto cresce como um espinho em seu peito. Devia ter guardado seus sentimentos, mantido sua boca fechada, sufocado aquele desejo ridículo por algo que nunca esteve ao seu alcance. Porque, claro, nunca teria chance com alguém como Dinho. Talvez com ninguém.

Ela entra no banheiro e encara seu reflexo no espelho. Seu próprio olhar a observa com uma frieza insensível, zombando de sua esperança fracassada. As palavras de Dinho ecoam em sua mente, cada pausa, cada hesitação, cada não que ele disse.

Por favor, não me odeie.

Como poderia odiá-lo? Como poderia odiar alguém que tanto ama e deseja... mesmo que a única coisa que ele se interesse seja em sua amizade. Por mais que ele tenha negado, não consegue abandonar o sentimento de que tudo tinha a ver com aquele reflexo que a encara. Se fosse diferente, talvez houvesse uma possibilidade.

A pressão no peito aumenta. O espelho reflete uma imagem que Ayumi quer apagar. A blusa larga e preta parece ainda mais incômoda, revelando sua silhueta de formas que ela detesta. Lágrimas turvam sua visão.

É isso. Sempre foi isso.

As palavras de Dinho se mesclam às de sua mãe.

A verdade é que você é fraca. E, pra pessoas assim, o mundo é um lugar muito cruel.

Sempre lágrimas, né, minha filha? Sempre muitas, muitas lágrimas.

Uma nova onda de desespero a atravessa. E se ela fosse diferente? Outra pessoa, em outro corpo, com outra história? Será que finalmente se sentiria bem?

A garota no espelho não é quem ela deseja ser. É uma estranha. Uma decepção. Uma fraude. E ela odeia cada traço, cada olhar de impotência, cada memória do que a trouxe até aqui.

Sente-se furiosa consigo mesma, por achar que contar para Dinho como se sentia era uma boa ideia. Desde quando isso dá certo? Vulnerabilidade é uma farsa. Assim como Ayumi é uma farsa.

O peito aperta ainda mais. Sem pensar, abre o armário sob a pia e pega sua caixa de doces secretos. Chocolates em barra, bombons, caramelos, balas. Enfia qualquer coisa na boca, mastigando rápido, sem sentir o gosto. Só quer preencher o vazio. Mas ele parece aumentar a cada mordida.

O ritmo acelera. Entre um bombom e outro, as lágrimas deslizam por seu rosto. Soluça entre mastigadas; o peito cada vez mais apertado. Como se tentasse entorpecer a dor. Como se tentasse desaparecer. Porque, se Dinho nunca a verá de outro jeito, se ela nunca será o suficiente... então, por que se importar?

Minutos depois, a náusea a golpeia sem piedade, um castigo cruel por sua fraqueza estúpida. O arrependimento a sufoca, pesado como chumbo em seu peito. Com as mãos trêmulas, Ayumi se apoia na pia, buscando ar, mas o espelho não lhe dá trégua. Seu reflexo está lá, imóvel, implacável: boca manchada de chocolate, olhos vermelhos, uma expressão vazia de quem se perdeu dentro de si mesma. Uma fraca. Uma vergonha. Sem força de vontade, como sua mãe disse.

Talvez, no fundo, Yoko esteja mesmo certa.

Um nó se forma em sua garganta, ardendo como se engolisse cacos de vidro. A fúria e a impotência se misturam, incontroláveis. Com ódio de si mesma, Ayumi agarra a caixa de doces e a lança contra o espelho com toda a força. O estrondo ecoa pelo banheiro, e o vidro se estilhaça em dezenas de fragmentos brilhantes, deslizando até a pia como um rastro de destruição.

Seu reflexo se multiplica nos cacos espalhados, um rosto partido em pedaços, distorcido, irreconhecível. Olhos cheios de desespero e nojo. Um retrato grotesco do que sente por dentro.

Um monstro desfigurado.

É assim que se vê.

O desespero toma conta de seu corpo. Tudo dentro dela grita por alívio, por um fim para aquela sensação estarrecedora. A culpa, o peso, a insuficiência corroem sua alma.

Cambaleia até o vaso e, com a mão trêmula, força a garganta. O gosto amargo sobe, queimando sua garganta, mas não chega nem perto de apagar o que dói dentro dela. Repete o ato uma, duas, três vezes, até seu corpo fraquejar, até a vertigem arrastar sua consciência para um lugar nebuloso onde, talvez, só talvez, a dor passe só por um instante.

Não percebe quando passos suaves se aproximam. Yoko para na soleira do banheiro, o fôlego travando ao se deparar com a cena: o espelho destruído, o cheiro ácido impregnando o ar, Ayumi ajoelhada no chão, os ombros sacudindo em soluços incontroláveis. O gesso branco do braço, sujo de lágrimas, chocolate e resquícios de desespero, parece uma moldura frágil para o que resta dela.

É como se, pela primeira vez, Yoko finalmente enxergasse a filha. Não a menina que tentava moldar, não a menina a quem impunha regras e expectativas. Mas Ayumi. Frágil. Ferida. Perdida em um sofrimento que ela nunca soube compreender.

— Meu Deus, Ayumi... — A voz de Yoko sai num sussurro trêmulo, vacilante. — O que você está fazendo?

Ayumi engole em seco, o gosto amargo ainda na boca, e vira o rosto, evitando o olhar da mãe.

— Vai embora, mãe! — Sua voz sai rasgada, um grito estrangulado pelo choro. Com a manga da blusa, tenta limpar a boca, o braço engessado dificultando cada movimento. — Sai daqui, por favor!

Yoko hesita, mas não se recua. Seu peito aperta ao ver sua filha naquele estado, os olhos marejados, perdidos dentro de uma dor que, agora, ela percebe que sempre esteve ali. Lentamente, ajoelha-se ao lado de Ayumi, as mãos trêmulas pairando no ar, como se temesse tocá-la e quebrá-la ainda mais.

— Você está machucada? — A voz dela vacila, carregada de medo. — Você...

Antes que possa terminar, Ayumi se afasta bruscamente, encostando-se à parede, os soluços sufocando a respiração.

— Me deixa em paz, mãe! — Grita, a raiva misturada ao desespero. — Eu não preciso de mais julgamentos, de mais acusações...

Yoko se cala. Observa a filha e algo dentro dela desmorona. De repente, a imagem diante de si se sobrepõe à outra, de muitos anos atrás. Ela mesma, ajoelhada no banheiro de um estúdio de fotografia. Os joelhos ossudos cravados no azulejo gelado, o estômago vazio, mas a mente repleta de um desespero insaciável. As lembranças vêm em *flashes*: a balança que nunca parecia marcar o peso certo, os dias de jejum, a tontura constante. Suas mãos trêmulas segurando um pedaço de maçã, partindo-o em fatias minúsculas para prolongar a sensação de controle. Mas o controle era uma ilusão. A fome era um castigo, e ela se convencia de que precisava suportá-lo. O cheiro ácido do estômago vazio misturava-se ao perfume de maquiagens espalhadas sobre a pia — um contraste caótico entre o que ela queria ser e o que realmente era.

Agora, esse mesmo cheiro enche suas narinas, e o horror se arrasta até seu peito, apertando-o com força. Sua filha está presa na mesma prisão da qual às vezes ela ainda acha que não escapou.

Todas as palavras afiadas, as cobranças incessantes, os olhares críticos... tudo isso construiu esse momento. Ela reconhece na filha a mesma angústia que um dia a aprisionou.

Lembra-se de todas as vezes que pressionou a filha, a acusou de indisciplinada. Fez comentários sobre sua aparência.

– Há quanto tempo faz isso? – Seu tom se reduz a um murmúrio.

Ayumi se encolhe, abraçando o próprio corpo. Seus olhos evitam os da mãe, fixando-se no chão.

– Não sei. Talvez dois anos... talvez mais.

O coração de Yoko se comprime, sufocado por uma culpa irreversível.

– Por quê? – Pergunta, a voz embargada, quase um pedido de desculpas antecipado.

Ayumi balança a cabeça, os lábios trêmulos. Seu peito sobe e desce em soluços irregulares, como se cada respiração fosse uma batalha contra a dor sufocante que a consome.

– Eu não sei, mãe. Eu só... odeio isso. Odeio tudo. Me odeio porque sou fraca. Você tem razão, sempre teve. Eu... eu não aguento mais.

As palavras atingem Yoko como um raio, despedaçando certezas, destruindo convicções que ela jurava inabaláveis. A dor vem súbita, de uma maneira que ela nem sabia ser possível – como se fosse atingida por algo que a atravessasse, arrancando tudo aquilo que um dia acreditou estar fazendo certo.

Ela olha para Ayumi, machucada, e se vê nela. Se vê nos dias de fome autoimposta, na contagem obsessiva de calorias rabiscada em cadernos, nos desmaios disfarçados de cansaço. O gosto metálico na boca depois de horas sem comer, a euforia ilusória ao ver números menores na balança. As brigas com a mãe, as portas batidas, os olhares desesperados que ela se recusava a entender.

A diferença entre ela e Michiko é enorme. Porque Michiko nunca desistiu dela. Sempre esteve ao seu lado, insistindo, segurando firme.

E Yoko...?

A pergunta escapa antes que possa detê-la:

– Isso... é culpa minha? – A voz sai entrecortada, hesitante.

Ayumi aperta os olhos. Seus lábios se partem em um tremor incontrolável e, quando ela finalmente fala, sua voz vem carregada de anos de ressentimento sufocado.

– Você *realmente* não sabe?

O olhar dela encontra o da mãe pela primeira vez, e Yoko sente o impacto. É um redemoinho de mágoa, frustração e cansaço. Uma represa que finalmente se rompe.

– Eu passei a vida tentando ser o que você queria, anulando quem eu realmente sou. Cada comentário seu, cada olhar de reprovação, cada vez que você apontava meus defeitos, cada vez que dizia que eu precisava me esforçar mais, ser mais magra, mais controlada... como se eu fosse um projeto que nunca ficou pronto, que nunca ficou bom o bastante.

– Quando era criança, você...

– Eu nunca quis ser modelo, mãe – Ayumi interrompe, a voz embargada. – Eu só queria ser uma criança normal. Mas você não me deixava. Então, quando percebi que ganhar peso me afastava das campanhas, fiz disso minha resistência. Só que comer virou um consolo. E, com o tempo, virou um problema. Toda vez que você me criticava, toda vez que eu me sentia inadequada, eu compensava com comida. E quando percebi que poderia apagar os excessos... – Ela engole seco, os olhos marejados. – Foi como recuperar um controle que eu nunca tive.

O silêncio pesa entre elas, denso e sufocante, carregado de todas as palavras que foram ditas e das que ficaram anos aprisionadas. Dentro dele, Yoko sente seu próprio mundo ruir, de forma lenta e agonizante. Cada lembrança, cada olhar de reprovação, cada crítica que ela jogou sobre Ayumi agora volta para ela como um eco cortante. Seu peito aperta com uma dor que não é física, mas tão real quanto se fosse. Pela primeira vez, ela se permite encarar o peso do que fez, o peso de tudo que não viu, de tudo que ignorou quando deveria ter estendido a mão.

Sem pensar, ela envolve Ayumi em um abraço apertado. Não é um gesto apressado nem um reflexo automático. É um pedido de perdão, um desespero mudo, um grito de redenção. Suas mãos tremem ao segurar a filha, como se temesse que ela de desfizesse em seus braços.

A única coisa que deseja naquele momento é protegê-la. Impedir que caia ainda mais fundo. Com se o amor que falhou em demonstrar antes pudesse, de alguma forma, remendar tudo o que foi quebrado.

Mas Ayumi sabe que não é tão simples assim. A dor não some com um abraço. Feridas não se curam com pedidos de desculpas tardios. Entretanto, naquele instante, pelo menos não está sozinha.

– Gomen ne, musume... – A voz de Yoko falha, entrecortada pela culpa ao perceber a profundidade do estrago que causou. – Me perdoa. Eu nunca quis te machucar, nunca quis que você se sentisse assim. Eu... fiz tudo errado. Achei que estava te protegendo, mas, no fim, eu estava só te empurrando para um abismo. Eu nunca soube ser sua mãe, Ayumi. Mas eu quero aprender. Se você me deixar. Se não for tarde demais.

O corpo de Ayumi continua rígido, mas, aos poucos, um suspiro trêmulo escapa de seus lábios. A resistência que a segurava, que a impedia de se permitir esse momento, começa a ceder.

– Eu não estou bem, mãe – ela sussurra, a voz vacilando, quebradiça. – E eu não tenho estado bem há muito tempo. Mas... eu quero melhorar. Só que eu preciso de ajuda. Eu não sei como fazer isso sozinha... eu tentei, mas... não consigo.

Yoko solta um soluço baixo, um som pequeno, emocionado, e segura o rosto da filha entre as mãos. Com os polegares, acaricia sua pele molhada de lágrimas, sentindo a fragilidade daquele momento como se fosse cristal prestes a se romper. Ali, naquele olhar úmido e cansado, ela enxerga sua menina frágil, machucada, perdida. E percebe o quanto ela precisa ser acolhida. Não como um reflexo de seus próprios medos. Não como um projeto inacabado. Apenas como filha.

— Meu amor, eu estou aqui. — O tom de Yoko é baixo e firme. — Eu vou te ajudar. Nós vamos sair dessa. Não posso mudar o passado, não posso desfazer os erros que cometi. Mas eu posso tentar consertar isso. Podemos aprender juntas. Podemos começar de novo.

Ayumi encara a mãe, surpresa pela honestidade em sua voz. O peso dos anos de mágoa, de comparações, de críticas ainda está ali. As feridas são profundas, as palavras duras ainda ecoam em sua memória. Mas, ali, no meio do caos, algo muda. Pela primeira vez, Yoko não parece a mulher que a moldava com expectativas irreais, mas uma mãe de verdade. Uma mãe quebrada, assustada, mas disposta a consertar os erros.

Uma pequena chama de esperança se acende no peito de Ayumi. Trêmula, frágil. Mas real.

> Siga em frente. Passo a passo. Mesmo que seja devagar, você está avançando.
> (Haruki Murakami)

Um passo de cada vez

Faz exatamente dez dias que Ayumi iniciou seu tratamento com o Dr. Henrique, um psiquiatra atencioso e de fala serena, que, após ouvir as preocupações de seus pais, lhe prescreveu um antidepressivo para auxiliar no tratamento do transtorno alimentar. Mas ela logo percebe que não há atalhos ou soluções instantâneas – a mudança vem aos poucos, em pequenos passos que, juntos, fazem a diferença. E, depois de tanto tempo se sentindo perdida, Ayumi começa a acreditar que pode, sim, encontrar um caminho melhor.

Além das consultas psiquiátricas, ela continua sua terapia com Letícia e está prestes a agendar uma consulta com um nutricionista, que a ajudará no processo de reeducação alimentar. Letícia também sugeriu que Ayumi e sua mãe façam terapia familiar, um passo que pode ajudá-las a reconstruir a relação fragmentada pelos anos de cobranças e mal-entendidos. É um processo difícil, doloroso em alguns momentos, mas Ayumi está determinada a melhorar. Pela primeira vez, ela segue à risca as orientações médicas, entendendo que não se trata apenas de uma fase passageira, mas de uma batalha que precisa enfrentar com coragem. No início, acreditava ser apenas uma garota triste – nunca imaginou que seu sofrimento tivesse nome. O diagnóstico de depressão a assustou, mas, paradoxalmente, trouxe também um alívio. Agora, finalmente, há uma explicação para tudo que sente. E, mais do que isso, há um caminho para a recuperação.

As mudanças em casa também se tornam perceptíveis. Sua mãe começa a enxergá-la não mais como um reflexo de suas próprias frustrações, mas como uma pessoa com necessidades e sentimentos próprios. Nesse processo de redescoberta, Ayumi conheceu aspectos surpreendentes sobre a própria mãe: durante boa parte de sua carreira como modelo, Yoko enfrentou a anorexia e, em alguns momentos, ainda luta contra a necessidade de controlar cada refeição. No fundo, as críticas de Yoko nunca foram sobre Ayumi em si – eram uma projeção de suas próprias dores não resolvidas.

O pai de Ayumi, por outro lado, sentiu-se tomado pela culpa. Como não percebeu antes? Como não viu os sinais? Mas, no fundo, ele não poderia ter enxergado o que nem mesmo Ayumi reconhecia em si mesma. Ela era especialista em disfarces, dividindo-se em duas versões: a que o mundo via, sempre sorridente e aparentemente segura, e a que se escondia nos momentos de solidão, onde a dor e o medo se tornavam insuportáveis.

Tentando aliviar a culpa do pai, Ayumi procurou dizer que nada do que sente é responsabilidade de ninguém. Tentou convencê-lo de que algumas dores simplesmente existem, sem um culpado definido. Mas, ao olhar nos olhos dele, percebeu que certas palavras nunca são suficientes para apagar o peso de um arrependimento.

No colégio, sua ausência não passou despercebida. Nos primeiros dias, Marina e Leo ligaram repetidamente, preocupados. Ayumi não atendeu; precisava de um tempo para processar tudo. Mas, depois, enviou uma mensagem curta e honesta: foi diagnosticada com depressão e precisaria do apoio deles. Como sempre, os dois demonstraram preocupação e carinho.

Quando finalmente se sente pronta para receber visitas, os dois amigos vão até sua casa. Naquele dia, Ayumi está sentada na poltrona de seu quarto, escrevendo no caderno que Letícia lhe deu. Descobriu que transformar sentimentos em palavras é muito mais fácil do que dizê-los em voz alta. No início, só rabiscava frases soltas, mas, agora, as palavras fluem com facilidade, ainda que, às vezes, tragam à tona verdades difíceis de encarar. Escrever, no entanto, se torna uma forma de libertação.

Quando a batida na porta ecoa, ela convida os amigos a entrar. Marina, com sua expressão doce e olhos azuis atentos, surge primeiro. Logo atrás, Leo, cujo semblante carregado de preocupação contrasta com a leveza que normalmente exala.

Ao vê-los ali, tão reais e próximos, o semblante da garota se contorce e, sem aviso, ela se deixa levar por um choro que não sabe justificar. Num impulso, levanta-se e os três se lançam em um abraço apertado, prolongado por longos minutos, como se ali pudessem, juntos, reunir todas as forças necessárias para enfrentar qualquer dor ou tristeza.

O silêncio é confortável. No calor daquele gesto, Ayumi sente que, pela primeira vez, não precisa fingir que está bem. Marina a segura com delicadeza, sentindo cada respiração trêmula da amiga como um lamento silencioso; Leo transmite uma força serena, como se dissesse, sem precisar de palavras, que ela nunca mais precisará enfrentar isso sozinha. E Ayumi, que sempre escondeu suas dores, finalmente se permite revelar suas fragilidades.

Quando o abraço se desfaz, Leo pergunta, com voz suave:

— Como você está se sentindo?

Ela respira fundo, enxugando o rosto:

— Melhor. Um passo de cada vez.

Marina, com os olhos marejados, murmura:

— Me desculpa, Ayumi. Eu devia ter percebido... devia ter insistido mais.

Ayumi balança a cabeça. Sempre escondeu suas dores atrás de sorrisos calculados, disfarçando a insegurança e o desconforto com seu próprio corpo para que ninguém soubesse o que realmente sentia.

— Não se desculpe, Marina. Eu... nunca quis que vocês soubessem como realmente me sentia na maior parte do tempo.

Leo franze a testa, ainda confuso.

— Mas por quê? Por que não confiou na gente?

Ayumi abaixa o olhar, relembrando todas as vezes em que forçou um sorriso para não preocupar ninguém.

— Não era questão de confiança, Leo. Eu só não queria ser vista como alguém frágil, triste... Como se minha existência fosse um fracasso. Sempre tentei esconder minhas inseguranças, dando respostas até grosseiras quando o assunto me aborrecia. Mas, na verdade, tudo me machucava. Tudo parecia maior do que realmente era.

Marina segura a mão dela com firmeza.

— Ayumi, você não é um fracasso. É a melhor amiga que alguém poderia ter. E tá tudo bem ficar triste. Ninguém é feliz o tempo todo.

Leo concorda.

— Nunca ache que precisa enfrentar qualquer coisa sozinha.

Após um breve silêncio, Ayumi hesita, mas decide perguntar:

— Querem saber mais?

Leo troca um olhar com Marina antes de perguntar, hesitante:

— Você tem bulimia?

A respiração de Ayumi vacila. Ela assente, pegando o caderno sobre a penteadeira e folheando as páginas até encontrar o que busca.

— Vou ler um texto que escrevi. Talvez isso ajude vocês a entenderem.

E então ela começa a recitar, a voz levemente trêmula, mas firme:

— Tenho um monstro silencioso dentro de mim. Ele sussurra ao meu ouvido sempre que me olho no espelho, distorcendo o reflexo até que eu não reconheça quem sou. Ele me faz acreditar que cada escolha errada é um fracasso imperdoável, que cada excesso precisa ser corrigido com sacrifício. Quando cedo às suas vontades, ele se alimenta da minha culpa, e quando tento resistir, me lembra que jamais serei suficiente. Tento silenciá-lo, mas ele sempre encontra um jeito de voltar. No entanto, pela primeira vez, estou aprendendo a enfrentá-lo. A encará-lo e dizer que ele não pode mais me definir. Não será fácil, mas quero lutar. Quero aprender a me enxergar além da sombra que ele projeta sobre mim.

Quando termina, o silêncio pesa no ar. Marina e Leo se entreolham, os olhos brilhando com lágrimas. Nenhum deles sabe exatamente o que dizer, mas, naquele momento, palavras são desnecessárias.

— Um dia você vai ser uma escritora incrível, Ayumi Tanaka — Leo declara, enxugando os olhos com um sorriso trêmulo. — E vai transformar tudo isso em cura.

Ayumi sorri.
Marina a abraça novamente e sussurra:
— Nós vamos ficar bem.
— Eu sei — Ayumi responde e, pela primeira vez, acredita nisso.

Ayumi também recebeu mensagens preocupadas de Dinho. Ele perguntou se estava tudo bem, se precisava de alguma coisa, se queria conversar. As palavras dele eram gentis, mas carregavam uma estranha formalidade, como se ambos estivessem pisando em território desconhecido. Ela ainda gosta dele, claro, mas algo dentro dela mudou. O sentimento continua lá, persistente, mas perdeu aquela urgência desesperada, aquele desejo incontrolável de ser notada. Agora, é apenas um eco suave.

Ela não o culpa por não corresponder – ninguém pode forçar outra pessoa a sentir algo que não está lá. Mas a ideia de vê-lo agora parece difícil, quase dolorosa. Como seria estar ao lado dele sem o filtro da esperança? Como seria conversar sem a expectativa silenciosa de que, talvez, ele mudasse de ideia? Essa incerteza a assusta.

Letícia sugeriu que esperasse, que se fortalecesse antes de tomar qualquer decisão sobre essa amizade. Ayumi entendeu o conselho e decidiu segui-lo. Ainda não está pronta para encará-lo, para fingir que nada mudou quando, na verdade, tudo mudou. Mas, ao mesmo tempo, não pode cortá-lo de sua vida. Então, continuam conversando por mensagens. As palavras fluem como antes, recheadas de piadas internas e lembranças compartilhadas, como se tentassem segurar o que ainda resta da amizade. Como se quisessem congelar o que um dia foi simples.

E, então, há Luísa. Com seu jeito expansivo e riso fácil, ela sempre foi uma presença luminosa na vida de Ayumi. Estava ali nas conversas intermináveis por mensagens, nas chamadas de vídeo, nas visitas a São Paulo. Contudo, desde que Luísa ficou com Dinho, as coisas entre as duas perderam a fluidez de antes. Os diálogos que costumavam ser naturais agora vinham com pausas incômodas, mensagens visualizadas sem resposta imediata e um certo desconforto que Ayumi não conseguia definir direito. Não era exatamente raiva, mas também não era a mesma cumplicidade de antes. Não é culpa de Luísa. Ela sequer sabe dos sentimentos de Ayumi. Mas isso não torna a situação mais fácil.

Talvez seja apenas uma questão de tempo. Talvez, quando finalmente conseguir superar Dinho, tudo volte ao normal. Ou talvez, mesmo sem querer, algumas amizades também se transformem, seguindo caminhos que nem sempre se cruzam da mesma forma.

Enquanto isso, outro nome aparece com frequência em seu celular: Beto. Estranhamente, desde que soube que Ayumi não estava bem, ele passou a mandar mensagens quase todos os dias, ligando sempre que podia. No início, ela ficou surpresa – nunca tiveram exatamente uma amizade próxima, mesmo depois da conversa íntima que tiveram, na viagem a São Paulo. Mas, aos poucos, se acostumou com sua presença digital constante.

Beto tem um jeito despreocupado e espirituoso que a faz rir mesmo quando não está nos melhores dias. Ele flerta descaradamente, sempre em tom de brincadeira, e, para sua surpresa, Ayumi percebe que não se incomoda. Na verdade, ela até gosta. Há algo reconfortante na leveza dele, no jeito que transforma qualquer conversa em um jogo divertido.

Aos poucos, sua vida está mudando. Ainda há desafios, mas, depois de tanto tempo estagnada, presa entre quem era e quem fingia ser, Ayumi sente que, enfim, está avançando – um passo de cada vez.

> Há momentos em que precisamos queimar para poder renascer das cinzas.
> (Friedrich Nietzsche)

A menina no espelho

Ayumi se acomoda no sofá com a mesma reserva de sempre, o corpo encolhido, como se tentasse ocupar o menor espaço possível. O braço, ainda se acostumando à liberdade depois do gesso, repousa sobre o colo, os dedos inquietos brincando com a barra da blusa. Na mesinha de centro, a caixa de lenços está estrategicamente posicionada, como se já soubesse de antemão que seria necessária. A sala de Letícia é acolhedora, banhada por uma luz suave e um aroma sutil de lavanda – detalhes que Ayumi nunca havia notado antes, perdida demais em seus próprios pensamentos.

Desde que começou a terapia, confrontar seus próprios demônios tem sido um desafio que ela hesita em enfrentar. Letícia, com sua calma inabalável e olhar que parece enxergar além das palavras, tornou-se uma guia em meio às incertezas, mas Ayumi ainda sente dificuldades em se despir emocionalmente. Mostrar sua alma, mesmo para alguém disposto a acolhê-la, parece um salto no escuro.

— Você trouxe o que combinamos na última sessão? — Letícia pergunta, folheando seu bloco de notas.

Ayumi assente devagar, retirando o caderno da bolsa com dedos hesitantes. O papel amassado nas bordas denuncia quantas vezes ela pensou em rasgá-lo.

— Escrevi algumas coisas, mas... ainda acho meio ridículo — murmura, olhando para o chão, onde seus pensamentos se perdem. Mostrar um texto para os amigos já é difícil. Mas compartilhar algo tão pessoal com sua terapeuta? É como entregar as chaves do cofre onde guarda suas inseguranças mais profundas.

Letícia sorri, compreensiva.

— Tudo bem se for ridículo. Muitas vezes, o que achamos pequeno tem um peso enorme. Você quer ler?

Por um instante, Ayumi considera a ideia, mas o nó apertado em sua garganta a impede. Ao invés disso, estende o caderno para Letícia, como se entregasse um pedaço de si mesma. A terapeuta o recebe com delicadeza e começa a ler em silêncio, os olhos percorrendo as linhas com um cuidado que faz Ayumi se encolher ainda mais. Quando termina, Letícia fecha o caderno devagar e a encara com suavidade.

— Você escreveu muito bem — Letícia diz, passando os dedos pelas páginas com cuidado. — Algumas partes me chamaram a atenção. Ouça isso.

Ela clareia a garganta e lê em voz alta:

— "Às vezes, me sinto como um eco distante, como se minha voz nunca fosse alta o suficiente para ser ouvida. Como se eu apenas ocupasse um lugar no mundo, sem realmente fazer parte dele. Como se minha existência fosse uma sombra ao fundo, não porque os outros não se importam, mas porque eu mesma aprendi a me esconder. Escolho o silêncio antes que alguém tenha a chance de me ignorar. Me retraio antes que possam me rejeitar. Como se ocupar um espaço fosse o máximo que me permito, sem nunca realmente deixar que me vejam de verdade."

Letícia ergue os olhos para Ayumi, observando sua reação com atenção.

— Isso é forte, Ayumi. Você realmente sente que apenas ocupa um espaço no mundo, sem fazer parte dele?

Ayumi abaixa o olhar, os ombros se contraindo ligeiramente.

— Eu... não sei. Às vezes, parece que sim. Mas eu sei que as pessoas se importam comigo. Sei que meus amigos gostam de mim... só que, sei lá. Sou eu quem escolho não aparecer tanto, quem prefere ficar de lado. Então, talvez a culpa seja minha. — Sua voz vacila no final.

Letícia inclina levemente a cabeça, pensativa.

— Você se esconde porque tem medo de não ser aceita?

Ayumi solta uma risada curta, sem humor.

— Talvez... ou porque, no fundo, acho que se ninguém olhar muito pra mim, ninguém vai ver meus defeitos.

Letícia sorri com compreensão.

— Mas e se fosse o contrário? Se uma amiga sua dissesse isso pra você, o que você responderia?

Ayumi franze a testa, refletindo. Por instinto, abre a boca para responder, mas hesita. Se uma amiga se sentisse assim, ela não diria que era idiota por pensar dessa forma. Nem que merecia ficar invisível.

Letícia percebe o conflito e decide guiá-la um pouco mais.

— Se alguém que você ama dissesse que sente que não merece ser vista, o que você diria a ela?

Ayumi respira fundo, com as palavras se formando antes mesmo de conseguir controlá-las.

— Eu diria que ela merece ser vista. Que as pessoas ao redor dela gostam dela de verdade. Que ela não precisa se esconder porque ninguém é perfeito, e isso não faz ninguém menos digno de carinho.

A sala fica em silêncio por um momento. Letícia cruza as mãos no colo e arqueia uma sobrancelha com um sorriso sutil.

— Interessante... e por que você não pode dizer isso pra si mesma?

Ayumi abre a boca, mas nada sai. As palavras que surgiram tão rápido para outra pessoa não pareciam tão fáceis de direcionar para si mesma.

Letícia a observa por um instante antes de continuar:

— Quero te propor algo um pouco mais desafiador.

As sobrancelhas de Ayumi se arqueiam em alerta.

— O quê? – Pergunta, o tom carregado de incerteza.

Letícia se levanta e caminha até um canto da sala onde há um espelho de corpo inteiro pendurado na parede.

— Quero que fique em frente ao espelho e diga o que acha de si mesma.

Um frio percorre a espinha de Ayumi, e o estômago se encolhe em protesto.

— Você está brincando, né? Ela solta uma risada nervosa, e seus olhos denunciam o desconforto.

— Não estou – Letícia responde, com um sorriso paciente. – Ayumi, você passa muito tempo lutando contra essa garota que vê no reflexo. Mas e se, por um momento, você falasse com ela em vez de apenas julgá-la?

A respiração de Ayumi se torna irregular. Nos olhos de Letícia, ela vê um incentivo silencioso, um empurrão para um abismo que talvez não seja tão fundo quanto imagina. Com passos vacilantes, se levanta e se aproxima do espelho. Seu reflexo parece distante, uma versão sua que carrega nos olhos a sombra de feridas antigas.

— O que eu digo exatamente? – Sussurra.

— O que sente agora, olhando pra ela?

Ayumi respira fundo e, ao encarar a própria imagem, seus olhos encontram os da garota que sempre desprezou, mas que, no fundo, só queria ser amada.

— Eu... – Começa, mas a voz falha.

Letícia se aproxima, sem invadir o espaço, mas o suficiente para dar apoio.

— Que tal começar com "desculpa"? Porque essa garota passou por muita coisa, não passou?

Ayumi sente a garganta se fechar. Fecha os olhos por um instante, tentando encontrar coragem em meio ao turbilhão dentro de si.

— Desculpa – murmura.

E então, como se uma represa se rompesse, as palavras fluem, acompanhadas de lágrimas quentes.

— Desculpa por não ter te defendido. Por deixar as palavras dos outros te atingirem tanto. Por não ter te dito que você era boa o suficiente. Por nunca ter acreditado nisso.

O choro se intensifica, mas ela continua, porque, pela primeira vez, sente que precisa dizer tudo:

— Desculpa por te olhar com tanto desprezo. Por te achar feia e sem valor. Por ser sua pior inimiga quando tudo o que você precisava era de alguém do seu lado. Você... não merecia isso.

Sua voz quebra, e ela leva a mão trêmula até o espelho, os dedos tocando o vidro frio como se quisessem romper a barreira que separa a dor do perdão.

— Eu não merecia isso – diz, a voz embargada, mas firme.

Letícia permanece em silêncio, permitindo que Ayumi processe o momento. Quando finalmente ela se afasta do espelho, os olhos ainda marejados, mas com um brilho diferente, a terapeuta lhe estende um lenço.

– Isso foi muito corajoso.

– Eu não sei se vai mudar alguma coisa – Ayumi murmura, enxugando as lágrimas.

– Vai. – Letícia afirma, convicta. – Pode não ser imediato, mas cada vez que você se permitir essa conversa, algo dentro de você vai se transformar. E isso é o começo de tudo.

Ayumi volta ao sofá, respirando fundo. Algo dentro dela ainda treme, mas não de medo – é como se algo tivesse se movido, se desprendido, se libertado. Agora, já não sente que está afundando.

Esse momento, essa pequena fagulha, pode ser o primeiro passo para uma mudança real. O caminho ainda é incerto, cheio de curvas e sombras que ela precisará enfrentar, mas, agora, Ayumi sente que pode tentar. Que pode, aos poucos, estender a mão para si mesma. Porque, no fim das contas, ninguém mais pode trilhar esse caminho por ela – e talvez, só talvez, ela esteja pronta para começar.

E, quando isso acontecer, ela abrirá espaço para que os outros também a amem. Mas primeiro precisa aprender a amar a si mesma.

O sol do fim de tarde derrama luz pela cozinha do apartamento, tingindo os utensílios com um brilho amarelado que parece suavizar até as angústias do dia. O cheiro do caldo fervendo se mistura ao som suave da música vinda da caixinha de som sobre o balcão. Entre ingredientes e gestos cuidadosamente ensaiados, Ayumi e Yoko cozinham juntas, como parte da recomendação da terapia. Tentam, aos poucos, reconstruir os laços que a vida tratou de desgastar.

Ayumi corta cenouras com precisão, sentindo o aroma misturar-se à melodia que ecoa no ambiente. O gesto é automático, mas sua atenção se desvia quando percebe algo incomum: sua mãe está cantarolando. Não que nunca tivesse feito isso antes... ou será que Ayumi simplesmente nunca tinha prestado atenção?

Yoko, por sua vez, observa a filha por sobre as panelas, estranhando o clima inesperadamente leve. Ainda não se acostumou com essa nova dinâmica entre elas. Não que seja ruim, muito pelo contrário. Mas é diferente. Ainda um pouco ensaiado. Ainda um pouco frágil. Ela torce para que um dia se torne natural. Da mesma forma que torce para que se torne natural entre ela e Michiko.

Seus pensamentos a levam de volta à ligação que fez, quando percebeu que não sabia como ajudar Ayumi sozinha. Ao telefone, a voz da mãe carregava uma mistura de surpresa e carinho – típico de mães. Boas mães. Yoko finalmente se permitiu pedir ajuda. Entre soluços contidos, também pediu perdão. Perdão por ter se oposto ao casamento da mãe com Oscar. Perdão por ter se afastado quando deveria ter ficado por perto. E Michiko, com a paciência de quem já viveu muito, apenas suspirou, aliviada, antes de dizer que nunca guardou ressentimento contra a filha. Que apenas agradecia por ela ter voltado atrás. Mas sua voz logo adquiriu um tom firme e acolhedor ao sugerir que Yoko levasse Ayumi para a terapia. *Ela precisa de apoio profissional, e você precisa entender como estar ao lado dela da melhor forma*, aconselhou.

O conselho da mãe não parou por ali. *Vocês perderam muito tempo se afastando uma da outra. Terapia familiar pode ajudar a recuperar o elo perdido. Há coisas que nós só conseguimos dizer quando temos espaço seguro pra isso*, disse com suavidade. Yoko enfim compreendia por que Ayumi amava tanto a avó. Espera que um dia ela consiga amá-la assim também.

O telefone vibra sobre a bancada no exato momento em que Ayumi termina de picar as cenouras. Ela limpa as mãos no avental e desliza o dedo na tela, atendendo sem pensar. Está tão acostumada às conversas despreocupadas com Beto que não se dá conta de que a caixa de som ainda está conectada.

— Oi, Beto.

— Oi, princesa.

O tom dele tem uma suavidade insinuante que a faz parar por um breve instante. Um pequeno arrepio percorre sua espinha. Yoko ergue uma sobrancelha, desviando a atenção da panela, mas mantendo um sorriso contido nos lábios, curiosa.

— Princesa? Desde quando virei princesa? — Ayumi pigarreia, voltando-se para os brócolis, os dedos levemente trêmulos.

— Desde que percebi que some e me ignora como uma realeza cheia de compromissos — ele responde, divertido.

Ayumi revira os olhos, mas o sorriso a denuncia.

— Talvez eu só esteja ocupada com minha vida, já pensou nisso?

— Ah, claro. Sua agenda deve estar lotada de compromissos importantes, tipo ignorar mensagens minhas e evitar qualquer chance de me responder. — O tom é teatral, mas há uma ponta de verdade ali que faz Ayumi morder o lábio para conter um sorriso.

Yoko finge se concentrar na panela, mas Ayumi sente o olhar atento da mãe. A tensão no ar é sutil, mas palpável.

— Você está sendo dramático agora, sabia? — Resmunga.

— Pensei que estivesse fugindo de mim...

Ela hesita, percebendo a armadilha implícita. A voz dele carrega um divertimento que ela não sabe como interpretar.

— Você precisa de uma namorada.

— Está se candidatando ao posto? — A provocação é casual, mas Ayumi sente o calor subir pelo rosto. Sem pensar duas vezes, desliga o bluetooth do celular.

— Você quer alguma coisa ou só ligou pra me perturbar? — Tenta soar irritada, mas o sorriso ainda brinca nos lábios.

Do outro lado, ele ri baixinho.

— Tá bom, vou parar... por enquanto. Mas não pense que vou me esquecer dessa história de você me ignorar.

— Nem se eu prometer responder mais rápido da próxima vez?

— Talvez. — Ele parece considerar a proposta. — Enfim, só queria saber se estava bem ou se havia sido abduzida.

— Estou bem. Sem sinal de marcianos por aqui.

Beto ri.

— Ótimo. Boa noite, princesa.

Ayumi revira os olhos, mas o sorriso já se tornou inevitável.

— Boa-noite, Beto.

Ela desliga, sentindo o rosto quente. Quando ergue os olhos, encontra o olhar divertido de Yoko.

— Quer me contar o que está acontecendo entre você e o neto do Oscar?

Ayumi solta um suspiro e volta a cortar os legumes.

— Nada está acontecendo, *okaasan*. O Beto só gosta de implicar comigo.

— Implicar te pedindo em namoro? — Yoko arqueia uma sobrancelha.

Ayumi encara a mãe, indignada.

— A gente ouviu a mesma conversa?

— Ele te chamou de princesa.

— Isso não significa nada. — Responde rápido demais, voltando a fatiar os legumes com mais força do que o necessário.

Yoko observa o desconforto da filha. Suas mãos inquietas. O jeito como evita encará-la. O silêncio se instala por alguns segundos, preenchido apenas pelo barulho ritmado da faca e pelo murmúrio da comida no fogão.

Então, sem muita premeditação, Ayumi solta:

— Eu contei ao Bernardo que gosto dele.

O som do caldo borbulhando parece se intensificar. Yoko abaixa um pouco a chama do fogão, voltando seu olhar para a filha.

— Ele não tem uma namorada?

— Tinha. Terminou há um mês e pouco.

Yoko cruza os braços, observando a expressão de Ayumi, que se mantém focada nos legumes como se quisesse se esconder neles.

— E o que ele disse?

Ayumi dá de ombros, forçando um sorriso.

— Ele só me quer como amiga.

Yoko se aproxima e pousa a mão no ombro da filha.

– Sinto muito, *musume*.

Ayumi solta uma risada sem humor.

– Eu meio que já sabia. Mas precisava contar pra ele, tirar isso de dentro de mim, sabe? Agora é seguir em frente – dá de ombros, casualmente.

Yoko assente devagar, observando a expressão da filha. Ela sabe que a menina está lutando para se manter feliz, mas ser rejeitada ainda a machuca.

Assim, para desanuviar o clima, diz, num tom leve:

– Então agora você tem a chance de elevar seus padrões. Só aceitamos pretendentes que tragam flores, chocolates e balões.

Ayumi ergue os olhos e, finalmente, sorri.

– E um cavalo branco, não se esqueça – acrescenta, em tom de piada.

Yoko ri, balançando a cabeça.

– Tudo que Hollywood prometeu, não é?

– Tudo que você merece – Yoko completa, a voz carregada de convicção e ternura.

O silêncio que se segue entre elas é tranquilo. Há um conforto inusitado naquele momento, como se o tempo tivesse desacelerado, permitindo que as duas apenas existissem ali, juntas.

Mas então um pigarro discreto corta o ar.

Ayumi ergue a cabeça e seu coração tropeça na própria batida. Não deveria, mas tropeça. Como um reflexo involuntário, uma resposta silenciosa à presença dele.

Dinho está parado na entrada da cozinha, meio sem jeito, as mãos nos bolsos do moletom. Seu semblante carrega uma hesitação perceptível, mas há um sorriso tímido brincando nos lábios. O jeito como ele a olha, como se estivesse reunindo coragem para dizer algo, faz com que Ayumi sinta um calor inesperado subir pelo peito.

– Oi, pessoa – ele profere, a voz rouca, carregada de um tom suave que a faz prender a respiração por um instante.

O mundo ao redor parece diminuir o volume e, por um breve segundo, é como se só existissem os dois.

Aprendi com as primaveras a deixar-me cortar e a voltar sempre inteira.
(Cecília Meireles)

Florescendo

Ainda tentando processar o turbilhão de emoções que a invade, Ayumi levanta os olhos e encontra Dinho parado na soleira da cozinha.

– Oi – a voz dela sai num fio, quase insegura.

– Seu pai me deixou entrar – ele explica com um sorriso hesitante. Seu olhar vai rapidamente de Ayumi para Yoko, captando as mudanças sutis nela. O corpo da mãe ainda revela uma certa rigidez, como quem reaprende movimentos depois de muito tempo, mas seu rosto agora é suave, mais leve.

– Pode ir, Mimi. Eu termino o jantar – voz gentil de Yoko puxa Ayumi de volta à realidade.

Ayumi assente devagar, largando a faca na bancada. Enxuga as mãos no pano de prato, sentindo o tecido áspero e familiar entre os dedos como um lembrete reconfortante de que está presente ali, agora.

O corredor parece se esticar à frente, longo demais, silencioso demais, exceto pelos passos suaves de Ayumi e a firmeza discreta dos pés de Dinho ao seu lado. A proximidade dele é como um campo gravitacional, algo que a puxa e repele ao mesmo tempo, um misto inquietante de segurança e incerteza. Ela inspira fundo antes de abrir a porta do quarto, ouvindo-a fechar atrás deles com um leve clique que ecoa em seu peito.

Sem aviso, Dinho dá um passo à frente e a envolve num abraço firme, como se precisasse garantir que ela realmente está ali, intacta. O corpo dela fica tenso por um instante, surpreendido pela intensidade daquele gesto inesperado. Lentamente, a tensão se dissolve enquanto o calor do corpo dele atravessa o tecido macio de sua camiseta, misturando-se ao perfume familiar, amadeirado e suavemente cítrico, que traz consigo lembranças de tardes passadas juntos, entre conversas profundas e risadas leves. Ayumi fecha os olhos, permitindo-se, por um breve momento, afundar naquele conforto silencioso. Suas mãos permanecem suspensas, incertas, até que finalmente pousam delicadamente nas costas dele, sentindo sob os dedos a textura do tecido e a firmeza reconfortante dos músculos tensos, como se ele também estivesse tentando compreender o que aquele abraço significa para ambos.

— Eu estava com saudade – a voz dele soa rouca, carregada de uma sinceridade que desperta borboletas inquietas no peito dela.

— Mas a gente se fala todo dia – Ayumi responde baixinho, quase num murmúrio, tentando esconder o leve tremor na voz ao admitir silenciosamente para si mesma que nenhuma mensagem digital substitui a intensidade daquele contato.

— Não é a mesma coisa – ele completa, olhando-a profundamente, como se tentasse transmitir em um único olhar tudo o que não cabe em palavras digitadas.

Ayumi sorri timidamente, o rosto aquecido pela magnitude daquele momento. Ela recua um passo delicado, criando uma distância segura, e indica a poltrona próxima com um gesto sutil. Ela mesma se senta na cama, ajustando nervosamente a barra da camiseta.

— Como você está? – Ele pergunta com suavidade, escolhendo cada palavra com cautela, como quem teme pisar num terreno frágil e desconhecido.

— Bem – a palavra escapa dos lábios dela com surpreendente leveza, trazendo uma sensação genuína que não sentia havia tempos. – Quer dizer, melhor. Aos poucos, sabe?

Dinho a observa atentamente, como se finalmente enxergasse algo que há tempos buscava encontrar nela. Uma luz que nunca brilhou ali de verdade aos poucos surge em seus olhos.

— Você realmente parece bem – ele sorri, notando cada detalhe dela, a leveza que começa a se fazer presente. – E finalmente tirou o gesso.

— Sim, hoje cedo. – Ayumi fala, rindo suavemente ao erguer o braço recém-libertado. – Nunca imaginei que algo tão banal quanto coçar o braço pudesse parecer tão incrível.

Ele solta uma risada baixa, preenchendo o ambiente como uma brisa leve, dissolvendo a tensão acumulada entre eles.

— Então... podemos voltar aos treinos? Quer dizer, se você ainda quiser – Dinho pergunta com um tom cuidadosamente controlado, mostrando uma insegurança que raramente permite transparecer.

Ayumi percebe imediatamente que a pergunta dele esconde algo mais profundo. Não se trata apenas dos treinos; é sobre os dois, sobre o equilíbrio delicado que se perdeu e que agora parece prestes a ser retomado.

— Sim, quero voltar – ela afirma, sem precisar nem pensar direito. – Preciso disso. É uma parte essencial da minha recuperação, se é que posso dizer assim.

Dinho acena lentamente, mas seu olhar permanece intenso, fixo nela, como se procurasse entender algo além das palavras que Ayumi escolhe com tanto cuidado.

— O que foi? – Ela pergunta, franzindo o rosto enquanto percebe a seriedade incomum no olhar dele.

Ele hesita por um instante, abaixando levemente os olhos, e Ayumi percebe a sombra de preocupação tomando conta de sua expressão. A voz dele sai baixa, insegura:

— Foi culpa minha?

Ayumi sente o coração acelerar, surpresa pela pergunta inesperada, e franze levemente a testa, confusa.

— Como assim?

Dinho suspira profundamente, passando a mão pela nuca num gesto inquieto, como quem tenta encontrar as palavras certas para anunciar algo desconfortável.

— Tudo aconteceu logo depois da nossa conversa. Fiquei pensando... e se eu tivesse dito algo diferente? Se tivesse sido mais cuidadoso?

Ayumi respira fundo, sustentando o olhar dele. Há uma fragilidade na expressão de Dinho que ela não costuma ver. Ele carrega culpa no semblante, como se achasse que um simples gesto seu tivesse sido a faísca para algo maior.

— Dinho, não foi culpa sua. — A firmeza na voz dela o faz encolher levemente os ombros. Ela nota o olhar dele, cheio de dúvidas e remorso, e se inclina um pouco para frente, querendo que ele realmente entenda. — Minha crise não surgiu do nada. Ela já estava lá, escondida, crescendo em silêncio, esperando apenas o menor gatilho para transbordar. Naquela noite, a sua rejeição doeu, sim, mas não foi você quem me quebrou. Foi só o ponto em que percebi o quanto já estava frágil. Eu não sabia como lidar comigo mesma, com tudo que sentia. E, quando você disse que me queria como amiga, foi como se aquilo confirmasse cada insegurança minha, cada dúvida sobre o meu valor. Mas a verdade é que isso já estava dentro de mim há muito tempo. O que aconteceu só expôs algo que eu precisava enfrentar

Ele escuta atento, absorvendo cada palavra como quem tenta se perdoar aos poucos.

— Uma vez você me disse que eu já recebia críticas demais dos outros pra fazer isso comigo mesma. — Ayumi continua com suavidade, um sorriso delicado surgindo nos lábios. — Racionalmente, eu sabia disso, mas emocionalmente... eu só queria ser outra pessoa. O tempo todo. Era como se eu estivesse constantemente fugindo de mim mesma, tentando caber em moldes que não me pertenciam, tentando ser alguém que, no fundo, eu sabia que nunca conseguiria ser.

Dinho se reclina na poltrona, a expressão suavizando enquanto ouve.

— Ninguém devia se sentir assim.

— Não. Mas agora entendo que mudar não é me apagar. É aprender a gostar de quem eu sou — Ayumi suspira, sentindo-se mais leve ao dizer essas palavras. — E, finalmente, acho que estou conseguindo.

Dinho sorri, aquele sorriso tranquilo que sempre a fez se sentir segura, mas, dessa vez, há um orgulho discreto por trás da expressão.

— Isso é maravilhoso, pessoa. Tô muito orgulhoso de você.

— Eu também – ela responde, o sorriso largo e os olhos brilhando.

— E sua mãe? Como estão as coisas?

— A gente tá melhorando, aos poucos. Fazendo terapia juntas, reconstruindo nosso relacionamento... Às vezes, parece que a gente tá aprendendo um novo idioma, sabe? Mas acho que finalmente estamos começando a nos entender.

— Eu vi vocês cozinhando juntas hoje – Dinho comenta com suavidade, captando os detalhes da expressão serena dela.

— Pois é. De certa forma, a cozinha virou um lugar seguro pra nós duas. É um jeito de enfrentarmos nossos traumas sem colocar tudo em palavras o tempo todo – ela dá de ombros, mas os olhos brilham ao mencionar esse novo elo com a mãe.

Dinho fica em silêncio, observando a tranquilidade inédita que Ayumi transmite. Ela está diferente; ele percebe no jeito mais leve com que ela se move, na confiança silenciosa em seus gestos, na calma que agora emana naturalmente de sua postura. Pela primeira vez em muito tempo, ela parece não estar fugindo de si mesma.

— Estou realmente feliz por você, Ayumi – ele confessa num tom sincero, quase reverente. – Você merece isso mais do que qualquer outra pessoa. Te ver florescer assim é a coisa mais linda do mundo.

O sorriso dela se expande devagar, como se um raio de sol rompesse as últimas nuvens de uma tempestade. Seus olhos se estreitam levemente, formando aquela expressão familiar que ele sempre adorou observar. Só que, dessa vez, não existe hesitação nem a tentativa habitual de se esconder. É um sorriso que reflete o alívio gradual de quem finalmente começou a se aceitar.

Na cozinha, Yoko está absorta, concentrada na finalização do jantar, quando Akira entra silenciosamente. Ele a observa por alguns segundos, percebendo como cada movimento dela é cuidadoso, quase como se tivesse medo de cometer algum erro.

— Posso ajudar? – Ele pergunta, num tom suave, mas firme o suficiente para fazê-la erguer os olhos, surpresa.

Por um instante, Yoko considera recusar. Mas o cansaço em seus ombros vence, e ela entrega o descascador de legumes, deixando escapar um suspiro.

— As batatas... se você puder descascá-las – murmura, voltando o olhar rapidamente para a panela com carne e cenouras.

Akira se posiciona ao lado dela, descascando os legumes com a destreza natural de quem já realizou aquela tarefa muitas vezes antes. O silêncio entre eles é profundo, mas não exatamente desconfortável. Apesar disso, carrega muitos significados.

Yoko passou os últimos dias evitando-o. Afinal, cada encontro com Akira é um lembrete do quanto errou com Ayumi, e estar próxima a ele amplifica a culpa que agora pesa sobre seu coração.

– Akira... – Ela começa, hesitante, mordendo o lábio inferior enquanto busca coragem para continuar. – Eu queria te pedir desculpas. Mais do que isso, queria te pedir perdão.

Ele pausa os movimentos, virando o rosto gentilmente para ela. Percebe o tremor quase imperceptível na voz da esposa e sente o peso que aquelas palavras carregam.

– Eu pressionei a Ayumi demais – confessa, a voz embargada pela emoção. – Durante anos, acreditei que estava fazendo o melhor pra ela, cuidando dela... mas tudo que fiz foi empurrá-la para um lugar onde ela se sentia cada vez mais perdida.

Akira coloca uma das batatas já descascadas na tigela, observando as mãos de Yoko apertarem a colher com força exagerada. Ele suspira fundo antes de responder:

– Eu também não fiz minha parte – ele admite, a tristeza pesando em sua voz. – Talvez, se eu tivesse prestado mais atenção, se eu tivesse perguntado mais, escutado mais... nossa filha não teria sofrido tanto.

Yoko apoia-se contra a pia, desviando o olhar para as chamas suaves que dançam sob a panela.

– No começo, eu só queria que ela realizasse meu desejo, que fosse modelo. Depois, quando vi que isso não aconteceria, tudo que desejei foi que ela se encaixasse nos padrões, pensando que isso a faria mais feliz e segura. Mas, sem perceber, acabei quebrando algo precioso dentro dela. Não enxerguei o quanto minhas expectativas estavam causando dor...

Akira dá um passo mais perto, abandonando o descascador na bancada. Não tem palavras mágicas nem soluções prontas, mas há algo em seu olhar que acalma o coração de Yoko.

Ele a envolve num abraço firme, e ela se permite relaxar, escondendo o rosto contra o peito dele. Não chora abertamente, mas seus ombros tremem suavemente, revelando toda a emoção reprimida.

– Me perdoa por ser uma mãe tão tóxica – sussurra, quase num fio de voz. – E por só perceber isso agora, depois de tantas vezes em que você tentou me alertar. Achei que você fosse negligente com ela, mas, no fim, fui eu quem...

– Shh, está tudo bem, *itoshii* – ele a interrompe com ternura, acariciando suas costas delicadamente. – Vai ficar tudo bem. Você percebeu enquanto ainda há tempo.

— Acha que um dia ela vai me perdoar, Akira? — Yoko pergunta, levantando os olhos para ele, em busca de esperança.

Akira suspira com suavidade, mantendo-a perto. Seu queixo repousa carinhosamente sobre os cabelos dela.

— Acho que a Ayumi já começou a perdoar você — ele responde, com convicção serena. — Quanto ao resto, podemos consertar juntos.

Yoko fecha os olhos por um instante, absorvendo aquelas palavras como se fossem um bálsamo para sua alma. Quando enfim se afasta um pouco, há um brilho renovado em seu olhar.

— Obrigada, Akira — murmura, grata por aquele instante precioso.

Ele sorri com carinho e volta a descascar as batatas. O silêncio reconfortante entre eles é uma prova de que as coisas vão, sim, ficar bem.

> Amor é fogo que arde sem se ver.
> (Luís de Camões)

Uma chama invisível

Quando Ayumi aceitou o convite para a tarde de piscina na casa de Cristiano, tinha em mente mais do que simplesmente assistir aos amigos se divertindo. Em sua mochila, cuidadosamente dobrado entre a toalha e um livro, está um biquíni novo que ela demorou uma eternidade para escolher. Cada peça foi analisada minuciosamente, tanto na loja quanto em frente ao espelho do seu quarto, em busca da coragem necessária para enfrentar seu maior desafio até agora. Ela fez uma lista mental de tudo que deseja superar para se sentir mais segura, e expor-se dessa forma está no topo da lista. Claro que sabia que não seria fácil, mas não imaginou que o medo seria tão intenso.

O Sol brilha forte, fazendo a piscina de azulejos claros cintilar como um cristal azul-turquesa. Ayumi sente a pele esquentar e aperta ainda mais forte a barra da camiseta, como se aquela fosse sua última proteção contra os olhares que tanto teme.

Na mochila, o biquíni parece provocar, desafiando-a silenciosamente. Seu coração acelera só de pensar em vesti-lo, expondo todas as inseguranças que ela tenta esconder. O medo familiar se infiltra, sussurrando dúvidas cruéis: e se rirem quando ela virar as costas? E se Cristiano notar suas imperfeições? E se Marina se incomodar com a atenção que ela talvez atraia?

Cristiano interrompe seus pensamentos saltando na água com um grito animado, espalhando respingos para todos os lados. Marina, impecável como sempre, já está sentada na borda, o maiô ajustado perfeitamente ao corpo, e seus óculos escuros escondendo olhos atentos e observadores. Leo, tranquilo e alheio às expectativas dos outros, se alonga e mergulha com uma elegância silenciosa.

Ayumi observa seus amigos com uma mistura de inveja e ansiedade, lutando contra as próprias inseguranças enquanto tenta reunir coragem suficiente para enfrentar o primeiro grande desafio da sua lista – e de sua vida.

– Não vai entrar, Ayumi? – Cristiano pergunta, apoiado na beira da piscina. – A água tá uma delícia!

Ela tenta sorrir, mas a hesitação é visível em seu rosto. Marina percebe na mesma hora.

– Se quiser, a gente entra junto – oferece, com um tom gentil enquanto ajeita uma mecha de cabelo atrás da orelha.

Ayumi abaixa os olhos, engolindo a vontade de dizer "quero". Ela deseja profundamente sentir a água fresca contra a pele quente, mergulhar e esquecer todas as dúvidas. Mas o biquíni agora parece muito menor do que na loja.

– Por enquanto, não – murmura, girando a pulseira no pulso, fingindo desinteresse.

Leo lança um olhar compreensivo para a garota, oferecendo-lhe um sorriso que dispensa palavras. Ele entende bem suas lutas internas e prefere não a pressionar.

– Não vai mesmo aproveitar esse Sol maravilhoso? – Cristiano insiste, brincalhão.

– Acho que hoje vou só olhar, mesmo – responde, ainda num tom baixo, tentando parecer indiferente, como se não fosse nada demais.

Cristiano revira os olhos, pronto para insistir mais, mas Marina interrompe suavemente:

– Deixa ela decidir no tempo dela, Cris. Se ela quiser, entra depois. Né, Ayumi? – Marina prossegue, piscando discretamente.

Ayumi agradece com um sorriso tímido, sentindo-se grata pela compreensão da amiga. Cristiano desiste da insistência com um suspiro dramático e mergulha de novo, desaparecendo sob a superfície azul cristalina. Marina volta seu olhar para o céu, fingindo não perceber o dilema silencioso da amiga e dando-lhe espaço para que encontre sua própria coragem.

Subitamente, a garota se lembra de todas as vezes que deixou em que ficou parada naquele exato ponto, paralisada pelo medo, adiando para "a próxima vez" aquilo que desejava desesperadamente fazer no presente. Essas memórias, carregadas de arrependimento e frustração, a empurram para frente com uma força avassaladora. Determinada a não repetir os mesmos erros, ela agarra a mochila e caminha até o banheiro. Evita o espelho com uma firmeza quase feroz. O coração dispara e suas mãos tremem enquanto veste rapidamente o biquíni, sentindo o tecido frio tocar sua pele como uma prova tangível da coragem que decidiu assumir. Colocando a toalha por cima como uma fina camada de segurança, retorna à piscina com passos firmes, esforçando-se para ignorar os olhares imaginários que insistem em persegui-la.

– Aí, sim! – Cristiano comemora, exibindo um sorriso largo de aprovação.

Marina também dá um sorriso para a amiga, encorajando-a sem precisar dizer nada. Leo ergue o polegar de leve antes de se virar e mergulhar de novo, como se dissesse: "Eu sabia que você ia conseguir".

E Ayumi, mesmo sentindo o coração disparado, fecha os olhos e pula na água, deixando que o choque da temperatura carregue consigo uma parte de suas inseguranças.

Na borda da piscina, Cristiano aproxima-se lentamente de Marina, que ainda observa Ayumi finalmente relaxar enquanto Leo a ajuda a boiar. Ela sente orgulho da amiga por finalmente começar a enfrentar seus medos.

Cristiano nota que Marina está estranha ultimamente. Mais silenciosa, distante. Algo pesa sobre ela, mas ela não fala nada. Ele tem suas suspeitas – talvez as dificuldades de Ayumi a estejam angustiando, especialmente por não ter percebido antes. Ele não quer ser invasivo, mas adoraria que ela confiasse nele o suficiente para dividir o que a incomoda.

– Você fica linda assim, sabia? – Cristiano sussurra, encostando-se ao lado dela.

Marina arqueia uma sobrancelha, mas não consegue segurar o sorriso.

– Assim como?

– Relaxada, com esses óculos, olhando o céu, perdida na contemplação.

Ela revira os olhos, mas a expressão suaviza.

– Você sabe que elogios óbvios não impressionam ninguém, né? – brinca, mordendo o lábio.

Cristiano ri baixo e desliza a mão levemente sobre a dela, sentindo a pele quente sob o Sol.

– Então deixa eu tentar de novo – diz, tirando delicadamente os óculos dela, revelando os olhos azuis que o fascinam. Mas, assim que o faz, percebe a hesitação nela. Algo realmente não está bem.

– Você é incrível, Marina. Não só por estar ao lado de todo mundo, mas porque você dá tudo de si em cada coisa que faz. E sempre me desafia a ser melhor. Eu gosto disso.

Marina desvia o olhar, mordendo o lábio. Ela quer acreditar nele. Como nunca. Mas ainda pode ouvir as vozes daquelas garotas no banheiro, zombando, dizendo que ela é comum demais para alguém como Cristiano. Que ela não tem nada de especial. Que ele, bonito e carismático, logo vai perceber que poderia ter alguém melhor. As palavras se entrelaçam com seus medos, corroendo sua confiança. Mesmo agora, com ele a olhando daquele jeito intenso, uma parte dela se pergunta se ele já não começou a perceber isso.

Ela fecha os olhos por um instante, tentando afastar as dúvidas. Sente o calor da mão de Cristiano roçando a sua, a paciência dele enquanto espera por algo que ela não consegue expressar. Marina gostaria de acreditar que, para ele, ela basta. Gostaria tanto...

Suspirando, ela encara Cristiano e sorri de leve.

– Você sabe falar bonito quando quer.

Ele aproveita a abertura e se inclina, os olhos brilhando com sinceridade.
– Porque é a verdade. E eu estou aqui, coração. Você sabe disso, não sabe? – Completa, olhando-a profundamente.

Por um instante, Marina hesita, quase deixando escapar tudo aquilo que a inquieta. Mas o medo de parecer insegura e infantil a impede. Então, em vez de palavras, ela deixa que seus dedos deslizem pelos cabelos molhados dele, puxando-o para um beijo doce e envolvente. O gosto suave de cloro misturado à essência dele provoca um arrepio bom em seu corpo, fazendo-a se esquecer, ainda que brevemente, de todas as suas incertezas.

Quando se afastam, Cristiano a encara, um sorriso travesso brincando nos lábios.

– Essa é sua maneira de me deixar sem palavras?
– Funcionou?
– Ainda não sei... – Ele inclina a cabeça, avaliando-a com olhos brilhantes. – Talvez eu precise de outro beijo pra ter certeza.

Marina solta uma risada baixa e, antes que ele possa insistir, o empurra sem aviso. Cristiano cai na piscina, ocasionando um grande respingo. Ao emergir, os cabelos grudados na testa e um olhar surpreso, ele ri.

– OK! Agora, sim, estou sem palavras!

O interfone toca algum tempo depois, interrompendo a descontração do grupo.

– Deve ser o Dinho, vou atender – Cristiano avisa, saindo apressado da piscina e deixando um rastro de pegadas molhadas pelo chão.

Ayumi aproveita a distração para sair da água, sentindo que já desafiou bastante seus limites por hoje. Ao vestir a camiseta comprida e o short, sente-se confortavelmente protegida outra vez. Senta-se na espreguiçadeira, fingindo interesse em tomar sol enquanto respira aliviada.

Marina e Leo percebem sua retirada estratégica, mas, cúmplices, fingem não notar.

Segundos depois, o celular vibra sobre a espreguiçadeira, chamando a atenção da garota. Ao ver o nome na tela, ela sorri de leve, balançando a cabeça com uma mistura de surpresa e diversão.

– Quem é? – Marina pergunta, com interesse evidente.
– O Beto – responde, tentando parecer causal, mas com as bochechas coradas. – Ele tá ligando por vídeo. Vou apresentar vocês.

Marina troca um olhar divertido com Leo antes de acrescentar:
– Finalmente vamos conhecer o famoso Beto!

Ayumi lança um olhar envergonhado para Marina, que apenas sorri ainda mais. Leo também segura uma risada discreta.

Na tela, o rosto alegre e descontraído de Beto surge, com os cabelos levemente bagunçados e aquele jeito despojado que sempre deixa Ayumi à vontade.

— E aí, sereia, já mergulhou ou ainda tá reunindo coragem? — Ele brinca, com seu flerte habitual, fazendo Ayumi sentir-se ainda mais constrangida diante dos amigos.

— Já entrei! — Ela responde, acrescentando apressadamente: — Esses são meus amigos, Marina e Leo.

Marina acena animadamente e Leo sorri com simpatia.

— E aí, pessoal! Tudo certo com vocês? — Beto cumprimenta com naturalidade.

Antes que a conversa prossiga, Cristiano volta acompanhado por Dinho. A atenção deste se fixa instantaneamente na tela do celular de Ayumi. Ao perceber o rosto alegre e despreocupado de Beto na chamada, o sorriso dele desaparece, substituído por uma expressão mais séria e reflexiva. Por um breve momento, seus olhos se estreitam, revelando um misto de curiosidade e algo que beira a irritação.

— Oi, pessoal? — Dinho cumprimenta, tentando soar indiferente, mas sua voz carrega uma tensão disfarçada.

Ayumi ergue o rosto, dando um sorriso amistoso.

— Oi, Dinho! — Ela faz uma breve pausa antes de apontar para a tela do celular. — Lembra do Beto? A gente foi àquela exposição juntos.

Marina morde o lábio discretamente ao notar a mudança na expressão de Dinho enquanto Leo apenas observa, esperando para ver o desfecho da cena.

Dinho cruza os braços, uma tentativa fracassada de parecer relaxado.

— Claro que lembro — responde, seco.

Do outro lado da ligação, Beto sorri tranquilamente, sem parecer notar o clima pesado:

— Fala aí, cara! A Luísa falou que gostou bastante daquele rolê que vocês fizeram.

Ayumi sente o estômago revirar. Aquela lembrança não era necessária. Dinho e Luísa. Um detalhe que ela preferia esquecer.

Dinho apenas assente, um movimento curto, antes de desviar o olhar para a piscina, como se o assunto já não lhe dissesse respeito. Mas Ayumi percebe. O jeito como ele aperta a mandíbula, a forma como os dedos tamborilam contra o braço... Ele não está indiferente. Não de verdade.

E, por algum motivo que ela ainda não entende, isso a deixa satisfeita.

Mais tarde, enquanto o céu ganha tons alaranjados do entardecer e as risadas do grupo ecoam ao redor, Dinho se aproxima silenciosamente de Ayumi, que está sentada sozinha na beira da piscina, os pés na água gelada.

— Não sabia que caras tatuados faziam seu tipo — o rapaz comenta, usando um tom casual demais para ser genuíno.

Ayumi vira o rosto lentamente, arqueando uma sobrancelha enquanto observa a expressão dele, tentando desvendar o motivo daquela aproximação repentina.

— Desde quando se importa com meu tipo? — Ela pergunta, com um tom desafiador, embora sinta uma leve ansiedade crescer no peito.

Ele dá de ombros com uma tentativa falha de indiferença, fixando o olhar na água como se buscasse ali uma explicação que não encontra.

— Não é isso... só achei curioso. Até outro dia, você estava dizendo que gostava de mim, e agora já tá aí, flertando com esse cara. — Ele solta um riso curto, sem humor. — E outra, fui eu que disse pra você ir atrás dele, lembra?

A voz dele soa quase como uma desculpa, como se precisasse se proteger de alguma coisa que nem ele entende direito. Mas Ayumi sente o rosto arder com as palavras dele.

— Ah, entendi. — O tom dela se eleva levemente. — Você pode flertar com quem quiser, sair com uma garota diferente todo dia, mas, se sou eu que faço isso, de repente vira um problema? Engraçado, não sabia que era tão seletivo com as regras.

Dinho a encara, os olhos escurecendo, mas não rebate de imediato. Ele passa a língua pelos lábios, como se estivesse tentando engolir algo que ficou preso na garganta.

— Não precisa ficar na defensiva... — Murmura, hesitante. — Eu... talvez tenha me enganado e vocês não combinem.

Ayumi solta uma risada incrédula.

— E o que combina comigo, Dinho? Ficar esperando enquanto você decide se me quer ou não?

Ele não responde. Mas o silêncio dele grita.

Ayumi cruza os braços, o peito queimando com a frustração acumulada.

— Você deixou bem claro que queria ser só meu amigo — continua, a voz firme. — Foi você quem traçou esse limite entre a gente. Então não tenta me dizer agora com quem eu posso ou não me envolver.

Dinho desvia o olhar, mas o maxilar travado o entrega. E Ayumi vê. Vê o lampejo de ciúme nos olhos dele, vê o conflito, vê tudo que ele se recusa a dizer. Parte dela quer apertar essa ferida, arrancar dele alguma reação verdadeira. Mas outra parte sabe que não adianta. Não mais.

Ela respira fundo, relaxando o tom.

— Eu gosto de você, Dinho. Gosto de verdade. Mas não posso me prender a isso. Se tem uma coisa que aprendi, é que mereço ser feliz. — Ela segura o olhar dele. — Você foi a primeira pessoa que me fez sentir desejada, quando me beijou. Mas o Beto... ele tá me mostrando que eu não preciso gostar de alguém em segredo. Com ele, eu posso flertar abertamente, sem medo.

Ela solta uma risada curta, balançando a cabeça.

— Se não fossem os mil quilômetros entre a gente, pode apostar que eu faria bem mais do que flertar com ele.

Dinho abre a boca para responder, mas vacila. O conflito dentro dele é quase palpável. Ele engole em seco, balança a cabeça e, por fim, apenas murmura:

— Se é isso que você quer...

Ayumi solta um suspiro e se levanta. Pega a toalha, enxuga os pés com calma e encara Dinho uma última vez antes de dizer:

— Não é o que eu quero. É o que eu preciso. — Seu tom é calmo, carregado de certeza. — Mas obrigada por me dar pelo menos uma certeza hoje.

Ele franze o cenho.

— Que certeza?

Ela sorri. Pequeno, mas significativo.

— Que você se importa. Mesmo que não admita.

Dinho fica imóvel, acompanhando-a com o olhar enquanto ela se afasta para se juntar aos outros. Algo dentro dele se remexe, um incômodo sutil, como se suas certezas tivessem acabado de ganhar rachaduras.

> Estamos dormindo até nos apaixonarmos!
> (Leon Tolstói)

Quando tudo faz sentido

Ultimamente, Dinho se sente como um fantasma vagando pelos próprios dias – um vulto perdido dentro de sua própria existência, sem saber ao certo para onde ir. Quando Dani o traiu com seu pai, foi como se o chão tivesse sumido. Ficou arrasado, no fundo do poço. De verdade, nunca tinha experimentado uma dor tão dilacerante, uma traição tão absurda. E não foi só por ela. A ferida mais profunda, a que o empurrou para o limite, foi saber que a facada veio de quem menos esperava. Seu próprio pai – a pessoa que deveria protegê-lo – foi justamente quem escolheu traí-lo. Foi um golpe cruel, que o lançou à beira do abismo.

A mágoa foi como um peso no peito, constante e sufocante. Dinho queria se fundir ao sofá da sala, beber até os pensamentos virarem fumaça, até os neurônios não conseguirem mais gritar aquelas lembranças. Estava bem com isso – ou pelo menos fingia que estava – até o dia em que Ayumi apareceu na porta do seu apartamento, trazendo consigo um olhar preocupado e um ombro amigo. Ele já sabia, no fundo, que ela não se contentaria com um telefonema apressado.

Foi estranho – e ao mesmo tempo bom – ter alguém ali, só ouvindo. Sem julgamentos. Sem conselhos vazios. Apenas escutando, enquanto ele esvaziava as palavras e a dor junto com elas. E, no meio daquela espiral, lembrou-se de quando a levou para casa, naquela noite improvável, quando a encontrou perambulando pela Carpe Noctem como se fosse parte daquele universo. Como se pertencesse àquela atmosfera escura e barulhenta – e não fosse só uma adolescente com identidade falsa e olhar perdido. Talvez os traços físicos tivessem enganado a portaria, mas o jeito... Ah, o jeito dela não mentia. Para quem realmente olhasse, para quem soubesse enxergar além da superfície, era impossível não perceber.

A música pulsava como um coração descompassado dentro da boate, e as luzes neon dançavam nas paredes, pintando tudo em tons elétricos de azul e roxo. Ayumi se agarrava à borda do balcão, os dedos apertados ao redor de um copo com uma dose de tequila dourada que prometia apagar qualquer tristeza.

Ela tinha conseguido entrar com sua identidade falsa e agora estava ali, num mundo que não era seu, mas onde, por algumas horas, poderia fingir que era. Já estava levemente alterada quando ligou para Marina, rindo alto, declarando amor à tequila e anunciando que aquela era sua fuga. Desabafou sobre a mãe, sobre as cobranças, sobre o peso – não só o do corpo, mas o do olhar alheio.

Tudo começou com mais uma briga. Chocolates e biscoitos escondidos como pequenos atos de rebeldia, a fiscalização constante, as palavras afiadas da mãe dizendo que ela precisava "se cuidar". Como se já não fosse difícil o bastante existir no próprio corpo. Como se ela não soubesse que nunca seria como a Dani, a garota de pernas maravilhosas e sorriso perfeito que agora estava do outro lado do bar, cochichando algo no ouvido de Dinho.

Dinho.

O coração de Ayumi tropeçou ao vê-lo. Era uma ironia do destino que justo ele estivesse ali, no mesmo espaço apertado e quente onde ela tentava se perder. Dani tinha o braço enroscado no dele, o corpo perfeito colado ao dele, e Ayumi desviou o olhar antes que a dor a sufocasse mais do que o álcool.

Dinho não gostava daquele tipo de ambiente. O cheiro forte de bebida, os corpos se apertando na pista, a música alta, a sensação de que tudo ali era excessivo. Mas Dani queria sair, e ele, como namorado, estava ali para acompanhá-la.

Ela gritou em seu ouvido, pedindo um *drink*, e logo voltou a atenção para os outros amigos. Dinho caminhou até o bar, desviando das pessoas que se espremiam ao redor do balcão, tentando chamar a atenção do *barman*. O lugar estava abafado, carregado do cheiro de álcool derramado e perfume doce demais. Ele passou a mão pelos cabelos, já arrependido de ter aceitado aquela noite ali. Enquanto esperava, seus olhos percorreram o ambiente sem muito interesse – até que um detalhe prendeu sua atenção de imediato.

Ayumi.

O choque foi instantâneo. Ele piscou, achando que sua visão podia estar pregando uma peça. Mas não. Era ela. Cabelos presos de qualquer jeito, maquiagem pesada, diferente do que ela costumava usar. Estava deslocada no ambiente, e aquele olhar... meio perdido, meio distraído. Mas o que mais o preocupou foi o copo que ela segurava, os dedos apertados ao redor do vidro como se fosse um escudo.

Seu estômago apertou. Ayumi não deveria estar ali. Não era apenas a surpresa de vê-la na boate, mas o fato de que ele sabia que ela ainda não tinha 18 anos. Como tinha entrado? Quem tinha deixado? E mais do que isso: por que estava ali? O desconforto aumentou, algo dentro dele gritou que aquilo estava errado.

Ele se aproximou de onde ela estava. O olhar dela encontrou o dele, levemente desfocado. A surpresa dele se misturou a uma inquietação incômoda.

— O que você tá fazendo aqui, Ayumi? — Ele não conseguiu disfarçar a seriedade na voz.

Ela piscou devagar, como se tentasse colocar as ideias em ordem.

— Me divertindo. Dá pra acreditar? — Disse, erguendo o copo num brinde debochado. — Não é isso que todo mundo faz aqui?

Dinho sentiu um peso no estômago. Ayumi não estava bem. O tom de voz, o olhar perdido, a forma como o corpo dela oscilava levemente...

— Você tá bêbada? — Ele estreitou os olhos.

— Eu? Imagina... — Ela riu, mas o som não combinava com ela. — Só um pouquinho alegre. Você deveria tentar. — Apontou para o bar. — Apesar de que, pela sua cara, deve ser o motorista da rodada.

Dinho ignorou a provocação. Inclinou-se um pouco, falando o mais baixo que o ambiente permitia:

— A sua mãe sabe que você tá aqui?

Ele viu quando a expressão dela se fechou. O sorriso desapareceu.

— Minha mãe nunca sabe de nada. Nunca entende. — Ela suspirou, passando a mão pelo rosto. — Você acha que é fácil ser eu? Ter que ouvir todos os dias que eu preciso mudar? Que ninguém nunca vai gostar de pessoas como eu?

Dinho ficou sem palavras. Ele conhecia Ayumi há anos, porque ela era melhor amiga do seu irmão, mas nunca a tinha visto tão vulnerável. A risada dela veio carregada de algo que ele não conseguiu decifrar.

— Claro que você não entende. Porque você é lindo. — Ela olhou para a forma como a camisa dele marcava os músculos definidos e apoiou o rosto na mão, suspirando. — Olha o seu corpo. De longe, você é o cara mais *sexy* dessa balada inteira. — Continuou falando. Não devia, mas a névoa em sua mente parecia ter desconectado o fio da noção. — Mas não conta pra ninguém que eu disse isso, tá? É um segredo.

Dinho teria rido, se não estivesse tão preocupado.

— Tequila é bom, né? Na primeira dose, eu fiquei chocada como queima. Mas agora eu entendo por que todo mundo gosta desse negócio.

— Bom mesmo é a ressaca do dia seguinte — ele zombou, e ela franziu o rosto.

— Ah, não, eu vou ter ressaca? Por outro lado, é mais uma experiência vivida, né?

Ele segurou a ponte do nariz, pensando no que fazer.

— Ei, Dinho — ela proferiu, puxando-o pela camisa para mais perto. — Você não devia estar aqui.

— Quem não devia estar aqui é você – ele retruca, suspirando.

— Mas a sua namorada vai ficar brava. Eu vi você com ela. Que inveja eu tenho. Queria ter alguém pra cuidar de mim e me amar assim, a ponto de vir num lugar desse contra a vontade.

— Por que acha que eu não curto esse lugar? – Ele pergunta, arqueando a sobrancelha.

— Porque é a única pessoa que tá com uma cara séria aqui dentro. Relaxa, Dinhooooo – ela deu algumas batidinhas no rosto dele cambaleando para o lado e quase perdeu o equilíbrio, mas ele a segurou com um braço antes que caísse.

Dinho sentiu algo diferente no peito. Antes que pudesse reagir, ela tentou dar um passo para trás, mas o mundo pareceu girar para ela. Ele segurou seu braço novamente, com mais firmeza.

— Eu vou te levar pra casa. – Não é uma sugestão.

Ela abriu a boca para retrucar, mas desistiu. Só suspirou. E, pela primeira vez naquela noite, pareceu aliviada.

Depois, quando a beijou – de maneira impulsiva e inesperada até para si mesmo – tentou fingir que nada daquilo havia sido real. Um lapso, um tropeço entre amigos numa noite pesada, onde tudo parecia desabar. Achou que, se fingisse não se lembrar, tudo voltaria ao normal. Para ele. Para ela. Especialmente para ela. Ayumi é uma garota romântica, ainda inexperiente nos terrenos escorregadios dos sentimentos. Ele não queria ser o cara que ensinaria a parte amarga do amor. Não queria ver a amizade deles desmoronar por alguns minutos de confusão e desejo. Fingir amnésia foi a forma mais segura – e covarde – de tentar apagar o caos que aquele beijo deixou.

Eles são amigos, afinal. E isso, para ele, é quase sagrado. Não podia se dar ao luxo de perder a leveza que existia entre os dois. Após se convencer com essa desculpa esfarrapada, mergulhou na rotina de solteiro com afinco, saindo com garotas diferentes, sem abrir espaço para conexões profundas. Não estava em busca de um relacionamento novo. Nem estava brincando ou enganando ninguém, tampouco a si mesmo. Queria anestesia. Ruído para calar os pensamentos. E funcionou. Pelo menos até o dia em que Ayumi, com olhos brilhando de esperança e medo, disse que gostava dele de outro jeito. Naquele instante, Dinho sentiu como se tivessem roubado a firmeza de suas pernas. Não estava preparado para aquilo. Na sua cabeça, ela havia confundido tudo, se deixado levar.

Mas então... tem essa sensação estranha em seu peito, esquisita, sempre que ela está por perto. Como se Ayumi roubasse um pouco do seu ar sem nem perceber. E ficou pior depois que ela disse que ele se importava, mesmo que nunca admitisse. Claro que ele se importa. Mas não do jeito que ela espera... certo?

Certo?

Dinho começa a duvidar da própria sanidade. Roendo a cutícula com força, solta um suspiro tenso e sai do seu apartamento. Eles têm treino marcado naquela noite e, embora já tenham trocado palavras no colégio e por telefone desde a tarde na casa e Cristiano, há algo desconfortável entre eles. Incômodo. Como se pisassem em ovos, evitando o assunto que paira entre os dois como uma nuvem carregada. Dinho odeia isso. O desconforto. A distância invisível. A incerteza.

O celular vibra. Mensagem de Ayumi:

> Vou te esperar nas esteiras, tô aquecendo.

Ele caminha até o prédio dela com passos firmes demais para a confusão que carrega por dentro. Entra na academia – um lugar que conhece como a palma da mão –, mas hoje tudo parece levemente deslocado. Como se o espaço também sentisse a mudança entre eles. O cheiro familiar de ferro, suor e esforço preenche o ar, mas Dinho mal o percebe.

Segue até a área das esteiras, os olhos procurando por Ayumi com um aperto no peito. Quando a vê, sente uma pontada de saudade que não sabe explicar. Seu coração salta como se a visse pela primeira vez. Ele precisa de um segundo para recuperar o fôlego antes de se aproximar.

– Ayumi? – Chama, parando a poucos passos.

Ela reduz a velocidade da esteira, lançando um breve olhar a ele antes de sorrir. Um sorriso educado, distante. Não é o sorriso caloroso que ele conhece, e isso o deixa desconfortável.

– Oi, Dinho. Tudo bem?

Ele apenas assente.

– Terminou o aquecimento? – Ele pergunta, tentando soar normal.

– Sim. Tô pronta pra musculação.

– Certo.

Eles caminham até a área de pesos, quase vazia. Dinho pega dois halteres e a ajuda a se posicionar para fazer um exercício chamado rosca martelo, alinhando sua postura. Quando toca nos ombros dela, sente a tensão. Ambos percebem. Os olhos se encontram no espelho por segundos demais. Ele engole em seco.

– Ayumi, sobre o outro dia... eu queria me desculpar, eu...

Ela faz um gesto com a cabeça, interrompendo-o.

– Não se preocupa. Tá tudo bem.

— Não tá tudo bem — rebate, fechando os olhos por um instante. — O clima entre a gente tá estranho. Eu odeio isso.

Ayumi apoia os pesos no chão e o encara.

— Eu também odeio.

— Me desculpa pelo que falei. Você tá certa, eu não devia ter me metido na sua vida. Se acha que o Beto é um cara legal, tem mais é que investir.

Ayumi observa a expressão de Dinho em busca de algum sinal de que esteja falando da boca para fora. Mas é provável que não esteja. Talvez o fato de ele se importar só queira dizer que se preocupa com ela, como ele havia explicado. Algo fraterno.

— Tudo bem. O Beto é um cara legal, mas, como eu disse, mil quilômetros nos separam.

Talvez por isso Dinho tenha dito aquilo. Como quem incentiva uma história fadada ao fracasso pela distância...

— De toda forma, é só um flerte bobo. E agora, eu ando bem ocupada com o Renato.

— Oi? — Dinho questiona, arqueando as sobrancelhas. — Renato? Que Renato? — As palavras saem atropeladas.

Ayumi sorri de forma enigmática, achando curiosa a forma como Dinho a encara.

— Ninguém que você conheça. Ainda.

— É do colégio?

— Não, não foi no colégio que a gente se conheceu. — Ela continua dizendo. — Minha mãe não foi muito com a cara dele, embora meu pai o adore.

— A quanto tempo vocês...?

— Quantas perguntas, pessoa! Deixa de ser curioso. No momento certo vocês vão se conhecer.

Dinho trava a mandíbula. Não tem certeza se quer conhecer esse cara.

Ayumi continua sorrindo, como quem detém um segredo precioso. Ela percebe: Dinho se importa mais do que quer reconhecer. E se o jogo agora era de estratégia, ela está pronta. Não carrega sangue japonês à toa.

Enquanto ela se exercita, Dinho não consegue se concentrar. O nome "Renato" gira em sua mente. Quem era esse cara, afinal? Um amigo, um flerte ou algo mais? E por que diabos isso estava corroendo tanto sua paz?

Mais tarde, já em seu apartamento, toma um banho frio, tentando afastar a imagem de Ayumi com esse misterioso "Renato". Eles se veem quase todos os dias. Como assim ela nunca mencionou um paquera? E por que isso se tornou uma obsessão em sua mente?

Ansioso por respostas, disca o número de Leo.

— Alô, mano? Quer tal uma pizza? Pensei em colocarmos o papo em dia.

Uma hora depois, Leo chega ao apartamento do irmão. Veio para dormir, porque, obviamente, não vai voltar para casa tarde da noite. A desculpa é conveniente. Desde o confronto entre Dinho e o pai, o clima na residência Ribeiro está carregado. Marco Antônio tem aparecido com flores quase todos os dias, tentando reconquistar a esposa, mas Cláudia permanece irredutível. Só vai perdoá-lo quando ele resolver a situação com Dinho.

Marco Antônio já pediu a Leo que intermediasse, mas o rapaz não sabe por onde começar. Quer dizer, sabe que o pai está arrependido e gostaria de ajudar, até porque ganharia pontos quando decidisse sair do armário. Mas Dinho não tem sido muito receptivo. Também, a situação é recente demais. A ferida ainda está aberta.

— Pediu de calabresa? — Leo pergunta assim que Dinho abre a porta.

— A de sempre.

— E Coca-Cola gelada, né?

— Claro. Com gelo e limão, como manda o protocolo real.

— Ah, sim. O serviço está à altura da minha nobreza. Me desabalei de Águas Claras até aqui pra te fazer companhia. O mínimo que você pode oferecer é um jantar digno.

Dinho revira os olhos com um meio-sorriso.

Leo joga a mochila no sofá e se senta diante do balcão, onde a pizza aberta exala um aroma irresistível de queijo derretido e orégano.

Dinho pega dois copos no armário, os molhos na geladeira e se senta ao lado do irmão, enquanto Leo já devora a primeira fatia.

— E a mãe e a Gigi, como estão? — Pergunta.

Leo dá de ombros, mastigando.

— A mãe tá surtando. Outro dia a flagrei jogando fora um monte de cristal e tranqueira de *feng shui* fora. Perguntei o que deu nela e ela: *Essa casa parece equilibrada pra você, Leonel?* Quinze minutos depois, catou tudo de volta. Um caos organizado, eu diria.

Dinho apenas suspira.

— Natal este ano vai ser uma merda, né? — Leo diz, pensativo.

O irmão o encara, confuso.

— É óbvio que não vamos passar na vovó. Duvido que ela seja ao menos convidada. E, definitivamente, você não vai querer ir lá pra casa.

— Eu nunca mais coloco os pés naquela casa. — Dinho enfatiza, limpando a boca num guardanapo de papel.

— Nunca diga nunca.

— Falo sério. A menos que o pai tenha dado o fora. Não entendo como a mãe engole as canalhices dele.

— Não a julgue – Leo pede, com um tom que mistura paciência e cansaço. – Você sabe que ela sempre foi apegada a essa ideia de família perfeita. E, se serve de consolo, o papai tá mesmo arrependido. – Leo morde um pedaço de pizza, o olhar tentando suavizar o que acabou de dizer.

Dinho franze o rosto, com a irritação evidente em sua expressão.

— Não, não serve. E não te chamei aqui pra defender aquele cretino.

Leo ergue as mãos, rendido, mastigando em silêncio. O tempo entre eles se estica, preenchido apenas pelo som que fazem enquanto comem.

Dinho umedece os lábios, o olhar pedido no mármore do balcão. Os dedos tamborilam no balcão, nervosos, como se procurassem um ritmo que seu coração inquieto não encontra. Depois de mais um segundo, ele arrisca:

— Queria te perguntar uma coisa.

— Manda – Leo pede, lambendo *ketchup* dos dedos.

— A Ayumi... Ela tá saindo com alguém?

Leo congela com o pedaço de pizza a meio caminho da boca, as sobrancelhas erguidas.

— Que tipo de pergunta é essa?

— Nada demais. É que ela mencionou um tal de Renato mais cedo, mas não quis dar detalhes. Disse que estão se conhecendo. Fiquei curioso, só isso. – Ele tenta soar desinteressado, mas os dedos não param de bater na bancada, traindo sua ansiedade.

Leo observa o irmão por um segundo a mais do que o normal. E então, como se algo estalasse dentro dele, solta uma gargalhada tão alta que quase derruba o prato.

— Não creio! Você me chamou aqui pra investigar a vida amorosa da Ayumi?

Dinho revira os olhos, o rosto queimando.

— Claro que não. Te chamei pra comer pizza. Irmãos fazem isso, né?

— Aham. E eu sou o novo herdeiro da Coroa britânica. – Leo mal consegue falar, rindo com os olhos já marejados.

Dinho solta um suspiro pesado, se sentindo um idiota completo.

— Responde logo, vai. Sem palhaçada.

— Cara, você é um *meme* ambulante. Juro. Tô passando mal. – Leo enxuga os olhos com a camiseta, ainda rindo. – O tal do Renato é o gato que ela adotou. Literalmente. Um felino.

Dinho pisca, processando.

— Como assim, gato?

— Pet. Animal. A terapeuta sugeriu pra ajudar com a ansiedade dela. Ela pegou semana passada. O Perseu, inclusive, detestou o novato – Leo faz uma careta, lembrando-se da implicância de seu bichano ciumento, que agora precisa dividir atenção.

Silêncio. Dinho encosta na bancada, o rosto ruborizado. Não sabe se ri ou se cava um buraco para se esconder.

Leo não perdoa:

— Você achou que ela estava namorando? Ah, não, Dinho, essa foi épica! Sério, superou qualquer comédia romântica. Vou guardar essa cena num potinho, enquadrar na memória, tatuar na testa, sei lá! — Leo agita a cabeça, ainda rindo, como se não acreditasse no que acabou de ver. — Cara, a Ayumi te pegou direitinho nessa, né, não?

Enquanto o irmão volta a atacar a pizza, soltando risadinhas entre uma mordida e outra, Dinho apoia o rosto nas mãos e solta um suspiro longo. O peito afrouxa, o alívio invadindo cada fibra do corpo.

E esse alívio tem um significado que ele não pode mais ignorar: está completamente apaixonado por Ayumi.

> Amor: quatro letras, infinitas emoções. O sentimento que
> mais traz alegrias, a busca que mais traz dor.
> (Rafael Mesquita)

Tudo o que Hollywood prometeu

A arquibancada está em êxtase, transbordando energia com a final do campeonato universitário. O ginásio vibra como um organismo vivo, alimentado por gritos, palmas sincronizadas e bandeiras que dançam ao ritmo dos cânticos. Dentro do vestiário, o clima é de concentração e ansiedade. Mas, para Dinho, o nervosismo não vem da partida de vôlei. Vem do depois.

— Ela tá aqui mesmo, né? — Ele pergunta pela terceira vez, os olhos ansiosos cravados em Leo, que observa o corredor como um segurança de boate.

Leo revira os olhos, mas não consegue conter o sorrisinho zombeteiro.

— Sim, já falei. Respira. Não vá infartar.

— E ela não desconfia de nada?

— Do quê? Da sua cafonice sem precedentes? Nenhuma chance. Inclusive, se eu soubesse do nível de breguice antes, teria inventado uma desculpa pra não vir — provoca, rindo.

Dinho faz uma careta, mas engole a resposta. Não tem energia pra piadas.

— Assim que acabar a cerimônia...

— Eu a mando pra quadra. Relaxa. Vai dar tudo certo. A menos, claro, que você se esqueça do contrato. Porque, né, ela já deixou claro: só namora com termo assinado, firma reconhecida e, se bobear, testemunha em cartório — Leo estala os dedos, teatral, o sorriso se abrindo ainda mais.

— Quer saber, Leo? Some daqui. Antes que eu desista de tudo por sua causa. Sério, vaza.

Leo ergue as mãos em rendição, ainda rindo.

— Tá, tá. Missão cumprida. Vou deixar o último romântico em paz.

Ele se afasta com passos preguiçosos, assobiando uma melodia qualquer, como se o clima tenso de Dinho fosse só mais um detalhe divertido do dia.

Assim que Leo desaparece no corredor, Dinho respira fundo e volta ao aquecimento. Precisa desligar o turbilhão de pensamentos. Por mais que o coração esteja acelerado por outros motivos, agora é hora de focar. O jogo exige. Quando o treinador encerra o discurso, os jogadores entram em quadra como guerreiros prontos para o campo de batalha.

O jogo começa com tudo. A cada saque, bloqueio e ataque, a tensão aumenta. Dinho está no centro de tudo, focado, chamando jogadas, atento a cada movimento. No primeiro set, o time adversário entra em quadra com força total, impondo uma sequência de ataques implacáveis. Dinho tenta parar um deles, salta na hora certa, mas a bola passa raspando pelos dedos. Ele solta um grito frustrado, os punhos cerrados, mas logo sacode a cabeça. Não chegou até ali para perder.

O segundo set testa a resistência de cada equipe. Em um rali desgastante de mais de vinte trocas de bola, Dinho se atira no chão como se a partida dependesse disso. Ele alcança a bola com um mergulho espetacular, arrancando aplausos entusiasmados da torcida.

No meio da arquibancada, Ayumi prende a respiração ao vê-lo se levantar rapidamente, sem hesitar, para preparar um contra-ataque certeiro. Com um levantamento perfeito, ele arma a jogada para o atacante do time, que crava a bola no chão adversário.

No set decisivo, o placar se mantém apertado, ponto a ponto. A equipe adversária assume a liderança, mas o time de Dinho se mantém unido, virando o jogo com um bloqueio perfeito e um saque preciso que pega a defesa rival desprevenida. Cada ponto é suado; cada jogada, uma batalha. E, quando o último ponto é disputado, o silêncio toma conta do ginásio por um breve segundo antes do *grand finale*: o adversário vence por uma diferença mínima.

O público aplaude, reconhecendo o esforço das duas equipes. O suor escorre pelo rosto de Dinho, sua respiração está acelerada e, embora o gosto amargo da derrota esteja presente, a sensação de dever cumprido é o bastante para tranquilizá-lo. O som da torcida ainda vibra quando ele olha para a arquibancada e encontra Ayumi entre os espectadores. Ela está ali, segurando um cartaz, com um sorriso que ilumina tudo ao redor. Naquele momento, não existe derrota. Ele venceu.

Depois de alguns minutos, a equipe organizadora prepara o espaço para a cerimônia de premiação. Apesar de não terem conseguido o ouro, os meninos estão vibrando de alegria pela conquista da prata. Dinho, ao receber sua medalha, aperta com força a mão de quem a coloca em seu pescoço, sentindo um misto de alívio e orgulho. Aquela medalha não é apenas um pedaço de metal: é a prova de que tudo valeu a pena. Os dois últimos meses foram duros, cheios de desafios e noites maldormidas, mas ele chegou ao fim. Sobreviveu. E está pronto para tudo que vier.

Ayumi observa de longe, com o coração aquecido. O orgulho que sente de Dinho é imenso. Por todos os passos firmes que deu desde que saiu de casa. Por sua dedicação incansável. E, acima de tudo, por sua amizade. Alguns laços são feitos para durar, mesmo que nunca se transformem em algo mais. Mesmo ainda apaixonada por ele, Ayumi entende que ser sua amiga é o suficiente. E, no fundo, isso também é amor.

Além dos amigos, Ângela, Heitor, Cláudia e Gigi também estão ali, celebrando. Todas as pessoas que realmente importam.

Quando a cerimônia acaba e o público começa a se dispersar, Leo propõe:
— Vamos esperar a muvuca passar? Multidão me dá nos nervos.
— Claro — Ayumi concorda, sentando-se. Leo fica na frente dela, analisando suas unhas com exagero cômico. Marina e Cristiano trocam um risinho suspeito. Ayumi franze o cenho.
— E o infame Renato? — Leo pergunta, dando um sorrisinho que só ele sabe o motivo.
— Começando a se adaptar. Ontem vi minha mãe fazendo cafuné nele — responde. — Mas infame? Meu filhote?

Leo dá de ombros, mas não diz nada. Um silêncio estranho paira. De repente, os amigos trocam olhares e risinhos. Ayumi tenta espiar, mas Leo a detém com mãos firmes nos ombros.
— O que está acontecendo?

Risos. Sussurros. Olhares para o centro da quadra.
— Você pediu por isso. Não esquece. — Leo diz, abrindo espaço.

Ayumi vê. Um rapaz, escondido atrás de um arranjo de flores exageradamente coloridas, um ursinho de pelúcia gigante, uma caixa de chocolates e um balão de coração que flutua acima.

O coração dela dispara.
— O que é isso?
— Ayumi, sério? — Leo suspira, como se fosse a coisa mais óbvia do mundo. — Vai lá antes que ele desista.
— Vai, amiga! — Marina incentiva, cantando as palavras, fazendo-a se levantar.
— Mas... o quê?

Na beira da quadra, Dinho abaixa o arranjo. Os olhos castanhos encontram os dela, a sobrancelha sobe num gesto travesso, e o sorriso é de quem está morrendo de vergonha, mas topou a cena mesmo assim. Ele faz um sinal com o dedo, chamando-a.
— Aquele ursinho é pra mim? — Gigi pergunta, franzindo a testa.
— Não, Gigi, infelizmente. — Marina responde, rindo, e passa a mão pelo ombro da prima. — Mas ele tem bom gosto, né?
— Como é? Vai ficar plantada aí ou vai até lá? — Leo insiste, cruzando os braços. — Quanto mais rápido, menos plateia.
— Ai, Leo, para. É fofo, só isso — Marina rebate, cutucando Leo com o cotovelo, como quem diz "deixe-a viver o momento".
— Sei não. Cada um com suas vergonhas — Leo murmura, mas o sorriso em seus lábios trai sua diversão.

– Poxa, queria ter pensado nisso antes – Cristiano suspira, brincalhão, abraçando Leo pelos ombros. – Aposto que meu coração teria adorado uma cafonice dessas – completa, piscando para Marina.

Ayumi não ouve mais nada. Seu foco está em Dinho. O coração bate descompassado, como se tivesse corrido uma maratona. Com passos hesitantes e o rosto quente, ela desce degrau por degrau da arquibancada, cada um parecendo mais alto que o anterior, até parar diante dele.

– Isso tudo... é pra mim?

Dinho inspira fundo, engolindo o nervosismo. Seus olhos brilham, divididos entre medo e coragem. Ele sorri, meio sem jeito, meio confiante.

– Eu sei, é exagerado – ele começa, a voz rouca. – Mas você disse que esperava tudo o que Hollywood prometeu. Aqui está.

Ayumi abre a boca para responder, mas nada sai. Em vez disso, ela ri. Não de forma debochada, mas uma risada sincera, cheia de incredulidade e alegria. Era verdade: ela e a mãe haviam brincado sobre isso, dias atrás, quando cozinhavam juntas. Na época, foi apenas uma piada para esconder o sofrimento. Mas ele ouviu. E guardou.

– Quer dizer, faltou o cavalo branco... mas acho que não seria muito sensato invadir a quadra com um animal de grande porte.

Ayumi ri, apesar das lágrimas que ameaçam escapar.

– Você é um idiota.

– Sou – Dinho admite, o sorriso doce, sincero. – Mas sou um idiota que quer fazer as coisas certas. Principalmente com você.

Ele dá um passo adiante, a distância entre eles desaparecendo, e Ayumi sente o calor que emana dele como se fosse a única fonte de luz naquele ginásio.

– Eu não sou perfeito, Ayumi. Faço escolhas ruins, especialmente quando quero proteger algo importante pra mim. E a verdade é que ainda tenho medo. Medo de tudo desmoronar e nossa amizade se perder no processo.

– O que mudou, então? Por que agora... acha que vale a pena correr o risco?

Dinho cora, desviando o olhar por um segundo.

– O gato. Renato.

Ayumi franze o cenho, sem entender.

– Eu fiquei com ciúmes do seu gato. Pensei que Renato fosse um cara, e que você estava conhecendo outra pessoa. Não alguém que mora a mil quilômetros, mas alguém daqui. Alguém perto de você. Perto demais.

Ayumi o encara, sentindo vontade de rir.

– Não tire sarro de mim – Dinho pede, um tanto sem jeito. – Eu sofri de verdade. Achei que estava perdendo você.

– Eu sabia! Sabia que se importava.

– É claro que me importo. Desde muito antes de perceber que gostava de você, eu já me importava.

Dinho respira fundo e, por um instante, o mundo desaparece ao redor deles. Com um sorriso hesitante, ele entrega os presentes. Ayumi os recebe com cuidado, sentindo o perfume das flores. Ele toca o rosto dela com a ponta dos dedos, devagar, como se qualquer pressa pudesse estragar o momento. Então, com delicadeza, a puxa para perto.

— Gostou? — Pergunta, a voz baixa, como se cochichasse um segredo.

— De passar vergonha na frente de meio ginásio? — Ayumi devolve, sorrindo. — Com certeza.

Dinho não diz nada. Em vez disso, ele a beija, ignorando os aplausos, gritos e assobios dos torcedores e amigos ao redor. É um beijo demorado, cheio de promessas e sentimentos que finalmente encontram espaço para existir.

Quando se afastam, o coração de Ayumi ainda está acelerado, e tudo ao seu redor parece levemente fora de foco. Ela sorri, os olhos brilhando de uma felicidade que transborda.

— Quer saber o que mais me deixa feliz? — Indaga, ofegante, os lábios ainda a centímetros dos dele. — Agora eu posso te beijar sempre que eu quiser.

Dinho arqueia uma sobrancelha, fingindo indignação, mas o sorriso o denuncia.

— Ah, *quando você quiser*? E consentimento, não conta mais?

Ayumi faz sua melhor cara de pidona, o sorriso travesso e os olhos puxados brilhando de expectativa.

— Me olhando com essa cara... tá certo, pode me beijar quando quiser. Que se dane o consentimento!

Dinho ri e, sem esperar mais nada, a beija de novo, como se fosse a coisa mais natural do mundo — e, para eles, agora é.

— Então... sobre tudo isso. Qual o veredicto? — Ele pergunta, como quem espera a crítica de um filme que levou meses para ser produzido.

Ayumi dá uma risada leve, o coração tão cheio que parece dançar dentro do peito.

— Acho que, pela primeira vez, Hollywood entregou o que prometeu — diz, ainda rindo. — E, olha... foi bem melhor do que nos filmes.

Dani observa a cena de longe, os olhos marejados, o peito apertado. O sorriso no rosto de Dinho enquanto segura Ayumi pela mão é como uma punhalada silenciosa. Tudo neles parece se encaixar de um jeito que ela e ele nunca conseguiram. Mesmo nos melhores momentos.

— Poxa, amiga, eu sinto muito — Carla murmura, pousando a mão no ombro dela com delicadeza. O toque é leve, como se temesse quebrar Dani por dentro. – Sei que você veio com esperança de, talvez, conseguir conversar melhor com o Dinho, mas... bem, acho que não vai acontecer.

Dani pisca rápido, como se quisesse afastar a lágrima que insiste em cair.

– Vamos sair daqui – ela sussurra, limpando o canto dos olhos com pressa. A voz sai rouca, embargada.

– Achei meio abrupto da parte dele. Vocês terminaram não tem nem dois meses...

– Tudo bem, Carla, não precisa dizer nada. – Dani suspira, olhando mais uma vez para o casal na quadra. – O Dinho merece ser feliz. Nos últimos tempos, nosso namoro estava uma merda. Se a gente tivesse terminado antes, teria sido melhor pra nós dois. Eu só queria... que ele conseguisse me perdoar. Por tudo.

Carla apenas a observa. As palavras se perdem no vento, porque ela sabe que, para Dinho, talvez o perdão não venha. Mas a esperança, essa, sim, não vê limites.

Ângela se aproxima de Ayumi e Dinho com um olhar estranhamente preocupado, os olhos semicerrados como se analisasse um problema matemático de grande complexidade. Há urgência em seu olhar, mas também cuidado.

– Depois nós três precisamos ter uma conversinha. Daquelas sérias.

Os dois se entreolham, e Dinho sente um frio na barriga. Ele tem uma vaga ideia do que se trata, e não é algo que se resolva com declarações de amor.

– Mas hoje é dia de comemoração. – Ângela suaviza o tom, abrindo um sorriso caloroso enquanto envolve o sobrinho em um abraço apertado. – Parabéns, meu querido, vocês jogaram muito bem. Lutaram até o fim.

– Mamãe morre de orgulho desse bebê! – Cláudia exclama, surgindo ao lado deles com um brilho nos olhos, estendendo os braços para o filho.

– Eu pensei que eu fosse seu bebê – Gigi protesta, franzindo a testa, aparentando mágoa.

Cláudia a encara, erguendo uma sobrancelha.

– Todos vocês são meus bebês. E isso não se discute.

Dinho apenas balança a cabeça, rindo. Mães. Não há argumento contra elas.

– Bora, bora, que eu tô morrendo de fome! – Leo grita ao fundo, batendo palmas como se convocasse uma festa, ou um banquete, ou os dois.

Eles começam a caminhar juntos para fora da quadra, rodeados por risos, vozes animadas e o calor dos que mais importam. O ginásio ainda pulsa com energia, mas, para Ayumi, o mundo parece ter desacelerado. Ao lado de Dinho, tudo parece mais leve – não como se os problemas tivessem sumido, mas como se, de algum jeito, ela fosse capaz de encará-los. Um passo de cada vez. E, com ele por perto, esse passo já não parece tão difícil.

> A vida não tá certa nem errada, aguarda apenas nossa decisão.
> (Alice Ruiz)

Epílogo

Preciso falar com você.

Quando Cristiano mandou aquela mensagem, várias coisas se passaram pela cabeça de Joana. A primeira ideia que lhe atravessa o peito, como um raio de esperança, é que ele quer voltar. Talvez o namoro com Marina não fosse o conto de fadas que ele imaginava. Talvez ele tenha finalmente percebido o que ela sempre soube: que ela e Cristiano são mais parecidos do que qualquer um ousaria admitir.

A segunda hipótese é como um soco. E se ele contou para Marina sobre a busca de Joana pela mãe desaparecida? E se, de alguma forma, isso chegasse aos ouvidos de seu pai? O medo se enrosca nela como uma corrente.

A terceira possibilidade é a que ela mais teme: Cristiano não conseguiu resultados. Quinze anos se passaram. Quinze longos anos de silêncio, mentiras e buracos no coração. Seria mesmo possível encontrar uma pessoa depois de tanto tempo?

Se a busca terminasse num beco sem saída, Joana teria que encontrar uma forma de soltar essa dor silenciosa, essa vontade desesperada de entender por que sua mãe a deixou para trás. Por que ela não foi suficiente. Por que, aos olhos da própria mãe, não merecia amor. Talvez, ao libertar-se dessa sombra, fosse mais fácil aceitar que merece ser amada por outras pessoas, sem carregar a culpa de um abandono que nunca foi sua escolha.

Cristiano marcou com ela num lugar que tem o gosto agridoce da saudade: uma pracinha perto do residencial onde ela mora, onde tantas conversas, risos e beijos foram compartilhados.

Joana prende os cabelos num coque alto, ajeita a franja diante do espelho e observa seu reflexo por um segundo a mais do que o normal. Há algo nos olhos dela que denuncia a confusão interior.

Na sala, seu pai está vendo TV com Ângela, que encosta a cabeça em seu ombro com um ar de paz.

— Pai — chama, em voz baixa.

— Oi, filha! — João responde, sorrindo com ternura.

– Eu vou dar uma saidinha, tudo bem? – Pede, e João ainda se surpreende com a mudança. A Joana de antes, impulsiva e revoltada, raramente avisava quando saía.

– Claro, querida. Mas volta antes do jantar, tudo bem?
– Pode deixar – ela diz, tentando sorrir.
– Tá tudo bem, Joana? – Ângela pergunta, examinando o rosto inquieto da garota. – Você parece meio preocupada.
– Tá tudo bem – Joana tenta mentir. – Até já.

Ângela e João trocam um olhar apreensivo, mas nada dizem.

Joana deixa o apartamento, seus passos apressados rumo ao elevador. Quando chega à pracinha, o vento morno da tarde agita sua franja e arrepia sua pele, apesar do calor. O céu está pintado de tons dourados, alaranjados e rosados, um espetáculo que ela mal percebe. Seu coração martela no peito como um tambor, e cada passo é um desafio. Seus pensamentos giram e giram, tentando descobrir o que a traz até ali. Os braços cruzados sobre o peito indicam seu nervosismo. Ela tem medo. Medo de que tudo termine em nada. De que essa busca que consome sua alma se prove em vão. De que, no fim, a dor continue sendo sua companheira mais fiel.

Cristiano já está lá, esperando. Sentado em um banco de concreto, o boné cobrindo parte do rosto. Ele balança a perna sem parar. Quando a vê, endireita-se e solta um longo suspiro.

Joana para a poucos passos.

– Oi – diz, tentando ignorar o nó na garganta. Estar perto dele ainda é um emaranhado de emoções confusas.

– Oi – Cristiano responde, a voz baixa. Ele bate com a mão no banco, convidando-a a se sentar.

Ela hesita. O espaço entre eles é um campo minado de memórias, de sentimentos não ditos, de feridas mal cicatrizadas. Mas, se ele tem a resposta que ela busca, nada disso importa.

Joana se senta, mantendo uma distância segura. Ou ao menos tenta.

– E então? Você disse que precisava falar comigo. O que foi? – Pergunta, direta.

Cristiano a encara, os olhos sérios.

– Nós a encontramos, Joana. Sua mãe.

Por um instante eterno, o mundo para. Os sons da pracinha – risadas de crianças, folhas se mexendo, um cachorro latindo ao longe – somem como que por encanto. Tudo que existe são aquelas palavras reverberando em sua mente.

Nós a encontramos.

Joana pisca, os olhos ardendo, a garganta fechada. O estômago revira e suas mãos estão trêmulas, suadas.

– Você... Você tem certeza? – Sua voz sai estrangulada.

Cristiano assente, e só então ela nota a pasta azul que ele segura. Uma coisa tão comum, mas que agora parece conter o universo.

– Aqui está tudo o que o detetive encontrou sobre ela. Sua mãe mudou de identidade.

Joana sente a respiração falhar. O peito sobe e desce em soluços curtos, o coração disparado como se fosse fugir de seu corpo.

Por tanto tempo, sua mãe foi um fantasma. Um nome proibido. Uma lembrança distorcida que todos evitavam. Joana cresceu acreditando que ela estava morta. Chorou por essa perda, moldou sua história a partir dela. Até que a verdade explodiu, cruel e inevitável: Lívia não estava morta. Simplesmente não quis ficar. Não quis ser sua mãe.

E agora, depois de tudo, o momento tão aguardado finalmente chegou.

E, pela primeira vez, o medo da verdade parece ainda maior do que a ausência dela.

E de repente a vida te vira do avesso, e você descobre que o avesso é o seu lado certo.
(Caio Fernando Abreu)

Capítulo bônus
COMO TUDO REALMENTE COMEÇOU

O sinal toca, reverberando pelos corredores do colégio Sartre e anunciando a troca de professores. Os alunos aproveitam a breve pausa para conversar, checar os celulares às escondidas e se espreguiçar antes da próxima aula. Marina, no entanto, mantém o foco na lousa. Caneta em punho, ela anota as últimas palavras do quadro com a concentração de quem está decifrando um código secreto. E talvez esteja. Para Marina, estudar é quase um ritual. Contudo, algo no canto do olho quebra seu ritmo. Um movimento estranho. Displicente demais para passar despercebido.

Cristiano.

Ele está largado na cadeira como se o mundo fosse um lugar confortável demais para ser levado a sério. O pé balança impaciente, e os olhos, inquietos, escaneiam a sala, atentos a qualquer distração coletiva. Marina estreia o olhar, sentindo o alarme mental disparar. Ela já conhece aquele olhar. Cristiano está esperando o momento certo para desaparecer – e não é para ir ao banheiro. Marina sabe reconhecer um comportamento suspeito quando vê um.

— O que você tá aprontando agora? — Murmura para si mesma, cruzando os braços com uma expressão desconfiada.

Nos últimos meses, Cristiano se tornou um problema ambulante. Suas travessuras vão de colar cartazes falsos nos murais do colégio a organizar um abaixo-assinado ridículo contra a "tirania dos professores". O garoto parece ter um talento especial para se meter em confusão.

E agora, lá está ele, prestes a sumir da sala sem explicação.

Marina morde o lábio inferior, indecisa. Ser representante de turma é, no mínimo, um trabalho ingrato. Mas alguém precisa manter Cristiano sob vigilância. E se for sério dessa vez? E se ele estiver armando algo que possa prejudicar o colégio – ou, pior, que coloca os alunos em risco?

Não dá tempo de pensar muito. Num movimento ágil, quase ensaiado, Cristiano escapa pela porta com a naturalidade de quem faz isso todos os dias.

Marina se levanta sem hesitar e vai atrás.

※※※

  Cristiano desliza pelos corredores como um fantasma, ágil, preciso e determinado. Enquanto alguns alunos se espreguiçam, distraídos com conversas rápidas e cochichos sobre a vida amorosa de alguma celebridade, ele se esgueira pelos cantos menos vigiados, consultando o relógio. O tempo é curto, mas suficiente. Ele precisa ser rápido. Se alguém perceber que ele sumiu no meio da troca, pode levantar suspeitas.

  Com um movimento treinado, ele enfia a mão sob o casaco, onde a lata de *spray* está escondida contra sua costela. O metal gelado contrasta com o calor de sua pele, enviando um arrepio de adrenalina pela espinha. Ele ajusta a postura, mantendo os ombros relaxados para não chamar atenção. O formato cilíndrico cria um volume sutil sob o tecido, mas nada que pareça suspeito se ele caminhar com naturalidade. Seu coração martela no peito, mas seu rosto permanece impassível. Tudo precisa sair perfeitamente.

  Sua missão o aguarda do lado de fora, no muro dos fundos do colégio: um protesto direto, impactante. O plano é simples. Uma pichação rápida para expressar sua revolta contra a nova política alimentar da escola. Como ousam tirar hambúrgueres e refrigerantes do cardápio? Como esperam que os alunos sobrevivam sem batata frita? Não há como aceitar essa injustiça calado.

  Marina o segue de longe, os passos leves e o coração acelerado. Seus olhos escaneiam cada movimento dele, cada olhar lançado às costas, cada segundo de hesitação. Ele dobra uma esquina, atravessa o pátio e segue para o portão lateral, onde os alunos mais rebeldes se escondem da vigilância dos inspetores. O cheiro de grama cortada se mistura ao aroma de terra úmida que vem da horta escolar, onde fileiras de ervas e hortaliças crescem sob os cuidados dos alunos. O ar abafado do pátio carrega essa mistura natural, dando ao ambiente um frescor discreto, apesar do calor.

  Ela morde o lábio, os pensamentos fervilhando. Sabia que Cristiano estava aprontando alguma coisa, mas... será que ele teria mesmo coragem de ir tão longe? Seu estômago se revira em um misto de incredulidade e apreensão.

  Então, ela o vê.

  O spray antes escondido sob o casaco agora está firme em sua mão, os dedos fechados ao redor do cilindro metálico. A postura é de pura determinação, como se estivesse prestes a fazer história. O som do gás comprimido rasga o silêncio como um estalo seco, fazendo o coração de Marina disparar. A tinta preta jorra contra o muro branco, escorrendo com um brilho úmido sob a luz do Sol.

  NÃO À DITADURA DA CO...

  Mas ele não tem tempo de terminar.

— CRISTIANO! — A voz esganiçada e irritantemente familiar atravessa o silêncio, inconveniente como sempre. — Eu sabia que você estava aprontando!

Cristiano vira-se de supetão, soltando um palavrão abafado. Seu olhar cruza o de Marina — a criatura mais insuportavelmente certinha, moralista, chata e careta que ele já conheceu.

Braços estão cruzados, expressão de puro julgamento.

— O que você tá fazendo aqui?! — Ele rosna, semicerrando os olhos.

— Eu é que pergunto! — Marina avança, firme. — *O que você acha que tá fazendo?*

Cristiano suspira pesadamente, como se explicar o óbvio fosse uma tortura.

— Tô protestando.

Ela pisca, confusa.

— *Protestando?* — Repete, como se a palavra fosse estrangeira.

— Sim — ele balança o *spray* no ar como se fosse um troféu. — Contra o fim da comida de verdade na cantina.

— Protestar contra o cardápio novo? Sério? — Marina arqueia uma sobrancelha sem acreditar na completa falta de noção. — Você vai ser suspenso por causa de batata frita?

— É uma questão de princípios! — Ele infla o peito. — Eles tiraram nosso direito de escolha! Isso aqui... — Cristiano gesticula dramaticamente para o muro — é um ato de resistência!

Marina fecha os olhos por um segundo, respirando fundo, invocando a paciência dos monges do Himalaia.

— Você tá chamando de resistência escrever bobagem no muro da escola?

— *Não é bobagem!* — Ele aponta para a pichação inacabada. — "Não à ditadura da comida"! O que acha?

— Meu Deus — ela murmura, apertando a ponte do nariz. — Acho que você perdeu completamente o juízo.

Cristiano revira os olhos, exasperado.

— Você não entende. Hoje, eles tiram hambúrguer e batata frita... amanhã, sobra só quinoa e tristeza. — Ele gesticula com ênfase, como um líder revolucionário pregando sua causa. — Eu não sou lagarta pra viver de folha.

— Ei, *eu* sou vegetariana — Marina rebate, fuzilando-o com o olhar.

— Por isso é raquítica desse jeito. — O comentário escapa de seus lábios com um tom zombeteiro.

A sobrancelha de Marina se contrai em um espasmo de irritação. Seu maxilar se enrijece, mas, em vez de discutir, ela foca na ação dele.

— Com licença, tenho um trabalho a terminar — ele declara, erguendo o *spray*, pronto para retomar a "resistência".

Mas Marina não permite.

Rápida, ela avança e arranca a lata de *spray* das mãos dele, sentindo o metal frio e pegajoso contra os dedos.

— Ei! Que violência é essa? Vai aderir ao movimento? – Cristiano provoca, dando um sorriso de deboche.

— Movimento?! – Marina ergue a lata no ar, como se fosse uma prova de crime. – Isso não é um movimento, Cristiano, é vandalismo!

Cristiano cruza os braços, impassível, o que só alimenta ainda mais a irritação dela.

— Chame como quiser. Mas é um vandalismo com propósito.

Ela solta um som de frustração, os ombros rígidos, o olhar carregado de indignação.

— Você tem noção da encrenca que pode arrumar? – A voz dela carrega um tom de incredulidade misturado à exaustão.

— Todo protesto tem um custo. – Ele sustenta o olhar dela com firmeza, como se realmente acreditasse nisso.

Marina fecha os olhos, contando mentalmente até dez para não dar com a lata de *spray* na cabeça dele.

— Você ouve o que diz? De verdade? – Ela abre os olhos e o encara, esperando alguma fagulha de lucidez, mas tudo que encontra é a teimosia estampada no rosto dele.

Ele dá de ombros, com um meio-sorriso petulante.

— Você pode até ser representante de turma, Tampinha, mas não é policial da moral, então pode parar com o sermão.

O queixo de Marina trinca. Ela aperta o *spray* entre os dedos, os nós das mãos ficando brancos de tanta força. Seu corpo inteiro vibra de indignação.

— Para de me chamar Tampinha antes que eu perca minha paciência! – O tom dela se ergue, a frustração transbordando. – Sou a única tentando te impedir de fazer besteira, como sempre!

Cristiano solta um riso pelo nariz, zombeteiro.

— Ah, fala sério, você também acha um absurdo o que estão fazendo com a gente! Não é possível que seja tão chata a ponto de não gostar de batata frita. – Ele se inclina ligeiramente para frente, como se esperasse que ela finalmente concordasse com ele, como se sua "causa" fosse inegavelmente nobre.

Marina solta o ar pesadamente, quase rindo de incredulidade.

— O único absurdo aqui é você achando que pichação vai mudar alguma coisa! Isso é pura burrice!

Ele a encara, ofendido, a mandíbula travando por um breve instante. O fogo da indignação arde em seu olhar, sem acreditar que uma pessoa possa ser tão irritante como aquela garota.

— Pessoas como você estragam o país, sabia? – Sua voz sai dura, carregada de frustração e um tom de superioridade mal disfarçado.

Marina arregala os olhos, chocada por um segundo. O absurdo da frase pesa no ar, mas logo se dissolve quando um riso escapa de seus lábios. Um riso seco, curto, sem humor.

– Você... você é um imbecil! – Ela balança a cabeça sem acreditar no nível de delírio que está presenciando. Seus braços cruzam com força contra o peito, uma barreira visível entre ela e a idiotice dele.

Cristiano ergue o queixo, triunfante, como se tivesse acabado de vencer um debate histórico.

– Eu prefiro o termo *visionário incompreendido*. – Sua voz exala convicção, um brilho de desafio nos olhos.

– Eu prefiro o termo *irresponsável*. – Marina retruca sem hesitação, cada sílaba carregada de desdém.

– Eu prefiro o termo *pegos em fragrante*! – A voz severa congela os dois no lugar.

Marina e Cristiano se viram ao mesmo tempo, os músculos tensos, como se um único movimento errado pudesse selar seus destinos.

A poucos passos, Janaína os observa com a expressão impassível de quem já viu todo tipo de infração estudantil e não se impressiona com mais nada. Os braços cruzados diante do peito formam uma muralha de autoridade, e o olhar dela, cortante como uma lâmina, não deixa espaço para desculpas.

Por um instante, ninguém se move. O silêncio pesa.

E então, Marina sente um arrepio percorrer a espinha ao perceber um detalhe devastador: ainda está segurando a lata de *spray*.

O estômago despenca como se ela tivesse saltado de um penhasco. As peças do quebra-cabeça se encaixam com crueldade: o muro, a pichação inacabada, Cristiano ao lado – indiferente, sem um único traço de culpa aparente – e ela, com a "arma do crime" firmemente nas mãos.

Janaína respira fundo, os olhos escaneando a cena como se já estivesse montando a filha de infração mental dos dois.

– Diretoria. Agora. – O tom dela é seco, inegociável.

Cristiano solta um suspiro exagerado antes de abrir um sorriso cínico.

– Ah, ótimo. Já sou figurinha VIP por lá.

A ordem atinge Marina como um soco no peito. Um protesto sobe imediato pela garganta:

– O quê?! Não! Eu não...

– Agora, Marina! – Janaína corta, dura como pedra.

O sangue dela ferve. Injustiça sempre teve um gosto amargo, mas agora, com a lata de *spray* pesando na mão, o sabor é insuportável. Como foi tão burra a ponto de acabar nessa armadilha?

Os olhos dela se arregalam, a cabeça balança em negação.

— Mas eu não fiz isso! Eu estava tentando impedir esse idiota! — A voz sai mais alta e aguda do que gostaria, tremendo de desespero.

Janaína ergue uma sobrancelha, o olhar frio e analítico, como quem já ouviu todas as desculpas do mundo.

— Exatamente o que um culpado diria. E o que faz segurando o *spray*?

Marina tenta falar, mas nada sai. As palavras se embaralham, seu cérebro correndo em círculos, tentando construir uma justificativa que não soe patética. Mas a realidade pesa contra ela – e nas mãos, o maldito *spray* pesa como chumbo.

Ela se vira para Cristiano, última esperança de justiça. De que, por um milagre, ele faça o que é certo. Só uma vez.

E dá de ombros.

— É um mistério. — O sorriso torto nos lábios dele é uma provocação viva. O brilho nos olhos, de puro divertimento, faz o sangue dela ferver ainda mais.

— Cristiano! — O nome dele explode, um rugido carregado de frustração e raiva contida.

Ele, no entanto, apenas lança um olhar inocente para a inspetora, os olhos brilhando com falsa surpresa.

— A senhora realmente acha que uma aluna exemplar, toda certinha, teria coragem de pichar o muro? — Pergunta, a voz carregada de uma ironia tão afiada que parece cortar o ar. — Não parece o tipo dela... né?

E, para ser justo, ele não está mentindo. Marina jamais faria algo assim. Mas Janaína não se deixa enganar pelo verniz de inocência que reveste as palavras dele. Já ouviu esse tom antes, já presenciou essa encenação mais vezes do que pode contar.

Além disso, ela tem uma teoria: quanto mais certinha a pessoa, maior a chance de estar escondendo alguma coisa. E Marina é *certinha* demais. O tipo de aluna que nunca dá trabalho... até dar. Por isso, em vez de ceder à provocação, a inspetora apenas estreita os olhos, atenta às entrelinhas.

— Andando! — Comanda, de braços cruzados, o olhar fuzilando os dois com a precisão de um *laser*.

Cristiano segura o riso, dando de ombros enquanto olha para Marina com um ar de "eu tentei".

— Taí alguém que não compra essa sua fachada de aluna exemplar. Gostei dela – sussurra para Marina, o sorriso debochado brincando nos lábios enquanto os dois seguem a inspetora.

— Você é um imbecil! — Marina sibila, os dentes trincados.

Cristiano arqueia as sobrancelhas, e sua expressão se fecha num piscar de olhos.

— Quem arrancou a lata da minha mão e ficou parecendo culpada? — Rebate, irritado. — Se você tivesse ficado na sala, como qualquer pessoa sensata, eu teria saído ileso.

— Você foi pego porque fez algo estúpido! — A voz dela sobe um tom, carregada de indignação. — A culpa é sua!

Cristiano revira os olhos.

— Concordamos em discordar — contesta, cruzando os braços e dando um sorrisinho irritante.

O olhar de Marina escurece, as mãos se fechando ao redor do *spray*. Num impulso, ela levanta a lata, como se fosse arremessá-la contra ele.

Ele levanta as mãos em falsa rendição, um brilho debochado nos olhos. Adora irritar aquela garota. É tão fácil.

— Cuidado aí, Tampinha. Já estamos encrencados o suficiente, não acha?

— *Você* está encrencado. Eu sou inocente. — Marina crava os olhos nele, como se sua raiva fosse capaz de queimá-lo por completo.

— Se fosse realmente inocente, não teria me seguido. Nem a Joana me persegue desse jeito. — Cristiano resmunga, dando um sorriso enviesado. — Tá começando a ficar preocupante.

— Eu estava tentando evitar que se metesse em confusão, seu cabeça-dura! — Marina rebate, jogando as mãos para o alto.

Cristiano solta uma risada seca, carregada de cinismo.

— Sua tentativa falhou miseravelmente. Parabéns.

Marina revira os olhos, a raiva cada vez mais inflamada. Ela aperta os punhos, tentando conter a vontade de socá-lo ali mesmo. Cristiano é a pessoa mais detestável da face da Terra!

Janaína suspira, cansada, passando a mão na testa como se estivesse lidando com duas crianças birrentas.

— Silêncio, os dois. Agora.

Eles se calam, mas a troca de olhares fulminantes continua — um duelo silencioso, recheado de acusações não ditas.

Atrás deles, o muro encardido ainda exibe a prova da pior ideia do século: uma pichação inacabada, um protesto alimentar que fugiu totalmente do controle. Mas é exatamente ali que tudo começa. Uma decisão impulsiva, um erro memorável e, no meio do caos, um sentimento inesperado.

Logo, o colégio vai cobrir tudo com tinta nova, apagando qualquer vestígio da confusão. Mas algumas marcas não somem tão fácil. Algumas ficam. Para sempre.

Este livro não seria possível sem o apoio de pessoas muito especiais.

Gostaria de agradecer principalmente à Natália, por me incentivar a seguir em frente, mesmo nos momentos mais difíceis.

E à Stella, amiga essencial nesta jornada, cujo talento, dedicação e carinho nas redes sociais fazem toda a diferença.

Obrigada por acreditarem em meu sonho e me ajudarem a levar minhas histórias ainda mais longe.

<ns

@novoseculoeditora

Edição: 1ª
Fonte: Barlow Condensed, Crimson Pro e Nightheart